# LA STRATÉGIE BANCROFT

DE ROBERT LUDLUM

*Aux Éditions Grasset*

Série « Réseau Bouclier » :
  OPÉRATION HADÈS, avec Gayle Lynds.
  OBJECTIF PARIS, avec Gayle Lynds.
  LA VENDETTA LAZARE, avec Patrice Larkin.
  LE PACTE CASSANDRE, avec Philip Shelby.
  LE CODE ALTMAN, avec Gayle Lynds.
  LE VECTEUR MOSCOU, avec Patrice Larkin.
  LE DANGER ARCTIQUE, avec James Cobb.

LE COMPLOT DES MATARÈSE.
LA TRAHISON PROMÉTHÉE.
LE PROTOCOLE SIGMA.
LA DIRECTIVE JANSON.

*Aux Éditions Robert Laffont*

LA MÉMOIRE DANS LA PEAU.
LA MOSAÏQUE PARSIFAL.
LE CERCLE BLEU DES MATARÈSE.
LE WEEK-END OSTERMAN.
LA PROGRESSION AQUITAINE.
L'HÉRITAGE SCARLATTI.
LE PACTE HOLCROFT.
LA MORT DANS LA PEAU.
UNE INVITATION POUR MATLOCK.
LE DUEL DES GÉMEAUX.
L'AGENDA ICARE.
L'ÉCHANGE RHINEMANN.
LA VENGEANCE DANS LA PEAU.
LE MANUSCRIT CHANCELLOR.
SUR LA ROUTE D'OMAHA.
L'ILLUSION SCORPIO.
LES VEILLEURS DE L'APOCALYPSE.
LA CONSPIRATION TREVAYNE.
LE SECRET HALIDON.
SUR LA ROUTE DE GANDOLFO.

ROBERT LUDLUM

# LA STRATÉGIE BANCROFT

*roman*

*Traduit de l'américain
par*
Dominique Letellier

**BERNARD GRASSET**
PARIS

*L'édition originale de cet ouvrage a été publiée par St. Martin's Press, à New York, en 2006, sous le titre :*

THE BANCROFT STRATEGY

ISBN 978-2-246-65641-8
ISSN 1263-9559

© *MYN PYN LLC, 2006, pour l'édition originale.*
© *Éditions Grasset & Fasquelle, 2009, pour la traduction française.*

**JAFFEIRA :** ... Je me suis lié avec des hommes de cœur, aptes à réformer les maux de l'humanité tout entière.

THOMAS OTWAY (1682)

# PROLOGUE

*Berlin-Est, 1987*

*I*L NE PLEUVAIT PAS ENCORE, mais le ciel plombé ne tarderait pas à s'ouvrir. L'appréhension était palpable. Le jeune homme traversa l'avenue Unter-den-Linden et gagna le Marx-Engels Forum, où des statues géantes en bronze des pères teutons du socialisme regardaient vers le centre de la ville, leurs yeux aveugles fixes et intenses. Derrière eux, des frises en pierre dépeignaient la vie joyeuse des travailleurs sous le communisme. Toujours pas la moindre goutte de pluie. Sous peu, les nuages éclateraient, les cieux s'ouvriraient. *C'est historiquement inévitable*, songea l'homme en utilisant avec rage son jargon socialiste. Chasseur, il poursuivait sa proie, et il en était plus proche que jamais. Il importait d'autant plus de dissimuler la tension qui montait en lui.

Il ressemblait à tout le monde, dans ce prétendu paradis ouvrier. Il avait acheté ses vêtements au Centrum Warenhaus, le grand magasin de l'Alexanderplatz, car on ne vendait pas n'importe où des frusques aussi moches. Mais plus que son apparence de pauvre Berlinois de l'Est, c'était sa manière de marcher, son air impassible, consciencieux, ennuyeux, qui le fondait dans le paysage. Rien en lui n'indiquait qu'il était arrivé de l'Ouest vingt-quatre heures plus tôt et il était sûr de n'avoir attiré l'attention de personne.

Une giclée d'adrénaline crispa ses traits. Il crut reconnaître des pas, derrière lui, alors qu'il s'engageait dans la Karl-Liebknecht Strasse, des pas familiers.

Tous les pas sont les mêmes, et pourtant, tous sont différents. Il y a des variations en poids et en allure, dans la composition des semelles. Les pas sont le solfège de la ville, lui avait appris un de ses instructeurs ; mais pour son oreille exercée, c'était comme distinguer des voix. Avait-il raison ?

Todd ne pouvait pas se permettre qu'on le suive. Il fallait qu'il se trompe !

Ou il fallait qu'il prenne les choses en main.

Jeune membre de la branche ultrasecrète du Département d'État américain appelé « Opérations consulaires », Todd Belknap s'était déjà forgé une réputation de chasseur émérite : il savait retrouver ceux qui voulaient disparaître. Comme la plupart des traqueurs, il travaillait mieux seul. S'il s'agissait de placer quelqu'un sous surveillance, une équipe – aussi large que possible – assurait les meilleurs résultats. Mais un homme qui disparaissait volontairement ne pouvait être surveillé de façon conventionnelle. On pouvait choisir de mobiliser toutes les ressources de l'organisation au service de la chasse – c'était une évidence. Pourtant, les maîtres-espions des Opérations consulaires avaient appris depuis longtemps qu'il s'avérait préférable de lâcher un seul agent de terrain surdoué, de lui permettre d'évoluer en solo, sans s'encombrer d'un entourage onéreux. Libre de suivre ses intuitions. Libre d'obéir à son instinct.

Un instinct qui, si tout allait bien, pourrait le conduire à sa proie, un agent américain renégat, Richard Lugner. Après avoir exploré des dizaines de fausses pistes, Todd ne doutait plus de tenir la bonne.

Mais quelqu'un avait-il suivi la sienne ? Le chasseur était-il traqué ?

Se retourner le rendrait suspect. Il s'arrêta et feignit de bâiller en regardant autour de lui comme s'il admirait les statues géantes, mais prêt à évaluer en une seconde toute personne à proximité immédiate.

Il ne vit personne. Un Marx en bronze assis, un Engels debout, tous deux massifs, radieux avec leur barbe et leur moustache vert-de-grisées. Des rangées de tilleuls. Une étendue de gazon mal entretenu. En face, la masse longue de la boîte en verre cuivré qu'on appelle le Palast der Republik, immeuble à l'allure de cercueil comme pour enterrer l'âme même des êtres humains. Mais le forum avait l'air vide.

C'était un maigre réconfort. De plus, était-il certain de ce qu'il avait entendu ? La tension, il le savait, incitait l'esprit à se jouer des tours, à voir des farfadets dans les ombres. Il lui fallait contrôler son anxiété. Un agent trop sur le qui-vive peut commettre des erreurs de jugement, rater les vraies menaces.

Sur une impulsion, Todd se dirigea vers les reflets sournois du Palast der Republik, le fleuron du régime. Il hébergeait non seulement le parlement de la RDA mais aussi ses salles de réunion, des restaurants, et d'innombrables bureaux chargés d'écrasantes tâches bureaucratiques. C'était le dernier lieu où quiconque oserait le suivre, le dernier lieu où un étranger oserait se montrer – et le premier auquel songea Todd pour s'assurer qu'il était bien seul, comme il l'espérait. Décision inspirée ou erreur de débutant ? Il le découvrirait bientôt. Il s'efforça d'avoir l'air à la fois las et satisfait en s'arrêtant devant les gardes au visage de pierre qui consultèrent, impassibles, sa vieille carte d'identité. Il passa les portes tournantes et entra dans le long hall qui sentait le désinfectant et affichait, en hauteur, comme des horaires de vol dans un aéroport, une liste interminable de bureaux et de salles. *Ne ralentis pas ; ne regarde pas derrière toi ; fais comme si tu ne savais où tu vas et les autres le croiront !* On aurait pu prendre Todd pour... quoi ? Un gratte-papier de retour d'un déjeuner tardif ? Un citoyen en quête de documents pour une nouvelle voiture ? Il tourna deux fois pour arriver aux portes qui s'ouvraient sur Alexanderplatz.

Il s'éloigna du Palast et étudia les images qui se reflétaient sur le verre du bâtiment. Un type dégingandé en chaussures d'ouvrier, une gamelle à la main. Une femme à grosse poitrine et aux yeux gonflés par une nuit alcoolisée. Deux bureaucrates en costume gris et teint assorti. Personne qu'il reconnût ; personne ne déclenchant un signal d'alarme.

Todd Belknap s'engagea sur la superbe promenade de style néoclassique stalinien connue sous le nom de Karl-Marx Allee, large boulevard bordé d'immeubles de huit étages – interminable succession de carreaux de céramique couleur crème, de hautes fenêtres, de portiques romains au-dessus des boutiques. A intervalles irréguliers, les carreaux décoratifs montraient des ouvriers heureux comme ceux qui avaient construit la promenade trois décennies et demie plus tôt. Si Todd se souvenait bien, c'étaient ces mêmes ouvriers qui avaient mené la révolte de juin 1953 contre le régime socialiste – un soulèvement impitoyablement écrasé par les tanks soviétiques. Le style d'architecture « pâtisserie » tant aimé de Staline était fort amer pour ceux qu'il avait contraints à le confectionner. Cette promenade matérialisait un superbe mensonge.

Richard Lugner, quant à lui, incarnait un affreux mensonge. Il avait vendu son pays, et il l'avait vendu cher. Les tyrans sur le déclin de l'Europe de l'Est, Lugner le savait parfaitement, n'avaient jamais été plus désespérés alors, et leur désespoir s'accordait à son appât du gain. Ils ne pouvaient se passer de connaître les secrets américains qu'il fournissait à l'ennemi – entre autres, les noms de contacts sous couverture. Sa traîtrise leur offrait une chance rare de ne pas se faire déboulonner. Il avait conclu des accords séparés avec chaque membre du bloc de l'Est. Une fois les « biens » vérifiés et jugés authentiques – l'identité, disons, d'un Américain infiltré qu'on allait surveiller avec grande attention avant de l'arrêter, de le torturer et de l'exécuter –, Lugner pouvait donner son prix.

Tous les commerçants ne restent pas en bons termes avec leurs clients, mais Lugner avait à l'évidence pris ses précautions. Il devait amener ses clients à soupçonner qu'il gardait quelques cartes dans sa manche, que sa réserve de secrets américains restait bien fournie. Tant que demeurait une possibilité de l'utiliser, ce genre d'homme devait être protégé. Il était logique qu'il se soit retrouvé au sein de la nomenklatura de la Stasi et du gouvernement, installée dans ce qu'on avait appelé des « logements ouvriers », alors que les vrais ouvriers étaient relégués dans de sinistres boîtes en béton. Lugner ne pouvait se permettre de demeurer longtemps au même endroit. Un mois et demi plus tôt, à Bucarest, Todd l'avait raté de quelques heures. Il ne voulait pas risquer que cela se reproduise.

Il attendit que passent quelques vieilles Skoda et traversa le boulevard juste avant l'intersection, où une quincaillerie décrépite offrait sa marchandise. Quelqu'un allait-il le suivre ? Avait-il imaginé qu'on le filait ? Une porte délabrée en plexiglas et aluminium émaillé claqua derrière lui quand il entra. Au comptoir, une femme austère aux cheveux gris et légère moustache posa sur lui un regard morne. La petite boutique puait l'huile de machine ; les étagères croulaient d'objets dont personne – c'était évident au premier regard – n'avait l'usage. La femme, l'*Eigentümerin* de la boutique, le suivit d'un œil sévère pendant qu'il sélectionnait ce qui laisserait entendre qu'il réalisait des travaux de réparation : un seau, un pot de plâtre, un tube d'enduit, un couteau large. Dans une ville où l'on devait constamment tout réparer, ces outils expliqueraient sa présence, où qu'il apparaisse. La femme au comptoir lui adressa un autre de ces regards le-client-a-toujours-tort, mais prit son argent, bien que d'un air boudeur, en guise de compensation pour l'insulte infligée.

Il n'eut aucune difficulté à entrer dans l'immeuble – avantage ironique de la vie au sein d'un État sécuritaire. Todd attendit que deux *Hausfrauen* odieusement parfumées et chargées de sacs en tissu pleins de provisions ouvrent la porte marquée *Haus 435*, puis les suivit, ses outils lui accordant non seulement une légitimité instantanée mais une approbation muette. Il descendit de l'ascenseur au $7^e$ étage, au-dessus du leur. S'il avait raison – si son informateur maigrichon aux cheveux gras était fiable –, il se trouvait à quelques mètres de sa proie.

Son cœur se mit à battre à tout rompre. Il ne s'agissait pas d'une proie ordinaire. Richard Lugner avait déjoué tous les pièges imaginables, puisqu'il en avait conçu plus d'un lui-même, à l'époque où il servait les États-Unis. Les services secrets américains avaient accumulé une liste de lieux où on l'aurait vu, ces dix-huit derniers mois, mais Todd n'accordait foi qu'à quelques-uns. Lui-même avait remonté plus d'une piste ces trois derniers mois, sans jamais rien trouver, et ses supérieurs n'étaient plus intéressés que par « une Vue Directe et Positive Confirmée » (une VDPC) de sa proie. Cette fois, il ne surveillait pas simplement un bar, un café ou un hall d'aéroport ; cette fois, il avait une adresse. Véridique ? Aucune garantie. Pourtant, son flair lui disait que la chance avait tourné en sa faveur. Il avait frappé au hasard et touché juste.

Les minutes à venir seraient cruciales. Les quartiers de Lugner – une belle suite, à l'évidence, avec des fenêtres sur la rue principale et sur la ruelle qui débouchait dedans, Koppenstrasse – se trouvaient au bout d'un long couloir, puis d'un plus court. Todd s'approcha de la porte et posa son seau ; de loin, on le prendrait pour un ouvrier occupé à réparer une dalle cassée du sol. Après avoir vérifié qu'il était seul, Todd s'agenouilla devant la poignée en bec-de-cane et inséra un petit instrument d'optique dans le trou de la serrure. S'il pouvait établir une VDPC, il continuerait sa surveillance pendant qu'on mobiliserait, à sa demande, une équipe d'exfiltration.

Un très gros « si ». Pourtant, cette fois, la piste était assez courte pour que Todd ait de l'espoir. Il avait commencé par une visite nocturne à la pissotière de la gare de Friedrichstrasse, où il avait accosté un des « Garçons de la Gare », les prostitués qui fréquentaient ce genre de lieux. Ils partageaient les informations avec bien plus de réticence que leur corps, et il fut vite clair que ça lui coûterait plus cher qu'une passe. Les tendances mêmes qui avaient amené Lugner à passer à l'ennemi, Todd en avait toujours été convaincu, allaient trahir le traître. Un goût pour la chair fraîche. Les vices de Lugner l'auraient rattrapé s'il était resté à Washington : ce n'était pas le genre d'appétit qu'on pouvait assouvir facilement. En qualité d'hôte privilégié des pays du bloc de l'Est, Lugner pouvait encore compter qu'on ignorerait ses attirances, voire qu'on les encouragerait. De leur côté, parce qu'ils vivaient dans un État policier, les Garçons de la Gare étaient, par nécessité, étroitement soudés. Si un de leurs membres avait été « diverti » par un généreux Américain à la peau grêlée avec un penchant pour les gamins de treize ans, Todd trouvait plausible que la nouvelle se soit répandue.

Il fallut une bonne dose de cajoleries et de garanties, sans parler d'une liasse de marks, pour que le garçon finisse par aller poser des questions autour de lui. Il revint deux heures plus tard avec un bout de papier, un sourire triomphal sur son visage boutonneux. Todd se souvenait de l'haleine de lait tourné de son informateur, de ses mains moites. Mais le bout de papier ! Todd considérait qu'il justifiait tout ce qu'il lui avait coûté.

Il tordit le viseur à fibre optique, l'insérant lentement en position. Il n'était pas très habile à ce genre de technique et n'avait pas droit à l'erreur.

Il entendit un bruit derrière lui, le frottement de bottes sur le carrelage. Quand il se retourna, il se trouva face au canon court d'une carabine SKS, puis vit l'homme qui la tenait : il portait un uniforme gris-bleu aux boutons métalliques, et une radio de communication en plastique beige sous son épaule droite.

La Stasi. La police secrète d'Allemagne de l'Est.

Une sentinelle officielle, sans aucun doute, postée là pour veiller sur l'éminent Herr Lugner. Il devait être assis dans un coin sombre, invisible.

Todd Belknap se redressa doucement, les mains levées, l'air surpris mais calculant déjà sa riposte.

L'arme au poing, la sentinelle de la Stasi aboya dans son talkie-walkie beige avec l'accent dur du vrai Berlinois. Un instant distrait, l'homme serait mal préparé à un mouvement soudain. Todd portait son pistolet à la cheville. Il prétendrait montrer à la sentinelle le contenu de son seau et en profiterait pour récupérer un outil bien plus létal.

Soudain, il entendit la porte de l'appartement s'ouvrir derrière lui et à peine avait-il senti la chaleur du logement qu'on lui assénait un coup violent sur le côté du crâne. Des bras puissants le poussèrent et il tomba à plat ventre sur le parquet de l'entrée. Une botte s'abattit sur sa nuque. Des mains qu'il ne voyait pas le fouillèrent, extirpèrent le petit pistolet de l'étui à sa cheville. On le traîna dans la pièce voisine. Une porte claqua derrière lui. L'endroit était sombre, les volets clos ; l'unique lumière venait d'une étroite fenêtre sur la ruelle, et la pénombre du soir pénétrait à peine celle de l'appartement. Il lui fallut un moment pour que ses yeux s'y accoutument.

Putain ! Est-ce qu'ils l'avaient suivi durant tout ce temps ?

Maintenant qu'il parvenait à distinguer ce qui l'entourait, il comprit qu'il se trouvait dans une sorte de cabinet de travail, avec un tapis turc luxueux au sol, un miroir au cadre d'ébène au mur, un grand bureau de style Biedermeier.

Derrière, debout, Richard Lugner.

Un homme qu'il n'avait jamais rencontré ; un visage qu'il reconnaîtrait n'importe où : une bouche comme une simple fente, des joues grêlées, une cicatrice longue de cinq centimètres sur le front, incurvée comme un second sourcil gauche – les photos lui rendaient justice. Todd plongea son regard dans les petits yeux anthracite de l'homme, qui tenait entre ses mains un fusil puissant, ses deux canons pointés vers lui comme une seconde paire d'yeux funestes.

Deux autres hommes armés – des professionnels bien entraînés, à l'évidence – flanquaient le bureau et visaient l'intrus. Des membres de sa garde privée, devina Todd – et Lugner ne doutait ni de leur loyauté ni de leur compétence, car il les avait choisis, il les payait et leur avenir était lié au sien. Pour un homme dans la position où se trouvait Lugner, c'était un bon investissement. Les deux acolytes s'approchèrent de Todd, leur arme toujours braquée sur lui.

« Voilà un petit emmerdeur bien tenace ! dit enfin Lugner d'une voix nasale éraillée. Une vraie tique humaine ! »

Todd ne dit rien. Les armes semblaient bien trop professionnelles. Il ne pouvait rien faire pour changer cette mécanique fatale.

« Ma mère nous retirait les tiques à l'aide d'une braise. Ça faisait un mal de chien. Et ça faisait plus mal encore au parasite. »

Un des gardes du corps émit un petit rire guttural.

« Oh, arrête de faire l'innocent, continua le traître. Mon proxénète à Bucarest m'a parlé de ta conversation avec lui – qui lui a valu un bras en écharpe. Il n'a pas eu l'air d'apprécier. Tu es un très méchant garçon ! affirma-t-il avec une moue de réprobation. Se battre n'a jamais rien résolu – on ne te l'a pas dit, en sixième ? Quel dommage, ajouta-t-il avec un clin d'œil, que je ne t'aie pas connu à cette époque-là ! Moi, tu m'aurais écouté, et tu aurais beaucoup appris.

— Va te faire foutre ! grogna Todd.

— Quel mauvais caractère ! Tu dois apprendre à maîtriser tes émotions si tu ne veux pas qu'elles te dominent. Dis-moi, blanc-bec, comment est-ce que tu m'as trouvé ? Je vais devoir garrotter Popol. Remarque, le gosse a prétendu qu'il aimait ça. Je lui ai dit que j'allais l'emmener quelque part où il n'était jamais allé. La prochaine fois, on passera au niveau supérieur. Le niveau final. Je ne crois pas que quiconque s'en inquiétera. »

Involontairement, Todd frissonna. Les deux mercenaires de Lugner sourirent.

« Ne t'en fais pas, dit le traître d'une voix faussement rassurante. Toi aussi je vais t'emmener quelque part où tu n'es jamais allé. Est-ce que tu as déjà déchargé un Mossberg tactique .410 à bout portant ? Sur un homme, je veux dire. Moi, oui. C'est une expérience incomparable. »

Todd passa du noir sans fond du canon au noir sans fond des yeux de Lugner.

Lugner, lui, détourna le regard vers le mur juste derrière son prisonnier. « On ne sera pas dérangé, je te le promets. Les murs sont merveilleusement épais dans cet immeuble, et les plombs feront à peine sauter la peinture. En plus, j'ai fait insonoriser l'appartement. J'ai pensé que ce ne serait pas bien de déranger les voisins, si un des Garçons de la Gare était du genre bruyant, dit-il en écartant ses lèvres fines sur des dents de porcelaine en un simulacre hideux de sourire. Mais tu vas connaître un autre genre de décharge aujourd'hui. Tu vois, ce Mossberg ? Quand il traverse quelqu'un, je t'assure, il creuse un trou où on peut passer le bras ! »

Todd tenta de bouger, mais il se retrouva immobilisé par des poignes d'acier.

Lugner regarda ses deux hommes de main, l'air d'un chef cuisinier sur le point de révéler un secret de cuisine pour la télévision. « Vous croyez que j'exagère ? Permettez que je vous montre : jamais vous n'avez fait une telle expérience, jeune homme. Et ce sera la dernière », dit-il en retirant la sécurité de son fusil.

Todd Belknap ne donna de sens que rétrospectivement à ce qui se passa alors. La fenêtre explosa. Lugner, surpris, se tourna vers la vitre brisée sur sa gauche. Un éclair sortit d'une arme et, une fraction de seconde plus tard, traversa l'appartement sombre comme une boule de feu reflétée par le miroir et les surfaces métalliques, et...

Une filet de sang s'échappa de la tempe droite de Richard Lugner.

L'expression du traître s'amollit soudain et il s'effondra au sol, immobile, son Mossberg tombant avec lui. Un tireur d'élite lui avait logé une balle dans la tête.

Les gardes du corps se déployèrent et visèrent la fenêtre brisée. Un sniper ?

« Attrape ! » cria une voix à l'accent américain.

Un pistolet fendit l'air en direction de Todd. Il s'en saisit au vol par réflexe, conscient de la demi-seconde d'incertitude des deux hommes de main, qui devaient décider sur qui tirer en premier, sur le prisonnier ou... sur cet inconnu élancé qui venait de sauter par la fenêtre. Todd roula sur le plancher, sentit une balle filer juste au-dessus de son épaule et tira deux fois sur le tueur le plus proche de lui, en pleine poitrine. Viser au centre de la plus grosse masse : procédure standard quand on ne peut prendre ses marques. Mais ce n'était pas la chose à faire pour un combat à bout portant comme celui-ci. Seule une balle en plein front pouvait neutraliser l'adversaire. Blessé à mort, du sang écarlate jaillissant de son sternum, l'homme vidait son chargeur comme un fou. Les murs solides amplifièrent le vacarme du gros calibre et, dans la pénombre, les éclairs sortant du canon furent d'une luminosité douloureuse.

Todd tira une deuxième fois et atteignit l'homme au visage. L'arme, un vieux Walther semi-automatique que certains anciens militaires préféraient parce qu'il ne s'enrayait jamais, tomba lourdement au sol, suivi par son propriétaire.

L'inconnu – grand, agile, en combinaison de travail couverte d'éclats de verre – esquiva les balles et tira une seule balle dans la tête de l'autre tueur, qui à son tour s'effondra, neutralisé.

Un étrange silence s'installa. L'inconnu avait presque eu l'air de s'ennuyer en abattant Lugner et son équipe, et rien n'indiquait que son pouls eût accéléré le moins du monde. « J'imagine qu'ils avaient posté une sentinelle de la Stasi dans une des alcôves, dehors », finit-il par dire d'une voix traînante.

C'était précisément ce que Todd aurait dû anticiper. Une fois de plus, il maudit sa stupidité en silence. « Mais je ne crois pas qu'il va entrer », dit-il.

Todd avait la bouche sèche, la voix rauque. Il sentait les muscles de ses jambes trembler, vibrer comme une corde de violoncelle. Jamais auparavant il n'avait été du mauvais côté d'une arme. « Je crois que, pour les autorités officielles, le jeu consistait à laisser leur hôte utiliser ses propres méthodes pour... disposer des visiteurs importuns.

— J'espère qu'il a une femme de ménage efficace », dit l'inconnu.

Il retira quelques éclats de verre de sa combinaison marron. Ils étaient là, en compagnie de trois cadavres ensanglantés, et il ne semblait pas du tout pressé. Il tendit la main. « Je m'appelle Jared Rinehart, au fait. »

Il avait une poignée de main ferme et sèche. Maintenant qu'il se tenait près de lui, Belknap remarqua que Rinehart ne transpirait pas, que pas un de ses cheveux n'était décoiffé. C'était un modèle de sang-froid. Quant à lui, il lui suffit d'un coup d'œil dans le miroir pour confirmer qu'il était dans un état pitoyable.

« Tu as décidé d'une approche directe, commenta Jared. Ça demande du cran, mais c'est un peu risqué, surtout quand il y a un appartement vide juste au-dessus.

— Je comprends », grogna Todd.

Et c'était vrai, car il reconstruisait maintenant dans son esprit l'intervention de Rinehart, l'intelligent calcul stratégique qui l'y avait conduit. « J'ai compris la leçon. »

Rinehart était tout en longueur, comme un Christ de la période maniériste, avec des membres élégants et des yeux gris-vert curieusement songeurs ; il se déplaçait avec une grâce féline. « Ne t'en veux pas d'avoir raté le type de la Stasi, ce que tu as accompli me laisse admiratif. Cela fait des mois que je tente de traquer M. Lugner, en vain.

— Tu l'a trouvé, cette fois. »

Ça démangeait Todd de demander : *qui donc es-tu ?* Mais il décida de ne pas précipiter les choses.

« Pas vraiment, dit son sauveur. C'est toi que j'ai trouvé.

— Moi ? »

Les pas dans le Marx-Engels Forum. Le tour de passe-passe d'un vrai pro. Le reflet de l'ouvrier émacié surpris dans le verre couleur ambre du Palast der Republik.

« Je suis arrivé ici parce que je t'ai suivi. Tu m'as donné du mal, tu peux me croire. Tu étais pareil à un chien sur la piste d'un renard ; et moi, à bout de souffle, je suivais comme un gentleman en jodhpurs ! dit-il avant de regarder autour de lui comme s'il voyait enfin la scène. Bon sang ! On dirait qu'une star du rock a mis sa chambre d'hôtel à sac. Mais je crois que le boulot est fait, pas toi ? Mes employeurs, en tout cas, ne seront pas du tout mécontents. M. Lugner a donné un très mauvais exemple aux espions en service : mener la belle vie et donner la mort. Maintenant, par contre, il est un très bon exemple. Il a perçu le salaire de ses péchés », conclut-il en regardant le corps de Lugner avant de croiser le regard de Todd.

Todd vit le sang des trois hommes imbiber la moquette, s'oxyder et virer au rouille comme si on l'avait teint. Une vague de nausée l'envahit. « Comment as-tu su que tu devais me suivre ?

— J'étais en reconnaissance, ou plutôt en maraude, près des souks d'Alexanderplatz, quand j'ai cru reconnaître une silhouette que j'avais vue à Bucarest. Je ne crois pas aux coïncidences, et toi ? J'en ai conclu que tu étais lié à lui. Mais de quelle manière ? J'ai tenté ma chance. »

Todd se contenta de soutenir son regard.

« Maintenant, continua Jared Rinehart, la seule question, c'est : Es-tu un ami ou un ennemi ?

— Pardon ?

— C'est grossier, je sais, dit Jared avec une grimace. C'est comme parler boulot pendant un dîner mondain, ou demander aux gens comment ils gagnent leur vie à un cocktail. Mais je suis directement concerné par le problème. J'aimerais savoir si tu es... employé par les Albanais en somme. J'ai entendu dire qu'ils croient que M. Lugner a gardé les informations vraiment importantes pour leurs rivaux du bloc de l'Est, et tu sais comment sont les Albanais, quand ils considèrent qu'on les a floués ! Quant aux Bulgares... Enfin, bon, ne me lance pas là-dedans, dit-il en sortant un mouchoir pour essuyer le menton de Todd. Ce n'est pas tous les jours qu'on tombe sur leurs tueurs. C'est donc pour ça que je dois te le demander : Es-tu une bonne fée ou une méchante sorcière ? Tu as été éclaboussé de sang, expliqua-t-il en lui présentant le mouchoir comme s'il faisait une révérence. Tu peux le garder.

— Je ne comprends pas, dit Todd avec un mélange d'incrédulité et d'admiration dans la voix. Tu viens de risquer ta vie pour sauver la mienne... sans même savoir si j'étais un allié ou un ennemi ?

— Tu m'as fait bonne impression, disons. Et c'était forcément l'un ou l'autre. Un métier à risque, je te l'accorde, mais si tu ne lances pas les dés, tu n'entres pas dans le jeu. Oh, avant que tu répondes à ma question, il faut que tu saches que je suis ici en tant que représentant officieux du Département d'État américain.

— Bon Dieu de merde ! dit Todd en remettant ses idées en place. Les Opérations consulaires ? L'équipe Pentheus ? »

Rinehart sourit. « Tu appartiens aussi aux Opérations consulaires ? On devrait avoir une poignée de main secrète, tu ne crois pas ? Ou une cravate – mais j'aurais exigé d'en choisir le motif.

— Les salauds ! s'exclama Todd que cette révélation laissait pantois. Pourquoi est-ce qu'on ne m'a rien dit ?

— Laisser les gens deviner, c'est leur philosophie. Si tu interroges les gars des Opérations, au Département d'Etat, ils t'expliqueront qu'il existe bien une procédure, surtout quand des agents partent en solo. Des unités clandestines distinctes et sans lien entre elles. Ils te parleront de "partition opérationnelle". L'inconvénient, c'est qu'on se marche sur la queue. L'avantage, c'est d'éviter les séances de réflexion en groupe, les verrouillages, la diversité des approches. C'est ce qu'ils te diront. Mais en vérité, je crois que c'est juste une foirade ordinaire, aussi banale que du chiendent. »

En parlant, il porta son attention vers une table en acajou et laiton, dans un coin du bureau. Il prit une bouteille et s'illumina. « Une slivovitz de Suvoborska de vingt ans d'âge ! Pas mal. Je crois qu'un petit verre ne nous ferait pas de mal, non ? On l'a bien mérité ! Cul sec ! » s'écria-t-il.

Todd hésita, puis avala le contenu du verre qu'il lui tendait, l'esprit toujours aussi confus. Tout autre agent dans la position de Rinehart serait resté en observation. S'il avait fallu intervenir directement, l'effraction aurait été déclenchée quand Lugner et ses hommes de main auraient baissé leurs armes – soit un moment après les avoir utilisées. On aurait décerné à Todd Belknap une médaille posthume à poser sur son cercueil. Lugner aurait été tué ou arrêté. L'autre agent aurait été félicité et promu. Les organisations apprécient plus la prudence que le courage. On n'attendait de personne qu'il entre, seul, dans une pièce où trois hommes s'apprêtent à tuer. L'irruption de Jared sur les lieux défiait toute logique, sans parler des procédures opérationnelles standard.

Mais qui était donc cet homme ?

Jared Rinehart fouillait les poches d'un des gardes tués. Il en sortit un pistolet américain compact, un Colt à canon court, dégagea le chargeur et regarda à l'intérieur. « C'est le tien ? »

Todd grogna son assentiment et Jared lui lança son arme. « Tu es un homme de goût. Balles neuf millimètres à pointe creuse semi-blindées. Excellent équilibre entre puissance et pénétration, et ça n'a rien de standard. Les Britanniques disent qu'on peut juger un homme à ses chaussures. Je dirais que son choix de munitions vous apprend tout ce que vous devez savoir sur lui.

— Il y a une chose que je voudrais bien savoir, moi ! dit Todd, qui n'avait toujours pas rassemblé tous les éléments des dernières minutes. Et si je n'étais pas un allié ?

— Il y aurait alors un quatrième corps pour le nettoyeur », dit Rinehart. Il posa une main sur l'épaule de Todd et la serra pour le rassurer. « Mais tu vas apprendre quelque chose à mon propos : je suis très fier d'être un bon ami pour mes bons amis.

— Et un ennemi dangereux pour tes ennemis dangereux ?

— On se comprend ! Donc : Allons-nous quitter la fête du Palais des ouvriers ? Nous avons rencontré notre hôte, nous lui avons présenté nos respects, nous avons bu un coup – je crois que nous pouvons maintenant partir sans être impolis. Ce n'est jamais une bonne idée d'être le dernier à quitter les lieux. Si tu gagnes la fenêtre, dit-il après un coup d'œil au visage sans expression des trois cadavres, tu remarqueras une sellette et un échafaudage, tout ce qu'il faut pour un après-midi de lavage de carreaux – bien qu'à mon avis, on les laissera tels quels. »

Il entraîna Todd à travers la fenêtre brisée jusqu'à la plate-forme. Étant donné tout l'entretien que nécessitaient ces immeubles, il y avait peu de chances pour que cette nacelle attire l'attention sur la ruelle, sept étages plus bas, même s'il y avait eu des passants.

Rinehart retira du revers de la main les derniers éclats de verre de sa combinaison de travail. « Voilà l'engin, monsieur... ?

— Belknap, dit-il en prenant pied sur la nacelle.

— Nous y voilà, Belknap. Quel âge as-tu ? Vingt-cinq, vingt-six ans ?

— Vingt-six. Et tu peux m'appeler Todd. »

Jared Rinehart fit fonctionner le treuil. Après une secousse, la plate-forme amorça une descente lente et saccadée. « Tu n'es donc dans la boîte que depuis deux ans, en gros. Moi, je fêterai mes trente ans l'année prochaine. Ça me fait quelques années d'expérience de plus. Permets donc que je te dise ce qui t'attend : tu vas découvrir que la plupart de tes collègues sont médiocres. C'est dans la nature de toute organisation. Donc, si tu rencontres quelqu'un qui a de vrais dons, tu le surveilles. Parce que, dans les services secrets, presque tous les progrès réels sont dus à une poignée de personnes. Ceux-là, ce sont des perles. Il ne faut pas les perdre, les égratigner, les écraser, si tu prends ce que tu fais à cœur. Se consacrer à son travail, ça veut dire se consacrer à ses amis. On doit à l'écrivain anglais E. M. Forster une phrase célèbre, ajouta-t-il les yeux brillants. Peut-être la connais-tu. Il a écrit que s'il devait choisir entre trahir son ami et trahir son pays, il espérait qu'il aurait le courage de trahir son pays.

— Ça me dit quelque chose... dit Todd qui ne parvenait pas à détacher les yeux de la ruelle, heureusement toujours vide. C'est ta philosophie ? »

Il sentit une goutte de pluie, solitaire mais lourde, puis une autre.

Rinehart secoua la tête. « Au contraire. La leçon, c'est qu'il faut choisir ses amis avec beaucoup de prudence... Parce que, ajouta-t-il, on ne devrait jamais devoir faire un tel choix. »

Arrivés au niveau du sol, ils quittèrent la nacelle.

« Prends le seau ! » dit Rinehart.

Todd s'exécuta, conscient que c'était là une sage mesure. La combinaison et la casquette de Jared constituaient un formidable déguisement dans une ville d'ouvriers ; un seau et des outils suffisaient à se fondre dans la masse.

Une autre goutte de pluie s'écrasa sur le front de Todd. « Ça va tomber, dit-il en l'essuyant.

— Tout va tomber, répondit l'agent efflanqué d'un air mystérieux. Et tout le monde ici, au fond de son cœur, s'en rend très bien compte. »

Rinehart connaissait bien la topographie de la ville, il savait quelles boutiques donnaient sur deux rues, quelles allées débouchaient dans d'autres, puis dans une rue. « Qu'as-tu pensé de Richard Lugner après votre brève rencontre ? »

Le visage grêlé, mauvais, impossible du traître lui revint en mémoire. « Démoniaque », s'entendit-il répondre.

C'était un mot qu'il utilisait rarement. Mais aucun autre ne convenait. Les deux trous des canons de son arme étaient gravés dans son esprit, comme les yeux cruels de Lugner.

« Quelle comparaison ! s'exclama Rinehart avec un hochement de tête. Peu en vogue de nos jours, mais néanmoins indispensable. Nous nous croyons trop évolués pour parler du diable. Tout individu est censé être analysé sous l'angle des forces sociales, psychologiques et historiques. Quand on voit les choses ainsi, le diable disparaît du paysage, n'est-ce pas ? »

Rinehart entraîna le jeune homme dans un centre commercial souterrain qui donnait sur une place traversée par une route. « Nous aimons prétendre que nous ne parlons pas du diable parce que nous avons dépassé ce concept. Je m'interroge. Je suppose que la motivation est en soi profondément primitive. Comme des adorateurs d'un fétiche tribal des temps anciens, nous imaginons qu'en ne prononçant pas son nom, ce à quoi il fait référence va disparaître.

— C'est son visage... grogna Todd.

— Un visage que seule Helen Keller aurait pu aimer, dit Rinehart en mimant la progression des doigts sur un livre en braille.

— La manière dont il vous regarde.

— Regardait ! insista Rinehart. J'ai connu ce type. Il était très impressionnant. Et comme tu l'as dit : démoniaque. Pourtant, tous les démons n'ont pas de visage. Le ministère d'État à la Sécurité, dans ce pays, nourrit des gens comme Lugner. C'est aussi une entité démoniaque. Monumentale et sans visage. »

Si Rinehart avait conservé un ton égal, sa voix trahissait sa passion. L'homme était posé – jamais Todd n'avait rencontré plus posé que lui – mais il n'était pas cynique. Au bout d'un moment, Todd se rendit compte d'autre chose : les paroles de son compagnon n'étaient pas un simple moyen de s'exprimer, mais une façon de distraire et de calmer un jeune agent dont les nerfs avaient été gravement mis à l'épreuve. Son bavardage, c'était une gentillesse qu'il lui destinait.

Vingt minutes plus tard, les deux hommes – des ouvriers selon toute apparence – approchaient de l'ambassade américaine, un immeuble de style Shinkel en marbre, souillé par la pollution. De grosses gouttes tombaient de temps à autre. Une odeur familière de terreau montait du sol. Todd envia la casquette de Jared. Trois policiers de la RDA, qui observaient l'ambassade depuis leur poste, sur le trottoir d'en face, rajustèrent leur parka en nylon dans l'espoir de garder leurs cigarettes au sec.

Quand les deux Américains furent presque arrivés à l'ambassade, Rinehart détacha une patte agrippée par du velcro sur sa combinaison, découvrant une petite plaque codée à son nom, que vérifia un des deux plantons américains à l'entrée de service. Un rapide hochement de tête et les deux hommes se retrouvèrent de l'autre côté de la clôture. Todd sentit quelques gouttes de plus, lourdes, tomber sur le macadam. Le portail en fonte se referma brutalement. Peu de temps auparavant, la mort avait paru certaine. Maintenant, sa sécurité était assurée. « Je viens de me rendre compte que je n'ai pas répondu à la première question que tu m'as posée, dit-il à son compagnon.

— Si tu es un ami ou un ennemi ?

— Eh bien, disons que nous sommes amis, dit Todd avec une soudaine bouffée de gratitude et de chaleur. Parce que je ne refuserais pas d'avoir davantage d'amis comme toi. »

L'agent lui adressa un regard affectueux qui le jaugeait pourtant. « Un seul peut te suffire », répondit-il avec un sourire.

Plus tard, des années plus tard, Todd Belknap aurait des raisons de songer combien une brève rencontre pouvait influer sur la vie d'un homme. Certains instants divisent l'existence entre avant et après. Pourtant, il était impossible, sauf rétrospectivement, de reconnaître ces moments. Sur le coup, l'esprit de Todd n'avait qu'une idée, ardente bien que banale : *Quelqu'un m'a sauvé la vie aujourd'hui*, comme si cet acte avait simplement restauré la normalité, comme s'il pouvait y avoir un retour en arrière, à ce que les choses étaient, avant. Il ne savait pas – il ne pouvait pas savoir – que sa vie venait de changer à jamais. Sa trajectoire, de manière à la fois imperceptible et spectaculaire, s'était modifiée.

Quand les deux hommes arrivèrent sous l'auvent couleur olive qui protégeait le pignon du consulat, la pluie tambourinait sur sa grosse toile cirée et s'en écoulait à flots. L'averse avait éclaté.

# PREMIÈRE PARTIE

*Chapitre un*

*Rome*

ON DIT QUE ROME FUT CONSTRUITE sur sept collines. Le Janicule est la huitième. Dans l'Antiquité, elle était consacrée au culte de Janus, le dieu des sorties et des entrées, le dieu aux deux visages. Todd Belknap aurait bien besoin de ses dons. Au deuxième étage d'une villa sur la via Angelo Masina, imposant immeuble néoclassique aux murs en stuc ocre-jaune et aux piliers blancs, l'agent secret consulta sa montre pour la cinquième fois en dix minutes.

*C'est ton boulot*, s'affirma-t-il en silence.

Mais ce n'était pas ce qu'il avait prévu. Il longea rapidement le couloir – une surface qui, fort heureusement, était carrelée et non en parquet grinçant. La rénovation avait retiré les lattes pourries, vestiges de travaux précédents. Combien y avait-il eu de modifications depuis la construction d'origine, au XVIII$^e$ siècle ? La villa, sur un aqueduc de Trajan, pouvait s'enorgueillir d'un passé illustre. En 1848, aux beaux jours du Risorgimento, Garibaldi y avait son quartier général ; on dit que le sous-sol aurait été agrandi pour servir d'armurerie de secours. La villa avait aujourd'hui retrouvé son dessein militaire, bien que plus funeste. Elle appartenait à Khalil Ansari, un trafiquant d'armes yéménite. Et pas n'importe lequel. Les analystes des Opérations consulaires avaient établi qu'il fournissait des armes non seulement dans le Sud-Est asiatique mais aussi en Afrique. Ce qui le distinguait des autres, c'était sa discrétion, le soin qu'il prenait à dissimuler ses déplacements, ses fonds, son identité. Jusqu'à maintenant.

Todd n'aurait pu arriver à un meilleur – ou à un pire – moment. En deux décennies comme agent de terrain, il en était venu à redouter les coups de chance qui surgissaient presque trop tard. Il avait connu ça au début de sa carrière, à Berlin Est. Ça s'était reproduit sept ans plus tôt à Bogotá. Et voilà qu'il se retrouvait dans la même situation, ici, à Rome. Jamais deux sans trois, comme son ami Jared Rinehart le disait ironiquement.

Ansari, on le savait, était sur le point de conclure un gros accord commercial, qui impliquerait une série d'échanges simultanés entre différents partenaires. D'après tout ce qu'on avait appris, c'était un marché d'une complexité aussi énorme que son amplitude – un marché que sans doute seul Khalil Ansari était en mesure d'orchestrer. Selon les sources des services secrets, le contrat final serait signé le soir même, grâce à une vidéoconférence intercontinentale. Si l'utilisation de lignes sûres et de cryptages sophistiqués éliminait les solutions standard des services secrets, les découvertes de Todd pouvaient tout changer. Il suffisait qu'il place un micro espion au bon endroit et les Opérations consulaires obtiendraient des informations cruciales sur le fonctionnement du réseau d'Ansari. Avec un peu de chance, l'arrogant réseau serait exposé – et un marchand de mort multimilliardaire traîné devant la justice.

C'étaient de bonnes nouvelles. La mauvaise nouvelle : Todd Belknap n'avait identifié Ansari que quelques heures plus tôt, et il n'avait donc pas le temps d'organiser une opération coordonnée ni d'obtenir un soutien ou l'approbation de son plan par le quartier général. Il n'avait d'autre choix que d'y aller seul. Il ne pouvait laisser passer cette chance.

Sur son polo, son badge avec photo disait « Sam Norton », un des architectes engagés pour les dernières rénovations, employé de l'entreprise britannique chargée du projet. Cela lui avait donné accès à la maison, mais ne pourrait expliquer sa présence au second étage. Cela ne justifierait surtout pas qu'il se trouve dans le bureau personnel d'Ansari. Si on l'y trouvait, tout serait fini – de même que si on découvrait le garde qu'il avait endormi d'une fléchette au Carfentanyl et enfermé dans un placard à balais du couloir. Ça mettrait un point final à l'opération – et à sa carrière... voire pire.

Todd en était parfaitement conscient, mais ça ne l'émouvait pas. En fouillant du regard le bureau du trafiquant d'armes, il éprouvait une sorte d'engourdissement opérationnel, comme s'il s'observait de l'extérieur. L'élément céramique du micro de contact pourrait être caché... où ? Un vase sur une console, avec une orchidée. Le vase servirait d'amplificateur naturel. Il serait inspecté par l'équipe yéménite, mais pas avant le matin. Un mouchard – il avait un modèle récent – enregistrerait les messages tapés sur le clavier d'ordinateur d'Ansari. Un murmure résonna dans l'écouteur de Todd, réponse à une impulsion émise par un petit détecteur de mouvement qu'il avait discrètement placé dans le couloir.

Quelqu'un était-il sur le point d'entrer ? Pas bon, pas bon du tout ! Il avait passé presque toute l'année à tenter de localiser Khalil Ansari, et maintenant, le danger, c'était que Kahalil Ansari le localise !

*Merde !* Ansari n'était pas censé revenir si vite. Todd parcourut la pièce du regard. Il n'y avait guère de cachettes, à part un placard à portes en lattes, près du bureau. Ce n'était pas idéal. Todd s'y glissa et se recroquevilla au ras du sol. Il y faisait une chaleur désagréable du fait des routeurs et des connexions électriques de l'ordinateur. Il compta les secondes. Le détecteur de mouvement miniature avait pu être déclenché par un insecte ou un rongeur. Il s'agissait sûrement d'une fausse alarme.

Non. Quelqu'un entrait dans la pièce. Todd regarda entre les lattes et distingua la silhouette : Khalil Ansari – un homme qui tendait de toute part vers la rondeur, fait d'ovales, comme dans un cours d'arts plastiques. Jusqu'à sa barbe bien taillée, arrondie aux extrémités. Ses lèvres, ses oreilles, son menton, ses joues, tout était plein, doux, moelleux. Il portait un caftan en soie blanche, drapé autour de son corps massif. Il s'approcha du bureau, l'air distrait. Seuls les yeux du Yéménite étaient vifs et scrutaient la pièce comme un samouraï fait virevolter son épée. Avait-on vu Todd ? Il espérait que l'obscurité du placard le dissimulerait. Il avait compté sur bien des choses. Une autre erreur de calcul et il était *dégagé*.

Le Yéménite laissa tomber sa masse dans le fauteuil en cuir, fit craquer ses doigts et tapa vite quelques lettres – un mot de passe, sans aucun doute. Todd resta accroupi dans son casier, et ses genoux commencèrent à lui faire mal. A plus de quarante-cinq ans, il n'avait plus la souplesse de ses jeunes années. Mais il ne pouvait se permettre de bouger ; le craquement d'une articulation trahirait instantanément sa présence. Si seulement il était arrivé quelques minutes plus tôt, ou Ansari quelques minutes plus tard ! Il aurait déjà relié au clavier le gadget électronique capable de décrypter les impulsions émises par chaque touche. Sa priorité était de rester en vie, de subir sans broncher les protestations de son corps. Il serait toujours temps pour les rapports post mortem et post action.

Le trafiquant d'armes changea de position avant de taper une autre séquence d'instructions. Il envoyait des messages par courriel. Ansari tambourina le bureau du bout des doigts puis pressa un bouton dans un boîtier en marqueterie de bois de rose. Peut-être mettait-il en place une conférence téléphonique par Internet. Peut-être toute cette conférence serait-elle menée en texte crypté, par le biais d'un chat écrit. Il aurait pu tant en apprendre, si seulement... trop tard pour les regrets – qui taraudaient pourtant Todd.

Il se souvint de son exaltation, il n'y avait pas si longtemps, quand il avait traqué et coincé sa dernière proie. C'était Jared Rinehart qui l'avait en premier appelé « le Limier », et ce surnom honorifique avait fait mouche. Si Todd Belknap disposait d'un don particulier pour trouver les gens qui souhaitaient garder l'anonymat, il était persuadé que c'était uniquement dû à sa persévérance – même s'il n'avait jamais pu en convaincre ses collègues.

C'était en tout cas ce qui lui avait permis de trouver Khalil Ansari, alors que tous les autres étaient revenus bredouille. Les bureaucrates creusaient, leurs pelles heurtaient la roche et ils abandonnaient, découragés. Pas Todd Belknap. Chaque traque était différente ; chacune supposait un mélange de logique et d'intuition, car les êtres humains suivent logique et intuition. Ni l'une ni l'autre ne suffit en soi. Les ordinateurs du quartier général sont capables de traiter d'énormes quantités de données, d'analyser les archives des douanes, d'Interpol et d'autres agences, mais on doit leur dire que chercher. Les machines peuvent être programmées pour reconnaître des schémas, mais on doit leur dire quel schéma reconnaître. Et jamais elles ne pourraient pénétrer dans l'esprit de la cible. Un chien peut flairer un renard, en partie parce qu'il peut penser comme un renard.

On frappa à la porte et une jeune femme entra – cheveux noirs, teint mat, mais plus Italienne que Levantine, de l'avis de Todd. La sévérité de son uniforme noir et blanc de servante ne dissimulait pas sa beauté, la sensualité naissante de celle qui devient femme. Sur un plateau en argent elle apportait une carafe et un petit verre. Du thé à la menthe, comprit Todd à l'arôme. Le marchand de mort l'avait demandé. Les Yéménites concluaient rarement une affaire sans thé à la menthe, du *shay*, comme ils l'appelaient, et Khalil, sur le point de signer une longue chaîne d'accords, ne faisait pas mentir la tradition. Todd faillit sourire.

Ce genre de détails l'aidaient toujours à trouver ses proies les plus insaisissables. Récemment, il y avait eu Garson Williams, un brillant scientifique de Los Alamos, qui avait vendu des secrets nucléaires aux Nord-Coréens avant de disparaître. Le FBI l'avait cherché pendant quatre ans. Todd Belknap, quand on l'avait finalement mis sur le coup, l'avait débusqué en deux mois. Williams, avait-il appris d'après l'inventaire de ses placards, avait un faible pour la Marmite, une pâte à tartiner salée à base de levure de bière qu'affectionnent les Britanniques d'un certain âge ainsi que les anciens sujets de l'Empire colonial. Williams y avait pris goût pendant ses études à Oxford. Sur une liste qui répertoriait tout ce que contenait la maison du physicien, Todd en remarqua trois pots en réserve. Le FBI avait démontré sa minutie en passant aux rayons X tous les objets de la maison afin de déterminer qu'il n'y avait de microfilm caché nulle part. Mais ses agents n'avaient pas le même mode de pensée que Todd. Le physicien avait dû se retirer dans une région du monde moins développée, où les archives étaient un peu négligées – c'était logique, puisque jamais les Nord-Coréens n'auraient eu les moyens de lui fournir des papiers d'identité d'une qualité suffisante pour qu'un pays occidental à l'ère de l'informatique les croie vrais. Todd avait donc étudié les lieux où l'homme allait en vacances et recherché des constantes, des prédilections subtiles, établi des recoupements particuliers, associé certains endroits à des habitudes de consommation. Après la découverte d'un envoi, à un hôtel discret, de denrées spéciales commandées à une épicerie en ligne, il avait passé un appel téléphonique – de la part d'un représentant bavard du « service client » voulant savoir si tout était bien arrivé – qui lui avait révélé que la commande n'avait pas été passée par un client de l'hôtel mais par un habitant du coin. Cette preuve – si on pouvait lui donner ce nom – était d'une faiblesse absurde ; mais pas l'intuition de Todd. Quand il retrouva l'homme, dans un village de pêcheurs de la baie d'Arugam, au Sri Lanka, il vint seul. Il obéissait à un coup de tête et ne pouvait justifier l'envoi d'une équipe sur la foi d'un Américain qui avait commandé des pots de Marmite par l'intermédiaire d'un petit hôtel. Si c'était trop maigre pour une action officielle, c'était suffisant pour lui. Quand il mit Williams au pied du mur, le physicien parut presque reconnaissant qu'on l'eût retrouvé. Son paradis tropical si cher payé s'était avéré morne et d'un ennui mortel, comme c'est souvent le cas.

Cliquetis sur le clavier du Yéménite. Ansari prit un téléphone cellulaire – à coup sûr un modèle avec cryptage automatique – et parla en arabe, d'une voix calme qui pourtant exprimait l'urgence. Long silence, puis Ansari passa à l'allemand.

Il leva brièvement les yeux vers la jeune servante qui posait son verre de thé sur le bureau. Elle sourit, découvrant des dents blanches parfaites. Dès qu'Ansari revint à son travail, son sourire disparut comme un galet lancé dans une mare. Elle ressortit sans bruit, en bonne domestique discrète.

Pour combien de temps encore ?

Ansari porta le petit verre à ses lèvres et en prit une délicieuse gorgée. Il dit à nouveau quelque chose dans le téléphone, en français cette fois. *Oui, oui, tout se déroule comme prévu!* Des mots pour rassurer mais plutôt imprécis. Ils savaient de quoi ils parlaient ; ils n'avaient pas besoin de l'expliciter. Le baron du marché noir coupa la conversation téléphonique et tapa un autre message. Il but une nouvelle gorgée de thé, reposa son verre et – tout se produisit si soudainement, comme s'il avait une attaque – frissonna. Un instant plus tard, il s'effondra, la tête sur le clavier, immobile, à l'évidence inconscient. Mort ?

*C'était impossible !*

C'était vrai.

La porte du bureau se rouvrit. La jeune servante. Allait-elle s'affoler, sonner l'alarme quand elle ferait cette découverte bouleversante ?

Elle ne montra pas la moindre surprise. Rapide, silencieuse, elle s'approcha de l'homme et plaça deux doigts sur sa gorge en quête d'un pouls et, bien sûr, n'en sentit pas. Puis elle mit une paire de gants en coton blanc et replaça Ansari dans son fauteuil pour qu'il ait l'air de s'être adossé pour se reposer. Elle s'intéressa alors au clavier et tapa un message à toute vitesse. Enfin, elle prit le verre et la théière sur leur plateau et quitta le bureau, faisant ainsi disparaître les instruments de mort.

Khalil Ansari, un des plus puissants vendeurs d'armes du monde, venait d'être assassiné sous les yeux de Todd ! Empoisonné par... une jeune servante italienne.

Non sans quelque douleur, Todd s'extirpa de sa cachette, l'esprit vrombissant comme un poste de radio entre deux stations. Ça ne devait pas se passer de cette manière !

Il entendit un discret signal électronique provenant du boîtier de communication sur le bureau d'Ansari.

Et si Ansari ne répondait pas ?

*Putain de Dieu !* L'alarme ne tarderait pas à être donnée. Quand ça arriverait, il n'aurait plus de moyen de sortir.

*Beyrouth, Liban*

« Le Paris du Proche-Orient », comme on appelait jadis la ville, comme Saigon était le Paris de l'Indochine et le turbulent Abidjan le Paris de l'Afrique : une désignation qui revenait plus à une malédiction qu'à un honneur. Ceux qui y étaient restés avaient prouvé qu'ils étaient des survivants.

La limousine Daimler blindée progressait rue Maarad, au milieu du trafic de la soirée, au centre de cette ville bouleversée symbolisée par ce quartier central de Beyrouth. Les réverbères projetaient une lumière crue sur les chaussées poussiéreuses, comme pour y déposer un vernis. La Daimler traversa la place de l'Étoile – qu'on avait espéré copier sur celle de Paris, et qui était simplement un rond-point à la circulation trop lente – et glissa dans les rues, où des immeubles restaurés de l'époque ottomane et française jouxtaient des bureaux modernes. Celui devant lequel la limousine freina enfin était parfaitement neutre : une structure de sept niveaux couleur sable, comme tant d'autres dans le quartier. Pour un œil expérimenté, le cadre extérieur épais des fenêtres de la voiture trahissait le fait qu'elle était blindée, mais sinon, elle n'avait rien de particulier. N'était-on pas à Beyrouth ? En voir sortir dès qu'elle s'arrêta deux armoires à glace –

en veste de popeline couleur taupe assez large pour dissimuler l'étui de leur arme en plus de leur cravate – n'avait rien d'inhabituel non plus. A nouveau : on était à Beyrouth.

Qu'en était-il du passager qu'ils protégeaient ? Un observateur aurait vu immédiatement que ce passager – grand, en pleine santé, vêtu d'un costume gris sur mesure – n'était pas libanais. On ne pouvait douter de sa nationalité ; il aurait tout aussi bien pu agiter la bannière étoilée !

Tandis que le chauffeur lui tenait la portière ouverte, l'Américain regarda autour de lui, soucieux. La cinquantaine, le dos droit, tout trahissait en lui les privilèges dont jouissent de droit les marchands véreux de la nation la plus puissante de la planète – et dans le même temps la gêne d'un étranger dans une ville qui n'est pas la sienne. L'attaché-case qu'il portait aurait fourni un indice supplémentaire – ou suscité d'autres questions. Un des gardes du corps, le plus petit des deux, le précéda dans l'immeuble. L'autre, qui fouillait sans répit les alentours du regard, resta près de lui. La protection ressemble très souvent à une captivité !

Dans le hall, l'Américain fut accosté par un Libanais au sourire en coin et aux cheveux noirs qu'on aurait dits collés par du pétrole non raffiné. « Monsieur McKibbin ? demanda-t-il la main tendue. Ross McKibbin ? »

L'Américain hocha la tête.

« Je suis Muhammad, murmura le Libanais.

— Dans ce pays, rétorqua l'Américain, qui ne l'est pas ? »

Son contact eut un sourire hésitant et l'entraîna par-delà un cortège de gardes armés. C'étaient des hommes costauds et hirsutes qui portaient de petites armes dans des étuis bien cirés à la ceinture. Des hommes au regard méfiant, au visage buriné. Des hommes qui savaient combien il était facile de détruire une civilisation, parce que ça s'était produit sous leurs yeux, et qui avaient décidé de se mettre du côté de quelque chose de plus durable : le commerce.

L'Américain fut conduit, au premier étage, dans une longue pièce aux murs en stuc blanc. Elle était meublée comme un salon, avec des fauteuils et une table basse où se trouvaient déjà une cafetière et une théière. Mais ce côté familier ne dissimulait pas qu'on était ici pour travailler, pas pour se détendre. Les gardes restèrent dehors, dans une sorte d'antichambre. A l'intérieur attendaient quelques hommes d'affaires du pays.

On accueillit avec des sourires anxieux et de rapides poignées de main celui qu'on appelait Ross McKibbin. Il y avait beaucoup de points à traiter, et ils savaient que les Américains n'avaient guère de patience pour la courtoisie arabe.

« Nous vous sommes très reconnaissants de venir nous rencontrer ! dit un des hommes, qu'on avait présenté comme le propriétaire de deux cinémas et d'une chaîne d'épiceries dans la région de Beyrouth.

— Votre présence nous honore, dit un type de la chambre de commerce.

— Je ne suis qu'un représentant, un émissaire, répondit l'Américain d'un air détaché. Voyez en moi un intermédiaire. Il y a des gens qui ont de l'argent et d'autres qui ont besoin d'argent. Mon travail consiste à les faire se rencontrer, dit-il en arborant un sourire qui se referma avec la brutalité d'un téléphone portable.

— Les investissements étrangers sont difficiles à obtenir, osa un autre Libanais. Mais nous ne sommes pas du genre à regarder les dents du cheval qu'on nous offre.

— Je ne suis pas un cheval qu'on vous offre », rétorqua McKibbin.

Dans l'antichambre, le plus petit des gardes du corps de l'Américain se rapprocha de la pièce. Ainsi, il pouvait voir aussi bien qu'il entendait.

Peu d'observateurs, de toute façon, auraient eu du mal à discerner là les inégalités de pouvoir. A l'évidence, l'Américain était un de ces intermédiaires qui gagnaient leur vie au mépris des lois internationales. Il représentait les capitaux étrangers pour un groupe d'hommes d'affaires locaux, dont les besoins de fonds étaient beaucoup plus grands que les scrupules qu'ils pouvaient se permettre sur leur provenance.

« Monsieur Yorum, demanda sèchement McKibbin en se tournant vers un homme qui n'avait encore rien dit, vous êtes banquier, n'est-ce pas ? Qu'est-ce que je peux attendre de mieux ici, à votre avis ?

— Je crois que vous trouverez tout le monde désireux de devenir votre partenaire, répondit Yorum dont le visage aplati et les petites narines lui donnaient l'allure d'un crapaud.

— J'espère que vous verrez Mansur Entreprises d'un œil favorable, intervint un autre homme. Nous avons connu un très solide retour sur capitaux. C'est vrai, ajouta-t-il après une pause pendant laquelle il avait pris les regards réprobateurs autour de lui pour du scepticisme. Nos livres de comptes ont été soigneusement vérifiés. »

McKibbin posa sur l'homme de Mansur Entreprises un regard de glace. « Vérifiés ? Ceux que je représente préfèrent une comptabilité moins scrupuleuse. »

Du dehors leur parvint le bruit d'un grincement de pneus. Peu y prêtèrent la moindre attention.

L'homme rougit. « Mais bien sûr. Nous sommes néanmoins très souples, je vous l'assure. »

Personne ne prononça l'expression « blanchiment d'argent » ; c'était inutile. Rien n'obligeait à expliciter le but de leur rencontre. Les investisseurs étrangers disposant de réserves en liquide qu'ils ne pouvaient justifier cherchaient les affaires dans les marchés peu régulés, comme au Liban, pour servir de façades, d'entités par l'intermédiaire desquelles l'argent illicite pouvait être lavé et ressortir au grand jour comme provenant de bénéfices commerciaux honnêtes. L'essentiel reviendrait aux partenaires silencieux, une partie pourrait être conservée. Dans la pièce, l'appréhension était autant palpable que l'appât du gain.

« Je me demande si je perds mon temps, ici, marmonna Mc Kibbin d'un ton las. Nous parlons d'un arrangement qui repose sur la confiance. Et il n'y a pas de confiance sans franchise. »

Le banquier tenta un sourire mi-figue mi-raisin et cilla lentement.

Le lourd silence fut brisé par le bruit d'un groupe d'hommes qui se précipitaient dans le large escalier carrelé. Des gens en retard pour une réunion ailleurs dans l'immeuble ? Ou... quelque chose d'autre ?

Le son brutal, percutant de coups de feu mit fin aux spéculations. Au début, on aurait dit une série de pétards, mais les tirs des armes automatiques durèrent trop longtemps, furent trop rapides pour qu'on s'y trompe. Il y eut des cris, les râles de ceux qui s'efforçaient d'inspirer l'air à travers des gorges serrées, formant l'âpre chœur de la terreur. Puis cette terreur pénétra dans la salle de réunion comme une rage rampante. Des agresseurs en keffieh entrèrent en trombe et visèrent les hommes d'affaires libanais de leurs kalachnikovs.

En quelques secondes, la pièce était devenue la scène d'un carnage. On aurait dit qu'un artiste mécontent avait lancé des pots de peinture sur les murs blancs et sur les hommes, transformés en mannequins rougis.

La réunion était terminée.

*Rome*

Todd Belknap se précipita sur la porte du bureau et, bloc de papier en main, s'engagea dans le long couloir. Il faudrait qu'il sorte au culot. L'échappatoire qu'il avait prévue – descendre dans la cour intérieure et emprunter la porte des livraisons – n'était plus de mise : ça demanderait un temps dont il ne disposait pas. Il n'avait d'autre choix que de se risquer sur une voie plus directe.

Quand il atteignit le bout du couloir, il s'arrêta ; sur le palier en dessous, il vit deux sentinelles qui faisaient leur ronde. Il s'aplatit dans l'entrée d'une chambre vide et attendit quelques minutes que les gardes continuent leur chemin. Des pas qui s'éloignaient, des clés qui tintaient au bout d'une chaîne, une porte refermée : les sons de plus en plus ténus de personnes qui mettaient de la distance entre eux et lui.

Il s'engagea en silence dans l'escalier, se remémorant les plans qu'il avait étudiés, et ouvrit une petite porte juste à droite du palier. Elle le conduirait à l'escalier de service, ce qui évitait l'espace principal de la villa et diminuerait le risque de se faire voir. Mais en passant le seuil, il sentit que quelque chose n'allait pas. Un pincement d'angoisse le surprit avant qu'il en ait l'explication consciente : des voix et le son de semelles en crêpe qui frappaient le sol. Des hommes qui ne marchaient pas, qui couraient. La routine des lieux était bouleversée. Cela signifiait qu'on avait découvert la mort de Khalil Ansari. Cela signifiait que l'alerte était passée au plus haut niveau dans la propriété.

Cela signifiait que les chances de survie de Todd s'affaiblissaient à chaque minute s'il demeurait à l'intérieur.

A moins qu'il ne soit déjà trop tard ? Il descendit un étage en courant et entendit une sonnerie. La grille du palier se referma automatiquement. Quelqu'un avait activé les mesures de sécurité à tous les points d'entrée et de sortie, ce qui annulait les réglages de l'alarme anti-incendie. Était-il piégé sur sa volée de marches ? Il remonta quatre à quatre et tenta de tourner le bouton de la porte. Elle s'ouvrit. Il passa.

Droit dans une embuscade.

Une poigne de fer s'abattit sur son bras gauche, le canon d'une arme appuya douloureusement contre sa colonne vertébrale. Un détecteur de chaleur et de mouvement devait avoir trahi sa présence. Il tourna la tête et son regard tomba sur les yeux de granite de l'homme qui lui serrait le bras. C'était donc un autre garde, invisible, qui le menaçait de son arme – position moins difficile, qui devait être tenue par un homme moins expérimenté que celui qu'il voyait.

Todd le regarda de nouveau. Basané, cheveux noirs, rasé de près, la quarantaine – à une période de sa vie où l'expérience donnait un avantage qu'une perte de vigueur physique n'avait pas encore entamé. On pouvait prendre le dessus sur un jeune musclé mais sans expérience, on pouvait aussi dominer un vétéran fatigué. Pourtant, tout dans la manière dont l'homme agissait disait à Todd qu'il savait très bien ce qu'il faisait. Il ne trahissait ni confiance excessive ni peur. Un tel adversaire représentait un vrai défi : de l'acier trempé par l'expérience et pas encore fragilisé par l'usure.

L'homme, bien que puissant, bougeait avec agilité. Il avait un visage en aplats et en angles, un nez épaissi pour avoir été cassé dans sa jeunesse, les sourcils fournis un peu proéminents sur des yeux de reptile – ceux d'un prédateur examinant sa proie au sol.

« Eh, écoutez, je ne sais pas ce qui se passe ! commença Belknap en tentant de prendre l'air ahuri du subalterne. Je ne suis qu'un des architectes. Je vérifie le travail de nos ouvriers. C'est mon boulot, d'accord ? Écoutez, vous n'avez qu'à appeler mon patron, et tout va s'expliquer ! »

L'homme qui lui avait pointé son arme dans le dos vint se placer à sa droite : dans les vingt-cinq ans, souple, les cheveux bruns en brosse, des joues creuses. Il échangea un regard avec son aîné. Ni l'un ni l'autre ne gratifia Todd Belknap d'une réponse.

« Peut-être que vous ne parlez pas anglais, dit Todd. Je crois que c'est le problème. *Dovrei parlare in italiano*...

— Ton problème, ce n'est pas que je n'ai pas compris, dit le plus expérimenté des gardes dans un anglais presque parfait en serrant un peu plus sa main. Ton problème, c'est que je comprends très bien. »

C'était un Tunisien, devina Todd à son accent. « Mais alors...

— Tu veux parler ? Parfait. J'ai envie d'écouter. Pas ici, dit l'homme qui l'entraîna plus loin. Dans notre merveilleuse *stanza per gli interrogatori*. La chambre d'interrogatoires. Au sous-sol. On y va ! »

Le sang de Todd se figea dans ses veines. Il savait tout de la pièce en question – il l'avait vue sur les plans, il avait fait des recherches sur sa construction et son équipement avant même de confirmer qu'Ansari était le véritable propriétaire de la villa. En clair, c'était une chambre de torture dernier cri. « *Totalmente insonorizzato* » stipulait le plan d'architecte. Le système d'insonorisation avait été commandé à une entreprise hollandaise. L'isolation acoustique s'obtient par la densité des matériaux et par l'air piégé entre eux : la pièce était indépendante de la structure de la maison et tapissée d'un polymère dense fait de sable et de PVC ; d'épais joints en caoutchouc entouraient les portes. On pouvait y crier de toutes ses forces sans qu'on n'entende rien de l'extérieur. La technique utilisée le garantissait.

Quant à l'équipement de cette chambre souterraine, il garantissait les cris.

Les personnes méprisables tentent toujours de contenir le spectacle et le son de leurs actes ; Todd le savait depuis Berlin-Est, vingt ans plus tôt. Parmi les spécialistes de la cruauté, l'*intimité* était le maître mot ; elle protégeait la barbarie au sein même de la société. Et Todd savait aussi autre chose : si on l'emmenait dans la *stanza per gli interrogatori*, tout était fini. Pour l'opération. Pour lui. Il n'y avait pas d'échappatoire. Toute forme de résistance, si hasardeuse fût-elle, serait préférable à se laisser entraîner là-bas. Todd ne disposait que d'un avantage : il le savait, et les autres ignoraient ce fait. Être plus désespéré que le croyaient ses ravisseurs – un fil bien ténu ! Mais Todd devait utiliser ce qu'il avait.

Il arbora un air stupide de gratitude. « Bien, dit-il. Parfait. Je comprends qu'on est dans un lieu de haute sécurité. Faites ce que vous devez. Je serai ravi de vous parler, où vous voudrez. Mais... Désolé, quel est votre nom ?

— Appelle-moi Youssef, dit le plus âgé des deux, implacable dans sa courtoisie même.

— Youssef, vous faites une erreur. Je ne vois pas ce que je pourrais vous apprendre. »

Il amollit un peu son corps, arrondit les épaules, pour rendre son physique moins intimidant. Ils ne crurent pas un mot de ses protestations, bien sûr. Mais sa lucidité était tout ce dont il avait besoin pour se garder d'eux.

L'occasion se présenta quand ils décidèrent, pour gagner du temps, de le faire passer par le grand escalier – une structure majestueuse incurvée en travertins couverts d'un tapis persan – au lieu d'utiliser l'escalier de service en béton. Dès qu'il aperçut la lueur d'un réverbère à travers les vitres sablées de chaque côté de la lourde porte d'entrée, il prit en silence une décision rapide. Un pas, un deuxième, un troisième – il arracha son bras de la poigne de son garde en un geste faible de dignité blessée, et le garde ne prit pas la peine de répondre. C'étaient les vains battements d'aile d'un oiseau en cage.

Il se tourna face aux gardes feignant de vouloir engager la conversation, apparemment sans se soucier de là où il posait ses pieds. Le tapis épais, doublé d'une thibaude sur les marches et contre marches, serait bien utile. Quatrième, cinquième, sixième pas. Todd trébucha, de façon aussi convaincante que possible et plongea en avant et retomba mollement sur son épaule gauche arrondie tout en amortissant discrètement sa chute de sa main droite. « Merde ! » s'écria Todd en jouant le désarroi tandis qu'il roulait sur quelques marches.

« *Vigilanza fuori !* » murmura le garde chevronné à son jeune collègue.

Ils n'auraient que quelques secondes pour décider comment réagir : un prisonnier avait une valeur – la valeur des informations qu'il pouvait fournir. Le tuer au mauvais moment risquait, au bout de compte, de conduire leurs supérieurs à leur passer un savon. Un coup de feu, pour ne pas être mortel, devait être très précis, et il était d'autant plus difficile de viser une cible en mouvement.

Et Todd était en mouvement, se redressait de sa chute... Il prit appui sur une marche en guise de starting-block et bondit en bas de l'escalier, ses chevilles comme des ressorts le propulsant vers la porte palladienne – qui n'était pas son but, car elle aussi devait être verrouillée magnétiquement.

Tout à coup, Todd vira sur un côté, vers un panneau ornemental en vitrail, large de soixante centimètres, qui reprenait, en plus petit, la forme palladienne de la porte. La ville de Rome avait interdit tout changement visible sur la façade de la villa, et cela concernait aussi les panneaux ornementaux. Les restaurateurs avaient décidé de les remplacer par des panneaux d'aspect identique, résistants aux balles et incassables grâce à de la résine en méthacrylate ; cette copie ne serait pourtant pas réalisée avant des mois, Todd le savait, car elle nécessitait de faire collaborer artisans et ingénieurs. Il se jeta donc contre le panneau, hanche en avant puis, des bras, protégea son visage d'éventuelles lacérations et...

Le verre céda, éclata à grand bruit, sortit de son cadre, explosa sur le pavage, à l'extérieur. Physique élémentaire : l'énergie d'un mouvement est proportionnelle à la masse multipliée par le carré de la vitesse.

Todd se redressa d'un bond et partit en courant sur le sentier qui menait à la rue. Ses poursuivants n'étaient qu'à quelques secondes derrière lui. Il entendit leurs pas – puis leurs coups de feu. Il fila en zigzag, dans l'espoir d'être une cible difficile à toucher, tandis que les armes lançaient des éclairs qui illuminaient l'obscurité comme des étoiles filantes. Des balles ricochaient sur les statues du parc. Il faisait de son mieux pour éviter les projectiles qui lui étaient destinés et priait pour qu'aucun des ricochets ne l'atteigne. A bout de souffle, trop désespéré pour faire l'inventaire de ses blessures, il vira à gauche et sauta par-dessus le mur en brique qui délimitait la propriété. Le Concertina, aussi coupant qu'un rasoir, déchira ses vêtements, et il abandonna la moitié de sa chemise aux barbelés. En plongeant à travers les jardins des consulats et des petits musées de la via Angelo Masina, il savait que sa cheville gauche ne tarderait pas à lui envoyer une décharge douloureuse, que ses muscles et ses articulations allaient protester d'être si mal traités. Pour le moment, pourtant, l'adrénaline annulait la douleur. Il en était reconnaissant. Et il était reconnaissant pour autre chose aussi.

Il était en vie.

*Beyrouth*

La salle de conférences empestait les corps **perforés** qui trahissaient leur contenu ; l'odeur cuivrée du sang se mêlait à celle des aliments et des matières fécales. C'était la puanteur d'un abattoir, une agression olfactive. Murs en stuc, peaux soignées, tissus de luxe : tout était imbibé du sirop de l'exsanguination.

Le plus petit des gardes du corps américains sentit une violente douleur traverser le haut de sa poitrine – une balle l'avait atteint sous l'épaule et avait peut-être percé son poumon. Mais il était conscient. Entre ses paupières entrouvertes, il analysa le carnage dans la pièce, la démarche fanfaronne des assaillants en keffieh. Seul l'homme qu'on appelait Ross McKibbin n'avait pas été touché et il regardait, à l'évidence paralysé d'horreur et d'incrédulité. Les tueurs lui mirent brutalement un sac en tissu couleur de boue sur la tête et entraînèrent l'Américain stupéfait dans l'escalier.

Le garde du corps, la respiration pénible, sa veste claire tachée de son sang, entendit le grondement sourd d'un moteur. Par la fenêtre, il put apercevoir une dernière fois l'Américain, les bras liés, qu'on jetait sans ménagement à l'arrière du van – un van qui maintenant rugissait en s'éloignant dans la nuit poussiéreuse.

L'homme sortit un téléphone de sa poche intérieure, un instrument qu'il ne devait utiliser qu'en cas d'urgence – son contrôleur aux Opérations consulaires avait beaucoup insisté sur ce point. Les doigts poisseux de sang, il pressa onze touches.

« Blanchisserie Harrison ! » répondit une voix irritée.

L'homme inspira une goulée d'air pour remplir ses poumons blessés avant de parler. « Pollux a été capturé.

— Répétez ! »

Les services secrets américains avaient besoin qu'il répète son message, peut-être pour authentifier sa voix, et l'agent en costume ensanglanté s'exécuta. Il était inutile de préciser l'heure et le lieu ; le téléphone était équipé d'un GPS de qualité militaire qui renseignait avec une précision de moins de trois mètres. Ils savaient donc où Pollux se trouvait au moment de son enlèvement.

Mais où l'avait-on emmené ?

*Washington*

« Enfer et damnation ! » rugit le directeur des Opérations, les muscles de son cou tendus à se rompre.

Le message avait été reçu par une branche spéciale de l'INR, le Bureau d'intelligence et de recherche du Département d'État américain, et transmis au sommet de la hiérarchie des Opérations en soixante secondes. Les Opérations consulaires s'enorgueillissaient de cette fluidité organisationnelle, très loin des lourdeurs poussives des plus grandes agences d'espionnage. En haut lieu, on avait très clairement indiqué que le travail de Pollux était une priorité absolue.

Sur le seuil du bureau du directeur des Opérations, un jeune officier – peau café au lait, cheveux noirs, ondulés denses, bas sur le front – sursauta comme si on l'avait réprimandé personnellement.

« Merde ! » cria le directeur en abattant son poing sur la table.

Il recula son fauteuil et se leva. A ses tempes, ses veines battaient. Il s'appelait Gareth Drucker, et il avait beau regarder fixement l'officier à sa porte, il ne le voyait pas. Pas encore. Ses yeux finirent par faire le point sur l'employé basané. « Quels sont les paramètres ? demanda-t-il comme un chirurgien qui veut connaître le rythme cardiaque et la tension de son malade.

— On vient de recevoir l'appel.

— C'est-à-dire ?

— Il y a une minute et demie, sans doute. Ça venait d'un homme à nous, en piteux état, lui aussi. On a pensé que vous voudriez le savoir immédiatement.

— Appelez Garrison ! » ordonna-t-il dans l'interphone à un assistant invisible.

Drucker était un homme mince d'un mètre soixante-treize qu'un collègue avait comparé à un bateau à voile : bien que de constitution légère, il prenait de l'ampleur quand le vent le poussait. Il était plein de vent à l'instant, et il prenait de l'ampleur – sa poitrine, son cou, jusqu'à ses yeux qu'on croyait plus grands derrière ses verres de lunettes rectangulaires sans monture. Il faisait la moue, ses lèvres s'épaississaient comme un ver de terre qui essaierait de sortir.

Le jeune officier s'écarta quand un homme massif, la soixantaine bien sonnée, approcha du bureau de Drucker. La lumière du début d'après-midi filtrait entre les stores vénitiens et venait éclairer les meubles officiels bon marché – une table au plateau en composite, une crédence de mauvaise facture, des classeurs métalliques dont l'émail avait sauté par endroits, les fauteuils au velours passé qui avait été vert et ne savait pas encore quelle autre couleur adopter. La moquette industrielle en nylon, modèle de camouflage, sinon de style, avait toujours eu la couleur et la texture approximative de la terre. Dix ans de passage n'avaient pas altéré son aspect.

Le nouveau venu passa la tête dans l'embrasure de la porte et plissa les yeux pour mieux voir le jeune officier. « Gomez, c'est ça ?

— Gomes. Une seule syllabe.

— Malin ! Ça cache bien ton jeu », dit lourdement Will Garrison, l'officier en charge des opérations à Beyrouth.

Les joues ambrées du jeune homme rougirent un peu à cette faute de goût. « Je vais vous laisser. »

Garrison quêta et obtint un regard approbateur de Drucker.

« Reste ici. On aura tous les deux des questions à te poser. »

Gomes entra dans le bureau, l'air humble de celui qui vient d'être convoqué par le principal du collège. Il fallut un autre geste impatient de Drucker pour qu'il prenne place dans un des fauteuils.

« Qu'est-ce qu'on fait, maintenant ? demanda Drucker à Garrison.

— Quand on te donne un coup de pied dans les couilles, tu te plies en deux. C'est ça qu'on fait.

— On est donc baisés. »

Son indignation passée, Drucker avait le même air épuisé et vieilli que son bureau, alors qu'il était là l'élément le plus récent – il occupait son poste de directeur des Opérations depuis quatre ans seulement.

« On est royalement baisés. »

Will Garrison était cordial vis-à-vis de Drucker, mais on ne pouvait dire qu'il fût humble. Il avait plus d'années derrière lui que tous les autres aux Opérations consulaires, avec des expériences et des relations accumulées qui bien souvent s'avéraient irremplaçables. Le temps ne l'avait pas adouci, Gomes le savait. Garrison avait toujours eu la réputation d'un dur à cuire, et il l'était même de plus en plus. Dans la boutique, on disait que s'il y avait un thermomètre pour mesurer les gens coriaces, il le ferait éclater. Il avait la mémoire longue, il démarrait au quart de tour, sa mâchoire inférieure massive se projetait d'autant plus en avant qu'il était en colère, alors que, de toute façon, il était au mieux vaguement en rogne.

Quand Gomes était à l'université, à Richmond, la radio de sa voiture d'occasion était cassée. La fréquence restait coincée sur une station de « heavy metal » et le volume commençait au milieu et ne pouvait qu'être monté. Mis à part le côté heavy metal, Garrison lui rappelait cette radio.

Drucker ne prêtait guère d'intérêt au rituel de la hiérarchie dans l'organisation, et ce n'était pas plus mal. Le pire cauchemar dans un bureau, tous les collègues de Gomes le pensaient, c'était le classique « lèche le cul du supérieur, botte le cul de l'inférieur ». Garrison bottait des culs, mais jamais il n'en léchait, et Drucker, s'il léchait des culs, n'en bottait jamais. Et ça fonctionnait.

« On lui a retiré ses chaussures, dit Drucker. On les a retrouvées au bord de la route. Adieu l'espoir de le situer grâce au transpondeur GPS ! Ils ne sont pas idiots.

— Mère de Dieu ! grogna Garrison avant de tourner son regard furieux vers Gomes. Qui ?

— On n'en sait rien. Notre homme sur place a dit...

— Quoi ? bondit Garrison.

— Notre contact, continua Gomes qui avait l'impression d'être un suspect en plein interrogatoire, a dit que les ravisseurs ont fait irruption dans une réunion qu'on avait organisée entre...

— Je sais tout sur cette putain de réunion, coupa Garrison.

— Eh bien, ils l'ont cagoulé et emmené. Les méchants l'ont jeté dans un van et ont disparu.

— Les méchants ! répéta Garrison avec un petit rire pénible.

— On ne sait pas grand-chose sur les ravisseurs, reprit Gomes. Ils étaient rapides et brutaux. Ils ont tué tous les autres. Foulards, armes automatiques. Des militants arabes, conclut Gomes avec un haussement d'épaules. C'est mon avis. »

Garrison regarda le jeune homme comme un collectionneur de papillons muni d'une longue épingle regarde un spécimen. « Ton avis, hein ?

— Faites venir Oakeshott, aboya Drucker dans son interphone.

— Je voulais juste dire... continua Gomes, qui tentait de maîtriser le tremblement dans sa voix.

— Notre gars s'est fait enlever à Beyrouth, dit Garrison les bras croisés et exagérant son articulation. Tu penses que des militants arabes sont impliqués. Je parie que tu as toujours décroché le tableau d'honneur ?

— Pas toujours... marmonna Gomes.

— *Pffft*, foutu blanc-bec ! Quelqu'un se fait enlever à Beijing et tu vas annoncer que c'est un coup des Chinois ! Il y a des choses qui vont sans dire. Si je te demande quel genre de van, ne me réponds pas "ceux qui ont des roues" ! *Comprende*, putain de Dieu !

— Vert sombre, poussiéreux, rideaux aux fenêtres. Un Ford, de l'avis de notre contact. »

Un grand homme dégingandé au visage émacié surmonté d'un halo de cheveux grisonnants entra dans le bureau. Une veste en tweed pendait sur son torse étroit. « Bon, c'était l'opération de qui ? » demanda Mike Oakeshott, le directeur adjoint des Analyses.

Il se laissa tomber dans un autre des fauteuils et plia ses longs bras et ses mains comme un couteau suisse.

« Tu le sais très bien, grogna Garrison. La mienne.

— C'est toi l'officier en charge, répliqua Oakeshott d'un air entendu. Qui l'a conçue ?

— Moi. »

L'analyste se contenta de regarder l'homme massif qui lui répondait d'un haussement d'épaules.

« Pollux et moi, admit Garrison. Surtout Pollux.

— Un autre Tour de France à reculons, Will. Pollux est brillant pour les opérations. Pas le genre à prendre des risques inutiles. Il faut le garder en mémoire. Quel était le but ? demanda-t-il à Drucker.

— Il était sous couverture depuis quatre mois.

— Cinq mois, corrigea Garrison. Il jouait Ross McKibbin, un homme d'affaires américain, un homme de l'ombre. Un soi-disant intermédiaire recherchant des occasions pour blanchir l'argent des narco-mollahs.

— C'est un appât pour menu fretin. Il ne jouait pas dans cette catégorie.

— Très juste, dit Drucker. Pollux avait une stratégie d'infiltration

lente. Il ne courait pas après le poisson. Il cherchait les autres pêcheurs. L'appât ne lui assurait qu'une place sur le ponton.
— Je vois, dit Oakeshott. C'est George Habash revisité. »
L'analyste n'avait pas besoin d'en savoir plus. Au début des années 1970, le chef de la résistance palestinienne, George Habash, qu'on appelait le Docteur, avait réuni secrètement au Liban des mouvements terroristes du monde entier, y compris l'ETA espagnole, l'Armée rouge japonaise, le gang Baader-Meinhof allemand et le Front de Libération iranien. Dans les années qui avaient suivi, l'organisation de Habash, et le Liban en général, étaient devenus le centre d'approvisionnement en armes de tous les terroristes de la planète. La mitraillette automatique tchèque Skorpion utilisée pour assassiner Aldo Moro avait été acquise sur le marché libanais des armes. Quand le chef d'Autonomia, le groupe révolutionnaire italien, fut arrêté en possession de deux missiles Strela, le Front populaire pour la Libération de la Palestine prétendit que ces missiles lui appartenaient et exigea leur restitution. A la chute du Mur de Berlin, le marché des armes au Liban et les systèmes de relais par lesquels les organisations extrémistes du monde entier pouvaient acheter et vendre les outils de leurs campagnes meurtrières étaient pourtant engagés dans un long déclin.
La conjoncture changeait. Comme l'avaient confirmé Jared Rinehart et son équipe, on avait ramené le réseau à la vie, les circuits étaient de nouveau actifs. Le monde avait évolué – pour revenir en arrière. Un nouvel ordre mondial de bourrage de crâne avait très vite mûri. Les analystes des services d'intelligence avaient aussi compris autre chose : les insurrections armées coûtaient cher. Le Bureau de renseignements et de recherche du Département d'État estimait que les Brigades rouges avaient dépensé l'équivalent de cent millions de dollars par an pour faire agir leurs cinq cents membres. Aujourd'hui, les groupes extrémistes avaient d'énormes besoins : voyages en avion, armement spécial, navires pour le transport des munitions, pots-de-vin aux instances officielles. La note montait très vite. Beaucoup d'hommes d'affaires tout à fait honnêtes avaient besoin de liquidités. C'était aussi le cas d'un nombre réduit mais non négligeable de mouvements voués à l'organisation du chaos et de la destruction. Jared Rinehart – Pollux – avait conçu une stratégie pour s'insérer du côté « acheteur » de l'équation.

« L'espionnage n'est pas bon marché, murmura Drucker.

— Comme je l'ai dit, confirma Oakeshott, Pollux est d'une rare intelligence. Espérons seulement qu'il n'a pas trouvé plus intelligent que lui.

— Il se rapprochait, il faisait d'énormes progrès, dit Garrison. Vous voulez vous insinuer dans les milieux de la banque ? Commencez par faire des prêts, et il viendra très vite à vous, juste pour voir qui vous êtes. Pollux savait qu'un des types, à la réunion, était un banquier, les doigts plongés dans bien des marmites. Un rival, pas un demandeur.

— Ça semble très astucieux, et très onéreux, dit Oakeshott.

— On ne pénètre pas le réseau Ansari en remplissant une fiche de candidature ! protesta Garrison.

— Je commence à y voir clair, dit Oakeshott. Voyons si j'ai bien compris : le soir où Ansari est censé être dans sa citadelle du mal pour finaliser un contrat en chaîne de trois cents millions de dollars pour des armes – alors même qu'il met les points sur les i, autorise les signatures électroniques et engrange un tombeau de fric dans un de ses comptes numérotés – Jared Rinehart, alias Ross McKibbin, est assis dans une salle pleine de commerçants avides à Beyrouth. Il est enlevé par une bande de types en fichu avec des kalachnikovs et du culot. Le même soir. Quelqu'un croit que c'est juste un hasard ?

— On ne sait pas ce qui a foiré, dit Drucker en s'accrochant au dossier de son fauteuil comme pour garder son équilibre. J'ai l'impression qu'il a trop bien joué le riche homme d'affaires américain. Les types qui l'ont embarqué se sont probablement dit qu'il valait un paquet de fric comme otage.

— En tant qu'agent secret américain ? demanda Oakeshott en se raidissant.

— En tant que riche homme d'affaires américain, insista Drucker. C'est là que je veux en venir. Aujourd'hui encore, les enlèvements sont courants à Beyrouth. Ces bandes paramilitaires ont besoin de fric. Et elles n'en reçoivent plus des cocos. Les princes saoudiens ont pris leurs distances. Les Syriens deviennent radins. A mon avis, ils l'ont pris pour le type qu'il prétend être.

— Ça vous met tous dans un sacré pétrin, dit Oakeshott d'une voix sourde. Surtout avec ce qui se passe au Parlement.

— Bon sang ! grogna Drucker. Et demain j'ai encore une réunion avec ce foutu comité de surveillance du Sénat.

— Ils sont au courant de l'opération ? demanda Garrison.

— Dans les grandes lignes, oui. Étant donné l'ampleur du budget engagé, on n'avait pas le choix. Ils vont sûrement poser des questions. Et je n'ai pas le moindre étron de réponse...

— Et de quelles sommes parlons-nous ? » demanda Oakeshott.

La sueur perla au front de Drucker et coula le long de la veine gonflée, luisant au soleil. « Le budget de six mois. Sans parler des hommes. On est exposés en plein.

— Les chances de Pollux seront d'autant meilleures qu'on agira vite, dit Gomes avec gravité. A mon avis.

— Écoute, gamin, gronda Garrison. Les avis, c'est comme les trous du cul. Tout le monde en a.

— Si la commission Kirk découvre qu'on a foiré, intervint Drucker, je vais en avoir deux. Et je ne parle pas d'avis. »

Les rayons du soleil étaient presque au zénith et pourtant la pièce leur parut plus sombre, sinistre même.

« Je ne voudrais pas avoir l'air de changer de sujet, mais je ne comprends pas, dit Gomes. Ils ont pris un des nôtres. Un acteur clé. Mais enfin, il s'agit de Jared Rinehart ! Qu'est-ce que nous allons faire ? »

Pendant un long moment, personne ne répondit. Drucker se tourna vers ses deux collègues et lut en silence leur opinion sur leur visage. Puis il posa sur le jeune homme un regard glacial. « On va faire ce qu'il y a de plus difficile : absolument rien. »

## *Chapitre deux*

*New York*

ANDREA BANCROFT AVALA une gorgée d'eau. Elle avait l'impression que tout le monde la regardait. Un coup d'œil autour de la pièce le confirma. Elle était au milieu de sa présentation pour le contrat proposé avec MagnoCom, considéré comme un futur acteur star de l'industrie du câble et des télécommunications. Ce rapport était le plus important qu'on eût confié à la jeune analyste des valeurs boursières de vingt-neuf ans, et elle lui avait consacré beaucoup de temps. Ce n'était pas juste un rapport banal mais un contrat en cours, avec une date limite serrée. Elle avait veillé à sa tenue et opté pour son joli tailleur Ann Taylor écossais bleu et noir, original sans être agressif.

Jusque-là, tout se passait bien. Son patron, Pete Brook, président de Coventry Equity Group, lui adressait des hochements de tête encourageants. Les gens voulaient savoir si elle avait fait du bon boulot, pas si elle était allée chez le coiffeur. Elle présentait un rapport très approfondi. Ses premières diapos résumaient la situation du cash flow et des sorties en capital, les dépenses fixes et variables que l'entreprise avait engagées depuis cinq ans.

Cela faisait deux ans et demi qu'Andrea Bancroft était analyste chez Coventry Equity, après avoir quitté l'université sans doctorat ; à en juger par l'expression de Peter Brook, elle obtiendrait bientôt une promotion. Elle rejoindrait le corps des cadres supérieurs et son salaire pourrait compter six chiffres par an d'ici quelques mois. Bien plus que ce que ses copains gagneraient jamais en tant que professeurs.

« On voit au premier coup d'œil, exposa Andrea en projetant la diapo d'une courbe ascendante, qu'on est en présence d'une impressionnante progression des revenus et de la base de clients. »

Comme Brook aimait à le dire, Coventry Equity group était un entremetteur. Ses investisseurs avaient de l'argent ; les marchés avaient des gens qui pouvaient utiliser cet argent. Des occasions sous-évaluées – c'était cela qu'ils recherchaient, avec un intérêt particulier pour les investissements privés en fonds propres, ou des situations où des fonds spéculatifs comme les leurs pouvaient acquérir un paquet d'actions ou de titres à bas prix. Il y fallait typiquement des entreprises à l'agonie à cause d'un grave besoin de liquidités. MagnoCom était entré en contact avec Coventry, et le directeur des relations pour investissements de Coventry était très excité à cette perspective. L'entreprise était dans une forme surprenante : MagnoCom, ainsi que l'expliquait son PDG, avait besoin d'argent non pas pour traverser une mauvaise passe, mais pour saisir la chance d'une possibilité d'acquisition.

« Ça monte sans interruption, dit Andrea. On le voit au premier coup d'œil. »

Harbert Bradley, le directeur chargé des nouvelles entreprises, hocha sa tête joufflue, l'air ravi. « Comme je l'ai dit, ce n'est pas une mariée sur catalogue, dit-il avec un coup d'œil à ses collègues, c'est un mariage divin ! »

Andrea passa à la diapo suivante. « Sauf que ce qu'on voit au premier coup d'œil n'est pas tout ce qu'il y a à voir. Commençons par cette liste des prétendues dépenses uniques. Il s'agit de chiffres enfouis sous une douzaine d'entrées différentes et, quand on les additionne, le schéma est alarmant. Dès qu'on fouille un peu, on trouve que cette entreprise dissimule depuis longtemps son habitude d'échanger des biens contre des dettes.

— Mais pourquoi ? demanda une voix au fond de la salle. Pourquoi auraient-ils besoin de faire ça ? »

C'était Pete Brook, qui se frottait la nuque de sa main gauche, comme lorsqu'il était agité.

« C'est une question à un virgule quatre milliards de dollars, dit Andrea qui espérait ne pas paraître insolente. Je vais vous montrer quelque chose, dit-elle en affichant les entrées de revenus et en leur superposant le nombre de clients acquis à la même période. Ces chiffres devraient suivre la même ligne. Mais ce n'est pas le cas. Les courbes montent toutes les deux, oui, mais elles ne montent pas ensemble. Quand l'une descend d'un quart de point, il arrive que l'autre monte. Ce sont des variables indépendantes.

— Seigneur ! dit Brook, dont le visage défait montrait qu'il avait tout compris. Ils simulent, c'est ça ?

— A peu près. Le coût d'acquisition par foyer les tue, parce que le coût du service est réduit au-delà du raisonnable pour les nouveaux clients et que personne ne veut ensuite renouveler son contrat à un taux plus élevé. Ils affichent deux courbes flatteuses : celle du nombre de clients et celle des revenus. Ils présument que nous allons regarder l'image d'ensemble et y voir une relation de cause à effet. Mais les revenus ne sont que fumée et miroir aux alouettes, grignotés par les biens qu'ils prennent en échange des dettes. Ils dissimulent l'argent qu'ils perdent en accroissant la base de clients grâce à toutes ces charges prétendument uniques.

— Je n'arrive pas à le croire, dit Brook en se frappant le front.

— Je le crois. Ces dettes sont un gros méchant loup. Ils les ont juste déguisées avec une robe et un bonnet.

— Et ce loup vous a émerveillé, dit Brook en se tournant vers Bradley, "Que vous avez de grandes dents, Mère-Grand !"

— Vous êtes certaine de ce que vous avancez, mademoiselle Bancroft ? demanda Bradley.

— Je le crains. Vous savez, je suis spécialisée dans l'histoire des sociétés. Je me suis donc dit que l'histoire de celle-ci pourrait éclairer les choses. Je suis remontée loin en arrière, avant la fusion DyneCom. Même à l'époque, le PDG avait pour habitude de voler Pierre pour habiller Paul. Un vieux steak dans une nouvelle barquette. Magno-Com a un plan de développement fantastique, mais c'est grâce à l'ingéniosité des cadres financiers qu'ils ont engagés, et qui sont très doués.

— Eh bien, je vais vous dire une chose, articula lentement Bradley. Ces tricheurs ont trouvé leur maître. Vous venez de nous sauver la mise – sans parler des finances de l'entreprise ! »

Il sourit et se mit à applaudir, ayant calculé qu'une reddition rapide à ces arguments imparables était ce qu'il avait de mieux à faire.

« Tout serait apparu sur le Formulaire 8-K, dit Andrea en ramassant ses notes pour regagner son siège.

— Oui, une fois le marché conclu, répliqua Brook. D'accord, mesdames et messieurs, qu'avons-nous appris aujourd'hui ? demanda-t-il.

— Qu'il faut demander à Andrea de faire notre boulot, gloussa un collègue.

— Qu'il est facile de perdre de l'argent dans un câble, plaisanta un autre.

— Qu'il faut tout céder à la Banque Bancroft ! » s'écria un cadre supérieur qui n'avait rien trouvé à redire quand il avait étudié la proposition.

Les gens commençaient à se lever. Brook s'approcha de la jeune femme. « Bon boulot, Andrea, dit-il. Plus que bon. Vous avez un talent rare. Vous prenez une pile de documents qui ont l'air en règle et vous savez voir ce qui cloche.

— Je ne savais pas...

— Vous l'avez senti. Mieux encore, vous vous êtes cassé la tête pour le prouver. Vous avez dû beaucoup piocher pour cette présentation, et je parie que le fer a plus d'une fois heurté la roche. Mais vous avez continué à creuser, parce que vous saviez que vous trouveriez quelque chose.

— Quelque chose comme ça, admit Andrea.

— Vous êtes formidable, Andrea. Je ne me trompe jamais. »

Alors qu'il se tournait pour parler à un gérant de portefeuille, une secrétaire s'approcha d'Andrea et se racla la gorge. « Mademoiselle Bancroft, dit-elle, il y a un appel pour vous. »

Andrea flotta presque jusqu'à son bureau, tant elle était soulagée et fière. Elle leur avait damé le pion, comme Pete Brook l'avait dit. La gratitude dans ses yeux était sincère, de même que ses louanges, elle ne pouvait en douter.

« Andrea Bancroft, dit-elle dans le combiné.

— Je m'appelle Horace Linville, dit son correspondant, je suis avocat de la fondation Bancroft. »

Un préambule inutile : Andrea l'avait lu sur la note que lui avait donnée la secrétaire. Andrea se sentit accablée. « Que puis-je faire pour vous, maître Linville ? demanda-t-elle d'un ton sec.

— Eh bien... il s'agit surtout de ce que nous pouvons faire pour vous.

— Je crains de ne pas être intéressée.

— Je ne sais pas si vous le savez, mais un de vos cousins, Ralph Bancroft, est décédé, récemment.

— Je ne le savais pas. Je suis désolée de l'apprendre. »

Ralph Bancroft ? Ce nom lui disait vaguement quelque chose.

« Il y a un legs, en quelque sorte. A cause de son décès. Vous en êtes la bénéficiaire.

— Il m'a laissé de l'argent ? demanda Andrea, que les formules elliptiques de l'avocat commençaient à agacer.

— Les biens familiaux sont... assez complexes à... démêler, comme vous pouvez bien le penser. Ralph Bancroft, se hâta-t-il d'ajouter en se disant qu'on risquait de l'avoir mal compris, était membre du conseil d'administration, et son décès laisse une place vide. Le règlement spécifie qui peut y être éligible et le pourcentage de membres de la famille Bancroft qui doit siéger à ce conseil.

— Je ne me considère pas vraiment comme une Bancroft.

— Vous êtes historienne, n'est-ce pas ? Je suppose que vous voudrez être informée de toutes les circonstances préalables avant de prendre une décision. Mais je crains que le temps ne nous soit compté. J'aimerais venir vous voir et vous exposer les détails officiellement et en personne. Je vous présente mes excuses pour m'imposer avec un préavis aussi court, mais vous comprendrez vite qu'il s'agit d'une situation inhabituelle. Je peux venir chez vous à dix-huit heures trente.

— Parfait, dit Andrea d'une voix creuse. C'est très bien. »

*Carlyle, Connecticut*

Horace Linville était un être terne avec une tête en poire, des traits acérés et un front dégarni. Le chauffeur qui l'avait conduit jusqu'à la modeste maison de style Cape Cod d'Andrea resta dehors quand il entra. Linville avait apporté une mallette métallique à combinaison. Andrea l'introduisit au salon et remarqua qu'il regardait l'assise du fauteuil avant de s'asseoir, comme s'il craignait d'y trouver des poils de chat.

Elle se sentit soudain gênée de sa maison, un lieu qu'elle louait pour un an dans un quartier petit-bourgeois d'une ville plutôt huppée. Carlyle était deux arrêts de train trop loin de Manhattan sur Metro North pour devenir une ville-dortoir, mais certains habitants faisaient bien le trajet. Elle avait toujours été assez fière de son adresse à Carlyle. Ce soir, elle comprenait ce que cet endroit pouvait inspirer à quelqu'un de la fondation Bancroft. Ça devait lui paraître... petit.

« Comme je vous l'ai indiqué, maître Linville, je ne me considère pas vraiment comme une Bancroft, dit-elle en s'installant sur le canapé, de l'autre côté de la table basse.

— La question n'est pas vraiment là. Selon les règles et les statuts de la fondation, vous êtes une Bancroft. Et avec le décès de Ralph Bancroft – et le départ de tout membre du conseil –, on envisage une série de possibilités. Il y a... une compensation, qui accompagne cette responsabilité. Un legs, si vous préférez. C'est ainsi que la fondation a toujours opéré.

— Écartons pour l'instant l'historique de cette fondation. Je travaille dans la finance, comme vous devez le savoir. Et dans cette branche, nous aimons les choses claires et précises. Quelle est la nature du legs ?

— Douze millions de dollars. Est-ce assez précis ? »

Ces mots partirent dans l'air comme des ronds de fumée. *Qu'est-ce qu'il raconte ? Je ne le suis pas !*

« Avec votre autorisation, je peux transférer ces douze millions de dollars sur votre compte avant la fermeture de la banque demain. Est-ce que cela éclaire suffisamment les choses ? »

Il sortit des documents de sa mallette et les disposa sur la table.

Andrea Bancroft avait le vertige, presque la nausée. « Que devrais-je faire ? réussit-elle à articuler.

— Siéger au conseil d'administration d'une des organisations charitables et philanthropiques les plus admirées au monde : la fondation Bancroft, dit fièrement Horace Linville avant de marquer un autre silence. Peu de gens trouveraient cela insurmontable. Certains pourraient même considérer que c'est un honneur et un privilège.

— Je suis sonnée, dit enfin Andrea. Je ne sais pas quoi dire.

— J'espère ne pas sortir de mon rôle en vous faisant une suggestion, répondit l'avocat. Dites oui. »

*Washington*

Will Garrison passa la main dans ses cheveux gris acier. Assis derrière son bureau, avec son regard triste et son visage rubicond, il pouvait presque paraître sympathique. Mais Todd Belknap savait à quoi s'en tenir. Tous ceux qui travaillaient avec lui le savaient. Il y avait une logique naturelle à ce phénomène : la roche la plus dure est née sous la pression au fil du temps.

« Que s'est-il passé à Rome, Castor ?

— Tu as mon rapport.

— Ne me prends pas pour un idiot ! » conseilla son supérieur.

Il se leva et alla fermer les lattes du rideau occultant le mur vitré de son bureau. La pièce avait l'aspect étanche d'une cabine de bateau : pas un objet inutile en vue, tout rangé au carré, assuré. Un tsunami aurait pu passer qu'il n'aurait rien déplacé. « Je ne sais pas combien de fric et de personnel nous avons englouti dans les trois opérations Ansari. La directive était claire : on entre dans son système, on voit comment il fonctionne, on suit les tentacules. Sauf, continua Garrison, que ça ne t'a pas suffi, hein ? La gratification immédiate, c'est encore trop lent pour toi !

— Je ne vois vraiment pas de quoi tu parles ! »

Todd ne put dissimuler une grimace. Le seul fait de respirer le faisait souffrir. Il s'était cassé une côte en sautant le mur du parc de la villa. Sa cheville gauche était foulée et lui envoyait des décharges électriques dès qu'elle supportait le moindre poids. Il n'avait même pas eu l'occasion de consulter un médecin. Juste après avoir échappé aux hommes d'Ansari, il avait filé à l'aéroport de Rome et sauté dans le premier avion pour Washington. Ça lui aurait pris plus de temps d'organiser un transport à partir d'une base militaire américaine à Livourne ou Vicenza. Todd avait à peine eu le loisir de se brosser les dents et de passer ses doigts dans ses cheveux avant de courir au quartier général des Opérations consulaires, rue C.

« Tu as des couilles, je te l'accorde, dit Garrison en regagnant son fauteuil, de te pointer ici avec cet air inquiet.

— Je ne suis pas ici pour prendre le thé avec des biscuits ! Si on en venait aux choses sérieuses ? »

Si Garrison et lui avaient trouvé le moyen de travailler ensemble, ils n'avaient jamais éprouvé d'amitié l'un pour l'autre.

Garrison fit grincer son fauteuil quand il s'adossa. « Je sais que les règles t'ennuient profondément. Tu es comme Gulliver avec les Lilliputiens : elles t'attachent et te clouent au sol, hein ?

— Mais enfin, Will...

— De ton point de vue, la boutique est de plus en plus cul serré ! De ton point de vue, tu servais la justice, c'est ça ? Instantanée, comme ton café. »

Belknap se pencha en avant. Il sentit la crème à raser Barbasol qu'utilisait Garrison, fortement mentholée. « Je suis allé là-bas parce que j'ai cru y trouver des réponses. Ce qui s'est passé hier n'était au programme de personne que je connais. Ça nous dit qu'il y a un facteur que nous ignorons. Peut-être sais-tu quelque chose que tu n'as pas cru bon de me confier ?

— Tu es très convaincant. On aurait pu voir à quel point en te faisant passer au détecteur de mensonges.

— Mais qu'est-ce que tu racontes ? »

Todd sentit ses tripes se nouer.

Cette sollicitude feinte masquait une ironie sinistre. Garrison continua : « Tu dois te rappeler qui tu es. Nous, ici, nous ne l'avons pas oublié. Les temps changent. Ça peut être l'enfer de suivre le rythme. Tu crois que je ne sais pas ? De nos jours, James Bond en personne se retrouverait aux Alcooliques Anonymes, et on le contraindrait probablement aussi à suivre un programme de réhabilitation pour obsédés sexuels. Je suis dans le métier depuis plus longtemps que toi, et je n'ai rien oublié. L'espionnage, c'était la conquête de l'Ouest sauvage. Maintenant, c'est l'Ouest policé. C'était un sport pour les grands félins. Aujourd'hui, c'est le chat à sa mémère qui mène la danse.

— Où veux-tu en venir ? demanda Todd, qui trouvait que la conversation prenait un tour effrayant.

— Je veux juste dire que je vois d'où tu viens. Après ce qui vient de se passer, beaucoup de gens auraient pété un plomb. Même des gens qui n'ont pas ton passé.

— Mon passé, c'est du passé.

— Comme on dit, il n'y a pas de second acte dans la vie américaine. Non, pas de second acte, et pas d'entracte non plus, dit Garrison en soulevant un gros dossier trente centimètres au-dessus de son bureau avant de le laisser retomber avec fracas. Est-ce que j'ai besoin de te citer les scènes et les vers ? Avant, on aurait dit que tu avais du caractère. Maintenant, tu entres dans la catégorie des problèmes de gestion.

— Tu n'évoques là que quelques épisodes.

— Oui, et John Wilkes Booth n'a tué qu'un seul homme – mais c'était Lincoln. Tu te souviens de cet emmerdeur de Bulgare, Drakulic ? Il ne peut toujours pas s'asseoir droit.

— Huit petites filles de moins de douze ans ont suffoqué à mort dans sa remorque parce que leurs familles n'avaient pas toute la somme qu'il exigeait pour les faire passer à l'Ouest ! J'ai vu leurs corps. J'ai vu les griffures sanglantes sur les parois de la remorque, faites par les petites quand elles ont commencé à manquer d'air. Si Drakulic peut encore s'asseoir, même de côté, c'est la preuve que je suis capable d'une incroyable maîtrise.

— Tu as pété les plombs ! Tu étais censé collecter des informations sur les techniques de ce trafic, pas jouer les anges vengeurs. Tu te souviens de ce Colombien, Juan Calderone ? Nous, oui.

— Il avait torturé cinq de nos informateurs à mort, Garrison. Il avait fait fondre leur visage avec une torche à acétylène. Il l'avait fait de ses propres mains.

— On aurait pu lui mettre la pression. Il aurait pu accepter un accord. Il aurait pu nous fournir des renseignements valables.

— Crois-moi, il ne l'a pas fait.

— Ce n'était pas à toi d'en décider.

— Tu ne sais pas ce qui est arrivé à Calderone. Tu n'as que des suppositions.

— On aurait pu enquêter, mener des recherches. Ce fut ma décision de laisser les chiens endormis... mourir.

— J'ai pris une décision. Tu en as pris une. Pourquoi est-ce qu'on en reparle ?

— Ce que je veux dire, c'est qu'il y a un schéma qui se reproduit. Je t'ai souvent sauvé la mise. Tu peux me croire. J'ai laissé couler, parce que tu avais des dons qui nous étaient précieux. Comme le dit toujours ton copain Jared, tu es le Limier. Mais je pense aujourd'hui qu'on a fait une erreur en te laissant sortir du chenil. Ce qui s'est passé à Rome a pu te sembler juste, mais c'était une grave erreur. Très grave. »

Todd regardait fixement le visage ridé de son officier supérieur. Sous la lumière dure de sa lampe halogène, les joues de Garrison avaient l'air recousues. « Je crois que je commence à comprendre, Will. Qu'est-ce que tu essaies de me dire ?

— Tu t'es illustré hors des lignes pour la dernière fois, dit le vieux gestionnaire en grondant comme un orage lointain, quand tu as tué Khalil Ansari. »

*Carlyle, Connecticut*

Horace Linville regardait si attentivement Andrea pendant qu'elle lisait les documents que, chaque fois qu'elle levait les yeux d'une page, elle croisait les siens. Si des paragraphes entiers définissaient les termes du contrat, détaillaient les exigences, il y avait un point crucial : le règlement de la fondation exigeait que siège au conseil un pourcentage précis de membres de la famille, si bien que la place soudain vacante ne pouvait être occupée que par Andrea. Le legs dépendait de son acceptation. Des honoraires supplémentaires lui seraient versés pour ses services en tant qu'administratrice de la fondation familiale, une somme qui augmenterait au fil des ans.

« La fondation réalise de bons chiffres, dit Linville au bout d'un moment. En tant qu'administratrice, vous aurez à charge d'assurer que cela continue à l'avenir. Si vous pensez être prête.

— Et comment se prépare-t-on à cela ?

— Être une Bancroft est un bon début, répondit Linville qui la regardait par-dessus ses lunettes en demi-lune pour lui sourire des yeux.

— Une Bancroft... » répéta-t-elle en écho.

Il lui tendit un stylo. Il n'était pas juste là pour lui donner des explications, mais pour obtenir sa signature. En triple exemplaire. *Dites oui !*

Quand il partit, le document signé bien rangé dans sa mallette, Andrea se retrouva à faire les cent pas, excitée mais inquiète. Elle venait de recevoir un cadeau inimaginable, et pourtant elle se sentait dépouillée. Il y avait une logique à cette réaction illogique : sa vie – la vie qu'elle avait connue, pour laquelle elle s'était battue – allait changer, devenir méconnaissable, et cela signifiait perdre quelque chose.

Elle parcourut de nouveau son salon des yeux. Elle avait rafraîchi son canapé Ikea en le recouvrant d'une couverture berbère qui en jetait, alors qu'elle l'avait eue pour rien au marché aux puces. La table basse achetée au Pier I semblait avoir coûté deux fois plus que ce qu'elle l'avait payée. Les meubles en rotin... Est-ce qu'on n'en trouvait pas dans les résidences les plus opulentes de Nantucket ?

Peu importait ce qu'Horace Linville en avait conclu. Comment voyait-elle son intérieur, maintenant ? Elle se dit qu'elle donnait dans le chic mesquin. *Douze millions de dollars.* Ce matin, elle avait trois mille dollars sur son compte épargne. Du point de vue d'une professionnelle de la finance, douze millions – représentant une transaction exécutée par un fonds, l'estimation d'un contrat, une tranche d'obligations convertibles –, ce n'était pas grand-chose. Mais en tant que somme cash sur son compte en banque ? Ça n'avait pas de commune mesure. Elle n'arrivait même pas à dire la somme à haute voix. Quand elle le tenta, en s'adressant à maître Horace Linville, elle se mit à pouffer de rire et dut dissimuler sa réaction en une quinte de toux feinte. *Douze millions de dollars.* Cette somme résonnait dans son esprit comme ces chansonnettes qu'on ne peut pas se chasser de la tête.

Quelques heures plus tôt, elle était fière de gagner quatre-vingt mille dollars par an et espérait dépasser les cent mille bientôt. Et ce soir ? Elle n'arrivait pas à imaginer la somme. Pas dans le petit monde privé d'Andrea Bancroft ! Un chiffre lui revint soudain en mémoire : il y avait environ cinq millions d'Écossais. Elle pourrait – une des idées stupides qui voletaient dans sa conscience comme des mouches – donner deux caisses de raisins secs à chaque habitant d'Écosse.

Elle se souvint qu'elle s'était figée quand Linville avait placé le stylo entre ses doigts. Elle revécut les longs moments qui étaient passés avant qu'elle écrive son nom sur les feuilles. Pourquoi donc cela avait-il été si difficile ?

Elle continua à faire les cent pas, engourdie, excitée, agitée, même. Pourquoi avait-elle eu tant de mal à accepter ? Les paroles de Linville lui revinrent : *Une Bancroft...*

Très précisément ce qu'elle avait tenté de ne pas être toute sa vie. Ce qui ne voulait pas dire que ce renoncement lui avait coûté de gros efforts. Quand sa mère avait coupé les ponts avec Reynolds Bancroft, au bout de sept ans de mariage, elle s'était retrouvée non seulement la mère célibataire d'une petite fille, mais une étrangère à la famille. On l'avait prévenue : l'accord prénuptial – un document sur lequel les avocats des Bancroft avaient insisté – stipulait que, si elle demandait le divorce, elle se retrouverait sans rien. L'accord serait appliqué par principe et peut-être, soupçonna sa mère, comme une mise en garde pour d'autres. Sa situation et celle de l'enfant ne fut pas un instant prise en considération par le clan. Pourtant, la divorcée n'eut aucun regret.

Son mariage à Reynolds Bancroft n'était pas juste malheureux ; pire : il la rendait amère. Laura Parry venait d'une petite bourgade et, si elle était assez belle pour qu'on se retourne sur elle dans les grandes villes, jamais cela ne lui avait porté chance. Le jeune gandin qui l'avait séduite s'était aigri après leur mariage, se sentant coincé, floué, comme si la grossesse de sa femme était une sorte de piège. Il était devenu irritable et froid avant de se rendre coupable de maltraitance émotionnelle. Pour lui, leur petite fille ne fut qu'une gêne bruyante. Il se mit à boire et Laura se joignit à lui, au début, dans le vain espoir de le retrouver, puis dans l'espoir tout aussi vain de se défendre. *Certains fruits mûrissent sur la vigne, ma chérie*, disait-elle à Andrea. *D'autres se racornissent.*

En général, elle préférait ne pas aborder le sujet. Assez vite, les souvenirs de son père s'embrumèrent, pour Andrea. Reynolds, cousin germain du patriarche de la famille, était peut-être un mouton noir, mais quand son clan se rassembla autour de lui, Laura en vint à mépriser tous les Bancroft.

Par loyauté envers sa mère, elle était une Bancroft sans en être une. De temps à autre, dans le lycée en banlieue de Hartford qu'elle fréquentait, et plus encore à l'université, quelqu'un levait un sourcil en apprenant son nom et lui demandait si elle était « une de *ces* Bancroft ». Elle le niait toujours. « Une famille différente, disait-elle, tout à fait différente. » Elle n'avait pas l'impression de mentir. Par contre, elle aurait eu l'impression de trahir sa mère en revendiquant un statut que celle-ci avait méprisé. Sa mère appelait sa naissance en tant que Bancroft un « précieux fléau », ce qui voulait dire... l'argent.

Quand elle avait quitté Reynolds, elle avait quitté tout un mode de vie, un monde de luxe et de complaisance. Que penserait-elle de la décision d'Andrea ? De cette signature en trois exemplaires ? De ce *oui* ?

Andrea secoua la tête pour se rappeler qu'elle n'avait pas pris une décision de même nature que sa mère, qui avait dû échapper à un mauvais mariage sous peine de perdre son âme. Le destin se rattrapait peut-être avec elle et rendait à une génération ce qu'elle avait volé à la précédente. Peut-être qu'elle, ça l'aiderait à *trouver* son âme.

Et puis, si Reynolds Bancroft était un fils de pute, la fondation Bancroft en soi était une très, très bonne chose, on ne pouvait en douter. Et qu'en était-il du *pater familias*, son stratège et son chef ? N'était-il pas lui aussi un Bancroft ? Il avait eu beau fuir les feux de la rampe, les faits restaient les faits : Paul Bancroft n'était pas qu'un philanthrope ; il était un des grands esprits de l'Amérique d'après-guerre – un ancien professeur prodigieux, un moraliste majeur, un homme qui avait réussi à mettre ses principes en pratique. Un clan avec Paul Bancroft en son sein avait toutes les raisons de s'en enorgueillir. Si c'était ça, être un Bancroft, Andrea ne pouvait qu'aspirer à se montrer digne de son nom.

L'esprit d'Andrea, comme son humeur, connaissait des hauts et des bas. Elle se surprit dans un miroir et pensa soudain à sa mère, blême, les traits tirés. La dernière fois qu'Andrea l'avait vue avant son accident de voiture.

Ce n'était sans doute pas le moment de rester seule. La blessure de sa récente rupture avec Brent Farley se rouvrit. Elle aurait dû faire la fête, et non se remémorer des épisodes douloureux. Des amis à dîner – c'était ce qu'exigeaient les circonstances. Ses amis et elle parlaient toujours de faire des choses spontanées ; pour une fois, pourquoi ne pas essayer ? Elle passa deux coups de téléphone, alla rapidement acheter quelques victuailles et mit la table pour quatre. *Très intime*, murmura-t-elle en français. Les fantômes ne tarderaient pas à disparaître. Rien d'étonnant à ce qu'elle ait du mal à s'habituer à la nouvelle. Mais – Seigneur ! – si ce n'était pas là une occasion de se réjouir, que lui fallait-il de plus ?

*Washington*

Todd Belknap sauta de son siège. « Tu te fous de moi ?

— S'il te plaît, grogna Garrison. Comme c'est pratique que la cible meure juste avant que tu réussisses à placer les puces de surveillance ! Il ne peut y avoir aucune trace de ce qui s'est vraiment passé.

— Mais pourquoi diable aurais-je voulu le tuer ? explosa Todd. Je suis dans le bureau privé de ce trouduc, sur le point de mettre tout son putain de réseau sur écoute, réfléchis un peu !

— Non, c'est toi qui n'as pas réfléchi. Tu étais aveuglé par la rage.

— Ah oui ? Et pourquoi ça ?

— Les vices sont toujours le revers des vertus. A l'inverse de l'amour et de la loyauté, on trouve la rage aveugle, destructrice. »

Les yeux gris et froids de Garrison scrutaient Belknap comme un fibroscope ses boyaux. « Je ne sais pas comment tu l'as appris, ni qui a commis une indiscrétion, mais tu as découvert ce qui était arrivé à Jared. Tu t'es dit qu'Ansari était derrière le coup. Et tu as pété les plombs. »

Todd sursauta comme si on l'avait giflé. « Qu'est-ce qui est arrivé à Jared ?

— Comme si tu ne le savais pas ! ironisa Garrison. Ton crétin de pote s'est fait enlever à Beyrouth. Tu t'es vengé sur le type que tu tenais pour responsable. Une réaction de rage. Tu as foutu toute l'opération en l'air. C'est bien ton genre, en plus.

— Jared a... ?

— Tu ne me feras pas croire que tu ne le savais pas ! Tous les deux, vous avez toujours été liés par je ne sais quel fil invisible. Des jumeaux télépathes, Castor et Pollux, où que vous soyez sur la planète, c'est pour ça que les gars vous appellent comme ça. »

Todd resta sans voix, paralysé, figé dans un bloc de glace. Il fallut qu'il se souvienne de respirer.

« Sauf que, dans mon souvenir de la mythologie romaine, seul

Pollux était immortel, continua brutalement le directeur. Tu ferais mieux de ne pas l'oublier. Il y a autre chose que tu devais garder à l'esprit. On ne sait pas si cet enlèvement est lié à Ansari. Ça peut être l'œuvre de n'importe laquelle d'une douzaine d'organisations paramilitaires de la vallée de la Bekaa. N'importe qui a pu le prendre pour le type qu'il prétendait être. Mais la rage ne réfléchit pas, hein ? Tu as agi par instinct, et réduit à néant des milliers d'heures de travail de nos agents. »

Todd s'efforça de se contrôler. « Jared allait clore sa traque des financiers de la terreur. Il travaillait du côté des acheteurs.

— Et toi du côté des vendeurs. Jusqu'à ce que tu sabordes l'opération, persifla le vétéran des Opérations.

— Est-ce que tu es sourd, en plus d'être idiot ? rétorqua Todd. Je te dis que j'allais réussir quand quelqu'un a tué ce type. Ça veut dire quelque chose. Tu veux me faire avaler que tu crois aux coïncidences ? Jamais je n'ai rencontré d'espion qui y croyait. Oublie-moi ! Il faut qu'on parle de Jared. Du moyen de le récupérer. Tu pourras faire toutes les enquêtes et prendre toutes les décisions que tu voudras me concernant. Je te demande juste de tout repousser d'une semaine.

— Pour qu'on découvre qui d'autre tu peux casser ? Tu n'as pas compris. Tu es exactement le genre de type que cette organisation ne peut plus tolérer. Tu n'agis pas en fonction du travail, tu en fais toujours ton propre numéro.

— Mais est-ce que tu t'entends ? vomit Todd.

— Non, c'est toi qui vas m'entendre. Comme je l'ai dit, on vit dans une toute nouvelle époque. On a cette putain de commission Kirk qui nous fouille à corps. Le rapport coût/bénéfice n'est plus en ta faveur. Je ne sais même pas si je pourrai un jour évaluer les dommages que tu as causés avec ton numéro de revanche romaine. Alors, voilà le marché : tu es frappé d'une suspension administrative avec effet immédiat. On va commencer à enquêter, en suivant les règles avec les plus grands scrupules. Je suggère que tu accordes aux enquêteurs internes toute ta coopération. Si tu joues le jeu, on trouvera un moyen de te faire partir sans douleur. Joue aux cons et tu verras ce que ça te coûtera. Je parle d'accusations, d'amendes, de prison, même. Toujours en suivant le règlement.

— Quel règlement ? *Le Procès* de Kafka ?

— T'es jeté, Geronimo. Pour de bon, cette fois. Improvisation, instinct, ton nez légendaire, toute cette merde dont tu as fait ta carrière ! Mais le monde a changé et tu as oublié de changer avec lui. Nous cherchons une balle en argent, pas une boule de pétanque. Personne ici ne peut se fier à ton jugement. Ce qui veut dire qu'on ne peut pas te faire confiance.

— Tu dois me laisser faire. Envoie-moi là-bas, putain ! On a besoin de moi.

— Comme d'une guigne, vieux.

— Au point où on en est, tu dois inonder la zone. Envoie tous ceux qui sont disponibles. On ferre mieux le poisson quand on est plusieurs à lancer l'hameçon. Tu as parlé de la plaine de la Bekaa. Tu crois que c'était un des groupes paramilitaires de Faraad ?

— Possible. On n'écarte aucune hypothèse. »

Un frisson parcourut le dos de Todd. Les membres du groupe de Faraad al-Hasani avaient une réputation d'indicible cruauté. Il se souvenait des photos du dernier Américain qu'ils avaient enlevé, un cadre d'une chaîne d'hôtels internationale. Les images étaient gravées à l'acide dans son cerveau.

« Tu te souviens de ce qui est arrivé à Waldo Ellison ? demanda Todd d'une voix sourde. Tu as vu les photos tout comme moi. Des brûlures au fer rouge couvraient cinquante pour cent de son corps. On a retrouvé ses testicules dans son estomac, en partie digérés. Ils avaient même coupé un grand bout de son nez. Et ils avaient pris leur temps, Will. Lentement, avec détermination. C'est comme ça que ça s'est passé pour Waldo Ellison. C'est comme ça que ça va se passer pour Jared Rinehart. Il n'y a pas une minute à perdre. Tu t'en rends compte, non ? Tu sais ce qui l'attend ?

— Bien sûr que je le sais ! répondit Garrison, très pâle mais inébranlable. Je regrette juste que tu ne sois pas à sa place, ajouta-t-il d'un ton glacial.

— Écoute, sale con, tu as vraiment un problème !

— Je sais. Il est devant moi. Mets tes affaires dans une boîte ou c'est toi qui vas t'y retrouver. A toi de choisir, mais tu dégages d'ici.

— Réfléchis, Will ! La seule chose à discuter c'est comment on va exfiltrer Jared. Il y a toutes les chances pour que nous parvienne une demande de rançon ; dès aujourd'hui, sans doute.

— Désolé, mais on ne jouera pas à ce petit jeu. On a pris la décision de ne rien faire. »

Todd se pencha vers son supérieur. Il sentit à nouveau sa crème à raser. « C'est une blague !

— Pauvre con ! lança Garrison comme s'il jetait une arme. Jared a passé presque un an à créer le personnage de Ross McKibbin. Il y a mis tout son savoir-faire. Et des milliers d'heures de soutien opérationnel ont été nécessaires. Soyons réalistes : il serait tout à fait improbable que les employeurs de Ross McKibbin prennent les mesures dont tu parles. Les trafiquants de drogue ne paient pas de rançon, pour commencer. Et ils ne mobilisent pas non plus cent agents de terrain pour balayer la plaine de la Bekaa à la recherche d'un émissaire égaré. Si on fait un truc dans le genre, ça reviendra à annoncer que Ross McKibbin est lié à l'administration américaine – ce qui mettrait en danger non seulement Jared Rinehart, mais tous ceux qu'on a dû utiliser afin de sustenter son statut imaginaire. Drucker et moi avons étudié les mêmes données et on est arrivés à la même conclusion. Si Ross McKibbin est grillé, des dizaines de contacts et d'agents seront grillés aussi. Et je ne parle même pas des trois millions de dollars supplémentaires qu'il faudrait investir. Un sage a dit un jour : "Ne te contente pas d'agir, reste immobile." Il faut évaluer la situation avant de foncer. C'est une chose que tu n'as jamais pu comprendre. Dans le cas présent, la meilleure chose à faire, c'est d'éviter les conneries armées que tu imagines. »

Todd lutta pour contenir la rage qui bouillait en lui.

« Ton plan d'action est donc... aucun plan d'action.

— Tu as sans doute été trop longtemps sur le terrain. Je vais te dire une chose : j'ai vécu les auditions du comité Church, au début des années 1970. On dit que cette nouvelle commission Kirk fera ressembler ces auditions à une partie de rigolade. Tous ceux de la communauté des renseignements marchent sur des œufs, en ce moment.

— Je n'arrive pas à croire que tu me parles de ces conneries administratives à un moment pareil.

— Jamais les agents de terrain ne le comprennent. L'administration est un terrain comme un autre. Capitol Hill est un terrain. Là aussi, des batailles sont gagnées ou perdues. Si une demande de budget est refusée, une opération est annulée. La dernière chose dont nous ayons besoin, c'est qu'on vienne à connaître les libertés prises durant nos opérations. Donc, la dernière chose dont nous ayons besoin, c'est toi. »

Todd écouta cette énumération de raisons administratives avec un dégoût viscéral. Heures de fonctionnement, allocations budgétaires – c'était ça qui se cachait derrière la « prudence » que préconisaient ses supérieurs. Cette inquiétude sécuritaire était un écran de fumée, rien de plus. Garrison avait été assez longtemps directeur pour faire la différence entre des vies et l'équilibre d'un budget. « J'ai soudain honte de faire le même métier que toi, murmura Todd.

— Mais enfin, nous ne pouvons rien faire qui n'aggraverait pas les choses ! rugit Garrison, dont les yeux envoyaient des éclairs. Est-ce que tu peux t'oublier une seule seconde ? Est-ce que tu crois que Drucker aime l'idée de ne rien faire ? Est-ce que tu crois que ça me fait plaisir de rester là, à rien foutre ? Aucun d'entre nous n'est satisfait de la situation. La décision n'a été facile pour personne. Il n'en reste pas moins que les ordres sont là. Je n'attends pas de toi que tu prennes en compte le contexte, mais on ne peut pas se permettre d'agir. Pas maintenant. »

La fureur cingla Todd Belknap comme un cyclone balayant une plaine. *Si tu déconnes avec Pollux, tu auras Castor sur le dos.* D'un geste brusque, Todd renversa la lampe et le terminal téléphonique du bureau de Garrison. « Est-ce que tu crois en tes putains d'excuses ? Parce que Jared mérite mieux de notre part. Et il l'aura.

— C'est terminé », dit calmement Garrison.

Comme toujours, la rage donnait des forces à Todd Belknap, et il aurait besoin de toutes ses forces. Jared Rinehart était l'homme le plus extraordinaire qu'il avait jamais connu, un homme qui lui avait plus d'une fois sauvé la vie. L'heure était venue de lui rendre la pareille. Todd savait que Jared était probablement torturé à cet instant même, que ses chances de survie diminuaient d'heure en heure. Ses muscles se raidirent, la résistance de son esprit était devenue la résistance de son corps. Il sortit en trombe de l'immeuble fédéral. Un tourbillon d'émotion pénétra tous les recoins vides de son être – rage, détermination et quelque chose de moins avouable, très proche d'une soif de sang. *C'est terminé*, avait déclaré Garrison. *C'est terminé*, avait déclaré Drucker. Todd savait à quel point ses officiers supérieurs avaient tort.

*Ça venait de commencer.*

## *Chapitre trois*

*Rome*

IL Y AVAIT DES PROCÉDURES À SUIVRE, et Youssef Ali – toujours chargé de la sécurité de la demeure sur la via Angelo Masina – les suivait, dans la salle de communication exiguë à l'arrière du premier étage de la villa, où il se rendait souvent. On lui transmettait une série de messages, en diverses langues, et au degré d'urgence varié. Pourtant, l'essentiel était clair : feu son maître obéissait à des maîtres, des maîtres qu'il n'avait encore jamais vus. L'établissement leur appartenait, dorénavant. Les brèches dans la sécurité devaient être comblées, les maillons faibles remplacés. L'échec – car il y avait bien eu échec – devait être puni.

Ce serait à Youssef Ali de gérer ça. Ils attendaient beaucoup de lui. Il devait veiller à ne pas les décevoir. Il les assura que ce ne serait pas le cas. S'il avait eu peur du risque, il n'aurait pas mené cette vie, mais il n'était pas non plus du genre à prendre des risques inconsidérés.

Youssef Ali avait grandi dans un village tunisien à cent cinquante kilomètres des côtes siciliennes. Les bateaux de pêche pouvaient, en une matinée, passer du cap Bon à Agrigente ou Trapani, selon les courants. La lire italienne était aussi courante que le dinar dans les villages proches de Tunis. Dès son plus jeune âge, Youssef parlait autant italien qu'arabe et négociait les prix de la pêche de son père avec les marchands siciliens. Il avait à peine quinze ans quand il apprit qu'il y existait des importations et des exportations bien plus lucratives pour une personne discrète sur laquelle on pouvait compter.

L'Italie, avec sa petite production d'armes, était un des grands pays exportateurs de pistolets, de carabines et de munitions. En Tunisie, il ne manquait pas d'intermédiaires pour transporter ces armes dans des régions où surgissait une demande soudaine – la Sierra Leone une année, le Congo ou la Mauritanie une autre. Ce trafic évitait les certificats et autres tentatives bureaucratiques ineptes visant à limiter le commerce des armes. Les règlements ne pouvaient pas davantage l'arrêter que des lignes tracées sur une carte arrêter les courants océaniques. Il s'agissait juste d'établir le lien entre les fournisseurs et les demandeurs – et depuis des siècles, les marchands d'Afrique du Nord tiraient avantage des ports tunisiens pour s'en faire une spécialité, que les objets de valeur soient le sel, la soie ou la poudre à canon.

Youssef Ali en personne fut une sorte de valeur exportée. Il s'était d'abord distingué en repoussant une demi-douzaine de brigands décidés à subtiliser une cargaison de pistolets Beretta qu'il accompagnait jusqu'à un dépôt près de Béja. Il était un des quatre jeunes gens à qui on avait confié la marchandise, et il comprit très vite que deux de ses compagnons au moins étaient complices des attaquants : ils avaient fourni aux voleurs des informations, assurément contre quelques billets, et ils faisaient semblant de résister à l'attaque armée. Youssef, quant à lui, fit semblant d'accepter, ouvrit la remorque, ouvrit une caisse, comme pour prouver que les articles étaient bien ceux qu'ils attendaient, avant de tourner brusquement son automatique contre eux. Ils tombèrent comme ces oiseaux bruns, les pipits et les pies-grièches, sur lesquels Youssef s'était entraîné à tirer pendant de longs après-midi, dans la campagne poussiéreuse.

Quand Youssef eut abattu les brigands, il visa les traîtres et lut leurs aveux sur leur visage affolé. Il les tua l'un après l'autre.

La livraison arriva à bon port, et Youssef Ali découvrit qu'il s'était fait un nom. Il avait à peine plus de vingt ans qu'il se retrouvait déjà avec de nouveaux employeurs : comme tant d'autres petits marchands d'armes, ils appartenaient à un réseau plus vaste et très organisé. Entrer dans le réseau, c'était prospérer ; résister, c'était la mort assurée. Pragmatiques avant tout, ces marchands ne trouvaient pas ce choix difficile. Leurs supérieurs exerçaient les privilèges de leur statut en leur enlevant les personnes qui montraient des talents particuliers. Youssef Ali venait d'une communauté tribale où la dévotion féodale était la règle ; il avait accepté l'entraînement proposé avec gratitude et de plus grandes responsabilités avec gravité et sobriété. L'idée que ses employeurs se faisaient de la discipline était associée à une indicible cruauté. Depuis qu'il était au quartier général d'Ansari, Youssef avait vu les châtiments infligés à ceux qui avaient trébuché au cours d'une mission. Il lui était même arrivé de leur apprendre en personne qu'on ne trahit pas ses devoirs.

Il remettait ça. Un jeune garde, drogué et enfermé dans un placard, avait à l'évidence démontré son manque de vigilance. Youssef lui avait demandé de raconter précisément comment il avait été attaqué, encore et encore. Le garde, bien qu'humilié, niait avoir fait quelque chose de mal. Il fallait qu'il serve d'exemple.

Youssef regarda le jeune homme osciller, les pieds à une dizaine de centimètres du sol, la haussière enserrant son cou attachée à une poutre de la salle d'interrogatoire, les mains liées. *Mieux vaut toi que moi*, songea le Tunisien avec cynisme. Le jeune garde était étranglé lentement, le visage écarlate, des bulles sortant de sa bouche, un faible flot d'air filtrant péniblement entre les chairs comprimées et la salive qui s'accumulait. Dégoûté, Youssef remarqua la tache sombre d'humidité entre les jambes. Comme le cou de l'homme n'avait pas été brisé, la mort serait lente. Il lui restait au moins deux heures de vie consciente. Assez pour réfléchir à ses actions et à ses erreurs. Assez pour réfléchir au manquement à son devoir.

D'autres viendraient chercher le corps au matin, Youssef le savait. Et ils verraient. Ils verraient que Youssef ne tolérait pas l'échec. Il fallait un exemple. Les maillons faibles seraient remplacés.

Youssef Ali s'en assurerait.

*Carlyle, Connecticut*

Andrea se servit un verre de vin et monta se changer. Elle voulait juste se sentir normale. Mais la « normalité » lui échappait. Elle se retrouvait... comme Alice au pays des Merveilles, après avoir bu une potion qui l'avait fait grandir, parce qu'elle se croyait soudain dans une maison de poupée dont les pièces rapetissaient autour d'elle. Dans le couloir, devant sa chambre, elle trébucha sur une chaussure sans lacet, de celles que les garçons mettent pour courir. *Au diable Brent Farley*, se dit-elle. *Bon débarras!* Cette pensée eût été plus satisfaisante si c'était elle qui l'avait quitté, mais leur relation ne s'était pas terminée ainsi.

Brent avait quelques années de plus qu'elle. Financier originaire de Greenwich, vice-président du développement des ventes dans une société de réassurance, beau parleur à la voix profonde, il était ambitieux – le genre d'homme qui s'habillait bien, jouait au squash comme si sa vie dépendait de sa victoire, vérifiait son portefeuille d'actions plusieurs fois par jour et consultait son téléphone portable BlackBerry pendant ses rendez-vous galants. Ils s'étaient violemment disputés à ce propos une semaine plus tôt. « Je crois que j'aurais plus de chances d'attirer ton attention si je t'envoyais un SMS ! » s'était plainte Andrea au restaurant. Elle ne demandait que de petites excuses. Jamais elle ne les obtint. Le ton monta. Brent parla de sa mentalité étriquée ; elle était une « rabat-joie ». Il avait ensuite rassemblé les affaires qu'il laissait chez elle, les avait chargées dans son Audi sport noire et il était parti. La porte n'avait pas claqué, aucun objet n'avait volé, les pneus n'avaient pas crissé sur l'allée. Il n'était même pas vraiment en colère – et c'était le plus dur pour elle. Il l'avait écartée avec mépris, pas avec colère. Elle n'était pas digne de sa colère, semblait-il. Elle n'en valait pas la peine.

Elle ouvrit son placard. Brent y avait-il laissé quelque chose ? Elle ne vit rien. Son regard s'arrêta sur sa propre garde-robe et elle sentit monter en elle une pointe de nostalgie. Sur des portemanteaux rembourrés, ses tailleurs, ses robes du soir, ses tenues de détente, tous dans les bleus, pêche et beige.

Sa garde-robe – pas immense, mais bien choisie – avait toujours fait sa fierté. Adepte des magasins de vêtements dégriffés comme Filenes Basement, elle savait repérer les articles intéressants comme un héron repère un poisson. Et il y avait de bonnes affaires, comme elle le disait à ses copines, si on se moquait des étiquettes prestigieuses. Nombre de marques de prêt-à-porter confectionnaient des choses si belles qu'on les distinguait à peine de l'original qu'elles copiaient. *Devine combien j'ai payé ça ?* était un jeu auquel ses amies et elle jouaient quand elles ne se plaignaient pas du travail ou des hommes, et Andrea était la championne incontestée. Le chemisier en soie crème qu'elle avait eu pour trente dollars ? Suzanne Muldower en avait glapi ! Elle avait vu presque le même chez Talbot pour cent dix dollars. Andrea caressa le tissu avec autant de plaisir qu'elle tournait les pages du livre d'or de son lycée, amusée et gênée de ce qu'elle était – l'ambition, l'innocence, les taches de rousseur.

Suzanne – sa plus vieille amie – arriva la première. L'invitation de dernière minute n'avait pas dérangé Suzanne, qui n'annulait qu'un double rendez-vous avec son micro-ondes et son lecteur de DVD, admit-elle. Melissa Pratt – une blonde filiforme très citadine qui rêvait d'une carrière d'actrice – apparut peu après avec son ami de huit mois, Jeremy Lemuelson, petit gars énergique qui occupait un emploi d'ingénieur civil à Hartford, possédait deux guitares Stratocaster légendaires et qui, parce qu'il peignait pendant son temps libre, se considérait comme un artiste.

Le dîner n'avait rien d'exceptionnel, prévint Andrea : un plat de fettucine au basilic, des mets d'accompagnement achetés chez le traiteur, et une bouteille de Vouvray.

« Alors, pourquoi cette réunion ? demanda Suzanne après avoir goûté les pâtes et émis les bruits d'admiration de rigueur. Tu as dit qu'on devait fêter quelque chose, et j'ai dit à Melissa qu'on en serait juges.

— Brent t'a offert une bague, c'est ça ? demanda Melissa qui décocha à Suzanne un clin d'œil de victoire prématuré.

— Brent ? *Pitié !* » gémit Andrea.

Elle sourit et plissa les yeux. Melissa et elle avaient partagé un appartement quand elle étudiait à l'université et, à l'époque, Melissa s'intéressait déjà comme une sœur aux succès et aux échecs sentimentaux de sa colocataire.

« T'as obtenu une promotion ? tenta Suzanne.

— T'as un petit pain au four ? s'inquiéta Melissa.

— Du pain à l'ail, en fait, répondit Andrea. Ça sent bon, non ? demanda-t-elle en filant à la cuisine pour l'apporter à table, un peu trop croustillant.

— Je sais : tu as gagné à la loterie ! ironisa Jeremy, dont les joues étaient gonflées comme celles d'un écureuil quand il mange.

— Tu brûles.

— D'accord, ma vieille, sors-le ! ordonna Suzanne en serrant la main de son amie. Ne nous fais pas souffrir.

— Je meurs d'impatience, ajouta Melissa. Vas-y !

— Eh bien... »

Andrea regarda les trois visages pleins d'espoir et les mots qu'elle avait préparés dans sa tête lui parurent soudain maladroits et vantards. « Il se trouve que la fondation Bancroft a décidé de... faire appel à moi. Ils veulent que je siège au conseil d'administration.

— C'est formidable ! s'exclama Suzanne.

— De l'argent à la clé ? demanda Jeremy qui massait un cal sur son index droit.

— Eh bien, oui. »

*Douze millions de dollars.*

« Alors ?

— C'est une offre très généreuse. Un grand honneur de servir et... » Elle s'affaissa, mécontente d'elle-même. Quelle poseuse elle était devenue ! « Oh, merde, écoutez-moi. Ils me donnent... »

Les mots ne sortaient pas. Elle n'arrivait pas à les prononcer. Plus rien ne serait pareil quand elle l'aurait fait. Elle n'y avait pas réfléchi. Et pourtant, ne *pas* le dire – surtout s'ils le découvraient plus tard, ou plutôt quand ils le découvriraient – serait tout à fait destructeur. Elle se rendit compte qu'elle s'étranglait une fois de plus à l'idée d'énoncer le chiffre. « Écoutez, disons seulement que c'est une somme folle, d'accord ?

— Folle ? répéta Suzanne d'une voix acide. C'est si gros que ça ?

— Est-ce que c'est une information du genre "je pourrais vous le dire mais je devrai vous tuer après" ? s'enquit Melissa au souvenir d'un feuilleton où elle avait figuré quelques années plus tôt.

— Vous savez, mes talents en maths son assez flous, dit Jeremy que tout ça exaspérait. Est-ce qu'une somme "folle" est plus ou moins grande qu'"un gros paquet" ?

— D'accord, tu as ton jardin secret, dit Suzanne d'une voix qui aurait fait tourner le lait. Nous devons respecter ça.

— Douze, dit doucement Andrea. Millions. »

Ils la regardèrent, stupéfaits, silencieux, jusqu'à ce que Jeremy s'étouffe avec une bouchée de pâtes. Il avala un verre de Vouvray pour faire passer. « Tu te fous de moi !

— C'est une blague, hein ? demanda Melissa. Une séquence d'impro ? Quand je prenais des cours de comédie, expliqua-t-elle à Suzanne, Andrea m'aidait pour mes exercices d'improvisation, et j'ai toujours trouvé qu'elle était meilleure que moi !

— J'arrive à peine à le croire moi-même, dit Andrea.

— Et c'est ainsi que la chenille se transforma en papillon ! claironna Suzanne dont les joues s'ornaient de taches rouges.

— Douze millions de dollars, chantonna Melissa comme quand elle tentait de mémoriser une réplique. Félicitations ! Je suis tellement contente pour toi ! C'est in-cro-ya-ble !

— Un toast ! » réclama Jeremy en remplissant les verres.

L'humeur était à la jubilation et à la mise en boîte, mais quand on arriva au café et au pousse-café, l'excitation avait tourné à l'envie – ou bien Andrea l'imaginait-elle ? Ses amis dépensaient son argent pour elle en imagination, élaboraient des scénarios pour *Riches et Célèbres*, à la fois délirants et banals. Jeremy parla, d'un petit air de défi, d'un homme riche qu'il avait connu – il tondait sa pelouse quand il était adolescent – qui « était exactement comme tout le monde, qui jamais ne prenait de grands airs » ; et il y avait un parfum de reproche dans son histoire, comme s'il pensait qu'Andrea aurait du mal à se mettre au niveau de ce nabab de l'usine Pepsi de Doylsestown, en Pennsylvanie.

Finalement, après une dixième allusion à Donald Trump et son yacht de trente mètres, Andrea les interrompit : « Est-ce qu'on pourrait parler d'autre chose ? »

Suzanne lui adressa un regard qui disait : « A qui est-ce que tu veux faire croire ça ? » et demanda : « Et de quoi d'autre voudrais-tu qu'on parle ?

— Je ne plaisante pas, dit Andrea. Comment ça va pour vous ?

— Pas de paternalisme, chérie ! » rétorqua Suzanne en feignant d'être insultée.

Sauf que ça sonnait faux, Andrea s'en rendit compte. Les amis feignaient de feindre d'être insultés.

*C'est donc comme ça que ça va se passer.*

« Quelqu'un veut une infusion ? » demanda Andrea d'un air guilleret alors qu'elle sentait venir une migraine.

Suzanne la regarda droit dans les yeux. « Tu sais, quand tu disais toujours que tu n'étais pas une Bancroft ? demanda-t-elle sans ciller. Eh bien, devine un peu ? Tu viens d'en devenir une. »

*Quelque part*

Dans une pièce sombre éclairée par la seule lueur bleuâtre d'un écran plat, des doigts agiles caressaient les touches d'un clavier. L'écran se remplissait et se vidait. Mots, chiffres. Demandes d'information. Demandes d'actions. Paiements assurés. Paiements annulés. Récompenses accordées, récompenses reprises ; sanctions et primes systématiquement distribuées. L'information arrivait, partait. L'ordinateur relié en réseau à d'innombrables autres autour du monde recevait et générait des impulsions binaires, une cascade de 1 et de 0, de portes logiques ouvertes ou fermées, chacune aussi impalpable que les atomes qui construisaient les énormes édifices. Des instructions étaient données et modifiées par l'électronique. Des données collectées, classées et reconnues. Des sommes faramineuses filaient autour du monde, transférées d'une institution financière à une autre, puis une autre, pour finir dans des comptes numérotés nichés au sein d'autres comptes numérotés. D'autres instructions. D'autres agents engagés dans un réseau complexe.

Dans la pièce, un visage était éclairé par la lueur lunaire de l'écran. Pourtant, les destinataires des communications ne pouvaient pas même l'apercevoir. L'esprit qui les guidait leur restait caché, aussi intangible que la brume matinale, soleil lointain qui traçait sa route dans les flammes. Les paroles d'un vieux *negro spiritual* lui traversèrent l'esprit. *Il tient le monde entier dans ses mains.*

Le cliquetis des touches était presque noyé par le ronronnement ambiant, mais c'était le bruit de la connaissance et de l'action, le bruit des ressources qui permettent de traduire la connaissance en action. C'était le bruit du pouvoir. Dans le coin gauche du clavier, il y avait des touches marquées COMMANDE et CONTRÔLE. C'était aussi ironique que pertinent, et la personne assise devant l'ordinateur le savait fort bien. Le doux crépitement était en effet le bruit du commandement et du contrôle.

La dernière transmission codée partit dans le cyberespace. Elle se terminait par : *L'essentiel, c'est le temps.*

Le temps. La seule entité qu'on ne pouvait ni commander ni contrôler, devrait être honorée et respectée.

Doigts agiles, cliquetis discret des touches, et la signature fut apposée.

GÉNÉSIS.

Pour des centaines de gens sur la planète, c'était un nom prestigieux. Pour beaucoup, il signifiait une occasion d'affûter leur appât du gain. Pour d'autres, c'était très différent : il leur glaçait le sang, il hantait leurs cauchemars. *Génésis*. La genèse, le début. Mais de quoi ?

*Chapitre quatre*

TODD BELKNAP DORMIT PENDANT LE VOL vers Rome. Il avait toujours été fier de sa capacité à profiter de quelques minutes de sommeil, quelles que soient les circonstances. Mais son sommeil fut troublé, hanté de souvenirs, tourmenté. Et quand il réussit à sortir de son état comateux, les souvenirs affluèrent à sa mémoire comme des mouches sur une carcasse. Il avait tant perdu dans sa vie qu'il refusait de laisser Jared Rinehart confirmer ce schéma haïssable : la mort de tous ceux qu'il aimait. Il avait parfois l'impression d'une malédiction, comme dans une tragédie grecque.

A une époque, sa vie s'engageait d'une tout autre manière : Todd – privé dès l'enfance de sa propre famille – allait devenir père. Les souvenirs l'inondèrent, fusèrent de l'obscurité, lui échappèrent, puis, dans un tourbillon de douleur, revinrent le blesser.

Le mariage s'était déroulé discrètement. Quelques amis et collègues d'Yvette aux services secrets du Département d'État où elle était traductrice, quelques collaborateurs de Todd, dont les parents étaient morts depuis longtemps et qui n'avait pas de famille proche. Jared, bien sûr, était son témoin, et sa présence amicale constituait une sorte de bénédiction en soi. Première soirée de leur voyage de noces dans un hôtel près de Punta Gorda, au Belize. La fin d'une journée enchantée. Ils avaient vu des perroquets et des toucans dans les palmiers, des dauphins et des lamantins dans les eaux azur et le singe hurleur les avait surpris à les appeler d'une voix semblable au mugissement de l'océan. Avant le déjeuner, ils avaient pris un bateau pour gagner un récif, ligne blanche d'écume à huit cents mètres de la côte. Ils avaient plongé, et un autre royaume magique s'était révélé à eux. Au milieu des couleurs vibrantes des coraux nageaient des bancs de poissons iridescents, d'une incroyable variété. Yvette connaissait leurs noms, et en plusieurs langues – un héritage de sa vie de fille de diplomate, en poste dans toutes les grandes capitales d'Europe. Elle fut ravie de lui montrer les éponges barriques violettes, les raies-aigles tachetées, les poissons perroquets – des noms curieux pour des créatures curieuses. Quand il s'approcha d'un poisson à l'air d'éventail japonais avec de délicates stries blanches et orange, Yvette lui retint la main et ils firent surface. « C'est un poisson-lion, mon amour, lui dit-elle avec dans ses yeux bruns les chatoiements de l'eau. Il vaut mieux l'admirer de loin. Ses épines peuvent injecter une toxine puissante. On dirait des fleurs sous-marines, non ? Comme l'a dit un poète, *Où il y a la beauté, on trouve la mort.* »

Le Belize n'était pas le paradis. Ils savaient tous les deux qu'y régnaient pauvreté et violence, très près de leur résidence de tourisme. Il y avait bien de la beauté, qui recelait une sorte de vérité. Une de ces vérités les concernait, au moins : leur capacité à percevoir le sublime et à se laisser transporter. Sur le récif, il avait fait l'expérience de quelque chose à quoi il voulait s'accrocher. Il savait que, comme ces poissons lumineux, éblouissants, colorés devenaient ternes et gris quand on les remontait à la surface, sa propre vérité intérieure avait peu de chances de survivre à son travail. Il fallait donc qu'il en fasse tout de suite l'expérience.

Le soir, sur la plage, au clair de lune. Ses souvenirs étaient fractionnés, monticule d'éclats tranchants. Il ne pouvait les évoquer sans saigner. Fragments. Yvette et lui avaient gambadé sur le sable. Avait-il déjà été aussi insouciant ? Jamais auparavant, et sûrement plus jamais. Il revit Yvette qui courait vers lui sur leur plage privée. Elle était nue et ses cheveux – dorés même sous les rayons argentés de la lune – ondulaient sur ses épaules ; son visage exprimait un bonheur si absolu qu'il rayonnait. Il n'avait pas remarqué, juste à cet instant, ce qui ressemblait à une barque de pêche ancrée au large. Deux petites taches de lumière sur cette barque. Il vit les éclairs sortir des canons, ou les imagina plus tard, quand il tenta de trouver un sens à ce qui se passait. Une balle traversa la gorge d'Yvette, sa gorge si douce, si adorable. Une balle traversa son torse. Deux projectiles de gros calibre, mortels. Sauf qu'il ne les avait pas vus non plus, juste leurs conséquences. Elle était tombée vers lui, comme pour l'enlacer, et il avait fallu à son esprit paralysé de longues secondes pour comprendre ce qui s'était produit. Il avait entendu un rugissement – comme la clameur gutturale lointaine du singe hurleur, comme le ressac, mais bien plus fort – et il n'avait pas immédiatement saisi qu'il en était la source.

Où il y a la beauté, on trouve la mort.

Des funérailles à Washington, il se souvenait surtout qu'il pleuvait. Un pasteur parlait, mais c'était comme si Todd avait éteint le son. Un étranger en noir, à l'expression professionnelle sombre, un étranger dont les lèvres bougeaient, pour réciter des prières, sans doute, apporter le réconfort rituel. Quel rapport y avait-il entre cet homme et Yvette? C'était surréaliste! Il plongea encore et encore dans les profondeurs de son esprit pour en remonter la vérité incandescente dont il avait fait l'expérience au récif de corail ce jour-là. Il n'en restait rien. Il avait le souvenir d'un souvenir; pourtant, celui qui importait avait disparu, ou s'était enfermé dans un coquillage, se rendant inaccessible à jamais.

Il n'y avait ni Belize ni plage ni Yvette ni beauté ni vérité éternelle. Il n'y avait que le cimetière, une étendue de trois hectares d'un vert agressif dominant le cours de l'Anacostia. Sans la présence indéfectible de Jared Rinehart, il se serait sûrement effondré.

Rinehart était un roc. Le point stable de sa vie. Il avait porté le deuil d'Yvette avec lui et souffert en plus pour son ami. Todd ne pouvait supporter qu'on le prenne en pitié, et Jared l'avait si bien senti qu'il tempérait sa compassion de plaisanteries mordantes. Un jour, un bras sur les épaules de son ami l'entourant d'une chaleur qui démentait ses paroles, il lui avait dit : « Si je ne savais pas que c'est faux, Castor, je dirais que tu ne portes pas chance. »

En dépit de l'angoisse qui faisait rage en lui, Todd avait réussi à sourire, à rire brièvement, même.

Puis Rinehard avait croisé son regard. « Tu sais que je serai toujours là pour toi. »

Il l'avait dit avec simplicité, pacte de sang entre un guerrier et un autre.

« Je sais, avait répondu Todd sans que les mots parviennent à sortir vraiment de sa gorge. Je sais. »

Et c'était vrai. Il y avait entre eux un lien inviolable de loyauté et d'honneur. C'était aussi une vérité profonde et, à Rome, cette vérité devrait le soutenir. Ceux qui faisaient du mal à Pollux n'échapperaient jamais à Castor. Ils renonçaient de facto à la sécurité.

Ils renonçaient de facto au droit de vivre.

*Carlyle, Connecticut*

La voiture qui s'arrêta devant chez Andrea offrait un spectacle si incongru qu'il en devenait absurde : une Mercedes-Benz 560 SEL – longue, fluide, noire, dans sa rue modeste de petites maisons aux petites allées. Elle était aussi déplacée qu'un étalon lipizzan. Le conseil d'administration se réunissait cet après-midi et Horace Linville avait expliqué que, pour se rendre au quartier général de la fondation, la route n'était pas facile, avec beaucoup de carrefours sans indications dans le comté de Westchester. On lui avait donc envoyé une voiture pour éviter qu'elle se perde.

Vers la fin du trajet de deux heures, le chauffeur passa d'une petite route à une autre et à d'anciens sentiers agricoles, qui n'avaient été pavés à l'évidence que récemment. Peu de ces voies avaient un nom ou un numéro. Elle eut beau tenter de se souvenir des tournants successifs, elle ne fut pas certaine de pouvoir refaire le trajet seule.

Katonah, à soixante-dix kilomètres au nord de Manhattan, symbolisait un mélange particulier de rusticité et de richesse. Le village même, inclus dans le regroupement de communes de Bedford, dans l'État de New York, était un véritable décor au charme victorien, mais l'action se déroulait dans les bois alentour. Là, la famille Rockefeller avait une vaste propriété, comme le financier international George Soros et nombre d'autres milliardaires sans visibilité publique. Curieusement, les gens riches au-delà de tout ce qu'on peut imaginer se voyaient vivre à Katonah. Le hameau portait le nom du chef indien à qui on l'avait acheté au XIXe siècle, et malgré son charmant aspect rural, l'esprit mercantile – achat et vente de propriétés, de savoir et d'âmes – n'avait pas diminué depuis.

L'irrégularité de la route commençait à mettre à l'épreuve la suspension de la Mercedes. « Désolé que ce soit si caillouteux », dit le chauffeur impassible. Ils traversaient une zone peu boisée, des terres agricoles abandonnées que les arbres avaient recolonisées peu à peu. Ils virent enfin apparaître une élégante maison en brique de style géorgien avec ses corniches en calcaire de Portland. Trois niveaux et des mansardes dans le toit, imposante sans trop de prétention.

« C'est superbe, murmura Andrea.

— Ça ? » Le chauffeur toussa pour étouffer un éclat de rire. « C'est la maison des gardes. La fondation est environ huit cents mètres plus loin. »

Comme la voiture approchait, une partie du portail en fer forgé s'ouvrit et ils s'engagèrent sous une allée de tilleuls.

« Mon Dieu ! » dit Andrea quelques minutes plus tard.

Ce qui avait l'air d'une colline, d'un gonflement de la terre, s'avérait une vaste structure en bois et pierre, quelque chose d'ancien mais d'inhabituel. Rien à voir avec les somptueuses résidences de la campagne anglaise – ni appareillage gothique ni vitraux aux fenêtres ni ailes ni cours intérieures. Non, des formes simples – cônes, colonnes, rectangles – construites en bois et en pierre de pays. Sa palette de couleurs naturelles – riches nuances de rouille, sépia et ambre – lui permettait de se fondre dans l'environnement. Andrea fut d'autant plus surprise quand elle s'approcha et en vit l'envergure, l'élégance de chaque détail : larges porches ovales, murs en dents de scie couverts de lattes de bois, formes subtilement asymétriques. Le bâtiment gigantesque était pourtant si dénué d'ostentation que son immensité rappelait celle de la nature, pas d'un artifice.

Andrea dut penser à respirer.

« C'est une beauté, admit le chauffeur. Et pourtant, le Dr Bancroft n'aime pas y être. S'il avait pu choisir, il l'aurait vendue et se serait installé dans une pension de famille. Mais il dit que les membres du conseil refusent.

— Heureusement.

— Je suppose que c'est un peu à vous, maintenant. »

La voiture s'arrêta sur une aire de stationnement en gravier contre le pignon du vaste bâtiment. Andrea fut sur le point de se trouver mal quand elle gagna le perron et entra dans le hall inondé de lumière. Des odeurs de vieux bois et de cire flottaient discrètement. Une femme guindée l'accueillit avec un large sourire et un classeur à trois anneaux.

« L'ordre du jour, expliqua la femme aux cheveux cuivrés raides et au nez en trompette. Nous sommes *ravis* de vous avoir au conseil.

— Cet endroit est stupéfiant », dit Andrea.

Les cheveux laqués de la femme bougèrent à peine quand elle hocha vigoureusement la tête. « La construction date de 1915, et l'architecte serait H. H. Richardson, bien qu'il n'ait jamais vu la demeure terminée de son vivant. Le monde était en guerre et le pays se préparait à s'engager. Une époque sombre. Mais pas pour les Bancroft. »

C'était juste, songea Andrea. Ne racontait-on pas que les Bancroft avaient fait fortune dans les munitions pendant la Première Guerre mondiale ? Son intérêt pour l'histoire ne s'était jamais étendu à celle de la famille de son père, mais elle en connaissait les grandes lignes.

Les hautes fenêtres de la salle du conseil, au premier étage, donnaient sur un jardin en terrasses orné à profusion de couleurs vives. Andrea fut escortée jusqu'à un siège sur le côté d'une sorte de longue table de banquet géorgienne, où au moins une douzaine d'autres administrateurs et membres du personnel de la fondation avaient déjà pris place. Un élégant service à thé et à café attendait dans un coin de la pièce. Hommes et femmes plaisantaient aimablement et, tandis qu'Andrea feignait de s'absorber dans les documents du classeur, elle s'aperçut que nombre de références ne lui disaient rien du tout : des clubs dont elle n'avait jamais entendu parler, des marques qui pouvaient être celles de yachts ou de cigares, des directeurs d'écoles privées au nom ronflant qu'elle ne connaissait pas. D'une porte à l'autre bout de la pièce sortirent deux hommes en costume accompagnés d'une jeune assistante. Les murmures cessèrent peu à peu.

« Ce sont les membres du comité directeur chargé des programmes de la fondation, lui expliqua l'homme assis à sa droite. Ce qui veut dire que c'est le moment où chacun expose ses prouesses. »

Andrea se tourna vers son voisin, un peu gras, les cheveux poivre et sel, une application trop généreuse de gel qui avait gardé la trace du passage du peigne, un visage bronzé contrastant avec ses mains blanches et sans poils – ce qu'expliquait, à la racine des cheveux, une ombre orange d'autobronzant. « Je suis Andrea.

— Simon Bancroft », dit-il avec quelque chose d'humide et de bourdonnant dans la voix. Ses yeux gris ternes et inexpressifs et ses sourcils ne bougeaient pas plus que son front quand il parlait. « Vous êtes la fille de Reynolds, c'est ça ?

— C'*était* mon père », précisa-t-elle à dessein, bien que cette nuance n'ait sûrement pas été perçue par cet homme.

Bien qu'elle fût la descendante de Reynolds, elle était la fille de Laura. La progéniture de celle qu'on avait rejetée.

Elle éprouva une bouffée d'hostilité envers son voisin, comme une réaction moléculaire à quelque vieil ennemi de sang, qui s'apaisa. Ce qui la troublait vraiment, elle s'en rendit compte, c'était de ne pas se sentir à sa place. Elle ne faisait pas partie de ce monde. Étrangère, membre de la famille... Qu'était-elle, dorénavant ?

Et si c'était à elle de décider ?

*Rome*

*Lâche le chien*, songea Todd Belknap avec rage. *Lâche le chien de l'enfer.*

Sur toutes les bouches d'égout de Rome étaient gravées les lettres SPQR – *Senatus Populusque Romanus* – le Sénat et le Peuple de Rome. Jadis un geste politique important, aujourd'hui guère plus qu'un logo. A l'aide d'une pince à levier, l'agent secret souleva le disque en fonte et descendit l'échelle verticale jusqu'à une passerelle en bois, dans un espace fétide d'environ sept mètres de haut et un mètre cinquante de large. Il alluma sa lampe torche à puissance moyenne et inspecta les alentours. Les parois en béton grouillaient d'insectes. Des câbles, pour la plupart aussi épais qu'un cigarillo, pendaient comme des rideaux affaissés noirs, orange, rouges, jaunes, bleus – fils électriques et téléphoniques vieux de cinquante ans, coaxiaux des années 70 et 80, conducteurs modernes à fibre optique installés par des entreprises municipales comme Enel et ACEA. Les couleurs auraient parlé à ceux qui conduisaient les camionnettes Enel, ou qui portaient l'uniforme de la maison, supposait Todd. Il serait donc une exception.

Des gouttes d'eau se formaient au plafond qui, quand elles étaient assez grosses, tombaient. Todd consulta une petite boussole luminescente. La villa se trouvait à deux cents mètres de la bouche, et il avait déjà parcouru presque toute la distance dans le tunnel de service principal parallèle à la rue.

*Rien n'arrête un homme de bien*, songea-t-il. *Même s'il veut faire le mal.*

Les menaces de Will Garrison, ses protestations, avaient glissé devant Todd Belknap comme une assiette de mauvaises huîtres. Était-il parfois allé trop loin ? Sans aucun doute. Il n'était pas le genre d'homme à attendre que le feu passe au vert pour traverser un carrefour. Il détestait la paperasse. « L'arc de l'univers est long, mais il s'incline vers la justice », a dit un prophète, et Todd espérait que c'était vrai. Si ça prenait trop longtemps, Todd se faisait un plaisir de l'incliner lui-même.

Il n'était pas porté à l'introspection, mais il ne se faisait pas d'illusions sur lui-même. Il se savait irascible, tête brûlée, parfois brutal. A certains moments – rares –, la rage submergeait sa volonté consciente et, alors, il savait ce que voulait dire « être possédé ». Par-dessus tout, il estimait la loyauté, la force motrice de sa vie. Il ne méprisait rien plus que la déloyauté. Il ne s'agissait pas d'un raisonnement : sa conviction était viscérale, la fibre même de son être.

Il y avait un trou d'un mètre sur la passerelle à l'endroit où le tunnel, qui suivait la rue, prenait un tournant. Todd le remarqua juste à temps et sauta. Ses outils – la pince à levier, le lance-grappin – rebondirent sur sa cuisse. Le lance-grappin avait beau être un modèle compact et sa boîte en polymère léger, il restait dense, et les trois crochets ne cessaient de sortir des attaches en Velcro.

Le nuage d'encre de seiche formé par les arguments de Garrison n'empêchait pas l'instinct de Belknap de lui dire qu'il existait un lien entre le meurtre d'Ansari et la disparition de Rinehart. Pourtant, il fallait prendre en compte plus que l'instinct. Les amis de Belknap aux Opérations consulaires n'allaient pas le lâcher parce que Garrison avait piqué sa crise ; quand il insista auprès de l'un d'entre eux, il prit connaissance de quelques rapports d'intelligence très intéressants. Les sources en étaient les fameux « canaux non spécifiés » – des contacts hautement confidentiels – et, comme son ami analyste le lui avait fait remarquer, le tableau restait très brumeux. Ce qu'il savait indiquait que les ravisseurs avaient été engagés ou cooptés par une organisation autrement plus imposante. Les grands patrons étaient les marionnettes de patrons plus formidables qu'eux. Le meurtre de Khalil Ansari cadrait en tout point – une saine reprise en main d'un réseau par un autre, plus puissant.

Il devait être tout près de la villa, mais le chemin qu'il suivait ne l'y conduirait pas directement ; les câbles pénétraient dans la maison par des tuyaux en PVC d'une dizaine de centimètres de diamètre. L'alimentation en eau et les hautes fenêtres d'évacuation faisaient, eux, une trentaine de centimètres de diamètre. Après avoir vérifié les plans d'architecte et les études géologiques, Todd avait trouvé un autre moyen d'entrer. Les deux cent soixante kilomètres d'aqueducs romains avaient occupé des centaines d'ouvriers lors de leur construction, sous les ordres du Curator Aquarum, le maître des eaux. Et ce Curator Aquarum avait insisté pour que les voies d'eau puissent être entretenues et réparées. On avait donc installé l'équivalent antique de nos trappes d'accès à intervalles réguliers pour pouvoir retirer ce qui risquait de venir boucher les conduits. Dans le vrai gruyère qu'était le sous-sol des rues de Rome, les tunnels de services modernes recoupaient régulièrement les trappes d'accès aux anciens aqueducs, dont l'aqueduc de Trajan. Todd consulta à nouveau sa boussole et le pédomètre qui avait mesuré son déplacement. Les deux instruments combinés lui permettaient de déterminer sa position avec exactitude. Il s'arrêta devant une porte métallique, qui s'ouvrit sur ses vieilles charnières, et il continua dans un tunnel adjacent, où passaient les tuyaux de gaz et d'eau. L'air stagnait autant que l'eau, épais de moisissures accumulées au fil des siècles. Si le tunnel de service était approximativement parallèle à la rue, cet espace caverneux dans lequel il progressait commença à descendre, et Todd s'enfonça un peu plus à chaque pas dans les entrailles de la terre, dans un air qui lui parut de plus en plus dense et sulfureux.

Le tunnel – qui ressemblait plus à une grotte, après tant de siècles, qu'à un conduit creusé par l'homme – se rétrécissait puis s'élargissait tour à tour et, pour atteindre sa destination, Todd dut souvent rebrousser chemin ou tourner en rond dans le labyrinthe souterrain. Certains passages n'avaient probablement pas vu d'être humain depuis des générations.

Il eut la mauvaise idée de se dire que, si sa torche ou sa boussole lui échappaient, il serait sûrement perdu à jamais, squelette tombant en poussière que retrouverait dans un futur indéterminé un autre explorateur téméraire.

Sous son casque, ses cheveux étaient trempés. Il dut s'arrêter pour nouer un mouchoir autour de son front, comme un bandana, pour que la sueur ne coule pas dans ses yeux. Du moins se trouvait-il, d'après ses calculs, presque sous la villa – mais quinze mètres en dessous, à la profondeur d'un puits.

La grille d'écoulement qu'indiquaient les plans d'architecte lui avait donné cette idée. Apparemment courantes dans les villas construites sur des voies d'eau anciennes et maintenant vides, elles constituaient un moyen pratique pour que les caves ne soient pas inondées pendant les fortes pluies. Afin d'éviter l'engorgement, on creusait un puits tout droit jusqu'à un de ces tunnels romains désaffectés.

Todd poussa le bouton de sa torche jusqu'au bout et fouilla l'obscurité du faisceau le plus lumineux. En quelques minutes, il découvrit un monticule de terre couvert de lichen sur le sol rocheux et, très loin au-dessus, il distingua, à l'aide de jumelles digitales, une grille. Il prépara le lance-grappin pneumatique, visa la grille et projeta l'engin. D'un claquement discret, le grappin replié fut propulsé, avec à sa suite deux cordes en polypropylène. Un tintement lointain lui annonça que le grappin s'était déployé et avait accroché la grille. Il tira sur les cordes ; elles résistèrent. Il les écarta, libérant une sorte d'échelle si fine qu'elle semblait immatérielle. Les apparences sont trompeuses : la structure de microfilaments tressés pouvait soutenir plusieurs fois son poids.

Il grimpa. Les barreaux étaient espacés de soixante centimètres, et au tiers de son ascension, il fut déjà conscient que, si son pied glissait, la chute serait fatale. Et il aurait fait tout cela pour rien, bien sûr, si quelqu'un, dans le sous-sol de la villa, voyait le grappin. C'était toutefois peu probable : un garde ferait sûrement des tournées d'inspection mais il ne passerait pas plus d'une ou deux fois pendant la nuit.

La grille, quand il l'atteignit, s'avéra lourde – dans les cent kilos de fonte, sans doute, son poids suffisait à la maintenir en place – et l'échelle ne lui donnait pas d'appui suffisant pour la soulever. Todd sentit son estomac se serrer. Être venu jusque-là... à quelques centimètres...

Désespéré, il regarda le mur du puits. On avait doublé la dernière portion d'une feuille d'acier. Le métal n'était pas très épais et, de sa pince à levier, il réussit à le déformer à deux endroits pour créer des saillies face à face sur lesquelles il posa les pieds. Ainsi assuré, il poussa la grille sans pouvoir exercer toute sa force, car il avait les coudes plus hauts que les épaules, et la grille massive ne bougea pas.

Le cœur de Todd commença à s'emballer, non tant d'épuisement que de frustration. Mais il ne laisserait pas une chance au désespoir. Il pensa à Jared Rinehart, retenu quelque part par les mercenaires d'Ansari et soumis à leur bon vouloir. *Choisis un ami avec soin*, lui avait dit Jared, *et ne le laisse jamais tomber*. Jared avait tenu parole. Todd serait-il à sa hauteur ?

Il connaissait tant de gens qui avaient perdu la vie, chez eux ou sur le terrain. Mac « la Montagne » Marin avait survécu à des dizaines d'opérations à haut risque pour succomber chez lui à une rupture d'anévrisme au cerveau. Mickey Dummett – dont le torse était ponctué de quatre entrées de balles – avait rendu l'âme à un carrefour quand le chauffeur d'une camionnette n'avait pas respecté un stop. Alice Zhavi avait reçu une balle en pleine tête pendant une mission, mais une mission si mal conçue au sommet qu'elle n'avait aucune justification ni tactique ni renseignement, même si tout s'était bien passé. C'étaient des gens bien à qui le destin avait réservé une mort méprisable, sans aucun sens. C'était leur destin. Todd Belknap prit une profonde inspiration. Renoncer à la vie afin de sauver un homme comme Jared Rinehart serait une mort noble. A une époque où l'héroïsme était une qualité en voie de disparition, il pouvait imaginer des morts pires que celle-là, et peu de meilleures.

Todd bondit, possédé par une force qui ne venait pas seulement de ses muscles.

La grille bougea.

Il souleva et déplaça le disque massif sur le côté, juste assez pour passer une main, qui s'accrocha au sol, puis, de l'autre, il poussa la grille plus loin. Le métal glissa plus doucement qu'il ne le craignait sur le béton.

Ainsi, quarante minutes après avoir garé le van de service, il entrait dans le lieu même qu'il avait tant voulu quitter, ce réduit conçu en réponse aux spécifications inventives – bien que profondément perverses – de feu Khalil Ansari.

Todd en était à l'étape qu'il trouvait toujours la plus pénible. Attendre.

*Katonah, New York*

Tandis que les membres du comité directeur se lançaient dans leur compte rendu, Andrea se concentrait pour paraître calme et sûre d'elle. Avant peu, elle se retrouva captivée par ce qui se disait, alors que les rapports auraient dû être fastidieux. Elle fut bien vite fascinée par l'*étendue* même des activités de la fondation. Eau potable et campagnes de vaccination dans le tiers-monde, alphabétisation dans les Appalaches, éradication de la poliomyélite en Afrique et en Asie, fourniture de micronutriments pour pallier les déséquilibres alimentaires dans les régions les moins développées du monde. Chaque responsable évoqua en termes précis le projet qu'il ou elle supervisait : coûts, prospection, perspectives d'avenir, évaluation d'efficacité. Ils s'exprimaient dans une langue neutre, terre à terre, sans affect. Pourtant, ce dont ils parlaient était tout à fait remarquable. Chaque projet pouvait transformer la vie de milliers de gens. L'un supposait la construction de voies d'eau dans des zones appauvries, ce qui permettrait l'irrigation des terres où seule une agriculture de subsistance était possible jusque-là. Quelques photos projetées sur un écran au mur montraient les résultats : le désert avait bien fleuri.

Comme la fondation Rockefeller, la fondation Bancroft avait des bureaux partout sur la planète, mais elle veillait à contrôler ses dépenses de fonctionnement. Les présentateurs revenaient sans cesse sur une éthique d'entreprise : il fallait en avoir pour son argent – vision d'une clarté rafraîchissante pour une organisation charitable qui ne faisait aucun profit, songea Andrea, surtout que, dans ce contexte, la valeur ajoutée, c'étaient des souffrances évitées, des vies sauvées.

Peut-être n'aurait-elle pas dû être surprise, étant donné l'homme qui présidait la fondation.

Paul Bancroft – un nom qui provoquait enthousiasme et admiration. Le Dr Bancroft avait toujours fait profil bas ; les galas en tenue de soirée n'étaient pas pour lui, ni les manchettes en gros caractères dans les journaux. Ce qu'il n'avait jamais su dissimuler, c'était son génie multiforme. Andrea se souvint que, lorsqu'elle avait participé à un séminaire sur les fondements de l'économie, elle avait été contrainte de maîtriser un ensemble de fonctions à plusieurs variantes connu sous le nom de théorème de Bancroft. Elle avait découvert que l'inventeur était bien un de ses cousins. Avant même de fêter son trentième anniversaire, le Dr Bancroft avait déjà contribué à la théorie des hasards et à ses applications dans l'éthique philosophique. Mais c'était une sagesse de nature plus pratique qui avait créé la fondation : une série d'investissements et de spéculations brillamment orchestrés, qui avait transformé un joli capital familial en une fortune immense – et une petite fondation en une entreprise implantée dans le monde entier.

La présentation de quinze heures fut celle de Randall Heywood, au visage rouge et tanné (qui laissait entendre qu'il avait passé bien des années sous le soleil des tropiques) surmonté d'une frange de cheveux noirs. Dans son domaine – la médecine tropicale –, il était chargé d'un programme qui donnait des fonds à la recherche contre la malaria. Quatre-vingt-dix millions de dollars seraient accordés au départ à un groupe de l'Howell Medical Institute, et quatre-vingt-dix autres à un groupe de la Johns Hopkins University. Heywood parla brièvement des « cibles moléculaires », des protocoles de vaccination, du défi particulier présenté par cette pathologie, de l'insuffisance des vaccins actuellement étudiés. Un million de vies s'éteignaient chaque année à cause du moustique qui transmettait le parasite responsable du paludisme, le *Plasmodium falciparum*.

Un million de vies. Une statistique ? Une abstraction ? Ou une tragédie ?

Heywood s'exprimait d'une voix grave et basse. Il y avait quelque chose de sombre en lui. *Un nuage d'orage à l'aube*, songea Andrea. « Les résultats, jusqu'ici : eh bien ! nous ne voyons pas de percée à l'horizon. Personne ne veut faire de promesses. Ce domaine a connu une série de grands espoirs et de faux espoirs. On en est là », conclut-il en levant les yeux vers les autres pour les inviter à l'interroger.

Andrea posa sa tasse de thé avec un petit tintement – plus poli que de se racler la gorge, se dit-elle. « Pardonnez-moi – tout cela est très nouveau pour moi – mais on m'a dit que la fondation s'occupait de questions auxquelles le marché ne s'intéressait pas... ? »

— Les vaccins en sont un bon exemple, dit Heywood avec un hochement de tête de grand sage. La valeur d'une inoculation est plus grande que sa valeur pour un individu précis, parce que, si je suis protégé, ça vous aidera aussi. Je ne pourrai pas transmettre l'agent pathogène à d'autres et, bien sûr, la société n'aura pas à payer le coût de mes journées de maladie, d'absence à l'école ou au travail, d'hospitalisation. N'importe quel économiste de la santé vous dira que sa valeur pour la communauté dans son ensemble est vingt fois plus élevée que ce qu'un individu paiera pour être protégé. C'est pourquoi les gouvernements ont toujours investi dans la vaccination. C'est au bout du compte un bien public, comme les mesures sanitaires, l'eau potable, ou ce que vous voudrez. Dans ce cas, pourtant, la maladie est surtout grave dans les pays les plus pauvres du monde et il n'y a tout bonnement pas les ressources nécessaires. Dans des pays comme l'Ouganda, le Botswana ou la Zambie, le budget des soins médicaux est d'environ quinze dollars par tête, alors qu'aux États-Unis, il est proche de cinq mille dollars. »

Andrea avait porté une grande attention à Heywood. Son visage rubicond rendait la pâleur de ses yeux d'autant plus frappante. Il avait un torse puissant, de larges mains aux ongles rongés. Un type d'homme dont elle avait une certaine expérience – un homme plus à l'aise avec ses semblables qu'avec les femmes, et dont la nervosité nuisait à son estomac. Un malabar à la mâchoire de cristal.

« Ça remet les choses dans leur contexte, dit Andrea.

— C'est un calcul purement spéculatif. Les laboratoires pharmaceutiques sont formidables pour développer des traitements qui ont un vrai marché, mais ils n'ont aucun intérêt financier à dépenser des sommes énormes pour développer des traitements destinés aux gens qui ne peuvent les payer.

— C'est là qu'intervient la fondation Bancroft.

— C'est là que nous intervenons, confirma Heywood à la néophyte. Nous tentons d'amorcer la pompe. »

Il commença, l'air sombre, à rassembler ses notes, mais Andrea n'avait pas terminé.

« Pardonnez-moi, mon travail dans les finances commerciales m'a peut-être donné une vision biaisée des choses, mais au lieu de tenter de trouver l'équipe gagnante avant les autres, pourquoi ne pas fournir d'incitation à une équipe de recherche qui s'attaque déjà au problème ?

— Pardon ? demanda Heywood en se massant le haut du nez.

— Placer une marmite d'or au bout de l'arc en ciel. »

Un murmure presque inaudible fit le tour de la table et Andrea se sentit rougir. Elle regrettait d'avoir pris la parole. *Mais j'ai raison*, se dit-elle avec force, *non ?* « Il est difficile d'impulser l'innovation. Mais je pense qu'il y a des centaines de laboratoires et de groupes de recherche – dans les universités, dans les institutions non commerciales, dans les entreprises de biotechnologie aussi – qui auraient une chance de trouver quelque chose s'ils essayaient vraiment. Vous pourriez faire en sorte qu'il soit profitable pour tous d'entrer dans la compétition et vous dirigeriez toute cette créativité. Vous avez dit que les fabricants de médicaments savent très bien développer des traitements. Pourquoi ne pas leur tendre une carotte pour qu'ils y arrivent les premiers ? Si vous promettiez d'acheter un million de doses d'un vaccin efficace à son juste prix, cela reviendrait à donner à tout investisseur potentiel une raison de s'engager – amplifiant d'autant plus les sommes que vous mettez en jeu. »

Le visage rubicond du responsable du programme prit un air d'exaspération contenue. « Ce que nous tentons de faire, expliqua-t-il, c'est de donner aux gens le moyen de démarrer.

— Et vous choisissez les candidats qui, à votre avis, ont les meilleures chances de gagner.

— Exactement.

— Vous faites un pari. »

Heywood resta un instant silencieux.

A l'autre bout de la table un homme, l'air distingué, une masse de cheveux gris ondulés au-dessus de ses yeux qui fixaient Andrea, prit la parole. « Et *votre* modèle est... quoi ? lui demanda-t-il. Une sorte de concours de vente par correspondance des chercheurs en médecine ? "Vous êtes peut-être déjà le grand gagnant !" Ce genre de chose ? » dit-il d'une voix douce, presque suave. Le défi était dans ses mots, pas dans son ton.

Andrea sentit son visage la brûler. L'objection n'était pas justifiée. Quelque chose qu'elle avait lu dans un de ses livres d'histoire lui revint en mémoire. Elle soutint le regard de son contradicteur : « L'idée n'est pas nouvelle ! Au XVIII$^e$ siècle, le gouvernement britannique a offert un prix au premier qui trouverait comment mesurer la longitude en mer. Je crois bien que le problème fut résolu et le prix remis au vainqueur. »

Elle prit une autre gorgée de thé pour faire croire qu'elle était détendue et espéra que personne ne verrait sa main trembler.

L'homme aux cheveux gris posa longuement sur elle un regard expert. Il avait des traits bien dessinés et symétriques réchauffés par ses yeux bruns, une veste en tweed anthracite, un gilet boutonné à motif pied-de-poule très professoral. Était-il un des consultants du programme ?

Elle baissa les yeux vers sa tasse, soudain confuse. *Grande réussite, Andrea ! Tu te fais des ennemis dès ton premier jour.*

Mais elle éprouvait surtout un enthousiasme fébrile. Ces gens ne rêvaient pas seulement de changer le monde comme des millions d'étudiants, le soir, dans leurs résidences. Ils le faisaient vraiment. Et ils s'y prenaient de manière très intelligente. Très. Si elle avait jamais l'occasion de rencontrer le Dr Bancroft en personne, elle devrait s'empêcher de trop parler.

Le rapporteur du projet ferma son dossier. « Nous prendrons vos remarques en considération, soyez-en sûre », dit-il d'un ton rationnel qui ne signifiait ni un congé ni une approbation.

« Eh bien, eh bien ! » dit l'homme bronzé à la gauche d'Andrea.

Simon Bancroft, se souvint-elle. Il lui adressa un petit sourire de félicitations feintes, peut-être, mais assez ambigu pour, plus tard, faire croire qu'il la félicitait vraiment.

On suspendit la séance pour une demi-heure. Les autres membres du conseil s'éloignèrent en petits groupes, certains descendirent au rez-de-chaussée où on servait du café et des pâtisseries, d'autres restèrent dans le couloir ou allèrent s'asseoir dehors sous des parasols, pour lire ce que leur annonçait leur téléphone portable ou leur ordinateur. Andrea partit, sans but, soudain très seule – l'étudiante transférée en milieu d'année. *Il ne faudrait pas que je me joigne au mauvais groupe à la cafétéria*, songea-t-elle avec amertume. Elle fut tirée de sa rêverie par une douce voix de baryton.

« Mademoiselle Bancroft ? »

Elle leva les yeux. Le « professeur » en veste de tweed et gilet. Il y avait quelque chose de franc dans son regard. Il devait avoir dans les soixante-dix ans, mais son visage, au repos, n'était presque pas ridé, et sa manière de bouger montrait une vitalité certaine. « Vous joindriez-vous à moi pour faire quelques pas ? »

Ils s'engagèrent ensemble derrière la maison sur un sentier qui descendait sur plusieurs jardins en terrasse et passait au-dessus d'un ruisseau par un petit pont en bois avant de pénétrer dans un labyrinthe de troènes.

« On se croirait dans un autre monde, qui aurait été planté dans un autre encore, dit Andrea. Comme un restaurant sur la lune.

— Oh, là ! La nourriture y est délicieuse, mais pas l'atmosphère.

— Depuis combien de temps siégez-vous à la fondation Bancroft ? demanda Andrea après avoir ri.

— Très longtemps. »

Il enjamba des branches. Pantalon en velours côtelé et belles chaussures de marche, remarqua Andrea. Professoral mais élégant.

« Ça doit vous plaire.

— Ça m'évite les ennuis. »

Il ne semblait pas pressé d'évoquer leur désaccord, mais elle se sentait un peu gênée. « Dites-moi, est-ce que je me suis vraiment couverte de ridicule ?

— Je dirais que vous avez couvert Randall Heywood de ridicule.

— Mais j'ai cru...

— Qu'avez-vous cru ? Vous aviez tout à fait raison, mademoiselle Bancroft. *Tirer*, au lieu de *pousser* – ce sera l'utilisation la plus efficace des ressources de la fondation concernant la recherche médicale. Votre analyse était très pertinente.

— Ce serait bien que vous le fassiez savoir au grand ponte », dit Andrea avec un sourire.

L'homme eut l'air interrogatif.

« Je me demande quand j'aurai l'occasion de rencontrer le Dr Bancroft. » En disant ces mots, elle sentit qu'elle avait sûrement fait une bévue. « D'accord, effaçons tout ça – comment m'avez-vous dit que vous vous appeliez ?

— Paul.

— Paul Bancroft, dit-elle.

— Je le crains. J'imagine que vous êtes déçue. Je sais. Toutes mes excuses, mademoiselle Bancroft, dit-il avec un petit sourire.

— Andrea, corrigea-t-elle. Je me sens vraiment idiote !

— Si vous êtes idiote, Andrea, nous avons besoin de plus d'idiots. J'ai trouvé vos remarques exceptionnellement intelligentes. Vous vous êtes tout de suite démarquée des ruminants distingués qui vous entouraient. Je dirais que certains ont été impressionnés. Vous m'avez même tenu tête à moi.

— Vous jouiez donc l'avocat du diable.

— Je ne l'exprimerais pas ainsi, dit-il en haussant un sourcil. Le diable n'a pas besoin d'avocat. Pas dans ce monde, mademoiselle Bancroft. »

*Rome*

Le chef des gardes, Youssef Ali, tourna au coin du couloir plongé dans l'ombre ; le puissant rayon de sa lampe torche fouillait chaque recoin de la villa sur la via Angelo Masina. Il ne pouvait relâcher sa vigilance, même maintenant. Surtout maintenant. Il y avait eu tant d'incertitudes depuis la mort de leur maître ! Le nouveau maître, il le savait, n'était pas moins exigeant. La sécurité physique d'un lieu dépendait de la minutie avec laquelle il était inspecté.

Dans une petite pièce à l'arrière, au rez-de-chaussée, le Tunisien consulta un écran transmettant les données des détecteurs du domaine. Il montrait que tout était « normal », mais Youssef Ali considérait que les méthodes électroniques de détection, si elles aidaient l'observation humaine, ne pouvaient la supplanter. Ce soir, il n'avait pas terminé sa ronde.

C'est dans le sous-sol qu'il remarqua enfin quelque chose de vraiment bizarre. La porte de la *stanza per gli interrogatori* était entrouverte.

On n'était pas censé la laisser comme ça. Pistolet à la main, Youssef Ali s'approcha de la salle, poussa le lourd battant – qui glissa lentement sur les grosses charnières silencieuses – et entra.

Immédiatement, la lumière s'éteignit. Un coup puissant lui fit lâcher son arme tandis qu'un autre le forçait à plier les jambes. Combien d'assaillants y avait-il ? Désorienté par l'obscurité soudaine, il ne pouvait le dire, et quand il tenta de se redresser, il découvrit qu'on l'avait menotté. Après un autre violent coup dans le dos, le garde s'effondra au sol.

Puis la porte de la salle d'interrogatoire se referma derrière lui.

*Katonah, New York*

« D'accord, maintenant, je suis vraiment perdue, dit Andrea Bancroft.

— J'étais seulement curieux de voir si vous teniez bon quand vous aviez raison, dit avec un élégant haussement d'épaules l'homme aux cheveux gris qui devenaient argentés au soleil.

— Je n'arrive pas à le croire – je n'arrive pas à croire que je suis ici, sur ce sentier, avec Paul Bancroft. Le type qui – Oh, mon Dieu, j'ai des souvenirs de mes années d'études, pardonnez-moi. Je suis gênée. Je suis comme une gamine qui rencontrerait Elvis, dit-elle en rougissant.

— Elvis a quitté la maison, malheureusement. »

Paul Bancroft rit d'une voix musicale, et ils tournèrent à droite. Le petit bois s'ouvrait sur une prairie – ivraie, achillée et innombrables fleurs sauvages, mais ni chardons ni bardane, ni sumac vénéneux ni ambroisie. Une prairie sans plantes nocives. Comme tant de choses sur ce domaine de Katonah, elle avait l'air naturelle, venue là sans effort, et pourtant elle devait résulter de beaucoup d'attention discrète. La nature perfectionnée.

« Ces éléments dont vous avez parlé... J'ai l'impression d'avoir vaguement gribouillé quelques chansons à la mode au début des années 60, dit Paul Bancroft au bout d'un moment. Arrivé à mon âge, je découvre que le véritable défi, c'est de mettre ses principes en pratique. Enrôler l'esprit pour servir le cœur. Mettre ces théories au travail.

— Vous avez parcouru un long chemin sur cette voie. A commencer par la notion fondamentale de l'éthique utilitaire. Je me demande si j'ai bien compris : il s'agit d'agir afin de produire le plus de bien pour le plus grand nombre.

— C'est ainsi que l'a exprimé Jeremy Bentham au XVIII$^e$ siècle, dit Paul Bancroft avec un petit rire. Je crois qu'il avait repris cette phrase à l'homme de science Joseph Priestley et au philosophe moraliste

Francis Hutcheson. Tout le monde oublie que l'économie moderne s'intéresse à la maximisation de l'utilité, c'est-à-dire du bonheur. Appliquer les fonctions de charité de Marshall et Pigou aux axiomes du néo-utilitarisme aurait dû être évident. »

Andrea fouilla les souvenirs de ses cours, des connaissances et des automatismes acquis pour les examens et les devoirs, et vite oubliés. « La légende veut, si je me souviens bien, que vous ayez formulé le théorème de Bancroft pour un devoir au cours de votre deuxième année à l'université, un devoir clôturant un séminaire d'un semestre, je crois. Est-ce vrai ?

— Eh bien oui ! répondit avec enthousiasme l'homme aux cheveux gris, son visage sans rides luisant d'une légère transpiration. Le gringalet que j'étais fut assez malin pour le découvrir, mais pas assez malin pour comprendre qu'on l'avait mis en pratique des milliers de fois auparavant. Les problèmes étaient plus simples, à l'époque. Ils avaient des solutions.

— Et maintenant ?

— Ils semblent ne mener qu'à d'autres problèmes. Comme les poupées russes. J'ai soixante-dix ans, et avec le recul, j'ai du mal à apprécier autant que d'autres ce genre d'intelligence technique.

— C'est un vrai renoncement, de votre part. N'avez-vous pas reçu une médaille Fields, pour un certain nombre de théories, quand vous étiez à l'Institute for Advanced Study ? »

Les médailles Fields sont les plus prestigieuses récompenses en mathématiques, l'équivalent d'un prix Nobel.

« Oh, je me sens bien vieux tout à coup, dit son compagnon avec un sourire. J'ai encore cette médaille dans une boîte à chaussures, quelque part. Elle porte une citation du poète romain Marcus Manilius : "Aller au-delà de la compréhension pour devenir maître de l'univers." Impressionnant.

— De quoi vous rendre humble, aussi. »

Le vent agita les hautes herbes et Andrea frissonna. Ils se dirigeaient vers un muret en pierre, l'air ancien, semblable aux divisions de pâturages qui découpent les collines des Cotswolds, en Angleterre. « Mais aujourd'hui, continua-t-elle, vous êtes en mesure de mettre en pratique ce "plus grand bien pour le plus grand nombre". Avoir une fondation à votre disposition doit faciliter les choses.

— Croyez-vous ? »

Petit sourire. Encore un test.

Andrea réfléchit et répondit sérieusement : « Je ne dirais pas que c'est facile, parce qu'il y a le problème de l'attribution des fonds – de ce que vous auriez pu faire d'autre avec ces sommes. Et il y a la question des conséquences en aval.

— Je savais bien que j'avais **vu** quelque chose en vous, Andrea. Une qualité d'esprit, une part authentique d'indépendance. Une capacité à réfléchir aux problèmes par vous-même. Quant à ce que vous disiez... Vous avez très précisément mis le doigt dessus. Les conséquences en aval. Les effets pervers. C'est le piège de toutes les tentatives philanthropiques ambitieuses. Notre principal combat.

— Personne ne veut être le pédiatre qui a sauvé la vie du petit Adolf Hitler.

— Très juste. Parfois, vous savez, un effort pour contrer la pauvreté aboutit à plus de pauvreté. Vous apportez des semences gratuites dans une région – et **ça** met les cultivateurs au chômage. L'année suivante, l'agence d'aide occidentale ne revient pas, et les cultivateurs locaux non plus ; les gens sont contraints de manger leurs semences. On a vu ce genre de chose se produire maintes et maintes fois ces trente dernières années.

— Et pour les maladies ?

— Il arrive que des traitements jugulent les symptômes d'une maladie infectieuse mais augmentent le taux de transmission.

— On ne veut pas être le docteur qui a donné de l'aspirine à une malade de la typhoïde pour qu'elle puisse retourner travailler en cuisine.

— Mon Dieu, Andrea, vous êtes née pour ce travail ! » dit Paul Bancroft, dont les yeux rieurs répondirent à son sourire.

Une fois de plus, elle rougit. L'affirmation d'un droit de naissance... Était-ce cela ? « Oh, voyons !

— Je veux juste dire que vous avez ce qu'il faut pour réfléchir à ces problèmes. Les conséquences perverses prennent toutes les formes et toutes les tailles. C'est pourquoi la fondation Bancroft doit toujours penser cinq étapes plus loin. Car toute action a un effet, oui – mais ces effets aussi ont des effets, qui ont d'autres effets. »

Elle sentit que Paul Bancroft s'attaquait à un problème en profondeur et décida de ne pas se laisser impressionner. « Cela doit suffire à entraîner une paralysie. Si on commence à penser à tous les effets secondaires, on finit par se demander pourquoi faire quoi que ce soit.

— Sauf, reprit Paul Bancroft avec une fluidité et une grâce intellectuelle certaine dans sa façon de prolonger les phrases de son interlocutrice, sauf qu'il n'y a pas de moyen de sortir du labyrinthe.

— Parce que l'inaction a aussi ses conséquences. Ne rien faire a aussi des effets secondaires.

— Ce qui signifie que vous ne pouvez jamais décider de ne pas décider. »

Ce n'était pas de tout repos. Un peu comme danser, un pas en avant, un pas en arrière, un à droite, un à gauche. Andrea était ravie. Elle discutait avec un des plus grands esprits de sa génération des problèmes les plus épineux du moment et elle tenait le coup. Mais n'était-ce pas de la vanité ? Un chaton dansant avec un lion ?

Ils montèrent en silence une petite pente, un tertre couvert de campanules et de boutons d'or. Elle se retrouvait dans une sorte de chassé-croisé intellectuel. Avait-elle jamais rencontré une personne aussi hors norme ? Paul Bancroft avait tout l'argent du monde, et il se moquait de l'argent. Il ne s'intéressait qu'à ce que l'argent pouvait accomplir si on l'utilisait avec soin. A l'université, Andrea avait passé beaucoup de temps avec des professeurs qui voulaient voir leurs articles publiés dans la bonne revue, être admis à la bonne tribune de la bonne conférence – avides d'obtenir les lauriers les plus fanés. Et Paul Bancroft, qui avait publié des travaux cruciaux avant sa majorité, qui avait ensuite été nommé à l'Institute for Advanced Study, ancienne tanière d'Einstein, Gödel et von Neumann, le plus illustre des centres de recherche du pays, et qui avait renoncé à ces honneurs afin de consacrer toute son énergie à la fondation et à son expansion – cet homme avait la tête dure et le cœur tendre : une association trop rare pour ne pas être fascinante.

En sa présence, Andrea jugeait bien modestes toutes ses ambitions passées. « La première tâche, quand on veut bien faire, c'est donc d'éviter de mal faire », dit-elle comme si elle réfléchissait à haute voix.

Elle entendit un doux bruit d'ailes et leva les yeux vers un vol de canards qui s'élevaient en un nuage de plumes aux couleurs chatoyantes. Derrière le tertre, il y avait une petite mare d'eau claire parsemée de nénuphars. Les canards venaient de décider d'attendre dans les arbres que les visiteurs humains passent leur chemin. « Mon Dieu, qu'ils sont beaux !

— Très beaux. Et il y a des hommes qui ne peuvent les voir sans saisir leur fusil. »

Paul Bancroft s'approcha de la mare, ramassa un galet et, avec l'habileté d'un gamin bien entraîné, le fit ricocher à la surface de l'eau. La pierre rebondit deux fois et atterrit sur l'autre rive. « Je vais vous raconter une histoire, dit-il en se tournant vers Andrea. Avez-vous déjà entendu parler d'Inver Brass ?

— On dirait le nom d'un lac d'Écosse.

— C'est bien ça, mais vous ne le trouverez sur aucune carte. C'est aussi le nom d'un groupe d'hommes venus du monde entier pour se réunir en 1929. L'organisateur de cette rencontre était un Écossais riche et ambitieux, et ceux qui vinrent le rejoindre étaient de la même trempe. Un petit groupe : six personnes, toutes influentes, riches, idéalistes et décidées à rendre le monde meilleur.

— Rien que ça !

— Ambition bien modeste, je vous l'accorde ! plaisanta-t-il. Mais, oui, c'est la raison qui présida à la fondation d'Inver Brass. Et de temps à autre, ils envoyaient de grosses sommes d'argent dans des régions déshéritées, l'idée étant de s'attaquer aux souffrances et en particulier à la violence qui naît des privations.

— Il y a longtemps, dans un monde différent... murmura Andrea pour ne pas déranger un écureuil qui bavardait dans un arbre par-delà le vallon.

— Il se trouve pourtant que le fondateur d'Inver Brass avait des ambitions qui dépassaient sa propre vie. Le groupe fut régulièrement reconstitué au fil des décennies. Une chose resta identique : le chef, quel qu'il soit, avait toujours "Génésis" pour nom de code, comme le fondateur.

— Intéressant modèle ! dit Andrea en choisissant un galet qu'elle tenta de faire ricocher, mais qui s'enfonça dans l'eau.

— Une mise en garde, plutôt. Ils n'étaient pas infaillibles. Loin de là. En fait, une de leurs grandes réussites en économie fut par inadvertance à l'origine de la montée du nazisme en Allemagne.

— Vous plaisantez !

— Ce qui a presque annulé tout le bien qu'ils avaient fait. Ils pensaient aux causes et aux effets – et oubliaient que les effets, eux aussi, sont des causes. »

Au passage des nuages, le soleil faiblissait puis brillait de nouveau de tous ses rayons. Andrea resta silencieuse.

« Vous avez l'air...

— Sonnée », dit Andrea. Et c'était vrai. En tant qu'historienne, ce qu'elle venait d'apprendre sur Inver Brass la stupéfiait, et elle n'en revenait pas non plus du ton banal qu'avait employé le Dr Bancroft. « L'idée qu'une telle cabale ait pu modifier le cours de l'histoire humaine...

— Il y a beaucoup de choses qui n'apparaissent jamais dans les livres d'histoire, Andrea.

— Je suis désolée mais... Inver Brass... D'un lac écossais à l'ascension du Troisième Reich, il faut un temps pour s'y habituer.

— Je n'ai jamais rencontré d'élève plus rapide. Vous saisissez les choses bien plus vite que la plupart des gens : faire ce qui est juste n'est pas toujours facile, murmura le vieux savant en regardant au bout du long muret un tas de pierres empilées avec art.

— L'histoire d'Inver Brass doit vous hanter.

— Et elle me rend humble. Comme je l'ai dit, l'impératif est toujours de penser plus loin. J'aimerais croire que la fondation Bancroft maîtrise les précautions historiques élémentaires. Nous avons appris qu'une action directe est souvent moins efficace que d'emprunter une voie détournée, dit-il en lançant un autre galet qui rebondit trois fois. Tout est dans le poignet ! expliqua-t-il avec un clin d'œil de gamin de sept ans, lui qui avait porté sur ses épaules le poids du monde et dont émanait quelque chose de plus léger que l'air. Vous souvenez-vous du cri de ralliement de Voltaire ? "Écrasez l'infâme !" C'est aussi le mien. Mais la question, c'est : Comment ? Comme je l'ai dit, faire ce qui est bien n'est pas toujours facile. »

Andrea prit une profonde inspiration. Les nuages commençaient à s'amasser et à s'immobiliser au-dessus de leur tête. « J'ai matière à réfléchir, dit-elle enfin.

— C'est pourquoi je veux que vous dîniez chez moi ce soir – en famille. »

Il montra une maison, à quelques centaines de mètres au-delà du muret, presque dissimulée par le feuillage. Bancroft résidait donc dans une autre partie de la propriété, à moins de vingt minutes à pied de la fondation.

« Vous n'habitez pas bien loin du votre bureau, dit Andrea avec un rire insouciant.

— Je n'aime pas les transports. Si je suis pressé, il y a toujours la piste cavalière. Est-ce oui ?

— Merci, j'en serais ravie.

— Je crois que mon fils sera heureux de vous rencontrer. Brandon a treize ans. Un âge terrible, dit-on, mais il le porte assez bien. Quoi qu'il en soit, je dirai à Nuala que vous allez venir. Elle est... disons qu'elle veille sur nous, entre autres. Je crois qu'on peut dire qu'elle est la gouvernante, mais ça a un parfum un peu trop victorien.

— Et vous êtes plutôt un homme des Lumières. »

Il fut secoué d'un grand rire.

Avoir fait rire le grand homme emplit Andrea d'une joie déraisonnable. Elle était dépassée, pas à sa place, et pourtant, jamais elle ne s'était plus sentie chez elle.

« Vous êtes née pour ça », lui avait dit son cousin. En pensant à sa mère, Andrea eut un frisson. Et s'il avait raison ?

*Rome*

Todd Belknap menotta les poignets et les chevilles du garde, lui retira tous ses vêtements de quelques coups de couteau et attacha les menottes à la lourde chaise en acier. Ce n'est qu'alors qu'il ralluma. Dominer un tel homme nécessitait vitesse et surprise, et ces avantages étaient temporaires. Il fallait des chaînes pour les rendre permanents.

Sous l'éclairage violent des néons, le teint mat de l'homme assis paraissait cireux. Todd se plaça face à lui et regarda ses yeux s'agrandir puis se rétrécir quand il le reconnut et comprit. Youssef était à la fois stupéfait et consterné. L'intrus qu'il avait voulu torturer avait pris le contrôle de la salle de torture.

Todd examina l'équipement aux murs de la cellule. La finalité de certains des engins était inconcevable pour une imagination saine. Il en identifia d'autres qu'il avait vus au musée de la Pusterla, à Milan, collection horrible d'instruments de torture médiévaux.

« Ton maître était un grand collectionneur », dit Todd.

Sur sa chaise, le Tunisien arbora une expression de défi sur son visage anguleux. Il faudrait que Todd lui fasse comprendre jusqu'où il était prêt à aller. La nudité du prisonnier, il le savait, aiderait à ce qu'il prenne conscience de la vulnérabilité de la chair, de toute sa chair.

« Je vois que vous avez une vraie vierge de fer, dit l'agent secret. Très impressionnant. » Il s'approcha d'une sorte de cercueil tapissé de pointes métalliques. La victime, placée de force à l'intérieur, serait lentement percée de toute part, ses cris magnifiés par le couvercle.

« L'Inquisition n'est pas morte. En fait, ce n'était pas seulement la fascination de ton maître pour l'époque médiévale qui lui avait fait constituer cette collection. Réfléchis un peu. L'Inquisition a duré des siècles. La torture aussi. Cela veut dire des dizaines et des dizaines d'années d'essais et d'erreurs. D'apprentissage par l'expérience. On n'a fait que perfectionner les instruments pour prolonger la douleur comme on aurait appris le violon. La putain de compétence qu'ils ont accumulée était incroyable. Rien de banal. Une part de cet art a été perdue, bien sûr, mais pas tout.

— Je te dirai rien ! affirma Youssef en crachant vers lui.

— Mais tu ne sais même pas ce que je vais te demander ! Je vais juste te demander de prendre une décision, c'est tout. De faire un choix. Est-ce trop ? »

Le garde serra les dents mais garda le silence

Todd ouvrit le tiroir d'un meuble en acajou et y prit des tenailles, *las turcas*, dont il savait qu'elles servaient à arracher les ongles. Il les posa sur un plateau couvert de cuir, sous les yeux de Youssef. Puis il ajouta des pinces et des brodequins – on les mettait aux pieds et on serrait pour broyer les os. Pendant l'Inquisition, on arrachait les ongles des mains et des pieds aussi lentement que possible.

Il présenta le plateau et ses instruments rutilants au prisonnier. « Choisis ! » dit-il simplement.

Une goutte de sueur révélatrice coula sur le front de l'homme.

« Bon, eh bien je vais choisir pour toi. Je crois qu'on va commencer en douceur, dit-il d'une voix enjôleuse en regardant sur les étagères. Oui, je vois juste ce qu'il me faut. Que dirais-tu de la poire ? »

Les yeux de Todd s'étaient arrêtés sur un objet ovoïde en métal brillant prolongé par une longue vis, comme une tige. Il la brandit devant son prisonnier, qui resta silencieux. *La pera*, un des instruments les plus célèbres de la torture médiévale. On l'insérait dans la bouche, le rectum ou le vagin et, une fois à l'intérieur, on faisait tourner la vis. La poire grandissait, des piques sortaient par des petits trous et mutilaient la victime de manière lente et effroyablement douloureuse.

« Tu as envie de mordre dans la poire ? Je crois que celle-ci aimerait te mordre, dit Todd qui actionna un levier sur le dossier de la lourde chaise en acier pour faire basculer un panneau au centre du siège. Tu vois, je suis opérationnel. Et je ne suis pas pressé. Quoi qu'il en coûte, quel que soit le temps que ça prendra, j'irai jusqu'au bout. Et quand ils te trouveront au matin...

— Non ! » glapit le garde, dont la peau couverte de sueur commençait à exhaler l'odeur âcre de la peur.

Todd avait bien jaugé la situation. Son prisonnier était à l'évidence terrorisé autant par l'humiliation en perspective – la pénétration de son anus – que par l'agonie sanglante qui l'attendait. « Ne t'inquiète pas pour ton intimité, continua Todd. Ce qu'il y a de merveilleux, dans cette pièce, c'est que tu peux crier aussi fort que tu voudras, aussi longtemps que tu voudras, personne ne pourra rien entendre. Et comme je l'ai dit, quand on te trouvera au matin...

— Je te dirai ce que tu veux savoir, bredouilla le garde. Je te le dirai.

— La servante, aboya Todd. Qui est-elle ? Où est-elle ?

— Mais... elle a disparu ! On croyait que tu l'avais tuée.

— Quand a-t-elle été engagée ? Qui est-elle ?

— Il y a environ huit mois. On a fait toutes les vérifications possibles. Je m'en suis assuré. Dix-huit ans. Lucia Zingaretti. Elle vit avec sa famille dans le Trastevere. Une vieille famille. Modeste mais respectable. Dévote, même.

— Le genre de fille qui sait obéir sans réfléchir à une autorité supérieure. Où habite-t-elle ?

— Un appartement en rez-de-chaussée sur la via Clarice Marescotti. Khalil Ansari choisissait avec soin ceux qui travaillaient dans la villa. C'était indispensable.

— Elle a disparu le soir où Ansari a été tué ?

— On ne l'a plus revue.

— Et toi, depuis combien de temps es-tu avec Ansari ?

— Neuf ans.

— Tu dois en savoir long sur lui.

— Oui, mais finalement pas grand-chose. Je savais ce que j'avais besoin de savoir pour le servir, rien de plus.

— Un Américain a été enlevé à Beyrouth. Le soir même de la mort d'Ansari, dit Todd en scrutant le visage du Tunisien. Est-ce qu'Ansari a organisé cet enlèvement ?

— Je n'en sais rien. On ne nous en a rien dit. »

La réponse avait été donnée sans inflexion, sans expression. Aucune précaution, aucun artifice. Todd décida que Youssef disait la vérité. Ça ne lui permettrait pas d'aller plus vite, mais il ne l'avait pas vraiment espéré. Pendant vingt minutes de plus, il continua à creuser, parvenant à une image, bien qu'encore vague, de l'organisation d'Ansari sur la via Angelo Masina. C'était une mosaïque grossière autour de dalles plus grandes. Youssef Ali avait été informé que les affaires de son maître passaient dorénavant entre les mains de quelqu'un d'autre. Les éléments de base de l'organisation restaient les mêmes. On avait identifié les failles dans la sécurité et on y avait remédié. Le personnel de sécurité devait demeurer vigilant jusqu'à ce qu'il reçoive de nouvelles instructions. Quant aux événements à Beyrouth ou dans la Bekaa, Ali n'en avait aucune connaissance directe. Ansari y entretenait des contacts, oui, tout le monde le savait, mais jamais ça n'avait été une part des attributions de Youssef Ali. On ne posait pas de questions inutiles, si on souhaitait rester employé par Khalil Ansari.

Youssef avait été chargé de la sécurité du domaine de la via Angelo Masina, ce qui voulait dire qu'il savait tout sur la jeune servante, seul fil que Todd pouvait suivre. Il n'eut pas besoin d'intimider davantage le Tunisien pour qu'il lui donne l'adresse exacte de la famille.

L'air devenait irrespirable à cause de l'humidité. Todd consulta sa montre. Il avait obtenu, sinon tout ce qu'il voulait, du moins tout ce qu'il pouvait obtenir. Il remarqua qu'il tenait toujours *la pera* dans sa main gauche ; il l'avait serrée pendant tout l'interrogatoire. Il la posa et gagna la porte de la pièce insonorisée. « On te trouvera au matin.

— Attends ! J'ai fait ce que tu voulais. Tu ne peux pas me laisser ici.

— On te trouvera bientôt.

— Tu ne vas pas me relâcher ?

— Je ne peux pas prendre ce risque. Pas alors que je dois partir sans qu'on me voie. Tu le sais.

— Mais il le faut !

— Je ne le ferai pas. »

Les yeux de l'homme se voilèrent de résignation puis de désespoir. « Tu peux me rendre au moins un service, dit le garde menotté en montrant du menton son pistolet qui gisait toujours au sol. Abats-moi !

— J'ai dit que j'étais opérationnel, mais ça ne fait pas partie de mes ordres.

— Tu dois comprendre. J'ai servi Khalil Ansari loyalement, j'étais un bon soldat, à qui on pouvait faire confiance. Si on me trouve là, continua le Tunisien d'une voix étranglée, ce sera la disgrâce et... je servirai d'exemple.

— On te torturera à mort, c'est ça ? Comme tu en as torturé d'autres ? »

*Où es-tu, Jared ? Qu'est-ce qu'ils te font ?* Sa mission était si urgente que Todd avait l'impression qu'elle poussait contre sa cage thoracique.

Youssef Ali ne se faisait pas d'illusion. Il savait combien ce genre de mort était douloureuse et humiliante, puisqu'il l'avait infligée à d'autres. Une mort lente et atroce qui lui retirerait tout atome de dignité et de fierté.

« Je ne mérite pas ça, déclara-t-il d'une voix dure de défi. Je mérite mieux ! »

Todd tourna un volant de coffre-fort et la serrure multipoint s'ouvrit sur l'air frais.

« Je t'en supplie, tue-moi maintenant. Ce serait *gentil*.

— Oui, admit Todd Belknap d'un ton neutre. Et c'est pour ça que je ne le ferai pas. »

## *Chapitre cinq*

*Katonah, New York*

TANDIS QU'ANDREA BANCROFT GAGNAIT la demeure de Paul Bancroft par le sentier verdoyant, dans son esprit flottaient par bribes des pensées à demi formulées. L'air embaumait des massifs de lavande, de thym sauvage ou de vétiver qui bordaient les accotements discrets séparant les propriétés. La maison des Bancroft lui parut de facture similaire à la fondation, harmonieuse, avec ses façades en brique rouge et en pierre qui se fondaient dans le paysage, mais de telle façon qu'elle impressionnait plus encore quand on parvenait enfin à en distinguer les contours et qu'on se rendait compte qu'on l'avait sous les yeux depuis longtemps.

A la porte, Andrea fut accueillie par une femme en tailleur strict, la cinquantaine, les cheveux roux virant au gris, des taches de rousseur sur ses joues larges. « Vous devez être mademoiselle Bancroft ? demanda – avec le léger accent que gardent les Irlandais qui ont pourtant passé toute leur vie d'adultes en Amérique – celle en qui Andrea reconnut Nuala. Monsieur ne tardera pas à descendre, continua-t-elle en toisant Andrea d'un regard qui devint vite approbateur. Puis-je vous proposer à boire ? Quelques amuse-bouches ?

— Je n'ai besoin de rien, je crois, répondit Andrea d'un ton hésitant.

— Je vous comprends. Et que diriez-vous d'un petit sherry ? Monsieur le boit sec, si cela peut vous plaire. Rien à voir avec le breuvage sirupeux que j'ai connu dans ma jeunesse, je peux vous l'assurer !

— Ça me semble parfait. »

Les serviteurs d'un milliardaire devaient être raides et amidonnés de pied en cap. Mais l'attitude presque joviale de cette Irlandaise était sûrement à porter au crédit de son employeur. A l'évidence, Paul Bancroft n'appréciait pas les comportements cérémonieux et n'exigeait pas des membres de son personnel qu'ils marchent sur des œufs, terrorisés à l'idée d'un faux pas.

« Je vous apporte un Fino ! dit la femme. Au fait, je m'appelle Nuala. »

Andrea lui serra la main et sourit. Elle commençait à se sentir la bienvenue.

Son verre de sherry Fino calé dans sa paume, Andrea se mit à regarder les gravures et les toiles suspendues sur le lambris sombre du hall et du salon. Elle reconnut certaines images, certains artistes ; d'autres, non moins captivants, lui étaient inconnus. Elle fut attirée par un dessin en noir et blanc d'un poisson gargantuesque sur une grève, si énorme que les pêcheurs qui l'entouraient paraissaient nains, avec leurs échelles et leurs couteaux. Une douzaine de petits poissons s'écoulaient de sa bouche. D'une grande entaille au flanc du Léviathan s'en déversait une ventrée.

« Saisissant, n'est-ce pas ? dit la voix de Paul Bancroft, qu'Andrea n'avait pas entendu arriver tant elle était concentrée sur son étude de l'image.

— Qui en est l'auteur ? demanda Andrea en se retournant.

— C'est une encre de Pieter Bruegel l'Ancien, de 1556. Il l'a intitulée *Les Gros Poissons mangent les petits poissons*. Il ne donnait pas dans le lyrisme. C'était exposé à la Graphische Sammlung Albertina de Vienne, mais comme vous, ça m'a irrésistiblement attiré.

— Et vous l'avez avalé d'un coup. »

Paul Bancroft rit à nouveau, de bon cœur, de tout son corps. « J'espère que ça ne vous ennuie pas de dîner tôt. Mon fiston subit encore un couvre-feu, à son âge. »

Andrea sentit son hôte aussi impatient que nerveux de lui présenter son fils. Elle se souvint d'une amie qui avait un enfant affligé du syndrome de Down, un enfant gentil, lumineux, souriant, que sa mère adorait, dont elle était fière ; mais dans l'ombre, sans se l'avouer, elle avait un peu honte aussi... une honte qui inspirait la honte. « Il s'appelle Brandon, n'est-ce pas ?

— Oui, Brandon. La prunelle de mes yeux. Il est... spécial, dirons-nous. Un peu inhabituel. En bien, j'aime à le croire. Probablement en haut, devant son ordinateur, à dialoguer avec quelqu'un que je réprouve. »

Paul Bancroft tenait lui aussi un verre de sherry et, s'il avait retiré sa veste, son pull écossais lui donnait l'air plus professoral que jamais. « Bienvenue ! » dit-il en levant son verre pour un toast.

Ils allèrent s'asseoir dans des fauteuils en cuir devant un foyer éteint. Les panneaux en noyer, les tapis persans anciens, le parquet ciré foncé par l'âge – tout semblait intemporel, tranquille, le genre de luxe qui méprise le luxe.

« Andrea Bancroft, dit-il comme s'il savourait ce nom, j'ai appris quelques petites choses à votre sujet. Des études de troisième cycle en histoire de l'économie, c'est bien ça ?

— Deux ans, à Yale. Deux ans et demi. Je n'ai pas terminé ma thèse. »

Elle prit une gorgée du Fino couleur paille et laissa son parfum s'épanouir dans sa bouche, son nez – un léger goût de caramel, à mi-chemin entre noix et melon.

« Pas étonnant, étant donné votre indépendance d'esprit ! Ce n'est pas une qualité que l'on apprécie, là-bas. Trop d'indépendance produit de la gêne, surtout chez ceux qui aimeraient devenir des gourous et ne croient pas vraiment en ce qu'ils racontent.

— Je pense que je pourrais prétendre que je voulais être plus engagée dans le monde réel. Mais la vérité est plus humiliante : j'ai abandonné mon doctorat parce que je voulais gagner de l'argent. »

Elle s'interrompit, atterrée d'avoir dit une telle chose. *Formidable, Andrea. N'oublie pas de lui annoncer que tu as fait deux heures de route le week-end dernier jusqu'à un entrepôt de vente en gros !*

« Ah, mais nos moyens délimitent nos préférences, répondit son cousin d'un ton léger. Vous n'êtes pas seulement perspicace, vous êtes honnête. Deux choses qu'on ne trouve pas toujours dans le même paquet. Je suppose qu'il serait déloyal de ma part d'exprimer ma réprobation féroce vis-à-vis de feu mon cousin Reynolds, mais, comme l'écrivit l'utilitariste William Godwin à la fin du XVIII$^e$ siècle, "quelle magie y a-t-il dans le pronom 'mien' pour renverser les décisions d'une vérité éternelle ?" Je n'ai appris que récemment les circonstances dans lesquelles votre mère a été abandonnée, et j'en ai été consterné. Mais... nous en reparlerons à une autre occasion.

— Merci. »

Gênée, Andrea voulait changer de sujet. Elle ne put s'empêcher de repenser à ses placards pleins de rebuts de marques chères, à ses aspirations, à sa fierté de payer toutes ses factures chaque mois. Cela lui semblait si absurde, dorénavant ! Aurait-elle quitté le cocon protecteur de l'académisme si l'argent ne l'avait pas préoccupée ? Les professeurs l'avaient encouragée. Ils avaient tous pensé que bientôt elle s'engagerait sur la voie du professorat, prenant le genre de décision, acceptant le genre de compromis qu'ils connaissaient bien. Pendant ce temps, son emprunt étudiant devenait de plus en plus cher. Elle étouffait sous les factures qu'elle ne pouvait régler, elle ne payait que le minimum mensuel sur ses dépenses réglées par carte de crédit et elle sentait ses dettes croître au fil des mois. Peut-être aspirait-elle aussi, sans en avoir conscience, à une vie où elle ne devrait pas regarder les chiffres, à droite, sur les menus.

Elle éprouva un instant d'euphorie en repensant à tous ces choix « pratiques » qu'elle avait opérés, à tous ces accommodéments terre à terre – et pour quoi ? Son salaire d'analyste financier était bien supérieur à ce qu'elle aurait perçu en tant que jeune enseignante, mais elle se rendait compte maintenant qu'il s'agissait de sommes insignifiantes. Obsédée par les articles soldés, elle s'était dévaluée.

Quand elle leva les yeux, elle s'aperçut que Paul Bancroft lui parlait.

« Je sais ce que signifie perdre un être cher. La mort de ma femme fut dévastatrice, tant pour moi que pour mon fils. Une période difficile.

— Je n'en doute pas, murmura Andrea.

— Alice avait vingt ans de moins que moi. Elle aurait dû me survivre, porter le deuil à mes funérailles. Mais elle avait hérité de je ne sais quelle imperfection dans son patrimoine génétique. On se rend compte de la fragilité de la vie dans ce genre de circonstances – résilience et fragilité.

— "Travailler avant la nuit venue", c'est ça ?

— Elle vient plus tôt qu'on le croit. Et le travail n'est jamais terminé... murmura-t-il après une autre gorgée de Fino couleur paille. Je vous prie de m'excuser d'avoir ainsi plombé l'atmosphère. C'est le cinquième anniversaire de sa mort, cette semaine. Ma consolation, c'est qu'elle m'a laissé l'être le plus précieux qui soit. »

Bruit inégal de pas lourds. Quelqu'un qui descend les marches deux à deux et saute les dernières.

« Quand on parle du loup ! dit Paul Bancroft en se tournant vers le nouveau venu, qui s'était arrêté dans l'embrasure de la porte. Brandon, j'aimerais te présenter Andrea Bancroft. »

Elle remarqua en premier la masse de cheveux blonds bouclés, puis les joues comme des pommes. Le jeune garçon avait les yeux d'un bleu sans nuages et les traits harmonieux et symétriques de son père. Andrea le trouva exceptionnellement beau.

Il se tourna vers elle avec un large sourire. « Brandon, dit-il. Très heureux de vous rencontrer. »

Si sa voix n'avait pas fini de muer, elle était plus grave que celle d'un enfant. Un adolescent imberbe, comme auraient dit les anciens, mais avec un duvet plus dru sur la lèvre. Pas encore un homme, plus un enfant non plus.

La poignée de main ferme et sèche, avec une attitude un peu timide mais pas gênée, sans quitter leur hôte des yeux, il s'affala dans un fauteuil. Il n'y avait rien du ressentiment de devoir donner un « spectacle sur commande » qu'éprouvent le plus souvent les jeunes de son âge en présence d'invités. Il semblait sincèrement curieux.

Andrea était curieuse elle aussi. Brandon portait une chemise écossaise bleue, sortie de sa ceinture, un pantalon gris avec plein de fermetures à glissière et de poches – une tenue assez commune chez les jeunes de son âge.

« Ton père a deviné que tu échangeais des messages avec des gens peu fréquentables, dit Andrea d'un ton léger.

— Solomon Agronski me bottait les fesses, dit joyeusement Brandon. On faisait des DAG et j'étais loin du compte. J'ai exposé mes fesses.

— Est-ce une sorte de jeu ?

— J'aimerais bien, répondit Brandon. Les DAG sont des graphes acryliques dirigés. Je sais – ça vous endort !

— Et ce Solomon Agronski...

— Il m'a botté les fesses.

— Il est un des plus grands mathématiciens logiques du pays, expliqua Paul Bancroft en croisant les jambes d'un air amusé. Il dirige le Centre de Logique et d'Électronique de Stanford. Ils sont en correspondance, si j'ose m'exprimer ainsi. »

Andrea tenta de dissimuler sa stupéfaction. On était loin du syndrome de Down !

Le gamin renifla son verre de sherry et fit une grimace. « Beurk ! Vous ne préféreriez pas un soda ? Je vais m'en chercher un.

— Non, ça me convient, répondit Andrea en riant.

— Comme vous voudrez. Je sais ce qu'on pourrait partager, dit-il en claquant des doigts. Si on allait faire quelques paniers ? »

Paul Bancroft échangea un regard avec Andrea. « Je crains qu'il ne vous prenne pour une compagne de jeu.

— Non, je suis sérieux, insista Brandon. Vous voulez me montrer vos trucs, pendant qu'il fait encore jour ?

— Brandon, protesta Paul, elle vient d'arriver et elle n'est pas vraiment en tenue pour le terrain de basket !

— Si j'avais les bonnes chaussures... s'excusa Andrea.

— Votre pointure ? demanda le gamin.

— 40.

— Réfléchissons... annonça-t-il en bondissant de son fauteuil. Nuala fait du 41. C'est assez proche, non ? » Il partit dans le couloir, et ils l'entendirent appeler : « Nuala, est-ce qu'Andrea peut t'emprunter une paire de baskets ? Je t'en prie ! S'il te plaît ! »

— Plein de ressources, non ? fit remarquer Paul Bancroft avec un sourire en coin.

— Il est... remarquable, risqua Andrea pour ne pas exagérer.

— Il est déjà reconnu maître d'échecs au niveau international. Je ne suis arrivé à ce niveau qu'à vingt-deux ans. Les gens me disaient précoce, mais c'est sans comparaison.

— Un maître d'échecs international ? La plupart des gosses de son âge passent leur temps à jouer avec leur PlayStation !

— Vous savez, Brandon aussi. Il joue toujours à SimCity. Il ne faut pas oublier qu'il n'est qu'un gosse. Il a les capacités intellectuelles pour se pencher sur une douzaine de domaines, mais... Eh bien ! vous verrez. C'est aussi un gosse. Il adore les jeux vidéo et déteste ranger sa chambre. C'est un petit Américain de treize ans. Dieu merci !

— Avez-vous jamais dû lui expliquer d'où viennent les bébés ?

— Non, mais il a posé des questions très pointues sur la base moléculaire de l'embryologie, dit le savant avec un air satisfait. Il est ce qu'on appelle une bizarrerie de la nature.

— Mais une bizarrerie positive.

— Et une bonne nature. »

Brandon revint au pas de course, une paire de baskets dans une main et un pantalon de jogging vert dans l'autre.

« Vous savez que vous pouvez refuser », dit son père à Andrea.

Andrea se changea dans les toilettes de l'entrée. « Je te donne cinq minutes, dit-elle à Brandon en ressortant. Juste le temps de me montrer tes trucs.

— Parfait. Vous allez voir, ça déménage !

— A toi de jouer, mon gars, répliqua Andrea d'un ton féroce. T'as intérêt à assurer ! »

Le terrain – en béton avec les lignes tracées à la craie – était coincé entre le pignon de la maison et une haie de troènes.

« Vous allez me faire voir vos trucs de la vieille école ? » demanda Brandon en lançant le ballon depuis la ligne de tir à trois points.

Le ballon hésita sur l'anneau et ne plongea pas dans le filet. Andrea bondit et s'en empara, avança en dribblant et marqua un panier. Elle avait fait partie de l'équipe de basket-ball de son lycée et se souvenait des bases du jeu.

« Je veux juste me remettre dans le bain », répondit Andrea.

Brandon accourut et saisit la balle au rebond ; il manquait de technique et de pratique, mais la coordination de ses mouvements surprenait, chez un gamin de son âge. Il parut étudier les gestes d'Andrea quand elle marqua un panier et les copia. Chaque fois qu'il lançait le ballon, il était plus près de réussir. A leur retour à la maison – elle avait insisté pour ne pas dépasser les cinq minutes sur lesquelles ils s'étaient mis d'accord –, ils avaient tous les deux les joues rouges. Elle se changea à nouveau dans les toilettes du hall – combien de toilettes aussi luxueuses y avait-il dans cette maison ? – et retourna au salon et à ses sièges en cuir.

Le dîner fut simple mais délicieux : soupe à l'oseille, coquelet grillé, riz sauvage parfumé, salade. Paul Bancroft ramena la conversation sur les problèmes dont ils avaient discuté plus tôt, sans pourtant faire de discours.

« Vous avez bien des talents, dit-il avec un clin d'œil. Comment est-ce qu'on appelle ça ? "Contrôle du ballon." Je dirais que vous le maîtrisez. Un talent qu'on peut appliquer à l'argumentation autant qu'au sport.

— Il suffit de maintenir le regard sur le ballon, dit Andrea. De voir ce qu'on a sous les yeux.

— N'est-ce pas Huxley, dit Paul Bancroft en inclinant la tête de côté, qui a dit que le bon sens consistait seulement à voir ce qu'on a sous les yeux ? Ce n'est pas tout à fait juste, si ? Les fous voient ce qu'ils croient avoir sous les yeux. Le bon sens, c'est le don de voir ce qu'il y a devant les yeux des autres. C'est cela qui en fait une chose que nous avons en commun. Et c'est ce qui rend cette qualité si peu commune, justement. Quand on réfléchit à l'histoire de notre espèce, dit-il avec un grand sérieux, on est frappé de la manière dont le mal – les institutions et les pratiques que nous trouvons tous insupportables – a été admis, voire encouragé, pendant des siècles. L'esclavage. La soumission des femmes. L'extravagante répression d'activités consensuelles qui ne faisaient aucune victime. Dans l'ensemble, c'est un spectacle fort peu édifiant. Il y a deux cents ans, Jeremy Bentham a tout remis à sa juste place. Il est l'un des rares de sa génération à vraiment rejoindre notre morale moderne. Il en fut même le père. Tout commença par une simple vision utilitaire : minimiser les souffrances humaines – et ne jamais oublier que chaque personne est unique.

— L'idée que papa se fait de l'*eleemosynarie* dit Brandon en achoppant sur le mot.

— Ça vient du latin *eleemosyna*, aumônes.

— D'accord, dit l'enfant en rangeant cette nouvelle information dans la bonne case. Mais qu'en est-il de l'idée qu'on doit traiter les autres comme des fins, jamais comme des moyens ?

— Il est en train de lire Kant, expliqua Paul à Andrea. Il est en plein mysticisme allemand, en fait. Ça pourrit le cerveau, si vous voulez mon avis. Bien plus que la PlayStation. Il a fallu qu'on admette qu'on n'était pas d'accord.

— Vous aussi, vous avez donc un problème avec la révolte adolescente ? demanda Andrea avec un sourire.

— Qu'est-ce qui vous fait croire que c'est un problème ? » demanda Brandon en lui retournant son sourire.

Une chouette hulula au loin. Paul Bancroft regarda par la fenêtre. La silhouette des arbres se découpait sur le ciel presque sombre. « La chouette de Minerve, dit Hegel, ne vole qu'au crépuscule.

— La sagesse arrive donc trop tard, dit Brandon. Ce que je ne comprends pas, c'est pourquoi la chouette a acquis cette réputation de sagesse. Une chouette, c'est juste une machine à tuer très efficace. C'est la seule chose qu'elle sait faire. Un vol presque silencieux. Une ouïe qui vaut un radar. Vous en avez déjà vu une voler ? Elle bat de ses grandes ailes et c'est comme si quelqu'un avait éteint le son. C'est parce qu'elles ont le bout des plumes frangé et que ça casse le bruissement de l'air qu'elles brassent.

— On ne l'entend arriver que lorsqu'il est trop tard, dit Andrea.

— C'est ça. Et puis elle applique deux cents kilos de pression au bout de chaque ergot – ce qui fait que vous n'êtes plus là pour y penser. »

Andrea but une gorgée du Riesling que Nuala venait de lui servir. « Elle n'est pas sage, donc. Juste létale.

— Très efficace dans un raisonnement sur les moyens et la fin, intervint Paul Bancroft. Certains pourraient dire qu'il y a là une sorte de sagesse.

— Etes-vous l'un d'eux ?

— Non, mais l'efficacité a sa place. Trop souvent, pourtant, quand on en parle, on considère qu'on n'a pas de cœur, même si c'est au service d'une bonne cause. Vous évoquiez plus tôt des conséquences perverses, Andrea. Ce peut être un sujet ardu. Une fois que vous acceptez la logique des conséquences – la notion que les actes doivent être jugés par leurs conséquences – vous comprenez alors que les actes vont au-delà du problème de bienfaits qui ont de mauvais effets. Nous devons aussi réfléchir à l'énigme des mauvaises actions qui ont des effets positifs.

— Peut-être, réfléchit Andrea. Mais il y a des actes haineux en eux-mêmes. Il est impossible d'imaginer qu'il puisse en sortir quoi que ce soit de bon, comme... l'assassinat de Martin Luther King, disons.

— Est-ce un défi ?

— Juste un exemple.

— Vous savez, dit le savant après avoir bu un peu de vin, j'ai rencontré une ou deux fois le Dr King. La fondation l'a soutenu financièrement à quelques occasions critiques. C'était un homme remarquable. Un grand homme, dirais-je. Mais il avait ses défauts. De petits défauts sans importance, mais que ses ennemis auraient pu amplifier. Le FBI se tenait prêt à rendre publiques certaines indiscrétions. Sur la fin de sa vie, il prêchait devant des foules de moins en moins nombreuses, son influence diminuait. Sa mort en a fait un symbole puissant. S'il avait vécu, il aurait eu bien moins de poids. Son assassinat galvanisa ses partisans. Il servit même à catalyser l'application légale de la révolution des droits civiques. Des lois cruciales qui interdisent la discrimination en matière de logement ne furent votées que parce qu'on était sous le coup de cet événement tragique. Les Américains ont été bouleversés jusqu'au cœur de leur être, et le pays est devenu un lieu plus humain, après cela. Si vous qualifiez la mort de cet homme de tragédie, je ne vous contredirai pas. Mais cette mort a accompli beaucoup plus que bien des vies, dit le vieux philosophe avec une intensité fascinante. N'a-t-elle pas été rachetée par ses conséquences positives ?

— Peut-être, si on fait un calcul froid...

— Pourquoi froid ? Je ne comprends jamais pourquoi les gens considèrent que c'est de la froideur de calculer les conséquences. L'amélioration de l'humanité semble un concept abstrait, et pourtant, elle exige l'amélioration individuelle des hommes, des femmes, des enfants – chacun dépositaire d'une histoire qui pourrait nous déchirer le cœur et nous ravager l'âme. Souvenez-vous, dit-il avec une conviction sans voile et sans doutes qui fit trembler sa voix, que sept milliards de gens vivent sur cette petite planète. Deux milliards huit millions ont moins de vingt-quatre ans. C'est leur monde que nous devons sauver et améliorer, dit le savant en regardant son fils en pleine croissance qui avait déjà dévoré son assiette. Et c'est là une responsabilité morale plus sérieuse que toutes les autres. »

Andrea ne parvenait pas à détacher les yeux de cet homme. Il exprimait une logique si pénétrante, avec un regard aussi clair que ses arguments, qu'il y avait de la magie dans la force de ses convictions, dans le pouvoir sinueux de son esprit. Merlin l'Enchanteur devait avoir été inspiré par quelqu'un comme lui.

« Papa est le champion de l'analyse des données ! plaisanta Brandon, peut-être gêné par l'intensité de l'expression de son père.

— La lumière crue de la raison nous démontre que la mort d'un prophète peut être un bien pour l'humanité, continua Paul Bancroft. Par contre, faites disparaître les puces des sables de l'île Maurice et vous risquez de découvrir que les conséquences sont épouvantables. Dans les deux cas, la ligne que nous traçons entre tuer et laisser mourir frôle la superstition, ne croyez-vous pas ? Pour celui qui meurt, ça ne fait aucune différence que ce soit à cause de vos actions ou de votre refus d'agir. Imaginez un tramway dont les freins ont lâché en pleine pente. S'il continue sa course, il tuera cinq personnes. Si vous parvenez à l'arrêter, une seule personne sera tuée. Que faites-vous ?

— Je l'arrête.

— Vous avez sauvé cinq vies. Pourtant, vous avez sciemment tué un individu. Vous avez, en un sens, perpétré un homicide. Si vous n'aviez rien fait, vous ne seriez pas directement complice des morts. Vos mains seraient propres. Nuala, déclara-t-il en levant les yeux vers l'Irlandaise aux joues roses qui apportait un supplément de riz sauvage à table, une fois de plus, vous vous êtes surpassée.

— Vous considérez donc qu'il s'agit d'une sorte de narcissisme, dit lentement Andrea. Les mains propres, quatre vies perdues sans nécessité – un mauvais pari. Je comprends.

— Ce que nous éprouvons doit être encadré par ce que nous pensons. La passion doit aller de pair avec la raison. Il arrive que les actes les plus nobles soient aussi ceux qui nous épouvantent le plus.

— J'ai l'impression d'être retournée sur les bancs de l'université.

— Trouvez-vous notre discussion académique ? Les problèmes purement théoriques ? Je vais vous les rendre réels, dit Paul Bancroft avec un air de magicien. Et si vous aviez vingt millions de dollars à dépenser pour le bien de notre espèce ?

— Un "et si" de plus ? demanda Andrea en s'autorisant un petit sourire.

— Pas exactement. Je ne suis plus dans l'hypothétique. Avant notre prochaine réunion du conseil, Andrea, j'aimerais que vous identifiiez une cause pour laquelle vous seriez prête à dépenser vingt millions de dollars. Définissez-la précisément et définissez le mode d'intervention, et nous le mettrons en application. Nous engagerons les fonds à ma discrétion. Aucune délibération, aucun accord à demander. Ce sera fait comme vous le spécifierez.

— Vous plaisantez.

— Papa n'est pas un grand plaisantin, dit Brandon. Il n'est pas du genre à vous faire marcher, croyez-moi !

— Vingt millions de dollars, répéta Paul Bancroft.

— Sous ma seule responsabilité ?

— Sous votre seule responsabilité, confirma le vieux non-conformiste d'un air grave. Choisissez bien. A chaque heure du jour, il y a un tram dont on perd le contrôle. Mais le choix ne s'opère pas entre une voie ou une autre. On doit décider entre des milliers de rails, des dizaines de milliers, et ce qui attend au bout des voies n'est pas clair du tout. Nous devons le deviner au mieux, avec toute l'intelligence et tout le discernement dont nous disposons – et croiser les doigts.

— Il y a tant d'inconnues.

— Inconnues ? Une connaissance partielle, incomplète, ce n'est pas de l'ignorance. On peut porter un jugement bien informé. Il faut porter ce jugement. Réfléchissez donc en toute sagesse et vous découvrirez que faire le bon choix n'est pas toujours facile. »

Andrea Bancroft eut comme un vertige. Si elle se sentait un peu étourdie, ce n'était pas à cause du vin. A combien de gens donnait-on ainsi le moyen de faire une différence ? On venait de lui offrir la possibilité de claquer des doigts et de transformer la vie de milliers de personnes. Elle avait presque l'impression... d'être Dieu !

« Dites, Andrea, demanda Brandon pour interrompre sa rêverie, vous vous sentiriez prête pour quelques paniers de plus, après dîner ? »

*Rome*

Le Trastevere – le quartier à l'ouest du Tibre – était considéré par bien des habitants comme la véritable Rome, son réseau de rues médiévales ayant en grande partie échappé à la reconstruction qui transforma le centre de la ville au XIX$^e$ siècle. Misère plus ancienneté égale cachet : n'est-ce pas la formule magique ? Pourtant, il restait des recoins que le temps avait oubliés, ou plus précisément, dont il s'était souvenu, des recoins où la crue des nouveaux riches n'avait laissé que du bois flotté et des détritus. Tel était l'appartement en rez-de-chaussée de la ruelle sombre où la jeune Italienne vivait avec ses parents. Les Zingaretti descendaient d'une vieille famille, puisqu'ils connaissaient le nom de leurs ancêtres sur des centaines d'années. Mais ces ancêtres avaient toujours été serviteurs et subalternes. Ils prolongeaient une tradition sans grandeur, une lignée sans histoire.

On aurait eu du mal à reconnaître dans l'homme qui arriva au 14 de la via Clarice Marescotti le Todd Belknap qui s'était insinué dans la place forte d'Ansari quelques heures plus tôt. Il était vêtu avec élégance, rasé, légèrement parfumé : l'idée qu'on se fait en Italie d'un personnage officiel. Ce serait utile. Jusqu'à son léger accent américain qui l'aiderait plus qu'il ne le handicaperait ; les Italiens se montraient instinctivement soupçonneux vis-à-vis de leurs compatriotes, et souvent à juste titre.

La conversation ne fut pourtant pas aisée.

*Ma non capisco !* – je ne comprends pas, répétait la mère de la jeune fille, tout en noir. Elle avait l'air plus vieille que son âge, mais plus forte aussi, comme la plupart des femmes qui accomplissent un travail pénible.

*Non c'è problema*, insistait le père, un homme ventripotent aux mains calleuses et aux ongles épais. Il n'y a pas de problème.

Il y avait bien un problème, et la mère le comprenait plus qu'elle ne le prétendait. Ils s'assirent dans le salon sinistre qui sentait la soupe brûlée et les moisissures. Le sol froid, qui avait dû être carrelé, était rugueux, d'un gris uniforme, comme couvert d'un enduit dans l'attente de carreaux qui n'étaient jamais arrivés. La faible lumière des ampoules filtrait à travers les abat-jour jaunis par la chaleur et l'âge. Pas deux chaises semblables. Dans cette famille, la fierté des individus n'allait pas jusqu'à leur maison. Les parents de Lucia, clairement conscients de sa beauté, avaient considéré cette qualité comme une vulnérabilité potentielle, une source de malheur, pour elle et pour eux. Elle signifiait une grossesse prématurée, des flatteries puis la prédation par des hommes sans scrupules. Lucia leur avait assuré que l'Arabe – ils n'appelaient son employeur que *l'Arabo* –, disciple zélé de la parole du Prophète, se montrait très respectueux de sa religion.

Et où était-elle ?

Quand arriva cette question cruciale, les parents feignirent la bêtise, l'incompréhension, l'ignorance. Ils la protégeaient – parce qu'ils savaient ce qu'elle avait fait ? Pour une autre raison ? Todd ne gagnerait leur confiance que s'il les convainquait que leur fille courait un danger, que la franchise la protégerait mieux que la dérobade.

Ce n'était pas facile. Pour obtenir une information, il dut prétendre en détenir une dont il ne savait rien. Il ne cessait de leur répéter :

Votre fille est en danger. *Vostra figlia è in pericolo.* Ils ne le croyaient pas – ce qui signifiait qu'ils étaient en contact avec elle, qu'elle les avait rassurés. Si elle avait effectivement disparu, ils ne sauraient pas dissimuler leur angoisse. Ils feignaient la confusion, se repliaient dans le vague : elle aurait dit partir en voyage, sans donner plus de détails. Peut-être était-ce pour son employeur ? Non, ils ne savaient pas quand elle reviendrait.

Des mensonges. Des balivernes que leur aisance infirmait. Les amateurs croient que les menteurs se trahissent parce qu'ils sont anxieux, nerveux. Mais Todd savait qu'ils se trahissaient justement par leur calme. C'était le cas du signor et de la signora Zingaretti.

Todd laissa passer un long silence avant de reprendre : « Elle a été en contact avec vous, nous le savons. Elle vous a assuré que tout allait bien. Mais elle ne sait pas, *elle ne sait pas qu'elle court un danger imminent*, dit-il en faisant le geste de se trancher la gorge. Ses ennemis sont pleins de ressources et ils sont partout. »

Le regard méfiant des Zingaretti lui montra qu'ils considéraient cet intrus américain comme un ennemi potentiel. Il avait introduit une étincelle d'hésitation, un scintillement d'inquiétude, qu'ils n'éprouvaient pas auparavant. S'il ne les avait pas gagnés à sa cause, une petite fissure était pourtant apparue dans le mur d'inconscience qu'ils lui opposaient.

« Elle vous a dit de ne pas vous en faire, reprit-il en accordant ses mots à leur expression, parce qu'elle ne sait pas qu'il y a des raisons de s'inquiéter.

— Et vous, si ? » demanda la vieille en noir, sa bouche aux coins baissés montrant sa réprobation et ses soupçons.

Todd ne leur avait pas raconté la vérité, mais il s'en était approché autant qu'il l'avait pu. Il leur dit qu'il était un agent américain chargé d'une enquête internationale de la plus haute importance. Cette enquête avait dévoilé des activités de *l'Arabo*. Des membres de son personnel étaient les proies d'une vendetta menée par des rivaux du Proche-Orient. Au mot de « *vendetta* » une lumière s'alluma dans le regard de ses interlocuteurs, suivie par un murmure en écho de la part de la femme. Ce concept, ils le comprenaient et le traitaient avec le respect idoine.

« Hier, j'ai vu le corps d'une jeune femme qui... »

Todd s'interrompit. Il remarqua les yeux du vieux couple qui s'écarquillaient. Il secoua la tête. « C'est trop horrible. Bouleversant. Il y a des images qui ne vous quittent jamais. Quand je pense à ce qu'ils ont fait à cette jeune femme, une belle jeune femme comme votre fille, je ne peux m'empêcher de frissonner. Mais j'ai fait tout ce que j'ai pu pour vous, dit-il en se levant. J'en suis convaincu. Et vous ne devrez pas l'oublier. Je vais vous laisser en paix. Vous ne me reverrez jamais. Ni votre fille, je le crains. »

La signora Zingaretti posa une main comme une serre sur le bras de son mari. « Attendez ! »

Son mari lui jeta un coup d'œil, mais il était clair qu'elle portait la culotte, dans cette maison. Elle regarda Todd droit dans les yeux pour juger de son caractère, de son honnêteté, puis elle prit une décision. « Vous vous trompez, dit-elle. Lucia est en sécurité. Nous lui parlons régulièrement. Nous lui avons parlé hier soir.

— Où est-elle ?

— Nous ne le savons pas. Elle ne nous le dit pas, affirma la femme dont les rides sur sa lèvre supérieure rappelaient des coups de règle.

— Pourquoi ?

— Elle nous a dit que c'est un très joli endroit, intervint l'homme ventripotent. Mais c'est confidentiel. Elle ne peut pas le dire, à cause... des termes de son contrat. » *Termini di occupazione.*

Il eut un sourire hésitant parce qu'il ne pouvait savoir si ses paroles avaient réfuté ou alimenté les inquiétudes que l'Américain avait exprimées. La mère avait les traits tendus par la peur.

« Lucia est une fille intelligente, dit-elle comme si elle avait des cendres dans la bouche. Elle sait prendre soin d'elle-même, assura-t-elle pour tenter de se rassurer.

— Vous lui avez parlé hier soir, répéta Todd.

— Elle allait bien, dit le vieil homme dont les mains rouges tremblèrent quand il les posa sur ses cuisses.

— Elle saura prendre soin d'elle. »

La vieille femme lança ces mots comme un défi, ou peut-être juste comme un cri d'espoir.

\*

Dès que Todd Belknap mit le pied sur les pavés de la ruelle, il appela un vieux contact chez les *carabinieri*, Gianni Mattucci. En Italie

– et les forces de l'ordre ne faisaient pas exception –, on obtenait tout par ses amis, sans formalités. Il exposa sa requête à Mattucci. Lucia avait peut-être été aussi mystérieuse que le prétendaient ses parents, mais les archives téléphoniques seraient sûrement plus bavardes.

La voix de Mattucci, aussi astringente qu'un verre de Barolo trop jeune, mais aussi riche, demanda : « *Più lento !* Plus lentement. Donne-moi le nom et l'adresse. Je vais rechercher ça dans les bases de données de la ville et trouver son code INPS – l'équivalent de votre numéro de sécurité sociale. Ensuite, je consulterai l'annuaire téléphonique municipal.

— Dis-moi que ça ne prendra pas longtemps, Gianni !

— Vous, les Américains, toujours pressés ! Je ferai de mon mieux, d'accord, mon ami ?

— Ton mieux est en général assez bon, admit Todd.

— Va boire un espresso quelque part, dit l'inspecteur de police italien d'une voix apaisante. Je te rappelle. »

Todd n'avait parcouru que deux pâtés de maisons que son téléphone sonnait déjà. C'était Mattucci.

« Quelle rapidité !

— On a eu un signalement sur l'adresse que tu m'as donnée. Un voisin a entendu des coups de feu, expliqua Mattucci d'une voix altérée. On envoie des voitures de patrouille. Qu'est-ce qui se passe ?

— Oh mon Dieu ! s'exclama Todd, stupéfait. Je vais aller voir.

— Non ! » implora Mattucci.

Mais Todd avait déjà raccroché et il courait vers l'appartement qu'il venait de quitter. En tournant au coin, il entendit le crissement de pneus, et son cœur se mit à tambouriner dans sa poitrine. La porte du logement avait été laissée ouverte et il entra dans une pièce criblée de balles, éclaboussée de sang. On l'avait suivi. Il n'y avait pas d'autre explication. Il avait contacté le vieux couple pour le protéger mais il avait conduit la mort jusqu'à eux.

D'autres pneus glissèrent sur les pavés. L'arrivée, cette fois, d'un coupé bleu marine dont le toit blanc s'ornait d'un numéro bien visible d'hélicoptère et de trois lumières. Sur le côté, le mot CARABINIERI en blanc et une ligne rouge au-dessus. C'était une vraie voiture de police avec deux vrais officiers qui en bondissaient et ordonnaient à Todd Belknap de ne pas bouger.

Du coin de l'œil, il vit un véhicule identique qui approchait. Il fit de grands gestes affolés en direction d'une ruelle pour signaler que les assaillants étaient partis par là.

Puis il s'enfuit à toutes jambes.

Un des policiers courut après lui, bien sûr. L'autre devait sécuriser la scène du crime. Todd espéra avoir semé assez de confusion pour que son poursuivant n'ait pas l'idée de tirer sur lui. Ils devaient au moins envisager que lui aussi soit à la poursuite des *criminali*. Todd contourna des poubelles métalliques, des conteneurs, des voitures garées – n'importe quoi pour briser une possible ligne de visée entre lui et le policier.

Une ligne de tir.

Ses muscles le brûlaient, son souffle était lourd tandis qu'il courait aussi vite qu'il le pouvait et décrivait les zigzags d'un lièvre en fuite. Il sentait à peine le sol sous ses chaussures en cuir à semelle de crêpe. Quelques minutes plus tard, il sauta dans son van blanc sans fenêtre affublé du logo du SERVIZIO POSTALE italien, un des nombreux véhicules dont disposaient les Opérations consulaires. Bien que Todd n'eût pas d'autorisation, il n'avait pas eu de mal à l'emprunter. Ce genre d'utilitaire n'attirait que peu l'attention. Il espérait que ce serait le cas aujourd'hui.

Alors qu'il démarrait et s'éloignait, il vit pourtant dans son rétroviseur une sorte de Jeep au toit renforcé que les *carabinieri* utilisaient pour transférer les prisonniers. Et son téléphone sonna.

La voix de Mattucci lui parvint plus nerveuse que jamais. « Tu dois me dire ce qui se passe ! hurla-t-il. Ils disent qu'un vieux couple a été massacré, que l'appartement est saccagé. Les balles sont américaines, des spéciales neuf millimètres à pointe creuse. Tu m'entends ? Justement les semi-blindées que tu préfères. Ça sent mauvais ! »

Todd fit une embardée pour passer contre le flanc d'un tramway vert à quatre voitures reliées par des accordéons en caoutchouc, ce qui lui donnait une longueur suffisante pour le cacher de tout véhicule venant en face. « Gianni, tu ne vas tout de même pas croire que...

— Un technicien arrive sur les lieux. Si on y trouve tes empreintes digitales, je ne pourrai pas te protéger... Je ne peux pas te protéger. »

Cette fois, ce fut Mattucci qui raccrocha. Une autre voiture de police vint se placer derrière Todd. On avait dû le voir monter dans le van, et il était trop tard pour changer de véhicule. Il accéléra dans la circulation sur la piazza San Calisto puis sur la plus rapide viale de Trastevere, vers le fleuve. La voiture de police qui le suivait avait activé sa sirène et son gyrophare. Il venait tout juste de couper la via Indumo qu'il repérait un autre véhicule, une Citroën frappée du mot POLIZIA en majuscules penchées en arrière, bleues et blanches. Aucun doute : on le pourchassait.

Quelque chose avait très mal tourné.

Pied au plancher, il serpenta entre les véhicules plus lents – taxis, automobilistes ordinaires, camions de livraison. Il klaxonna et brûla le feu en abordant la piazza Porta Portese, créant un embouteillage. Il avait au moins semé la Jeep. Les immeubles en pierre à sa gauche et à sa droite ne furent bientôt plus que des silhouettes floues d'un gris sale et, devant lui, la chaussée offrit de temps à autre une petite porte mouvante entre deux véhicules en marche, un trou qui apparaissait et disparaissait, une ouverture qui se refermait s'il ne s'y engageait pas au bon moment. La course-poursuite est un exercice qui n'a rien à voir avec la conduite ordinaire et, quand il passa le ponte Sublicio par-dessus le Tibre vert sombre, vers la piazza Emporio, Todd ne put qu'espérer que ses anciens réflexes allaient se réveiller dès qu'il en aurait besoin. Il y avait des centaines de moyens de se tromper, et très peu de réussir. La Citroën trouva soudain une file libre et dépassa Todd.

Il se faisait enfermer. Si, comme il était probable, une troisième voiture faisait son apparition, ses chances de fuite seraient bien minces. Il avait escompté prendre la voie rapide qui longeait la rive du Tibre, en brique et béton, ponctuée d'arbres. C'était trop risqué d'y aller directement.

Au dernier moment, il tourna à droite et s'engagea sur le Lungotevere Aventino, la route parallèle à la rive Testaccio du fleuve. Son torse, déporté à gauche, ne fut retenu que par le siège et la ceinture.

Il tourna de nouveau brutalement, dans la via Rubattino bordée de cafés, et reprit son souffle avant de remonter la via Vespucci – en sens interdit. Il ne lui restait que quelques centaines de mètres à parcourir jusqu'à l'embranchement de la voie rapide du Tibre – à condition d'éviter d'entrer en collision avec un véhicule.

Une douzaine d'automobilistes écrasèrent leur klaxon en faisant de leur mieux pour esquiver le van blanc de la poste qui se précipitait vers eux.

Les mains de Todd étaient humides de sueur. Serpenter entre le flot de véhicules arrivant face à lui exigeait qu'il anticipe leurs réactions. A la moindre erreur de calcul, ce serait la collision frontale, et leurs vitesses respectives s'additionneraient.

Son monde s'était réduit à un ruban de macadam et à une constellation de voitures, chacune une arme létale potentielle. Le fond du van, à cause du châssis trop bas, cognait et grattait la chaussée dans des gerbes d'étincelles. Todd pénétra trop vite sur la rampe d'accès, mais il réussit à gagner le pont suivant, le ponte Palatino et, après un autre virage abrupt qui le fit déraper, il s'engagea sur la Porta di Ripagrande.

Il pouvait respirer, se dit-il, en progressant sur la route droite le long d'immeubles anonymes. Pourtant, quand il regarda dans son rétroviseur, il vit une demi-douzaine de voitures de police ! Comment s'étaient-elles matérialisées aussi vite ? Puis il se souvint du grand poste de police près de la piazzale Portuense. Il fila à gauche, mordant sur le bas-côté et le caniveau, et se retrouva sur Clivio Portuense, une des rues les plus rapides du quartier. Seule sa ceinture lui évita d'être projeté de l'autre côté du véhicule.

Les voitures continuèrent tout droit, incapables de freiner à temps pour tourner. Il les avait lâchées – pour le moment, du moins. Il atteignit la via Parboni et prit à gauche.

Mais que vit-il soudain ? Il eut du mal à s'entendre penser tant la sirène hurlait, accompagnée du rugissement du moteur et du crissement des pneus.

C'était impossible ! Devant lui, au coin de la via Bargoni, il y avait un barrage routier. Comment avaient-ils pu le mettre si vite en place ? Il plissa les yeux et vit les deux voitures et la barrière en bois entre elles. Il pouvait tenter de passer en force...

Sauf que, derrière lui, sortit de nulle part une voiture banalisée de l'unité de patrouille des autoroutes de la *polizia municipale*, une Lancia trois litres turbo équipée pour rattraper les véhicules rapides.

Todd accéléra à fond et vit les quatre *carabinieri* qui se tenaient au barrage, des armoires à glace avec lunettes de soleil et bras croisés sur leur poitrine trapue, bondir hors de son chemin. Il mit le levier de vitesse au point mort avant de s'emparer du frein à main à l'instant même où il donnait un coup de volant à gauche. Le van s'arrêta perpendiculaire à la chaussée, et les pneus de la puissante Lancia hurlèrent quand elle vira sur le côté pour éviter d'entrer en collision avec le van de la poste, frissonnant à l'arrêt tandis que l'avant se froissait contre une borne à incendie.

Todd lâcha le frein à main, passa en première, enfonça l'accélérateur et redressa le volant. Le véhicule trépida et un violent claquement informa Todd que la pression sur le trottoir avait fait sauter les enjoliveurs. En même temps, la torsion sur la transmission avait fait jaillir de l'huile dans le système et, dans son rétroviseur, il vit une épaisse fumée noire sortir de son pot d'échappement. Mais il avait inversé la direction sans marquer d'arrêt et il repartait en sens interdit sur la via Bargoni, sauf que cette fois elle était presque vide. Avec ce barrage, la police lui avait involontairement rendu service. Il tourna à gauche sur la via Bezzi et accéléra sur la viale de Trastevere, au-delà de l'Autorità per la Informatica nella Pubblica Amministrazione – et sema ses poursuivants.

Dix minutes plus tard, il était assis dans un café, où il avait commandé l'espresso que Gianni Mattucci lui avait recommandé de boire. Il dissimulait son épuisement derrière l'ennui d'un touriste blasé.

Il appela son contact dès qu'il en eut l'occasion. « Maintenant, on peut parler », dit Todd d'une voix neutre et très calme.

Les fugitifs se trahissent souvent par leur anxiété. Ils sont si nerveux qu'ils attirent invariablement l'attention sur eux. Todd n'allait pas commettre une telle erreur.

« *Ma che diavolo!* Est-ce que tu as la moindre idée de ce que je dois gérer en ce moment ? Tu dois me dire ce que tu sais, dit Mattucci d'une voix angoissée.

— Toi d'abord », dit Todd Belknap.

*Chapitre six*

*Carlyle, Connecticut*

« JE SUIS SÉRIEUX ! disait Hank Sidgwick au téléphone. Je t'assure que ce type utiliserait très bien ce fric. »

Andrea Bancroft se rendit compte, avec un sentiment de malaise, qu'il était sincère. Elle l'imaginait à son bureau : bientôt quarante ans, l'Américain type avec ses yeux bleus, ses cheveux blonds, un corps d'athlète même si des rides rougies par le soleil trahissaient sur son front un âge moins flatteur. Il émanait de lui une odeur de lessive propre. C'était un ami et un collègue au Coventry Equity Group, mais elle l'avait rencontré des années plus tôt, quand il fréquentait sa colocataire pendant leurs études.

« Tu connais des gens très intéressants », avança-t-elle avec prudence.

Elle avait toujours aimé la compagnie de Hank et son appel l'avait réjouie, au début. Quant à lui, il avait été fasciné par le récit de sa première réunion à la fondation. Mais maintenant, elle se demandait si elle avait eu raison d'être aussi franche. N'avait-elle pas promis de considérer les procédures de la fondation comme des délibérations « privilégiées et confidentielles » ? C'était la réaction de novice de Hank qui l'avait le plus étonnée, quand elle lui avait parlé du test auquel Paul Bancroft la soumettait. La femme de Hank avait un ami qui faisait en indépendant des films documentaires. « Il pourrait faire très bon usage de vingt millions », lui avait dit Hank – sa première réponse. Le cinéaste désirait terminer un film sur les acteurs de l'East

Village de Manhattan qui s'adonnaient à de curieuses pratiques de modifications corporelles. Andrea regarda la porte, trahissant son impatience. Elle parlait de sauver des vies, et tout ce à quoi Hank pouvait penser était cette entreprise futile ?

« Je voulais juste que tu y réfléchisses, dit Sidgwick d'un ton qu'il voulait détaché.

— Bien sûr », dit-elle par automatisme.

Quelqu'un comprenait-il ? Pourtant, elle ne voulait pas se laisser aller à exprimer son indignation. Elle avait très peur de paraître méprisante. Il était important pour elle que tout le monde la considère comme la bonne vieille Andrea, que sa fortune soudaine n'avait pas changée.

*Mais c'est faux*, songea-t-elle. *En vérité, je suis différente.*

Oui, l'heure était venue de cesser de faire semblant, décida-t-elle. Tout était différent.

Elle avait à peine raccroché que son téléphone sonnait à nouveau.

« Mademoiselle Bancroft ? demanda une voix un peu rauque, comme enfumée.

— Oui, répondit-elle avec un sentiment de malaise.

— J'appelle de la fondation Bancroft, du bureau de la sécurité. Je voulais juste m'assurer que les détails de l'accord de confidentialité étaient bien clairs pour vous.

— Bien sûr. »

Une idée idiote, paranoïaque, lui traversa l'esprit. C'est comme s'ils savaient. Comme s'ils l'avaient entendue faire des indiscrétions et qu'ils appelaient pour la tancer.

« Il y a d'autres procédures de sécurité et d'engagements à prendre. Nous allons vous envoyer quelqu'un sous peu, si vous voulez bien.

— Pas de problème. »

Andrea n'était pas encore remise de sa surprise quand elle raccrocha. Elle se rendit compte qu'elle serrait ses bras autour de son torse, comme pour se tenir chaud. Une graine inquiétante commençait à germer à l'arrière de son esprit et elle s'efforça de s'en distraire. Elle se retrouva à arpenter sa petite maison comme dans un rêve. *Bienvenue dans ta nouvelle vie !* songea-t-elle.

Mais elle n'allait pas la vivre pour elle seule. C'était ça. Elle allait participer à un projet incroyable, quelque chose de vraiment grand et important. L'assurance de Merlin. *Sous votre seule responsabilité.*

Quel projet méritait un tel engagement ? Il fallait faire tant de choses ! L'eau et l'hygiène étaient une question de vie ou de mort pour tant de gens, et puis il y avait le sida et la malaria, ou la malnutrition. Venait aussi le problème du réchauffement climatique. Les espèces en voie de disparition. Il y avait tant de défis à relever, tant d'inconnues, tant de données partielles ! Comment cibler ces fonds pour qu'ils produisent un résultat maximal ? C'était dur, terriblement dur. Surtout parce qu'il fallait envisager cinq étapes plus loin, comme l'avait expliqué Paul Bancroft. Vingt millions, une somme trop importante pour certains problèmes, insuffisante pour d'autres. Tandis que différents scénarios s'entrecroisaient dans sa tête, elle découvrit qu'elle appréciait d'autant plus ce que Paul Bancroft avait mené à bien.

On frappa à sa porte et ses pensées se dissipèrent comme des ronds de fumée. Elle ouvrit à un homme qu'elle ne reconnut pas et dont le costume bien taillé ne parvenait pas à dissimuler les muscles – à mi-chemin entre un banquier et un videur, à ses yeux.

« Je viens de la part de la fondation Bancroft », dit-il.

Elle ne fut pas surprise.

« Vous avez demandé qu'on vous apporte quelques dossiers », continua-t-il.

Elle remarqua qu'il tenait une serviette à la main et se souvint de sa requête de la veille. Elle s'attendait à un coursier ou à un employé d'UPS. « Oh, bien sûr, dit-elle. Je vous en prie, entrez !

— Et nous avons aussi quelques détails de sécurité à revoir. J'espère qu'on vous a bien annoncé mon arrivée. »

Ses cheveux gris acier étaient fendus d'une raie comme taillée au couteau. Il avait le visage carré, des traits banals, un âge difficile à déterminer.

« Oui, quelqu'un a appelé », dit Andrea.

Il entra avec des mouvements de fauve, ses muscles faisant onduler le tissu de luxe. Il ouvrit sa serviette et lui tendit un ensemble de dossiers. « Avez-vous des questions sur le mode opératoire de la fondation ? Le protocole vous a-t-il été exposé ?

— On m'a tout expliqué avec soin.

— C'est bon à savoir. Vous avez une déchiqueteuse ?

— Pour faire de la viande hachée ? »

Cela ne le fit pas sourire. « Nous pouvons vous fournir une déchiqueteuse à coupe croisée. Sinon, nous vous demanderons de vous assurer de rapporter dans les bureaux de la fondation tout le contenu de ces dossiers et leurs photocopies.

— D'accord.

— C'est la procédure. Vous êtes nouvelle, ce qui m'oblige à vous rappeler les termes de non-divulgation qui vous sont imposés.

— Écoutez, je travaillais dans la finance, et je sais ce qu'est une clause de confidentialité.

— Vous devez donc comprendre, dit-il en scrutant son visage, qu'il vous est interdit de parler des affaires de la fondation avec des personnes qui n'en font pas partie.

— C'est cela.

— On oublie facilement, dit l'homme avec un clin d'œil qui pourtant ne lui parut pas amical. C'est important. »

Il se dirigea vers la porte.

Andrea tenta de ne pas montrer sa stupéfaction. « Je vous remercie, je m'en souviendrai. »

Était-il possible que la fondation l'ait mise sous surveillance ? Qu'on ait entendu la conversation qu'elle venait de tenir au téléphone ? Sa maison était-elle sur écoute ?

Foutaises ! Impensable. C'était un trait de paranoïa de son esprit en ébullition. Mais il y avait quelque chose dans la manière dont cet homme la regardait – l'ébauche d'un sourire, une curieuse familiarité... Non, c'était encore de la paranoïa.

Andrea allait lui demander s'ils s'étaient déjà rencontrés quand, juste avant de sortir, il offrit une sorte explication : « Vous ressemblez beaucoup à votre mère. »

La manière dont il avait dit cela la glaça. Guindée, elle remercia poliment son visiteur. « Je suis désolée... j'ai oublié votre nom...

— Je ne vous l'ai pas donné », répondit l'homme d'une voix neutre.

Il gagnait sa voiture quand le téléphone sonna de nouveau.

Cindy Lewalski, d'une agence immobilière du Cooper Brandt Group, la rappelait. Andrea l'avait presque oubliée.

« D'après ce que j'ai compris, vous cherchez un appartement à Manhattan, dit la femme d'une voix professionnelle mais amicale.

— C'est cela », confirma Andrea.

Elle avait toujours rêvé d'un loft à New York et, maintenant, elle pouvait se l'offrir, avec douze millions de dollars sur un livret à deux pour cent d'intérêts. Elle ne voulait pas étaler le grand jeu, mais elle ne tromperait personne, et elle n'allait pas se faire souffrir en restant « humble » – ce serait la pire des affectations. Elle pouvait se payer un appartement dans la Grande Ville, quelque chose de *vraiment* sympa.

Cindy Lewalski nota des informations pour ouvrir un dossier client sur son ordinateur et détermina la fourchette de prix et les caractéristiques qui convenaient à Andrea – taille, quartier, etc. Puis elle vérifia l'orthographe du nom de famille. « Vous ne seriez pas une de *ces* Bancroft, par hasard ?

— Vous avez mon numéro », répondit Andrea sans la moindre hésitation.

*West End, Londres*

Dans le monde, il était Lukas. Cette star du rock originaire d'Edimbourg avait porté ce seul prénom depuis ses premiers pas avec le groupe G7. Le premier des quatre albums qu'il avait enregistrés depuis qu'il faisait carrière en solo s'était monté, comme on disait dans l'industrie, « sur son nom ». Quelqu'un avait comptabilisé le nombre de bébés appelés Lukas et la courbe avait grimpé fortement dès que le chanteur avait été lancé en tête des ventes. Ses fans inconditionnels savaient qu'il s'appelait en fait Hugh Burney, sans que cette information influe sur leur comportement. Lukas était sa véritable identité. Il en était arrivé à ressembler à Lukas, même à ses propres yeux.

Le studio d'enregistrement, caché dans une ancienne école de filles sur Gosfield Street, rutilant et équipé des appareils dernier cri, n'avait rien à voir avec les lieux qu'il avait occupés avant que sa carrière décolle. Mais certains aspects restaient les mêmes. Le casque finissait toujours par le gratter, au bout d'une vingtaine de minutes. Il le retira et le remit. Son producteur, Jack Rawls, passait une autre séquence de basses.

« Trop lourd, vieux, dit Lukas, toujours trop lourd.

— Tu ne voudrais pas que ça s'envole, protesta doucement Rawls.

Cette chanson ressemble à une nappe de pique-nique dans la tempête. Il faut l'assurer avec des objets lourds. Un peu comme des pierres.

— Oui, mais tu nous mets un rocher. C'est trop. Tu piges ? »

Ce n'était pas le côté le plus glamour du métier. L'air du studio devenait étouffant – « fétide », disait Rawls – parce qu'ils avaient dû éteindre la ventilation, trop bruyante. Rawls était assis devant plusieurs synthétiseurs. La frontière entre le producteur et l'instrumentiste, de plus en plus floue, permettait à Rawls, ancien pianiste, de combiner les rôles. Lukas voulait une bande-son qui ait une atmosphère – un rythme électronique d'ambiance. Quand Lukas et Rowls étaient ensemble à l'Ipswich Art School, ils avaient fait l'expérience d'utiliser des magnétophones comme instruments. Le sifflement d'une bande vierge pouvait produire un élément sonore puissant. C'était quelque chose de ce genre que visait Lukas, aujourd'hui.

« Et si on essayait les deux ? demanda Rowls du ton mielleux qui signifiait qu'il était décidé à obtenir ce qu'il voulait.

— Et si tu baissais un peu le son ? » répliqua Lukas avec un sourire lumineux. *Pas cette fois, Jack.*

C'était son premier album en deux ans, et Lukas voulait contrôler chaque détail. Il le devait à ses auditeurs. A ses fans. Lukas détestait le mot « fan », mais c'était une réalité. Comment appeler ceux qui ne se contentaient pas d'acheter les albums, mais aussi les singles ? Qui échangeaient entre eux des bandes piratées ? Qui connaissaient sa musique mieux que Lukas lui-même ?

Un assistant se livra à une pantomime de l'autre côté de la vitre : *téléphone !*

Lukas leva le majeur. Il avait bien spécifié qu'il ne prendrait aucun appel. Il travaillait. La tournée panafricaine allait commencer dans deux semaines et il n'avait pas beaucoup de temps en studio pour son enregistrement. Il fallait qu'il tire le maximum des séances qu'il avait programmées.

Le type insista, brandissant le combiné, le montrant du doigt. « Il faut que tu répondes ! » articula-t-il.

Lukas retira son casque, se leva et s'enferma dans le bureau qu'il s'était aménagé de l'autre côté du couloir.

« Ils ont dit oui ! roucoula son agent, Ari Sanders.

— De quoi tu parles ?

— Quatre-vingts pour cent de la recette. Madison Square Garden.

New York. Et tu te demandes : Comment Ari Sanders a-t-il réussi un tel coup ? Oui, tu te le demandes ! Eh bien, laisse tomber : jamais un magicien ne révèle ses secrets !

— Je suis un Écossais un peu lent, Ari. Il faut que tu m'expliques ça depuis le début. Je ne sais pas du tout de quoi tu parles.

— D'accord, d'accord, je ne peux rien te refuser. On a entendu dire que le Garden avait dû annuler un gala de hip-hop pour des problèmes d'assurance. Tu le crois, ça ? Il y avait tout à coup un énorme trou dans leur emploi du temps. C'est vendredi soir et toutes les lumières sont éteintes, t'imagines ? C'est à ce moment que ton fidèle chevalier commet un vol à main armée. Un détournement en plein jour. Je dis au manager : il y a un type qui peut vous faire vendre toutes les places en quatre jours, et il est à *moi*. J'ai pas raison ? On annonce sur les ondes qu'on organise un concert-surprise de Lukas ! Le type a failli se pisser dessus tant il était enthousiaste ! C'est pas une grande nouvelle, ça ?

— Une nouvelle pour moi, en tout cas.

— Oh, mais j'ai dû la jouer comme ça. Je l'ai pris par les couilles et j'ai serré, fort. J'ai dit : "Lukas n'a pas donné de concert aux États-Unis depuis très, très longtemps. Mais si vous voulez qu'il vous intègre dans son emploi du temps, il faut que vous fassiez les choses en grand. Quatre-vingts pour cent de la salle." C'est ce que j'ai dit. Ce con s'est mis à bramer qu'ils avaient jamais donné plus de cinquante pour cent. J'ai dit : "Parfait, oublions tout." Et il a dit : "Eh, attendez une seconde !" Je me mets à compter un chimpanzé, deux chimpanzés... Et il a cédé ! Tu y crois, toi ? Il a cédé ! New York nous voilà ! Applaudissez... Lukas !

— Écoute, Ari, murmura Lukas qui sentait son ventre se serrer, je ne sais pas si... »

Ari Sanders continua sur sa lancée avec son énergie habituelle. « Tu es un saint ! Et un vrai saint écossais. Tous les concerts de bienfaisance que tu as donnés ces trois dernières années – ça me coupe la respiration rien que d'y penser. Tous ces orphelins et ces veuves que tu as aidés... je me sens tout petit à côté de toi. Ta Croisade des Enfants ? Quoi de plus inspirant ? Comme le dit le magazine *Time*, personne ne fait plus rien pour attirer l'attention du monde sur les plus mal lotis d'entre nous. Une star du rock avec une conscience sociale – qui l'aurait cru ? Mais, Lukas ?

— Ouais ?

— Trop c'est trop. Oh, bien sûr, les veuves et les orphelins – il faut bien les aimer. Mais le secret, dans la vie, c'est l'équilibre. Tu dois montrer de l'amour aux hordes de fans qui t'attendent, Lukas. Et tu dois montrer de l'amour au petit Ari Sanders qui s'est cassé le cul pour toi au front jour après jour !

— En se mettant vingt pour cent dans la poche. Ça ne te suffit pas, soudain ?

— J'ai remporté une victoire historique aujourd'hui. Et je l'ai fait pour toi. Quatre-vingts pour cent des recettes – même le pape n'en obtient pas autant ! Et combien de Grammy Awards est-ce qu'il a remporté, lui ?

— Je vais y réfléchir, d'accord, dit Lukas d'une petite voix, mais j'ai tous ces concerts de charité qui se succèdent et...

— Ils vont donc avoir le cœur brisé un soir à Ouagadougou. Change tes projets. Tu ne peux pas dire non à un truc pareil !

— Je vais... je te rappelle.

— Seigneur, Lukas, on dirait que quelqu'un te braque un flingue sur la tempe. »

Lukas raccrocha. Il transpirait.

Un instant plus tard, son téléphone portable émit sa sonnerie Jimi Hendrix. « Allô ! »

C'était une voix bien trop familière, modifiée par l'électronique, affreusement privée de toute humanité, de tout sentiment. « Ne change pas tes plans ! » ordonna-t-elle.

On croirait la voix d'un lézard, se dit Lukas. Il avala sa salive. Il avait l'impression qu'une pierre s'était coincée dans sa gorge. « Écoutez, j'ai fait tout ce que vous m'avez demandé de...

— Nous avons toujours la bande vidéo. »

La bande vidéo. La putain de bande vidéo ! La fille avait juré qu'elle avait dix-sept ans. Comment aurait-il pu savoir qu'elle avait trois ans de moins ? Ce qui faisait de leur relation un viol. Passible de la cour d'assises. Le coup de grâce de ses contrats, de sa carrière, de sa réputation, de son mariage. Lukas n'avait pas besoin qu'on le lui rappelle. Des musiciens survivaient à une révélation de ce genre, surtout ceux qui cultivaient délibérément leur image de mauvais garçon. Ce n'était pas celle de Lukas. On lui avait plutôt reproché d'être un donneur de leçons, d'être le saint incorruptible, et au moindre faux pas, on le massacrerait. Et s'il était poursuivi ? Il imaginait les gros titres : LUKAS VA CONNAÎTRE LA MUSIQUE. STAR DU ROCK EMPRISONNÉ POUR LE VIOL D'UNE ENFANT. LE CHANTRE DE L'ENFANCE TRADUIT EN JUSTICE POUR RELATIONS SEXUELLES AVEC UNE GAMINE.

Certains pourraient peut-être y survivre. Pas Lukas.

« D'accord, j'ai compris », dit-il.

Ce qui l'écœurait le plus, c'était la rapidité avec laquelle cet appel avait suivi celui d'Ari. A l'évidence, on l'avait mis sur écoute, et cela durait depuis trois ans. En fait, il ne pouvait que deviner à quel point sa vie était surveillée par ces maîtres-chanteurs. Ils semblaient tout connaître de lui.

« Respectez vos plans, répéta la voix. Faites le bon choix.

— Comme si j'avais le choix ! répliqua Lukas d'une voix tremblante. Comme si j'avais un putain de choix ! »

*Dubaï, Émirats arabes unis*

Un spectacle digne de Jules Verne : les sables d'Arabie percés d'immenses structures de verre et d'acier, leurs contours courbes comme ceux des vaisseaux spatiaux. Les vieux souks s'entassaient à l'ombre des nouveaux centres commerciaux bien plus vastes ; les boutres et les abras voisinaient coque contre coque avec les navires marchands et de croisière ; dans les marchés des rues surpeuplées, on vendait des lecteurs de DVD et des machines de karaoké au milieu des tapis, des objets en cuir et des bibelots. A Dubaï, il y avait tout – sauf des adresses postales. Un immeuble de la Sheikh Zayed Road pouvait fort bien, officiellement, avoir un numéro, mais le courrier transitait par des boîtes postales sans numéro de rue. A l'aéroport international de Dubaï, plus vaste que le centre-ville, Todd Belknap prit un taxi de couleur brune muni d'un compteur et dut accepter, face à l'insistance volubile du chauffeur, de payer pour les trois sièges vides.

L'homme, visiblement pakistanais, portait le keffieh local à carreaux rouges et blancs, un peu comme les nappes d'un restaurant italien à l'ancienne mode ; il énuméra sans discontinuer toutes les offres commerciales possibles, mais il dut répéter sa principale suggestion trois fois avant que Todd réussisse à le comprendre : « Vous voulez aller Wild Wadi Waterpark ? » Il s'agissait d'un parc pour touristes, dix hectares d'attractions autour du thème de l'eau. Le chauffeur recevait probablement un billet quand il y conduisait des visiteurs.

Il faisait chaud comme dans un four et le soleil écrasant blanchissait tout de son incandescence. Todd eut l'impression d'être arrivé sur une planète qui n'était pas faite pour la vie, de devoir passer d'un point oxygéné à un autre. Sans aucun doute, toutes les superstructures de Dubaï visaient à créer un environnement artificiel, une oasis de fréon, d'acier et de verre polarisé accessible par de grandes portes, et pourtant curieusement gardée, si vous n'aviez pas l'intention d'acheter et de vivre dans le luxe. En fonction de la nature des intérêts de chacun, on pouvait trouver que c'était le lieu des mille paillassons accueillants ou des mille portes verrouillées. A Rome, Gianni Mattucci avait fourni à Todd l'adresse qui correspondait au numéro d'où avait appelé la jeune Italienne. A Dubaï, Todd apprit que l'adresse ne le conduisait ni à une résidence ni à un hôtel mais à un bureau de poste chargé du courrier de certains des plus beaux hôtels du bord de mer.

Si ça n'avait été pour l'azur du golfe, il aurait pu se croire à Las Vegas en plein été : même étalage indécent de richesses, même modernisme clinquant des bâtiments, l'appât du gain dont l'architecture était le symbole. Pourtant, dans les oueds et les collines résidaient les hommes saints de l'Islam qui tentaient d'établir l'*umma* globale, de renverser ce qu'ils considéraient comme l'impérialisme américain. Dubaï existait pour satisfaire les désirs des étrangers, dans un pays aride qui rêvait avec ferveur de leur humiliation. La sérénité obtenue était aussi éphémère qu'un arc-en-ciel.

« Pas de Wild Wadi Waterpark, grogna Todd quand le chauffeur s'illumina à l'idée de gruger un autre touriste. Pas de dîner sur un bateau de croisière. Pas de golf dans le désert. *Non !*

— Mais sahib...

— Et pas la peine de me donner du *sahib*. Je ne suis pas un colonel sorti d'un livre de Kipling. »

Le chauffeur de taxi le déposa à contrecœur devant le petit bureau de poste. Quand Todd descendit de la voiture, il fut frappé par une vague de chaleur brûlante et retourna à l'intérieur. « Attendez-moi ici ! ordonna-t-il au chauffeur auquel il tendit une liasse de dirhams rose et bleu.

— Je prends dollars, dit le chauffeur plein d'espoir.

— Bien sûr que tu les prends. Est-ce que ce n'est pas la raison d'exister de Dubaï ? »

Le chauffeur afficha un air narquois. Todd se souvint d'un proverbe arabe : Ne tente jamais de connaître ce que le chameau pense du chamelier. « J'attends », dit l'homme.

Le cube en béton était peint en blanc, sans fenêtres, sauf pour les vitres sur la porte. C'était une infrastructure, pas une superstructure, un de ces bâtiments conçus non pas pour flatter le public mais pour le servir. On y recevait le courrier adressé à de nombreuses boîtes postales et on allait le distribuer en empruntant la voie de service qui desservait ces palais du plaisir.

Todd Belknap comptait sur son air officiel, son impeccable costume bleu et sa chemise blanche. Il comprit dès qu'il vit l'accueil des visiteurs. Pas de réceptionniste, personne au guichet. Juste un sol en laminé antidérapant qui menait à une salle où des employés triaient le courrier. A première vue, ils étaient philippins. Il ne fallut que quelques instants à Todd pour repérer leur supérieur : un homme gras, apparemment de la région, un cigare éteint entre ses doigts boudinés, assis sur un haut tabouret dans un coin, un bloc de papier sur un genou. Ses ongles luisaient sous les néons ; ils avaient été polis, voire couverts d'une couche de vernis transparent. Des bagues clinquantes enserraient ses gros doigts comme les colliers des cormorans pêcheurs, en Chine.

Todd allait tirer avantage de son handicap. Il porta son téléphone à son oreille et feignit de terminer une conversation qu'il voulait faire croire officielle. « Parfait, inspecteur. Nous apprécions votre aide, et je vous prie de transmettre nos salutations au gouverneur adjoint. Nous ne pensons pas qu'il y aura le moindre problème. Au revoir ! »

D'un geste péremptoire, il appela le gros Arabe couvert de bijoux. Ce ne serait pas en cherchant à s'intégrer au paysage qu'il obtiendrait ce qu'il voulait, mais en accentuant le fait qu'il était étranger. Il serait l'Américain impérieux, l'agent gouvernemental qui attend que tout étranger lui obéisse au doigt et à l'œil en application de privilèges extraterritoriaux établis pas des centaines de traités et d'accords bilatéraux obscurs.

Le responsable avança d'un pas lourd l'air à la fois obséquieux et irrité.

« Je suis l'agent Belknap », annonça l'Américain en tendant son permis de conduire de Virginie comme si c'était les clés de la ville.

L'homme fit semblant de le regarder avant de le lui rendre. « Je vois ! dit-il en prenant un air responsable, efficace.

— Je travaille pour le DEA, comme vous l'avez vu. Une requête de nos services conjoints.

— Oui, bien sûr ! dit le responsable, qui n'arrivait pas à décider s'il devait ou non appeler un supérieur, Todd le voyait bien.

— La boîte postale 11417, annonça Todd en homme qui n'a pas de temps à perdre. Dites-moi où elle se trouve. »

Le visage grave, il avait énoncé sa demande sans politesse, sans excuses, sans la moindre concession à la courtoisie. La nature autoritaire de son approche allait le mettre au-dessus de tout soupçon ; ou en dessous. Il ne prenait pas de gants, il ne laissait pas le choix à son interlocuteur, il avait l'attitude d'un homme qui a tous les droits d'obtenir l'information. Rien dans son comportement ne suggérait que l'Arabe eût même le loisir **de** décider d'accéder ou non à sa demande. Au contraire. Todd exigeait une chose qui lui était due en vertu de son poste. Cela aurait pour effet de soulager le responsable d'une part d'anxiété : il ne pouvait prendre la mauvaise décision justement parce qu'on ne l'invitait pas à prendre de décision du tout.

« Ah ! dit le responsable qui craignait une question ardue. C'est le Palace Hotel. A deux kilomètres après le rond-point al-Khaleej. »

L'homme fit un geste ample et Todd comprit qu'il dessinait la forme particulière de l'hôtel, une sorte de baleine en verre avec une tour centrale pour figurer le jet d'eau.

« C'est tout ce que je voulais savoir », dit Todd.

Le responsable eut presque l'air reconnaissant : *C'est tout ?*

Quand Todd monta dans son taxi, il surprit l'homme qui regardait à travers la porte vitrée, étonné par le véhicule marron. Il s'attendait sûrement à quelque chose de plus officiel. Pourtant, il n'avait aucune chance de parler de cet incident à quiconque. S'il avait commis une erreur, il valait mieux que personne ne le sache.

« Maintenant on va au Wild Wadi Waterpark ? demanda le chauffeur.

— Maintenant, on va au Palace Hotel, répondit Todd.

— Très bon ! Vous allez rigoler comme une baleine », dit le chauffeur en arborant un sourire aux dents tachées de khat.

Il prit un raccourci par le marché aux poissons, où des travailleurs immigrés vêtus de turquoise éventraient les prises avec une régularité de métronome, puis s'engagea sur la route du Cheikh Zayed, bordée d'immenses édifices rutilants, un Léviathan de verre après l'autre. Le Palace comptait parmi les plus récents et les plus remarquables, la « queue » du cétacé faisant office d'auvent sur l'entrée. Todd descendit du taxi avant d'entrer dans l'hôtel et pénétra dans le hall du pas d'un homme en mission.

Et maintenant ? Il devait y avoir plus de sept cents chambres dans le Palace Hotel. Si l'appel de l'Italienne avait transité par le standard, l'hôtel en aurait gardé la trace. Mais les concierges du Palace seraient beaucoup plus difficiles à gruger que l'homme du bureau de poste ; ils étaient habitués aux étrangers, ils défendaient leur réputation de discrétion et ils savaient ce que les autorités pouvaient ou non exiger d'eux.

Dans le hall, il regarda autour de lui et prit la mesure de l'endroit. Au centre du vaste espace, un grand aquarium bleu qui, au lieu de créatures marines exotiques, abritait une femme vêtue d'un costume de sirène. Elle nageait en cercles lents au son d'une musique New Age synthétisée, ses mouvements disciplinés conçus pour avoir l'air paresseux et aléatoires ; à intervalles, elle reprenait son souffle par un tuyau déguisé en algue. Si un fondamentaliste musulman entrait dans ce hall, la scène confirmerait ses pires soupçons sur la décadence occidentale. C'était fort peu probable : dans le monde moderne, la distance ne se mesure pas en kilomètres, mais en unités d'écarts sociaux. Cette enclave appartenait à un monde qui englobait le Cap d'Antibes, East Hampton, Positano et l'île Moustique, ses vrais voisins. Le palace n'avait d'autre lien avec le territoire géopolitique appelé Moyen-Orient, qu'un accident géographique. L'immeuble avait été conçu par une équipe d'architectes de Londres, Paris et New York ; le restaurant était aux mains d'un chef espagnol de réputation internationale ; jusqu'aux employés de la réception et aux concierges qui étaient britanniques, mais capables, bien sûr, de converser dans les principales langues européennes.

Todd Belknap s'assit sur un pouf bleu nuit dans un coin du hall et passa un coup de téléphone, un vrai cette fois. La communication s'établit en quelques instants. Il se souvenait de l'époque où les appels internationaux étaient invariablement brouillés par les distorsions et les grésillements, comme si on pouvait entendre les courants que traversaient les câbles transocéaniques. Aujourd'hui, les signaux entre certaines zones du monde avaient la clarté du cristal – plus que d'un quartier de Lagos à un autre. Il reconnut immédiatement la voix de Matt Gomes quand il répondit, et Gomes sut aussi tout de suite qui l'appelait.

« On raconte, dit le jeune officier, que tu t'es engagé dans un match sanglant contre Wild Bill Garrison. Quand ce genre de chose se produit, nous ouvrons tous nos parapluies.

— Comme le disait Pat Boone, "La pluie doit arroser chaque vie", répondit Todd.

— Pat Boone ? Et que dirais-tu de citer les Ink Spots, vieux ?

— J'ai besoin de toi, mon garçon. »

Todd fit des yeux le tour du hall. Dans la cuve, la sirène décrivait des cercles lascifs, comptant sans aucun doute l'argent qu'elle gagnait à l'heure. Son sourire ravi commençait à se figer.

« Tous les appels sont écoutés pour s'assurer de leur qualité, dit Gomes pour le mettre en garde.

— Sais-tu combien d'années d'enregistrements ils ont déjà accumulées ? C'est facile d'enregistrer, parce que c'est automatique. Pour écouter, personne n'a jamais trouvé assez d'heures humaines. Je vais prendre le pari que personne ne s'intéresse spécialement à toi.

— Tu paries sur toi ou sur moi ? "Parce que, quand je pense à toi, je sens une nouvelle averse qui arrive."

— Il te reste à faire ce que dit Pat Boone : "Couvre-moi !"

— Peux-tu m'assurer que c'est dans le cadre d'une opération officielle ? demanda Gomes avec une note d'humour dans la voix.

— Tu m'as volé ma réplique ! »

Puis il dit à Gomes ce qu'il attendait de lui. Le jeune homme n'avait pas besoin que Todd lui rappelle les services qu'il lui avait rendus.

Dans les chaînes d'hôtels internationales, il y a toujours quelqu'un qui facilite les choses pour les agences de renseignements américaines, et à qui on peut demander certaines faveurs. C'est dans la nature d'une entreprise qui offre une résidence temporaire à des dizaines de milliers de voyageurs, que des criminels, voire des terroristes, y cherchent parfois refuge. En échange d'alertes officieuses, la CIA fournit aux hôtels, sur une base tout aussi officieuse, des informations sur les risques potentiels, entre autres.

Gomes n'allait appeler aucun membre du personnel de l'hôtel, mais quelqu'un au quartier général de l'entreprise, à Chicago. Cette personne téléphonerait ensuite au directeur du palace. Cinq minutes plus tard, le portable de Todd vibra discrètement. C'était Gomes avec le nom du directeur adjoint qu'on avait contacté et à qui on avait laissé entendre qu'il devait pleinement coopérer avec l'agent Belknap.

Et c'est ce qu'il fit. Il s'appelait Ibrahim Hafez et c'était un petit homme instruit, la trentaine, probablement fils d'un hôtelier qui avait dirigé un autre des majestueux dômes de plaisir dans les Émirats. Il ne fut ni trop impressionné ni blasé par la présence de l'Américain. Ils se retrouvèrent dans un bureau exigu, loin des clients, un repaire très ordonné avec des piles d'enveloppes et deux photos encadrées, l'épouse et la fille de Hafez, sans aucun doute. L'épouse, mince, aux yeux noirs lumineux, souriait, d'une expression aussi effrontée que confuse. Pour son mari, elle devait être un rappel nécessaire de ce qu'était la réalité dans ce royaume du simulacre.

Hafez s'assit devant son ordinateur et entra le numéro de téléphone romain. Quelques instants plus tard, l'écran montra les résultats de la recherche. On avait appelé ce numéro une demi-douzaine de fois.

« Est-ce que vous pouvez me dire de quelle chambre on a appelé ce numéro ? »

La fille avait dit à ses parents qu'elle résidait « dans un bel endroit », ce qui s'avérait un euphémisme. Si elle était cliente du palace, elle était traitée comme une reine.

« Un numéro de chambre ? Non, dit l'homme en secouant la tête.

— Mais...

— Ça provenait à chaque fois d'une chambre différente, dit-il en montrant une colonne de chiffres de son crayon.

— Comment est-ce possible ? La cliente a changé de chambre ? »

Hafez le regarda comme s'il avait affaire à un crétin. Il soupira et cliqua sur quelques numéros de chambre pour ouvrir la fenêtre donnant le nom du client et la durée de son séjour. Tous les noms étaient différents ; et c'étaient tous des noms d'hommes.

« Vous voulez donc dire que...
— Qu'est-ce que vous croyez ? »

C'était une déclaration, et pas des plus polies. Lucia Zingaretti travaillait là en tant que prostituée – « escort girl » – et, comme elle fréquentait le palace, elle devait être chère. Si elle passait de temps à autre un coup de téléphone d'une des chambres – peut-être aux toilettes –, il y avait peu de chances pour que son client fasse toute une histoire auprès de la direction de l'hôtel en découvrant sa note.

« Pouvez-vous me donner le nom des filles qui travaillent ici ?
— C'est une blague ! dit Hafez en lui jetant un regard morne. Le Palace Hotel n'admet pas ce genre d'activité. Comment pourrais-je en savoir quoi que ce soit ?
— Vous voulez dire que vous fermez les yeux.
— Je ne ferme rien. Les riches Occidentaux viennent ici pour jouer. Nous accédons à presque tous leurs désirs. Vous avez remarqué l'aquarium dans le hall et la *sharmuta* qui y nage toute la journée. »

*Sharmuta* était un terme argotique arabe pour désigner une traînée ou une putain, et Hafez avait craché le mot avec un dégoût non dissimulé. Son métier voulait qu'il accède à tous les fantasmes de ses clients, mais il n'allait pas prétendre les approuver. Il remarqua que Todd regardait la photo de son épouse et, d'un geste fluide, il posa le cadre à l'envers sur le bureau. Le visage sans voile de son épouse n'était pas un spectacle pour un étranger. Todd comprit soudain la signification de l'air un peu confus de cette femme : elle ne se montrait que voilée en public ; exposer son visage et ses cheveux constituait une transgression, comme une photo de nu, pour elle comme pour son mari.

« Nous lavons les draps souillés, les toilettes et les serviettes sales des femmes qui ont leurs règles, oui, nous le faisons, et avec le sourire. Mais ne nous demandez pas d'y prendre plaisir. Accordez-nous au moins cette dignité.
— Merci, mais il me faut des noms.
— Je n'en ai aucun.
— Le nom de quelqu'un qui sait, alors. Vous êtes un professionnel, Ibrahim. Rien de ce qui se passe ici ne peut vous rester inconnu.
— Il y a un groom qui saura, soupira Hafez en pressant cinq chiffres sur son téléphone. Conrad, venez dans mon bureau ! »

A nouveau, il ne dissimula pas sa réprobation. Conrad était un des employés européens que lui avaient imposés les propriétaires étrangers de l'établissement. Il était clair que Hafez le plaçait dans la même catégorie que les draps sales et les serviettes hygiéniques.

Une voix irlandaise retentit dans le haut-parleur du téléphone : « J'arrive ! »

Conrad était un jeune homme taille jockey aux cheveux roux bouclés et au sourire trop rapide. « Salut, Bram ! » dit-il à Hafez avec un salut faussement militaire, la main à son calot du Palace Hotel.

Hafez ne daigna pas le saluer en retour. « Tu vas répondre aux questions de ce monsieur, dit-il d'un ton sévère. Je vous laisse. »

Il s'inclina et sortit.

Le sourire de Conrad disparaissait et reparaissait à une rapidité déconcertante tandis que Todd le questionnait, son expression passant de la stupéfaction à la sollicitude puis prenant l'air conspirateur et lascif – tout aussi odieux, de l'avis de Todd.

« Alors, quel genre de pute vous recherchez, mon ami ? demanda finalement le groom.

— Italienne. Jeune. Brune.

— Oh là, là ! Vous êtes très précis. Un homme qui sait ce qu'il veut, ça force le respect. »

Mais il était évident que l'intercession de Hafez le troublait.

« Vous connaissez quelqu'un qui ressemble à ça ?

— Eh bien, dit Conrad en faisant ses calculs, en fait, j'ai juste ce que le docteur a prescrit.

— Quand puis-je la voir ?

— Bientôt, dit Conrad en consultant sa montre.

— Dans l'heure ?

— Je peux m'arranger. Moyennant paiement. Si vous voulez faire la fête, vous voudrez peut-être quelques petites gâteries en plus : ecstasy, hash, sensimilla, ce que vous voudrez – y a qu'à demander.

— Elle est à l'hôtel en ce moment ?

— Mais pourquoi me demandez-vous ça ? Oui, bien sûr.

— Dans quelle chambre ?

— Si c'est une partie à trois que vous voulez... »

Todd fit un pas vers le petit Irlandais et l'agrippa par le plastron pour le soulever de plusieurs centimètres et coller son visage au sien. « Donnez-moi ce foutu numéro de chambre, aboya-t-il, ou je vous livre à ces putains d'Égyptiens pour un interrogatoire, compris ?

— La torture ! »

Conrad rougit. Il commençait à comprendre que l'affaire le dépassait.

« Si vous voulez vous mettre en travers d'une enquête internationale, confirma Todd, je suggère que vous vous trouviez un bon avocat. Et quand nos amis égyptiens vous proposeront des électrodes scrotales, acceptez, parce que l'alternative est pire encore.

— Mille quatre cent cinquante, monsieur. Au quatorzième étage, à gauche des ascenseurs. Tout ce que je vous demande, c'est de me laisser en dehors de ça.

— Vous allez les appeler pour les prévenir ?

— Après avoir entendu ce que vous dites des électrodes scrotales ? Je ne crois pas, vieux, dit-il avec un éclat de rire qui voulait démontrer sa nonchalance mais qui fit tout le contraire. Vous avez prononcé là les mots magiques. C'était très parlant.

— Le passe-partout », ordonna Todd en tendant la main.

A contrecœur, le groom lui remit sa carte, puis resta planté devant lui, comme s'il espérait un pourboire. « Électrodes scrotales », murmura Todd, et il sortit de la pièce.

Moins de quatre minutes plus tard, il était devant la chambre 1450, aux deux tiers de la tour centrale de l'hôtel. Il s'immobilisa, mais n'entendit rien. Le palace était bien construit, avec des matériaux de choix. Il glissa la carte dans la serrure, regarda la lumière passer au vert et tourna le bouton. De l'autre côté de cette porte, il allait trouver Lucia Zingaretti, son seul fil conducteur. *Accroche-toi, Jared*, pensa-t-il avec force. *Je suis en route.*

*Manhattan, New York*

Andrea Bancroft avait prévu de vider son bureau du Coventry Equity Group mais elle changea d'avis. Les ressources de ce bureau pouvaient l'aider. Ses collègues étaient désolés de la voir partir, et il ne leur viendrait pas à l'esprit de lui dénier le droit de passer comme elle le voulait son dernier jour sur place.

Il y avait autre chose. Elle ne cessait de penser à ce qu'avait dit son visiteur anonyme : *Vous ressemblez beaucoup à votre mère.* Qu'est-ce que ça signifiait ? Se laissait-elle décontenancer par la suspicion ? C'était peut-être la conséquence d'une réaction de deuil à retardement. Il y avait eu la mort de sa mère, le brusque legs Bancroft... Non, elle ne devenait pas hystérique ! Ce n'était pas son genre. Sauf qu'elle ne savait plus très bien à quoi s'en tenir.

*Tu es une professionnelle. Fais ce qu'on t'a appris à faire.* La fondation n'était qu'une organisation parmi d'autres – une entreprise, à part le fait qu'elle n'avait pas pour but d'accumuler des bénéfices – et Andrea avait la formation voulue pour s'occuper des entreprises tant publiques que privées, pour, grâce à ses recherches, fouiller au-delà des brochures sur papier glacé et des communiqués de presse. Elle ferait bien de regarder la fondation Bancroft de plus près.

Assise devant son ordinateur, elle étudia une série de données mystérieuses. Toute organisation était régie par des réglementations – même les fondations privées comme Bancroft – et elles devaient se conformer à des statuts particuliers. Le dossier fédéral comportait la charte fondatrice, les normes à respecter et les numéros d'identification de certains cadres.

Après avoir épluché les documents pendant deux heures, Andrea comprit que la fondation était – du moins officiellement – un complexe d'entités distinctes reliées entre elles. Il y avait les Propriétés Bancroft, le Fonds philanthropique Bancroft, le Fonds familial Bancroft, etc. L'argent semblait naviguer entre eux comme dans des tuyaux munis de valves multidirectionnelles.

Tout autour d'elle, elle voyait ses collègues – ses anciens collègues, plutôt – travailler à leur poste, l'air téléguidés comme des drones ; jamais elle ne l'avait remarqué auparavant. Assis devant leur bureau, les doigts sur le clavier, le téléphone à l'oreille ; ils faisaient cent choses à partir de trois ou quatre mouvements de base répétés à longueur de journée.

*En quoi suis-je différente ? Je fais comme eux.* Mais en elle la sensation était autre. La différence, c'était qu'elle savait que ses actes avaient de l'importance.

Son portable vibra, interrompant ses pensées.

« Salut, jeune fille ! dit Brent Farley d'une voix de baryton des plus séduisantes. C'est moi.

— Que puis-je pour toi ? demanda-t-elle d'une voix aussi sèche que la toundra.

— De quel temps disposes-tu ? Écoute, c'est juste que je déteste la manière dont on a mis fin à tout ça. Il faut qu'on parle, d'accord ?

— Et quel serait le sujet de notre entretien ? demanda Andrea d'un ton de secrétaire qu'elle trouvait très facile à imiter.

— Oh, ne sois pas comme ça, Andrea ! Écoute, j'ai des billets pour...

— Je me demande juste pourquoi tu m'appelles soudain. Pourquoi maintenant ?

— Pourquoi... j'appelle ? Pas de raison spéciale. »

Il mentait. A cet instant précis, elle fut certaine qu'il avait appris la nouvelle.

« Comme je te l'ai dit, je voulais juste... J'ai seulement pensé qu'il fallait qu'on parle. On pourrait reprendre à zéro. Mais quoi qu'il en soit, il faut vraiment qu'on parle. »

*Parce que soudain la fille « distrayante » vaut plus que tu ne gagneras jamais.*

« Il fallait qu'on parle, répondit-elle avec calme, et fort heureusement, nous venons de le faire. Au revoir Brent. Ne me rappelle pas, s'il te plaît. »

Elle raccrocha et se sentit justifiée, excitée et bizarrement fatiguée.

Elle se dirigea vers la machine à café et fit un signe à Walter Sachs, le gourou de la technique, visiblement en pleine bataille avec un assistant au sujet des barres chocolatées. C'était un type brillant ; pourtant, il n'accomplirait jamais rien de grand. Walter était désinvolte et se souciait peu de ce qu'il faisait pour gagner sa vie ; il était performant, mais sans ambition, et ça lui plaisait.

« Eh, Walter, tu travailles dur ou c'est le travail qui est dur ? »

Il tourna vers elle sa longue tête rectangulaire et plissa les yeux comme si quelque chose s'était glissé sous ses lentilles de contact. « Je peux faire fonctionner ces systèmes en dormant et de la main gauche, ou avec ma main gauche endormie. Le "ou" est inclusif, pas exclusif. Je prétends sans hésitation que la main gauche engourdie d'un Walt Sachs endormi suffirait. Désolé, Andrea, je me sens un peu booléen, aujourd'hui. C'est à cause d'une intoxication aux barres chocolatées. Est-ce que tu sais qu'elles sont constituées de sirop de maïs ? Est-ce que tu sais que nombre de produits de nos supermarchés sont essentiellement conçus pour écouler les surplus de sirop de maïs ? Par exemple, continua-t-il en cillant de nouveau comme s'il passait des essuie-glace sur ses yeux, prenons le ketchup...

« — A bientôt, Walt ! » dit Andrea en retournant à son bureau avec son gobelet de café en polystyrène.

Elle enregistra d'autres documents, d'autres données. Le réseau sur lequel reposait la structure de la fondation constituait un défi intellectuel. Elle tenta de rester vigilante pour ne pas rater une petite irrégularité dans la structure d'ensemble. En continuant sa lecture du dossier fédéral des dix années passées, elle fut surprise de voir que, parmi les responsables de la fondation principale, il y avait le nom de sa propre mère, Laura Parry Bancroft.

Elle n'en revenait pas. Comment sa mère, si profondément hostile à tout ce qui touchait à sa famille par alliance, avait-elle pu siéger au conseil de la fondation ? Andrea étudia les documents de plus près et remarqua une chose plus étrange encore : sa mère avait démissionné de son poste la veille de l'accident de voiture qui l'avait tuée.

*Dubaï, Émirats arabes unis*

Dans un coin de la pièce plongée dans l'ombre, un homme était assis dans un fauteuil en velours bleu ; à califourchon sur l'homme, une agile jeune femme. En entendant la porte qui se refermait derrière Todd Belknap, l'homme – la soixantaine, tête rasée rougie par le soleil, cheveux blonds blanchis sur la poitrine, pectoraux affaissés – se redressa, rejeta la femme et se leva.

« La fille a changé de tutelle, grogna Todd.

— Mais qu'est-ce... ? » éructa l'homme avec un accent suédois.

Il pensait qu'on le braquait, que la putain était de mèche avec l'intrus – hypothèse d'un habitué du sexe moyennant finances et qui ne se faisait aucune illusion sur les limites de la truanderie humaine. « Foutez le camp de ma...

— Vous voulez qu'on règle ça entre nous ? » l'interrompit Todd.

L'autre toisa son adversaire en homme d'affaires habitué à peser le pour et le contre et à agir en conséquence. Il prit sa décision, ramassa son portefeuille et quelques vêtements et sortit en trombe de la chambre. « T'auras pas un sou de ma part, t'entends ! » lança-t-il à la fille en filant.

Quand Todd se retourna vers elle, elle n'était plus affalée au sol. Elle avait enfilé un peignoir en soie et se tenait debout, les bras croisés.

« Lucia Zingaretti ? » demanda Todd.

Le choc se lut sur son visage. Elle savait qu'il serait inutile de le nier. « Qui êtes-vous ? demanda-t-elle avec un accent italien.

— Vos parents n'ont aucune idée de ce que vous faites, n'est-ce pas ?

— Que savez-vous de mes parents ?

— Je leur ai parlé hier. Ils étaient inquiets à votre sujet.

— Vous leur avez parlé ? dit-elle d'une voix d'outre-tombe.

— Comme vous. Sauf que vous ne leur avez servi que des mensonges. Ce n'est pas digne de la fille qu'ils croient avoir.

— Que savez-vous d'eux, ou de moi ?

— Ce sont des gens bien. Ils sont confiants. Le genre de personnes dont vous profitez.

— Comment osez-vous me juger ! Ce que je fais, je le fais pour eux.

— Est-ce aussi pour eux que vous avez tué Khalil Ansari ? »

La jeune fille pâlit. Elle se laissa tomber dans le fauteuil en velours bleu. « On m'a promis de grosses sommes d'argent, dit-elle d'une voix calme. Mes parents travaillent jour et nuit pour survivre, et que peuvent-ils s'offrir ? On m'a dit que si je faisais ce qu'on me demandait, je pourrais les choyer pour le reste de leur vie.

— On ?

— On, répéta-t-elle d'un air de défi.

— Et vous avec eux, sans doute. Et où vous a-t-on conduite ?

— Pas dans ce genre de lieu. Pas comme on m'avait dit. Pas dans un lieu digne d'un être humain. Pour les animaux. »

Elle semblait stupéfaite que ces gens n'aient pas tenu leurs promesses. Todd, pour sa part, s'étonnait surtout qu'ils aient laissé la vie sauve à cette jeune fille. Pourquoi étaient-ils aussi certains qu'elle garderait le silence ?

« Ça vous a surprise ? demanda-t-il avec douceur.

— Oui, dit-elle d'un air sombre. Quand on m'a mise dans l'avion pour Dubaï, on m'a dit que c'était le temps que les choses se calment. Qu'il fallait que je reste discrète un moment. Pour ma propre sécurité. Et quand je suis arrivée, on m'a dit que je devais travailler. Que je devais gagner ce que je coûtais. Sinon, je me retrouverais à la rue ou je serais tuée. Pas d'argent. Pas de papiers.

— Vous étiez prisonnière.

— Au bout d'une journée, on m'a fait sortir de l'hôtel. On m'a conduite dans ce *magazzino*, cet... entrepôt. En banlieue de Dubaï. On m'a dit que je devais faire ça. Que jamais les clients ne devaient se plaindre. Sinon... »

Elle craqua. Victime d'un asservissement sexuel, elle avait tenté de nier l'humiliation. « Mais ils ont dit qu'au bout d'un an, je serais libre. Qu'au bout d'un an, j'aurais tout ce qu'ils avaient promis. Que je serais tranquille pour toute ma vie. Nous tous.

— Vous et vos parents. Tranquilles pour la vie. C'est ce qu'ils vous ont dit. Et vous les avez crus ?

— Pourquoi ne pas les croire ? demanda la jeune Italienne, furieuse. Qu'est-ce que je peux croire d'autre ?

— Quand ils vous ont fait empoisonner Ansari, jamais ils ne vous ont dit que vous vous retrouveriez à faire le tapin dans un hôtel de luxe, si ? »

Son silence en dit long.

« Ils vous ont menti une fois. Croyez-vous vraiment qu'ils ne vous mentent pas en ce moment ? »

Lucia Zingaretti ne dit rien, mais il put lire sur son visage toutes les émotions qui la traversaient. Todd imaginait sans peine ce qui s'était passé. C'était un phénomène qui pourrissait toutes les organisations à structure en gigogne. Chaque partie avait ses besoins propres. A Dubaï, la beauté d'une fille signifiait qu'elle avait une grande valeur pour ceux qui fournissaient des services sexuels aux riches visiteurs. De plus, elle n'était après tout qu'une simple servante. Bien des Arabes avaient tendance à penser qu'une telle fille était sans doute une *sharmuta*. Elle n'était pas non plus en mesure de négocier, comme elle l'avait reconnu : ils savaient ce qu'elle avait fait. Cet acte ne faisait pas d'eux ses débiteurs, comme elle l'avait cru ; il la plaçait en leur pouvoir.

« Et vous continuez à les protéger, ces gens qui vous ont contrainte à une vie dégradante !

— Vous n'avez aucun droit de dire ce qui est *degradante* ! protesta Lucia Zingaretti en se levant. Aucun droit.

— Dites-moi qui ils sont.

— Ça ne vous regarde pas.
— Dites-moi qui ils sont !
— Pour que je sois entre vos griffes plutôt qu'entre les leurs ? Je crois que je vais courir le risque. Oui, je vais courir le risque, merci beaucoup.
— Mais enfin, Lucia...
— Que dois-je faire pour que vous partiez ? demanda-t-elle dans un souffle. Que puis-je vous offrir ? »

D'un coup d'épaule, elle laissa son peignoir tomber au sol. Elle s'offrait à lui nue. Il sentit la chaleur de son corps, sa peau au goût de miel. Elle avait des seins petits, mais d'une forme parfaite.

« Vous ne pouvez rien m'offrir, répondit Todd avec mépris. Ce corps vaut cher, mais pas dans une monnaie que j'accepte.
— Je vous en prie ! » roucoula-t-elle.

Elle fit un pas vers lui en caressant ses seins d'une main, sensuelle mais motivée par un simple instinct de survie. Comme une vamp, elle ferma presque les yeux – puis les ouvrit tout grand soudainement.

Todd vit le point rouge sur son front une fraction de seconde avant d'entendre un claquement discret. Le temps perdit de sa régularité. Belknap plongea au sol et roula derrière le lit juponné.

On venait de tirer un coup de feu avec un silencieux.

On avait réduit pour toujours Lucia Zingaretti au silence.

Il se remémora ce qu'il avait aperçu des assaillants, s'efforçant de rassembler les fragments en un ensemble. Il y avait... deux hommes à la porte, chacun armé d'un pistolet à long canon et viseur. Tous deux petits, bruns. L'un, vêtu d'une veste noire en nylon, avait les yeux morts d'un requin marteau – un vétéran rompu aux combats, à l'évidence, et un tireur de talent. Un tir précis à la tête avec un pistolet depuis l'autre bout de la pièce dépassait les compétences de la plupart des professionnels. Sur le pied d'une lampe en laiton brillant, Todd vit le reflet des deux hommes. Ils décrivaient des arcs de cercle de leurs armes, mais ils n'étaient entrés dans la chambre que de quelques pas. Prudents, plus que Todd l'eût été à leur place. L'un d'entre eux au moins aurait dû saisir l'occasion de la surprise pour traverser la chambre.

Pourtant, leurs gestes indiquaient clairement qu'il le cherchaient. Leur mission ne serait complète que s'ils envoyaient aussi une balle dans sa tête.

Todd rampa sous le lit et se trouva tout près d'un des hommes. Il lança un bras comme un crochet et frappa de toutes ses forces – une manœuvre risquée, puisqu'elle trahissait sa position.

Le tireur s'effondra lourdement au sol. Todd dégaina son arme et tira dans la même seconde. Un combat au corps à corps ressemblait à une partie d'échecs éclair. Si vous prenez le temps de réfléchir, vous perdez. La rapidité de la réaction est essentielle. Il sentit son visage mouillé du sang chaud de sa victime. Peu importait. Où était le second assaillant, celui qui s'était placé de manière à couvrir l'ensemble de la pièce ?

Todd saisit le torse du mort et le souleva. Ce mouvement soudain attira, comme il l'avait espéré, une rafale réflexe qui dut vider l'arme – et qui détermina la position exacte du second homme. Todd régla le pistolet qu'il venait de récupérer pour qu'il tire coup par coup et pressa la détente. La précision du tir comptait plus que le nombre de balles. Il valait mieux presser plusieurs fois la détente que d'être surpris avec un chargeur vide.

Le cri de l'homme prouva que la balle l'avait touché – mais pas à mort.

C'est alors que Todd entendit un bris de verre et deux autres hommes entrèrent dans la chambre depuis le balcon. Todd fit rouler le cadavre sur lui comme un sac de selle. Il prit conscience de la chaleur du mort, de l'odeur acre de sa sueur. Ses compagnons ne pourraient être certains qu'il était mort – du moins pas à première vue – et ils ne tireraient pas vers lui sans hésiter. Cela ne donnerait que quelques secondes à Todd, mais il n'avait pas besoin de plus.

Un des derniers arrivés – grand, carré, musclé – portait une veste de combat et tenait un MP5 Heckler & Koch, une arme automatique appelée « balai de chambre ». Il envoya une rafale dans le matelas. Une personne cachée dessous n'aurait pu survivre. C'était une précaution raisonnable, se dit Todd qui visa le sternum des nouveaux venus, et tira une balle après l'autre à une seconde d'intervalle. Ils avaient presque la même taille – un avantage pour Todd, qui n'eut pas à ajuster la hauteur de visée.

Todd entendit l'autre homme, celui qu'il avait blessé et qu'il avait oublié, insérer un nouveau chargeur dans son arme. *Merde ! C'était une erreur qui risquait de lui être fatale.*

A la vitesse de l'éclair, il lança son bras armé de l'autre côté et pressa la détente, conscient que le succès ou l'échec se déciderait dans un dixième de seconde. Il regarda une de ses balles traverser le cou de son agresseur, et l'homme s'effondra. Si Todd avait été plus lent la balle aurait été tirée par sa victime et ce serait Todd, et pas l'autre, qui serait tombé.

Un peu instable, Todd se leva et contempla le carnage. Dans une somptueuse chambre d'hôtel, les quatre corps de puissants jeunes gens jonchaient le sol. A côté, celui d'une belle jeune fille, à peine sortie de l'adolescence, adorée par des parents durs au travail à qui le monde n'avait jamais accordé de répit. Des vies humaines transformées en morceaux de viande. S'ils avaient été dehors, sans la protection de cette baleine en verre et son air conditionné, les mouches auraient déjà commencé leur festin. Todd venait d'affronter quatre hommes de main bien armés et il avait survécu. Le combat au corps à corps était un art inhabituel, et il en avait une plus grande expérience que ses adversaires. Il n'éprouva aucun sentiment de victoire ni de triomphe, mais de gâchis, rien d'autre.

*Si nous ne traitons pas la mort avec respect,* disait Jared, *elle nous rendra la pareille.*

Il passa les trois minutes suivantes à fouiller les vêtements des morts. Il trouva des portefeuilles pleins de fausses cartes d'identité aux noms de personnages qu'on pouvait endosser en un clin d'œil et oublier tout aussi vite. Dans une poche intérieure du gilet de combat du tireur d'élite, il découvrit un bout de papier étroit, comme tiré d'un rouleau qu'on met dans les caisses enregistreuses. Dans une police courante, on y avait tapé une liste de noms.

Todd rinça le sang qui lui tachait le visage dans la salle de bains et sortit au plus vite de l'hôtel. Ce n'est qu'après avoir loué un 4 × 4 chez Hertz et s'être éloigné qu'il étudia la liste.

Il ne reconnut que peu des noms. Un journaliste d'investigation italien travaillant pour *La Repubblica* et récemment assassiné; un magistrat parisien dont le meurtre avait fait les gros titres peu de temps auparavant. Une liste de condamnés? La plupart des autres noms étaient une accumulation de personnages inconnus de Todd. Parmi eux, pourtant, celui de Lucia Zingaretti.

Et le sien.

## *Chapitre sept*

*Katonah, New York*

SE RENDRE SEULE AU QUARTIER GÉNÉRAL de Katonah fut une expérience bien différente de sa venue avec chauffeur. Andrea Bancroft se réjouit d'avoir fait attention à la séquence de tournants quand elle voyageait sur le siège arrière, mais cela ne lui évita pas quelques erreurs aux carrefours, et le trajet lui prit plus longtemps que prévu.

A la porte, elle fut accueillie cordialement par la femme aux cheveux raides cuivrés qui sembla un peu étonnée de son arrivée.

« Je viens faire quelques recherches, expliqua Andrea. Je me prépare pour la prochaine réunion, vous savez. Je me suis souvenue que nous avons une bibliothèque impressionnante à l'étage. »

N'était-elle pas membre du conseil ? Son but réel était de faire des recherches sur des projets dignes des vingt millions de dollars que Paul Bancroft lui avait confiés, mais elle jugea préférable de ne pas discuter avec d'autres l'allocation spéciale qu'on lui avait accordée. On pourrait considérer cela comme une marque de favoritisme. La retenue, à ce stade, semblait l'attitude la plus sage. « Je retourne aussi les dossiers qu'on m'a apportés hier.

— Vous êtes très consciencieuse, lui dit la femme avec un sourire figé. C'est merveilleux. Je vais vous faire préparer du thé. »

L'un après l'autre, les membres de la fondation sortirent de leur bureau et la saluèrent, proposèrent de l'aider si elle se posait des questions – ils n'étaient que sollicitude.

Un peu trop, peut-être ? Un peu trop désireux de la seconder dans ses recherches, comme s'ils voulaient les contrôler. Les deux premières heures, Andrea s'attela à des recensements de données fastidieux, notant les chiffres des projets sanitaires dans les pays en voie de développement. Elle devait admettre que les sources d'informations étaient impressionnantes, et admirablement claires. Dans les salles de recherche, les registres reliés étaient disposés sur d'élégantes étagères en noyer reposant sur le parquet plus sombre. Quand elle traversa le « coin lecture », elle vit un garçon aux cheveux blonds bouclés et aux joues comme des pommes. Brandon. Il avait sur les genoux une pile de livres : un tome d'histoire naturelle, ce qui semblait être un traité russe sur la théorie des nombres et un exemplaire des *Fondements de la métaphysique des mœurs* de Kant. Il ne ressemblait pas vraiment aux autres gamins de son âge. Son regard s'éclaira quand il la vit. Il avait l'air fatigué, les yeux cernés.

« Vous ici, dit-il avec un sourire.

— Salut toi, répondit Andrea. Quelques petites lectures faciles ?

— En fait, oui. Vous connaissez la douve du foie ? Géniale ! Une sorte de petit ver qui a un cycle de vie incroyable.

— Laisse-moi deviner : elle va chaque jour de la semaine au bureau à New York jusqu'à sa retraite, puis s'installe à Miami jusqu'à ce que son horloge biologique sonne la fin.

— Erreur d'espèce, madame. Non, elle se fait manger par des escargots parce que les fourmis adorent les excréments d'escargots, et quand elle est ingérée par la fourmi, elle va droit à son cerveau et la lobotomise. Elle programme la fourmi pour qu'elle grimpe tout en haut d'un brin d'herbe puis paralyse ses mandibules, si bien que la fourmi reste là toute la journée, ce qui lui donne de meilleures chances d'être mangée par un mouton.

— Humm... Elle programme la fourmi pour qu'elle se fasse manger par un mouton, dit Andrea avec une grimace. Intéressant. J'imagine que chacun s'amuse comme il veut.

— Il s'agit de survie. Vous voyez, les intestins du mouton, c'est là que la douve se reproduit. Quand le mouton crotte, il en libère donc des millions. Et toutes sont prêtes à s'insinuer dans d'autres fourmis et à les programmer pour leur destruction. C'est le monde selon la douve du foie !

— Et moi qui trouvais déjà difficile de comprendre la vie des choux, des roses et des cigognes ! »

Un peu plus tard, alors qu'elle rangeait une boîte de cédéroms pleins de données sur la morbidité et la mortalité compilées par l'Organisation mondiale de la santé, elle remarqua qu'une employée la regardait avec insistance.

Andrea adressa un signe de tête aimable à la femme, qui devait avoir plus de soixante ans et dont les cheveux blancs mettaient en valeur un visage rose un peu trop charnu. Elle ne l'avait jamais vue auparavant. Elle remarqua sur son bureau une feuille d'étiquettes adhésives qu'elle collait sur des classeurs.

« Excusez-moi, madame, dit l'employée avec déférence, mais vous me rappelez quelqu'un... Laura Bancroft.

— Ma mère, dit Andrea en rougissant. Vous la connaissiez ?

— Oh bien sûr. C'était quelqu'un de bien. Une bouffée d'air frais, à mon avis. Je l'aimais beaucoup. »

Andrea se dit qu'elle venait sans doute du Maryland ou de Virginie car elle perçut dans sa voix une trace d'accent méridional.

« C'était le genre de personne qui prêtait attention aux autres, vous voyez ce que je veux dire ? continua la bibliothécaire. Elle remarquait des gens comme nous. Avec certains – son ex-mari, pour commencer –, les employés et les secrétaires étaient comme des meubles : ils vous manqueraient s'ils n'étaient pas là, mais vous ne les voyez pas. Votre mère était différente. »

Andrea se remémora les paroles de l'homme en costume gris qui était venu chez elle : *Vous ressemblez beaucoup à votre mère.* « Je crois que je ne m'étais pas rendu compte à quel point elle a été active dans la fondation, dit-elle après un silence.

— Laura n'hésitait jamais à donner des coups de pied dans la fourmilière. Comme je l'ai dit, c'était une personne qui s'intéressait aux gens. Je crois qu'elle s'est vraiment impliquée dans son travail. A tel point qu'elle refusait qu'on la paye.

— Vraiment ?

— Et comme Reynolds avait quitté le comité, elle ne risquait pas de le croiser. »

Andrea s'assit près de l'employée aux cheveux blancs. Elle avait un côté grand-mère, qui attirait la sympathie sans le vouloir. « On lui a donc demandé de siéger au conseil de la fondation. Elle avait beau n'être une Bancroft que par alliance, elle servait à atteindre le quota, c'est ça ?

— Vous savez, les statuts sont très stricts à ce propos, donc, oui, c'était à peu près ça. J'imagine qu'elle ne vous l'a jamais dit.

— Non, madame.

— Ça ne me surprend guère, dit la femme les yeux baissés vers ses étiquettes. Je ne voudrais pas que vous pensiez qu'on bavarde, ici, mais j'ai entendu quelques petites rumeurs à propos de son mariage. Pas étonnant qu'elle ait voulu vous protéger de tout ça. Elle s'est dit que Reynolds trouverait un moyen pour vous rabaisser, comme il l'avait fait avec elle. Désolée... Je sais qu'on ne devrait pas dire du mal des morts. Mais si on ne le fait pas, qui s'en chargera ? Vous n'avez pas besoin de moi pour savoir que Reynolds n'était pas un type bien.

— Je ne suis pas sûre de bien comprendre, pourtant, l'engagement de ma mère.

— Parfois, dit la femme les yeux posés sur elle, quand on doit prendre soin d'un enfant, on essaie de rendre une rupture plus définitive qu'elle peut l'être. Sinon, il y a trop à expliquer. Trop de questions. Des espoirs qui naissent et sont anéantis. J'étais mère de quatre enfants quand j'ai divorcé. Ils sont tous grands, maintenant. Je sais donc de quoi je parle. A mon avis, votre maman a voulu vous protéger.

— Est-ce pour cette raison, demanda Andrea d'une voix altérée, qu'elle a finalement démissionné ? »

La femme détourna le regard, puis dit d'une voix presque froide, qui laissait entendre qu'Andrea avait transgressé une limite : « Je ne crois pas bien comprendre votre question. Puis-je faire quelque chose pour vous ? »

Elle avait repris un visage professionnel, fermé, sans expression, lisse.

Andrea la remercia et retourna à sa table ; elle éprouva de nouveau une sorte de malaise, une inquiétude profonde, rayonnante, comme si venaient d'être ranimées des braises rougeoyant en elle depuis des années.

*Laura n'hésitait jamais à donner des coups de pied dans la fourmilière.* Une appréciation de son caractère, à coup sûr, rien de plus. *Elle remarquait les gens.* Mais qu'est-ce que cela signifiait vraiment, à part qu'elle n'était pas une de ces snobs ? Andrea s'en voulait de sa paranoïa, de son incapacité à gérer ses émotions. *La passion doit aller de pair avec la raison*, avait dit Paul Bancroft. Elle devrait être capable de soumettre ce qu'elle éprouvait aux exigences du rationalisme. Elle avait beau s'y efforcer, elle ne pouvait faire taire les soupçons qui tourbillonnaient en elle. C'étaient comme des guêpes pendant un pique-nique, petites mais insistantes. Plus elle les chassait, plus ils s'imposaient.

Elle tenta de se concentrer sur une page d'un almanach de l'OMS, mais n'y parvint pas. Son esprit ne cessait de revenir à la fondation Bancroft. Il ne faisait aucun doute qu'elle laissait à disposition, sur toutes ses activités, des archives bien plus détaillées que ne l'exigeaient les rapports destinés aux autorités fédérales. Les réponses qu'elle cherchait risquaient d'être au sous-sol, où l'on conservait les documents plus anciens liés au fonctionnement de la fondation.

Au sortir de la bibliothèque, elle revit Brandon et sentit une bouffée de joie l'envahir quand il croisa son regard.

« Vous savez, ils n'ont pas de ballon ici, sinon je vous lancerais un nouveau défi au basket, dit-il en pouffant.

— La prochaine fois. Je dois aller fouiller dans les archives. Les plus barbantes, au sous-sol.

— Le meilleur est toujours enfermé dans des cages, hors de portée, comme les magazines cochons.

— Et où as-tu entendu dire cela ? »

Le visage du jeune garçon se fendit d'un autre de ses sourires joyeux. C'était un génie, mais c'était aussi un gamin.

Des cages. C'était ce qu'elle risquait de trouver. Il fallait qu'elle y ait accès, et cette fois elle allait demander de l'aide. Mais pas d'un membre du conseil. Elle voulait solliciter quelqu'un dans un des plus petits bureaux, hors de l'aile de la bibliothèque. Le distributeur d'eau fraîche et la machine à café dépassés, elle tomba sur un jeune homme d'à peine plus de vingt ans qui triait du courrier. Pâle comme une pleine lune, les cheveux mousseux courts et des ongles teintés à la nicotine, il reconnut son nom quand elle se présenta. Il la savait nouvelle, et parut enchanté qu'elle prenne le temps de faire sa connaissance.

« Voilà, déclara Andrea après les amabilités de rigueur, je me demandais si vous pourriez m'aider. Si je vous ennuie, dites-le-moi, d'accord ?

— Mais pas du tout, répondit Robby.

— On m'a chargée de recherches dans divers dossiers, des trucs pour le conseil, et j'ai refermé la porte des archives derrière moi, au sous-sol, dit-elle, étonnée d'être soudain si rusée. Je suis très confuse...

— Mais non, voyons ! répondit le jeune homme, ravi qu'on le distraie du courrier à ouvrir. Je crois que je peux vous aider. Je suis certain qu'une de ces personnes a la clé. »

Il fit des yeux le tour du bureau et fouilla dans plusieurs tiroirs avant d'en trouver une.

« Je vous remercie infiniment, dit Andrea. Je vous la rapporte dans deux minutes.

— Je vais vous accompagner. Ce sera plus simple.

— Je serais désolée de vous déranger », minauda Andrea, qui avait bien compris qu'il en profiterait pour aller fumer dehors.

Elle fut contente qu'il lui montre le chemin, car au lieu d'emprunter l'escalier principal à la vue de tous, il l'entraîna vers quelques volées de marches étroites qui descendaient au sous-sol. Les lieux n'avaient rien d'une cave : des meubles élégants et une odeur de cire au citron qui flottait dans l'air et couvrait presque celle des vieux papiers et même du tabac à pipe. Murs lambrissés, moquette à motifs Wiltshire au sol, tout était très distingué. Les archives étaient divisées en deux sections, dont une enfermée derrière une porte métallique, comme Brandon le lui avait dit. Robby y fit entrer Andrea et remonta l'escalier sans parvenir à dissimuler l'impatience du fumeur.

Andrea se retrouva seule dans les archives de la fondation. Des boîtes laquées de noir portaient des étiquettes alphanumériques et formaient deux longues rangées d'étagères. Il y en avait des centaines. Andrea ne savait par où commencer. Elle tira la boîte la plus proche et feuilleta les pages. Copies de factures – réparations, entretien – qui dataient de quinze ans. Elle remit la boîte à sa place et en ouvrit une autre un peu plus haut. C'était comme prélever des échantillons de terre. Quand elle arriva aux factures du mois où sa mère avait été tuée, elle prit son temps, scruta chaque détail dans l'espoir que quelque chose s'imposerait, se distinguerait de l'ordinaire. En vain.

La cinquième boîte qu'elle fouilla contenait les notes de téléphone de la ligne du quartier général de Katonah. De même que celle d'à côté. Elle alla chercher, tout au bout de l'étagère, la boîte des factures de la période à laquelle sa mère était morte. A nouveau, elle ne trouva rien qui indiquât qu'elle devrait y regarder de plus près. Elle finit par le carton des factures téléphoniques des six derniers mois. Sans idée précise en tête, elle sortit la liste des appels des quatre semaines passées et la glissa dans son sac.

Elle se tourna vers une autre section, ouvrit une boîte, puis une seconde. Elle fut intriguée par deux références à un établissement dans le Research Triangle Park, en Caroline du Nord. Elle passa rapidement en revue les autres étagères, ne s'arrêtant que lorsqu'elle trouvait une série de boîtes portant les lettres RTP sur l'étiquette.

Quel était cet établissement ? Elle s'accroupit et tira des documents des boîtes marquées RTP sur l'étagère la plus basse. Quelques données chiffrées à propos d'éléments à première vue mineurs laissaient entendre que ce dernier était généreusement financé – et pourtant, on ne l'avait pas mentionné pendant la réunion du conseil. Pourquoi ?

Elle leva les yeux, toujours songeuse, et fut surprise de voir, les poings sur les hanches, l'homme musclé qui lui avait rendu visite chez elle, à Carlyle.

Il venait sûrement d'arriver. Comment avait-il su qu'elle était là ? Andrea décida d'adopter une attitude froide alors même que son cœur tambourinait dans sa poitrine. Elle se redressa avec lenteur et lui tendit la main. « Je suis Andrea Bancroft, comme vous devez vous en souvenir, annonça-t-elle bille en tête pour prendre l'offensive. Et vous êtes ?

— Ici pour vous aider », répondit l'homme d'une voix neutre.

Elle sentit qu'il la transperçait du regard. Il était évident qu'il venait la surveiller.

« C'est trop aimable », rétorqua Andrea d'un ton glacial.

L'homme parut un peu amusé de son stratagème. « Aimable, sans plus », assura-t-il.

Long silence. Elle n'avait pas, à l'instant, la force mentale pour un affrontement. Elle avait besoin de parler à Paul Bancroft. Elle avait des questions à lui poser. Il aurait les réponses. Pourtant, lui-même savait-il tout ce qui se passait dans sa fondation ? Ce ne serait pas la première fois qu'un idéaliste était exploité par des individus dont les buts s'avéraient beaucoup moins nobles.

*Ne te monte pas la tête, Andrea.*

« J'allais justement parler à Paul », dit-elle, utilisant comme une arme son intimité avec le grand homme.

Elle lui adressa un sourire crispé. *Et une des choses dont nous parlerons, c'est s'il désire vraiment employer des gens comme vous.*

« Il n'est pas en ville.

— Je sais, mentit Andrea. J'allais l'appeler. »

Elle se rendit compte qu'elle en faisait trop. Elle ne devait aucune explication à cet homme.

« Pas en ville et injoignable, comme on aurait dû vous l'expliquer », rétorqua l'homme, imperturbable.

Andrea tenta de soutenir son regard ; dépitée, elle fut la première à détourner les yeux. « Et quand rentrera-t-il ?

— A temps pour la prochaine réunion du conseil.

— Bien. De toute façon, j'allais partir.

— Permettez que je vous escorte jusqu'à votre voiture », dit l'homme avec une politesse toute formelle.

Il ne prononça plus un mot jusqu'à ce qu'ils arrivent sur l'aire de stationnement où elle avait laissé sa voiture, quand il pointa du doigt quelques gouttes d'huile de moteur sous le châssis. « Vous devriez voir un mécanicien. »

Il employait un ton affable, mais ses yeux lançaient des poignards.

« Merci, je le ferai, répondit Andrea.

— On peut avoir toutes sortes d'ennuis avec une voiture. Des ennuis qui risquent même de vous tuer. Vous devriez être la première à savoir ce qui peut arriver. »

En montant dans sa voiture, Andrea sentit des frissons glacés la parcourir. *On peut avoir toutes sortes d'ennuis avec une voiture.* En apparence, c'était un conseil amical.

Pourquoi donc le prenait-elle pour une menace ?

*Dubaï, Émirats arabes unis*

« Qu'est-ce que tu as trouvé ? demanda Todd Belknap.

— Presque tous les noms de cette liste ont quelque chose en commun », dit Matt Gomes.

Todd sut qu'il parlait tout bas, les lèvres collées au téléphone.

« Ces personnes sont mortes, continua l'Italien. Et toutes au cours des deux dernières semaines.

— Assassinées.

— Les causes de leur mort sont variées. Des homicides évidents, deux suicides, des accidents, des causes naturelles.

— Je parie que ce sont tous des homicides, certains mieux dissimulés que d'autres. Et Gianni ?

— Crise cardiaque. Il y a quelques minutes.

— Nom de Dieu !

— Tu m'as donné tous les noms de la liste ?

— Tous. »

Il raccrocha. Tous, sauf un : Todd Belknap.

Qu'est-ce que cela signifiait ? Sa première idée fut qu'il s'agissait de gens que le réseau Ansari, ou ses nouveaux maîtres, considéraient comme des menaces. Mais en quoi, exactement ? Y avait-il eu une prise de pouvoir au sein du réseau ? Dans ce cas, quel était le lien avec l'enlèvement de Jared Rinehart – s'il y en avait un ?

L'appréhension lui donna la chair de poule. La liste. Elle portait tous les signes d'un nettoyage. Un grand ménage de printemps. Il disposait sûrement de moins de temps encore qu'il ne l'avait craint pour trouver Pollux.

Il était peut-être déjà trop tard.

Autre chose rongeait l'esprit de Todd. Maintenant qu'il savait jusqu'où ces gens étaient prêts à aller, il s'étonnait que la jeune Italienne n'ait pas été tuée à Rome. Pourquoi avaient-ils attendu que son arrivée les y contraigne ? Avait-elle, pour eux, une valeur potentielle qui échappait à Todd ? Ça lui semblait impossible. Si terrible que fût ce qu'ils lui infligeaient, cela représentait un espoir pour elle – et aussi pour Pollux, s'il était encore en vie.

La jeune Italienne lui avait dit être passée par un entrepôt des Dhow Building Yard, sur la route de Marwat. Il allait s'y rendre dans son 4 × 4 de location. Peut-être y avait-il là d'autres personnes à qui elle se serait confiée. Peut-être le propriétaire de l'établissement aurait-il les informations qui lui manquaient.

Le téléphone qu'il avait récupéré sur le chef de l'équipe de tueurs vibra. Il répondit par un « Ye » ambigu, et fut surpris d'entendre une voix de femme, d'Américaine.

« Allô ? Est-ce... » demanda-t-elle.

Todd ne dit rien et, une seconde plus tard, la femme raccrocha en bafouillant des excuses. La contrôleuse de l'équipe ? Un faux numéro ? Il vit sur l'écran que l'appel émanait des États-Unis. Il ne pouvait s'agir d'une erreur, il en était certain. Une fois de plus, il s'en remit à Gomes.

« Je suis pas ton putain de secrétaire, Castor ! ronchonna Gomes quand Todd lui donna le numéro. Tu m'entends ?

— Écoute, tu dois m'aider, d'accord. Je suis un peu pressé, tu vois. Tu dois garder le rythme. J'ai juste besoin du nom correspondant à ce numéro, tu veux bien ? »

Trente secondes s'écoulèrent et Gomes revint. « D'accord, vieux. J'ai le nom de ta dame. Et j'ai même fait une rapide recherche sur elle.

— Il y a toutes les chances pour qu'elle soit une putain de princesse de l'ombre, grogna Todd.

— En tout cas, son nom dans le civil est Andrea Bancroft.

— Une Bancroft *Bancroft* ?

— Elle vient d'être nommée au conseil de la fondation Bancroft, triompha Gomes. Et à qui on dit merci ? »

Andrea Bancroft. Qu'avait-elle à voir avec ces meurtres ? A quel niveau opérait-elle ? Pouvait-elle savoir quoi que ce soit à propos... Aurait-elle pu être complice de... la disparition de Jared ? Il restait trop de questions, trop d'incertitudes. Mais Todd ne croyait pas aux coïncidences. Ce n'était pas un faux numéro. Tout indiquait qu'Andrea Bancroft constituait un danger, ou du moins qu'elle fréquentait des gens dangereux.

Todd passa un coup de téléphone à un agent à la retraite à qui il n'avait pas parlé depuis des années. Peu importait. Son nom de code était Navajo, et Navajo en devait une à Todd.

Quelques minutes plus tard, un bâtiment tout en blocs de béton se profila. Caché de la route, proche d'une série d'immeubles industriels, en piteux état, il avait une couleur passe-partout et paraissait vibrer dans la chaleur. D'après la description de l'Italienne, c'était un entrepôt pour prostituées. Ce lieu avait sûrement vu passer toutes sortes de gens, mais il n'avait jamais vu quelqu'un comme Todd Belknap.

*Sur la route, Connecticut*

Andrea Bancroft s'arrêta une fois de plus pour composer un autre des numéros les plus fréquemment appelés de la liste qu'elle avait subtilisée. C'était une jardinerie du New Jersey. Sans doute un fournisseur de service. Elle le biffa. Il fallait qu'elle soit plus systématique si elle voulait aller au-delà des appels pour voir qui répondrait. Quant au numéro international, la personne n'avait presque rien dit – ce qui était suspect, bien sûr, mais peu informatif. Elle rangea la note de téléphone et laissa son esprit vagabonder. Quelque chose la tenaillait. Un curieux détail.

De quoi s'agissait-il ?

C'était morbide, elle le savait, mais elle ne pouvait s'empêcher de repenser au douloureux souvenir de la mort de sa mère, quand elle était encore adolescente. Le policier à la porte... prêt à annoncer la nouvelle. Sauf qu'elle avait déjà été informée par... Qui l'avait appelée ? Cela datait de plus de dix ans. Quelqu'un avait téléphoné pour lui dire que sa mère s'était tuée. Puis ça lui revint : qu'y avait-il qui lui glaçait le sang dans la voix rauque de fumeur de cet homme, de l'employé de la fondation qui l'avait appelée à propos des règles de sécurité et de confidentialité ?

C'était la voix de l'homme qui lui avait téléphoné ce soir-là !

A l'époque, elle avait cru qu'il était de la police – seulement, le policier à la porte avait semblé étonné quand elle avait parlé de cet appel. Peut-être se trompait-elle. Peut-être était-ce son imagination. Et pourtant... Quelque chose l'avait toujours troublée dans les événements de cette soirée. Sa mère, lui avait-on dit, avait un fort taux d'alcool dans le sang, alors qu'elle ne buvait jamais. Quand Andrea l'avait fait remarquer, le policier lui avait posé avec bienveillance une question évidente : Avait-elle été alcoolique ? Oui, mais sa mère appartenait aux Alcooliques Anonymes et elle avait cessé de boire depuis des années. Le policier avait hoché la tête et avoué qu'il était un alcoolique repentant, lui aussi. On tenait un jour après l'autre.

Néanmoins, presque tout le monde rechutait, à un moment ou à un autre. Les protestations d'Andrea avaient été écartées, mises sur le compte de l'indignation d'une fille qui refuse d'affronter la vérité.

« Quand cela s'est-il produit ? avait demandé Andrea, alors âgée de dix-sept ans. — Une vingtaine de minutes plus tôt, avait expliqué le policier. — Non, avait dit Andrea, c'était forcément plus tôt – on m'a appelée il y a au moins une demi-heure. »

Le policier l'avait regardée, étonné. Elle ne se souvenait pas de grand-chose d'autre, parce que tout avait ensuite été noyé sous un océan de deuil.

Il fallait qu'elle le dise à Paul Bancroft. Il fallait qu'elle lui parle. Et... s'il était déjà au courant ? S'il en savait bien plus qu'il ne le laissait croire ?

Quand elle s'engagea sur l'Old Post Road, elle mit les essuie-glaces avant de se rendre compte que rien n'obscurcissait sa vision hormis les larmes qui inondaient ses yeux.

*Tu perds la raison, Andrea !* Une autre petite voix, plus sombre, plus profonde, la contredit : *Peut-être que tu la trouves, Andrea. Peut-être que tu retrouves la raison.*

*Quelque part*

Des doigts agiles jouaient sur le clavier de l'ordinateur. Des doigts qui savaient où ils allaient, qui exécutaient une série de directives avec précision et célérité. Dans une rafale de cliquètements, un courriel fut composé. Quelque touches de plus et le message fut crypté puis envoyé vers un routeur anonyme dans une île, où il serait nettoyé de tout code identifiant, décrypté et envoyé à son récipiendaire final, sur une boîte portant le suffixe « senate.gov ». En moins d'une minute, un ordinateur dans le bureau d'un sénateur américain émettrait une petite sonnerie. Le message serait arrivé, avec sa signature.

GÉNÉSIS.

Dans les quelques minutes suivantes, d'autres messages furent envoyés, d'autres instructions données. Des suites de chiffres firent passer de l'argent d'un compte numéroté à un autre, basculèrent des leviers qui en feraient basculer d'autres, tirèrent des ficelles qui en tireraient d'autres.

Génésis. Pour certains, c'était effectivement le début. Pour d'autres, cela signifiait le début de la fin.

*Wellington, New Hampshire*

Tom Mitchell avait mal partout, comme toujours après un exercice inhabituel ou une cuite. Il n'avait fait aucun exercice. Processus d'élimination, c'était ça ? Il plissa les yeux et regarda la poubelle près de l'évier, pleine de cannettes de bière. Combien de packs de six avait-il vidés ? Il avait mal à la tête rien que d'essayer de les compter. Il avait mal à la tête même s'il ne comptait pas.

La porte moustiquaire cogna dans la brise, comme une bombe, songea-t-il. Une guêpe qui s'y heurtait en bourdonnant, lui donnait l'impression d'un avion de combat arrivant en piqué sur sa maison. Quand le téléphone avait sonné, un peu plus tôt, il avait cru à une sirène d'alerte aérienne.

Peut-être était-ce bien le cas. Si Castor l'avait appelé, ce n'était pas pour lui emprunter du sucre. Peu importait. Tom Mitchell – Navajo, comme on le nommait sur le terrain – ne pouvait pas lui dire non ; il trouvait même qu'il devrait lui être reconnaissant de pouvoir enfin rembourser sa dette. Personne n'aimait se mettre le Limier à dos, pour sûr ! Parce que le Limier avait des crocs, et que sa morsure faisait plus mal que ses aboiements.

La sérénité de son petit paradis du New Hampshire tuait Tom à petit feu, de toute façon. Il n'était pas taillé pour une vie tranquille, il n'y avait rien d'autre à dire, et c'était trop demander à l'alcool que de lui fournir l'excitation qui lui manquait dans sa routine quotidienne.

Sheila leur avait trouvé cet endroit. Une maison à poutres apparentes, comme si ça comptait ! Quand elle avait découvert un parquet à larges lattes sous le lino, elle n'aurait pas exulté davantage que si elle était tombée sur la chambre funéraire de Toutankhamon. Un peu plus loin sur la route, il y avait des lotissements horribles, des préfabriqués et des ratons laveurs tués par des voitures, entourés de leur nuage de mouches. Mais il disposait d'assez de terrain à l'arrière pour y emmener son revolver Rugger se promener et décrocher quelques écureuils de leur arbre – les écureuils étant les Viêt-côngs de la famille des rongeurs, à son avis. Les mangeoires à oiseaux étaient strictement destinées aux créatures à plumes ; un de ces rats des arbres ne venait s'y restaurer qu'à ses risques et périls.

Ce n'était pas le plus dur dans cette « vie simple ». Trente ans à crapahuter tout autour de cette foutue planète au service des États-Unis et Sheila qui lui restait fidèle. Trente ans – trente et un ans et demi, plus précisément. Sa femme, grosse et mince plusieurs fois. Toujours ravie quand il revenait, mais attentive à ne pas le culpabiliser quand il devait repartir. Récompense de toutes ces années de patience : elle récupère son mari à plein temps, comme ça devait être, non ? Ils achètent cette planque rurale dont ils parlent depuis des années, quelques hectares de verdure, sans presque de crédit. Le paradis – à condition de ne pas être gêné par les mouches en été.

Sheila avait tenu le coup un peu plus d'un an, sans pouvoir en supporter davantage. Elle le vit sûrement plus pendant ce temps que pendant les trente années qui avaient précédé. C'était là tout le problème.

Elle tenta de s'expliquer. Elle dit que jamais elle ne s'était habituée à partager son lit. Elle dit d'autres choses. Plus de trois hectares de nature dans le New Hampshire et elle prétendait qu'elle avait besoin de *son* espace. Ils n'étaient ni l'un ni l'autre le genre à faire de grands discours, mais ils avaient pas mal parlé, la veille du jour où Sheila était partie pour Chapel Hill, où vivait sa sœur, qui lui avait trouvé un appartement. Elle avait dit : *Je m'ennuie.* Il avait dit : *On pourrait s'abonner au câble.*

Jamais Tom n'oublierait le regard qu'elle lui jeta alors. Surtout de pitié. Pas de colère, mais de déception, comme on regarderait un vieux chien incontinent qui souille le tapis. Sheila l'appelait une fois par semaine, un peu comme une infirmière viendrait prendre des nouvelles de son patient. Elle vérifiait qu'il allait bien, qu'il ne s'attirait pas d'ennui. Lui avait l'impression d'être une voiture en train de rouiller sur ses parpaings, comme on en voyait tant, par ici.

Il se servit du café dans une tasse sur laquelle était écrit : EST-CE QUE CE CORPS ME GROSSIT ? Il y versa une cuillerée de sucre. Sheila n'était pas là pour le regarder de travers ! Il allait prendre tout le sucre qu'il voulait. Comme le proclamait la devise de l'État : Vivre libre ou mourir !

Son pick-up Dodge démarra sans problème, mais deux heures plus tard, sur l'autoroute, le café, s'était transformé en pisse et brûlures d'estomac. Deux arrêts résolurent le premier problème, des Tums à sucer jugulèrent le second. Son cul s'engourdissait, à cause des ressorts du siège. Il aurait dû investir dans un de ces coussins spéciaux, le genre qu'utilisent les chauffeurs routiers atteints d'hémorroïdes.

*Carlyle, Connecticut*

Cela lui prit quatre bonnes heures pour arriver à destination et il était d'humeur massacrante. Quatre putains d'heures de sa vie, alors qu'il aurait pu faire... Quoi ? N'empêche. Quatre heures. « C'est pas loin », avait dit Castor. Quatre heures, c'était loin.

Mais le boulot, ce serait du gâteau, il n'en doutait pas depuis qu'il avait fait une reconnaissance sur Elm Street. La police de Carlyle, une blague. Et la dame en question vivait dans une maison de poupée. Aucune mesure de sécurité visible. Un porche abrité. Des fenêtres en verre ordinaire. Aucun buisson qui pourrait dissimuler des modules de sécurité. Il ne serait pas surpris qu'elle ne prenne même pas la précaution de verrouiller ses portes.

Néanmoins, c'était un boulot, pas une promenade de santé, et il était un professionnel. Castor n'aurait pas fait appel à lui sans raison, ce qui voulait dire que c'était l'heure du lever de rideau sur le spectacle Navajo.

Il gara sa camionnette de l'autre côté de la rue, à une centaine de mètres de la maison. Quand il en descendit – quel soulagement de s'éloigner de l'odeur de ses flatulences ! –, il portait l'uniforme de tout bon bricoleur : chemise et pantalon gris avec, brodé sur la poche de poitrine, le mot SERVICE et, accrochés à la ceinture en cuir, une série d'outils. On le prendrait pour un ouvrier venu intervenir sur une panne. Elm Street était bordée de jolis rectangles de pelouse bien tondue séparés par une haie de mûriers, de lauriers, de buis ou de forsythias, ces plantes qu'on trouvait partout dans ces banlieues qui s'étendaient sans interruption sur tout le nord-est du pays. Il scruta les maisons les unes après les autres. Quatre sortes de parcelle, quatre styles d'architecture. On est tous différents dans les grands États-Unis d'Amérique, hein !

Navajo nota que le garage était vide, qu'il n'y avait pas de voiture dans l'allée et personne aux fenêtres. Maison vide aussi. Il sonna à la porte, prêt à prétendre s'être trompé si on venait lui ouvrir. Comme prévu, personne ne répondit. Il fit le tour du bâtiment et trouva les câbles du téléphone et de la télévision. Rien de plus facile que de placer un mouchard sur la ligne. Celui qu'il allait utiliser – comme beaucoup d'agents à la retraite, il avait gardé tout un sac de ce genre de gadgets – n'avait rien de particulier, mais il avait passé tous les tests de fiabilité. Il s'agenouilla et sortit ce qu'on pouvait prendre pour un testeur – une boîte en plastique noir de la taille d'une télécommande de garage avec un écran à cristaux liquide – et plongea la main sous les câbles. Il sentit un petit objet oblong – qui avait plus l'air d'un engin d'interception de signaux que d'une pile électrique.

Qu'est-ce que... ?

Une observation plus attentive confirma ce qu'il pensait. Quelqu'un l'avait précédé. La ligne était déjà sur écoute, et le mouchard était plus perfectionné que le sien. Il gagna la porte de service – quinze secondes à l'aide de deux lames dans la serrure, pas son record personnel, mais pas mal – et déambula dans les lieux. Jolis meubles, mais modestes ; la maison d'une fille, mais pas chichiteuse. Rien de rose ni de vaporeux. Rien qui suggérât non plus que ce fût le repaire d'une personne dangereuse.

Il ne manquait pas d'endroits où disposer en secret des instruments de surveillance audio. Le lieu idéal devait réunir deux critères : être caché au regard, mais aussi pouvoir capter des sons de bonne qualité. Un mouchard dans un tuyau serait peut-être introuvable, mais il n'enregistrerait rien. Et il fallait un support qui ne soit ni déplacé ni jeté, comme un bouquet de fleurs. A première vue, il y avait une demi-douzaine d'emplacements parfaits, à commencer par le lustre du salon, presque idéal. Il monta sur une chaise et examina le cercle en laiton au centre de la couronne d'ampoules en forme de flammes. Hors de vue, il y avait un espace libre à l'endroit où entrait le fil électrique, et ça laisserait probablement assez de place pour... Navajo écarquilla les yeux. Là aussi, quelqu'un l'avait coiffé au poteau. Pour la plupart des gens, l'engin pouvait passer pour un fil supplémentaire ; lui, il savait précisément de quoi il s'agissait – surtout que le fil était couvert de fibre de verre.

Pendant le quart d'heure qui suivit, il identifia plusieurs autres lieux tout à fait indiqués pour dissimuler des engins de surveillance, et chaque fois il en trouva déjà un en place.

Sa tête lui envoyait des éclairs, et ce n'était plus à cause de sa cuite. Le 42 Elm Street était équipé d'autant de micros qu'un studio d'enregistrement. La situation l'inquiéta.

Bien qu'un peu émoussés, ses réflexes lui dirent de sortir de là, vite ! Et c'est ce qu'il fit. Il passa la porte de service et, en contournant la maison, il crut apercevoir quelque chose du coin de l'œil – quelqu'un qui le regardait d'un jardin voisin ? Mais quand il vérifia, il n'y avait rien. Il gagna sa camionnette et démarra. Castor avait dit qu'il le rappellerait sous peu. Castor allait l'entendre !

Sa radio hurlait. Il ne se souvenait pas de l'avoir laissée allumée – et il tendit la main pour tourner le bouton... qui lui parut soudain très loin, comme si quelqu'un avait agrandi l'espace. Le soleil couchant clignotait et faiblissait, obscurci par un nuage. Sauf que la lumière baissait et qu'aucun nuage ne pouvait transformer le jour en nuit. Pourtant, la nuit était bien tombée. Elle était du bleu profond de minuit. Il songea à allumer ses phares tout en se disant que ça n'avait aucun sens. Il venait de s'arrêter sur le côté de la route quand l'étrange lumière nocturne devint d'un noir d'encre. Puis il n'eut plus du tout de pensées.

Une limousine bleu marine aux vitres teintées se gara juste derrière la camionnette. Deux hommes en descendirent – de taille moyenne ; avec des cheveux châtains, tout à fait banals si leurs gestes efficaces n'avaient pas trahi leur profession. A première vue, on pouvait les prendre pour des frères, et ils l'étaient. L'un ouvrit le capot de la camionnette et retira une boîte vide du circuit de conditionnement d'air. L'autre ouvrit la porte du chauffeur, veilla à ne pas inspirer d'air et en retira le corps sans vie. Son compagnon allait ramener la camionnette à l'adresse qu'ils avaient, dans le New Hampshire, mais il fallut les deux hommes pour transporter le mort dans le coffre de la limousine. Le corps aussi reviendrait dans sa maison, où on le mettrait dans une position plausible.

« Tu te rends compte que le trajet va nous prendre quatre heures ! dit le premier homme en saisissant le corps sous les bras.

— C'est le moins qu'on puisse faire, répondit l'autre. Il n'est vraiment pas en état de conduire ! »

Tous deux installèrent le corps dans le coffre de façon à ce qu'il ne glisse pas pendant le trajet. Navajo se retrouva enroulé contre le pneu de secours, comme s'il l'enlaçait.

## *Chapitre huit*

*Dubaï*

ACCROCHE-TOI, POLLUX, dit en silence Todd Belknap. *Je viens te chercher.*
Mais la route n'était pas droite – pour des raisons que Jared Rinehart comprendrait mieux que personne.

*La distance la plus courte entre deux points*, avait-il exposé un jour, *est fréquemment une parabole suivie d'une ellipse, suivie d'une hyperbole.* Il voulait dire que, dans le monde de l'espionnage, détours et contournements sont autant à même de mener à un raccourci que le chemin de traverse direct. C'était une mise en garde adressée à Todd. De toute façon, Todd n'avait pas le choix.

Le bâtiment grisâtre aurait pu être un centre de distribution de matériel industriel. Il était entouré de barbelés tordus qui ne pouvaient décourager que ceux que le moindre obstacle impressionnait. Todd se gara contre le pignon. La discrétion était impossible dans ce contexte, et il n'allait pas essayer de passer inaperçu – ce qui signalerait qu'il avait quelque chose à cacher, le mettant en position de faiblesse. C'étaient eux, qui avaient quelque chose à cacher. Todd progresserait plus s'il les abordait franchement et sans peur.

Il descendit de voiture. Assailli par la fournaise, il se hâta de gagner la porte la plus proche, avant de commencer à transpirer. Pas celle du garage, qui donnait sur l'allée goudronnée, mais une porte en acier peinte en blanc, plus à gauche. Elle s'ouvrit et, quand ses yeux se furent accoutumés à la pénombre, après la lumière éblouissante du dehors, Todd eut l'impression d'être entré dans un camp de réfugiés.

Dans l'immense espace caverneux et mal éclairé s'alignaient en désordre sacs de couchage et matelas trop fins. A une extrémité, des cabines de douche sans rideaux ; l'eau gouttait de robinets défectueux. Des odeurs de nourriture émanaient des cartons fournis par un fast-food. Et partout des garçons et des filles, certains incroyablement jeunes. Ils étaient rassemblés autour de piliers, quand ils ne somnolaient pas dans leur coin. Ils semblaient venir de diverses régions – Thaïlande, Birmanie ou Philippines. Peu d'Afrique subsaharienne. Quelques Arabes. Certains avaient été recrutés dans des villages d'Inde et une poignée en Europe de l'Est.

Todd ne fut pas surpris, mais le spectacle de ces garçons et de ces filles très jeunes, que la pauvreté avait conduits à l'esclavage sexuel, ne l'en écœura pas moins. Si quelques-uns avaient été vendus par leurs parents, les autres auraient de la chance si leurs parents étaient encore en vie.

Un homme aux joues flasques et au teint mat, vêtu d'une chemise blanche légère et d'un jean coupé, s'approcha de lui, un couteau recourbé et un talkie-walkie à la ceinture. Il boitait légèrement. Rien de plus qu'un gardien d'immeuble. C'était là le pire : ceux qui dirigeaient ce genre d'établissement n'avaient pas besoin de véritables gardes pour que ces jeunes restent captifs ; serrures, barreaux ou chaînes étaient inutiles. S'il l'avait voulu, Todd n'aurait pas pu les libérer ; le dénuement de ces enfants forgeait leurs vraies chaînes. Autorisés à errer dans Dubaï, ils n'auraient d'autre sort que d'être ramassés par une organisation du même type. Leur beauté physique était leur seul atout monnayable ; le reste illustrait la logique froide et inexorable du marché.

Les narines de Todd réagirent à l'odeur chimique agressive qui dominait celle des humains ; des rigoles dans le sol en béton indiquaient que les lieux étaient régulièrement lavés au jet et arrosés d'un désinfectant industriel. Les porcs en batterie étaient mieux traités que ça.

L'homme au couteau grogna à son intention en arabe. Comme Todd ne répondait pas, il s'approcha. « Vous vous êtes trompé d'endroit, prononça-t-il avec un fort accent. Vous devez partir. »

Il était évident qu'il allait décrocher sa radio – sa seule arme véritable – pour appeler de l'aide.

Todd l'ignora et continua à regarder autour de lui. C'était un enfer, un monde parallèle que ses habitants ne quitteraient jamais, du moins pas sans dommages pour leur âme. Ils étaient plusieurs dizaines, la plupart n'avaient pas vingt ans, plutôt douze ou treize. Chacun racontait l'histoire d'une tragédie au quotidien.

Dans la chaleur, il eut froid. Il avait passé sa vie à jouer au héros, à tenter des opérations téméraires arme au poing ; mais quelle valeur cela avait-il face à de telles horreurs ? Face à cette pauvreté qui conduisait des enfants dans un tel lieu, où ils étaient reconnaissants de pouvoir manger ? Car il n'y a pas pire humiliation que le besoin, pas plus grand avilissement que la faim.

« J'ai dit que vous devez partir ! » répéta l'homme à l'haleine fétide.

Un groupe de gamines fit du bruit dans un coin et il se tourna vers elles pour les réprimander. Il brandit son couteau et cria un chapelet de jurons multilingues. Une règle de l'étiquette locale avait été violée. Il se retourna vers Todd, le couteau toujours à la main.

« Parlez-moi de l'Italienne ! » ordonna Todd.

Le gros homme eut un regard vide. Les filles n'étaient que du bétail, pour lui. Il ne faisait pas de différence entre elles, sauf si elles avaient des caractéristiques flagrantes. « Dégagez ! » aboya-t-il en s'approchant de Todd.

Quand l'homme décrocha sa radio, Todd s'en saisit et le frappa à la gorge. Le gardien s'effondra au sol, les mains tentant en vain de dégager son larynx qui enflait rapidement, Todd lui donna un violent coup de pied au visage. Il s'affala par terre, la respiration rapide, mais inconscient.

Des dizaines d'yeux fixaient l'intrus, ni complaisants ni réprobateurs, juste intéressés de voir ce qui allait suivre. Il y avait quelque chose de grégaire chez eux, et Todd en conçut un certain mépris.

Il se tourna vers une fille qui semblait avoir l'âge de Lucia Zingaretti. « Tu connais une Italienne ? Lucia ? »

La fille secoua la tête. Elle ne s'éloigna pas de lui mais ne croisa pas son regard. Elle voulait juste survivre à cette journée. Pour quelqu'un comme elle, c'était déjà une prouesse.

Il tenta sa chance avec une autre, puis une autre. Les réponses furent les mêmes. On avait appris à ces gosses que quoi qu'ils disent, ça ne servirait à rien ; les leçons de l'impuissance sont difficiles à déraciner.

Todd traversa le bâtiment jusqu'à une fenêtre à lamelles de verre par laquelle il vit une petite structure en parpaings, dans la même enceinte. Il sortit en trombe par l'arrière et traversa la cour jonchée de détritus jusqu'à cet abri. Il remarqua que la porte était conçue pour être fermée par un lourd cadenas et qu'on en avait utilisé un récemment. La peinture était rayée par endroits, laissant à nu le métal brillant. Aucune trace de corrosion, ce qui signifiait que ces éraflures dataient de quelques jours tout au plus.

Il ouvrit la porte et alluma sa fine lampe torche pour fouiller l'obscurité. C'était le genre de cabane à outils d'ordinaire construite en tôle, pas en parpaings. Le sol en béton était poussiéreux, mais de temps à autre, la poussière avait été nettoyée – autre preuve d'un récent passage.

Il lui fallut près de cinq minutes pour la voir : une petite inscription facile à rater, à trente centimètres du sol, sur le mur du fond. Il s'agenouilla et en approcha sa torche pour mieux lire.

Trois mots de couleur plus sombre : POLLUX AD ERAT. Des mots latins qui disaient : « Pollux était là. » Todd eut du mal à respirer. Il reconnut l'écriture nette, presque rigide – celle de Jared, à n'en pas douter. Et il reconnut autre chose : ces mots avaient été écrits avec du sang.

Jared Rinehard avait séjourné là, mais quand ? Et surtout : Où était-il maintenant ? Todd revint en courant dans le bâtiment principal et demanda à tous ceux qu'il croisait s'ils avaient vu un homme ces derniers jours, un Américain, grand. Il n'éveilla qu'une indifférence muette.

Il regagnait sa voiture, ses cheveux collés sur son front par la sueur, quand il entendit la voix d'un jeune garçon. « Monsieur, monsieur ! » criait l'enfant.

Il se retourna et vit un petit Arabe aux yeux cerclés de khôl, treize ans environ. Sa voix n'avait pas mué. Une marchandise de choix. Todd le regarda, plein d'espoir.

« Vous voulez savoir pour votre ami ? demanda l'enfant.
— Oui. »

Le petit resta un moment silencieux, à regarder l'Américain comme s'il voulait sonder son caractère, son âme, le danger qu'il représentait, l'aide qu'il pourrait lui offrir. « On fait un marché ?
— Vas-y ! »

— Vous me ramenez chez moi à Oman.

— Et ?

— Je sais où ils ont emmené votre ami. »

C'était donc là le marché : une information contre un transport. Pouvait-on lui faire confiance ? S'il voulait à tout prix rentrer dans son village, un gamin astucieux pouvait concocter n'importe quelle histoire.

« Où ? »

L'enfant secoua la tête, ses cheveux noirs et fins brillant au soleil. Le maquillage qu'on avait appliqué sur ses paupières était à l'évidence une spécialité régionale. Ses traits délicats montraient sa détermination, comme ses grands yeux solennels. Todd devait d'abord honorer sa part du contrat.

« Donne-moi une raison de te croire », dit Todd.

Du haut de son mètre trente-cinq, l'enfant frappa sur le capot du 4 × 4. « Vous avez l'air conditionné ? »

Todd le regarda, puis il s'installa derrière le volant et ouvrit la portière du passager. Le petit Arabe monta. Todd mit le contact et en quelques minutes, la fraîcheur les baigna tous deux.

L'enfant sourit de ses dents si blanches et colla son visage à la bouche d'air. « Habib Almani – vous connaissez ce principicule ?

— Principicule ?

— Il se fait appeler comme ça. C'est un homme d'Oman. Très riche. Un grand homme, expliqua l'enfant en montrant de ses bras un tour de taille impressionnant. Il possède beaucoup de propriétés à Dubaï. Il a des boutiques. Une entreprise de transport par camions et une par bateau. Il possède ça aussi, dit-il en montrant le bâtiment en parpaings. Personne ne le sait.

— Sauf toi.

— Mon père lui doit de l'argent. Almani est aussi un *beit*, un chef de clan.

— Ton père t'a donc donné à lui.

— Jamais mon père ne ferait ça ! protesta l'enfant qui secoua la tête avec véhémence. Il a refusé. Habib Almani a envoyé ses hommes pour prendre ses deux enfants. La nuit tombée, il nous a volés. Que peut faire mon père ? Il ne sait pas où nous sommes.

— Et mon ami américain ?

— Ils l'ont amené les yeux bandés, dans un camion de l'entreprise d'Habib Almani. Ils utilisent ses camions et ce bâtiment pour les garçons et les filles à louer. Et puis ils ont emmené le grand Américain. Le principicule sait, parce que c'est lui qui commande.

— Comment le sais-tu ?

— Je m'appelle Baz. Ça veut dire faucon. Les faucons voient beaucoup de choses, dit-il en plongeant son regard dans celui de Todd. Vous êtes américain. C'est difficile à comprendre pour vous. Mais pauvre, ça ne veut pas dire stupide.

— Très juste. »

La route que décrivit l'enfant allait leur faire traverser le désert et des zones peu fréquentées. Si Baz lui mentait... mais il semblait comprendre les risques comme les récompenses. Et il y avait dans son histoire des détails qui, hélas, sonnaient juste.

« Emmenez-moi avec vous, implora l'enfant, et je vous conduirai à lui. »

*Portland*

Au quartier général de SoftSystems Corporation – un vaste ensemble de brique rouge et de verre économiseur d'énergie que le spécialiste en architecture au *New York Times* avait qualifié de « Portland postmoderne » –, on n'avait jamais à se plaindre du café. William Culp, son fondateur et PDG, aimait prétendre qu'un programmeur était un organisme conçu pour transformer le café en code. Suivant la grande tradition de la Silicon Valley, des machines à café dernier cri étaient à disposition dans tous les bureaux, et le breuvage était tiré des meilleurs grains. Pourtant, ce que William Culp se servait était, disons, le meilleur parmi les meilleurs. Le Peaberry de Hawaï ou de Tanzanie était merveilleux, mais il appréciait plus encore les grains Kopi Luwak. Ils coûtaient près de mille euros le kilo et on n'en récoltait que deux cent cinquante kilos par an sur l'île indonésienne de Sulawesi. Si presque tout partait rejoindre le palais des connaisseurs japonais, Culp s'assurait un approvisionnement régulier.

Qu'y avait-il de spécial à propos du Kopi Luwak ? Culp adorait l'explication : les grains de café étaient mangés par une civette qui choisissait toujours les plus mûrs, qu'elle excrétait entiers, sans altération de leur coque mais subtilement modifiés par les enzymes du tube digestif de l'animal. Les indigènes récoltaient les déjections de ces hermaphrodites et les lavaient soigneusement pour récupérer les grains de café, comme s'ils tamisaient de l'or. On en tirait un breuvage exquis : corps lourd, riche, parfumé, avec des relents de caramel et une pointe de quelque chose qu'on ne pouvait qualifier que de « sauvage ».

Il en dégustait justement une tasse.

Bob Donnelly, son chef d'exploitation, qui avait gardé les épaules larges du sportif qu'il avait été à l'université, le regardait, amusé. Ils étaient dans la petite salle de conférences adjacente au bureau privé de Culp. Bob portait une chemise bleu pâle à col ouvert et aux manches roulées. A SoftSystems, il y avait des normes vestimentaires – quand on voyait quelqu'un avec une cravate, c'était à coup sûr un visiteur – et on entretenait avec soin le côté informel des relations qui prévalait dans la Silicon Valley. « Encore une tasse de ton cappuccino ? demanda-t-il avec malice.

— Tu ne sais pas ce que tu rates, sourit Culp. Ce qui me convient très bien. »

Donnelly n'était pas un des « vieux », comme ils s'appelaient entre eux, c'est-à-dire qu'il n'était pas un des six gamins du comté de Marin qui, quelques décennies plus tôt, avaient tripatouillé de vieilles consoles Atari dans leur garage et inventé le prototype de la souris d'ordinateur. Ce qui valait de l'argent, ce n'était pas la souris en elle-même mais le logiciel qui la faisait fonctionner, avec interface visuelle intégrée. Dans les années qui suivirent, presque tous les logiciels en vente avaient eu recours à la licence dont Culp et compagnie détenaient la propriété intellectuelle. SoftSystems avait grossi. Culp avait offert à ses parents des parts, qu'ils avaient revendues pour une belle somme quand l'action avait franchi la barre des cent dollars. Culp leur en voulait tout au fond de lui de cette attitude frileuse. Les actions tripleraient encore de valeur dans les cinq ans à venir, et Culp serait milliardaire avant son trente-cinquième anniversaire.

Au fil des années, presque tous les autres du bon vieux temps étaient partis faire leur propre truc : ils avaient fondé leur entreprise, ou passaient leurs journées à s'amuser avec des jouets hors de prix – yachts et avions. Culp était resté là. Il avait remplacé les gamins des garages par des diplômés de grandes universités et, à part un méchant procès antitrust auquel il avait échappé de justesse, SoftSystems n'avait fait que croître et embellir.

« Que dirais-tu d'acheter Prismatic ? demanda Donnelly.

— Tu crois que ça peut devenir rentable, grâce à nous ? »

Donnelly passa la main dans ses cheveux roux coupés court, aussi épais que des soies de sanglier, et secoua la tête. « C'est juste pour l'enterrer. »

Quand les analystes de SoftSystems tombaient sur une entreprise dont la technologie risquait d'entrer en compétition avec la leur, ils l'achetaient parfois, ainsi que ses patents, juste pour qu'elles ne se retrouvent pas sur le marché. Rééquiper les programmes SoftSystems d'algorithmes supérieurs serait une option onéreuse. Le marché n'avait le plus souvent besoin que d'une ligne moyenne.

« Tu mets les chiffres au point ? » demanda Culp qui prenait une autre gorgée de son riche breuvage.

Il avait l'air d'un gamin poussé en graine, avec ses lunettes cerclées de métal qui n'avaient guère changé depuis l'université et une masse de cheveux bruns qui n'avait pas reculé d'un millimètre. De près, on distinguait pourtant les rides autour de ses yeux, et on voyait qu'il fallait un moment à son front pour se déplisser quand il cessait de hausser les sourcils. En vérité, il n'avait jamais été un vrai petit garçon, même dans sa jeunesse. L'adolescent avait eu le comportement d'un adulte. Il était donc logique qu'il reste quelque chose d'adolescent en lui, maintenant qu'il abordait l'âge mûr. Ça l'amusait parfois que les gens qui se prétendaient ses intimes l'appellent par le diminutif « Bill » ; ceux qui le connaissaient vraiment savaient qu'on l'avait toujours nommé William. Ni Bill ni Will ni Billy ni Willy. William. Deux syllabes séparées par l'ébauche d'une troisième.

« Je les ai là ! dit Donnelly en lui tendant une page où il avait résumé les données financières, comme Culp préférait qu'on les lui présente.

— Ça me plaît. Un échange d'actions. Tu crois qu'ils vont marcher ?

— Sinon, on peut proposer soit plus d'actions soit du liquide. Pas de problème. Et je connais leurs investisseurs : Billy Hoffman, Lou Parini, ce genre de types. Ils vont insister sur un règlement rapide, quitte à forcer la main des gestionnaires.

— Je suis désolée, intervint Millie Lodge, une des assistantes personnelles de Culp. Un appel urgent.

— Je le prends ici », marmonna Culp d'un air absent.

Millie secoua la tête en silence – un mouvement imperceptible, mais qui serra l'estomac de Culp.

Il emporta son café dans son bureau et décrocha.

« Ici Culp », dit-il d'un timbre soudain rauque.

La voix qui le salua lui était familière jusqu'à la nausée. Un son électronique qui donnait la chair de poule. Un murmure crépitant, dur, sans cœur et insistant. Le son que produirait un insecte s'il pouvait parler, songeait-il parfois.

« C'est le moment de payer », dit la voix.

Culp fut soudain couvert de sueur froide. D'expérience, il savait que l'appel transitait par un site Web impossible à retracer. Il pouvait provenir de l'étage d'en dessous comme d'une cahute en Sibérie. Il n'y avait aucun moyen de le découvrir.

« Plus d'argent pour ces foutus sauvages ? demanda Culp les dents serrées.

— J'ai sous les yeux un document qui date du 17 octobre, une série de courriels échangés cet après-midi-là, un document interne du 21 octobre et une communication confidentielle avec Rexell Computing, Ltd. Devons-nous en envoyer des copies à la commission de la concurrence et des prix ? De plus, nous avons des documents concernant la formation d'entreprises dans les îles, sous le nom de WLD, et...

— Stop, croassa Culp, vous me teniez dès que vous avez dit bonjour. »

Toute tentative de révolte avait été écrasée. Chacun de ces documents déclencherait à lui seul une enquête de la commission antitrust et les poursuites entraîneraient des millions en frais de justice et plomberaient les finances de l'entreprise pour très longtemps. Elle risquait même de disparaître, découpée en morceaux – ce qui serait un désastre plus grand encore, car les parties additionnées valaient beaucoup moins que l'ensemble. Personne n'avait besoin d'énoncer les conséquences. Elles étaient claires comme de l'eau de roche.

Pour cette raison, il avait déjà été contraint de donner de grosses sommes, par le biais de l'association caritative William et Jennifer Culp, pour le traitement des maladies tropicales. Si tout ce foutu continent africain pouvait sombrer sous les vagues un beau matin, Culp s'en moquerait comme de l'an quarante. Mais il dirigeait un empire. Il avait des responsabilités. Et ses ennemis étaient aussi redoutables et intelligents que peu sympathiques. Culp avait dépensé un tombereau d'argent pour tenter de les pister, sans autre résultat que des attaques contre les propres sites Internet de son entreprise.

Les gens croyaient qu'il était le maître dans son domaine. Foutaises ! Il n'était qu'une putain de victime. Que contrôlait-il vraiment, après tout ? Il regarda Donnelly par la vitre. Il avait un point blanc sur le côté du nez, un petit bouton, et Culp eut l'envie soudaine de le presser ou de le percer d'une aiguille. Il eut un sourire tordu. *Imagine un peu ce qui arriverait si tu faisais ça !* Il croisa le regard de Millie Lodge, qui connaissait tant de ses secrets et qui lui était d'une loyauté sans faille, il n'en doutait pas. Quel horrible parfum elle mettait ! Il avait souvent voulu lui en parler, mais cela lui avait semblé déplacé – il n'avait jamais trouvé une manière légère d'aborder le sujet pour ne pas la blesser et, au bout de tant d'années, ce serait bien trop maladroit. *Et me voilà, William Culp, prisonnier de sa putain d'eau de toilette Jean Tatou ou je ne sais quoi !*

Peut-être... peut-être Millie était-elle derrière tout ça ! Il la regarda de nouveau, tenta de la voir en conspiratrice. Ça n'avait aucun sens. Elle n'était pas à la hauteur. Il continuait de fulminer en silence. *Me voilà, William Culp, troisième des quatre cents Américains les plus riches selon Forbes, et ces salauds qui me tiennent par les couilles ! Où est la justice dans tout ça ?*

« La Commission européenne regarderait de travers le fait que vous vouliez acheter Logiciel Lille, continua la voix de l'enfer, elle a été mise au courant de votre projet pour...

— Dites-moi juste ce que vous voulez, pour l'amour de Dieu ! demanda Cup avec amertume. Dites-le-moi ! »

C'était le grognement d'un animal vaincu. Il prit une autre gorgée de son café froid et fit une grimace. C'était franchement mauvais. Qu'est-ce qu'il croyait ? Ça avait un goût de merde.

*Oman*

L'horizon n'était que fentes et renflements parsemés de rares acacias. Au loin, à l'est, encore voilée, la crête irrégulière des monts Hajar. La route à voie unique était souvent saupoudrée de sable rouge au point qu'elle se fondait dans le désert environnant. Elle finissait par entrer dans une passe rocheuse, lit verdoyant de rivière à sec avec ses palmiers, ses lauriers-roses et ses broussailles.

Todd Belknap se laissait de temps à autre éblouir par la beauté du paysage, son esprit vidé par la majesté nue de son environnement. Puis il repensait à Jared Rinehart.

Il décevait un homme qui ne l'avait jamais déçu, un homme qui non seulement lui avait sauvé la vie plus d'une fois, mais qui était intervenu pour éviter qu'il ne se mette dans de mauvais draps. Il se souvint de la fois où Jared l'avait prévenu qu'on soupçonnait une femme dont il était de plus en plus proche – une émigrée bulgare qui travaillait chez Walter Reed – d'être une taupe et qu'elle faisait l'objet d'une enquête du FBI. Le dossier que Rinehart lui avait montré l'avait bouleversé. Mais il eût été bien plus bouleversant qu'il ne sache pas la vérité ! En général, le FBI ne divulguait pas ses enquêtes aux autres agences. La carrière de Todd eût été brisée – et sans doute à juste titre, au vu de sa légèreté. Jared n'avait pas voulu que cela se produise. Quelle que soit la difficulté, il avait toujours gardé un œil sur Todd, ange gardien autant qu'ami, pensait parfois Todd. Quand un ami d'enfance de Todd était mort dans un accident de voiture, Jared était venu avec Todd dans le Vermont pour assister aux funérailles, juste pour lui tenir compagnie, qu'il ne se sente pas seul, qu'il sache que, lorsqu'il souffrait, Jared souffrait aussi. Quand une petite amie de Todd avait été tuée en opération à Belfast, Jared avait insisté pour être celui qui lui annoncerait la terrible nouvelle. Il se souvint combien il lui avait été difficile de ne pas s'effondrer, de ne pas pleurer, et puis il avait vu que Jared avait les larmes aux yeux.

*Dieu merci, je t'ai encore*, lui avait dit Todd, *parce que tu es tout ce qui me reste.*

Et maintenant, qu'est-ce qui lui restait ?

Il faisait défaut au seul véritable ami qu'il avait jamais eu. Il le décevait, oui, lui le seul homme qui ne l'avait jamais déçu.

La voiture sauta en passant sur une crête de la route inégale et le regard de Todd quitta les montagnes crénelées au loin, les nuances d'ocre et de jaune de la terre et des pierres. Il avait fait le plein deux heures plus tôt et il jetait de temps à autre un coup d'œil au cadran du réservoir. Un peu plus loin, au-dessus d'un groupe de maisons en brique protégées par une falaise, quelques oiseaux tournoyaient.

« Des faucons ! s'écria Baz en les pointant du doigt.

— Comme toi, Baz », dit Todd pour montrer qu'il avait compris.

Le gamin avait été bavard au début du voyage, puis il s'était tu, et Todd voulait s'assurer qu'il tiendrait le choc s'il y avait des problèmes. Dès qu'ils étaient sortis de Dubaï, l'enfant s'était regardé dans le miroir au revers du pare-soleil et il avait entrepris de retirer le khôl autour de ses yeux. Todd lui avait donné son mouchoir pour l'y aider. Maintenant qu'il avait presque tout enlevé, il était plus facile de voir à quoi ressemblait l'enfant avant qu'on le contraigne à servir Habib Almani. Baz avait dit que son père voulait qu'il devienne imam, et que son grand-père, jadis commerçant sur la côte, lui avait appris l'anglais. Baz était fasciné par la radio du tableau de bord, et pendant la première demi-heure, émerveillé, il était passé d'une station à une autre.

Au pied d'un escarpement, face au village de maisons en terre au bord d'un oued, se dressait une vaste structure en forme de tente. Le tissu ondulait dans la brise.

« C'est là ?

— Oui », confirma Baz d'une voix tendue.

Le principicule omanais serait à l'intérieur, avec sa cour. Dehors, six ou sept hommes en turban et *dishdasha*, certains tannés par le soleil, tous minces, presque émaciés. Baz avait dit qu'Almani serait justement en visite dans sa région tribale d'origine, et c'était visiblement le cas. Il venait à intervalles rapprochés distribuer des cadeaux aux chefs locaux et aux anciens des villages. Ainsi fonctionnait l'ordre social dans des lieux comme Oman.

Todd entra dans la tente et se retrouva sur des tapis en soie. Un serviteur eut l'air décontenancé et l'interpella en arabe avec des gestes affolés et Todd comprit que c'était parce qu'il n'avait pas enlevé ses chaussures. *C'est le moindre de tes problèmes !* songea-t-il.

Baz l'avait prévenu que le principicule était très gros, mais c'était bien en deçà de la réalité. Pour un mètre soixante-quinze, il devait peser cent cinquante kilos. Ce fut d'autant plus facile de le reconnaître, qu'il était assis comme sur un trône sur un tabouret en paille tressée. Sur un tapis près de lui, s'amoncelaient des babioles destinées aux anciens. L'un d'entre eux, vêtu de coton poussiéreux, s'éloignait, pieds nus, serrant dans ses bras un objet doré.

« Vous êtes Habib Almani, dit Todd Belknap.

— Cher monsieur, nous voyons si peu d'Américains par ici ! » répondit l'homme avec un geste élégant de la main tout en arrondissant les yeux. A ses doigts des bagues serties de pierres précieuses envoyaient des éclairs. Un *khandjar* – le poignard recourbé de cérémonie – incrusté de diamants pendait à sa ceinture. Il parlait avec un accent si british que Todd aurait pu se croire à l'Athenaeum Club. « Vous devez excuser ma si humble demeure. Nous ne sommes pas à Muscat ! A quoi devons-nous le plaisir de votre compagnie ? demanda-t-il avec un regard dur qui réfutait sa politesse formelle.

— Je suis en quête d'informations.

— Vous vous adressez à cet humble principicule omanais pour obtenir des informations ? Votre route, sans doute ? Comment gagner la... discothèque la plus proche ? » Il se mit à pouffer, image même de la débauche, et jeta un regard en coin à une fille d'environ treize ans pelotonnée dans un coin. « Tu aimerais passer une soirée en discothèque, n'est-ce pas, mon petit bouton de rose ? roucoula-t-il avant de revenir à Todd. Je suis certain que vous connaissez l'hospitalité arabe. Elle est célèbre. Je dois vous couvrir de cadeaux et y prendre plaisir. Mais, voyez-vous, je suis curieux.

— Je suis un employé du Département d'État américain. Un chercheur, dirons-nous. »

Le visage flasque d'Almani se tordit légèrement. « Un espion. Merveilleux. Le Grand Jeu. Comme à la belle époque ottomane ! »

Le principicule, comme il s'appelait lui-même, prit une gorgée d'une tasse à thé en argent. Todd était assez près pour sentir que c'était du whisky. Probablement le plus cher. A l'évidence, il était éméché. Son élocution n'était pourtant pas pâteuse : il énonçait ses mots avec la précision appliquée de celui qui ne veut rien laisser paraître ; il ne se serait pas plus dévoilé s'il avait levé une pancarte.

« Vous avez pris possession d'une Italienne, récemment, dit Todd.

— Je crains de ne pas comprendre de quoi vous parlez.

— Elle était employée par votre service d'escorte.

— Par la barbe du Prophète, vous me choquez, vous me blessez, vous me déstabilisez, vous me faites frissonner et...

— Ne mettez pas ma patience à l'épreuve, dit Todd d'une voix grave et menaçante.

— Oh, bon sang, si vous cherchez une *puttana* italienne, vous vous donnez bien du mal. Je peux vous offrir d'autres satisfactions. Je le peux et je vais le faire. Quel est votre truc ? Dites-moi quel est votre poison ? Vous voulez... Oui, mon petit bouton de rose ? dit-il avec un geste vers la petite fille. Vous pouvez l'avoir. Mais pas la garder ! Mais vous pouvez l'emmener pour un petit tour, disons, un petit tour au paradis !

— Vous me dégoûtez.

— Mille excuses. Je comprends. Vous êtes de l'autre bord. Vous conduisez à gauche. Inutile de vous expliquer. Vous voyez, j'ai fait mes études à Eton, où la sodomie était un vrai sport parmi les élèves, au même titre que le Wall Game. Vous connaissez le Jeu du Mur ? On ne le pratique qu'à Eton. Vous devriez aller au match le jour de la Saint-André pour voir les étudiants et les habitants s'affronter. Un peu comme le rugby, mais assez différent. Je crois que c'est en 1909, qu'on a marqué pour la dernière fois lors d'un match de la Saint-André, incroyable, non ?

— Il y a une chose que vous devez croire, espèce de salaud, gronda Todd d'une voix sourde que seul Almani pouvait entendre. Je vous déboîte le bras si vous ne me répondez pas.

— Ah, une négociation à la dure, hein ? demanda-t-il pour plaisanter. Nous pouvons vous trouver ça aussi. Tout ce qui peut allumer votre torche ! Tout ce qui recharge vos batteries ! Donc, si vous vouliez bien prendre la direction de Dubaï, je pourrais vous fournir...

— D'un simple coup de téléphone je peux mobiliser deux hélicoptères qui vous emmèneront, vous et votre putain de cour, jusqu'à un lieu très sombre d'où vous pourriez ne jamais ressortir. D'un simple coup de téléphone, je peux...

— Oh, et puis zut ! » L'Omanais couvert de bijoux avala le contenu de son gobelet et rota. « Vous voulez savoir ? Vous êtes le genre de personne que le Dr Spooner aurait qualifié de grand esprit.

— Je vous ai prévenu.

— La pute ritale, qu'est-ce qu'elle a ? J'ai rendu service, c'est tout.

Pas ma tasse de thé. Je vais vous dire ça en ami : quelqu'un voulait qu'elle ne soit pas dans ses pattes.

— Quelqu'un ayant un lien avec le groupe de Khalil Ansari. »

Le principicule eut soudain l'air très mal à l'aise. D'un geste mou du bras et quelques mots en arabe omanais guttural, il congédia tout le monde, y compris les deux armoires à glace qui le flanquaient et dont les *khandjars* paraissaient plus que de simples ornements. Seule la petite fille silencieuse resta.

« La bouche bavarde fait couler des bateaux ! gronda Almani.

— Qui ? insista Todd.

— Khalil Ansari est mort. »

Almani devenait prudent. Un homme comme lui ne renvoyait pas ses gardes sans raison. Il devait connaître le risque des révélations à venir.

« Vous croyez que je ne le sais pas ?

— De toute façon, ça ne fait plus la moindre différence, continua l'Omanais, ivre. Il ne contrôlait plus vraiment les affaires, vers la fin. Une nouvelle direction. Un nouveau maestro, dit-il en faisant des gestes de chef d'orchestre. Ta ta-ta, ta ta ta-ta, bredouilla-t-il pour singer un air que Tod ne reconnut pas. Quoi qu'il en soit, il n'avait pas le choix. Vous, à la CIA, vous ne comprendrez jamais ça. Vous vous en prenez toujours à nous, les pions, et vous laissez tranquilles les rois, les reines, les évêques et les escrocs. Qu'est-ce que je vous ai fait, à vous ? » gémit-il soudain.

Todd approcha d'un pas, menaçant. Il avait compris qu'Almani, à une époque, avait été payé par la CIA. Ça affectait sa manière de traiter l'Américain : il était au désespoir d'acheter son silence, de crainte qu'une preuve de son association passée ne compromette sa position avec ses associés actuels. Dans le Golfe, ce n'était pas une situation rare pour les intermédiaires comme ce principicule.

« Je ne suis pas venu juste pour l'Italienne, dit Todd. Parlez-moi du grand Américain. Parlez-moi de Jared Rinehart ! »

Les yeux d'Habib Almani s'écarquillèrent, ses joues se gonflèrent comme s'il allait vomir. « Je n'ai pas eu le choix ! finit-il par dire. Il y a des gens, des pouvoirs qu'on ne peut pas envoyer paître. Je n'ai pas eu le choix ! »

Todd s'empara de la main douce et grasse d'Almani et la serra, de plus en plus fort. Le visage du principicule se tordit sous la douleur.

« Où est-il ? demanda Todd en approchant son visage de celui de l'Omanais. Où est-il ?

— Vous arrivez trop tard. Il n'est pas là. Plus dans les Émirats. Il est passé par Dubaï, oui. Ils voulaient que je le garde. Mais finalement, ils ont mis ce grand type dans un oiseau privé, vous voyez. Votre ami s'est envolé.

— Où ? putain de Dieu !

— En Europe, je crois. Mais vous savez ce qu'il en est des jets privés. Ils donnent un plan de vol, mais ils ne s'y tiennent pas toujours.

— J'ai demandé, où ? » répéta Todd en giflant l'Omanais de toutes ses forces.

L'ivrogne oscilla puis se stabilisa, à demi recroquevillé, la respiration lourde. Il se demandait s'il devait appeler ses gardes, mais il préféra y renoncer. Almani était un débauché vaniteux, pas un imprudent. Il se calma très vite pour arborer un air de dignité blessée. « Je vous l'ai dit. Je n'en sais rien, fils d'un chien et d'une chamelle. On ne demande pas ce genre de chose !

— Foutaises ! rétorqua Todd en plaçant ses mains autour de la gorge grasse d'Almani. Il semblerait que vous ne compreniez pas à qui vous avez affaire. Vous voulez savoir ce que je ferai si vous ne parlez pas ? Vous voulez en avoir un avant-goût ? Hein ? »

Le visage de l'Omanais vira au rouge sombre. « Vous êtes hors jeu, toussa-t-il. Vous avez eu votre chance. Mais si vous croyez que je vais... »

Todd lui donna un coup de poing sur la pommette recouverte de deux centimètres de graisse.

« Vous êtes fou si vous croyez que je vais me mettre Génésis à dos ! » dit Almani d'une voix sourde et rauque d'intensité.

Une étincelle de lucidité brilla malgré son ivresse et son affectation, comme un murmure venu du fond d'un puits. « Vous êtes fou si vous croyez que vous pouvez vous mettre Génésis à dos ! »

Génésis ? Todd plia le bras et lança son coude dans la mâchoire d'Almani.

Un filet de sang apparut au coin de la bouche du gros homme et coula de ses lèvres. « Vous gaspillez votre énergie », dit-il.

Ce ne furent pas ses mots mais l'expression de son visage qui arrêta Todd : la peur rendait sa détermination irrévocable.

« Génésis ? »

Almani réussit à sourire en dépit de la douleur, de sa respiration pénible, des coups. « Il est partout, vous ne le savez pas ?

— Il ?

— Il. Elle. Ça. Ils. Au diable ! Personne ne le sait précisément, sauf quelques malheureux qui auraient préféré ne pas le savoir. Je dis "il" par commodité. Il s'insinue partout. Ses complices sont toujours parmi nous. Peut-être même vous.

— Oh, vous croyez ?

— Non, pas vraiment. Vous préférez l'action directe. Vous êtes un type qui calcule que deux et deux font quatre. Pas un spécialiste de la complexité. Pas à la hauteur de Génésis. Mais qui peut l'être ?

— Je ne vous comprends pas. Vous vivez dans la sainte terreur d'une personne que vous n'avez jamais vue ?

— Comme tant d'autres depuis des millénaires. Mais rarement pour d'aussi bonnes raisons. Le principicule va avoir pitié de vous. Le principicule va vous apprendre les faits de la vie, pauvre idiot, ignorant et naïf. Prenez ça pour de l'hospitalité arabe. Ou pas. Mais ne dites jamais que je ne vous ai pas prévenu. Il y en a qui disent que Génésis est une femme, fille d'un industriel allemand qui s'est allié aux extrémistes des années 70 – Baader-Meinhof, le Mouvement du 2 juin – et qui, ensuite, a basculé de l'autre côté. Certains disent que Génésis a le profil public d'un chef d'orchestre, un *maestro* qui voyage autour du monde d'un contrat à un autre, tout en gardant avec astuce sous son autorité ceux qui n'ont aucune idée de sa véritable identité. Certains disent que c'est un géant, d'autres que c'est un nain. J'ai entendu dire qu'elle est d'une beauté stupéfiante et aussi que c'est une vieille femme ratatinée. J'ai entendu dire que Génésis est né en Corse, à Malte, sur l'île Maurice, et en divers lieux à l'est, à l'ouest, au nord, au sud. Certains disent qu'il est issu d'une famille de samouraïs et qu'il passe l'essentiel de son temps dans un monastère zen. Certains disent que son père était un pauvre ouvrier agricole sud-africain et qu'il a été adopté par une riche famille Boer, propriétaire de mines, dont il a hérité. Certains disent qu'il est chinois, jadis ami intime de Deng. Certains disent qu'il est professeur à l'École d'études orientales et africaines à Londres. Mais personne ne sait. Pourtant, d'autres...

— Stop ! Arrêtez ce babillage !

— Je veux seulement vous faire comprendre qu'il y a de nombreuses histoires mais aucune vérité attestée. Il règne sur un territoire de l'ombre qui englobe le monde entier, pourtant il – elle, ça – reste toujours hors de vue, comme le côté sombre de la lune.

— Mais...

— Vous êtes dépassé, je suppose. Nous le sommes tous deux. Mais moi, du moins, je le sais.

— Vous savez que j'ai autant envie de vous tuer que de vous cracher dessus, vous le savez, ça aussi ?

— Oui, vous pourriez me tuer. Mais Génésis pourrait faire pire. Bien pire. Oh, les histoires que j'ai entendues ! La légende de Génésis n'est pas insignifiante.

— Des histoires de feu de camp ! Des rumeurs basées sur des superstitions – c'est de ça que vous parlez ?

— Des histoires qu'on se transmet à voix basse. Des rumeurs, si vous voulez, mais des rumeurs que j'ai de bonnes raisons de croire. Des histoires de feu de camp, dites-vous ? Génésis connaît bien le feu. Permettez-moi de vous parler d'un autre principicule, un membre de la famille royale saoudienne. On dit qu'un agent de Génésis lui a transmis une requête. Une requête de la part de Génésis. Ce fou a eu la témérité de refuser. Il a cru pouvoir défier Génésis. »

Habib Almani avala péniblement sa salive. Son front luisait sous le soleil qui filtrait à travers la soie et la mousseline. Ses mains douces et rondes se serraient. « Il a disparu pendant une semaine. Et puis on a retrouvé son corps dans une décharge de Riyad.

— Mort.

— Pire. Vivant. Il est toujours vivant dans un hôpital de Riyad, à ce qu'on m'a dit. Dans le même état que lorsqu'on l'a découvert, dit l'Omanais avec un regard horrifié. Vous voyez, quand ils l'ont trouvé, il était totalement paralysé – on lui avait coupé très soigneusement la moelle épinière, on lui avait retiré la langue. Ensuite, on lui avait injecté une toxine neurologique qui assure un blépharospasme définitif. Vous me suivez ? Ses paupières sont paralysées, fermées en permanence. Il ne peut même pas communiquer en cillant.

— Mais sinon, il était intact ?

— C'est ça le plus terrifiant. Il continue à vivre, parfaitement conscient, parfaitement immobile, enfermé dans l'obscurité, son propre corps formant son cercueil. Une mise en garde qui nous est destinée à tous.

— Seigneur !

— *Allah u akbar*, répondit l'Omanais.

— Si vous ne l'avez jamais vu, comment savez-vous que je ne suis *pas* Génésis ?

— Pourriez-vous faire une chose pareille ? »

L'expression sur le visage de Todd fut une réponse suffisante.

« Et il y a eu ce Koweitien d'une beauté célèbre, héritier d'une des grosses fortunes du pétrole, un homme à femmes, si beau, disait-on, que lorsqu'il entrait dans une pièce, les gens se taisaient. Un jour, il a défié la volonté de Génésis. Quand on l'a retrouvé – vivant – tout son visage avait été écorché. Vous comprenez ? On avait retiré...

— Ça suffit ! Bon sang, j'en ai assez entendu. Êtes-vous en train de me dire que Pollux est dans les griffes de ce Génésis ?

— Ne sommes-nous pas tous dans ses griffes ? » répondit Habib Almani avec un haussement d'épaules théâtral avant de cacher son visage dans ses mains, se renfermant pour fuir sa peur, jusqu'à un lieu impossible à atteindre.

« Putain ! Vous allez répondre à mes questions ou je vous tranche la gorge ! À moins que je ne vous coupe les couilles et que je vous les enfonce dans le gosier. Rien de très élaboré, mais c'est toujours assez efficace », dit Todd en faisant jaillir une lame qu'il posa contre la gorge d'Almani.

L'homme se contenta de le regarder, épuisé. « Je n'ai pas d'autre réponse, dit-il d'un ton misérable. A propos de Pollux, de Génésis ? Je vous ai dit tout ce que je sais. »

Todd scruta le visage d'Almani. A son avis, il disait la vérité. Il n'apprendrait rien de plus de sa part.

L'enfant l'attendait devant le 4 × 4 quand Todd ressortit, l'air solennel. Le sable du désert soulevé par la brise ternissait déjà les cheveux noirs luisants de Baz.

« Monte ! grogna Todd.

— Il reste une chose que vous devez faire. »

Todd regarda l'enfant, soudain conscient à nouveau de la chaleur cuisante qui montait en vagues de la terre.

« Dans la tente, vous avez vu une petite fille de treize ans, retenue par le principicule ?

— Oui, une petite Arabe.

— Vous devez retourner la chercher, déclara Baz en croisant ses petits bras pour montrer sa résolution. Vous devez l'emmener !

insista-t-il avant de prendre une profonde inspiration et de regarder l'Américain, les yeux humides pour la première fois. C'est ma sœur. »

*Chapitre neuf*

*Argentine*

À UNE HEURE DE ROUTE de Buenos Aires, la Casa de Oro était un mélange d'hacienda classique et de villa de la Renaissance, avec partout de hautes arches et abondance de marbre aux éclats d'or. Ce matin-là, les invités étaient rassemblés tout au bout de ses pelouses en pente douce pour regarder un match de polo dans un champ adjacent, quatre hectares clôturés. Des serveurs très protocolaires circulaient continuellement avec des jus de fruits et des canapés. Une jeune Asiatique s'occupait d'un vieil homme en fauteuil électrique. Une femme âgée – aux joues tendues par la chirurgie esthétique et aux dents blanchies – poussait des cris suraigus en écoutant les histoires que lui racontait un homme aux cheveux blancs.

Peu de gens prêtaient attention aux joueurs en casaque jaune et casque orange, munis de longs maillets. Les poneys soufflaient et leur haleine formait des volutes dans l'air frais du matin.

Un homme d'à peine plus de cinquante ans ajusta sa tenue d'été officielle – veste à queue-de-pie blanche et ceinture de smoking rouge – et prit une profonde inspiration. Du champ lui parvenaient des effluves de sueur, tant équine qu'humaine. Homme d'affaires international dont les entreprises téléphoniques couvraient presque tout le continent sud-américain, c'était sa fonction de se demander combien cela lui coûterait d'acquérir cette propriété. La villa, les cent vingt hectares verdoyants alentour... Il n'avait aucune raison de penser que Danny Munoz, son hôte, ait l'intention de vendre, et il n'avait pas non plus besoin d'ajouter ce domaine à ses possessions. Pourtant, il ne pouvait s'empêcher de se poser la question. C'était une seconde nature.

Un des serveurs – plus âgé que les autres, mais il avait fallu trouver du personnel supplémentaire à la dernière minute – s'approcha du magnat des télécommunications. « Un autre verre, monsieur ? »

Il grogna.

Sourire aux lèvres, le domestique lui servit du punch au citron vert et au melon. Les poils blonds sur le dos de sa main luirent au soleil. Puis il passa discrètement derrière une rangée de hauts cyprès italiens et versa le reste du breuvage par terre. Il avait presque regagné la villa quand tous les signes d'un affolement se déclenchèrent : un silence soudain, puis des cris épars, puis des appels impérieux – tout cela indiquait que le magnat avait bien été frappé.

« *Ataque del corazón !* » cria quelqu'un.

*Oui, bon diagnostic*, songea l'homme en costume de serveur. Ça devait ressembler à une crise cardiaque. Même le médecin légiste arriverait à cette conclusion. Il allait s'assurer qu'on appellerait les secours. Il n'avait aucune raison de ne pas le faire, surtout que la cible n'avait à coup sûr plus aucun besoin d'aide.

*Connecticut*

Andrea Bancroft ouvrit sa sacoche en nylon noir et en sortit un ordinateur portable qu'elle déposa sur la nappe en papier. Walter Sachs et elle étaient assis au fond d'un restaurant végétarien de Greenwich. Il semblait que Walter aimât y venir juste pour s'en moquer. L'endroit était presque vide. La serveuse leur jetait de temps à autre un coup d'œil pour s'assurer qu'ils n'avaient besoin de rien, mais elle préférait à l'évidence continuer sa lecture des *Grandes Espérances*.

« Tu viens de l'acheter ? demanda Walter. C'est un bon modèle. Mais tu aurais pu avoir mieux pour ce prix-là. Tu aurais dû me demander conseil. »

Il avait décidé de couper ses cheveux bruns grisonnants court sur les côtés et long sur le haut du crâne, ce qui allongeait encore son visage rectangulaire. Sa mâchoire donnait une impression de force qui ne s'accordait pas avec sa poitrine étroite. Cela gênait Andrea de l'avoir remarqué : il avait de grosses fesses. Son pantalon, qui montait presque à la taille, bâillait un peu à l'arrière. Comme pour combattre l'image stéréotypée du petit génie de l'informatique à lunettes, il portait des lentilles de contact et ses yeux, toujours un peu rouges, irrités, prouvaient qu'il s'y était mal accoutumé. Peut-être avait-il la cornée trop sèche, à moins que la courbure de la lentille n'ait pas été bien ajustée. Andrea n'avait pas l'intention de lui poser la question.

« Il n'est pas à moi, dit-elle.
— D'accord. Recel de bien volé.
— En quelque sorte.
— Andrea...
— Je te demande de me rendre un service. Il y a des dossiers, sur cet ordinateur, que j'aimerais lire. Mais ils sont cryptés. Le problème est là. As-tu vraiment besoin d'en savoir plus ? »

Walter se frotta le menton et la regarda d'un air émerveillé. « Aussi peu que possible. Tu ne fais rien que tu ne devrais pas faire, si ?
— Tu me connais, Walter. Quand ai-je jamais rien fait de mal ?
— Bien. Tu n'as rien à dire de plus. »

Comment pourrait-elle lui expliquer quoi que ce soit ? Elle ne parvenait même pas à se l'expliquer. Ses soupçons étaient peut-être infondés. Pourtant, les fourmis rouges continuaient de la harceler. Il fallait qu'elle s'en débarrasse – ou qu'elle les suive à leur destination. Elle avait pris une décision impétueuse, et sa manière de l'exécuter l'était aussi.

C'était un coup de poker d'avoir remplacé l'ordinateur Hewlett-Packard du contrôleur financier de la fondation Bancroft par un modèle identique dont elle avait nettoyé le disque dur. On penserait à coup sûr que la machine avait planté. On recourrait aux sauvegardes, et ça s'arrêterait là. Débrancher la machine du serveur et du courant lui avait pris moins de dix secondes. Le contrôleur était en pause déjeuner à l'étage en dessous. Ç'avait été un jeu d'enfant, sauf que son cœur tambourinait dans sa poitrine tandis qu'elle regagnait le parking avec l'objet volé dans son sac. Elle pénétrait dans un autre monde. Elle était une autre Andrea Bancroft. Elle ne savait pas ce qu'elle allait découvrir sur la fondation. Mais elle avait déjà découvert beaucoup de choses sur elle-même, et elle n'était pas certaine que ce soit tout à fait réconfortant.

Walter fouillait la mémoire de l'ordinateur. « Il y a plein de trucs, là-dedans. Des dossiers de données, surtout.

— Commence par les plus récents.

— Ils sont tous cryptés.

— C'est ce que je t'ai dit. »

Elle se resservit de la tisane de Tranquillité – une sorte de camomille qui, dans ce genre de restaurant, devait arborer un joli nom. Elle n'aima pas le grain grossier de la tasse contre ses lèvres.

Walter redémarra l'ordinateur en tenant enfoncées un ensemble de touches – contrôle, majuscule et d'autres qu'Andrea ne vit pas. Walter travaillait au niveau du code machine. Il tapa quelques lignes puis hocha la tête. « Un cryptage assez standard, annonça-t-il. Un chiffrage RSA à clé publique.

— Facile à décrypter ?

— Comme ouvrir une boîte de sardines avec tes ongles.

— Merde ! Combien de temps ?

— Difficile à dire. Il va falloir que je passe ce sale truc en C++. Je vais le relier à ma Grosse Bertha. Il existe d'assez bons ouvre-boîtes dans le royaume des logiciels libres. Je vais charger quelques-uns de ces fichiers et les bombarder de merde. Un peu comme fracasser une fenêtre quand tu ne peux pas crocheter la porte. Je veux dire qu'il s'agit en fait de désassembler pour trouver le code source du programme compilé, l'algorithme de signature qui fournira le coin d'entrée pour extraire le modulo entre deux nombres premiers de 1024 bits. »

Andrea inclina la tête. « Je ne comprends rien à ce que tu dis.

— Je crois que je réfléchissais à haute voix. Ce n'est pas la première fois...

— Tu es un amour.

— Tu ne m'entraînes pas sur terrain brûlant ?

— Bien sûr que non. Jamais je ne ferais ça. Tiède, sans doute. Chaud, peut-être. Chaud, ça va encore, non ?

— T'es une sacrée nana, Andrea Bancroft !

— Ce qui veut dire ? »

Walter fit la moue et regarda les codes qui commençaient à envahir l'écran. « Qui a dit que je te parlais ? »

*Oman*

Il était forcément mort. Navajo avait accepté de faire ce que Castor lui avait demandé, et il avait été tué. C'était la seule explication plausible au fait qu'il n'ait pas laissé de message à l'heure prévue et surtout qu'il n'ait répondu à aucun des appels à ses différents numéros. Un mélange de nausée et de rage monta en Todd Belknap, qui remarqua soudain qu'il roulait à une vitesse dangereuse. Qu'avait-il fait aujourd'hui ? Plus de mal que de bien ? Il avait – dans la colonne positive, il l'espérait – déposé Baz et sa sœur dans leur village, accroché à la roche rose comme du lichen gris. Il avait entendu des ululements de joie poussés par les villageois, et il avait repensé au principicule et à ses babioles. Tant d'exploitation. Tant de dépravation. Tant de mépris pour la vie humaine dans une région tannée par le soleil où toute vie tenait pourtant du miracle ! Et qu'adviendrait-il du petit Baz de douze-treize ans ? Allait-il devenir un imam, comme l'espérait son grand-père ? Sa vie lui serait-elle ravie à la prochaine épidémie de choléra ou de typhoïde ? Aux prochaines guerres tribales ? Deviendrait-il un terroriste ou un bienfaiteur ? Le mal qu'il avait connu produirait-il des fruits pervers dans l'avenir ou accroîtrait-il sa résolution de travailler pour faire le bien ? Il n'y avait aucune garantie. L'enfant était intelligent, il savait utiliser le langage, il était à l'évidence plus instruit que la plupart des villageois parmi lesquels il vivait. Peut-être échapperait-il à l'obscurantisme qui l'entourait. Peut-être son nom serait-il plus connu que celui de son clan ou de son père – mais en bien ou en mal ?

Certains diraient que ça dépendrait de qui il était, ils souligneraient que les terroristes les plus célèbres étaient souvent des héros pour leur propre peuple. *Il y en a qui prétendraient que toi et moi sommes des terroristes*, lui avait dit Jared, un jour. Todd s'était indigné : *Parce que nous sommes violents avec ceux qui font le mal ?* Jared avait secoué la tête : *Parce qu'ils pensent que nous faisons le mal.*

Jared n'était pourtant pas porté au relativisme. Il y avait les mensonges et la vérité. Il y avait les faits et la falsification des faits. *Si quelqu'un te montre une pièce avec deux côtés face, tu sais qu'il s'agit d'un faux*, avait-il dit une fois. *Mais tu sais autre chose aussi.*

*Quoi ?* avait demandé Todd.

Jared lui avait adressé un pâle sourire. *Que tu dois parier sur le côté face.*

Il repensa à ce que l'Omanais lui avait raconté à propos de Génésis – des représailles inimaginables qu'il avait utilisées contre ceux qui s'étaient opposés à lui. Était-il possible que Jared soit entre les mains de ce monstre ? Todd frissonna. Et comment quiconque pouvait réussir à garder son identité secrète et exercer un tel pouvoir ? *Un territoire de l'ombre qui englobe le monde entier.*

Un goût acide agressa la gorge de Todd pendant qu'il garait sa voiture pour tenter d'appeler Gomes pour la troisième fois en une heure ; le jeune agent devait être en réunion, et Todd n'allait pas laisser un message que quelqu'un d'autre pourrait entendre. Cette fois, Gomes décrocha et, quand Todd lui eut expliqué la situation – aucune réponse de Navajo –, Gomes confirma ce qu'il craignait : Thomas Mitchell était effectivement mort. On avait dépêché une voiture de la police de Wellington, dans le New Hampshire, et les officiers avaient vérifié : il était bien mort. Moment probable du décès : sept heures plus tôt. Cause encore inconnue. Pas de signes de violence. Aucun signe de rien.

Sauf que Todd l'avait envoyé à sa mort.

Il l'avait envoyé mettre Andrea Bancroft sous surveillance, mais il avait sous-estimé sa ruse, sa cruauté – ou celle de ceux qui la protégeaient.

A cause de son erreur, un homme était mort.

Gomes, quand il le lui demanda, lui fit un rapport plus complet sur Andrea Bancroft. L'innocence apparente de sa vie publique pouvait être une preuve de son habileté à dissimuler sa véritable identité. Deux choses paraissaient claires : elle était très intelligente et elle avait d'énormes ressources à sa disposition.

Pourrait-elle être Génésis ?

Todd énuméra le nom d'une douzaine de bases de données fédérales. « Voilà ce que j'ai besoin de savoir », dit-il à Gomes.

Cette fois, le jeune analyste ne protesta pas. Il fallait venger la mort de Navajo. Cette femme devait être traduite en justice.

Sinon, Todd ferait justice lui-même.

# DEUXIÈME PARTIE

*Chapitre dix*

*Caroline du Nord*

ANDREA BANCROFT TENTA DE SOMNOLER pendant les deux heures de vol entre l'aéroport Kennedy de New York et celui de Raleigh-Durham, en Caroline du Nord, mais son esprit ne trouva pas le repos. Le soir était tombé avant que Walter Sachs puisse lui donner un cédérom avec les fichiers décryptés. Sur son ordinateur personnel, Andrea les avait étudiés jusqu'à ce que ses yeux soient en feu. Elle avait exhumé quelques rapports internes, des dizaines de tableaux Excel, des dossiers en rapport avec la « gestion du cycle de vie des investissements » en format Oracle. Grâce au travail de Walter, Andrea n'eut aucune difficulté à les ouvrir. Mais les analyser en détail lui prit beaucoup de temps et d'énergie.

Le véritable puzzle, elle le trouva dans les transactions financières enregistrées : des centaines de millions de dollars transférés sur le compte d'une entreprise anonyme du Research Triangle Park. D'après les codes d'autorisation d'accès, le Dr Paul Bancroft en personne avait autorisé les transferts. De fait, enterré sous des dizaines de couvertures légales, c'était le plus gros budget de la fondation. Pourtant, comme elle le vit tout aussi vite, cette entreprise ne figurait sur aucune carte. Dans les archives de la fondation, elle avait trouvé comme adresse « 1, rue Terrapene », et elle soupçonnait qu'elle débusquerait le lieu sur les deux mille huit cents hectares de forêts de pins qu'on connaissait sous le nom de Research Triangle Park.

En lui-même, le Research Triangle Park constituait une sorte d'anomalie. Sa devise était : « Où se retrouvent les grands esprits du monde. » Mais à qui appartenait-il ? Ce n'était pas clair. Le Service postal américain le considérait comme une ville ou une municipalité, et Durham avait beau prétendre qu'il était sous son autorité, il ne faisait pas vraiment partie du regroupement de communes. On y trouvait des ordinateurs parmi les plus performants au monde, de grands pôles de recherche pharmaceutiques et divers centres de réflexion. Dans la réalité, il n'était ni public ni privé, une sorte d'entité indépendante à but non lucratif. Un obscur ploutocrate – un émigré russe qui aurait fait fortune dans le textile et acquis ce domaine – l'aurait créé quarante ans plus tôt. On avait dégagé de vastes espaces pour les entreprises de haute technologie et les instituts mais, officiellement, l'essentiel du domaine restait une forêt intacte.

La vérité était-elle plus complexe ? Si seulement elle avait pu joindre Paul Bancroft ! Personne à la fondation n'avait pu lui dire quand il reviendrait, et elle ne voulait pas attendre davantage. Les rêves et les cauchemars convergeaient tous vers le mystère qui entourait le Research Triangle Park. Une fondation dans la fondation ? Dans ce cas, Paul Bancroft en avait-il connaissance ? Sa mère avait-elle appris cela ? Trop de questions, trop d'incertitudes.

Une fois de plus, elle eut l'impression que des braises étouffées sous les cendres avaient été ranimées. Quelque chose l'attirait vers elles. *Comme une phalène vers la flamme ?*

Ne rien faire eût été une torture. Peut-être était-ce de la folie de se rendre en personne dans le Research Triangle Park, mais rester en marge l'aurait conduite à une autre forme de folie. Il était possible que des faits clairs et normaux apaisent une fois pour toutes son imagination fiévreuse ; elle ne pouvait exclure d'avoir laissé échapper une explication banale. Pourtant, elle n'était pas rassurée par les anomalies qu'elle avait découvertes et l'inaction ne la calmerait pas.

*1, rue Terrapene.*

Tel était son état d'esprit, mais dès que l'avion se posa, tout lui parut menaçant, même l'énorme logo de l'aéroport, RDU, en immenses lettres bleues. Le hall, semblable dans son modernisme stérile à des centaines d'autres dans le pays, était une jungle de mosaïques.

Pour être honnête, elle devait avouer qu'elle se sentait en proie à une grande nervosité. Presque chaque visage lui paraissait suspect.

Elle se surprit même à regarder dans une poussette pour s'assurer que ce n'était pas un accessoire pour quelqu'un qui la surveillerait. Le bébé lui sourit et elle eut honte. *Ressaisis-toi, Andrea!*

Elle avait voyagé léger, son unique bagage rangé dans le coffre au-dessus de son siège. Elle le fit rouler vers la sortie. Des personnes brandissant des pancartes avec des noms écrits à la main attendaient de l'autre côté de la vitre, heureux de profiter de l'air conditionné. Andrea avait demandé qu'un chauffeur vienne la chercher, mais aucune pancarte ne lui était destinée. Elle allait renoncer et partir vers les taxis quand elle vit arriver un retardataire tenant un bout de papier avec A. BANCROFT écrit dessus. Il était donc juste en retard. Elle lui fit signe et décida de ne pas lui faire part de son irritation. Le chauffeur – un homme d'une beauté rude, remarqua-t-elle, les yeux gris – hocha la tête et prit son sac pour l'escorter jusqu'à sa Buick bleu sombre. Quarante-cinq ans environ, il était puissant mais marchait d'un pas léger. Non, pas puissant, se corrigea-t-elle. Juste très musclé. Un accro des salles de gym, peut-être. Il avait le front un peu rouge, comme s'il avait pris le soleil.

Elle lui donna l'adresse de son hôtel, un Radisson au sein du Research Triangle Park, et l'homme inséra en silence et en douceur la Buick dans le flot des voitures qui quittaient l'aéroport. Pour la première fois, Andrea se détendit un peu. Pourtant, les idées qui lui venaient n'avaient rien de serein.

Elle savait à quelle vitesse un rêve pouvait devenir un cauchemar. Laura Parry Bancroft. Voir son nom sur les formulaires lui avait fait un choc, et ce souvenir gardait le pouvoir de la transpercer de douleur. La mort de sa mère avait assombri sa vie, mais pouvait-elle accorder une telle confiance à ses sentiments, à ses soupçons ? Peut-être était-elle sous l'emprise de sa déception par amour, par loyauté, à cause de sa peine. Les Bancroft avaient-ils vraiment fait du mal à sa mère ou s'était-elle fait du mal toute seule par frustration et par colère ? Comprenait-elle bien sa propre mère ? Elle aurait voulu lui poser tant de questions ! Tant de questions...

Des questions auxquelles sa mère ne pourrait jamais répondre. Que de choses avaient disparu dans cet accident de voiture ! Andrea souffrait de tout son être à chaque fois qu'elle y pensait.

Quand la voiture se mit à rouler sur un terrain inégal, Andrea ouvrit les yeux et regarda dehors pour la première fois. Ils étaient sur une route de campagne, et la voiture quittait la chaussée pour ralentir sur le bas-côté et...

*Ce n'était pas normal.*

Elle fut projetée de côté, retenue par la tension violente de sa ceinture, quand la voiture tourna brutalement pour quitter la route et se placer derrière un bosquet d'arbres dense. *Oh, Seigneur... c'était un piège!*

Le chauffeur avait-il repéré les lieux et l'avait-il conduite dans cette forêt, conscient qu'elle ne comprendrait que trop tard ce qui se passait ?

Elle regarda le visage du chauffeur dans le rétroviseur, et y lut une rage, une haine qui lui coupa le souffle.

« Prenez mon argent !

— Dans tes rêves ! » répondit l'homme avec mépris.

Elle sentit un glaçon de peur descendre sur sa nuque. Elle avait été optimiste en pensant qu'il n'en voulait qu'à son argent. C'était effectivement un type costaud. Elle ne pourrait compter que sur l'effet de surprise, et l'espoir qu'il la sous-estime.

Quel était l'objet le plus lourd en sa possession ? Une brosse à cheveux, son téléphone portable, le stylo Cross que sa mère lui avait offert et... quoi ? Elle fit un effort de concentration et baissa la main vers sa cheville gauche. Quand elle leva les yeux, l'homme passait par-dessus le dossier du siège avant pour la rejoindre. Un court instant, ses bras seraient occupés pour négocier ce passage malaisé. Elle prit l'air soumis et inoffensif.

Sa chaussure à talon aiguille à la main, elle lança le bras vers le visage de l'homme, vers ses yeux, et au même instant poussa un cri perçant.

*Presque.* Le talon passa à deux centimètres de l'œil et l'homme lui saisit le poignet d'une main de fer. Il l'écarta pendant qu'elle le frappait au nez de son autre main. Elle se souvint qu'une amie qui pratiquait des arts martiaux lui avait dit que les victimes avaient peur de frapper leur agresseur au visage – qu'elles étaient victimes de leur propre peur de l'agression. *Tu leur crèves les yeux, tu leur fracasses le nez, tu fais autant de mal que tu peux* – c'était la logique qu'enseignait tout entraînement. *Ton plus grand ennemi, c'est toi*, disait toujours Alison.

*Ah oui ? Tu parles !* Son plus grand ennemi était ce fils de pute qui essayait de la tuer – et qui avait tourné la tête juste à temps pour éviter le second coup. *Quoi qu'il m'arrive,* se dit-elle en s'agitant furieusement pour tenter d'ouvrir la porte, *personne ne pourra prétendre que je lui ai facilité les choses.*

Mais il était impossible d'arrêter cet homme puissant, capable d'anticiper chacun de ses gestes. Il l'immobilisa sous lui et rugit une question.

« Pourquoi as-tu tué Tom Mitchell ? »

Andrea écarquilla les yeux. Elle ne comprenait pas, mais le monstre insistait, lui lançant un barrage de questions qui la laissaient perplexe. Mitchell, Navajo. Gerald – ou était-ce Jared ? – Rinehart. Une rafale de noms, d'accusations.

Ça n'avait aucun sens.

« Comment tu l'as tué, nom de Dieu ! »

D'un geste vif, il alla tirer de sa veste un pistolet en métal gris-bleu qu'il lui colla contre la tête. « Je n'ai qu'une envie, c'est de t'abattre, dit-il d'une voix emplie de haine. Essaie de me donner une raison de ne pas le faire. »

*

Todd Belknap ne quittait pas sa prisonnière des yeux. Elle s'était défendue comme un chat sauvage et lui avait infligé des coups qui se rappelleraient sûrement à lui le lendemain. Mais ce n'était qu'une affaire d'instinct ; il n'y avait chez elle aucune trace d'entraînement. C'était juste un élément discordant de plus. Ça allait avec le fait qu'elle paraissait abasourdie par ses questions. Elle aurait pu mentir superbement ; rien de ce qu'il avait appris n'excluait qu'elle pût être Génésis ou un de ses alliés. Rien non plus ne soutenait cette hypothèse.

Il scruta son visage sans déplacer le pistolet. Une autre question affleura à son esprit comme un poisson à la surface d'une mare boueuse. Est-ce que ça n'avait pas été un peu trop facile ? Elle avait acheté le billet d'avion à son nom, ce qui assurait qu'il figure sur les listes de la compagnie. Elle avait eu recours aux services de sa carte platine pour qu'une voiture vienne la chercher, à nouveau sous son nom. Se débarrasser du vrai chauffeur avait été un jeu d'enfant, rien de plus qu'une poignée de dollars et une bonne histoire à propos d'un anniversaire-surprise. Si elle était effectivement une professionnelle, elle devait être bien sûre d'elle, sûre que personne ne la recherchait. Peut-être n'était-elle après tout qu'une petite main – un satellite, quelqu'un qu'on utilisait à l'occasion, sans l'avoir formée, quelqu'un dont l'amateurisme même serait la preuve de son innocence. Ou peut-être tout cela n'était-il qu'une erreur. Mais alors, pourquoi avait-elle appelé le chef de l'équipe de tueurs de Dubaï sur son portable ?

La femme luttait pour contrôler sa respiration. Il remarqua qu'elle était belle et qu'elle avait dû faire du sport. On l'utilisait comme hameçon ?

Il avait trop de questions à poser. Il lui fallait des réponses.

« J'ai une question, dit la femme en le regardant dans les yeux. Qui t'envoie ? Est-ce que tu es de la fondation Bancroft ?

— Tu ne m'auras pas ! aboya l'agent secret.

— Si tu dois me tuer, dit-elle en prenant une bouffée d'air, je crois avoir le droit de mourir en sachant la vérité. Est-ce que tu as aussi tué ma mère ? »

De quoi parlait-elle donc ? « Ta mère ?

— Laura Parry Bancroft. Elle est morte il y a dix ans. Dans un accident de voiture, m'a-t-on dit. Je l'ai toujours cru. Mais je ne suis plus certaine de le croire encore. »

Todd ne put éviter qu'une expression de stupéfaction s'inscrive sur son visage.

« Qui es-tu ? demanda-t-elle avec des sanglots de peur dans la voix. Qu'est-ce que vous cherchez ?

— De quoi est-ce que tu parles ? demanda Todd qui sentait bien qu'il perdait le contrôle de la situation.

— Tu sais qui je suis, non ?

— Tu es Andrea Bancroft.

— C'est ça. Et qui t'a donné l'ordre de me tuer ? C'est mon dernier putain de souhait, d'accord ? Comme une dernière cigarette. Est-ce que vous n'avez pas de code de l'honneur, vous les tueurs ? demanda-t-elle en refoulant ses larmes. Comme dans les films, quand ils disent : "Puisque t'es sur le point de mourir, je peux bien te dire..." »

Elle sourit à travers ses larmes, mais elle luttait pour ne pas s'effondrer. Todd secoua la tête.

« Il faut que je sache, murmura-t-elle. Il faut que je sache ! »

Elle hyperventilait. Elle se mit à crier de toutes ses forces. Elle ne suppliait plus, elle exigeait : « *Il faut que je sache !* »

Un peu gourd, Todd remit son pistolet dans son étui à l'épaule. « Hier après-midi, un homme a quitté le New Hampshire pour aller chez toi, comme je le lui avais demandé. Il était mort avant le coucher du soleil.

— Comme tu le lui avais demandé ? répéta Andrea, incrédule. Pourquoi ? »

Todd sortit le téléphone qui appartenait au commando abattu, fit apparaître la liste des appels reçus et composa celui qui était arrivé des États-Unis. Dans le sac d'Andrea, son portable sonna. Todd raccrocha. La sonnerie cessa. « Ce téléphone portable appartenait au chef d'une équipe de tueurs. Je l'ai rencontré à Dubaï. Pourquoi l'as-tu appelé ?

— Mais pourquoi est-ce que j'appellerais... ? Mais non... Enfin, si, comprit Andrea. Il est possible que j'aie composé ce numéro, mais je ne savais pas qui j'appelais. »

Elle ouvrit son sac et commença à fouiller dedans.

« Pas si vite ! » rugit Todd en brandissant à nouveau son pistolet.

La femme se figea. « Tu vois cette feuille pliée ? »

Todd regarda dans le sac et prit la feuille dans sa main gauche. Il la secoua pour l'ouvrir. Une liste de numéros de téléphone.

« Est-ce toi que j'ai appelé ? »

Todd hocha la tête.

« J'ai composé tous ces numéros dans l'ordre, insista la femme. La première douzaine, en tout cas. Si tu ne me crois pas, tu peux vérifier sur mon portable, voir la liste des appels passés, et à quelle heure.

— Pourquoi ?

— Je... C'est compliqué, gémit-elle.

— Alors, simplifie les choses ! ordonna Todd.

— Je vais essayer mais... il y a tant de choses que je ne sais pas encore, dit-elle entre deux sanglots. Une foule de choses que je ne comprends pas. »

Le regard de Todd s'adoucit un peu. *On est deux*, songea-t-il. « Je ne sais pas si je dois te croire, répondit-il avec méfiance mais en rangeant son pistolet. Tu as appelé, j'ai répondu, tu as raccroché. Commençons par là.

— Oui, commençons par là. Quelqu'un te raccroche au nez et tu traverses la moitié du globe pour le pourchasser avec une arme. Je n'aimerais pas voir ce que tu fais quand quelqu'un te vole ta place de parking !

— Tu n'as pas compris, dit Todd sans pouvoir s'empêcher de rire.

— C'est peut-être notre cas à tous les deux.

— Et peut-être, dit Todd dont la voix trahit à nouveau la tension, y a-t-il un moyen d'y voir plus clair. »

Elle secoua la tête avec lenteur, parce qu'elle était impressionnée, pas parce qu'elle désapprouvait. « Que les choses soient claires, en effet. Tu as envoyé quelqu'un chez moi, à Carlyle. Euh, pour voir si j'avais retiré illégalement l'étiquette d'un matelas ? Désolée, je ne comprends toujours pas.

— Il fallait que je sache si tu étais derrière l'enlèvement de Jared Rinehart.

— Et Jared est... ?

— Jared ?

— Parce que c'est difficile de te suivre sans la partition.

— Tu sais quoi ? dit Todd avec impatience. Peu importe que tu comprennes.

— Peu importe pour qui ?

— Ce qui compte, c'est que nous trouvions pourquoi ce numéro de téléphone figure sur cette facture. C'est là que je vais avoir besoin de ton aide.

— Bien sûr ! dit-elle avec un grand sourire et en rejetant son rideau de cheveux blonds de son visage. Et est-ce que tu aurais la bonté de me rappeler pourquoi je devrais m'en soucier le moins du monde ? »

Todd soutint son regard. La colère montait en lui. Il allait l'injurier ; pourtant, elle avait marqué un point : elle n'avait aucune idée de ce qui le préoccupait, et il n'avait aucune idée non plus de ce qui la préoccupait. « D'accord, écoute : La sécurité nationale est en jeu. Des informations secrètes. J'aimerais pouvoir t'en dire plus.

— Tu essaies de me dire que tu as des autorisations gouvernementales que je n'ai pas.

— C'est ça.

— Tu me prends pour une idiote ?

— Hein ?

— Tu m'as bien entendue. Tu es censé être une sorte d'agent secret ? Lâche-moi un peu ! Tu ne me feras pas croire que les services secrets américains mènent leurs opérations de cette façon. Où est ton équipe ? Pourquoi es-tu tout seul ? D'après ce que je sais, tu mènes une sorte de vengeance à la Charles Bronson et je me retrouve au milieu. Si je me trompe, je serais heureuse de te rencontrer dans tes bureaux et de démêler toute l'affaire avec tes supérieurs.

— Peut-être, dit Todd en soupirant, que nous sommes partis sur de mauvaises bases.

— Oh, vraiment ? Et quel faux pas as-tu en tête ? Le moment où tu m'as braquée au visage avec ton pistolet et menacée de me faire sauter la cervelle ? Ou le moment où tu as failli me casser les deux clavicules ? Et si on consultait le guide des bonnes manières de Nadine de Rothschild, pour voir si l'un ou l'autre de ces gestes a violé une de ses petites règles ?

— S'il te plaît, écoute-moi ! Je ne suis plus en service pour le moment. Tu as raison. Mais je l'étais. J'ai fait une carrière d'agent secret, d'accord ? Je ne m'attends pas à ce que tout ça ait un sens pour toi. J'en sais un peu sur toi. Tu ne sais rien de moi. Mais peut-être, juste peut-être, pourrions-nous nous entraider.

— Comme c'est gentil ! Et tu crois que ça arrange tout ? ironisa Andrea. Un grand psychopathe croit que nous pouvons nous entraider – faites sauter un bouchon de champagne !

— Tu me prends vraiment pour un psychopathe ? »

Toujours en colère, elle le regarda avec insistance, puis détourna les yeux. « Non, dit-elle d'une voix douce. C'est curieux, mais... non. Et moi ? Crois-tu honnêtement que j'ai participé à une conspiration pour enlever ton ami ?

— Tu veux savoir la vérité ?

— Ce serait un bon début.

— Je crois que la réponse est sans doute non. Mais je crois aussi qu'il est un peu trop tôt pour le dire.

— Un homme qui craint de s'engager... L'histoire de ma vie !

— Parle-moi de cette fondation. Qu'est-ce qu'elle fait, précisément ?

— Qu'est-ce qu'elle fait ? C'est la fondation Bancroft. Elle fait... le bien. Elle s'occupe de la santé des gens partout dans le monde, ce genre de truc.

— Alors, pourquoi est-ce que tu m'as demandé si j'étais de la fondation ?

— Quoi ? Je suis désolée, je n'arrive plus à mettre de l'ordre dans mes pensées. J'ai comme un vertige. Il faut que je sorte, que je marche quelques minutes, que je respire de l'air frais si je ne veux pas m'évanouir. Ça fait un peu beaucoup en peu de temps.

— Bien, sors respirer. »

Todd était méfiant, mais peut-être disait-elle la vérité. Il avait des doutes. Elle pourrait se remettre et imaginer une contre-attaque. Il ne la quitterait pas des yeux pendant qu'elle déambulerait dans le bosquet de pins, attentif au moindre mouvement brusque. Il ne voulait pas non plus qu'elle croie qu'il la retenait prisonnière. Si son récit était exact – et son instinct lui disait que, pour l'essentiel, il l'était –, il pourrait avoir besoin de gagner sa confiance.

Elle lui tournait le dos : elle marchait, pieds nus, d'un pas assuré, délibéré. Quand elle se tourna, il remarqua à son visage que quelque chose avait changé. Il tenta de rejouer ce qu'il avait vu, ce qu'il n'avait pas vu et, soudain, il comprit. Elle avait pris son sac. Elle avait composé le numéro des urgences sur son téléphone et murmuré un message de détresse.

« On y va ? demanda Todd.

— Dans quelques minutes. Mon estomac, tu sais. Avec tout ce stress. J'ai juste besoin de me reposer. Tu veux bien ?

— Pourquoi pas ? »

Il fit un pas vers elle et plongea la main dans son sac. Il en ressortit son petit téléphone, pressa deux touches et obtint l'affichage des numéros appelés. Exactement ce qu'il pensait : elle venait de composer le 911. Il lui lança le téléphone. « Tu as sonné la cavalerie ?

— Tu as dit que tu avais besoin d'aide, dit-elle en soutenant son regard une fois de plus et sans le moindre tremblement dans sa voix. Je me suis dit que nous devions faire appel à des professionnels. »

*Merde !* Au loin – mais pas si loin que ça –, il entendit la sirène d'une voiture de patrouille. Il jeta par terre les clés de leur véhicule.

« Est-ce que j'ai mal fait ? »

Elle le défiait. Elle se tourna vers la grand-route.

La sirène hurlait de plus en plus fort.

## Chapitre onze

*Raleigh, Caroline du Nord*

ANDREA BANCROFT ARRIVA ENFIN à son hôtel, deux heures plus tard que ce qu'elle avait espéré. *De retour de l'enfer*, songea-t-elle avec amertume.

Elle se souvint de son soulagement au son des sirènes. Elle avait regardé vers la route, et quand elle s'était retournée, l'homme musclé avait disparu. C'était bizarre. Elle n'avait rien entendu – ni les pas, ni le souffle de l'homme. Il était là, et cinq secondes plus tard, il n'était plus là. C'était comme un tour de magie. Il devait bien y avoir une explication simple à tout cela. Pour commencer, elle avait remarqué que le sol était couvert d'aiguilles de pin, et non de feuilles, ce qui avait dû étouffer le bruit de pas. Et l'homme avait prétendu être un « agent secret ». Peut-être était-ce le genre de choses pour lesquelles on les entraînait.

« Votre carte de crédit, madame », demanda la réceptionniste – cheveux auburn relevés, quelques traces d'acné sur les joues.

Andrea reprit sa carte et signa le ticket qu'on lui tendait. Elle ne se trouvait pas au Radisson, comme prévu, mais au Doubletree. Il était peu probable que l'homme risque une autre rencontre – s'il n'était pas idiot, il n'en aurait aucune envie – mais par prudence, elle avait pris la précaution élémentaire de ne pas descendre à l'hôtel dont elle lui avait donné l'adresse.

Les policiers avaient fait ce qu'ils pouvaient pour paraître efficaces, mais il était clair qu'ils avaient écouté son récit avec un certain scepticisme, qui s'était renforcé quand ils avaient tenté de le corroborer. Elle avait raconté qu'un chauffeur l'avait prise à l'aéroport. En deux coups de téléphone, ils avaient prouvé que la voiture était louée. *Ce n'est pas tout : les registres montrent que c'est vous qui l'avez louée, mademoiselle Bancroft.*

Ils avaient entrepris de lui poser des questions qui visaient à révéler une « relation » entre elle et l'étranger. Certains détails qu'elle leur donna ne passèrent pas très bien. Vous dites qu'il a disparu ? Et comment se faisait-il qu'elle ne connaisse pas son nom, alors qu'elle savait tant de choses curieuses à son sujet ? Au bout d'une heure au poste de police du 23ᵉ district, sur Atlantic Avenue, elle avait presque eu l'impression d'être la suspecte et non la victime. Les policiers avaient conservé la politesse légendaire des habitants du Sud, mais elle comprit qu'ils ne la croyaient pas. Ils promirent qu'ils continueraient d'enquêter auprès de l'entreprise de location de voitures. On relèverait les empreintes sur le véhicule et on allait prendre ses propres empreintes pour les éliminer. On lui ferait savoir si on découvrait quelque chose. Mais il était évident que, de leur point de vue, l'explication la plus probable était qu'ils avaient affaire à une hystérique.

Arrivée à sa chambre, au cinquième étage, elle laissa le groom lui montrer la salle de bains et les placards et lui donna un pourboire avant qu'il parte. Elle ouvrit son sac et accrocha ses quelques affaires dans le placard près de l'entrée, puis se tourna vers la fenêtre.

Elle crut que son cœur s'arrêtait de battre avant de comprendre pourquoi.

L'homme. L'homme musclé au pistolet. *Il était dans sa chambre.* Sa silhouette se détachait devant la fenêtre. Il avait les bras croisés.

Elle savait qu'elle devrait s'enfuir, faire demi-tour et sortir de là au plus vite. Mais l'homme était devant elle, parfaitement immobile, sans la menacer le moins du monde. Elle lutta contre la panique qui étreignait sa poitrine. Elle pouvait rester quelques secondes sans aggraver sa situation, et peut-être apprendrait-elle quelque chose de valable.

« Pourquoi es-tu là ? » demanda-t-elle d'une voix dure.

Elle aurait pu lui demander comment il était arrivé jusqu'à son hôtel, mais elle avait plus de chance de le découvrir par elle-même. Il avait dû se cacher derrière les doubles rideaux rassemblés d'un côté de la fenêtre quand elle était entrée. Il avait pu appeler tous les grands hôtels de la région, apprendre où elle allait descendre et obtenir le numéro de sa chambre par quelque ruse toute simple. Non, comment, ce n'était pas la question la plus pressante. Ce qu'elle voulait savoir, c'était pourquoi.

« Pour reprendre notre conversation, répondit l'homme. Nous ne nous sommes pas vraiment présentés. Je m'appelle Todd Belknap. »

Andrea s'affola soudain. « Tu es un désaxé.

— Quoi ?

— Tu fais une sorte de fixation sexuelle de malade...

— Tu te flattes, l'interrompit l'homme avec un ricanement de mépris. Tu n'es pas mon type.

— Alors...

— Et tu ne sais pas écouter.

— L'enlèvement à la pointe du fusil m'a un peu distraite. »

Elle le regarda mieux. Curieusement, sa peur faiblissait. Elle aurait pu s'enfuir, elle le savait. Pourtant, elle ne se sentait pas menacée. *Joue un peu son jeu*, se dit-elle. « Écoute, je suis désolée d'avoir appelé les flics, mentit-elle.

— Ah oui ? Pas moi. Ça m'a appris quelque chose.

— Quoi ?

— C'est exactement l'appel idiot qu'aurait passé un pauvre péquin sans la moindre idée de ce qui se passe. Je ne crois pas que tu essayes de m'avoir. Plus maintenant. Je crois que c'est toi qui t'es fait avoir. »

Andrea ne répondit pas, mais ses pensées hurlaient, mobilisaient son attention. « Je t'écoute, finit-elle par dire. Dis-moi à nouveau à qui appartenait ce numéro que j'ai appelé et que j'ai trouvé sur la facture de la fondation.

— Il appartenait à un homme payé pour tuer. Un professionnel, un tueur rompu au combat.

— Pourquoi quiconque à la fondation Bancroft aurait-il des liens avec une telle personne ?

— A toi de me le dire.

— Je n'en sais rien.

— Ça ne semble pourtant pas te choquer outre mesure.

— Je suis choquée. Mais... pas outre mesure.

— Bien.

— Tu as dit que tu étais un agent secret. Qui puis-je appeler à l'agence qui t'employait ?

— Tu veux des références ?

— Quelque chose dans le genre. Ça pose un problème ?

— Pour commencer, dit-il en la toisant, pourquoi est-ce que moi je n'appellerais pas la fondation Bancroft ? Pour demander ce que tu fais ici. Plus précisément au Research Triangle Park. Tu as réservé au Radisson, non ?

— Cela risque de ne pas être une bonne idée.

— On dirait donc que nous sommes dans une impasse.

— Cette conversation est terminée.

— Vraiment ? »

Il ne bougeait toujours pas. C'était comme s'il se rendait compte que son immobilité absolue était la seule chose qui pût la convaincre de retarder sa fuite. « A mon avis, elle n'a jamais commencé. Ces deux dernières heures, j'ai eu l'occasion de réfléchir à notre rencontre, à commencer par les lieux. Un homme te menace d'une arme. Tu lui demandes si c'est la fondation Bancroft qui l'a envoyé. Qu'est-ce que cela m'apprend ? Il y a quelque chose dans cette institution qui t'inquiète, quelque chose qui te fait craindre le pire. Quoi que ce soit, à l'évidence, ça a un lien avec ce voyage jusqu'au Research Triangle Park. Tu as fait la réservation le jour même du vol. C'est un peu inhabituel. Tu cherches quelque chose. Comme moi.

— Ce que je cherche n'est pas ce que tu cherches.

— Il pourrait y avoir un lien.

— Peut-être que oui, peut-être que non.

— Jusqu'à ce que j'en sache plus, je dois en convenir. Si nous explorions la possibilité "peut-être bien que oui" ? Est-ce que je peux m'asseoir ? demanda Todd en montrant un fauteuil.

— C'est dingue ! Je ne sais même pas qui tu es vraiment. Tu me demandes de prendre un risque que je n'ai aucune raison de courir.

— Mon ami Jared aime dire : "Si tu ne lances pas les dés, tu n'entres pas dans le jeu." Imaginons que toi et moi, dès cet instant, suivions chacun notre route, que nous ne nous revoyions jamais, et que, ce faisant, nous gâchions nos chances d'arranger les choses. Je veux dire que gâcher une chance, c'est aussi une façon de prendre un risque, et parfois un risque pire encore.

— Je vais te laisser t'asseoir, mais tu ne peux pas rester là.

— Bonne nouvelle, Andrea Bancroft, parce qu'il vaudrait mieux que tu ne restes pas là non plus. »

*

Le couple qui s'enregistra au Marriott tout proche ne le fit ni sous le nom de Bancroft ni sous celui de Belknap, et il ne partagea une chambre que pour des raisons de sécurité, pas d'intimité. Tous deux, malgré leurs restes de défiance, s'étaient reconnu des intérêts communs pour leurs recherches et leur conversation devait continuer.

Leur communication n'était pourtant pas un chemin direct vers la clarté. Tout espoir que leurs problèmes s'ajustent comme des pièces d'un puzzle ne tarda pas à s'évanouir. Au lieu de réponses, ils se trouvèrent confrontés à un mystère de plus en plus profond.

Paul Bancroft. Était-il Génésis ? D'après ce qu'Andrea lui avait dit, Todd trouvait que c'était un personnage d'une bonté extraordinaire – à moins que ce ne soit l'opposé. Les ressources dont il disposait, sans même parler de ses capacités intellectuelles, pouvaient faire de lui un allié – ou un adversaire – extraordinaire.

« Génésis était donc le nom de code du type qui a mis sur pied cet Inver Brass, répéta Todd.

— Une sorte de titre, plutôt. Il s'appliquait à quiconque se trouvait à la tête de cette fondation à n'importe quelle époque.

— Inver Brass – quelqu'un aurait-il pu la faire revivre ? »

Andrea haussa les épaules.

« Est-ce que Paul Bancroft aurait pu le faire ?

— C'est possible. Pourtant, il semblait désapprouver cette organisation et Génésis plus encore. Mais ça ne prouve rien.

— Un ami à moi aimait dire que tous les saints doivent être considérés coupables jusqu'à ce qu'on prouve leur innocence, marmonna Todd qui s'allongea sur un des deux lits.

— Il citait Orwell. »

Andrea s'était installée dans un fauteuil imitation ancien près d'un secrétaire de même style. Sur le plateau, une pile de brochures colorées faisaient l'article pour les activités des villes proches de Raleigh, Durham et Chapel Hill. L'expression « distractions pour toute la famille » était en vogue. « Je réserve mon jugement, dit-elle. Peut-être qu'il y a une explication parfaitement innocente. Il est possible que je me sois gravement trompée. Et... Je n'ai que ta parole pour l'homme de Dubaï. Peut-être que tu as tout inventé...

— Pourquoi ferais-je ça ?

— Mais comment est-ce que je le saurais ? Je me contente d'énumérer des possibilités. Je ne prends pas parti.

— Alors, arrête !

— Arrête ? Arrêter quoi ?

— Arrête de ne pas prendre parti ! »

A la manière dont elle serra les dents, il vit sa détermination.

« Écoute, dit-elle, il est tard. Je vais aller prendre une douche. Pourquoi est-ce que tu ne nous commanderais pas à manger ? Ensuite on trouvera quelque chose. Mais, s'il te plaît, si tu veux me garder prisonnière, accorde-moi au moins une cellule individuelle.

— Pas question. Et c'est pour ton bien, crois-moi. Il est possible que tu sois en danger.

— Pour l'amour de Dieu...

— Ne t'en fais pas. Je n'utiliserai pas ta brosse à dents.

— Je ne parle pas de ça, et tu le sais !

— Je préfère savoir que tu es là où je peux te voir.

— C'est ce que tu préfères ? Et qu'en est-il de ce que moi je préfère ? »

Andrea claqua la porte de la salle de bains derrière elle.

En entendant la douche couler, il prit son téléphone et appela un vieux contact aux Opérations consulaires. Il s'agissait de Ruth Robbins, qui avait commencé à l'Institut de recherches nucléaires, un bureau de renseignements et de recherches du Département d'État. C'était Todd qui lui avait obtenu une promotion et qui l'avait fait transférer dans le cercle beaucoup plus fermé des Opérations consulaires. Il avait repéré sa vivacité d'esprit, la clarté de son jugement, un instinct qui allait bien au-delà de la simple capacité à collecter des données et à les comparer. D'une certaine manière, il avait reconnu en elle un esprit frère, même si son domaine naturel était plus le bureau que le terrain, le royaume des câbles, des transmissions et des ordinateurs. Maintenant qu'elle avait passé la cinquantaine, c'était une femme enrobée avec une sensibilité aussi astringente que l'hamamélis. Elle avait élevé seule deux garçons – son mari, militaire, avait été tué lors de manœuvres – et elle posait un regard maternel sur les marottes de l'administration dominée par les mâles où elle avait fait carrière.

« Castor ! dit-elle quand elle entendit sa voix. J'ai toujours voulu te demander : est-ce pour l'huile qu'on t'a donné ce nom ? »

Il y avait autant de chaleur que d'ironie dans sa voix. Ce n'était pas normal de l'appeler chez elle, mais elle comprit immédiatement qu'il s'agissait d'une urgence. « Une seconde ! dit-elle avant de crier : Assez de télévision, jeune homme ! Il est temps d'aller au lit, et pas de discussion ! Tu disais, Castor ? »

Todd mentionna quelques mots-clés, quelques indices de l'énigme qui se posait à lui. Au nom de Génésis, il entendit qu'elle cessait de respirer.

« Écoute, Castor, je ne peux pas parler au téléphone, mais, oui, nous avons ça dans nos banques de données. Il y a une histoire... Et, encore oui, nous avons récemment intercepté quelques éléments en relation avec Génésis après des années de silence. Tu connais la procédure chez nous : je ne pourrais pas entrer dans les bureaux en dehors des heures de travail même si je le voulais. Mais j'y serai demain matin. Je sortirai tout ce qu'on a. Ce n'est pas une chose dont on peut discuter sur une ligne non sécurisée – je suis probablement déjà dans mon tort.

— Il faut qu'on se rencontre.

— Je ne crois pas.

— Ruth, je t'en prie !

— Ils auraient ma peau s'ils me voyaient déjeuner avec toi, étant donné ce qui se passe. On me retirerait mes habilitations. Je me retrouverais à trier les sous-vêtements dans un de nos hangars.

— Demain, à midi.

— Tu ne m'écoutes pas.

— Rock Creek Park. Une rencontre sans danger, en public, d'accord ? Juste quelques minutes. Personne ne le saura jamais. Tu te souviens de l'allée cavalière près du ravin, à l'est ? Je t'y retrouve. Ne sois pas en retard.

— Maudit sois-tu, Castor ! » dit Ruth, mais sa voix n'était pourtant pas agressive.

Ruth Robbins était une cavalière enthousiaste, il le savait, qui aimait passer l'heure du déjeuner sur les allées de Rock Creek Park – huit cents hectares boisés au nord-ouest de Washington. Il était prudent de choisir un lieu où elle se rendait souvent pour que personne ne remarque rien qui sorte de l'ordinaire, et elle pourrait dire la vérité sur ses allées et venues si on lui posait des questions. C'était aussi un lieu où il y avait peu de chances qu'on les observe.

Il pourrait prendre un vol tôt pour l'aéroport Ronald Reagan, ou Dulles, et être à Washington à temps. Il s'étira sur le lit et tenta de s'assoupir ; sa capacité à dormir à volonté, acquise sur le terrain, était de moins en moins efficace ces derniers jours. Il resta éveillé dans la chambre obscure, conscient de la respiration d'Andrea Bancroft dans l'autre lit. Elle faisait semblant de dormir, comme lui, et il lui sembla que des heures passèrent avant qu'il ne perde conscience. Il rêva de ceux qu'il avait perdus. D'Yvette arrachée à lui alors qu'elle n'avait pas encore été vraiment sienne. De Louisa frappée par une bombe pendant une opération à Belfast. Une procession de visages défila dans les recoins de son esprit, amis et amantes à qui il avait survécu, amis et amantes qui l'avaient abandonné. Un seul était resté près de lui toutes ces années : le Pollux de son Castor.

Jared Rinehart, celui qui ne l'avait jamais abandonné. Celui qu'il laissait tomber en ce moment même.

Todd l'imagina, captif, torturé, seul – mais confiant, du moins l'espérait-il. Pollux avait sauvé plus d'une fois la vie de Castor, et tant que Castor respirait encore, il réfléchirait au moyen de sauver son ami et se battrait pour y parvenir. *Accroche-toi, Pollux. J'arrive. La route fait des détours, mais je vais la suivre, où qu'elle me conduise.*

\*

Le lendemain matin, il expliqua à Andrea ce qu'il avait prévu.

« Très bien, dit-elle. Pendant ce temps, je vais trouver le 1, rue Terrapene. Je veux savoir ce que savait ma mère.

— Tu ne peux pas être certaine que ça ait un rapport avec elle. Tu vises dans le noir.

— Non, en plein jour.

— Tu n'es pas formée pour ça, Andrea.

— Personne n'est formé pour ça. Mais je suis celle de nous deux qui siège au conseil d'administration de la fondation. La seule à avoir une excuse valable pour être là.

— Ce n'est pas le bon moment.

— Parce ce qu'on applique ton emploi du temps, maintenant ?

— Je vais venir avec toi. Je vais t'aider, d'accord ?

— Quand ?

— Plus tard. »

Andrea le foudroya du regard, puis hocha la tête. « On va faire comme tu veux.

— Je prends un vol à neuf heures. Je serai de retour en milieu d'après-midi. D'ici là, fais bien attention à toi. Téléphone au service d'étage pour les repas. Fais profil bas et tout ira bien.

— D'accord.

— C'est important que tu respectes les règles.

— Je vais faire exactement ce que tu as dit. Tu peux compter sur moi. »

*

*Je vais faire exactement ce que tu as dit*, avait assuré Andrea avec aplomb, et l'homme, Todd Belknap, avait paru la croire. Son regard affirmait qu'il ne changerait pas de priorités, que rien ne l'empêcherait de s'y atteler, à l'exclusion de tout le reste. L'arrogance de M. Muscles semblait infinie, mais ça n'allait pas la décourager. C'était de sa vie qu'on parlait. Et qu'était-il, hein ? Son statut officiel n'était pas clair du tout. A son avis, s'il avait été jeté de la communauté des agents secrets, c'était pour une bonne raison. Elle croyait pourtant les faits qu'il lui avait rapportés. Quelqu'un à la fondation Bancroft avait téléphoné à un homme très peu recommandable. Cela concordait avec l'idée que la fondation avait en son sein une personne, ou un élément, qui opérait selon des exigences tout à fait distinctes de la maison mère. La question cruciale était de savoir si Paul Bancroft était au courant.

Pour le moment, elle était trop décidée pour avoir peur, ou peut-être sa rencontre avec Todd dans la voiture, la veille, avait-elle épuisé toutes les réserves de peur de son système nerveux. Dans une Cougar violette de location, elle parcourut les routes qui s'entrecroisaient au Research Triangle Park, à la recherche d'une allée nommée « Terrapene ».

La parcelle de terrain de la fondation Bancroft couvrait plus de quatre cents hectares. Impossible de dissimuler quelque chose d'aussi grand, impossible de cacher quatre cents hectares de forêts de pins... sauf, bien sûr au milieu de trois mille hectares de forêts de pins.

C'était rageant ! Elle parcourut les routes principales puis se rabattit sur les plus petites qui reliaient divers sites de recherche et développement. Elle fit cent allers-retours. Elle savait que ce n'était pas une des grandes routes de l'État et moins encore une route interétatique. La partie sud du triangle était la plus développée, ce qui signifiait que ce qu'elle cherchait se trouvait probablement au nord. Là, de petites allées partaient dans la forêt comme des capillaires et beaucoup ne portaient pas de nom. Elle eut le sentiment qu'elle ne roulait plus sur le réseau public, qu'elle était sur une propriété privée. Elle errait en vain depuis des heures. Elle finit, après d'innombrables tours et détours, par voir une allée couverte de graviers indiquée par une pancarte ornée d'une tortue verte. Une « terrapene », en fait – une tortue d'eau à pattes palmées. Mais cette pancarte portait aussi les mots SECTEUR INTERDIT.

Elle s'engagea dans l'allée, qui serpentait entre les grands arbres. Tous les deux cents mètres environ apparaissait une pancarte notifiant une interdiction : Défense d'entrer. Ni chasse ni pêche. Propriété privée. Le visiteur ne pouvait ignorer être indésirable.

Andrea ne s'en préoccupa pas. Une allée étroite et sinueuse au pavage immaculé remplaça soudain les graviers. Mais toujours rien autour d'elle que la forêt, vierge. Avait-elle pu se tromper ? Elle ne se laisserait pas impressionner. Elle avait épuisé un quart de son réservoir d'essence rien que sur cette voie, dans l'espoir de tomber tôt ou tard sur un bâtiment.

Et voilà que, sans aucun doute possible, c'était fait.

Elle reconnut immédiatement quelque chose dans ce bâtiment. Il n'était pas dans le même style que le quartier général de Katonah, et pourtant, elle trouva des similitudes dans la manière dont il s'intégrait à son environnement. C'était une imposante structure basse en brique et verre. Comme à Katonah, on pouvait être tout près et ne pas la voir – et sans aucun doute elle était invisible depuis les airs – mais une fois qu'on la voyait, il était impossible de ne pas remarquer la majesté subtile du lieu. Comme dans le quartier général de la fondation, on y trouvait une grandeur sans ostentation. Les deux bâtiments étaient représentatifs d'une architecture camouflage.

Le grondement rauque d'un moteur puissant l'avertit qu'elle n'était pas seule. Une grosse Range Rover noire apparut dans son rétroviseur avant de passer sur sa gauche. D'un coup de volant, la Range Rover se retrouva à quelques centimètres de sa voiture. Il était impossible de voir à l'intérieur – peut-être à cause de l'angle et des reflets du soleil, peut-être à cause de vitres teintées. Le puissant véhicule poussa sa petite berline dans l'allée qui menait au bâtiment en brique et verre. Elle avait la gorge serrée. Pourtant, c'était bien ce qu'elle avait cherché !

Sois prudente...

Elle pourrait accélérer brutalement et... quoi ? Foncer dans le 4 × 4 deux fois plus lourd que sa petite voiture ? Ils n'oseraient pas lui faire de mal, si ? La Range Rover avait l'air d'un véhicule de sécurité ; on avait dû la prendre pour un intrus. Andrea se racontait ces histoires sans vraiment les croire.

Un instant plus tard, deux hommes descendirent de la Range Rover et l'extirpèrent de sa voiture, d'une manière qu'on pouvait prendre pour de la politesse... ou de la coercition.

« Mais que faites-vous ? s'insurgea-t-elle en pensant qu'un air présomptueux serait plus efficace que de la timidité. Savez-vous qui je suis ? »

L'un des hommes la toisa. Andrea frissonna devant sa peau grêlée et ses sourcils comme des ailes de chauve-souris.

« Le Dr Bancroft vous attend », dit l'autre homme qui la guida d'une main à la fois douce et ferme vers la porte de l'immeuble.

## *Chapitre douze*

IL L'ATTENDAIT BIEN.
La porte vitrée s'était à peine refermée derrière elle, que Paul Bancroft arriva, sourire aux lèvres, bras ouverts pour l'enlacer. Elle ne s'approcha pas de lui. Elle vit le sourire sur son visage et les rides en écho sur sa peau délicate, le regard chaleureux sans nuage, et elle ne sut que croire.

« Mon Dieu, Andrea, exulta le philanthrope, vous ne cesserez jamais de m'impressionner !

— Où que vous alliez, je suis là, dit sèchement Andrea, comme votre ombre.

— Les ombres sont souvent incomprises, dit Paul Bancroft avec entrain. Bienvenue à l'usine ! »

Elle scruta son visage pour y déceler une trace de colère ou y lire une menace, et n'en vit aucune. Au contraire, il rayonnait de bonhomie.

« Je ne sais pas si c'est votre curiosité, votre obstination, votre détermination ou votre astuce qui doit le plus m'impressionner, lui dit le savant aux cheveux gris.

— La curiosité suffira, dit prudemment Andrea. C'est ce qu'il y a de plus réel.

— Vous avez le charisme d'une future dirigeante, ma chère. »

D'un geste élégant de sa main aux longs doigts, il congédia les hommes qui avaient escorté Andrea jusqu'à la porte. « Et à mon âge, on commence à chercher des successeurs.

— Une régence.
— Tant que Brandon est mineur, vous voulez dire ? Je garde espoir que mon fils s'intéresse à l'entreprise familiale, vous savez, mais il n'y a aucune certitude. Quand on trouve quelqu'un qui réunit toutes les qualités, on doit lui prêter attention. »

Ses yeux pétillaient. Andrea avait la bouche sèche.

« Permettez-moi de vous faire visiter les lieux, dit Paul Bancroft d'un ton cordial. Il y a beaucoup de choses passionnantes. »

*Washington*

Cela faisait bien dix ans, calcula Todd Belknap, que Ruth Robbins avait tenté de le convaincre que monter sur le dos d'un cheval – véhicule sans amortisseurs ni air conditionné – pouvait être une récréation plutôt qu'un dernier recours. Jamais elle ne l'avait converti, jamais il n'avait aimé ce sport, mais il avait apprécié le temps passé avec Ruth. Elle avait grandi à Stillwater, dans l'Oklahoma, fille d'un entraîneur de foot américain dans un lycée – ce qui faisait de lui une sorte de tête couronnée, le genre de type qu'on portait en triomphe. Sa mère, Québécoise d'origine, enseignait le français dans un autre lycée. Ruth avait un don pour les langues. Elle apprit d'abord le français de sa mère, puis d'autres langues romanes comme l'espagnol et l'italien. Après un été en Bavière quand elle avait quatorze ans, elle maîtrisait aussi assez bien l'allemand. Elle adorait le football européen autant que le football américain, et elle accompagnait toutes ses activités d'un moral d'enfer et d'ironie amère. Quand elle chevauchait, c'était toujours avec une selle western, et pas par affectation.

C'était une collectionneuse de profils : quelque chose en elle portait les gens à s'ouvrir, naturellement. Les adolescentes lui parlaient de leur vie amoureuse, les vieilles femmes lui confiaient leurs problèmes financiers. Elle commentait mais ne jugeait pas, et ses remarques les plus acerbes étaient toujours énoncées avec gentillesse.

A midi pile, Todd entendit le *clop-clop-clop* des sabots d'un cheval sur la terre damée. Il sortit des rochers qui longeaient la piste et fit un geste paresseux à son contact à cheval, dès qu'il apparut. Ruth était crispée quand elle mit pied à terre. Elle attacha une des brides au tronc d'un arbuste. Il y avait dix-sept kilomètres d'allées cavalières, et c'était la zone la plus reculée.

Une fois, Ruth avait plaisanté sur sa poitrine qui était plutôt un buste, et elle n'avait pas tort. Elle n'était pas vraiment grosse, mais massive à la manière des pionniers, comme une de ces mères de onze enfants qui partaient en chariot vers l'Ouest, au XIXe siècle. Il y avait même quelque chose du vieil Ouest sauvage dans sa tenue, mais Todd aurait été bien en peine de dire quoi, parce qu'elle ne portait ni jupons ni chapeau à larges bords.

Elle s'arrêta près de lui sans regarder dans sa direction. Chacun d'eux pouvait surveiller les alentours sur un arc de cent quatre-vingts degrés, attentif à tout élément anormal. « Commençons par le début, dit-elle sans préambule. Le réseau Ansari. On n'en sait vraiment rien. Des interceptions non confirmées pointent pourtant vers un magnat estonien non identifié.

— Combien peut-il y avoir de types correspondant à ce signalement ?

— Oh, leur nombre te surprendrait ! C'est peut-être un de ceux que nous n'avons pas encore identifiés. Mais c'est assez logique. Les Soviétiques ont abandonné derrière eux d'énormes réserves d'armes quand ils ont lâché leur empire – et elles ne sont que très rarement arrivées dans les mains de l'armée estonienne, je peux te l'assurer. »

Une petite brise agita les arbres et amena jusqu'à eux l'odeur de la terre et de la sueur du cheval.

« Pourquoi ont-ils constitué un arsenal en Estonie ?

— Souviens-toi de la carte du monde, dit Ruth en se tournant vers Todd. Le golfe de Finlande était vital sur le plan stratégique. Toutes les marchandises envoyées à Saint-Pétersbourg – Leningrad, devrais-je dire – devaient passer par ce golfe. Sur trois cents kilomètres environ, c'est la Finlande au nord et la bonne vieille Estonie au sud. L'Estonie jouait aussi un rôle dans le golfe de Riga – dans toute la Baltique, en fait. Tout ce qui naviguait sur la Baltique avait un lien avec l'Estonie. Les Soviets y avaient donc installé une énorme base navale, et personne n'était plus habile à rassembler munitions et autres ressources militaires que la marine soviétique. C'était probablement plus la volonté des politiciens du Kremlin que la conséquence de solides arguments stratégiques, mais dès qu'il s'agissait de distribuer des cadeaux, les marins russes recevaient toujours ce qu'il y avait de mieux.

— Je suppose que la privatisation de l'arsenal estonien n'a pas été une décision politique officielle, commenta Todd avec un regard pour un vieux noyer lentement étranglé par des puéraires, enveloppé par les tiges de ces plantes grimpantes comme dans un drap.

— Ce fut du pillage à grande échelle pendant une période de chaos, quand nombre de personnes, à l'Est, voyaient mal la différence entre capitalisme et vol.

— Bon, qu'est-ce qu'on doit affronter ? Tu me dis que Génésis est un oligarque estonien ? Ou qu'il se sert de ce type ? Quel est le tableau ?

— Je t'ai dit ce que je sais, ce qui n'est pas beaucoup. Indices, suppositions... Tu comprends, le réseau Ansari n'a jamais trouvé judicieux de nous envoyer une brochure d'entreprise.

— Quelle est la place de Génésis ?

— Mon père était photographe amateur, dit Ruth avec une petite grimace. Il avait une chambre noire au sous-sol. De temps à autre, un des gosses entrait pendant qu'il développait ses négatifs. Ça transformait ses superbes photos de ballons en taches d'ombre et de brouillard. Il nous tannait le cuir bien comme il faut quand on faisait tout rater ! Ce que je veux dire, c'est que nous n'avons pas d'image nette. On n'a que des ombres et du brouillard.

— Et moi, je veux juste savoir quel cuir tanner. Dis-moi ce que tu sais de Génésis !

— Genésis. Il y a plein d'histoires associées à cette légende. Tu comprends, c'est presque une mystique. On parle de quelqu'un qui aurait mis Génésis en colère et qui resta prisonnier deux ans dans une cage de fer à la forme de son corps, gardé en vie par intraveineuse. Pendant tout ce temps, il n'a pas pu bouger de plus de quelques centimètres. Au bout de deux ans, ses muscles étaient tellement atrophiés qu'il en est mort. Est-ce que tu imagines ? On est en plein dans l'imaginaire d'Edgar Poe ! Je vais t'en raconter une autre, qui vient du secteur d'Athènes. Une des victimes fut un membre d'une puissante famille d'armateurs grecs. Mais ce n'est pas vraiment de lui qu'il s'agit. C'est de sa mère. Apparemment, la mère était inconsolable. Le temps est censé tout guérir, mais pas dans ce cas. Elle voulait voir la personne qui avait pris la vie de son fils, et rien ne la faisait renoncer. Elle ne parlait de rien d'autre.

— Elle voulait se venger. C'est compréhensible.

— Ce n'était même pas ça. Elle savait qu'elle ne pourrait pas se venger. Elle voulait juste voir le visage de Génésis. Elle voulait juste regarder cette personne dans les yeux. Elle voulait juste *voir,* voir ce que personne n'avait vu, à sa connaissance. Et elle insista tant, elle importuna tant tout le monde, qu'un jour un message arriva.

— Un message de Génésis ?

— Le message disait que Génésis avait entendu sa demande, et qu'elle pouvait obtenir ce qu'elle voulait, mais à une condition : au prix de sa vie. Tels étaient les termes de la proposition. Elle pouvait accepter ou refuser. Mais les termes n'étaient pas négociables. »

Todd frissonna, et ce n'était pas à cause de la brise.

« La mère, folle de douleur, accepta. Elle accepta la condition imposée. Je pense qu'on lui donna un téléphone portable, qu'on lui transmit une série d'instructions, qu'on la fit passer par une succession de lieux isolés. On retrouva son corps le lendemain matin. Elle avait caché une déclaration dans son soutien-gorge, écrite de sa main, disant qu'elle avait effectivement vu Celui-que-personne-ne-pouvait-voir-et-survivre. On sut donc que Génésis avait rempli sa part du contrat. A ce qu'on raconte, personne ne put déterminer la cause de la mort. Elle était juste morte.

— C'est incroyable.

— Je suis assez d'accord. C'est comme une légende. On a tous entendu ce genre d'histoires, mais on n'a jamais pu les vérifier. Tu me connais. Je ne me fie jamais à rien que je ne puisse vérifier.

— Il y a plus de choses au ciel et sur la terre...

— Peut-être. Peut-être. Mais je ne compte que ce que je peux compter. Si un arbre tombe dans une forêt et que je ne peux en avoir la confirmation fiable par mes agents de renseignements, cet arbre est pour moi toujours debout.

— Parle-moi d'Inver Brass. »

Ruth Robbins pâlit. Il y eut soudain quelque chose de mort dans son regard. Cela ne prit que quelques secondes – et l'apparition d'un filet de sang au coin de sa bouche, comme un trait de rouge à lèvres mal appliqué – avant qu'il comprenne pourquoi. Son corps se recroquevilla, mais elle était morte avant de toucher le sol.

Le filet rouge luisait au soleil de midi.

*Caroline du Nord*

Paul Bancroft était si fier de ses locaux du Research Triangle Park qu'il en devenait puéril, exubérant, sans retenue. Il arpentait les couloirs au parquet vitrifié, longeait les murs et les cloisons en verre. Quel était ce lieu ? se demandait Andrea. Pourquoi le savant se trouvait-il là ? Elle vit des étagères lourdes de documents, des ordinateurs en réseau qui ronronnaient comme dans une salle de commande de la NASA. L'éclairage, faible mais constant partout, lui rappela la section des manuscrits et livres rares d'une bibliothèque. A intervalles réguliers, des escaliers descendaient plus bas : marches en bois, rampe métallique, paliers dallés. Il ne faisait aucun doute que l'essentiel du bâtiment était souterrain. Devant les ordinateurs, des hommes et des femmes levaient les yeux à leur passage, sans leur porter un intérêt particulier.

« J'ai rassemblé une formidable équipe d'analystes, et j'en suis fier », déclara Paul Bancroft quand ils parvinrent à une zone centrale.

Des vélux laissaient filtrer un peu de lumière du jour à travers du verre épais.

« Et vous l'avez bien cachée.

— C'est assez discret, ici, admit le non-conformiste. Vous comprendrez pourquoi quand je vous l'expliquerai. »

Il s'arrêta et montra du bras, entourées par un demi-cercle de moniteurs, six personnes qui conféraient à une table en U. L'un d'entre eux – un homme mince à la barbe noire bien coupée, vêtu d'un costume bleu marine léger mais ne portant pas de cravate – se leva à l'arrivée de Paul Bancroft.

« Quelles sont les dernières nouvelles de La Paz ? lui demanda le vieux savant.

— On collecte justement les analyses », répondit l'homme d'une voix flûtée, presque féminine, comme ses mains.

Andrea regarda les hommes et les femmes qui se trouvaient là. Elle éprouvait à nouveau cette sensation d'être Alice, passée de l'autre côté du miroir.

« Je fais juste visiter les lieux à ma cousine Andrea, expliqua Paul Bancroft. La plupart de ces terminaux sont reliés à un système parallèle de processeurs, lui expliqua-t-il, pas seulement le superordinateur Cray XT3, mais une salle pleine de ces engins. L'ordinateur le plus rapide au monde aujourd'hui est probablement celui du Laboratoire national Livermore, du ministère de l'Énergie. On dit que le deuxième est celui du système BlueGene d'IBM, à Yorktown. Le nôtre arrive probablement en troisième, au coude à coude avec celui de Sandia et celui de l'université de Groningen, aux Pays-Bas. Nous parlons là d'un ensemble de machines qui peuvent exécuter des centaines de téraflops par seconde – des milliers de milliards de calculs. En une heure, cet ensemble fait plus de calculs que tous ceux qui ont été réalisés pendant la première moitié de siècle de l'informatique moderne. Des machines d'une telle puissance sont utilisées pour des analyses génomiques et protéomiques, ou pour anticiper des activités sismiques, créer des modèles d'explosions nucléaires – des événements de cette nature. Les modèles que nous créons ici ne sont pas moins complexes. Nous calculons les conséquences d'événements qui affectent les sept milliards d'habitants de cette planète.

— Mon Dieu ! Vous tentez de découvrir le plus grand bien pour le plus grand nombre – le calcul de la félicité...

— J'ai toujours aimé cette expression. Personne n'a jamais vraiment pu tenter d'effectuer ce calcul. Les interférences sont trop complexes. On court toujours le risque de dépasser les capacités de l'ordinateur. Mais nous avons fait de véritables avancées conduisant à de vrais résultats. C'est le rêve des grands esprits depuis les Lumières, dit Paul Bancroft les yeux brillants. Nous transformons la morale en mathématiques. »

Andrea resta sans voix.

« Vous savez qu'on dit que la connaissance humaine a doublé dans les quinze cents années entre la naissance du Christ et la Renaissance. Entre la Renaissance et la Révolution française, elle a doublé de nouveau. Dans le siècle et quart entre cette révolution et le sommet de la révolution industrielle, avec la naissance de l'automobile, la connaissance doubla une fois de plus. Selon nos estimations, Andrea, de nos jours la connaissance humaine double tous les deux ans. Dans le même temps, nos facultés morales n'évoluent pas. Les prouesses techniques de notre espèce ont dépassé de loin nos prouesses éthiques. Ces ressources informatiques que nous mobilisons sont en fait une sorte de prothèse mentale, étendant nos capacités intellectuelles par des moyens artificiels. Mais le plus important, en fin de compte, c'est de combiner nos algorithmes, nos analyses et nos modèles informatiques pour qu'ils produisent l'équivalent d'une prothèse morale. Personne n'élève d'objections quand la NASA, pour le projet de génome humain, rassemble des hommes de science et des ordinateurs afin de résoudre certains problèmes mécaniques et biologiques qui se posent à nous. Pourquoi ne pas aborder plus directement le bien de notre espèce ? C'est le défi que nous relevons ici.

— Mais que voulez-vous dire, au juste ?

— Les petites interventions peuvent avoir de grandes conséquences. Nous tentons d'envisager ces cascades d'événements afin de calibrer ces interventions. Pardonnez-moi, c'est encore trop abstrait, n'est-ce pas ?

— En quelque sorte.

— Il va falloir que je me fie à votre discrétion, dit-il en posant sur elle un regard gentil mais ferme. Ce programme ne pourrait continuer si ses activités étaient rendues publiques.

— Ses activités. C'est encore un langage codé.

— Et sans aucun doute, vous avez des soupçons envers ce qui est secret. C'est justifié, en général. Vous vous demandez pourquoi j'ai rassemblé ce groupe, pourquoi je le garde hors de portée des radars – sans qu'il apparaisse sur aucune carte. Vous vous demandez ce que j'ai à cacher. »

Andrea acquiesça. Les questions se bousculaient dans sa tête, mais elle savait que, pour l'instant, elle ferait mieux d'en dire le moins possible.

« C'est une affaire délicate, dit Paul Bancroft, mais quand je vous dirai comment tout a commencé, je crois que vous comprendrez pourquoi c'était nécessaire. »

Il l'entraîna vers une alcôve tranquille dominant un jardin verdoyant. A travers la vitre, elle vit un ruisseau qui courait entre les buissons et les parterres de fleurs.

« Nécessaire, répéta-t-elle. Un mot dangereux.

— Il arrive que le seul moyen de faire réussir de bons projets dans des pays au régime corrompu soit d'identifier ceux qui nuisent, qui font obstruction, et de les convaincre de s'écarter – voire d'aller jusqu'à les menacer d'exposer leurs turpitudes en public. C'est ainsi que ça a commencé, vous voyez. »

Sa voix grave, onctueuse était apaisante, presque hypnotique. Il s'adossa à son fauteuil en cuir chromé et regarda au loin. « C'était il y a des années. La fondation venait d'achever une mission, dans la province de Zamora-Chinchipe, en Équateur, sur un projet de réseau très coûteux qui visait à fournir de l'eau potable à des dizaines de milliers de villageois pauvres, des Quechuas pour la plupart. Soudain, nous avons découvert qu'un ministre notoirement vénal du gouvernement avait décidé de réquisitionner cette terre. Il est vite apparu qu'il avait l'intention de la vendre à une entreprise minière, qui lui versait des pots-de-vin juteux.

— C'est répugnant.

— Andrea, je m'y étais rendu en personne, j'étais entré dans les dispensaires pleins d'enfants de quatre, cinq, six ans, qui mouraient juste parce qu'ils avaient bu de l'eau contaminée. J'ai vu le visage baigné de larmes d'une mère qui avait perdu ses cinq enfants à cause des parasites pathogènes de l'eau. Et il y avait des milliers de mères comme elle. Des milliers d'enfants frappés chaque jour, malades, tués. Tout cela à cause de quelque chose qu'on pouvait éviter. Il suffisait de s'en soucier, ce qui, apparemment, était trop demander, conclut-il en levant des yeux humides vers Andrea. Une responsable du programme sur place, basée à Zamora, détenait des informations personnelles très préjudiciables au ministre. Elle m'a transmis ces informations. Andrea, j'ai respiré profondément et j'ai pris une décision, dit-il en la fixant de ses yeux bruns intenses, chaleureux, assurés, sans peur. J'ai décidé d'utiliser ces informations, comme elle l'avait espéré. Nous avons neutralisé ce ministre corrompu.

— Je ne comprends pas. Qu'avez-vous fait ?

— Quelques mots murmurés, dit-il avec un mouvement vague de la main, au bon intermédiaire. Nous avons fait un pas en avant. Il a reculé d'un pas. Et des milliers de vies ont été sauvées cette année-là. Auriez-vous agi différemment ?

— Y avait-il le choix ? répondit Andrea sans hésiter.

— Vous comprenez donc, dit-il avec un hochement de tête approbateur. Pour changer le monde – pour augmenter la somme du bien-être humain – la philanthropie doit être terre à terre. Elle doit être stratégique, pas seulement bien intentionnée. Collecter ce genre d'information stratégique – et si nécessaire s'en servir – dépasse la compétence des chargés de programme traditionnels. C'est pourquoi il a fallu créer ce lieu particulier, pour y héberger une division très spéciale.

— Que personne ne connaît.

— Que personne ne peut connaître. Cela interférerait avec les résultats que nous tentons d'atteindre. Les gens tenteraient de prédire et d'anticiper nos interventions – et ensuite de prédire ce que d'autres devraient prédire, et ensuite de prédire ce que ces autres avaient toutes les chances de prédire en fonction de ce que d'autres pourraient prédire. C'est là que nous exploserions la capacité de nos ordinateurs. Les horizons brumeux de causalité seraient tout à fait opaques.

— Mais quelle est cette division, exactement ? Vous ne me l'avez toujours pas dit.

— Le groupe Thêta, dit Paul Bancroft en posant sur elle un regard attentif mais chaleureux. Bienvenue ! ajouta-t-il en se levant. Vous souvenez-vous de ce que vous disiez des conséquences perverses ? Des actes bien intentionnés qui donnaient des résultats néfastes ? C'est à ce problème que cette équipe se consacre, mais en s'attachant au détail et à la précision, ce qui n'a jamais été le cas auparavant. Vous êtes une jeune femme coriace, Andrea, mais pas parce que vous n'avez pas de cœur. Au contraire : parce que vous avez un cœur, et une tête, et que vous savez que l'un est inutile sans l'autre. »

Son visage, sa sérénité, sa sensibilité à fleur de peau face aux souffrances des autres l'apparentaient à un saint. *Cet homme est authentique* – tous ses instincts le lui disaient. Pourtant, il lui revint à l'esprit une chose que Todd avait dite : *c'est toi qui t'es fait avoir.*

Andrea le regarda au fond des yeux et prit une décision – imprudente, sans doute, mais calculée, aussi. « Vous avez parlé d'interventions. Y en a-t-il eu qui auraient mis en contact la fondation Bancroft avec un chef d'équipe paramilitaire dans les Émirats ? »

Elle avait tenté de garder un ton froid en dépit des coups de marteau dans sa poitrine.

Paul Bancroft eut l'air étonné. « Je ne vous suis pas. »

Andrea lui tendit une photocopie de la dernière page de la note de téléphone. Elle indiquait le numéro avec préfixe 011 971 4, celui de Dubaï. « Ne me demandez pas comment j'ai eu ça. Je veux juste que vous m'expliquiez cet appel. Parce que j'ai composé ce numéro, et je crois que je suis tombée sur... ce que j'ai dit. Un type d'un groupe paramilitaire. »

Ses mots restaient délibérément vagues, mais elle contrôlait mal l'émotion qui la gagnait. Elle ne voulait pas lui parler de Todd Belknap. Pas encore. Elle était hantée par trop d'incertitudes. Si Paul Bancroft était complice, il allait probablement concocter une histoire de faux numéro. Sinon, il allait être aussi déterminé qu'elle à en savoir plus.

Il regarda le numéro, puis sa cousine. « Je ne vous demanderai pas comment vous le savez, Andrea. Je vous fais confiance, je fais confiance à votre instinct. »

Il se leva et, d'un geste, appela un homme en costume sombre. Pas un de ceux qui étaient assis autour de la table en U. Quelqu'un d'autre, qu'Andrea n'avait pas encore remarqué. Cheveux blonds, visage bronzé, nez cassé, une démarche comme s'il glissait.

Paul Bancroft lui tendit la page portant ce numéro de téléphone international. « Scanlon, j'aimerais que vous fassiez une recherche à propos de ce numéro à Dubaï. Faites-moi savoir ce que vous découvrirez. »

L'homme hocha la tête sans rien dire et repartit de son pas glissant. Paul Bancroft revint à son fauteuil et posa sur sa cousine un regard interrogateur.

« C'est tout ? demanda Andrea.

— Pour le moment. Quelqu'un m'a informé que vous vous étiez intéressée aux archives de la fondation. Je crois que nous savons tous les deux pourquoi », dit-il sans qu'un reproche ne soit perceptible dans sa voix, pas même une déception.

Andrea ne dit rien.

« C'est à propos de votre mère, n'est-ce pas ?

— Il y a tant de choses à son sujet que je n'ai jamais sues, dit-elle en détournant le regard. Tant de choses que je commence juste à découvrir. Son rôle à la fondation... Les circonstances de sa mort, asséna-t-elle en scrutant l'expression de Paul Bancroft.

— Vous avez donc appris ce qui s'était passé », dit-il en baissant la tête avec tristesse.

*Comment jouer ça ?* Elle espéra ne pas rougir quand elle répondit avec une ambiguïté calculée : « C'est bouleversant. »

Paul Bancroft posa la main sur son poignet, qu'il serra, comme le ferait un prêtre. « Je vous en prie, Andrea. Vous ne devez pas lui en vouloir. »

*Lui en vouloir ? De quoi parlait-il ?* Toutes sortes d'émotions l'envahirent se heurtant les unes aux autres comme des glaçons dans un verre. Elle resta silencieuse, dans l'espoir que son silence l'inciterait à parler.

« En vérité, dit le vieux savant, nous sommes responsables de ce qui est arrivé. »

## *Chapitre treize*

ANDREA EUT COMME UN VERTIGE, une nausée. « Quand elle a démissionné du conseil... commença-t-elle.
— Exactement. Quand le conseil a voté pour demander qu'elle démissionne, personne n'a pensé qu'elle réagirait de cette manière. Mais on aurait dû. Ça me bouleverse d'y repenser. Pendant un week-end de retraite avec les membres du conseil, elle a pris une voie divergente, elle s'est opposée aux autres. Je n'étais pas là, mais on me l'a raconté. Je suis désolé. Ce genre de chose doit être difficile à entendre.
— Il est important pour moi de l'entendre de votre bouche. J'en ai besoin.
— Ils ont donc voté contre elle. Avec trop de précipitation, à mon avis. Laura était très perspicace. Elle a tant apporté au conseil ! Si elle avait une faiblesse... mais qui d'entre nous n'en a pas ? Qu'on demande sa démission a dû produire sur elle l'effet d'une punition. Elle était en colère, bouleversée... Peut-on lui en vouloir ? Elle a réagi exactement comme ils auraient dû le prévoir. On ne garde pas l'alcool sous clé, à Katonah. Elle a bu jusqu'à être très intoxiquée. »

La tête d'Andrea la faisait souffrir. *Le Baume de Galaad*, disait sa mère pour plaisanter. Tous ces verres remplis de glace et de vodka. Mais elle avait cessé de boire. Elle ne buvait plus, elle était abstinente. Cette période était révolue. N'est-ce pas ?

« Dès que quelqu'un a découvert qu'elle avait pris les clés de sa voiture et qu'elle était partie, on a envoyé un membre de la sécurité à sa poursuite, pour tenter de l'arrêter, de la ramener saine et sauve. Mais il était trop tard. »

La détresse se lisait sur le visage de Paul Bancroft tandis qu'il parlait.

Tous deux restèrent un moment assis en silence. Il semblait comprendre qu'on ne pouvait la brusquer, qu'elle avait besoin de temps pour se remettre.

L'homme bronzé aux cheveux blonds – Scanlon – revint avec la feuille de la compagnie de téléphone.

« Le portable est enregistré au nom de Thomas Hill Green Jr, monsieur, des affaires publiques du consulat général américain à Dubaï. On prépare son CV.

— Cela vous paraît-il possible, Andrea ? Et si on l'appelait ? »

Il montra un téléphone noir sur une table basse.

Andrea pressa le bouton du haut-parleur et composa avec soin tous les chiffres. Au bout de quelques secondes de grésillements, on entendit le ronronnement d'une sonnerie.

Une voix amicale, presque enjouée répondit : « Tommy Green à l'appareil.

— Je vous appelle de la fondation Bancroft, dit Andrea. Nous tentons de joindre l'officier des affaires publiques du consulat général.

— Vous avez de la chance ! En quoi puis-je vous aider ? Est-ce au sujet de la conférence sur l'éducation de ce soir ?

— Je suis désolée, monsieur Green, dit Andrea. Il y a confusion de ma part. Je vais devoir vous rappeler. »

Elle raccrocha.

« La fondation aide certains projets éducatifs dans le Golfe, dit prudemment Paul Bancroft. Si on l'a appelé, je suppose que c'est en relation avec la coordination de nos programmes dans les Émirats. Mais je peux faire des recherches, si vous voulez. On a déjà eu vent de numéros de portables "clonés" par des hors-la-loi de tout acabit. Une manière de faire payer leurs communications au détenteur de la ligne. »

Le regard d'Andrea se perdit vers le ruisseau. « Je vous en prie, inutile de chercher plus avant. »

Elle avait eu l'intention de l'interroger sur l'homme sans nom, mais soudain, en pleine lumière, elle n'arriverait pas à exprimer précisément ce qu'il avait fait ou dit pour la troubler à ce point. Quand elle tenta de formuler sa plainte dans sa tête, ça lui parut de l'hystérie pure, même à elle. Les mots moururent dans sa bouche.

« Vous savez que vous pouvez toujours tout me demander, dit le vieil homme. Quelle que soit la question.

— Merci, dit-elle mécaniquement.

— Vous vous sentez idiote, mais vous avez tort. Vous avez fait ce que j'aurais fait. Quelqu'un vous donne une pièce, vous la mordez pour voir si c'est bien de l'or. Vous êtes tombée sur quelque chose qui vous a étonnée et vous avez eu besoin d'en savoir plus. Rien ne pouvait vous en détourner. Si c'était un test, Andrea, vous l'avez réussi haut la main.

— Un test. Était-ce cela ? demanda-t-elle avec une irritation involontaire.

— Je n'ai pas dit ça, répondit le philosophe avant de serrer les lèvres pour réfléchir. Mais nous sommes tous mis à l'épreuve – chaque jour, chaque semaine, chaque année. Nous devons prendre des décisions. Nous devons porter des jugements. Il n'y a pas les réponses à la fin du livre. C'est pour cela que la stupidité, comme le manque de curiosité, est un vice. Une forme de paresse. Dans le monde réel, on prend toujours les décisions dans l'incertitude. Le savoir est toujours partiel. Vous agissez, il y a des conséquences. Vous n'agissez pas, il y a des conséquences.

— Comme pour le trolley dont les freins ont lâché.

— Il y a dix ans, j'ai manqué à mon devoir d'action et nous avons perdu quelqu'un que j'aimais beaucoup.

— Ma mère... Savait-elle pour...

— Thêta ? Non. Mais nous aurions pu utiliser une personne comme elle. Je sais combien vous devez vous interroger sur cette partie de sa vie. Mais les rapports officiels ne doivent pas vous décevoir. La contribution de votre mère a été très réelle et très importante, bien plus que ce genre de document peut le consigner. Il faut que vous le sachiez. Laura, je crois que je l'aimais, d'une certaine façon. Je ne veux pas dire qu'il se passa quoi que ce soit entre nous, rien de romantique. C'est seulement qu'elle était si vivante, si pleine d'énergie, si *bonne*. Pardonnez-moi. Je ne devrais pas vous troubler avec ça.

— Je ne suis pas elle, dit Andrea d'une petite voix.

— Bien sûr. Et pourtant, la première fois que je vous ai vue, j'ai su qui vous étiez, parce que je l'ai vue en vous. »

Sa voix se cassa et il dut s'interrompre avant de continuer. « Quand vous êtes venue dîner, ce fut comme une image fantomatique dédoublée sur un vieux téléviseur. J'ai cru sentir sa présence. Puis ça s'est estompé, et j'ai pu vous voir telle que vous êtes. »

Andrea sentit qu'elle était sur le point de pleurer, mais elle était bien décidée à se contrôler. Que croire ? A qui faire confiance ? *J'ai confiance en votre instinct*, lui avait dit Paul Bancroft. Pouvait-elle en faire autant ?

« Andrea, j'aimerais vous faire une proposition. Je voudrais que vous rejoigniez mon groupe restreint, en tant que conseiller. Avec vos connaissances et votre intelligence, avec votre passé d'historienne de l'économie, vous êtes parfaitement équipée pour relever le défi. Vous pourriez nous être utile. Être utile au monde.

— J'en doute.

— Vous avez découvert que j'ai des sentiments – *Mirabile dictu !* dit-il avec un sourire évanescent. Mais je révère la raison. Ne vous y trompez pas. Ma proposition est très rationnelle. De plus, je ne suis plus vraiment de la première jeunesse, comme les experts, ici, me le rappellent régulièrement. Vous me voyez l'hôte d'un domaine où je ne serai bientôt plus le maître. Les rangs sont régulièrement remplis par la génération suivante. Nous ne pouvons pas tout simplement passer une annonce dans le journal, n'est-ce pas ? Comme je l'ai dit, personne ne doit savoir ce que nous faisons ici. Même au sein de la fondation, très peu de gens apprécieraient à leur juste valeur les exigences qui sont les nôtres.

— *Exigences...* J'aimerais en savoir plus sur ce qui se passe vraiment ici.

— Vous le saurez bientôt. Du moins je l'espère. Cela se fait par étapes. On ne peut introduire un élève à la topologie algébrique avant qu'il connaisse la géométrie. L'éducation se fait pas à pas. On ne peut donner de sens à une information si elle n'est pas apportée au moment adéquat. La connaissance se construit sur la connaissance. Mais je n'ai aucune inquiétude. Comme je l'ai fait remarquer, vous apprenez vite.

— Ne devriez-vous pas commencer par m'expliquer votre vision du monde ? demanda Andrea qui s'autorisa une pointe de sarcasme.

— Non, Andrea. Parce que c'est déjà votre vision du monde. La stratégie Bancroft – vous l'avez déjà exposée aussi bien qu'elle l'a jamais été.

— J'ai l'impression de m'être égarée dans un lieu lointain. Nous ne sommes plus dans l'Amérique profonde, c'est certain.

— Écoutez-moi, Andrea. Écoutez vos propres arguments, la voix de la raison dans votre tête et dans votre cœur. *Vous êtes arrivée chez vous.*

— Chez moi ? Vous savez, je vous écoute et tout me semble juste. Tout a la justesse de deux plus deux font quatre. Mais je m'interroge.

— Je veux que vous vous interrogiez. Nous avons besoin de gens qui s'interrogent et qui posent les questions les plus difficiles.

— Une organisation secrète qui accomplit des actions secrètes. J'aimerais savoir où sont les frontières ? Qu'est-ce que vous ne feriez pas *?*

— En cherchant à agir pour le bien ? Croyez-moi, ce sont des problèmes que nous affrontons sans cesse. Comme je l'ai dit, chacun de nous est mis à l'épreuve, tout le temps.

— C'est une réponse affreusement abstraite.

— A une question affreusement abstraite.

— Donnez-moi des détails.

— Quand vous serez prête. »

La réponse avait été donnée gentiment, mais avec fermeté. A travers les vitres protectrices, Andrea regarda l'eau qui coulait et vit que le soleil filtrait entre les aiguilles de hauts pins. Leurs larges branches, comprit-elle, dissimulaient le bâtiment à tout engin qui pouvait le survoler.

On lui dissimulait encore beaucoup de choses à elle aussi.

*Exigences. Activités. Interventions.*

Andrea avait également quelque chose à cacher. Le raisonnement de Paul Bancroft était plausible, mais troublant, néanmoins. Il n'était pas le genre d'homme à avoir peur des conclusions logiques de ses principes. La logique inébranlable de ses doctrines pouvait facilement conduire à des actions illégales. Paul Bancroft hésiterait-il à écrire ses propres lois ? Reconnaissait-il l'autorité de toute règle qui ne provenait pas de son propre système complexe de moralité ?

« Je ne vais pas vous contredire », dit-elle enfin.

Elle avait pris une décision. Les paroles de Paul Bancroft l'avaient presque convaincue, et elle allait prétendre qu'elles avaient fait bien plus. Sa seule chance d'obtenir davantage d'informations – assez pour apaiser ses doutes, dans un sens ou un autre – était d'agir de l'intérieur. Qui savait quelles vérités reposaient dans l'empire caché de Paul Bancroft ? « Écoutez, ajouta-t-elle, je ne sais pas si j'ai vraiment ma place ici. »

*N'accepte pas trop facilement. Feins des réticences – laisse-le te convaincre.*

« Nous allons donc devoir apprendre comment trouver notre place près de vous. Les styles personnels varient. Et c'est très bien, tant que la stratégie Bancroft reste constante. Acceptez-vous au moins d'y réfléchir ? »

Elle avait un peu honte de le duper. Pourtant, si elle décidait qu'il était un parangon de vertu, comme elle l'avait pensé le premier jour, elle était dans son droit. « J'aurais du mal à ne pas y réfléchir.

— Souvenez-vous seulement, ajouta l'alerte savant, que prendre la bonne décision n'est pas toujours facile. »

Elle se souvint de ses remarques sur les mauvaises actions aux bonnes conséquences. *Écrasez l'infâme !* Mais trop souvent, elle le savait, écraser l'infâme devenait une horreur en soi.

« Je crois que ma véritable crainte est de vous décevoir, mentit-elle en veillant à ce que sa voix ne tremble pas. Vous mettez tant d'espoirs en moi ! Je ne sais pas si je peux en être digne.

— Êtes-vous prête à essayer ? »

Elle prit une profonde inspiration et s'efforça de sourire. « Oui, je le suis. »

Paul Bancroft lui rendit son sourire, mais il y avait quelque chose de fuyant et de prudent dans son expression. Avait-il cru à son étalage d'enthousiasme ? Elle devrait rester sur ses gardes. Elle risquait de se retrouver sous surveillance. L'équipe Bancroft n'était pas prête à lui faire confiance et de cela, elle était certaine. On lui avait confié un secret. Cela faisait d'elle un atout potentiel – ou une menace. Elle ne pouvait se permettre quoi que ce soit qui les inquiéterait.

L'admonition ambiguë de l'homme sans nom de Katonah lui revint en mémoire, et ces mots formèrent comme un nuage noir devant le soleil : *Vous êtes bien placée pour savoir ce qui peut arriver.*

## *Chapitre quatorze*

*Washington*

LES JOUES SILLONNÉES DE RIDES de Will Garrison firent une grimace de rage et de frustration. « Je m'en veux, fulmina le directeur des Opérations consulaires. J'aurais dû faire enfermer ce salaud quand j'en ai eu l'occasion. »

Mike Oakeshott, directeur adjoint des analyses, fit entendre sa voix sobre : « Le Limier...

— Il faut l'arrêter ! » rugit Garrison.

Ils se trouvaient dans le bureau du directeur des Opérations, Gareth Drucker, dont le regard ne cessait de revenir à une dépêche : une analyste chevronnée des Opérations consulaires frappée à mort pendant son heure de déjeuner. La nouvelle l'aurait secoué même s'il n'avait pas été proche de Ruth Robbins. Dans sa situation, le choc était double. Il prit un crayon, sur le point d'écrire des ordres, mais le cassa en deux.

« Dans mon putain de service ! éructa Drucker dont les yeux lançaient des flammes. C'est arrivé dans mon putain de service !

— Excusez-moi, mais... qu'est-ce qui est arrivé, précisément ? » demanda l'analyste.

Drucker déploya ses jambes raides comme des bâtons et bondit du fauteuil où il s'était vautré, galvanisé par la frustration. Il agrippa son halo de cheveux gris. Ruth Robbins était un pilier de son équipe ; c'était lui qui avait subi la plus grosse perte et, à un niveau élémentaire, celui du terrain de jeu, ça ennuyait Oakeshott que Garrison se soit approprié sa propre tragédie.

Garrison se tourna vers lui comme un taureau prêt à charger. « Tu le sais très bien...

— Je sais très bien qui a été tué, dit-il en croisant le regard de Drucker. Mais comment, quoi, pourquoi...

— Ne rends pas les choses plus compliquées encore, grogna Garrison. A l'évidence, Belknap est sorti de ses gonds.

— Déséquilibré par la douleur, c'est ça ? demanda Oakeshott en refermant ses longs bras sur son torse fluet.

— En croisade vengeresse, plutôt. Et il se livre à une tuerie mondiale. Ce fils de pute est en plein délire et il tue tous ceux dont il imagine qu'ils sont de près ou de loin liés à la disparition de Rinehart. De la jeune Italienne à la pauvre Ruthie Robbins. Dieu tout-puissant ! Qui est à l'abri de ce salaud ? »

Oakeshott, déstabilisé, n'avait pas l'air convaincu, mais la rage de Garrison était une puissante force de persuasion. « Pas toi, dit l'analyste.

— Que ce sac de merde essaie un peu ! » aboya Garrison.

Gareth Drucker les regarda tous deux en tambourinant sur son bureau du bout des doigts, une veine gonflée pulsant sur son front. « On doit séparer les suppositions des faits, dit-il. Les experts sont en train d'étudier la vidéo des caméras de surveillance aux entrées et aux sorties du parc. Il faut avoir des preuves. Ça va prendre du temps.

— Du temps que nous ne pouvons pas gâcher, protesta Garrison.

— Merde ! dit le directeur des Opérations en guise d'approbation. A mon avis, on en a assez pour activer une équipe d'interception. Je veux qu'on l'amène et qu'on l'interroge, à l'aide de tous les moyens nécessaires. Mais pas mort ou vif ! Il faut qu'on soit très clairs à ce propos, parce que tout doit être fait selon les règles.

— Cette foutue commission Kirk, ronchonna Garrison, comme si je ne le savais pas.

— On agit dans les règles, approuva Drucker. Depuis que l'évaluation a commencé, "mort ou vif" a été rayé de nos tablettes. On s'en tient aux procédures administratives. On fait comme si tout devait être consigné dans les archives du Sénat, parce que, pour autant qu'on le sache...

— Les Opérations consulaires, ce n'est pas mon rayon, dit Oakeshott, mais vous savez que bien des gens ici ont un grand respect pour Castor.

— Tu veux dire que mes agents désobéiraient à une directive officielle ? demanda Drucker.

— Parce qu'ils ne savent pas ce qu'il a en tête, intervint Oakeshott.

— Je ne crois pas, affirma Drucker. C'est encore moi le patron.

— Je voulais juste dire qu'il faut marcher sur des œufs, continua Oakeshott. Il a des amis. Les amis renseignent leurs amis. Il pourraient lui donner une longueur d'avance sur nous. Pour tout un tas des jeunes, ici, c'est un vrai héros populaire, et toi, Drucker, tu n'es que le shérif. Je veux juste dire, conclut-il en levant ses mains en un geste d'apaisement, qu'il faut que tu sois conscient des problèmes disciplinaires au sein de l'unité.

— Encore une chose que je ne peux pas me permettre avec cette foutue enquête du Sénat qui plane au-dessus de ma tête, dit le directeur des Opérations en perdant son regard dans l'espace. Tu crois qu'un de ses alliés pourrait cafter à la commission ?

— Je n'ai pas dit ça, commença Oakeshott. Je dis juste qu'il faut être prudents.

— On va donc en faire une mission réduite aux seuls acteurs, décida Drucker. Sécurisez toutes les communications, comme ça personne d'autre ne sera au courant.

— Belknap est un habitué de ce genre de procédure, prévint Oakeshott.

— C'est pourquoi nous allons réduire encore les intervenants, annonça Drucker. Ça exclut tout le personnel auxiliaire. Différents programmes, différents pare-feu – pas de croisement de données.

— Ça ne nous laisse pas beaucoup de choix, en matière d'hommes, fit remarquer Oakeshott.

— On prendra une équipe réduite et décidée. C'est mieux ainsi. Il faut que cette opération marche comme une horloge. Parce que Kirk est très remonté, ce fils de pute ! C'est une des choses que j'ai apprises au déjeuner interagences, aujourd'hui. J'en ai appris une autre, ajouta Drucker avec un sourire en coin : si vous croyez que le FBI va monter un dossier et faire démissionner ce très cher sénateur Bennet Kirk, vous rêvez.

— Les fédéraux ne sont qu'une bande de lâches, de nos jours, grogna Garrison. Ils ne trouveraient pas leurs fesses avec deux mains et un périscope.

— Personne ne dit que Kirk est blanc comme neige, continua

Drucker. Mais il n'est pas particulièrement sale. Et il y a trop d'éléments mouvants, dans cette affaire.

— Plus on est de fous, plus on rit », commenta Garrison.

Il n'eut pas besoin d'expliquer que Kirk coordonnait les travaux à la fois d'un conseil indépendant et de l'équipe d'investigation du Sénat. Les discours de Kirk sur la manière dont il prévoyait d'extirper les abus des agences de renseignements américaines, des entreprises et des organisations non gouvernementales en lien avec elles avaient galvanisé les médias. Il était trop bien lancé pour qu'on puisse l'arrêter. Dans le monde de l'espionnage, la survie à long terme était une priorité. Les agents se comportaient tous au mieux, ces derniers temps – ou faisaient leur possible pour dissimuler les preuves de leur comportement déviant.

« Pas question que je signe un papier que je ne pourrais montrer moi-même à Kirk, murmura Drucker. Nous sommes donc d'accord. » Il regarda de nouveau le dossier personnel de Ruth Robbins avant de lever les yeux vers Will Garrison, livide. Un long moment passa. « J'autorise qu'on l'arrête. Dès que possible. Rien de plus.

— Et si l'équipe n'arrive pas à l'arrêter, je le ferai en personne », affirma Garrison d'un air sombre. C'était une question de fierté professionnelle. Il redressa légèrement le menton, requérant une approbation tacite du silence de Drucker. Tu garderas les mains propres Gareth. Tout retombera sur moi. S'il le faut, j'irai jusqu'au bout. »

*Research Triangle Park, Caroline du Nord*

« Paul, puis-je vous parler un moment ? » demanda l'homme à la barbe noire bien taillée.

Paul Bancroft le rejoignit à la table de conférence en U. « Bien sûr, qu'y a-t-il ?

— Mlle Bancroft est...

— On la raccompagne à son hôtel.

— J'espère que vous avez raison à son sujet », continua George Collingwood.

Le vieux savant tolérait d'ordinaire les commentaires et les critiques directes. Mais il s'agissait là d'une affaire de famille. On prenait des précautions quand il s'agissait de la famille, même avec Paul Bancroft.

« On le saura bientôt, répondit le philosophe aux cheveux gris. On ne peut pas précipiter le... processus d'acclimatation. Il faut y aller par étapes. Comme pour vous.

— On dirait que vous parlez d'un lavage de cerveau.

— Au service du culte de la raison. Quel cerveau n'a pas besoin d'un petit nettoyage ?

— Son côté détective ne vous inquiète pas ?

— Au contraire. Elle a eu des soupçons et elle a eu l'occasion de m'en faire part. Maintenant, elle peut avancer, mettre tout ça derrière elle. C'est un bon premier pas pour devenir une initiée.

— Une initiée au culte de la raison, dit Collingwood comme s'il savourait l'expression. C'est vous qui savez. Le seul problème, c'est la commission Kirk, qui plane comme un nuage d'orage ; il suffirait d'une goutte qui cristallise pour que la grêle s'abatte sur nos têtes. »

Il montra du regard un dossier sur le sénateur de l'Indiana qu'un collègue était en train d'étudier.

« Je comprends, répondit imperturbablement Paul Bancroft, et je vous accorde que je peux me tromper à son sujet. Mais j'ai bon espoir.

— Dans les limites de la raison, j'imagine », répliqua Collingwood avec un petit sourire.

Une femme forte aux cheveux noirs et raides pressa plusieurs boutons sur une console et, accompagnée d'un ronronnement sourd, une plate-forme métallique monta du sol et s'inséra dans un placard adjacent. Elle s'appelait Gina Tracy. C'était la plus jeune de l'équipe. Elle posa une main sur un panneau en verre jusqu'à ce que le scanner d'identification ait approuvé son empreinte, puis le côté du panneau s'ouvrit et elle récupéra un ensemble de dossiers. Ces documents étaient imprimés sur un papier qui noircirait immédiatement en présence d'une infime quantité d'ultraviolets, même ceux émis par les lampes fluorescentes ou à incandescence ; l'éclairage était donc soigneusement filtré dans les locaux de Thêta, éliminant toute longueur d'onde plus courte que l'indigo. S'ils étaient volés, les documents internes des lieux seraient inutilisables, comme un négatif de film exposé à la lumière.

« J'ai déjà envoyé une équipe à La Paz, dit-elle en tendant le dossier sur le projet de mise en valeur des terres. Un militant local déclenche des grèves, ce qui bousille tout. Il se trouve qu'il est payé par le représentant local d'un conglomérat international.

— Rien de surprenant, dit Paul Bancroft.

— On va le griller. On va faire circuler des copies de ses avoirs en banque montrant exactement les sommes qu'il a reçues. Ça a été fait de façon directe. Son nom figure partout. Il sera discrédité en une seconde, dit-elle avec un sourire. Un sale con qui s'oppose au PGBPGN. »

PGBPGN, c'étaient les initiales utilisées ici pour dire « le plus grand bien pour le plus grand nombre ».

« Excellent, approuva Paul Bancroft.

— La question de l'effacement de la dette africaine a été plus épineuse, à cause de la bureaucratie délirante de l'Union européenne. On a pourtant abouti à un obscur législateur belge. Il est très bas sur l'échelle, mais il semble avoir une influence démesurée sur ceux qui se trouvent au sommet. C'est un type intelligent, décidé, dur au travail, et il a conquis leur confiance. Il est opposé à tout effacement de la dette dans le tiers-monde. Un véritable idéologue. Burgess a ses statistiques personnelles. »

Elle se tourna vers un associé, un homme aux traits bien dessinés dont les cheveux blonds étaient si pâles qu'ils paraissaient blancs. Il s'appelait John Burgess et il avait passé dix ans chez Kroll Associates en tant que directeur d'enquêtes avant de rejoindre le groupe Thêta. « Ce n'est pas seulement un idéologue, dit-il, c'est aussi un célibataire. Pas d'enfants. Un parent atteint d'Alzheimer. J'ai fait passer les modèles dans la machine. Verdict : nous allons mettre fin à ses souffrances – ou en tout cas nous mettrons fin aux souffrances d'autres gens.

— Tout le monde est d'accord ? demanda Paul Bancroft.

— Deux équipes ont fait l'étude séparément, dit Collingwood, et toutes deux sont arrivées à la même conclusion. S'il ne se réveille pas demain matin, le monde sera meilleur. PGBPGN !

— Très bien, dit Paul Bancroft d'un air sombre.

— Et le cadre de banque en Indonésie ? continua Collingwood. On a remporté la victoire. Il a reçu un coup de téléphone hier soir, et il vient de donner sa démission.

— Propre et net », commenta Paul Bancroft.

Dans la demi-heure qui suivit, ils passèrent d'autres dossiers en revue. Un directeur de mine récalcitrant en Afrique du Sud, un militant religieux dans le Gujarat, en Inde, un magnat des communications en Thaïlande – chacun était une source de souffrances importantes et évitables. Ils seraient contraints de démissionner ou de changer de comportement. Quand on ne pouvait pas recourir au chantage, une équipe d'élite se chargeait de l'exécution, et toujours de manière à ce que ces morts paraissent accidentelles ou naturelles.

En de rares occasions, bien sûr, les membres du groupe Thêta avaient recours à quelque chose de spectaculaire, comme lorsqu'ils avaient perpétré l'assassinat de Martin Luther King, Jr – une tragique nécessité, ils en étaient tous d'accord – afin de donner un coup d'accélérateur au mouvement des droits civiques. Ou quand ils avaient organisé deux désastres à la NASA, l'explosion des fusées devant faire comprendre combien ce programme était un gâchis inutile. La perte de quelques vies signifiait que des milliers d'autres seraient sauvées, que des milliards de dollars iraient à des programmes plus valables.

Mais il fallait rester prudents. Les modèles avaient beau être de plus en plus élaborés, tout le monde savait qu'ils ne pourraient jamais être infaillibles, quelle que soit la puissance de l'ordinateur qui les calculait.

Ils arrivèrent enfin au dossier opérationnel final, le plus ardu. Il s'agissait d'un carambolage politique complexe qui nécessiterait la mort de toute une équipe nationale de football. Un gouverneur régional avait invité dans sa propriété, à une fête qu'il organisait, cette équipe de foot – qui faisait l'objet d'une adulation délirante depuis qu'elle avait remporté la Coupe du Monde trois ans plus tôt. Il avait insisté pour que les joueurs arrivent dans son avion privé, un engin datant de la Seconde Guerre mondiale qu'il entretenait avec amour, parce qu'il représentait l'héroïsme de son père, militaire à l'époque. L'explosion de l'appareil, entraînant la mort des célèbres jeunes gens, plongerait la nation dans le deuil pendant un temps, mais cela sonnerait aussi le glas des chances de ce gouverneur dans les élections nationales du lendemain, car le peuple le rendrait coupable de cette tragédie. C'était un moyen d'éviter la reconduction au pouvoir d'une administration désastreuse et d'assurer le succès du candidat réformateur. On anéantirait une équipe de football. Quelques vies seraient perdues. C'était une décision à prendre en toute connaissance de cause. Mais le pays prospérerait. Des milliers de vies seraient sauvées quand les investissements étrangers arriveraient en masse, accélérant le développement économique du pays.

Paul Bancroft réfléchit longuement. Il ne pouvait donner son autorisation sur un coup de tête. Il chercha à croiser le regard du plus ancien analyste à la table, Herman Liebman. « Qu'en penses-tu, Herman ? » demanda le philosophe d'une voix douce.

Liebman passa la main dans ses cheveux gris, qui se faisaient rares. « Tu t'adresses toujours à moi comme au type qui se souvient des fois où tout n'a pas marché comme prévu. Il ne fait pas de doute que ce gouverneur est kleptocrate. C'est une très mauvaise nouvelle. Mais je ne peux pas m'empêcher de repenser à Ahmad Hasan al-Bakr.

— Qui ? demanda Gina.

— Un vrai dur. Un chef irakien truculent qui gouvernait avec un autre sunnite dans les années 70. Avant ton arrivée, Gina. Mais Paul s'en souvient. On a réfléchi au problème, et tous les analystes ont conclu qu'al-Bakr était le pire des deux dirigeants. On a envoyé une équipe d'agents en Irak. C'était en 1976. Du travail bien fait. Ils ont provoqué chimiquement un infarctus du myocarde. Et c'est son partenaire qui a pris le contrôle du pays : Saddam Hussein.

— Ce ne fut pas un de nos meilleurs moments, admit Paul.

— Surtout pour moi, insista Liebman, parce que – Paul est trop poli pour le souligner – c'était moi qui avais fait la campagne la plus dure pour qu'on se débarrasse d'al-Bakr. Tous les modèles allaient dans ce sens.

— C'était il y a longtemps, le réconforta Paul Bancroft. On a beaucoup amélioré les algorithmes de Thêta, depuis. Sans parler du fait que nous utilisons aujourd'hui une bien plus grande puissance informatique. Nous ne sommes pas parfaits, nous ne l'avons jamais été. Mais, dans l'ensemble, nous avons fait de cette planète un monde meilleur. Des hommes et des femmes qui seraient morts dans l'enfance sans Thêta mènent aujourd'hui une vie productive. Nous faisons de la chirurgie, Herman, tu le sais mieux que quiconque. On coupe dans le corps humain. C'est une sorte de violence. On ne fait pas d'entaille sans une bonne raison. Mais il arrive que la survie dépende d'une opération chirurgicale : retirer les tumeurs malignes, dégager les artères bouchées, ou simplement découvrir ce qui ne va pas. Si des malades meurent parfois, sur la table d'opération, bien plus nombreux sont ceux qui mourraient sans la chirurgie. C'est drôle, Burgess, j'ai regardé cette finale de la Coupe du Monde. Un groupe de joueurs inspirés. Quand Rodriguez a marqué... l'expression sur son visage ! dit-il en souriant à ce souvenir. Mais nous avons fait les calculs. Nous avons là une chance d'affecter la gouvernance nationale d'un pays où de mauvaises politiques ont nui à des tranches entières de la population, à des générations entières, et nous ne pouvons la laisser passer. C'est peut-être la décision la plus difficile de l'année.

— Juste pour jouer l'avocat du diable, consacrons quelques réflexions aux douze hommes qui seront dans cet avion ! dit Liebman qui ne voulait pas contrer Paul Bancroft, mais qui savait que l'homme comptait sur lui pour énoncer les conséquences immédiates aussi bien que les conséquences à long terme qu'ils visaient. Des hommes jeunes, insista-t-il en frappant du doigt la deuxième page du dossier. Dont trois sont mariés. Y compris Rodriguez. Sa femme lui a déjà donné deux filles et elle est enceinte. Ils espèrent un garçon. Et ces hommes ont des parents, des grands-parents, dans la plupart des cas. La douleur sera terrible et ineffaçable pour ces gens. En fait, toute la nation connaîtra un deuil intense.

— Tous ces facteurs ont été soigneusement pris en compte dans nos modèles, répondit Paul Bancroft. Nous n'envisagerions pas cette action si les avantages n'étaient pas plus grands encore. Nous devons au peuple de ce pauvre pays – aux enfants de ce pays – de prendre la meilleure décision. Ils ne sauront pas ce qui s'est produit, et ils ne sauront en tout cas pas pourquoi. Ils ne nous remercieront donc jamais. Mais dans quatre ou cinq ans, ils auront des raisons d'être reconnaissants.

— PGBPGN, murmura Burgess comme une prière.

— Oh, il y a une chose qui va vous remonter le moral, dit Collingwood de sa voix flûtée en tendant la copie d'un article de presse que venait de publier la fondation Culp. William Culp finance une nouvelle campagne d'essais de vaccin contre le sida au Kenya.

— Et ce salaud en récolte toute la gloire, fit sèchement remarquer Gina. C'est tellement injuste !

— Nous ne cherchons pas la gloire », répondit Paul Bancroft d'un ton dur.

Il évitait pourtant de faire trop de remarques cyniques. Les hommes et les femmes de Thêta étaient des idéalistes purs et durs. Il se tourna vers Liebman. « A propos de l'équipe de foot, crois-tu que j'ai pris la mauvaise décision ? »

Liebman ne dit rien pendant un moment puis secoua la tête. « Au contraire, je sais que tu as pris la bonne décision. Les meilleures décisions, les plus intelligentes, celles qui changent vraiment les choses pour le mieux sont souvent celles qui font le plus mal. Tu me l'as appris. Tu m'as appris beaucoup de choses. Et je continue à apprendre.

— Moi aussi, dit Paul Bancroft. Vous savez, Platon prétendait que l'apprentissage, c'était en fait se souvenir. C'est en tout cas vrai pour moi. Parce qu'il est trop facile d'oublier combien l'humanité peut porter des œillères, quand il s'agit de morale. Les gouvernements mènent des politiques qui entraînent des dizaines de milliers de morts – des morts prévisibles. Les programmes de santé publique mal conçus, par exemple. Dans le même temps, ils vont dépenser des millions pour enquêter sur un seul assassinat. La mortalité due au sida dans le monde équivaut à vingt gros avions de ligne pleins qui s'écraseraient chaque jour, et les dirigeants lèvent à peine le petit doigt. Pourtant, la mort d'un seul crétin d'archiduc peut faire entrer en guerre des nations entières. Un bébé est piégé dans un puits et l'attention du monde est rivée sur lui pendant des jours. Aux nouvelles, les grandes famines qui peuvent vider des régions entières de leur population sont supplantées par l'annonce du comportement spectaculaire d'une personne célèbre.

— C'est incroyable ! commenta Gina.

— C'est monstrueux, conclut un Paul Bancroft dont les joues s'étaient empourprées.

— Le plus pathétique, c'est que le groupe Thêta doive mener ses bonnes actions en secret, dit Collingwood, au lieu d'être soutenu par un monde reconnaissant. C'est vrai, Paul : l'humanité a-t-elle déjà eu un bienfaiteur tel que vous ? Ce n'est pas de la flatterie, juste les faits. L'ensemble d'ordinateurs, en bas, le confirmerait. Une autre organisation a-t-elle jamais fait plus de bien que le groupe Thêta ? »

Burgess étendit les mains sur le dossier Bennett Kirk. « Et c'est exactement ce qui rend notre protection si importante. Pour faire ce que nous faisons, nous devons être tranquilles. Et soyons honnêtes : beaucoup de gens aimeraient qu'on arrête nos activités.

— Dans certains cas, répondit le Dr Bancroft d'une voix à la fois calme et assurée, nos obligations envers un bien supérieur signifient arrêter leurs activités à eux. »

## *Chapitre quinze*

*Washington*

L'IMMEUBLE HART DU SÉNAT, entre Constitution Avenue et la Deuxième Rue, offrait quatre-vingt-treize mille mètres carrés de bureaux, ses neuf étages entièrement réservés au Sénat des États-Unis. L'acte fondateur de la République stipulait qu'il y aurait deux sénateurs par État, mais rien n'avait été spécifié concernant le personnel, qui en était venu à dépasser dix mille personnes. Un mur de façade rappelant une râpe à fromage protégeait les fenêtres du soleil. A l'intérieur, dans le vaste atrium éclairé par un dôme zénithal, trônait un mobile-stabile d'Alexandre Calder, *Montagnes et nuages*, œuvre monumentale d'acier noir et d'aluminium. L'atrium était entouré d'ascenseurs et d'escaliers circulaires et des passerelles le traversaient en hauteur.

La suite en duplex du sénateur Bennett Kirk occupait une partie des septième et huitième étages. La plupart des beaux bureaux n'avaient rien de luxueux – les tapis d'Orient étaient industriels, les lambris en chêne et non en noyer – mais ils donnaient une impression de solidité qui convenait au pouvoir. Celui du sénateur Kirk était plus imposant, plus sombre, vaguement impersonnel : on voyait bien qu'il avait hérité des meubles, et qu'il les transmettrait à son successeur.

Philip Sutton, le directeur de cabinet du sénateur depuis plus de dix ans, regardait sur la chaîne dédiée la retransmission d'une audition dans la Salle d'Audience centrale, cinq étages plus bas. Il trouvait parfois plus facile de suivre son patron à la trace sur le moniteur, surtout ces derniers temps. Il consulta sa montre. Son patron avait quitté la séance une minute plus tôt, et il allait probablement apparaître sous peu dans sa suite. Sutton éteignit le téléviseur et surprit son image sur l'écran vide : petit, gras, bientôt chauve – pas vraiment un canon. Il se rongeait les ongles presque au sang. Des hommes comme lui ne pourraient même pas être élus à la fourrière. Il était un subalterne né, pas un chef, et il l'acceptait sans amertume ni regrets. S'il voulait savoir ce qui lui manquait, il lui suffisait de regarder Bennett Kirk, et c'était évident. Justement, il entrait dans la suite de son pas élastique, les épaules larges, le nez fin, délicat, une masse de cheveux argentés qui semblaient diffuser leur propre lumière.

Le sénateur Kirk était intelligent, truculent, coléreux et assez vaniteux. Si Sutton connaissait toutes ses faiblesses, toutes ses marottes, cela n'entamait pas son admiration pour lui. Car Bennett Kirk n'avait pas que le physique d'un sénateur ; il avait des buts clairs, il était intègre. Ces mots prétentieux l'auraient fait grimacer, mais il était difficile d'en trouver d'autres.

« Phil, tu as l'air fatigué, gronda le sénateur Kirk en posant son bras sur les épaules de son assistant. On dirait même que tu choisis ta pitance dans les distributeurs. Quand vas-tu apprendre que les repas tout prêts ne sont pas le cinquième groupe de nutriments ? »

Sutton scruta le visage de l'homme plus âgé. Il ne voulait pas que le sénateur lise dans le regard des autres des inquiétudes sur son état de santé, surtout que, jusque-là, la maladie était presque indétectable. Cela faisait des semaines que Sutton l'aidait à mener à bien son enquête ambitieuse, mais Kirk continuait à faire le plus gros du travail. Trop. Tant de labeur épuiserait même un homme en bonne santé.

« Tu veux connaître nos dernières avancées ? demanda Sutton. Jamais il n'y a eu tant de personnes désireuses de t'aider.

— Ne me tente pas inutilement, vieux ! »

Il s'installa dans un fauteuil en cuir à bascule, dos à la fenêtre. D'un petit récipient en plastique brun transparent tiré de sa poche, il préleva une pilule jaune ovale qu'il avala sans eau.

« Voyons un peu, dit Sutton. Ce matin, il y a eu un appel d'Arch Gleeson – tu sais, l'ancien membre du Congrès devenu lobbyiste pour l'Association nationale des Industries aérospatiales. Il s'est découvert une envie soudaine de t'aider à lever des fonds pour tes futures campagnes.

— Ah, ces lobbyistes de l'industrie de la Défense – aussi discrets qu'un raton laveur dans une décharge.

— Oh, il a mentionné en passant que, si cela ne t'intéressait pas, il ferait la même offre à tout adversaire possible. Il ne cessait de répéter : "Nous voulons juste être utiles." Aide-moi à t'aider, sinon... C'était à peu près ça.

— Ils s'inquiètent de ce que la commission d'enquête pourrait trouver. Ou à quel point ça va puer une fois que tout sera révélé. On ne peut pas leur en vouloir de veiller sur leurs intérêts.

— Une pensée très chrétienne ! Une entreprise a proposé d'engager Amanda comme vice-présidente aux communications. »

Amanda, l'épouse du sénateur, enseignait l'anglais au lycée ; il s'agissait là d'une tentative transparente pour se concilier l'homme qui menait l'enquête du Sénat.

« J'imagine ce que répondrait Amanda ! pouffa Kirk. On ne peut pas dire qu'ils font dans la dentelle.

— Avec un gros salaire, évidemment. Ils ont même donné une fourchette.

— Demande-leur s'ils me prendraient à sa place. »

Depuis la constitution de la commission Kirk, menaces et propositions de pots-de-vin arrivaient chaque jour.

Kirk n'était pas un saint. Sutton n'appréciait guère, par exemple, qu'il soutienne les programmes de développement de l'éthanol, faveur faite à un de ses gros soutiens dans l'industrie agricole. En tant qu'assistant d'un sénateur, il reconnaissait aussi qu'on ne pouvait ignorer les exigences politiques inéluctables, et dans l'ensemble, Kirk ne s'était pas sali les mains.

Maintenant, il était sur le point d'en être récompensé. Ce qu'aucun des démarcheurs ne comprenait, c'était qu'il ne pouvait plus dévier de sa route ni renoncer. La maladie qui le frappait n'était connue de personne, sauf de ses collaborateurs les plus proches et de son épouse. Personne n'avait besoin de savoir que Bennett Kirk souffrait d'une variété de lymphome inguérissable. Il en était déjà au stade quatre au moment du diagnostic. Il ne serait plus en vie aux prochaines élections. Il n'avait donc d'autre intérêt que son mandat actuel, et ce qu'il voulait laisser derrière lui ne pouvait s'acheter.

Sutton décelait rarement des indices des douleurs dont le sénateur était affligé, sauf quand son visage se tordait un peu ou qu'il ne parvenait pas à dissimuler totalement une grimace. La plupart du temps, Bennett Kirk ignorait ou supportait tous les symptômes de son cancer, et il était décidé à continuer ainsi jusqu'à ce qu'explosent les vannes de son stoïcisme.

« Autre chose ? » demanda Kirk.

Il regarda Sutton, se cala dans son fauteuil et croisa et décroisa les jambes pour arriver à un certain confort. Mais aucune position ne convenait. Les métastases osseuses s'en assuraient.

« Je peux le lire sur ton visage, Sutton, il y a eu un autre de ces messages de dingue.

— Oui... Un message de Génésis, par courriel.

— Et tu prends au sérieux ce croque-mitaine ?

— En effet. On en a déjà parlé. D'après les autres messages déjà reçus, il est clair que Génésis connaît toutes sortes de secrets enterrés. Je t'accorde qu'on a affaire à une entité insaisissable, mais je suis convaincu qu'il faut prendre Génésis très au sérieux.

— Et que dit l'ectoplasme, cette fois-ci ?

— Il promet de nous fournir des informations, répondit Sutton en tendant au sénateur une copie du dernier courriel, y compris les noms, les dates et si possible les témoins et les coupables. Un sacré cadeau !

— N'oublie pas ma philosophie : toujours regarder les dents du cheval même si on te l'offre. Quand le cheval est invisible, tu ne peux pas examiner ses dents.

— On ne peut pas renoncer à profiter d'une telle chance ! Ces informations ont trop de valeur ! Jamais on ne parviendrait à les réunir par nous-mêmes, quel que soit le nombre d'enquêtes qu'on mettrait sur pied. Nous serions en mesure de révéler et de démanteler une conspiration qui agit depuis plus longtemps encore que ton élection au Sénat.

— On dirait une blague !

— Il y a trop de choses vraies dans ce qu'on nous a dit. Trop sont vérifiables, et vérifiées.

— En politique, tu sais, on dit : vérifie tes sources. Je n'aime pas communiquer avec des esprits. Cette histoire me donne mal au ventre. J'ai besoin de savoir qui est Génésis. Avons-nous progressé dans cette enquête.

— Nous sommes dans une position délicate. Ce serait le genre de problème à mettre entre les mains des services d'espionnage. Sauf que, bien sûr, c'est justement sur ces agences que tu enquêtes.

— Je parie que ces salauds adoreraient mettre la main sur Génésis avant moi.

— On dit qu'il permet à certains de le voir... à condition de les tuer après. La plupart des gens ne sont pas curieux à ce point.

— Seigneur ! J'espère que tu ne me vises pas, dit le sénateur avec un sourire que détrompaient ses yeux. Et j'espère que Génésis non plus. »

*Est de l'Uruguay*

Diego Solanas tapota son ventre plein, vida sa dernière chope de bière et regarda autour de la table. Il décida qu'il n'avait jamais été plus heureux, qu'il était plus heureux sans doute qu'aucun homme ne devrait l'être.

Son modeste ranch près de Paysandú n'avait rien de particulier ; l'Uruguay en comptait des milliers de plus grands et de plus prospères. Mais il l'avait construit de ses mains, assemblé à partir de trois petites parcelles de terre – lui, le fils d'un chevrier ! La fête n'était pas en son honneur, mais en celui de son épouse depuis quarante ans, Elena, qui célébrait son anniversaire. C'était encore mieux comme ça. Cela signifiait que sa fierté n'invitait pas le mauvais œil à lui rendre visite. Personne, pas même le mauvais œil, ne pourrait enlever sa joie à Elena. Elle lui avait donné cinq enfants, trois filles, deux garçons, maintenant adultes, avec leurs propres enfants. Sur trois gendres, il en aimait deux – qui d'autre avait autant de chance ?

La table était couverte d'assiettes et de plats presque vides. On avait fait griller des tranches du superbe bœuf uruguayen sur la *parilla*, et on l'avait arrosé de sauce *chimichurri*. Diego avait confectionné sa spécialité, la *morcilla dulce*, du boudin aux noix et aux raisins secs. On avait ensuite servi les poivrons farcis d'Elena. Tout avait été dévoré avec appétit et arrosé d'une bonne quantité de bière.

Et que dire de sa jolie Elena aux yeux sombres, quand il lui avait offert deux billets d'avion ! Elle avait toujours rêvé de visiter Paris, et ils allaient le faire. Ils partiraient le lendemain.

« Tu n'aurais pas dû ! » s'était écriée Elena avec un visage radieux qui disait : *Dieu merci, tu l'as fait !*

C'était ça, être un homme : se retrouver entouré de jeunes de tous âges, enfants et petits-enfants, être en mesure de les nourrir tous si bien qu'ils n'auraient pu avaler une bouchée de plus. Non, ce n'était pas mal, pour un fils de chevrier !

« Un toast ! s'écria Diego.

— Tu en as déjà proposé onze, protesta sa fille Evita.

— Papi ! appela son aînée, Marie, qui nourrissait son bébé tout en surveillant son premier-né qui courait partout sur ses petites jambes. On n'a plus d'aliments pour bébé. Pedro adore la purée de carottes.

— Et on n'a plus de bière, dit Juan, le mari d'Evita.

— Et plus de Pepsi ! cria Evita.

— Je file au magasin, proposa Juan.

— Dans quelle voiture ? demanda Diego.

— La tienne ? » répondit l'autre d'un air de petit garçon.

Diego montra les trois bouteilles vides près de l'assiette de Juan. « J'y vais.

— Non, pas toi ! protesta sa femme.

— Je reviens dans cinq minutes. Tu ne remarqueras même pas que je suis parti. »

Il se leva et gagna la porte à l'arrière de la maison. Quand Elena et lui s'étaient mariés, il avait le ventre plat, plat comme la pampa ; maintenant, il ne pouvait voir ses pieds sans un effort. « Ça me fait encore plus de toi à aimer », lui disait Elena ; mais Diego se demandait s'il ne devrait pas faire davantage d'exercice. Un pater familias avait des obligations envers ses proches. Il fallait qu'il donne le bon exemple.

Quand il atteignit le garage peint en vert – un poulailler si bien reconverti qu'il en était méconnaissable –, il referma derrière lui l'étroite porte et alluma la lumière avant de presser le bouton qui allait faire remonter la porte roulante.

Elle ne bougea pas. Il pressa de nouveau. Toujours rien. Il allait devoir soulever la porte lui-même. Il fit un pas et se sentit bizarre. Il prit une, puis deux profondes inspirations, mais il avait beau aspirer l'air, il ne parvenait pas à reprendre son souffle.

La lumière vacilla puis s'éteignit. Diego trouva ça curieux. Il eut conscience d'être en train de s'évanouir, de perdre le contrôle de ses muscles, et s'effondra tout doucement sur le sol en béton. Il se sentit allongé là, chair, repas, sang, os. Il sentit une mouche se poser sur son front, en sentit d'autres qui venaient se nourrir de lui. Il eut conscience que bientôt il ne serait plus conscient. C'était sûrement une crise cardiaque, non ? Ou une attaque ? Jamais il n'avait pensé que ça se passerait ainsi – non qu'il eût consacré beaucoup de ses pensées à l'éventualité de sa mort.

Son esprit flottait, faiblissait. *C'est donc ça qu'on ressent ? J'aimerais aller le dire aux autres. Ce n'est pas si mal. L'essentiel, c'est de ne pas avoir peur du noir.*

Sa conscience s'évaporait comme la rosée du matin et les mouches se rassemblaient en un nuage épais.

*

Juste derrière l'accotement d'un champ de blé, de l'autre côté de la route, deux hommes regardaient dans des jumelles.

« Tu crois qu'il a beaucoup souffert ? demanda l'un d'eux.

— L'asphyxie par nitrogène est le moyen le plus doux de perdre la vie, dit le plus expérimenté, qui se faisait appeler M. Smith, du moins quand il était en mission. Tu n'as pas l'impression d'étouffer parce qu'il n'y a pas d'oxyde de carbone dans le sang. Tu manques d'oxygène, mais tu ne sais pas ce qui t'arrive. C'est comme si quelqu'un éteignait la lumière.

— Je crois qu'on sait toujours quand on meurt... dit l'autre, un grand homme aux cheveux couleur sable qu'on appelait M. Jones.

— Marco Brodz n'en a rien su.

— Non, c'est vrai. Une balle de gros calibre dans la tête. Il n'a pas eu le temps. Je crois que c'est ça, le moyen le plus généreux.

— Les deux méthodes sont bonnes. Même les poisons à action rapide peuvent être comparés à ce que la nature nous réserve. Le cancer, avec ses dents qui vous grignotent de l'intérieur, c'est le pire. C'est comme ça qu'est partie ma mère. Et l'horrible sensation d'écrasement d'une crise cardiaque – mon père m'a dit ce qu'on ressentait, la première fois qu'il en a fait une. La mort naturelle, c'est une saloperie. Je t'assure, c'est bien mieux de cette façon – notre façon.

— Comment tu as su que Diego allait se rendre au garage et pas un des gars ?

— Il aurait laissé un autre conduire sa voiture toute neuve ? Un homme comme lui ? Il est évident que tu ne connais pas ces contrées. »

Il pressa un bouton sur un transmetteur radio et, deux cents mètres plus loin, une porte de garage s'ouvrit. Remplacer l'air du garage par le nitrogène pur d'un réservoir de gaz liquéfié avait pris presque une demi-heure. L'atmosphère allait se rééquilibrer en moins d'une minute.

M. Jones regarda dans ses jumelles et fit le point jusqu'à voir l'homme gisant sur le béton ; son urine fonçait son pantalon entre le jambes, un brouillard de mouches assombrissait son visage. « Il n'y a jamais vraiment de dignité dans la mort, fit-il observer, mais il a l'air paisible, tu ne trouves pas ? »

M. Smith regarda dans ses jumelles, très attentif. « Paisible ? Difficile à dire. Mort, en tout cas. »

*Raleigh, Caroline du Nord*

Les images tournoyaient dans sa tête tandis que Todd Belknap revenait à l'hôtel. Les yeux aveugles et fixes de Ruth, le filet de sang qui luisait au coin de sa bouche entrouverte. Elle parlait, respirait, raisonnait, et soudain, elle avait tout bonnement cessé d'exister, ne laissant derrière elle que des tissus insensibles. Non, elle avait laissé bien plus que ça : ses deux jeunes garçons orphelins, dorénavant, et les souvenirs que les autres gardaient de l'existence de cette femme unique et précieuse – une existence qui s'était éteinte quand quelqu'un l'avait visée avec une redoutable précision.

La balle du sniper, tirée à l'évidence d'une distance considérable, étant donné qu'elle était arrivée sans bruit, prouvait la grande maîtrise du coupable. Todd aurait pu être le prochain, s'il n'avait plongé dans les buissons dès qu'il avait compris ce qui venait de se passer. Pourquoi avait-on envoyé un tireur d'élite ? Qui l'avait envoyé ? Comment les avait-on suivis ? Todd tenta d'analyser la situation, mais la rage qui croissait en lui étouffait son cœur. Combien de ses amis avait-il vu mourir ? Sa bien-aimée Yvette lui revint en mémoire, un souvenir qu'il s'efforçait d'enfouir aussi profondément que possible dans sa mémoire comme un déchet nucléaire enterré dans une mine de sel abandonnée. Une partie de lui – le rêve de l'homme qu'il aurait pu devenir – avait été abattue avec sa jeune épousée. Où il y a de la beauté, on trouve la mort.

Il fit son entrée dans le hall de l'hôtel Marriott de Raleigh à quatre heures précises et y vit Andrea Bancroft, tout aussi ponctuelle, qui portait à ses lèvres une tasse en porcelaine blanche assise à une des tables basses sur le côté droit de la réception. Il espérait qu'elle avait suivi ses instructions et qu'elle n'avait pas quitté l'hôtel. Après ce qui s'était produit à Rock Creek, il s'inquiétait autant de sa sécurité à elle que de la sienne.

Par réflexe, il couvrit du regard le reste du hall comme des essuie-glaces passant sur un pare-brise. Il sentit des picotements sur sa nuque. Quelque chose n'allait pas. Tenter de prévenir Andrea serait la mettre en danger ; ça ferait d'elle une cible toute trouvée pour ses ennemis. Elle n'était pas leur objectif, sinon elle ne serait déjà plus là.

Il fallait qu'il agisse avant de pouvoir analyser la situation, rapidement, de manière imprévisible, difficile à anticiper. *Ne fais pas demi-tour ; ils y auront pensé. Entre !* Todd traversa le hall d'un pas égal.

Du coin de l'œil, il vit Andrea se lever. Elle croyait qu'il ne l'avait pas vue et venait vers lui.

*Exactement ce qu'il ne faut pas faire.*

Il tourna la tête vers elle et tenta frénétiquement de lui faire signe des yeux, de la regarder sans s'arrêter. *Ne me reconnais pas plus que je ne remarque ta présence, fais comme si nous étions étrangers l'un à l'autre !*

Il continua sa marche sans s'arrêter et passa immédiatement la porte battante sans indication derrière le bureau du concierge. Il se retrouva dans la pièce où l'on mettait les bagages en attente. La moquette à fleurs de lys y était remplacée par un lino, les chandeliers par des tubes fluorescents. Des étagères lourdes de sacs et de valises tapissaient les côtés de l'espace en longueur.

Tout en fuyant, il avait permis à tous ses sens d'évaluer la menace. Qu'avait-il vu exactement dans le hall ? Un homme – un homme d'aspect ordinaire, quarante ans peut-être, vêtu d'un costume gris – qui lisait un journal dans un des fauteuils, au fond. En diagonale par-delà une ligne centrale imaginaire, il avait repéré plus tôt un homme et une femme, tous deux d'une trentaine d'années, assis ensemble à une petite table. Service à thé en porcelaine blanche, deux tasses. Rien qu'un non-professionnel aurait remarqué. Ce qui avait alerté

Todd, c'était que ni l'homme ni la femme près de l'entrée n'avaient levé la tête quand il était arrivé. En temps normal, un couple aurait réagi à l'arrivée d'un étranger, lui aurait au moins jeté un coup d'œil. Ce couple n'en avait pas besoin. Ils l'avaient tous deux déjà remarqué grâce à la vitre à côté de la porte-tambour. La femme avait par contre regardé furtivement l'homme plus âgé, qui tenait son journal juste un peu plus bas que s'il était vraiment en train de le lire. Et il y avait les chaussures. L'homme plus âgé était assis jambes croisées aux chevilles, exposant ses semelles – et elles ne concordaient visiblement pas avec le cuir onéreux de l'empeigne, puisqu'elles étaient en caoutchouc noir strié. La femme était bien habillée – chemisier clair, jupe foncée – et pourtant ses chaussures, à elle aussi, avaient d'épaisses semelles en caoutchouc. Maquillée avec soin, elle avait relevé ses cheveux. Ses chaussures à robustes semelles noires clochaient avec son allure. Todd avait remarqué ces détails d'un simple coup d'œil, d'instinct ; se les remémorer et les expliciter lui prit plus longtemps. Il connaissait ces gens. Pas personnellement : professionnellement, génériquement. Il connaissait la formation qu'ils avaient reçue. Il savait qui les avait formés : des gens comme lui.

Ils étaient des ennemis. Pire encore : ils étaient des *collègues*. Les membres d'une équipe d'interception des Opérations consulaires. Forcément. Des professionnels parfaitement entraînés qui exécutaient des ordres. Ils n'étaient pas habitués à l'échec ; bien sûr que non. Todd avait plus d'une fois fait partie d'un tel détachement au cours de sa carrière. La mission s'était toujours bouclée avec rapidité et succès. Comment avaient-ils su qu'il viendrait ? Il n'avait pas le temps de répondre à ce genre de question.

Une porte percée d'une petite fenêtre s'ouvrait à l'autre bout de la pièce. Todd la poussa et se retrouva dans une immense cuisine. Un grand nombre de petits hommes bruns aux cheveux noirs et raides nettoyaient ou préparaient les ingrédients ; personne ne l'entendit arriver en raison du brouhaha des ustensiles entrechoqués et des robinets qui coulaient. Des boîtes de légumes de la taille de bidons de pétrole circulaient sur des chariots. Il y avait une porte à l'arrière – mais elle serait surveillée. Il trouva un ascenseur qu'on utilisait sans nul doute pour le service d'étage.

Derrière lui, il perçut des bruits de pas. Andrea lui courait après.

*Exactement ce qu'elle ne devrait pas faire.* Elle n'était pas une professionnelle, elle n'avait rien compris à ce qu'il avait tenté de lui signaler.

Un autre bruit : le clac-clic d'un pistolet qu'on arme. Un petit homme maigre sortit d'un renfoncement près de l'ascenseur, un M9 pointé sur Todd.

*Merde !* Elle n'était pas la seule à avoir fait un mauvais calcul. L'équipe était bien déployée. Ils avaient aussi posté un agent pour surveiller l'ascenseur de service.

Andrea tira le bras de Todd. « Mais qu'est-ce qui se passe ? »

Le petit homme tout en muscles – des yeux d'acier dans un visage large et tanné – s'approcha d'eux et les visa tout à tour. « Qui est ton amie ? aboya-t-il.

— Oh, Seigneur, gémit Andrea. C'est impossible. Ça ne peut pas nous arriver ! »

*Trois dans le hall.* Pas cinq ou sept. Trois. Ils menaient donc l'opération uniquement avec des agents du noyau dur, habitués des programmes secrets, disposant du plus haut niveau d'accès aux données sécurisées. Trois dans le hall, ça signifiait que l'homme qui les menaçait de son pistolet noir était seul. Il appellerait les autres sous peu, mais il ne l'avait pas encore fait. *Il veut récolter toute la gloire de ma capture,* se dit Todd. *Il veut montrer qu'il maîtrise la cible quand les autres arriveront.*

« Je t'ai demandé qui était ton amie ! gronda l'homme.

— Mon amie ? ironisa Todd. Pour trois cents dollars de l'heure, cette pute a intérêt à être plus que mon amie. Elle pourrait être la tienne aussi. »

Todd aperçut quelque chose sur le visage d'Andrea, une étincelle de compréhension.

« Va te faire foutre, hurla-t-elle avec véhémence à l'intention de Todd. Et file-moi mon fric. Tu crois que tu peux t'en sortir sans payer, pauvre con ? Et qu'est-ce que tu regardes, toi ? demanda-t-elle à l'autre. T'es là pour le faire cracher ou non ? Tu m'aides à lui prendre son portefeuille et on partage.

— T'y es pas du tout », dit l'homme, étonné, déstabilisé.

Todd vit qu'il allait prendre son talkie-walkie.

« Puisque Burke t'a envoyé, tu ferais mieux de faire ton boulot ! insista Andrea.

— Un pas de plus, salope, et tu te retrouves avec des implants mammaires en plomb ! Tous les deux, vous feriez mieux de pas bouger. Je le répéterai pas. »

Un homme. Une arme. Todd se plaça devant Andrea, la protégeant de son corps. Si les ordres avaient été de tirer, ce type l'aurait déjà fait. Il ne devait donc l'abattre qu'en dernier ressort, s'il sentait que la mission allait échouer. Il fit un long pas vers le tireur et plongea ses mains dans les poches de son pantalon. « Tu veux mon portefeuille ? C'est ça ? »

Il lut une incertitude dans les yeux de l'autre. Tout agent possède une arme essentielle : ses mains. Aucun professionnel ne handicaperait ses mains en les enfermant dans ses poches. Si Todd s'était approché les mains levées à hauteur des épaules, l'agent aurait immédiatement reconnu la ruse ; on l'avait formé à l'employer. Même les mains levées, Todd aurait été considéré comme une menace. Un adversaire devient plus dangereux quand il est proche de vous.

« Dis à Burke que s'il veut qu'un client paye, il ferait mieux de vérifier que ses filles assurent ! dit Todd d'une voix confidentielle, comme s'il voulait parler à l'autre d'homme à homme.

— Un pas de plus et je tire ! »

L'homme donnait des ordres, mais visiblement, son incertitude allait croissant. Ce type était-il bien sa cible ?

Todd ignora son avertissement et continua d'approcher, si près qu'il sentit l'odeur de tabac et de sueur que dégageait l'autre. « Mets-toi à ma place, dit-il. Je vais te dire un secret sur ton patron, et je ne veux pas que la pute entende. »

D'un geste soudain, Todd pencha le torse et fracassa son front contre le visage de l'autre avant de lui retirer son pistolet. L'homme tomba au sol.

« Andrea, écoute-moi ! Il y a trois agents dans le hall, et ils ont dû te voir. L'un d'entre eux au moins va sûrement arriver d'ici quinze secondes. Les autres ne te reconnaîtront pas. Tu vas faire exactement ce que je te dis. »

Il s'agenouilla et fouilla les poches de l'homme évanoui jusqu'à trouver un paquet de Camel à moitié vide et un briquet jetable. Andrea respirait avec peine. Elle avait réussi à juguler sa peur, tant elle voulait rendre crédible sa performance d'actrice mais, Todd le savait, la peur ne tarderait pas à l'envahir à nouveau. « Tiens le coup, d'accord ? » dit-il en lui tendant les cigarettes et le briquet.

Elle acquiesça.

Todd la regarda droit dans les yeux pour vérifier qu'elle assimilait ce qu'il lui expliquait. « Tu vas sortir par la porte de service, comme un cadre de l'hôtel qui va fumer une cigarette dehors. Arrête-toi à cinq pas de la porte. Tourne-toi face à l'hôtel. Ouvre ton sac. Sors une cigarette. Allume-la. Cette cigarette, c'est ton oxygène. Ensuite, tu pars lentement vers la rue, comme s'il fallait que tu ailles acheter un autre paquet. Tu continues ta route. Il y a un hôtel une rue plus au sud avec une file de taxis. Prends-en un et pars pour le centre-ville de Durham. Reste dans des lieux publics, près des boutiques, par exemple.

— S'il te plaît, murmura-t-elle, viens avec moi !

— Impossible. Toi, tu peux sortir par là. Moi, ils m'attendent.

— Et que va-t-il t'arriver ? Cet homme était sur le point de... »

Todd entendit des pas dans le réduit à bagages. « Tu as une folle envie de fumer, dit-il d'une voix qui trahissait toute l'urgence de la situation. Fumer, c'est ton oxygène. *File !* »

Il vit qu'elle se raidissait ; elle comprenait. Elle glissa le paquet de cigarettes dans son sac et, sans un mot de plus, sortit par l'arrière. Quand on lui donnait un rôle, elle savait le jouer. Il lui en avait donné un. Elle se débrouillerait.

Il n'était pas aussi confiant sur son sort.

Il pressa le bouton de l'ascenseur de service. Dans le local, on déplaçait des bagages. On avait envoyé quelqu'un fouiller partout. Décision logique : les agents qui surveillaient les autres portes avaient dû annoncer que la cible n'était pas ressortie.

Il s'acharna sur le bouton d'appel. D'ici quelques secondes, l'agent, certain que Todd ne se cachait pas derrière des valises, allait continuer par la cuisine.

La cabine de l'ascenseur s'ouvrit et Todd y entra. Il choisit de monter au quatrième, presque au hasard. Les portes se refermèrent et la cabine s'ébranla.

Il ferma les yeux, calma son rythme cardiaque et passa en revue les solutions qui s'offraient à lui. Il fallait qu'il envisage que quelqu'un l'ait vu monter dans l'ascenseur – auquel cas des agents pourraient prendre d'autres ascenseurs pour le quatrième étage, ou foncer dans l'escalier. Il courut dans les couloirs en quête d'un chariot de femme de chambre et d'une porte ouverte. Son avance, s'il en avait, ne se comptait qu'en secondes.

Une porte ouverte. Il en avait trouvé une, celle d'une chambre qu'on nettoyait, les oreillers retirés du lit, les draps et les couvertures pliés. La femme de chambre en uniforme bleu pâle travaillait vite. « Bonjour, monsieur ! lui dit-elle avec un accent espagnol. Je termine. »

Elle l'avait pris pour le client. Soudain, elle poussa un cri et Todd sut que la chance avait tourné. Derrière lui, deux hommes armés entraient dans la chambre. L'un d'eux attrapa la jeune femme et la fit sortir avant de se poster à la porte.

Todd s'efforça de respirer normalement et toisa les deux agents. Ni l'un ni l'autre n'étaient dans le hall, et il ne les avait jamais vus auparavant. L'un avait un air vaguement philippin, mais avec les membres longilignes et la musculature d'un Américain bien nourri. Le rejeton d'un mariage dans une base militaire, se dit Todd. L'autre était plus dense et plus foncé de peau, son crâne rasé luisait comme de l'ébène. Tous deux pointaient sur lui des armes automatiques à canon court, poignée en polymère, chargeurs incurvés contenant chacun trente balles de neuf millimètres, qu'elles pouvaient envoyer en quelques secondes.

« A plat ventre par terre ! dit le Noir d'une voix étrangement calme. Les mains derrière la tête. Tu croises les pieds. Tu connais le truc. Immédiatement ! »

Il parlait comme un moniteur d'auto-école qui dirait à un élève de lâcher l'embrayage. Ça faisait toujours rire Rinehart quand Todd invoquait la chance. *Est-ce que tu n'as jamais réfléchi que ta « chance » consiste à te sortir des situations où ta « malchance » t'a entraîné ?*

« *Je ne répéterai les instructions qu'une fois* », dit l'homme, à nouveau avec un calme absolu.

*Je me sentirais calme, moi aussi, si je pointais une mitraillette sur un type qui n'a qu'un petit pistolet dans la poche.*

« Inutile, dit Todd. En tant que collègue, je dois dire que vous avez parfaitement rempli votre mission. Si je devais rédiger le rapport, je poserais pourtant une question sur les munitions. Les murs des hôtels sont très fins, c'est bien connu. Je suppose que vous utilisez les cartouches standard de l'OTAN. C'est-à-dire qu'elles peuvent traverser une demi-douzaine de ces murs. Vous les avez réglés pour envoyer trois balles d'un coup ou une seule ? »

Les deux hommes échangèrent un coup d'œil. « Tout le chargeur, répondit le Noir.

— Oh, je vois. Ce n'est pas bon. »

Une fissure dans l'armure : l'homme lui avait répondu. Ils savaient que leur puissance de feu était supérieure. Le seul espoir de Todd était de trouver un moyen d'utiliser cette confiance à son avantage. « Tu n'as pas pensé où s'arrêteraient les balles.

— Par terre, tout de suite, si tu ne veux pas que je tire ! »

Le Noir avait prononcé ces mots de l'air de celui qui a déjà tué assez d'hommes pour considérer cet acte comme guère plus qu'un incident. En même temps, sa fierté l'empêchait d'ajuster le rythme de tir de son arme. Il n'allait pas perdre la face devant un collègue.

Une équipe de récupération d'élite. Todd savait que sa meilleure chance de survie était de se rendre. Mais ce genre de récupération ne prenait pas fin devant un tribunal ou dans les gros titres des journaux. Une fois « récupéré » il serait probablement incarcéré pendant un nombre d'années indéfini dans une prison secrète en Virginie ou dans la campagne polonaise. Il n'attachait pas à sa survie une valeur suffisante pour se rendre et se retrouver dans une de ces horribles situations.

« Pour commencer, il est tout à fait irresponsable de ta part d'utiliser des rafales dans un lieu où il y a tant de civils qui ne sont pas des cibles, dit Todd du ton d'un instructeur. Quand j'ai commencé dans cette branche, vous vous promeniez encore tous les deux sucette à la bouche, alors écoutez la voix de l'expérience ! Tirer dans une cloison d'hôtel ? Le rapport s'écrit tout seul. Erreur classique du novice : pour un boulot de ce genre, il vous faut un pinceau à un poil, pas un rouleau à peinture ! dit-il en se dirigeant vers la fenêtre. Je vais vous aider. Ici, on a une fenêtre.

— Oh, t'as remarqué ! ricana le mâtiné de Philippin. Pas de clients de l'hôtel en l'air, si ?

— Mais qui donc vous a formés ? rugit Todd. Je vous en supplie, ne me dites pas que c'était moi ! Non, je crois que je reconnaîtrais vos sales gueules. Donc, avant que vous deviez expliquer à Will Garrison pourquoi deux types armés de mitraillettes ont été contraints de rater une récupération en trouant de balles un homme désarmé, dit-il pour glisser un nom connu avec son mensonge, ce qui, nous en conviendrons tous, serait un superbe ratage, permettez-moi de vous poser une question : jusqu'où va une balle de neuf millimètres si rien ne l'arrête ?

— On est pas tes élèves, grogna le plus grand.

— Projetée par une arme comme la vôtre, elle pourrait parcourir plus de trois kilomètres. Même si vous repassiez au triple coup, il faudrait vous attendre à ce que la troisième balle parte dans les airs, grâce au trou creusé par les deux premières. Examinons de plus près la trajectoire naturelle qu'elle va suivre, dit-il en leur tournant le dos pour ouvrir la porte-fenêtre qui donnait sur un petit balcon.

— Eh, Denis, dit l'Asiatique bien nourri à son partenaire, je sais ce que je vais écrire dans mon rapport. On a éliminé la cible parce qu'il était emmerdant.

— Comme vous l'aurez peut-être remarqué, continua Todd sans relever cette réflexion, nous sommes dans une région assez construite et densément peuplée. »

Il montra un immeuble de bureaux en verre et acier près de la route, mais il concentra son attention sur la grande piscine sous le balcon. Une haute haie de rhododendrons cachait la piscine à la rue très passante.

Un sourire aux lèvres, le Noir s'accroupit, son arme toujours pointée vers le torse de Todd, mais de bas en haut. « Il est assez facile de changer la trajectoire, non ? Tu nous racontes des conneries.

— Tu aurais dû y regarder de plus près, dit Belknap sans se laisser impressionner. Tu aurais dû faire ce que je fais. »

Il passa sur le balcon et évalua la distance entre lui et la piscine.

« Ce salaud croit qu'il peut jouer la montre, dit l'autre tireur avec un rire sardonique.

— J'essaie juste de vous apprendre une ou deux choses, les gars. Parce que si tu tires de cette position de planteur de riz, Denis, il faudrait que ta cible soit plus haut. »

En guise d'illustration, Todd tourna de nouveau le dos aux agents et monta sur la rambarde haute d'un mètre vingt, comme l'exigeait la loi de protection des enfants. *Et qu'en est-il de la sécurité des adultes en fuite ?* En équilibre précaire, il s'élança de toute la force de ressort de ses jambes pliées pour parcourir autant de distance possible à l'horizontale avant de retomber.

Il entendit une rafale, comme une tronçonneuse qu'on aurait mise en marche, un tir qui vida leurs chargeurs au rythme de huit cents balles par minute, soit un peu plus de deux secondes pour un chargeur de trente balles. *Si tu l'entends, c'est que tu n'es pas touché.* Ils n'avaient pas su anticiper son geste, et leur surprise devait avoir retardé leur réaction d'un instant critique.

Todd descendait dans l'air et, bien qu'il soit en chute libre, il avait l'impression de ne pas bouger, que le sol montait vers lui. Il disposait d'environ trois secondes pour se redresser, pour étendre son corps en forme de couteau, une lame pour trancher la surface de l'eau. En sautant de si haut, on ne plongeait pas la tête la première. Il ne pouvait perdre de temps à regarder en bas. S'il avait mal calculé son coup, il heurterait le ciment, et rien de ce qu'il pourrait tenter ne changerait la situation. Il devait croire qu'il allait tomber où il voulait, à l'extrémité la plus profonde de la piscine. Pour un corps tombant de dix mètres de haut, l'eau n'était pas une substance fluide et plastique. Elle était dure et résistante, et plus on lui exposait de surface plus l'eau frappait fort. Pendant sa formation, il avait appris l'équation de base : la forme multipliée par la densité de l'eau multipliée par le carré de la vitesse. Il arriverait à presque soixante kilomètres-heure à la surface de l'eau. *Le problème, ce n'est pas la chute depuis la falaise*, lui avait dit un plongeur professionnel, *c'est quand ça s'arrête.*

Todd ne pouvait pas modifier sa vitesse ; il ne pouvait pas changer le fait que l'eau était huit cents fois plus dense que l'air. Tout ce qu'il pouvait faire, c'était réduire la surface de son corps qui entrerait en premier dans l'eau : pointes de pied tendues, bras levés au-dessus de la tête, droit, paume contre paume. Il aperçut des voitures sur la route adjacente. Elles devaient avancer à soixante à l'heure au moins et il les crut presque immobiles. Juste avant de heurter l'eau, Todd prit une profonde inspiration, remplit ses poumons et se prépara à ce à quoi on ne peut pas se préparer.

Le choc parcourut son corps, un impact qui retentit dans tout son squelette, sa colonne vertébrale, chaque articulation, chaque tendon. Il avait cru que ça n'arriverait jamais et pourtant, c'était arrivé plus tôt qu'il s'y attendait. Il avait fait tout ce qu'il avait pu, mais il n'était pas prêt. Après le choc, il prit conscience d'autres sensations, comme la fraîcheur tout autour de son corps, la manière dont l'eau l'enveloppait d'un gros coussin comme pour s'excuser, adoucissant sa progression vers le fond. La fraîcheur devint chaleur, une chaleur inconfortable, puis la sensation de température fut annulée par un manque d'air croissant. Une mise en garde résonna dans sa tête : *N'inspire pas !* Il sentit le sol sous lui, le fond de la piscine. Il continua à descendre, pliant ses genoux, puis il détendit les jambes et remonta vers la surface, cinq mètres plus haut. Ce n'est que lorsqu'il put agiter une main devant son visage, preuve qu'il n'était plus sous l'eau, qu'il s'autorisa à inspirer une bouffée d'air. Le temps pressait. Il se hissa sur le bord de la piscine et roula sur la pierre.

Il ne prit pas la peine de lever les yeux vers la fenêtre d'où il avait sauté. Les agents étaient équipés pour le combat au corps à corps. Ni l'un ni l'autre n'étaient tireurs d'élite et ils n'avaient pas non plus de fusils permettant de viser à distance. De plus, trop de civils entouraient la piscine pour qu'une rafale d'automatique soit envisageable.

Il eut du mal à se remettre sur ses pieds. Tout le bas de son corps était tuméfié. Ses muscles étaient si relâchés que, sitôt debout, il s'effondra. *Non!* Il ne pouvait pas renoncer. L'adrénaline envahit ses viscères, mobilisant chaque fibre musculaire comme si quelqu'un tournait les chevilles d'un violon pour en tendre les cordes. Il se mit à courir et trouva un petit passage dans la haie de rhododendrons. Ses vêtements trempés le ralentissaient, et il se rendit compte, quand une voiture passa à toute vitesse sans bruit près de lui sur la route, qu'il était sourd. L'eau remplissait ses oreilles. Ses jambes étaient si engourdies qu'il ne sentait pas l'asphalte sous ses pieds. Au lieu de sensations physiques, de conscience tactile, il n'y avait qu'une douleur aiguë et des bouffées de chaleur.

Mais on ne l'avait pas capturé. Pas encore. Il n'avait pas été « récupéré ». Ses adversaires avaient échoué.

Todd traversa la route et testa ses réflexes en passant entre de nombreux véhicules en marche. S'il trébuchait, s'il mettait une seconde de plus qu'espéré, un pare-chocs le heurterait.

Une rue plus loin, il arriva à une rangée de petites maisons séparées par leurs garages ; la plupart étaient sombres, dans l'attente que leurs occupants reviennent du travail. Todd entra dans un garage dont la porte latérale n'était pas verrouillée et se glissa derrière une pile de pneus. Quand ses yeux s'habituèrent à la pénombre, il distingua tout un ensemble d'engins de jardinage : souffleur de feuilles, débroussailleuse, tondeuse encore encombrée d'herbe, preuves d'un enthousiasme intermittent. Ces jouets avaient sans doute été achetés avec grand soin et après comparaison des prix, utilisés deux ou trois fois et abandonnés à la poussière. Il inhala l'odeur familière du vieux caoutchouc et de l'huile de moteur, et tenta de s'installer confortablement. Il resterait là jusqu'à ce que ses vêtements sèchent.

Il y avait trop d'endroits où il aurait pu se cacher pour que l'équipe de récupération trouve raisonnable de demeurer sur place, surtout après les coups de feu et l'attention indésirable qu'ils avaient attirée. L'équipe allait se disperser jusqu'à ce qu'un de ses membres le repère. Il suffisait à Todd de rester tranquille pendant six heures, sans autre compagne que sa douleur, qui l'agressait comme une violente névralgie dentaire affectant tout son corps. Pourtant, il n'avait rien de cassé, rien de tordu. Le temps soignerait les contusions et, au souvenir de ce qui s'était passé, Todd sut que la torture serait vite supplantée par une chose qui s'était toujours montrée à la hauteur : la rage.

## Chapitre seize

*Los Angeles*

LE COSTAUD EN COSTUME NOIR, devant les cordes en velours barrant l'entrée d'une boîte de nuit ultrachic de Sunset Boulevard, près de la rue Larrabee, combinait les fonctions de portier et de videur. « Je suis désolé, monsieur, il y a une réception privée, ce soir. »

La salle Cobra était un des clubs les plus prisés de Los Angeles, et son boulot consistait à veiller à ce que cela ne change pas. Les habitués étaient soit très célèbres soit très riches. La présence de curieux, de badauds et d'ambitieux rendrait vite l'atmosphère désagréable pour la clientèle. Le portier musclé passait l'essentiel de son temps à répéter, avec politesse mais fermeté, des variantes de la formule standard : soirée privée, pas d'entrée. Seuls ceux qui gagnaient l'approbation de son regard acéré étaient autorisés à pénétrer dans la salle, à dépasser la foule des refoulés suppliants, et ils étaient l'exception.

« Désolé, mademoiselle, soirée privée. Je ne peux pas vous laisser entrer. Désolé, monsieur, fête privée. On n'entre pas.

— Mais je dois retrouver un ami ! » plaidaient ceux qui voulaient forcer le passage, comme si cet argument n'avait pas déjà été utilisé des dizaines de fois.

Hochement de tête sec. « Désolé. Pas d'exception. »

Une blonde décolorée en robe décolletée, ses talons aiguilles dans un minuscule sac noir, tenta de passer en lui glissant un billet.

« Non, merci, madame, vous devez partir », protesta le portier.

Il était évident qu'elle se teignait les cheveux toute seule ; un bon salon aurait donné une couleur plus naturelle à ses cheveux.

L'homme qui se faisait appeler M. Jones observait les activités à la porte de la salle Cobra depuis une demi-heure derrière les vitres teintées d'une limousine garée en face. M. Smith, son compagnon, lui avait préparé le terrain. Il consulta sa montre. Il portait un pantalon en velours mille raies noir, un pull en coton Helmut Lang, un blouson en soie et des chaussures noires rétro. Ce costume – typique du beau monde de LA quand il voulait avoir l'air négligé tout en s'affichant avec des vêtements incroyablement chers – ne suffirait pas en soi, mais ça ne nuirait pas. Il avait demandé au chauffeur de faire le tour du pâté de maisons et d'arrêter la limousine juste devant la salle Cobra. Il en descendit, chaussa des Oakleys et s'approcha de la porte, décontracté.

Les yeux du portier ne rataient pas grand-chose, mais il était clair que là, il ne savait que décider.

Soudain la blonde fonça sur M. Jones. « Oh, mon Dieu, vous êtes Trevor Avery ! pépia-t-elle. Mes copines ne le croiront jamais ! On vous *adooooore* ! dit-elle, accrochée au pull Helmut Lang et poussant des petits cris excités. Oh, restez là, juste une seconde, je vous en prie ! Oh s'il vous plaît !

— Madame ! dit le portier d'un ton menaçant.

— Est-ce que vous ne regardez pas *Venice Beach* ? lui demanda-t-elle en référence à un feuilleton télévisé pour ados.

— Non, madame, dit gravement le portier.

— Je vous en prie, pouvez-vous prendre une photo de nous deux avec mon téléphone ? Ce serait génial !

— Je déteste ce genre de choses, dit M. Jones au portier.

— Entrez, monsieur ! » dit le costaud. Il décrocha la corde en velours du poteau en laiton et sourit au nouvel invité. La décision avait été facile à prendre. « Vous, madame, dit-il avec un regard qui aurait gelé un thé bouillant, il faut que vous partiez. Tout de suite ! Je vous l'ai dit, c'est une réception privée. »

La blonde partit, ouvrant son petit sac pour, sans doute, toucher le billet de cent dollars que M. Smith lui avait donné.

M. Jones était à l'intérieur. Dès que ses yeux s'ajustèrent à la pénombre, il vit le promoteur Eli Little dans une des alcôves aux banquettes en vinyle noir. Ses cheveux blancs luisaient sous la lumière rouge mobile. Avec lui, un jeune réalisateur qui venait de remporter un prix au festival de Sundance, un cadre d'un studio de cinéma, un magnat de la musique, une actrice qui avait son propre show sur HBO. Les rumeurs qui avaient relié le promoteur au crime organisé lui donnaient plus d'attrait encore, surtout dans le milieu hollywoodien fasciné par tout ce qui touchait au côté sombre.

Pour mieux voir sa cible, M. Jones traversa d'un pas très naturel la petite salle. Eli Little, généralement protégé par un cordon de sécurité, avait les gestes amples. Il était très détendu, comme un poisson dans l'eau.

Il ne savait pas qu'un requin venait d'entrer dans le bassin.

*Quartier des affaires, Manhattan, New York*

Andrea Bancroft, assise à une table d'un restaurant populaire, buvait la troisième tasse de café délavé que lui versait la serveuse, une carafe en Pyrex à la main. Elle ne quittait pas le trottoir des yeux. Malgré le logo peu discret de l'établissement, Greengrove Dinner, et le menu enfermé dans sa boîte en plastique, il était facile de regarder par la vitrine. Ce n'était pas une place qu'elle aurait choisie pour sa discrétion. Elle avait respecté une consigne de Todd Belknap, qui agissait à sa façon.

Elle était ébranlée, inutile de le cacher. Elle pénétrait dans un autre monde, le monde des ruses et des pièges, un monde où quelqu'un pouvait sortir une arme et tirer sans qu'il n'y ait là rien d'extraordinaire. Un monde où la vie ne valait rien et les vérités une fortune. Elle remarqua qu'elle serrait sa tasse de café au point que ses articulations blanchissaient. *Reprends-toi!* s'ordonna-t-elle. *Ne te laisse pas aller.* C'était le monde de Todd Belknap, et il savait comment y fonctionner. Mais ce n'était pas le sien.

A moins que?

L'incertitude et la peur l'attaquaient comme les vagues de l'océan une falaise. Pouvait-elle faire confiance à Todd? Pouvait-elle se permettre de ne pas lui faire confiance? Elle se souvint de la manière dont il s'était placé entre elle et le tueur, la sauvant par ses actes et ses paroles. Pourtant, ces hommes le recherchaient – pourquoi ? Ses réponses avaient été vagues à la rendre folle, mais elles revenaient à prétendre qu'on lui avait tendu un piège – ce que prétendaient toujours les suspects. Elle n'avait aucune raison de le croire. Néanmoins, elle le croyait.

Et qu'en était-il de Paul Bancroft ? La fondation pouvait-elle avoir un lien avec l'enlèvement qui obsédait Todd ? Paul lui avait assuré que le seul but du groupe Thêta était de faire le bien, et elle le croyait, lui aussi.

« Je suis surpris que tu sois venue », dit Todd.

Elle se tourna et vit qu'il s'était glissé sur la banquette près d'elle. « Tu veux dire, après tous les moments agréables que nous avons passés ensemble ? dit-elle avec sarcasme bien que le cœur n'y fût pas.

— Quelque chose comme ça. Depuis combien de temps cajoles-tu cette tasse de jus ?

— Cajoler ? Je crois qu'aucune cajolerie ne pourrait le rendre meilleur. Je ne t'ai pas vu entrer. »

Todd montra de la tête l'arrière du restaurant, la porte réservée aux employés. « J'espère que personne ne m'a vu. »

Il parlait d'un ton égal, presque suffisant, et pourtant, Andrea sentait qu'il était sur le qui-vive : ses yeux ne cessaient de regarder autour de lui, dehors, chaque client aux autres tables. *Dieu voit tomber la plus petite hirondelle* : ces paroles d'un vieux chant d'esclave lui revinrent en mémoire. Elle se disait que lui aussi verrait la moindre petite hirondelle tomber.

« Pour ce qui s'est passé à l'hôtel, je suis désolée, dit-elle, mais je n'arrive même pas à le concevoir clairement. »

Elle aurait voulu ajouter : *Dieu merci, tu vas bien!* mais elle se retint. Elle ne sut pas pourquoi.

« Les réservations à l'hôtel avaient été faites sous un nom de mission secret », dit Todd de sa voix grave et dure.

Il portait un polo vert olive qui laissait deviner ses muscles. « Être un agent de légende te protège de tes ennemis dans le monde extérieur ; ça ne te protège pas de tes ennemis à l'intérieur de ton agence de renseignements. C'était une équipe de récupération envoyée officiellement par les Opérations consulaires.

— Ce type, à l'arrière de l'hôtel, j'ai vraiment cru qu'il allait m'abattre. Les gens comme ça... dit Andrea en secouant la tête avant de reprendre une gorgée du liquide chaud mais insipide.

— Des agents du noyau dur. Des SAP. Ceux qui sont même en dehors des classifications de sécurité. SAP, ça veut dire que rien ne filtre au-delà des intervenants. Pour certaines missions, il peut n'y avoir que cinq ou six personnes au courant dans tout le gouvernement.

— Y compris le président ?

— Parfois, oui. Parfois non.

— C'est donc à ces brutes folles de la gâchette qu'on a affaire ! Je crois que je commence à avoir de la sympathie pour toi.

— Tu ne devrais peut-être pas. Tu as vu ces brutes à l'œuvre et tu as été épouvantée.

— Tu parles !

— Alors qu'en fait je suis un SAP, moi aussi. J'ai fait ce qu'ils font. J'aurais pu être l'un d'entre eux.

— Ce qui soulève une question évidente : Si tes propres collègues ne te font pas confiance, pourquoi le devrais-je ?

— Je n'ai jamais dit qu'ils ne me faisaient pas confiance, dit-il avec un regard presque candide. Leur boulot était de m'attraper et de me mettre en cage. Cela ne signifie pas qu'il ont décidé que je n'étais pas digne de confiance. De leur point de vue, ça peut être parce que je suis trop digne de confiance. Ils ne prennent pas les décisions. Ils ne sont que les exécuteurs d'une décision. Je ne leur en veux pas. Comme je te l'ai dit, j'ai été l'un d'entre eux. La seule différence, c'est que je chassais en solo. J'essayais d'aller jusqu'à la capture. Et j'étais bon.

— A la chasse ?

— C'est mon boulot, Andrea. Je retrouve les gens. Les gens qui ne veulent pas qu'on les trouve, en général.

— Et tu es bon.

— Le meilleur, probablement... dit-il sans forfanterie, comme s'il avait donné sa taille ou sa date de naissance.

— Tes collègues sont d'accord avec cette affirmation ?

— Oui. Ils m'appellent le Limier. Je te l'ai dit, c'est mon boulot. »

Une bouffée d'odeurs de restaurant bon marché annonça l'arrivée de la serveuse. Cheveux couleur fraise, mince mais avec des seins comme des melons qui sortaient presque de la blouse de son uniforme, ouverte jusqu'au troisième bouton. « Vous désirez ?

— Benny est en cuisine ? demanda Todd.
— Ouais.
— Demandez-lui de me faire ce truc au pain perdu et mascarpone.
— Oh, ça c'est délicieux ! J'en ai mangé. Je vais lui demander, d'accord ?
— Très bien, lui dit Todd avec un clin d'œil. Nous en prendrons deux. »

Puis il lui parla à voix si basse qu'Andrea ne put tout comprendre – quelque chose à propos d'un type qu'il essayait d'éviter, et comment elle pourrait lui rendre un service.

« Je vais ouvrir les yeux », dit-elle tout bas avec un clin d'œil, sa langue rouge corail au coin de sa bouche comme un bouton de rose en sucre sur un gâteau.

« Tu as un don pour te faire des amis », remarqua Andrea, surprise de son ton agacé. Serait-elle jalouse ?

« On n'a pas beaucoup de temps », dit Todd.

Andrea eut l'impression que ses yeux s'attardaient sur la serveuse mais, quand il les tourna vers elle, il était redevenu sérieux. Elle en fut presque déçue. D'une voix sourde, elle lui rapporta sa journée de la veille. L'agent musclé l'écouta sans rien montrer de ce qu'il pensait. Ce n'est que lorsqu'elle lui parla du coup de téléphone à Dubaï qu'il leva un sourcil.

« Quelle explication peux-tu me donner ? demanda Andrea. Est-ce que ça ne me prouve pas que tu me racontes des histoires ?

— Une redirection de ligne. S'ils ont accès au réseau, ça ne peut pas prendre plus de trente secondes. Combien de temps s'est-il écoulé entre le moment où tu lui as donné le numéro et celui où tu as passé l'appel ?

— Plus longtemps que ça, admit Andrea. Seigneur, je ne sais plus que penser ! Je n'ai aucune raison de croire ton histoire.

— Qui est vraie.

— C'est toi qui le dis, marmonna-t-elle en plongeant son regard dans sa tasse de café comme pour y trouver une réponse. Et ce qu'il m'a dit sur ma mère – c'est tout à fait possible. Plus plausible que mes hypothèses. Ce qui me hante, c'est que, s'il a raison, je me bats contre des ombres créées par mon imagination. Je ne sais même pas ce que je fais là avec toi.

— Tu ne devrais même pas être là.

— Tu es donc d'accord.
— On t'a donné des explications raisonnables, solides, logiques. Pourquoi ne pas les accepter ? Croire tout ce qu'ils t'ont dit et mener une vie longue et heureuse. A propos de ce loft à Tribeca, dont tu m'as parlé, tu devrais en ce moment convoquer un architecte d'intérieur pour qu'il te montre des projets, des échantillons de peinture et de tissus au lieu de me parler. Pourquoi crois-tu que tu es ici ? »

Andrea se sentit rougir, la bouche sèche.

« Parce que, insista Todd, tu ne l'as pas cru. »

Elle voulut boire une goutte d'eau, mais finit par en avaler une longue gorgée. Le verre était vide quand elle le reposa.

« Une chose que nous partageons, c'est un sixième sens qui nous dit quand les éléments ne s'emboîtent pas. Ils t'ont donné une explication solide et logique, mais ça ne t'a pas convaincue. Tu ne sais pas bien ce qui cloche, mais tu es certaine qu'il y a quelque chose.

— S'il te plaît, ne prétends pas me connaître.

— Je disais ça comme ça. Beaucoup de choses vraies ne sont pas raisonnables, tu le sais. Quelqu'un a tenté de te donner une explication rationnelle à ce qui te préoccupait. En fait, même si ce n'est qu'une intuition, tu n'es toujours pas convaincue, sinon tu ne serais pas ici à boire le pire café du quartier.

— Peut-être, répondit-elle en tremblant, à moins que ça soit juste de la reconnaissance.

— Tu sais bien que non. Ne serait-ce que parce que sans moi, tu n'aurais pas eu besoin d'être secourue. »

Andrea scruta le visage de Todd et tenta d'imaginer comment elle le verrait, s'ils se rencontraient pour la première fois. Elle verrait une personne à la beauté rude, et intimidante. Ses muscles n'étaient pas de ceux que fabrique une inscription dans un club de gym – toniques, noués, des muscles pour travailler, pas pour paraître. Et il y avait autre chose chez lui : la volonté de se maîtriser de celui qui, s'il se laissait aller, pourrait perdre le contrôle. Une brute ? Oui, en un sens. Mais plus qu'une brute. Elle sentait quelque chose de puissant dans sa personnalité.

« Comment se fait-il que, chaque fois que j'essaie de penser du bien de toi, dit-elle au bout d'un moment, tu fasses tout pour me contredire ?

— Il y a un lac, et ses eaux sont profondes et sombres. Tu es dans un très petit bateau et on te dit que ce lac ne contient que de gentils petits poissons. Pourtant, au fond de toi, tu ne le crois pas. Tu penses que s'y cache quelque chose de gros et d'effrayant.

— Un lac, répéta Andrea. Comme Inver Brass. Qu'en penses-tu ? Est-ce que Paul Bancroft a reconstitué Inver Brass ? Est-il Génésis ?

— Qu'en penses-tu, toi ?

— Je me pose la question.

— Écoute, il faut que tu partes de l'idée que tout ce qu'il t'a dit est un mensonge.

— Sauf que ce n'est pas ce que je pense. Ce serait trop simple, et ça ne cadrerait pas avec le personnage. Je crois que beaucoup de ce qu'il m'a dit est vrai. Vrai, peut-être, d'une manière que nous ne sommes pas tout à fait capables de comprendre.

— Tu parles d'un être humain de chair et de sang, pas de quelque dieu grec !

— Tu ne le connais pas.

— N'en sois pas si sûre. J'ai passé vingt-cinq ans de ma vie à pourchasser toutes sortes de salauds. Au fond, ils se ressemblent tous.

— Non, il est différent de tous ceux que tu as connus. Il faut que tu partes de cette idée.

— Oh, je t'en prie. Je suis certain qu'il boit et pisse, comme tout le monde.

— Oh, très subtil, Todd ! » dit-elle avec amertume.

Elle se sentit rougir en se rendant compte qu'elle l'avait pour la première fois appelé par son prénom. Elle se demanda s'il l'avait remarqué. « Paul Bancroft est l'homme le plus brillant qu'il nous sera jamais donné de rencontrer. Quand il était à l'Institute for Advanced Study, il correspondait avec des personnages historiques – Kurt Gödel, Robert Oppenheimer, Freeman Dyson, même Albert Einstein, bon sang ! Peut-être trouves-tu réconfortant de réduire les autres à ton niveau, mais tu ne sais vraiment pas à quel point tu es ridicule quand tu parles de Paul Bancroft de cette manière. »

Cet éloge passionné la surprit. Peut-être espérait-elle toujours que son cousin serait innocenté, que ses peurs et ses soupçons s'avéreraient déplacés. Mais s'ils ne l'étaient pas, et si Todd commettait l'erreur de sous-estimer Paul Bancroft, il était perdu.

« Calme-toi ! dit Todd. De quel côté es-tu donc ? On dirait que le

Grand Cerveau t'a reprogrammée. Il a dû trouver quel bouton tourner.

— Va te faire foutre ! Est-ce que tu as entendu ce que je t'ai dit sur le groupe Thêta ?

— J'ai tout entendu, et ça m'a donné des frissons, d'accord ? Ça te réconforte ?

— Pour autant que ça laisse entendre que tu es en contact, bien que très lointain, avec la réalité.

— Tu m'as décrit un homme tout-puissant, qui dispose de plus d'argent que l'Oncle Picsou et nourrit des projets visionnaires de dingue pour l'amélioration de l'humanité. Les gens comme ça font en général plus de mal que ceux qui sont mal intentionnés. »

Andrea hocha lentement la tête. Elle commençait à se laisser fléchir. En vérité, c'était l'utopisme du Dr Bancroft qui lui faisait le plus peur. Ce que venait de dire Todd ne différait guère de ce qu'elle pensait. Les grandes théories, les idées de génie – elles devenaient les forces motrices de l'histoire. Pour qu'une utopie se transforme en réalité, des milliers de Péruviens avaient été massacrés par Sendero Luminoso, des millions de Cambodgiens et de Chinois avaient péri dans les champs, sans parler de tous ceux qu'on avait tués au nom de la religion. L'idéalisme avait tué autant que la haine. « Je ne sais pas jusqu'où il irait s'il pensait que la fin justifiait les moyens.

— Exactement ! Je parie qu'il dépasserait les limites, et il l'a probablement déjà fait. Il truque la course, il bourre les urnes de la destinée humaine. Et comme tu l'as dit, il ferait n'importe quoi, n'importe quoi qu'il trouverait justifié par ses théories.

— Mais je ne crois toujours pas qu'il soit Génésis.

— Tu n'as aucune preuve.

— Tu crois que j'ai tort ?

— Non, je crois que tu as raison, mais je crois aussi qu'il fait partie du tableau. Il y a un lien – ami ou ennemi, collaborateur ou adversaire, ou quelque chose de tout à fait différent. Mais il existe un lien. Sans doute un réseau complexe de connexions. D'une manière ou d'une autre, Jared Rinehart s'est retrouvé empêtré dans ce réseau. Ta mère aussi, peut-être.

— Mais si mon cousin n'est pas Génésis, demanda Andrea avec un frisson, qui est-ce ? »

Todd fit pour la centième fois des yeux le tour de ce qui les environnait. Puis il raconta, dans un murmure. « Quand j'étais à Washington, une amie m'a dit quelques petites choses sur Génésis. On croit qu'il pourrait être un Estonien. Un nabab, le genre de gangster devenu milliardaire quand les industries d'État ont été privatisées. Le pire, c'est qu'il a fait main basse sur une bonne part de l'arsenal militaire soviétique. On parle d'un trafiquant d'armes d'envergure internationale.

— Trafiquant d'armes ? »

Ça ne sonnait pas bien à ses oreilles. Elle s'inquiéta que Todd, une fois de plus, réduise l'adversaire à ses propres préoccupations.

« Il s'agit de quelqu'un qui étend ses tentacules sur tout le globe. Une personne d'envergure globale avec des ambitions globales, tu comprends ? Il s'agit d'affaires qui se moquent autant que les oiseaux dans le ciel et les poissons dans la mer des frontières nationales. Qui serait mieux placé ? C'est lui, notre Génésis.

— Et le groupe Thêta ? Peut-être devrais-tu interroger ton amie sur la manière dont le groupe Thêta s'intègre dans le tableau.

— Je ne peux pas, répondit Todd comme si on l'avait giflé. Elle a été tuée sous mes yeux.

— Oh, mon Dieu ! Je suis tellement désolée...

— Quelqu'un d'autre va être désolé, un de ces jours, dit Todd d'une voix arctique.

— Génésis.

— Il est possible que le groupe Thêta tente de le faire tomber. Il est possible qu'il veuille joindre ses forces aux siennes. Qui peut le savoir ? Quoi qu'il en soit, je vais attraper ce salaud. Parce qu'il sait où est Jared Rinehart. Tôt ou tard. Je vais mettre mes mains autour du cou de ce monstre et je vais serrer, et si je n'aime pas ce que j'entends, je lui tordrai le cou comme je le ferais à un poulet. »

Il avait levé ses mains puissantes devant lui, les doigts comme des serres.

« Un velociraptor, plutôt.

— Peu importe. Tout vertébré a un cou.

— L'Estonie, c'est loin.

— Génésis est un globe-trotter. Comme la fondation Bancroft. Ça fait d'eux des alliés naturels. Ou des concurrents.

— Tu crois que Génésis a des complices au sein de la fondation.

— Je pense que c'est probable. J'aurai les idées plus claires en rentrant d'Estonie.

— Tu me tiendras au courant, hein ?

— On est dans le même bateau. D'ici là, reste loin de tout agent en cavale. On ne crée que des ennuis.

— J'ai remarqué. Mais je vais faire des recherches. Tu vois, j'ai parlé à un ami à moi qui travaille au bureau des Taxations et Finances du Département d'État, à New York.

— Et ce quelqu'un a des amis ?

— La fondation est enregistrée à New York. Je me suis dit que le dossier avait dû être rempli chez lui. »

Todd tourna de nouveau la tête, en quête à l'évidence de tout ce qui pouvait sortir de l'ordinaire. Avait-il remarqué quelque chose ? « Et alors ?

— Je n'ai pas trouvé de filon d'or. Mais il m'a dit qu'il y avait des décennies de paperasses dans les réserves.

— Où ?

— Dans une ancienne carrière, à Rosendale, dans l'État de New York.

— On fabrique tout le temps des faux dossiers.

— Bien sûr, mais là, c'est différent : quand il s'agit de dossiers privés, ils sont étudiés de près. Ce seront des documents authentiques, et ils doivent être véridiques, jusqu'à un certain point du moins. Ils ne contiennent pas toute la vérité, mais ils donnent suffisamment de chiffres incontestables pour démarrer. »

La serveuse apporta deux assiettes avec le pain perdu à la mascarpone qu'il avait commandé. « Désolée pour l'attente, dit-elle. Benny a dû sortir acheter le fromage. Il ne voulait pas vous décevoir.

— Jamais Benny ne m'a déçu.

— Elle te prend pour un flic, non ? demanda Andrea quand la serveuse fut partie.

— Elle croit que je suis un genre de flic, elle ne sait pas bien lequel. Un enquêteur fédéral, peut-être. Je suis toujours resté vague. Par ici, ils aiment les flics.

— Parce qu'ils n'ont rien à cacher.

— Ou parce qu'ils ont quelque chose à cacher.

— Je disais donc que Doug va m'aider à me rendre dans ces locaux de Rosendale.

— Oooh, de la paperasse !

— A un moment, dans le passé de cette fondation, il doit y avoir une porte entrebâillée, un indice, une révélation involontaire. Une faiblesse qu'on peut exploiter. Quelque chose. Il y a toujours quelque chose.

— Oui, dans les romans et les films. Dans la vie réelle, il n'y a souvent rien. Ça m'ennuie de te casser le moral, mais les histoires sont une chose, la vie en est une autre.

— Je crois que nous vivons dans les histoires. Nous organisons nos vies autour d'histoires. Si tu me demandes qui je suis, je vais te raconter une histoire. Mais les histoires changent. Je me suis raconté une histoire sur ma mère. Quand cette histoire a commencé à s'effondrer, j'ai commencé à m'effondrer. Tu as une histoire à propos de Jared Rinehart, à propos de tout ce qu'il a fait pour toi – et cette histoire t'impose de le sauver, au prix même de ta vie. Il n'y a pas d'expérience hors de la narration.

— Est-ce que tu ne t'es jamais dit que tu avais passé trop d'années sur les bancs de l'école ? demanda Todd avec humour. Je dois ma vie à Jared Rinehart. Un point c'est tout. N'essaie pas de tout compliquer. Goûte ton plat.

— Pourquoi ? Ce n'est pas moi qui l'ai commandé. T'es bien un mec ! Tu imposes ta domination par la nourriture. Oh, mon Dieu ! C'est vrai que je me transforme en mégère élitiste.

— On y va ! dit Todd en se raidissant.

— Pourquoi est-ce encore toi qui décides ? »

Andrea vit alors l'expression sur le visage de Todd et eut un frisson.

Entre ses dents serrées, Todd expliqua : « Les types de FedEx, en face. Il font une livraison.

— Et alors ?

— Ce n'est pas la bonne heure. FedEx ne fait pas de livraisons à seize heures, dit-il en posant quelques billets sur la table. Suis-moi ! »

Todd adressa à la serveuse un clin d'œil appuyé en passant la porte de service. Il traversa la cuisine et sortit par l'arrière, dans une petite cour pavée où une pile de bouteilles recyclables attendaient qu'on vienne les ramasser. Un peu plus loin, une allée. Ils se faufilèrent sur le côté d'un conteneur à ordures. Au coin, Todd jeta un coup d'œil dans la rue. Apparemment rassuré, il se pencha et ouvrit la porte d'une Mercury vert foncé. « Monte ! »

Un instant plus tard, ils s'engageaient dans une avenue et, après quelques virages, ils se fondaient dans la circulation sur West Street.

« Ta voiture était garée devant une bouche à incendie.

— Je sais.

— Comment savais-tu qu'elle n'aurait pas d'amende, qu'on ne l'emmènerait pas à la fourrière ?

— Tu n'as pas remarqué le carnet de contraventions, sur le tableau de bord. Mais un employé de la ville l'aurait vu. Ça veut dire qu'il s'agit d'une voiture de flic. T'y touches pas.

— C'est une voiture de flic ?

— Non, et ce n'est pas non plus un vrai carnet de contraventions. Mais ça marche à tous les coups. Ça va, toi ?

— Très bien. Arrête de me le demander.

— Ouah ! Pourquoi est-ce que tu ne réserverais pas le "Je suis une femme, je sais rugir" pour une autre occasion ? J'ai compris. Tu es forte. Tu es invincible. Tu es une femme.

— D'accord. J'ai une peur bleue. Comment est-ce que tes copains... ?

— Pas mes copains, je ne crois pas. Les tiens.

— Quoi ?

— Ils n'avaient pas les caractéristiques des agents des Opérations consulaires. Ils ressemblaient plus à une équipe de surveillance. Mes gars auraient utilisé un camion du service postal, et ils auraient été plus nombreux.

— Et qu'est-ce que ça veut dire ?

— Je crois qu'après ta visite rue Terrapene, tes collègues ont décidé de garder un œil sur toi. Une surveillance rapprochée. Collecte de données dans une situation incertaine.

— J'ai fait attention, protesta Andrea. J'ai tout surveillé. Je ne sais pas comment ils ont pu me pister jusque-là.

— Ce sont des professionnels. Pas toi.

— Je suis désolée, rougit Andrea.

— Inutile. Vis et apprends. Ou plutôt : apprends et vis. Tu veux aller à Rosendale, c'est ça ?

— J'avais l'intention de passer la nuit dans un hôtel du coin.

— Je t'y conduis.

— C'est à deux heures de route.

— On a la radio », dit-il avec un haussement d'épaules.

Mais ils ne l'allumèrent pas une fois pendant leur trajet sur la Major Deegan Expressway vers le nord, puis sur l'Interstate 87. La voiture était d'un modèle tout venant, le plus ordinaire qu'il avait pu trouver ; personne ne les suivait, affirma-t-il, et personne n'avait aucune raison d'anticiper leur déplacement, se dit Andrea.

« On aurait pu être tués hier, dit-elle en le voyant ajuster le rétroviseur pour la dixième fois. C'est idiot, mais je n'arrive pas à m'ôter ça de la tête. On aurait pu mourir.

— A qui le dis-tu ! »

Andrea le regarda pour arriver à situer cet homme. Il n'était que muscles bandés et rage, un visage où passaient sans cesse les ombres de la frustration et de la colère, des doigts forts, des ongles épaissis – des mains qui avaient été beaucoup châtiées et qui avaient dû distribuer leur lot de punitions. Il paraissait mal dégrossi, sans subtilité, et pourtant... il y avait aussi chez lui cette acuité de perception qui avait jusque-là échappé à Andrea. Il était à vif, rude, brutal, mais rusé. Comment l'appelait-on ? Le Limier, non ? Elle le voyait bien en chien de chasse, avec une férocité toute canine. « Quand il se produit ce genre de chose – la mort évitée de justesse, la faucheuse qui lance la lame et te rate – qu'est-ce que tu penses ? "Oui, j'aime la manière dont j'ai vécu", ou autre chose ?

— Je ne pense pas.

— Tu ne penses pas.

— C'est ça. C'est le secret du succès des agents d'élite. Ne pas trop penser. »

Andrea se tut. Il ne passait pas un entretien d'embauche. Elle risqua un autre coup d'œil et remarqua comment le jersey de son polo s'étirait sur le biceps, comment la main qui reposait sur le volant était à la fois abîmée et puissante. Elle se demanda tout à coup ce qu'il aurait pensé de Brent Farley. Brent aurait sans doute écarté les narines pour exprimer son mépris face à cet agent musclé, mais l'autre aurait probablement fait de la compote de sa main en la lui serrant trop fort. Elle sourit à cette pensée.

« Quoi ?

— Rien », dit-elle un peu trop vite.

Que pensait-il d'elle ? Une enfant gâtée du Connecticut ? Une éternelle étudiante qui venait juste d'acheter sa première paire de chaussures de dame ?

« Tu sais, dit-elle au bout de quelques minutes, je ne suis pas vraiment une Bancroft.

— Tu me l'as expliqué.

— Ma mère... Elle voulait me protéger de tout ça. Elle avait été blessée, et elle ne voulait pas que je le sois à mon tour. Mais il y avait un côté de cette identité Bancroft qu'elle aimait vraiment. C'est ce que je n'ai jamais compris. Cette fondation signifiait beaucoup pour elle. J'aurais aimé qu'on en parle ensemble. »

Todd hocha la tête.

Elle pensait à haute voix et elle doutait qu'il l'écoutât, mais ça n'avait pas l'air de l'ennuyer non plus. Quoi qu'il en soit, c'était un peu mieux que de parler toute seule. « Paul a dit qu'il l'aimait, "d'une certaine façon", comme il l'a exprimé. Mais je crois que c'était vrai. Elle était belle, mais pas dans le genre poupée de porcelaine. Elle était l'énergie même. Irrévérencieuse, drôle, pleine d'entrain. Et tourmentée.

— La boisson ?

— Je croyais vraiment qu'elle avait renoncé. Elle avait commencé à cause de Reynolds. Un an environ après leur divorce, elle avait pris un engagement, et elle s'était arrêtée. Mais je dois avouer qu'il y a beaucoup de choses que je n'ai jamais sues, à son propos. J'aurais tant de questions à lui poser ! »

Elle sentit ses yeux s'humidifier et tenta de ravaler ses larmes.

« Il arrive que les questions soient plus importantes que les réponses.

— Dis-moi une chose, Todd : est-ce qu'il t'arrive d'avoir peur ? »

Il la regarda durement.

« Je suis sérieuse.

— Tous les animaux connaissent la peur. Regarde une souris, une musaraigne, un renard ou même un sanglier. Est-ce que ces animaux pensent ? Je n'en sais rien. Ont-ils conscience d'être ? Je ne crois pas. Est-ce qu'ils rient ? J'en doute. Éprouvent-ils de la joie ? Qui peut le dire ? Mais une chose est certaine : ils ont fait l'expérience de la peur.

— Oui.

— La peur, c'est comme la douleur. La douleur est productive si elle te dit que tu as mis la main sur une plaque brûlante ou que tu as ramassé un objet coupant. D'un autre côté, si c'est un état chronique, qui se nourrit de lui-même, ça ne fait aucun bien. Ça émousse ta capacité à fonctionner. La peur peut te sauver la vie. La peur peut aussi détruire ta vie. »

Andrea hocha lentement la tête. « C'est la prochaine sortie », dit-elle au bout d'un moment.

Cinq kilomètres plus tard, ils approchaient de l'Auberge du Ruisseau clair, où elle avait réservé. Soudain, une bouffée de terreur la parcourut. Elle écarquilla les yeux et sut pourquoi : sur l'aire de stationnement, adossé à une voiture, elle reconnut la masse de l'homme sans nom de la fondation Bancroft.

*Seigneur, non !* Son cœur tambourinait ; la peur et la fureur l'envahissaient. Ils voulaient l'intimider, elle le comprit, et elle s'en indigna.

« Continue sans t'arrêter ! » dit-elle d'une voix égale.

Elle avait peur, oui, mais elle était très résolue. Il était hors de question qu'elle se laisse intimider. Sa mère méritait mieux de sa part.

Todd obéit sans hésiter. Ce n'est qu'après être retourné sur la route qu'il posa sur Andrea un regard interrogateur.

« J'ai cru voir quelqu'un que j'ai reconnu.

— S'il te plaît, ne me dis pas que tu as réservé sous ton nom !

— Non, non – j'ai utilisé le nom de jeune fille de ma mère. »

En prononçant ces mots, Andrea se rendit compte de l'erreur qu'elle avait commise.

« Comme si ça allait les tromper une seule seconde ! Et tu as payé avec ta carte de crédit.

— Oh, mon Dieu, je n'ai même pas pensé...

— Mais enfin, on en avait parlé ! Tu ne pouvais pas réfléchir une seconde, avoir un peu de bon sens ? »

Andrea se massa les tempes. « Je suis dans une voiture avec quelqu'un qui pourrait bien être l'ennemi numéro un de l'État, quelqu'un que le gouvernement des États-Unis tente d'appréhender. A quel niveau intervient le bon sens, dans tout ça ?

— Tais-toi, gronda Todd.

— Et transgresser l'édit patriarcal de silence ? Jamais.

— Tu veux qu'on s'arrête et qu'on ait une séance d'élévation de conscience ? C'est toi qui choisis. Désolé que tu sois coincée avec moi. Je suis certain que Simone de Beauvoir serait plus à ton goût mais, apparemment, elle n'est pas libre.

— Simone de Beauvoir ?

— C'est...

— Je sais qui c'est. Je suis juste surprise que tu le saches.

— Quand je ne relis pas le manuel d'utilisation de mon pistolet SIG-Sauer, tu vois... dit-il avec un haussement de ses épaules massives.

— Peu importe. Écoute, j'ai juste... Oh, je ne sais plus.

— La première vérité que tu énonces depuis un moment », dit-il en sortant de sa poche de pantalon un objet oblong.

Elle frissonna, et il la regarda de nouveau. Elle se rendit compte qu'il s'agissait d'un téléphone.

Todd composa le numéro de l'Auberge du Ruisseau clair. « J'appelle pour Mme Parry, dit-il d'une voix quelque peu servile, presque efféminée. Non, je sais qu'elle n'est pas arrivée. Elle m'a demandé de vous faire savoir qu'elle sera en retard. Elle n'arrivera que dans la nuit, vers une heure du matin. Pouvez-vous lui garder sa chambre ? Oui ? Merci. »

Il raccrocha.

Elle allait lui demander pourquoi, mais elle entrevit la raison de cet appel : si quelqu'un était là pour la surveiller, il valait mieux qu'il reste sur place, en ce lieu où elle n'irait pas.

« Écoute et apprends, d'accord ?

— Je sais que j'ai besoin de m'y faire, dit Andrea d'un air misérable. Mais j'aimerais tant ne pas y être contrainte ! »

Le regard que Todd posa sur elle ressemblait à de la pitié. Soudain, la voiture traversa la file de droite et Todd prit une bretelle de sortie qui les conduisit à un motel d'aspect miteux. Il se tourna vers Andrea. Les néons projetaient une lumière dure, impitoyable sur la mâchoire carrée, la poitrine puissante, les mains calleuses de Todd et sur ses yeux qui, la plupart du temps, remarquaient à peine l'existence d'Andrea, sauf quand ça l'arrangeait, quand il la considérait comme un instrument de sa propre enquête. « C'est là que tu vas dormir cette nuit.

— Si j'attrape des puces...

— Les puces, on peut s'en débarrasser. Les balles dans la poitrine, c'est plus difficile. »

Il conduisit Andrea au long comptoir en Formica, derrière lequel un Indien était perché sur un tabouret.

« Vous désirez ? demanda l'homme avec un accent hindi.

— Une nuit, dit Todd.

— Pas de problème.

— Formidable, dit Todd. Mon nom est Boldizsar Cskszentmihalni. B-o-l-d-i-z-s-a-r, plus loin C-s-k-s-z-e-n-t-m-i-h-a-l-n-i. »

L'employé s'arrêta d'écrire au bout de quelques lettres. « Je suis désolé, j'ai pas vraiment...

— Personne n'y arrive jamais, lui dit Todd avec un sourire rassurant. C'est hongrois. Tenez, laissez-moi l'écrire pour vous. Croyez-moi, je suis habitué. »

Avec réticence, l'employé lui céda le registre des hôtes. D'une écriture élégante, Belknap écrivit le nom. « Chambre quarante-trois ? dit-il en voyant la clé accrochée au mur derrière l'employé.

— C'est ça, mais il faut...

— Ne vous inquiétez pas, j'étais gérant d'hôtel, moi aussi. »

Avec des gestes éloquents, il feignit de vérifier dans son portefeuille le numéro de son permis de conduire, qu'il inscrivit dans la case appropriée. Sans presque lever son stylo, il nota l'heure d'arrivée, le nombre d'occupants et le numéro d'une carte de crédit. Puis il rendit le registre à l'Indien avec un clin d'œil complice. « C'est partout pareil, dit-il.

— Je vois ça.

— Et nous paierons en liquide. Quatre-vingt-neuf plus les taxes, ça fait quatre-vingt-seize dollars et cinquante-sept cents. On va arrondir à cent, si ça vous convient, dit-il en déposant cinq billets de vingt dollars sur le comptoir devant l'employé. Maintenant, si vous voulez bien nous pardonner une certaine précipitation, mon épouse n'en peut plus – elle n'a pas voulu utiliser les toilettes de la station-service. Si vous pouviez me donner la clé de la chambre...

— Oh, mon Dieu, tout de suite ! »

L'homme lui tendit la clé.

Andrea se retrouva en train de mimer l'état dans lequel Todd l'avait décrite.

Un instant plus tard, ils étaient dans une chambre, seuls. La circulation sur la route faisait un bruit d'averse intermittente. Elle identifia l'odeur de tabac froid dans la pièce, de laques à cheveux, de nettoyants ménagers.

« Je retirerais mon chapeau, si j'en avais un, dit Andrea à Todd. Tu es un véritable artiste quand il s'agit de rouler les gens.

— Plus un David Copperfield qu'un Léonard de Vinci. Il ne faut pas exagérer.

— Tu es un homme surprenant. »

Andrea prit une profonde inspiration. Elle pouvait aussi sentir son odeur à lui, celle du savon liquide avec lequel il s'était lavé les mains et le visage lors de leur dernier arrêt, le détergent utilisé pour lessiver son polo, et ces odeurs plus familières dissipèrent le côté étranger et sinistre de cette chambre mal éclairée.

« Plutôt moche pour une héritière, hein ? dit-il.

— J'oublie sans arrêt, dit-elle sèchement devant cette vérité.

— Il vaut mieux que tu l'oublies, pour le moment. Cet argent devient un phare. Si les gens de la sécurité de Thêta ont quelque chose en préparation, ils seront au courant de tous les retraits que tu feras sur ton compte et ils sauront précisément où tu es allée. Ce n'est pas comme utiliser un compte numéroté au Liechtenstein. Jusqu'à ce qu'on ait tout compris, considère que ta carte de crédit est radioactive.

— La source de tous les maux. J'ai compris.

— Ce n'est pas une blague, Andrea.

— J'ai dit que j'avais compris ! Et maintenant ? Est-ce que tu vas reposer tes pieds fatigués ? Traîner un peu avant de reprendre la route ? »

Elle savait ses questions irrationnelles. Son association avec lui l'avait mise en danger, et pourtant elle se sentait plus en sécurité quand il était auprès d'elle.

Todd pour sa part, prit son invitation pour un simple sarcasme. « C'est de ça que tu as peur ? Ne t'inquiète pas, je m'en vais. »

*Ce n'est pas ce que j'ai voulu dire !* Mais qu'avait-elle voulu dire ? Elle-même n'en savait rien.

Il sortit, mais avant de refermer la porte, il se tourna vers elle. « Si tu trouves quelque chose qu'il faut que je sache, tu me le dis dès que tu peux. Je ferai la même chose. D'accord ?

— D'accord », promit Andrea d'une voix vide.

La serrure joua. A travers la fenêtre, elle regarda Todd regagner la voiture d'un pas souple. Ils avaient convenu qu'il serait plus sûr pour elle d'appeler un taxi au matin. Elle se sentit perdue. Elle se remémora qu'il était un homme dangereux, qui amenait des ennuis. Elle ne pouvait pourtant s'empêcher de se croire plus en sécurité quand il était près d'elle, même si elle savait que ça n'avait aucun sens.

La densité de sa chair malmenée, les cicatrices, les muscles qui semblaient couvrir le haut de son corps comme une armure, les yeux rapides, alertes, vigilants, prêts à repérer la moindre menace...

La peur lui serrait encore la gorge, mais elle avait dépassé l'état d'impuissance ; elle était maintenant en mesure d'utiliser sa peur. C'est ce qu'elle imaginait, du moins. Demain, pourtant, elle irait aux archives, où le plus grand risque serait sûrement l'ennui. Qu'est-ce qui pouvait l'y attendre ? La mort sous mille documents ?

*Tu ferais mieux de dormir*, se dit-elle. *La journée de demain sera longue.*

A travers la fenêtre de sa chambre de motel, elle regarda les feux arrière de la voiture de Todd rapetisser tandis qu'il s'éloignait, jusqu'à ce qu'ils ne soient plus que des têtes d'épingle, puis rien de plus qu'un souvenir.

## *Chapitre dix-sept*

*En vol*

A DIX MILLE MÈTRES D'ALTITUDE au-dessus de l'Atlantique, l'esprit de Todd Belknap ne cessait de revenir à la dernière image d'Andrea Bancroft, au motel. Les risques étaient grands qu'ils ne se revoient jamais. Ce serait une brève rencontre – bien que plus orageuse que beaucoup – dans une vie faite de brèves rencontres. Il n'avait pas tout de suite ouvert la vitre de sa voiture, en quittant le motel, désireux de préserver le léger parfum citronné qu'elle avait laissé dans le véhicule, refusant que l'air nocturne le disperse déjà. Ça lui éviterait de céder à l'abattement. Tout au fond de lui, il reconnut qu'il développait des sentiments inappropriés et non partagés vis-à-vis d'Andrea Bancroft, et il n'accueillait pas volontiers ce genre d'émotion : trop des gens qu'il avait admis dans son cœur étaient morts. La violence jetait une ombre sur lui et, avec un sadisme troublant, arrachait à la vie tous ceux qu'il aimait. La voix d'Yvette résonna en lui comme un écho lointain : *Où il y a la beauté, on trouve la mort.*

Andrea lui avait demandé s'il éprouvait jamais de la peur. A cet instant, oui il avait peur pour elle.

Le sommeil qui finit par l'engourdir lui offrit peu de répit. Des images envahirent son inconscient comme des spectres vaporeux, puis comme de véritables expériences en temps réel. Il se retrouva à Calí pour revivre ce qui s'était produit cinq ans plus tôt. Tout était réel – les sons, les odeurs, les images. La peur.

La mission consistait à intercepter un camion qui apportait un chargement d'armes à un cartel de narco-terroristes colombiens. Mais quelqu'un avait prévenu les cibles de leur intervention. Un de leurs informateurs, on le découvrit alors, avait joué sur les deux tableaux. Tout à coup, des hommes avec en bandoulière des cartouches de calibre .308 apparurent à l'arrière de la remorque et arrosèrent de balles les positions où les Américains attendaient. Aucun d'entre eux ne s'était préparé à une telle attaque. Todd était en planque dans une voiture ordinaire, non blindée – et voilà qu'elle était percée par l'explosion de balles à grande vélocité.

Soudain, derrière lui, Todd repéra le tir particulier d'un fusil. Il y eut des claquements, espacés de deux secondes environ, et le torrent vrombissant des mitraillettes cessa. Un coup d'œil par la vitre arrière fracassée lui donna le fin mot de l'histoire : tous les tireurs colombiens étaient tombés. Quatre hommes, leur torse toujours barré de leur réserve de cartouches. Quatre torses sans tête.

Jamais le silence n'avait été mieux venu.

Todd tordit le cou pour voir le côté de la route d'où étaient partis les coups de fusil. Se détachant contre le ciel qui s'assombrissait, une silhouette approchait, mince, presque allongée, une arme à la main. Des jumelles pendaient à une lanière autour de son cou.

*Pollux.*

Il s'approcha à longs pas, évalua la situation, et se tourna vers son ami. « Je dois avouer que j'ai la gorge serrée, dit Jared Rinehart.

— Imagine ce que j'éprouve, moi ! répondit Todd, qui n'était pas gêné d'exprimer sa gratitude.

— Tu l'as vu, toi aussi, hein ? C'est incroyable, tu ne trouves pas ? Un tangara. Je t'assure – la tête noire, le bec court, l'ovale rouge incroyable des ailes. J'ai même aperçu la poitrine jaune, s'enthousiasma-t-il en tendant la main à Todd pour l'aider à sortir de la voiture. Tu as l'air sceptique. Je te l'aurais montré si seulement nos amis colombiens n'avaient pas fait un tel raffut. Je te jure qu'ils ont fait s'envoler tous les oiseaux à des kilomètres à la ronde. Qu'est-ce qui a bien pu leur passer par la tête ?

— Qu'est-ce que tu fais là, Jared ? » demanda Todd sans pouvoir s'empêcher de sourire.

Plus tard, Todd comprit ce qui s'était passé. L'équipe B de l'opération s'était trompée de route, avait annoncé son retard à la station de Calí, et

Jared, qui suivait la situation du consulat local, avait craint le pire : que l'informateur ne soit pas juste incompétent, mais aussi un traître.

Mais ce n'était pas l'explication qu'il avait donnée sur-le-champ. Il avait haussé les épaules et remarqué : « Où peut-on espérer voir un tangara dans la nature ? »

*

Todd ouvrit les yeux et, à travers la brume de la somnolence, sentit le filet d'air frais que soufflait le diffuseur au-dessus de sa tête. Il toucha la ceinture attachée sur son ventre et se souvint où il se trouvait. Il avait pris un charter qui emmenait le Chœur de l'Empire State à un festival international de musique à Tallinn, en Estonie. Todd Belknap – non, il s'appelait Tyler Cooper, aujourd'hui – s'était joint à eux en tant que représentant du programme d'échanges culturels du Département d'État. Un vieil allié et ancien collègue – « Tortue » Lydgate – connaissait le chef de chœur et avait tout organisé. Lydgate avait fait remarquer qu'on surveillait moins attentivement les charters que les vols internationaux réguliers, et qu'en plus, comme c'était la semaine du festival annuel du chant choral en Estonie, bon nombre de charters allaient arriver à Tallinn, la capitale estonienne. On avait vaguement suggéré aux membres du chœur que le responsable des programmes culturels en question pourrait leur procurer des fonds dans le cadre d'une nouvelle initiative associant « la société civile et les arts ». Ils devaient le traiter comme un membre honoraire de leur chorale, ce qui les rendit à la fois courtois et intimidés par sa présence. Cela convenait tout à fait à Todd.

Il appliquait de nouvelles règles : la catastrophe évitée à Raleigh l'avait propulsé à un niveau de précautions maximal. Il n'utiliserait plus aucun faux document fourni par l'administration. Il faudrait qu'il pioche dans ses réserves de papiers d'identité inconnus des services. Tous les agents sous couverture qu'il avait connus s'en procuraient. Parce qu'ils prévoyaient un jour de sortir des rangs ou de déserter ? Non. Simplement parce que ce genre de travail vous rendait paranoïaque. « Tyler Cooper » était une des légendes les plus secrètes et les plus élaborées de Todd Belknap et, ce soir, c'était son identité.

Il tenta de se rendormir mais, plus fort que le bruit des moteurs, il entendit – oh, Seigneur ! – encore leur chant infernal !

Le maître de chœur, Calvin Garth, avait des cheveux teints en orange, une bouche charnue, des mains grasses et délicates et un petit rire comme un gémissement. Il y avait pire : il était bien décidé à utiliser le temps de vol pour d'ultimes répétitions.

Quand certains choristes protestèrent, il se lança dans un discours indigné qui aurait fait la fierté du général Patton. « Est-ce que vous vous rendez compte de l'enjeu ? demanda-t-il en parcourant l'allée centrale d'un pas martial. Vous vous prenez sans doute pour des vétérans des tournées. Vous croyez avoir tout connu avec Paris, Montréal, Francfort, Le Caire, Rio, etc. Ces concerts étaient de grandes occasions, les gars. Mais dans l'art choral, ces lieux ne sont que des salles de province. Un moyen de vous échauffer, rien de plus. Non, la représentation de votre vie, c'est maintenant. C'est là que ça passe ou que ça casse. D'ici vingt-quatre heures, votre public sera... le monde entier ! Dans des années, vous vous rendrez compte que vous avez connu là l'expérience la plus marquante de votre vie. Ce sera le moment où vous vous êtes levés pour faire résonner les cordes de la liberté, et qu'on vous aura entendus ! s'enflamma-t-il en levant ses mains blanches en l'air pour exprimer l'ineffable. Croyez-moi ! Vous savez que j'ai voyagé partout pour être au courant de ce qui se passe dans le royaume de l'art vocal. Eh bien, dans notre discipline, les Estoniens ne se contentent pas de jouer. Ce que le hockey sur glace est aux Canadiens, le football aux Brésiliens – aux Estoniens, c'est le chant choral. Ils sont un peuple de chorales. Jeunes gens, vous devez donc représenter votre pays. Jamal, que voilà, sait de quoi je parle, roucoula-t-il en posant un regard tendre sur le ténor aux cheveux tressés et à l'anneau d'or dans l'oreille. Tallinn accueille des chœurs et des chorales de cinquante pays de tous les continents. Ils vont chanter avec ça, dit-il en montrant son diaphragme, et avec ça, tonna-t-il en frappant son cœur d'un coup de poing, et ils vont donner tout ce qu'ils ont. Mais devinez un peu ! J'ai entendu ce dont vous êtes capables, mesdames et messieurs. Il y en a qui pensent que je suis trop perfectionniste. Eh bien, écoutez-moi attentivement : je suis un emmerdeur parce que j'y mets tout mon cœur ! Nous allons aux jeux Olympiques des chorales. Et, ensemble, chantonna-t-il avec un sourire éthéré, ensemble, nous allons faire de la musique. »

Quand Todd refit surface, trois heures plus tard, le chef de chœur était encore à l'ouvrage et donnait le signal du départ aux altos et aux basses. Pour plus de commodité, il avait fait asseoir les jeunes gens et les jeunes filles en fonction de leur section. « Ar-ti-cu-lez, mesdames et messieurs ! implorait Garth. Encore une fois ! C'est l'hymne de notre État de New York, notre État impérial, l'Empire State, il faut que ce soit parfait ! »

Les passagers surveillèrent attentivement ses gestes et entonnèrent quand il le commanda :

> *Nous avons fait le tour du globe*
> *Pour donner voix à la liberté*
> *Afin que le chœur des nations sache*
> *que le temps de se réjouir est venu.*
> *Parce que la liberté ne fait qu'un*
> *Avec le cœur humain.*

Le perfectionniste les arrêta. « Ce n'est pas suffisant. Huit solistes ensemble ne forment pas un chœur. Adam, Melissa, vous gâchez l'attaque. Ce passage doit être *allargando*. Nous ralentissons, nous élargissons – regardez ma main droite. Amanda, transforme cette grimace en sourire ! Eduardo, tu presses comme si c'était marqué *affrettando*. On t'attend quelque part, peut-être ? La semaine prochaine, Eduardo, tu retourneras à ton comptoir des parfums chez Saks Fifth Avenue, et là, tu pourras te la couler douce. Mais cette semaine, tu représentes les États-Unis d'Amérique, tu fais partie du Chœur de l'Empire State. Vous allez tous être très fiers de vous. Eduardo, tu vas aussi rendre très fière ta patrie d'adoption, je le sais.

— D'adoption ? bafouilla une voix à l'arrière. Je suis né dans le Queens !

— Et quel fantastique périple tu as accompli, n'est-ce pas ? reprit Calvin Garth sans se laisser décontenancer. Tu nous inspires tous. Si tu pouvais juste apprendre à entrer sur le temps, comme tous les autres ! Tu te produiras bientôt dans la capitale mondiale de l'art choral. A ce propos, il faut qu'on répète une dernière fois l'hymne national estonien, *Ma terre natale*. Ça fait aussi partie du programme, vous vous en souvenez ? » Il fredonna quelques mesures de la mélodie. Il avait une voix aiguë, nasale, déplaisante. *Ceux qui ne peuvent pas chanter*, décida Todd, *dirigent des chœurs*. Les sopranos attaquèrent :

*Mu isamaa, mu õnn ja rõõm,
Kui kaunis oled sa !*

*Ma terre natale, ma joie, mon délice,
Comme tu es belle et lumineuse !*

Soudain, Todd se redressa, le cœur en folie dans sa poitrine. C'était l'air entraînant, presque une marche militaire, que le gros principicule omanais avait chanté de sa voix d'homme éméché. Il s'efforça de se souvenir du contexte. Ils parlaient d'Ansari, qui perdait peu à peu le contrôle du trafic d'armes, ils évoquaient une nouvelle direction. L'Omanais ivre avait prétendu être un chef d'orchestre. Un *nouveau maestro* – il avait dit ça, aussi.

Le réseau Ansari était tombé aux mains d'un Estonien. Un Estonien qui, si les renseignements donnés par Ruth Robbins étaient exacts, détenait déjà un vaste arsenal de la guerre froide, dont il avait le contrôle. Génésis ? Ou un des puissants associés de Génésis ?

*Je suis sur ta trace*, songea amèrement Todd. *Le Limier a repéré ton odeur.*

Il se passa un long moment avant que l'agent secret ne se rendorme.

\*

Quand l'avion se posa à l'aéroport de Tallinn, au bout de neuf heures de vol, Calvin Garth le réveilla. « On est arrivés, dit-il, et ça va être de la folie. Vous verrez. Le festival annuel des chœurs en Estonie, ce sont presque les jeux Olympiques de l'art vocal. Savez-vous qu'une majorité des Estoniens font partie d'une chorale ? C'est dans leur sang. Plus de deux cent mille choristes se rassemblent ici, et la population de Tallinn ne compte qu'un demi-million d'âmes. C'est un peu comme si la ville nous appartenait. Nous sommes le Chœur de l'Empire State, oui, nous voilà ! »

Quand Todd se joignit aux autres dans la foule qui attendait de passer devant une poignée de représentants des douanes et de l'immigration, il se rendit compte que Garth n'exagérait pas. Il y avait autour d'eux des centaines de passagers étrangers qui descendaient d'avions pleins jusqu'au dernier siège et dont beaucoup tenaient des partitions à la main. Todd se réjouit : à l'évidence, les fonctionnaires ne vérifiaient pas très scrupuleusement les papiers de cette foule de choristes enthousiastes. Tyler Cooper, aux yeux de tous membre du Chœur de l'Empire State, passa sans qu'on jette plus qu'un coup d'œil rapide à son passeport.

« C'est presque un miracle, lui dit Calvin Garth qui rassemblait ses troupes pour gagner les transports terrestres, mais nous avons réussi à vous trouver une chambre d'hôtel au Reval, près des docks.

— Je vous en remercie beaucoup. »

Dans le bus qui les conduisait en ville, Garth s'assit près de Todd. « Nous devions descendre à l'hôtel Mihkli, mais c'est celui des Lituaniens, des vrais tueurs, expliqua-t-il à sa manière volubile et bruyante. Je ne voulais pas qu'ils collent l'oreille contre les murs pendant que mes gamins répétaient. Je vous assure, vous n'avez aucune idée du niveau de roublardise et de tromperies que ces chœurs baltes sont prêts à atteindre. Ils mettraient du salpêtre dans votre thé s'ils pensaient que ça leur donnerait une longueur d'avance dans la compétition ! On n'est jamais assez prudent. »

Todd regardait par la fenêtre les fermes et les moulins à vent céder la place aux immeubles habituels de banlieue, aux stations-service, aux gros réservoirs d'essence et de gaz. « C'est plutôt sordide », grogna-t-il.

Ils approchaient de la vieille ville de Tallinn avec son ensemble de bâtiments baroques à toit rouge, de flèches et de clochers surmontant les églises et le vieil hôtel de ville, les stores verts ou rouges des cafés. Un tramway bleu passa sur ses rails insérés entre les pavés. L'Union Jack britannique flottait à la devanture du NIMETA BAAR, qui portait la devise « Jack vit ici » inscrite en cursive sur la vitrine – piètre tentative d'attirer ceux que commençait à gagner l'anglophilie. C'était un de ces phénomènes qu'on retrouvait partout dans les régions en plein développement : la nostalgie sans la mémoire.

« Oh, Tyler, vous n'imaginez même pas, dit Garth de sa voix nasale. Les coups bas, dans le monde de la musique... J'ai entendu des histoires qui vous feraient frémir. »

La jeune femme assise derrière eux se leva pour aller retrouver un ami quelques rangs plus loin. Todd se demanda si elle trouvait, comme lui, que la voix de Garth donnait la migraine, surtout après un vol aussi fatigant.

« Vraiment ? dit-il.

— Vraiment. Mieux vaut que vous ne sachiez pas ce que ces gens sont prêts à faire. Gardez votre innocence, mais je dois demander à mes troupes de rester prudentes. Je déteste revêtir ce rôle du surveillant d'internat, mais les enjeux, comme vous le savez, sont énormes ! »

Todd hocha gravement la tête. Il y avait quelque chose dans la voix de cet homme qui lui faisait se demander si le chef de chœur n'essayait pas de l'embobiner. « Je vous suis très reconnaissant, comme je vous l'ai dit, de m'avoir trouvé une chambre. J'y repenserai quand nous réévaluerons nos programmes d'échanges culturels.

— Tertius m'a demandé de faire tout ce que je pourrai pour vous », murmura Garth après avoir regardé autour de lui.

Sa voix sonnait tout autre, sans voyelles suraiguës, sans animation exagérée, sans consonnes assourdissantes comme auparavant. Ses mains restaient immobiles, son visage impassible. La transformation était fascinante.

« J'apprécie. »

Garth se rapprocha de lui comme pour montrer quelque chose par la fenêtre. « Je ne sais pas ce que vous envisagez de faire, et je ne veux pas le savoir, dit-il d'une voix à nouveau grave. Mais n'oubliez pas quelques petites choses : les services de renseignements estoniens ont été montés et organisés par les Soviétiques, comme vous pouvez bien le deviner. De nos jours, c'est en gros une horloge qu'on n'a pas remontée. Ils sont sous-financés, sous-équipés. C'est la PNS, la police nationale de sécurité, dont il faut te méfier. Elle dispose de fonds plus importants et elle est mieux structurée à cause du crime organisé. Ne faites pas le con avec elle.

— Compris. »

Todd n'en revenait pas. Un chef de chœur perpétuellement en tournée : la couverture parfaite – pour quoi ? Lydgate ne lui avait donné aucun indice, mais il pouvait deviner. Il savait que des agents à la retraite offraient leurs services à une clientèle privée, qui aidaient les entreprises à nettoyer le terrain pour monter des succursales et trouver des débouchés dans des régions du monde où l'État de droit n'était pas la norme. Des régions du monde où le genre de connaissance des lieux que possédait un espion expérimenté pouvait s'avérer très précieuse. Les maîtres-espions encore en poste admettaient ces retraites actives, qui succédaient à des carrières officielles. « Compris, répéta Todd.

— Vous devez comprendre autre chose encore ! dit la voix sourde de Garth, qui posa sur Todd un regard dur. Si vous vous faites brûler, ne venez pas vers moi. Je ne vous connaîtrai pas. »

Todd hocha gravement la tête puis se perdit dans la contemplation du paysage. Le ciel d'un bleu plume de paon attirait dehors les habitants de cette nation qui manquait de soleil les trois quarts de l'année, et ils en absorbaient autant que possible dès qu'ils pouvaient, comme si on était capable d'en mettre en réserve afin de l'utiliser peu à peu pendant les longs mois d'obscurité. Il y avait de la beauté, ici, et de l'esprit, et de l'histoire. Pourtant, ces longs mois d'obscurité faisaient de ce pays l'incubateur parfait de marchands de mort, d'hommes qui s'épanouissaient dans l'ombre et prospéraient grâce à la convergence de deux traits qu'on ne pouvait éradiquer dans la nature humaine : la violence et l'appât du gain.

*Quelque part*

Une pièce sombre, sans autre éclairage que la lumière venant de l'écran. Le doux cliquetis du clavier caressé par des doigts agiles. Chaînes de caractères alphanumériques passant du clavier à l'écran pour disparaître dans des algorithmes cryptographiques d'une complexité extraordinaire avant de se reconstituer dans des pays lointains à l'intention de correspondants lointains. Messages envoyés et reçus. Directives données dont on vérifiait l'application.

Des instructions numériques faisaient passer de l'argent d'un compte numéroté à un autre, tiraient des ficelles qui tiraient d'autres ficelles qui allaient tirer encore d'autres ficelles.

Une fois de plus, Génésis réfléchit aux indications simples sur les touches : ALT, COMMANDE.

Mais aussi OPTION. Et bien sûr, CONTRÔLE.

Contrôler le cours de l'histoire demanderait plus qu'une pression sur une touche. Il y faudrait une série de touches qu'on devrait presser – les bonnes, au bon moment. Ça devrait suffire.

En avoir la certitude prendrait du temps. Beaucoup de temps. Un temps très, très long, vraiment.
Peut-être même soixante-douze heures.

*Tallinn, Estonie*

Tallinn était russe à plus de quarante pour cent – legs de l'Empire. On ne retrouvait pas seulement les Russes dans les classes privilégiées, mais aussi dans les plus défavorisées. Il y avait les jeunes punks coiffés à l'Iroquois avec épingles à nourrice dans les joues, les serveurs des restaurants et les porteurs dans les gares ; il y avait les fonctionnaires et les hommes d'affaires. Les anciens apparatchiks qui considéraient le pays comme une province pittoresque de l'Empire russe étaient nombreux, et certains, comme celui que Todd allait rencontrer, envoyés par le KGB à Tallinn, une fois à la retraite, trouvaient le lieu plus paisible que les alternatives possibles. Ils y demeuraient donc.

Gennady Chakvetadze, un ancien du KGB d'origine géorgienne, avait grandi à Moscou et passé les vingt dernières années en poste à Tallinn. Il avait commencé au contrôle du courrier, au bas de l'échelle, comme il était normal pour quelqu'un qui n'avait fait que deux ans d'études supérieures dans une école technique provinciale et ne jouissait que de maigres liens avec la nomenklatura. Il avait les traits grossiers d'un paysan : le nez bulbeux, les pommettes effacées sous les gros yeux écartés, la mâchoire un peu fuyante. Mais seuls les idiots le sous-estimèrent en s'arrêtant à ses manières et à son apparence. Il ne resta pas longtemps relégué à la censure du courrier.

Quand Todd Belknap fit sa connaissance, ils travaillaient dans les camps opposés de la division géopolitique majeure appelée guerre froide. Pourtant, même à l'époque, les grands États avaient des ennemis communs : terroristes et insurgés dirigés par les groupes hostiles à l'ordre mondial en vigueur. Todd était à la recherche de POSHLUST, nom de code d'un savant soviétique spécialiste des armes qui avait – sur le marché « officieux » – vendu des informations aux Libyens et à d'autres clients mis au ban des superpuissances. Les Américains n'avaient pas son identité, juste ce nom de code de légende, mais Todd avait eu l'idée de suivre une délégation libyenne à une conférence scientifique dans la ville touristique de Paldiski, à cinquante kilomètres à l'ouest de Tallinn. Il avait enregistré là une rencontre entre un homme qu'il connaissait, d'après les fichiers, comme un membre du Mukhabarat – les services de sécurité de l'État libyen – et un savant russe, Dmitri Bareshenkov. Lors d'une séance pendant laquelle Bareshenkov devait intervenir, Todd s'était introduit dans la chambre du savant – les participants étaient logés dans un hôtel de cure plutôt décrépit – et il s'était attelé à une fouille rapide de ses affaires, jusqu'à trouver ce qu'il lui fallait pour confirmer l'identification. Il quittait la chambre et repartait dans le couloir carrelé de dalles ambre et blanc insérées dans un enduit de couleur indéfinissable, quand il fut accosté par un homme du KGB à l'allure de paysan, l'air épuisé : Gennady. Todd comprit que Gennady aurait pu mobiliser toute une équipe, mais qu'il avait choisi de venir seul afin de paraître moins menaçant. Pour les Soviétiques, POSHLUST était un personnage très embarrassant : un des leurs, qui s'était égaré hors de son pré carré et avait passé des accords illégaux avec l'étranger sans aucun respect pour la politique de son pays ni la diplomatie officielle. Qu'ils n'aient pas réussi à l'identifier en plus de vingt-quatre mois les irritait autant que la manière dont ils y étaient enfin parvenus.

« Est-ce que je m'adresse bien à M. Ralph Cogan, administrateur scientifique de l'Institut Rensselaer de Technologie ? » avait demandé Chakvetadze.

Todd lui avait répondu d'un regard incrédule.

« G.I. Chakvetadze, s'était présenté le Russe. Tu peux m'appeler Gennady – du moins si tu me permets de t'appeler Todd. Je crois, en fait, que nous sommes collègues. Si tu es employé de l'IRT, moi, je travaille pour la Compagnie du gaz de Kiev, dit-il en entourant les épaules tendues de l'Américain. Puis-je te remercier ? De la part du peuple soviétique ? »

— Je ne vois pas du tout de quoi vous voulez parler, dit Todd.

— Viens, nous allons prendre un thé dans le hall », dit l'agent du KGB, négligé, les boutons tendant sur son ventre le tissu médiocre de sa veste bleu marine, sa cravate trop courte de travers. « Dis-moi, as-tu jamais chassé le sanglier ? Un sport très populaire en République de Géorgie. On doit utiliser des chiens. Deux sortes, au moins. Des limiers pour le traquer, ceux qui ont le don de repérer une piste et de trouver le sanglier. Mais une fois que la bête a été localisée, quoi ? Tu les rappelles. Et alors ? C'est à ce moment-là que tu as besoin d'autres chiens, les vautres. Ils enfoncent leurs dents dans son groin et tiennent bon. Moins technique, comme intervention ? Sans aucun doute. Mais indispensable, néanmoins. »

Ils descendirent l'escalier ensemble. Todd n'avait aucune raison de résister davantage.

« On recherche POSHLUST, continua-t-il, mais on ne le trouve pas. Puis on apprend que le célèbre Todd Belknap vient dans cette station balnéaire d'Estonie. Comment ? Pour toi, Todd, je n'ai pas de secrets, sauf les secrets que je garde pour moi. Ce n'est pas ta faute. Un des employés de la légende a été négligent. Il a accidentellement utilisé deux fois "Ralph Cogan". Il y a un Ralph Cogan en ce moment même à Bratislava. L'ordinateur relève le problème et on envoie la photo d'identité à l'étage supérieur, où on identifie l'homme. C'est nul autre que Todd Belknap, celui qu'ils appellent *Sobak*, le Limier. Et qui recherche-t-il ? Est-il possible que ce soit celui que nous recherchons nous aussi ? On attend pour voir. »

Arrivé au rez-de-chaussée, Todd décide qu'il va bien prendre le thé avec l'homme du KGB, pour le jauger. Il sait que l'autre nourrit les mêmes intentions.

« Nous te sommes donc reconnaissants. Mais maintenant, tu as, toi aussi, des raisons de nous remercier. Que ferais-tu de ce gros cochon quand tu l'aurais coincé contre un arbre ? Vous, les Américains, vous êtes trop délicats pour être à l'aise avec le *mokry dela*, le "sale boulot". Pourtant, vous devez éliminer cette engeance. Le problème est résolu. A la fin de la réunion, le physicien fourvoyé sera expédié dans le monde de la justice criminelle soviétique. Ton travail est terminé, tes pattes de limier sont propres. Tu nous laisses le travail désagréable du vautre, d'accord ? Si tu me dis oui, je le fais appréhender. Ta décision est donc... Quoi ? »

Todd avait pris son temps pour répondre.

Les deux hommes étaient restés en contact à intervalles irréguliers pendant les vingt ans qui suivirent, et chaque rencontre avait été mémorable. Todd savait que l'agent du KGB rédigeait des rapports sur leurs échanges. Il soupçonnait aussi que ces rapports n'étaient pas complets. Quand l'Empire soviétique se désintégra et que le KGB perdit de son influence, Todd se dit que le Géorgien avait dû garder son poste, même s'il disposait de tant de couvertures qu'il ne pouvait en être certain. Il arrivait qu'une légende fût convertie en réalité, des cas où quelqu'un, envoyé par le KGB pour jouer un homme d'affaires, se détachait de sa hiérarchie pour continuer sa carrière en solo. Todd savait que Chakvetadze était à la retraite. N'avait-il pas plus de soixante-dix ans ? Et les années de boisson avaient accompli leur œuvre. Todd savait aussi que Chakvetadze aurait conservé de son métier sa trousse à outils – tous les anciens officiers du KGB le faisaient, comme les fantassins de la Seconde Guerre mondiale avaient souvent gardé leur arme de combat.

La maison de Chakvetadze, au bord du lac Ülemiste, à quelque trois kilomètres au sud de la vieille ville de Tallinn, n'offrait pourtant pas l'image idyllique de l'Arcadie : à cause de l'aéroport tout proche, le vrombissement des avions était plus omniprésent que le chant des oiseaux. C'était une maison modeste, un bungalow, plutôt, tout en rez-de-chaussée, les murs et le toit couverts de bardeaux semi-circulaires, une cheminée en brique rouge jaillissant de son centre comme une poignée.

Par fierté peut-être, Chakvetadze n'avoua pas sa surprise en apprenant la présence de son vieil ami. « Oui, viens, viens ! » avait-il dit avec cette exubérance slave que la réserve estonienne n'avait jamais réussi à tempérer.

Dès que Todd arriva, le Russe lui fit traverser la maison jusqu'à un patio au sol en béton où les attendaient deux chaises en toile, qui avaient connu des jours meilleurs, et une table en bois argenté. Quand il revint avec une bouteille de vodka et deux verres, il les servit sans cérémonie.

« Je crains que la journée ne soit longue, dit Todd.

— Elle sera plus longue encore si tu n'as pas un peu de ce liquide de feu dans le ventre, dit le Géorgien. Désolé que tu ne sois pas venu plus tôt. J'aurais pu te présenter ma femme.

— Elle est sortie ?

— Je veux dire : quelques années plus tôt, *durak*, pas quelque heures. Raïssa est morte depuis deux ans. »

Il s'installa, prit une généreuse gorgée de vodka et montra le lac, d'où s'élevaient des plumets de brouillard comme de la vapeur d'une soupière. « Tu vois ce gros rocher au milieu du lac, ici ? Il s'appelle

Lindakivi. A en croire le folklore estonien, le grand roi Kalev épousa une femme née d'un œuf de poule, Linda. Quand il mourut, Linda était censée emporter des rochers jusqu'à sa tombe, mais l'un tomba de son tablier. Elle s'assit dessus et pleura. D'où le nom de ce lac : Ülemiste – larmes, comme tu le sais.

— Tu y crois ?

— Toutes les épopées nationales sont vraies. A leur manière. On dit aussi qu'Ülemiste l'Ancien vit dans ce lac. Si tu le rencontres, il te demande : "Est-ce que Tallinn est prêt ?" Et tu dois répondre que, non, il reste beaucoup à faire.

— Et si tu réponds oui ?

— Il inondera la ville, dit le Géorgien dans un éclat de rire. Comme tu le vois, la *disinformatzia* est une vieille coutume estonienne. »

Il ferma les yeux et tourna le visage vers la brise du lac. Il y eut un gémissement, comme une mouche lointaine, quand un avion atterrit.

« La désinformation est effectivement un instrument puissant, admit Todd Belknap. C'est autre chose que je recherche. »

Gennady ouvrit un œil, puis l'autre. « Je ne peux rien te refuser, mon vieil ami, sauf ce que je dois te refuser. »

Todd consulta sa montre. C'était un bon départ. « Merci, *moï droug*. »

Le Russe le regardait attentivement, mais avec un sourire sincère. « Alors ? Quelle demande scandaleuse viens-tu me faire ? »

*Rosendale, New York*

Le dépôt de la route de Binnewater, à Rosendale, juste au nord de New Platz, était une ancienne mine reconvertie en centre d'archivage sous haute sécurité. Quand son taxi s'arrêta à l'adresse indiquée, Andrea ne vit que peu de choses de l'extérieur, en dehors d'un imposant tapis en plastique – barrage à l'humidité – étendu sur un tertre sablonneux. Elle montra ses papiers d'identité au garde dans une guérite et on leva pour son taxi la barrière métallique qui lui permettrait d'aller se garer sur une aire de stationnement au milieu de nulle part, semblait-il, car tout le bâtiment était souterrain. Elle savait que la zone avait été riche en calcaire spécialement recherché pour sa faible teneur en magnésium, ce qui le rendait précieux pour la fabrication de ciment et de béton. Beaucoup des immeubles modernes de Manhattan devaient leur construction au minerai qu'on avait extrait ici. Ce qui restait de cette « mine de ciment » avait été converti en dépôt d'archives. Malgré son appellation de « Montagne de Fer », c'était en fait une carrière étayée par de l'acier.

Son ami du bureau des Taxations et des Finances de l'État de New York avait appelé et autorisé à son intention sa visite en tant qu'auditrice indépendante sous contrat avec l'administration pour des recherches spéciales. A l'entrée, assis à un comptoir en bois, un homme de près de quarante ans, à l'allure en forme de poire, les yeux enfoncés, les épaules massives tombantes et les cheveux noirs luisants qui se faisaient rares, examina sa photo d'identité avec attention. Son visage, curieusement mince, contrastait avec son torse puissant. Presque à contrecœur, il finit par lui tendre un badge spécial à bande magnétique. « Ce badge ouvre toutes les portes et les ascenseurs, dit-il du ton de celui qui passe son temps à donner ces mêmes explications. Il est valable huit heures à partir de sa première utilisation, que l'horloge tamponnera. Vous devez ressortir avant que ce temps soit écoulé. Si vous revenez un autre jour, vous devrez remplir le même formulaire et on rechargera ou on renouvellera votre badge. Vous devez le porter sur vous en permanence, dit-il en le tapotant d'un ongle trop long. Cette petite puce allume automatiquement les lumières dans la section où vous travaillez. Faites attention au personnel qui circule sur les chariots électriques. Ils klaxonnent comme ceux des aéroports. Si vous entendez leur sonnerie, garez-vous sur le côté, parce qu'ils roulent très vite. En revanche, si vous avez besoin d'être véhiculée, décrochez un des téléphones internes et faites-en la demande. Donnez le numéro, la lettre, tout ça, du lieu où vous vous trouvez. Compris ? Si vous vous êtes déjà rendue dans un lieu du type la Montagne de Fer, vous connaissez la chanson. Sinon, il vaut mieux que vous posiez vos questions tout de suite. »

Il se leva, et Andrea vit qu'il était plus petit qu'elle l'avait imaginé.

« Quelle est la taille de cette installation ?

— Dans les neuf mille mètres carrés sur trois niveaux, reprit-il de son ton de guide touristique. Atmosphère contrôlée avec correction de gaz carbonique automatique et gestion de l'humidité. Ce n'est pas une bibliothèque de quartier. Comme je l'ai dit, il vaut mieux ne pas vous perdre, et surtout, vous ne devez pas égarer votre badge. Il y a, à chaque arrêt d'ascenseur, une console informatique que vous pouvez utiliser pour trouver les coordonnées du lieu de vos recherches. Des chiffres ou des lettres correspondent au niveau, au secteur, à la rangée, à l'étagère. Comme je le dis toujours, c'est facile, dès qu'on comprend comment ça marche, mais presque personne ne comprend jamais.

— J'apprécie votre confiance ! »

Elle savait ce genre d'endroit vaste, mais elle n'avait aucune idée de sa taille réelle avant d'entrer dans l'ascenseur vitré qui lui permit de voir ce qu'elle traversait pour gagner le niveau le plus bas – comme une ville souterraine, une œuvre expressionniste, une représentation moderne du *Metropolis* de Fritz Lang, des catacombes de l'ère informatique. Microfiches, microfilms, fichiers papier, dossiers médicaux, bandes magnétiques, tous les moyens de conservation connus de l'homme, tout ce que les entreprises et les municipalités étaient légalement contraintes de conserver – et bien plus encore –, tout se retrouvait répertorié et sauvegardé avec soin dans des lieux tels que celui-ci, vastes cimetières de l'âge de l'information.

Elle sentit une lourde désolation tomber sur ses épaules, sans doute à cause de la lumière tamisée ou de l'interaction curieuse entre les opposés naturels que sont l'agoraphobie et la claustrophobie – le sentiment angoissant d'être enfermée dans l'immensité. *Allez, qu'on en finisse !* s'ordonna-t-elle. Elle avança en suivant au sol une ligne blanche apparemment interminable jalonnée d'indications à la peinture bleu clair – 3L2 : 566-999. Le badge autour de son cou annonçait silencieusement sa présence et allumait les néons. Une puce électronique noyée dans le plastique devait envoyer des signaux. L'air était étonnamment propre, sans poussière, et il faisait plus frais qu'elle l'avait pensé ; elle regrettait déjà de ne pas avoir prévu un pull. Elle était entourée d'étagères métalliques qui montaient jusqu'au plafond, à plus de quatre mètres. Au bout de chaque segment, on avait mis à disposition des petites échelles pliantes. Andrea décida qu'on avait conçu ces lieux pour des gibbons.

Elle tourna à gauche et passa dans l'aile suivante ; une fois de plus, une série de lampes s'allumèrent, activées par la puce de son badge. Cela lui prit bien un quart d'heure de marche et de consultations avant de localiser la première tranche de papiers qu'elle recherchait, et une heure de plus avant de trouver quelque chose qui ressemblait à un fil qu'elle pourrait tirer.

Il se trouvait dans les chiffres des échanges internationaux. La plupart des gens ne l'auraient pas vu, mais elle savait y regarder de plus près. Quand les organisations changeaient de grosses quantités de dollars en devises étrangères – en vue d'achats ou de paiements dans d'autres pays –, elles établissaient souvent une protection contre les modifications importantes des cours. A intervalles irréguliers, la fondation Bancroft avait fait de même.

Pourquoi ? Les acquisitions de propriétés ou d'infrastructures ordinaires passaient par les processus standard des banques internationales, facilitées par les grandes institutions financières mondiales. Ces protections monétaires laissaient entendre qu'il y avait eu de fortes sommes transférées en liquide. A quelle fin ? Dans l'économie moderne, les grosses sommes en liquide faisaient immédiatement penser à des activités illégales. Corruption ? Une utilisation toute différente ?

Elle commençait à se sentir dans la peau d'un pisteur mohican. Elle ne pouvait voir la créature sauvage, mais quelques branches cassées, quelques empreintes, et elle savait qu'elle était passée par là.

*

Trente mètres au-dessus d'elle, l'homme aux yeux enfoncés tapa le numéro du badge de la nouvelle venue sur son clavier et l'ensemble des écrans devant lui s'allumèrent, transmettant ce que filmaient les caméras proches d'elle. Il zooma de quelques clics de souris et tourna l'image pour pouvoir lire les indications sur la page qu'elle consultait. La fondation Bancroft. Il avait des instructions, pour ce genre de cas. Rien de très grave, sûrement. Elle était peut-être une des leurs, puisque le nom de la petite était Bancroft. Mais on ne le payait pas pour penser. Les gens de la fondation le payaient pour les informer. *Ouais, Kevin, c'est pour ça que tu reçois de grosses enveloppes.* D'accord, pas très grosses, mais très généreuses comparées à la pitance qu'il tirait d'Archives Inc. Il décrocha son téléphone, composa quelques chiffres et reposa le combiné. Il valait mieux ne pas laisser de traces au travail. Il sortit son téléphone portable et passa l'appel.

*Tallinn, Estonie*

C'est ce soir-là que le faux lien de Todd Belknap avec le chœur prouva sa valeur. On donnait une réception en l'honneur du festival international de chant choral dans la résidence du président estonien. Le Chœur de l'Empire State figurait parmi les groupes qui devaient chanter au concert de bienfaisance qui suivrait. La présence des hauts fonctionnaires estoniens était obligatoire et Todd allait pouvoir concrétiser un plan un peu flou.

Ralenti par le manque de sommeil et un repas trop lourd de porc frit et de kali, Todd fut le dernier à monter dans le bus qui emmenait le chœur au palais Kadriorg, rue Weizenbergi, dans le quartier nord de la ville. Il s'assit près d'un jeune homme aux cheveux blonds et aux yeux de chiot qui, avec un sourire élastique, répétait inlassablement « tendre comme un poème, tendu comme le trait », insistant sur les « t » avec une force qui projetait très loin des postillons. Derrière lui, deux altos chantaient « Seigneur, vous êtes si beau et lumineux ».

Todd arborait le badge que portaient tous les membres du Chœur de l'Empire State. Il s'efforçait de se fondre dans la masse, avec cette expression mi-éberluée mi-scintillante qu'ils avaient tous, sans parler de leur sourire sur commande.

Le parc Kadriorg, comme tant du patrimoine munificent d'Estonie, était un legs de Pierre le Grand – la richesse russe faisant suite à la domination russe. Beaucoup des pavillons avaient été transformés en musées et en salles de concert, mais l'essentiel du palais restait la résidence officielle du président, qui l'utilisait pour les grandes réceptions – et pour les Estoniens, un festival international de chant choral était bien une occasion exceptionnelle. Le bâtiment principal comptait deux niveaux, deux niveaux grandioses, fantaisies baroques aux piliers blancs sur un sol en marbre rouge. Un peu plus haut sur la colline, dans un style assorti mais quelque peu simplifié, le palais présidentiel, construit en 1938, une année où, alors que l'obscurité s'abattait sur presque toute l'Europe, l'Estonie croyait discerner une nouvelle aube. La constitution qu'on venait de voter promettait de garantir des libertés démocratiques après quatre années de dictature. Elle ne tint pas un an. Pas plus que les tentatives désespérées de préserver la neutralité des États baltes. Ce bâtiment était l'écho lointain d'espoirs illusoires. Peut-être, se dit Todd, cela expliquait-il sa beauté.

Devant le palais, on avait élevé une sorte de vestibule sous une tente afin de sacrifier à ce qui passait pour des contrôles de sécurité à Tallinn. Il vit Calvin Garth en grande discussion avec un agent vêtu d'un costume bleu, devant qui il agitait des documents. On fit signe aux membres de son chœur d'entrer et Todd s'assura que son badge soit bien en vue quand il se mêla aux autres. Malgré les dix ans de plus que tous les chanteurs, il afficha un sourire émerveillé sur son visage et on ne l'arrêta pas pour examiner de plus près ses papiers.

Le hall était décoré de stucs très élaborés et d'ornements muraux qu'on pouvait considérer comme des sculptures. Todd échangea des regards avec les jeunes chanteurs et feignit d'être aussi impressionné qu'eux. La salle des banquets, où se tenait la réception, était déjà surpeuplée, vit-il avec soulagement. Il s'approcha d'un mur, prétendit examiner un portrait de l'impératrice Catherine et en profita pour retirer son badge. C'était le moment crucial : arriver avec une identité et devenir rapidement quelqu'un d'autre.

Et pas n'importe qui. Il était devenu Roger Doucet, de Grinnell International. Il remplaça son sourire idiot par un air de suspicion un peu impérieux et regarda autour de lui. Il avait beau avoir étudié les visages des ministres du pays, encore fallait-il qu'il les repère. Il distingua facilement le président : sourcils broussailleux et crinière de cheveux argentés, il était le type même du chef d'État cérémonieux : bien éduqué, il avait le don de prononcer des discours grandiloquents. Il distribuait les poignées de main avec la même gestuelle « je serre, je souris », parfaitement rôdée, mais son véritable talent était sa capacité à se détacher des gens – car l'homme devait quitter chaque invité pour en accueillir un autre, sans qu'on le remarque, après un instant de conversation qui ne permettait pas de se retrouver piégé. Todd s'approcha. Les questions étaient énoncées comme des traits d'humour et entraînaient un petit rire montrant qu'il avait apprécié ou, s'appuyant sur le ton comme indice, comme des réflexions dramatiques que le président allait bien sûr prendre à cœur. Main serrée, regards qui se croisent, sourire, congé. Main serrée, regards qui se croisent, sourire, congé. C'était un virtuose. Le parlement estonien n'avait pas commis d'erreur en l'élevant à cette fonction.

Comme presque tous les membres de son gouvernement, le Premier ministre était en bleu marine. Moins habile au détachement que le président, il hochait la tête avec un enthousiasme exagéré, piégé dans une conversation avec une solide matrone – une sommité du monde de la musique – alors que ses yeux lançaient des appels désespérés à ses ministres. Celui de la Culture – teint de pudding et sourcils qui paraissaient peints à la graisse – racontait à l'évidence une plaisanterie ou une anecdote humoristique, à grand renfort de gestes, à un groupe d'Occidentaux, car il s'interrompait sans cesse pour rire de ses propres paroles. L'homme que Todd recherchait – le vice-ministre du Commerce – avait une allure très différente. Le verre dans sa main, orné d'une tranche de citron à cheval sur le bord, ne contenait probablement rien de plus fort que de l'eau gazeuse. Il avait des petits yeux sous l'ombre d'un front proéminent orné très bas de cheveux implantés en pointe en son milieu. Il ne parlait pas, il hochait la tête et ne passait que peu de temps avec chaque groupe.

Il s'appelait Andrus Pärt et, d'après Gennady, ça valait la peine que Todd le connaisse. C'était d'une logique élémentaire. Le nabab qu'il recherchait était un gros poisson. L'Estonie était un petit pays. Andrus Pärt, Gennady l'avait assuré à Todd, entretenait des relations avec les principaux acteurs du secteur privé, licites ou illicites. Personne ne pouvait fonctionner à ce niveau dans une république balte sans arriver à un arrangement avec des membres du gouvernement. Andrus Pärt connaîtrait les acteurs, il connaîtrait l'homme que Todd pourchassait. Dès que l'agent posa les yeux sur lui, il en fut plus certain encore. *Le flair du Limier*, songea-t-il.

Le plus difficile était à venir. Todd se fraya un chemin entre les groupes, passa du tapis de prix à un parquet plus luxueux encore et se retrouva à guère plus d'un mètre du vice-ministre. Il arborait une expression différente du sourire doucereux de mise ; c'était un homme d'affaires. Pour un politicien, un sourire trop onctueux donnait des velléités de fuite, mais Todd ne pouvait se permettre d'être discourtois. Il afficha un petit sourire méfiant en se tournant vers le vice-ministre. « L'honorable Andrus Pärt, si je ne me trompe », dit-il.

Il avait pris un accent terne, ambigu, celui que parle un étranger qui a appris l'anglais dans une bonne école.

« C'est cela », répondit platement le vice-ministre.

Pourtant, Todd vit qu'il était intrigué. Il n'évoluait pas là dans un groupe de gens au fait de la politique estonienne, et le regard droit de Todd n'était pas celui d'un participant à ce genre de réunion.

« Curieusement, nous ne nous sommes jamais rencontrés », avança Todd avec prudence.

Une ruse destinée à éveiller l'intérêt de l'homme, le genre de déclaration qui laissait entendre qu'ils auraient pu avoir des raisons de se rencontrer. Une lueur intéressée fit briller les yeux de Pärt, pour la première fois de la soirée, sans aucun doute.

« On m'a demandé d'y remédier, ajouta Todd.

— Vraiment, demanda l'Estonien sans montrer grand-chose. Et pourquoi donc ?

— Pardonnez-moi, dit Todd en tendant la main avec élégance. Roger Doucet. »

Les yeux du vice-ministre commencèrent à parcourir la salle.

« De Grinnell International », ajouta Todd.

Il avait pris le nom d'un véritable directeur de chez Grinnell ; si le ministre vérifiait, il trouverait sa biographie d'entreprise, mais pas de photo.

« Grinnell ! répéta l'Estonien en posant sur Todd un regard qui en disait long. Vraiment ? Avez-vous décidé d'ouvrir une division musicale ? demanda-t-il avec un petit sourire tordu. De la musique militaire, peut-être ?

— C'est ma passion, dit Todd en montrant les chanteurs autour d'eux. La tradition estonienne du chant. C'était une occasion que je ne pouvais rater.

— Cela nous emplit de fierté, répondit automatiquement Pärt.

— Je me passionne tout autant pour d'autres traditions estoniennes, s'empressa d'ajouter Todd. Je crains de ne pas être ici seulement à cause de mes intérêts personnels. Vous comprenez... C'est la nature des opérations de Grinnell qui me conduit à vous. Des demandes imprévisibles, soudaines. Elles arrivent sans que nous en soyons avisés bien à l'avance, et les directeurs de l'entreprise, comme moi-même, devons nous débrouiller.

— J'aimerais beaucoup pouvoir vous rendre service.

— Peut-être le pouvez-vous », dit Todd avec un sourire presque tendre.

*Rosendale, New York*

Au bout de deux heures à éplucher des données, Andrea sentit ses yeux la brûler et sa tête commencer à l'élancer. Combattant le coup de pompe du milieu d'après-midi, elle avait jeté sur un bout de papier quelques colonnes de chiffres et de dates. Peut-être cela ne signifiait-il rien. Peut-être était-ce important. Il fallait qu'elle y aille à l'instinct, pour le moment. Elle approfondirait les recherches quand elle retournerait sur la planète Terre. Elle consulta sa montre et prit une décision : elle allait étudier les archives du mois d'avril, celui de la mort de sa mère. *Le mois le plus cruel*. Enfin, son mois le plus cruel.

Les archives de l'entreprise n'y faisaient pas référence. Elle s'appuya à l'étagère, et son regard se perdit sur les boîtes noires de celle d'en face. Elle sentit un mouvement sur le côté, se tourna et vit un chariot électrique qui s'approchait d'elle à toute vitesse. Est-ce qu'ils ne sont pas censés klaxonner ? se demanda-t-elle en sentant son corps se mettre en alerte. Elle s'écarta vivement.

Mais le chariot tourna et la suivit. Comme si le chauffeur cherchait à la heurter. Elle laissa échapper un cri quand elle vit que l'homme portait un casque de moto dont la visière teintée dissimulait le visage. Elle ne voyait que son propre reflet quand il la regardait, et l'image de sa terreur l'augmentait encore. Au dernier moment, elle bondit aussi haut qu'elle put, de toutes ses forces, puis, agrippée à l'étagère supérieure, se hissa hors de portée.

Le chariot s'arrêta dans un dérapage et l'homme en descendit d'un bond. Andrea courut au bout de la rangée d'étagères, tourna à gauche et suivit une allée. Le labyrinthe d'archives la dissimulerait, non ? Elle courut le long d'une autre allée et prit une série de tournants, au hasard, qui la conduisirent plus profondément encore dans cet immense et sinistre labyrinthe. Hors d'haleine, elle s'aplatit au sol derrière un pilier de soutènement au rang 15 de l'allée K et – *merde* – une rangée de néons inonda sa section de lumière. Elle aurait tout aussi bien pu diriger un projecteur sur sa tête. Le badge ! Le badge de sécurité était conçu pour allumer les lumières partout où elle allait. Elle tendit l'oreille et perçut le gémissement du chariot électrique. L'homme au casque devait la suivre.

Elle entendit des pas, à six ou sept mètres d'elle. Quelqu'un d'autre, donc. Elle tourna la tête et aperçut une silhouette en tenue paramilitaire. L'homme était armé. Il ne venait sûrement pas là pour l'aider ! C'était une tournure d'esprit difficile à prendre pour elle car, jusque-là, les hommes armés avaient toujours été de son côté. Elle comprit que ce n'était pas l'expérience de tous, en ce monde, mais c'était désormais la sienne. Maintenant, ils étaient ligués contre elle, et le comprendre heurtait bien trop de ses certitudes. Le badge. Elle le saisit et tira sur la lanière. Ce badge la trahissait. Il fallait qu'elle l'abandonne. A moins qu'il y ait un moyen de s'en servir ?

A toute vitesse, elle courut à l'extrémité de la rangée et zigzagua par-delà plusieurs sections. Elle se retrouva quelque part dans l'allée P et dissimula le badge dans une boîte de rangement. A l'instant où les lumières s'allumaient, elle monta tout en haut de l'étagère et passa par bonds successifs sur une longue rangée de classeurs en métal, ceux qui contenaient des films ou des bandes magnétiques, et ne s'arrêta pas avant d'atteindre l'extrémité de la rangée, où les lumières étaient éteintes. Avait-elle été suffisamment discrète ? Elle s'allongea sur son perchoir, invisible, espérait-elle, puis tira un des lourds classeurs pour former un angle de vision qui lui permettait de surveiller le sol, quatre mètres plus bas.

L'homme en tenue paramilitaire arriva le premier. Il regarda sans la voir dans les allées de chaque côté. Frustré, il retourna dans la section éclairée et scruta les étagères, la cherchant ou cherchant son badge. Puis il alluma son talkie-walkie. « Cette salope a retiré son badge, dit-il d'une voix de pierre. Une stratégie bien risquée ! Est-ce que Thêta nous a donné le droit de tirer pour tuer ? »

En parlant, il s'engagea dans l'allée P, de plus en plus près d'Andrea. Il fallait choisir le bon moment. Elle serrait le lourd classeur à deux mains et attendit que la silhouette se rapproche juste en dessous, pour le laisser tomber.

Elle entendit le cri étranglé de l'homme et vit qu'il gisait au sol, le classeur métallique de guingois sur son crâne.

*Oh, Seigneur, qu'as-tu fait, Andrea ? Oh, Seigneur !*

Une nausée de dégoût la submergea. Ce n'était pas son monde. Ce n'était ni ce qu'elle faisait ni qui elle était.

Mais si ses assaillants croyaient qu'elle n'opposerait aucune résistance, ils la sous-estimaient. *Est-ce que Thêta nous a donné le droit de tirer pour tuer?* Ces mots tourbillonnaient dans son cerveau comme une tempête arctique.

Une boule de rage vibrait dans sa poitrine. *Non, salauds, mais* moi, j'ai ce droit.

Elle descendit comme une gamine d'une cage à poules et tomba sur l'homme inconscient. Il avait une arme à la ceinture. Les côtés en étaient plats, pas incurvés ; il s'agissait donc sans doute d'un pistolet. Elle le saisit et, à la lumière des néons lointains, l'examina.

Jamais elle n'avait tenu de pistolet auparavant. Mais pourquoi serait-ce si difficile? Elle savait à quoi ça servait, et c'était déjà un bon début, non? Elle se souvint que les rappeurs, sur les vidéos, tenaient leur pistolet couché, mais elle ne concevait pas ce que cela pouvait changer quoi que ce soit à la trajectoire de la balle. Elle avait vu trop de films où une arme ne tirait pas parce que quelqu'un avait oublié la sécurité. Ce pistolet avait-il une sécurité? Était-il même chargé?

Bon sang! On ne le livrait pas avec le mode d'emploi imprimé sur la poignée – et de toute façon, elle n'aurait pas eu le temps de le lire. Elle n'avait aucune idée de ce qui se passerait si elle pressait la détente. Peut-être rien. Peut-être fallait-il l'armer ou quelque chose dans le genre. Mais peut-être le type l'avait-il laissé prêt à l'emploi.

L'un ou l'autre. Il était possible que cette arme lui fasse plus de mal que de bien. Le type au casque polarisé allait l'entendre presser la détente et comme rien ne se passerait, il l'abattrait. Elle courut accroupie jusqu'à l'extrémité de la rangée et vit l'homme casqué arriver à toute vitesse sur son chariot.

Il la surprit en descendant du chariot. Il alla se dissimuler derrière un pilier et – où était-il?

Trente secondes passèrent. Toujours aucun signe de l'homme. Elle se recroquevilla sur l'étagère du bas, se dissimula du mieux qu'elle pouvait et se contenta d'écouter.

Elle l'entendit et tourna lentement la tête. Son cœur se serra : l'homme l'avait trouvée. Il avançait lentement vers elle. Elle resta immobile comme une grenouille qui ne sait pas qu'on l'a repérée.

« Viens voir papa! » dit l'homme en approchant.

Un arc électrique sortait, menaçant, d'un engin noir qu'il tenait à la main. Un pistolet paralysant ou un Taser. Il lui lança des menottes. « Tu peux les mettre toute seule, ça te facilitera les choses. »

Andrea ne bougea pas.

« Je te vois, tu sais, dit d'un air presque amusé l'homme caché par sa visière. Il n'y a personne d'autre, ici. Juste toi et moi. Et je ne suis pas vraiment pressé. »

L'engin électrique grésilla et lança des éclairs alors qu'il se rapprochait d'elle. De son autre main, il détendit sa ceinture en cuir et commença à se masser l'entrejambe. « Tu vois, chérie, le patron dit que tout doit tendre vers le plus grand plaisir possible. Dis donc, pourquoi est-ce que tu ne maximiserais pas mon plaisir, aujourd'hui ? »

Elle pressa la détente sans y penser et fut secouée par le bruit que cela produisit. L'homme cessa de marcher, mais il ne tomba pas, ne produisit aucun son. L'avait-elle raté ?

Elle pressa de nouveau la détente, encore et encore. La troisième balle fit éclater la visière et l'homme finit par tomber à la renverse.

Andrea sortit de sa cachette et se redressa sur ses jambes tremblantes. Elle s'approcha de celui qu'elle avait abattu. Elle le reconnut – les sourcils comme des ailes de chauve-souris, la peau tachée : c'était l'un des deux hommes qui l'avaient extraite de sa voiture au Research Triangle Park. *Est-ce que Thêta nous a donné le droit de tirer pour tuer ?* Un frisson parcourut tout son corps. Dès qu'elle vit les yeux morts de l'homme à ses pieds, elle se plia soudain en deux. Le contenu chaud et acide de son estomac jaillit de sa bouche et arrosa le visage du mort. Quand elle s'en rendit compte, elle eut un nouveau haut-le-cœur.

*Tallinn, Estonie*

Un bras charnu entoura les épaules du vice-ministre estonien. « Andrus ! tonna la voix trop chaleureuse d'un homme massif et exubérant, mal rasé, l'haleine lourde du schnaps que les Estoniens apprécient tant. Viens que je te présente Stephanie Berger ! Elle est chez Polygram. Très intéressée par le projet d'établir un studio à Tallinn, voire un centre de distribution. »

Il s'était adressé au ministre en anglais, par respect pour les hôtes internationaux.

Andrus Pärt se tourna vers Todd et s'excusa. « C'est très dommage. Vous auriez dû me dire que vous veniez en Estonie.

— Mes collègues, au contraire, trouvent que c'est une grande chance que je me trouve justement à Tallinn en ce moment de crise. Une chance pour nous, bien sûr. Peut-être, dit-il à voix plus basse, une chance pour vous aussi ? »

Le vice-ministre posa sur lui un regard curieux, troublé. « Je reviens tout de suite, Roger...

— Doucet », précisa Todd.

Sans perdre Andrus Pärt des yeux, il partit vers une longue table nappée de dentelle blanche où les serveurs tenaient le bar. Le vice-ministre écoutait la femme en hochant la tête, ses dents envoyant parfois des éclairs de porcelaine. Il saisit le bras de l'homme exubérant – un homme d'affaires, sans aucun doute, peut-être même un des partenaires dans le contrat prévu – et fit des gestes qui signifiaient clairement : « On continuera cette conversation plus tard. » Todd vit qu'il ne revenait pas immédiatement vers lui. Il sortit son téléphone portable et disparut dans une pièce voisine. Quand il revint, il était visiblement de bien meilleure humeur qu'avant.

« Roger Doucet, dit-il en prononçant le nom à la française, merci de votre patience. »

Il avait donc mené une rapide enquête, et un secrétaire avait au moins vérifié le nom et le lien du Français avec l'entreprise de sécurité Grinnell International.

« Les deux prononciations me conviennent, répondit Todd. Pour les anglophones, je le prononce d'une façon, et je savais que vous parliez anglais. Avec des Français, je choisis l'énonciation française. Je suis très souple... comme mon entreprise. Nos clients ont leurs propres exigences. Si vous protégez une raffinerie de pétrole, il faut des compétences précises. Dans le cas d'un palais présidentiel, on doit en déployer d'autres. Hélas, dans un monde aussi instable, nos services sont de plus en plus demandés.

— On dit que la vigilance éternelle est le prix de la liberté.

— C'est presque exactement ce que nous avons expliqué à la

Cuprex Mining Company quand elle s'est réveillée et a découvert que ses mines de cuivre en Afrique étaient menacées par une insurrection meurtrière menée par l'Armée de Résistance du Seigneur. Vigilance éternelle et douze millions de dollars de dépenses : c'est ça le prix de la liberté, sur une base annuelle.

— Et une affaire, j'en suis sûr. »

Le vice-ministre prit un canapé sur un plateau d'argent qui semblait flotter parmi la foule.

« Pour être franc, c'est pour cette raison que je souhaitais vous parler, dit Todd. Il s'agit d'une conversation informelle. Je ne viens pas en tant qu'agent envoyé par une entreprise quelconque.

— Nous sommes invités à une réception et mangeons des petits triangles de viande séchée sur des toasts ; quelle situation pourrait être plus informelle ?

— Je savais que nous nous entendrions ! dit Todd d'un ton de conspirateur. Ce que nous recherchons, c'est comment répondre à une commande considérable d'armes légères.

— Grinnell doit avoir ses fournisseurs habituels, dit Pärt en scrutant l'appât.

— Les fournisseurs habituels ne suffisent pas toujours pour les demandes exceptionnelles. Certains disent que je pratique la litote. J'aime croire que je ne suis que précis. Quand je dis "considérable", je veux dire... suffisante pour équiper cinq mille hommes, de pied en cap.

— Notre armée ne compte au total que quinze mille hommes ! dit le vice-ministre les yeux écarquillés.

— Vous voyez donc le problème.

— Et il s'agit de protéger quelle... installation ? Des mines ? »

Son incrédulité lança ses sourcils dans une véritable danse.

Todd répondit à son regard curieux et pénétrant par l'impassibilité. « Monsieur le ministre, si vous deviez me confier un secret, vous voudriez être certain que jamais je ne le divulguerais. Sur le plan de vos institutions comme sur le plan personnel. Je n'aurais pu faire carrière dans le monde de la sécurité sans établir une réputation irréfutable de fiabilité et de discrétion. Je comprends que vous vous posiez des questions. J'espère que vous ne m'en voudrez pas de refuser d'y répondre. »

Le regard du vice-ministre s'adoucit au bout de quelques secondes en signe d'approbation. « J'aimerais pouvoir former mes compatriotes aux vertus de la discrétion. A mon grand regret, ils n'ont pas tous les lèvres scellées comme vous, Roger. Mais, dit-il avec un regard autour de lui pour s'assurer que personne ne pouvait l'entendre, pourquoi avez-vous pensé que je pourrais vous aider ?

— On m'a laissé entendre que vous pourriez me faciliter le genre d'arrangement dont nous avons besoin. Inutile de vous dire qu'il serait profitable à toutes les personnes concernées. »

Todd reconnut l'éclair de rapacité qui passa sur le visage de l'homme politique, comme s'il avait soudain pris une drogue qui précipita sa réponse. « Vous avez dit que vous aviez besoin de fournitures considérables.

— Considérables, oui, répéta Todd qui comprenait qu'Andrus Pärt faisait allusion à son pot-de-vin. Ce qui se traduira par des bénéfices substantiels et des rémunérations pour tous les... intermédiaires.

— Nous sommes un petit pays, dit le ministre pour le tester.

— Petit mais riche de traditions, à ce que j'ai cru comprendre. Si je me trompe, si vous n'avez pas le vendeur dont nous avons besoin, dites-moi non tout de suite. Nous irons chercher ailleurs. Je ne voudrais surtout pas vous faire perdre votre temps. »

Traduction : ne me faites pas perdre le mien.

Le vice-ministre fit un signe à un dignitaire du régime, grand et cadavérique, de l'autre côté de la pièce. Il avait passé trop de temps avec le directeur de chez Grinnell ; ça pourrait devenir suspect, ce qu'il ne voulait pas. « Roger, je tiens beaucoup à vous aider. Laissez-moi y réfléchir quelques minutes. On se recroise plus tard. »

Sur ce, l'Estonien plongea dans la foule des maîtres de chant choral et de ceux que cette musique enthousiasmait. Todd l'entendit s'exclamer : « Un CD des meilleurs moments du festival – quelle idée merveilleuse ! »

Il y eut alors un mouvement de foule suivi d'une demande de silence. Sur une plate-forme à l'autre bout de la salle, le Chœur de l'Empire State s'était assemblé. Avec un sourire jusqu'aux oreilles, les barytons se mirent à claquer des doigts puis à chanter. Au bout de quelques mesures, le silence fut assez profond pour qu'on les entende :

*Car nulle part au monde*
*Il n'y aura jamais un lieu*
*Tant aimé, si lourd de sens,*
*Que mon cher pays natal!*

Belknap sentit qu'on lui tapotait l'épaule. C'était le vice-ministre. « Notre hymne national, murmura-t-il avec un sourire figé.

— Vous devez être très fier.

— Ne soyez pas méchant!

— Méchant, non, je n'espère pas. Seulement impatient. Pouvons-nous en venir à notre affaire ? »

Le vice-ministre répondit par un hochement de tête aux paroles murmurées par Todd et lui fit signe de sortir dans le hall. Ils pourraient y discuter sans témoin.

« Pardonnez-moi, dit l'Estonien d'une voix sourde. Tout cela est très soudain. Et irrégulier.

— Comme pour nous. »

Le vice-ministre restait évasif. Il était temps de mettre la pression.

« Il semble que je vous aie causé plus de gêne que prévu. Il y a d'autres voies à explorer, et peut-être devrais-je m'y engager. Merci de m'avoir consacré tout ce temps. »

Todd s'inclina, très raide.

« Vous vous méprenez », dit Pärt avec une certaine insistance, mais sans panique.

Il comprenait que le directeur de chez Grinnell utilisait le stratagème de tous les hommes d'affaires : menacer de partir pour hâter la conclusion des négociations. « Je souhaite sincèrement vous aider. Je pourrais même être en mesure de le faire.

— Votre maîtrise du conditionnel est admirable. Mais je crains toujours que nous perdions tous deux notre temps. »

*Maintenant, à toi de me convaincre* était écrit entre les lignes.

« Tout à l'heure, Roger, vous avez parlé de confiance et de discrétion. Vous m'avez fait remarquer que ce sont des critères essentiels dans votre branche. La prudence est primordiale dans la mienne. Vous devez le comprendre. Il se pourrait qu'à l'occasion vous vous en félicitiez. »

Depuis la salle des banquets, chantées à trois voix, leur arrivèrent les paroles *A jamais puisse-t-il bénir et soutenir/Oh gracieusement tous tes actes...*

« Peut-être devrons-nous tous deux faire des compromis quant à l'observance de nos principes bien-aimés. Vous m'avez interrogé sur nos fournisseurs habituels. Je suis certain qu'un homme public tel que vous comprend qu'il peut y avoir des hauts et des bas dans ce genre d'affaires comme dans d'autres. Vous avez sans nul doute appris la mort de Khalil Ansari, dit Todd en scrutant le visage de l'Estonien quand il prononça ce nom. Vous comprenez bien évidemment que les réseaux de distribution établis puissent en être perturbés, avant qu'on en établisse de nouveaux. »

Andrus Pärt eut l'air mal à l'aise ; il en savait assez sur le sujet pour comprendre que l'affaire n'était pas à prendre à la légère – sûrement pas par un politicien de carrière comme lui. Il fallait qu'il creuse un peu plus pour être certain de ses intuitions, mais pas trop profondément pour ne pas se salir les mains. C'était sûrement ce qu'il était en train de calculer.

Todd soupesa chaque mot. « Je sais que vous êtes un homme de goût, et on m'a dit que votre maison de campagne à Paslepa est de toute beauté.

— Une humble demeure, mais mon épouse s'y plaît.

— Peut-être se plairait-elle deux fois plus dans un palais deux fois plus grand... »

Long regard. L'homme était tiraillé entre appât du gain et incertitudes.

« Ou peut-être pas, dit Todd pour tirer une fois de plus sur la ligne afin de bien accrocher l'hameçon. J'ai beaucoup apprécié notre conversation. Mais, à nouveau, il est probablement temps pour moi de chercher ailleurs. Comme vous m'en avez... prévenu, l'Estonie est un très petit pays. Je crois que vous vouliez me faire comprendre que de gros poissons prospèrent rarement dans les mares. »

Autre courbette raide et, cette fois, Todd se dirigea vraiment vers la sortie, où il entendit le chœur bramer *Mon pays natal !*

Une salve d'applaudissements rompit le silence, modeste pourtant, parce que les hôtes étaient encombrés par le verre et les canapés qu'ils tenaient. Une main se posa sur l'épaule de Todd. « Estotek, sur Ravala Puiestee, murmura le vice-ministre dans son oreille.

— J'aurais pu trouver cela dans l'annuaire.

— Je peux vous l'assurer, la véritable nature de cette adresse est gardée très secrète. Ai-je votre parole que vous ne la divulguerez à personne ?

— Mais bien sûr.

— L'homme à sa tête s'appelle Lanham.

— Curieux nom pour un Estonien.

— Mais pas pour un Américain. »

*Un Américain.* Les yeux de Todd se rétrécirent.

« Je crois que vous découvrirez que votre demande peut être satisfaite, continua Pärt. Nous ne sommes sans doute qu'une petite mare, mais certains de nos poissons sont vraiment très gros.

— Impressionnant, votre pays natal. Dois-je transmettre vos meilleures pensées à Lanham ?

— Les relations les plus intimes se vivent parfois à distance, dit le vice-ministre avec une certaine gêne. Que ce soit clair : je n'ai jamais rencontré cet homme en personne. Je n'en ai jamais eu le désir », dit-il en se raidissant, comme s'il réprimait un frisson.

*Chapitre dix-huit*

L E QUARTIER DES AFFAIRES DE TALLINN figurait rarement dans les brochures touristiques, même si nombreux étaient ceux qui le considéraient comme le cœur authentique de la ville. Et le cœur du quartier des affaires, c'était l'immeuble où Estotek avait ses bureaux, vingt étages en verre miroir. A un kilomètre et demi de la vieille ville, il était à une rue des monuments contemporains comme le Reval Olümpia et le centre commercial Stockmann, sans parler du cinéma Coca-Cola Plaza et le Hollywood Night-club, dont les néons éclairaient toute la rue. Bref, le genre de quartier sans caractéristique particulière, qu'on trouvait dans n'importe quelle ville, et c'était pourquoi les hommes d'affaires s'y sentaient chez eux. Les snacks, les halls d'hôtels et les bars faisaient leur publicité sur l'accès à l'Internet par Wi-Fi qu'ils proposaient. *Nous sommes modernes, comme vous*, était le message transmis, bien qu'avec une touche de désespoir qui amoindrissait sa crédibilité. A cette heure du soir, le Bonnie and Clyde Night-club – autre particularité de Tallinn, remarqua Todd, les boîtes de nuit s'appelaient résolument « night-club » – était toujours éclairé. Adjacent au plus grand hôtel, un concessionnaire Audi et Volkswagen s'était installé, démontrant la fierté des habitants d'avoir pu assembler l'équivalent d'une avenue commerçante au milieu de leur quartier financier.

L'immeuble était massif et sombre, chaque façade formée de facettes d'acier émaillé blanc encadrant les panneaux vitrés. On aurait pu l'arracher de là et l'emporter dans cinq cents autres villes, il serait toujours passé inaperçu. Todd sortit du taxi et partit à pied. Au cas où on le surveillerait, il rendit sa démarche un peu instable, celle d'un homme d'affaires éméché qui tente de se souvenir dans quel immeuble se trouve son hôtel.

C'était Gennady Chakvetadze qui lui avait donné cette adresse. Même à la retraite, il tendait toujours ses antennes avec curiosité et savait passer des coups de téléphone discrets aux archivistes municipaux.

*La véritable nature de cette société est gardée très secrète*, avait dit Pärt, et il n'exagérait pas. Il s'avéra qu'Estotek était une entreprise estonienne qui traitait avec l'étranger. Son dossier aux archives nationales n'énumérait que ses biens locaux, d'ailleurs négligeables. Elle ne faisait aucune opération et ne détenait rien d'important sur place ; elle louait des bureaux au dixième étage de cette tour du quartier des affaires, payait ses impôts à la date voulue, mais le reste du temps, elle était un fantôme. Une coquille vide, en quelque sorte, configurée de telle manière qu'on ne pouvait exiger d'elle qu'elle révèle ses transactions financières hors du pays.

Todd s'en était étonné : « Est-ce qu'une telle entreprise ne doit pas au moins donner la liste de ses dirigeants, de ses cadres ? avait-il demandé à Gennady.

— Dans le monde civilisé, certainement ! avait répondu le Russe, amusé par la question. Mais en Estonie, les règles de sécurité et les codes financiers sont établis par les oligarques. Tiens, une chose qui va t'amuser : le nom du directeur, dans les dossiers, n'est pas celui d'une personne mais d'une autre entreprise. Qui est le directeur de cette entreprise ? demandes-tu. C'est Estotek. C'est un peu comme un dessin de M.C. Escher, tu vois ? En Estonie, c'est tout à fait légal. »

L'homme du KGB à la retraite éclata de rire. Les rouages tordus de l'humanité étaient pour lui une source infinie d'amusement.

Todd devait tenir sa veste serrée tant le vent soufflait fort entre les murs d'acier et de verre de ce quartier de Tallinn. Heureusement qu'il faisait sombre dehors ; ainsi, le verre miroir devenu transparent, il pouvait voir à l'intérieur des immeubles. Malgré tout, évaluer la sécurité du bâtiment restait difficile. Des caméras vidéo en circuit fermé étaient montées aux coins du rez-de-chaussée, fournissant aux gardes une vue des trottoirs et du garage en forme d'escargot que cet immeuble partageait avec un autre. Bien, mais quelles mesures avait-on mises en place à l'intérieur ? Une chose était certaine : la nuit assurait sa meilleure chance d'entrer sans qu'on le voie. Demain, le vice-ministre risquait de communiquer avec son contact chez Estotek et lui parler du directeur de chez Grinnell ; dans ce cas, il y avait de gros risques pour que, la ruse éventée, sa cible soit en alerte. Mais le vice-ministre ne ferait rien ce soir, puisqu'il devait assister au concert de bienfaisance donné par les plus célèbres chorales du monde. Il allait serrer des mains et sourire. Il allait fantasmer sur sa nouvelle propriété à la campagne et réfléchir à la manière d'expliquer sa bonne fortune à ses amis et associés.

Todd traversa la rue, sortit une paire de petites jumelles et tenta de voir les membres du personnel de sécurité dans le hall. Il n'en repéra aucun, mais... une volute de fumée montait derrière un pilier. Il y avait bien un garde au rez-de-chaussée. Il fumait. Quand Todd se déplaça, il vit que l'homme avait l'air fatigué.

L'Américain vérifia son apparence dans les vitres réfléchissantes. Son costume sombre convenait au rôle qu'il allait jouer ; le sac en cuir noir Gladstone – qui, comme son contenu, lui avait été donné par Gennady – était un peu plus gros que la serviette habituelle des cadres ; sinon, il n'avait rien de particulier. Il prit une profonde inspiration, gagna l'entrée, montra sa pièce d'identité à travers la vitre et se prépara à signer le registre.

Le garde leva sur lui des yeux endormis, pressa un bouton et la porte s'ouvrit. Il avait le tour de taille élargi de presque tous les Estoniens d'âge mûr, produit d'un régime à base de porc, de graisse, de galettes de farine et de pommes de terre. Il tira une dernière bouffée de sa cigarette et reprit sa place derrière le comptoir en granite.

« CeMines, dit Todd. CeMines Estonia. Onzième étage. »

Le garde hocha la tête, impassible. Todd devina qu'il pensait : un étranger. Tallinn en était envahi. Bien sûr, c'était inhabituel pour CeMines, une entreprise en sciences médicales, d'avoir un visiteur à cette heure, mais Gennady avait passé un appel au garde pour lui faire savoir, dans son estonien mêlé de russe, qu'un technicien était en route. Une panne de système qui nécessitait l'attention d'un spécialiste.

« Vous venir faire réparer ? demanda le garde dans une langue étrangère indéfinissable.

— Les palpeurs indiquent un dysfonctionnement dans les circuits de réfrigération de l'unité de stockage biologique. Les méchants ne se reposent jamais, hein ? » dit Todd avec un sourire confiant.

Le garde eut le regard perplexe de celui dont les compétences linguistiques sont dépassées. Mais sa conclusion était évidente : mettre des bâtons dans les roues d'un riche étranger, cela dépassait le salaire qu'on lui versait. Au bout d'un moment, il fit signer le visiteur, retourna un pouce vers les ascenseurs et alluma une autre cigarette.

Todd, pour sa part, sentit son appréhension grandir à mesure que s'élevait la cabine d'ascenseur. Le plus dur restait à venir.

*Research Triangle Park, Caroline du Nord*

Gina Tracy enroulait une mèche de ses cheveux noirs autour de son doigt, près de son oreille, en s'adressant aux autres. « Il y a eu un ratage grave. C'est vraiment regrettable. Apparemment, les gars envoyés en Amérique du Sud ont éliminé le mauvais Diego Solanas. Vous vous rendez compte ? »

L'Amérique du Sud paraissait si loin des sols dallés de marbre luisant et des vitres sablées des bureaux de Thêta ! Pourtant, c'était là que la décision critique avait été prise. Il arrivait que Gina ait l'impression de participer à une mission spatiale : centre de contrôle, essais de téléguidage sur d'autres planètes. « Ils devaient supprimer un trafiquant équatorien et ils ont eu un innocent agriculteur qui portait le même nom. Je n'arrive pas à y croire. Merde ! »

Elle jeta un coup d'œil sur le message qui venait d'arriver sur son écran d'ordinateur. Il y eut un moment de silence troublé seulement par le ronronnement du système de conditionnement d'air.

« *Oy, gevalt!* dit Herman Liebman, dont les plis du cou frémissaient de frustration.

— Et ces types sont censés être notre élite, continua Gina. Les mieux notés de tous. Peut-être devrions-nous utiliser des gens sur place. On sous-estime les talents locaux, vous savez.

— Ce sont des choses qui arrivent », intervint George Collingwood de sa voix flûtée.

Il passa ses mains dans sa barbe, entre ses poils bien taillés. Quelqu'un avait fait remarquer que sa barbe avait l'air pubienne, et il arrivait à Gina de sourire en le regardant, quand elle y repensait. C'est ce qui se produisit à l'instant.

Il inclina la tête. « Tu trouves ça drôle ?

— D'une manière sombre, amère, c'est d'une ironie sinistre », affirma Gina.

Les yeux larmoyants et pâles de John Burgess croisèrent les siens. Un rai de lumière fit luire une trace de peigne dans ses cheveux blonds, presque blancs. « Tu as une recommandation ?

— Il faut que nous réfléchissions à la manière d'éviter que ce genre de choses se reproduise à l'avenir, dit-elle. Je déteste vraiment quand ça arrive.

— C'est notre cas à tous, assura Collingwood.

— Nous devons apprendre à être philosophes à ce propos », admit Gina.

Elle savait que certains les considéraient comme des technocrates sans âme mais, en vérité, ils étaient vraiment engagés dans leur travail, et c'était très dur de ne pas assumer personnellement la responsabilité des échecs quand ça tournait mal. « George à raison. Nous commettons forcément des erreurs de temps à autre. On est trop le nez dans les tâches immédiates et on perd la vision globale. C'est ce que tu dirais Paul, n'est-ce pas ?

— Je regrette ce qui vient de se passer, dit Paul Bancroft. Je le regrette beaucoup. Nous nous sommes trompés dans le passé et nous nous tromperons encore à l'avenir. Pourtant, il faut nous consoler et nous rappeler que notre taux d'erreurs reste bien en deçà des paramètres que nous avons établis et que nous trouvons acceptables – sans compter qu'il s'améliore au fil du temps. C'est une tendance réconfortante.

— Quand même... grogna Liebman.

— L'important, c'est de resituer ces erreurs dans le contexte plus large de nos réussites, continua Bancroft, et de regarder vers l'avant, pas vers l'arrière. Comme tu l'as dit, Gina, il nous faut apprendre de nos erreurs et déterminer quelles garanties supplémentaires peuvent nous protéger de ce genre de fiasco à l'avenir. Le calcul des risques produit une courbe asymptotique. Cela signifie qu'il y a toujours place pour des améliorations.

— Vous pensez qu'on doit renvoyer nos gars là-bas pour qu'ils aient le bon ? demanda Burgess.

— Laisse tomber, le coupa Collingwood. Ce serait une trop grande coïncidence. Je veux dire, au cas peu probable, je l'admets, où quelqu'un surveillerait la mort de ceux qui s'appellent Diego Solanas. Néanmoins, une analyse des risques nous apprendra si ça vaut encore la peine. D'autres évolutions ailleurs ?

— Je suis certaine que vous avez entendu parler de cette femme, dans le nord du Nigeria, qui est sur le point d'être lapidée à mort. Apparemment, un tribunal villageois l'a jugée coupable d'adultère. Enfin, c'est tellement médiéval !

— J'espère que tu n'oublies pas la vision plus large, dit Paul Bancroft en fronçant les sourcils. On pourra le faire confirmer par les experts, mais je prédis que cet événement, parce qu'il fait l'objet d'une énorme publicité, aura des effets bénéfiques sur le taux de transmission du sida. C'est à nouveau le syndrome de la petite fille dans le puits. Les médias du monde entier se concentrent sur une femme aux yeux tristes et sur le bébé dans ses bras. C'est l'icône fracassante de la Vierge à l'enfant, de la Madone suppliciée. La loi moyenâgeuse de ces mollahs illettrés va probablement éviter des milliers de contaminations par le sida. C'est-à-dire des milliers de morts douloureuses, lentes et coûteuses.

— C'est indéniable, confirma Collingwood en se tournant vers Gina. Pourquoi crois-tu que la séropositivité au virus du sida est si basse dans les pays musulmans ? Quand on pénalise et stigmatise la promiscuité sexuelle, le taux de transmission chute. Regarde la carte : le Sénégal a un des taux de malades les plus faibles de toute l'Afrique subsaharienne, et le pays est musulman à quatre-vingt-douze pour cent. Regarde maintenant le pays voisin, la Guinée-Bissau, qui a moitié moins de musulmans que le Sénégal en pourcentage, et un taux de contamination *cinq* fois plus élevé. Moi je crie : Jetez vos pierres !

— Autre chose sur ce continent ? demanda Bancroft.

— Eh bien, répondit Burgess en consultant une liste de sujets sur sa console informatique, qu'en est-il du ministre des Mines et de l'Énergie au Niger ? Est-ce qu'il ne bloque pas un important projet d'assistance ?

— On a renoncé, tu te souviens ? fit remarquer Gina Tracy avec un air ennuyé. Trop d'effets collatéraux. On en a déjà parlé.

— Rappelle-moi ce qui est en jeu ici, demanda Collingwood. On a passé la matinée à conférer avec les gens du système.

— Un résumé ? Je vais vous donner les grandes lignes, dit Burgess avant de marquer une pause pour rassembler ses idées. Premièrement, le ministre Okwendo est trop populaire. Deuxièmement, il serait vraisemblablement remplacé par Mahamadou, le ministre des Finances. Ce serait bien, mais la question est : Qui succéderait à Mahamadou ? S'il était remplacé par Sannu, ce serait bon. Mais il y a autant de chances pour qu'il soit remplacé par Seyni, ce qui, en fin de compte, pourrait aggraver encore les choses. Au lieu de se débarrasser du ministre des Mines et de l'Énergie, il vaudrait mieux se débarrasser de Diori, le vice-ministre concerné. Le bras droit de Diori est un personnage plutôt falot, à ce que nous disent tous nos agents. Son père était un kleptocrate ; en conséquence le fils a assez d'argent pour ne pas être au gouvernement pour en gagner plus.

— Intéressant, dit le Dr Bancroft d'un air pensif. Diori semble donc un choix stratégique plus intéressant. Mais assurons-nous d'abord de soumettre l'affaire aux experts de la seconde équipe, pour voir si leurs calculs concordent avec les résultats de la première. Une étude indépendante est toujours indispensable, comme nous l'avons appris à nos dépens, dit-il en posant sur Liebman un regard qui faisait allusion à leur histoire commune.

— Étudier un nouvel ensemble de modèles pourrait prendre plusieurs jours, fit remarquer Burgess.

— Un pays comme le Niger, avec une élite dirigeante extrêmement réduite, est on ne peut plus sensible aux variables les plus minimes, qui peuvent entraîner des effets majeurs. Nous voulons être sûrs de nous, pas nous mordre les doigts après coup.

— Ça ne fait aucun doute ! dit Liebman en posant son menton sur ses mains mouchetées de taches de son.

— C'est donc acquis, dit Bancroft à l'intention de Burgess.

— Pendant ce temps, comment se passe l'absorption du réseau Ansari ? demanda Liebman. Après tous les efforts que nous avons consacrés à sa reprise en main, j'espère que ça s'avère payant.

— Tu plaisantes ? Ça devrait devenir un autre des coups de génie de Paul, dit Collingwood. L'intégration prendra un moment, comme pour toute acquisition d'entreprise. Mais on a toutes les raisons de croire que ça nous permettra de collecter des renseignements vraiment précieux sur ses clients. Et la connaissance, c'est...

— Le pouvoir de faire le bien, coupa Bancroft. Tout ce que nous apprenons sert à soutenir une cause plus vaste.

— Absolument, acquiesça Collingwood avec vigueur. Le monde est noyé sous les munitions. En ce moment même, elles migrent vers le plus offrant. Le pire, c'est quand les enchères se divisent et qu'on arme les deux côtés dans une guerre civile. Ils ont connu ça pendant trente ans, en Angola. C'est tout à fait irrationnel. Nous allons dorénavant pouvoir entraîner la puissance de feu vers les États et les factions qui doivent la posséder. Nous serons en mesure de pacifier des provinces qui ont fait leur propre malheur depuis des dizaines d'années, parce qu'on leur accordait assez d'armes pour entrer en guerre, mais pas assez pour gagner. Il n'y avait pas pire situation.

— Nos analystes géopolitiques sont très clairs à ce propos, dit Bancroft. Dans des situations de guerre civile où chaque camp ne désire pas éliminer l'autre – présupposé indispensable –, une victoire rapide et décisive d'une faction est presque toujours préférable, d'un point de vue humanitaire, à un conflit qui s'éternise.

— Peu importe quel côté gagne. Se retrouver coincé dans les récriminations et les agressions – dans tout le cirque du "c'est toi qui as commencé !" – est une erreur de taille. Maintenant, nous pourrons analyser les chiffres, choisir un gagnant, et garantir l'issue optimale. Imaginez à quel point il était fou que le réseau Ansari fût capable d'équiper ces tribus montagnardes en Birmanie ! Des armes légères, de l'artillerie de second choix, payées par l'argent de la drogue... Pendant des années, ça les a maintenus en guerre contre le gouvernement du Myanmar. Comme s'ils avaient jamais eu la moindre chance ! C'est mal. Mal pour la tribu. Mal pour le pays. Personne n'aime les régimes répressifs et autoritaires, mais un conflit qui dure est pire encore. Une fois que la junte militaire aura établi un ordre social, nous pourrons nous mettre au travail pour manipuler le régime afin qu'il soit moins répressif et prenne mieux soin de ses citoyens.

— Tu veux dire que les contacts d'Ansari chez les rebelles vont changer de camp ? demanda Liebman.

— Qui en sait plus sur les caches d'armes des Wa ou des Karens que leurs anciens fournisseurs ? Qui en en sait plus sur l'organisation des milices de la guérilla ? Nous offrons aux généraux du Myanmar un trésor de renseignements – et une cargaison d'armes "qualité OTAN". La force invincible est la clé. Plus tôt qu'on l'imagine, vous aurez la paix par la pacification. L'âge de la rébellion est sur le point de s'achever.

— A moins que ce soit une rébellion que nous approuvons, corrigea Liebman.

— Renverser un régime par la guerre ouverte sera toujours le dernier recours, affirma Collingwood. Mais s'il faut en arriver là, bien sûr. C'est une possibilité. Et notre reprise des principaux réseaux n'est pas terminée le moins du monde. Bien sûr, l'acquisition de celui d'Ansari donne aussi à Thêta des avantages plus directs. A la fin de la journée, les bienfaiteurs doivent aussi faire ce qu'il faut pour se protéger. Tu es d'accord avec ça, Paul, n'est-ce pas ?

— Les aiguilles du porc-épic.

— Quand notre propre sécurité est en cause, à l'étranger ou ici, nous nous en chargeons.

— Du mieux possible », approuva le vieux savant.

Collingwood échangea un regard avec Burgess, puis avec Gina. Il prit une profonde inspiration. « Paul, c'est le moment de parler d'Andrea.

— Je vois.

— Paul, tu es trop concerné par la situation. Pardonne-moi d'être aussi brutal, mais il faut que nous prenions des décisions. Il faut que tu les laisses aux professionnels sur le terrain. Elle est devenue un problème. Quand elle est allée à Rosendale, elle a franchi une limite. Tu croyais qu'elle écouterait la voix de la raison. On sait maintenant que tu l'as surestimée.

— D'un autre point de vue, je dirais plutôt que je l'ai sous-estimée, dit Bancroft d'un ton voilé.

— Ton jugement était biaisé.

— Tu veux toujours penser du bien des gens, dit Gina, ce qui est formidable, mais tu nous as aussi appris qu'il ne faut pas résister et changer d'opinions quand de nouvelles preuves nous sont apportées. »

Dans la lumière filtrée, Paul Bancroft parut soudain des années plus vieux que d'ordinaire. « Vous voudriez que je délègue une affaire impliquant ma propre cousine ?

— Précisément parce qu'elle est ta cousine, dit Gina.

— Je ne sais que dire. »

Le regard de Bancroft se perdit dans le vague. Gina l'avait-elle imaginé ou y avait-il bien eu un tremblement dans la voix du philosophe ? Quand il releva la tête pour regarder les autres, il était livide.

« Dans ce cas, ne dis rien, continua Burgess d'un ton à la fois respectueux et plein de sollicitude. Tu nous as bien formés. Permets-nous de prendre sur nos épaules certaines responsabilités. Laisse ce cas entre nos mains.

— Comme tu le dis souvent, intervint Collingwood, faire ce qui est bien n'est pas toujours facile.

— Réchapper à cette foutue commission Kirk ne sera pas non plus une promenade de santé, dit Gina Tracy.

— Tu es trop jeune pour te souvenir des auditions du comité Church, dit le vieil Herman Liebman. Paul et moi n'avons pas oublié. Ce n'est pas si terrible. Ces enquêtes reviennent périodiquement.

— Comme la mousson, dit Collingwood. Une perspective historique n'est guère utile si tu te trouves sur la trajectoire de la tornade.

— Très juste, admit Paul Bancroft. La connaissance, c'est le pouvoir. Dieu sait que nous avons soulevé assez de pierres du passé du sénateur pour voir ce qu'elles cachaient. Qu'avons-nous trouvé de sale ? »

Collingwood se tourna vers John Burgess et l'incita du regard à répondre.

« Rien de suffisant, dit l'ancien enquêteur de Kroll Associates avec une grimace. Pour atteindre nos buts, nous avons besoin de quelque chose d'énorme, et nous ne trouvons rien. Franchement, ce qu'on a déterré ne ferait même pas la une d'une feuille de chou en province. Des faveurs accordées aux principaux donateurs ? Bien sûr. Mais c'est en gros ce que les hommes politiques appellent un service électoral. Des dons illégaux ? Pas vraiment. Il s'est présenté quatre fois aux élections contre des adversaires financés normalement. On a proféré ce genre d'accusations il y a une douzaine d'années, mais les détails étaient si compliqués que les experts financiers n'ont pu se mettre d'accord pour affirmer qu'il était ou non sorti du cadre légal. Il y a eu des donations séparées d'entreprises où CALPERS, le fonds de retraite des fonctionnaires de l'État de Californie, détenait des parts. Si les entreprises donatrices sont en fait des divisions d'une même compagnie, leurs dons dépassent les limites légales. Un journaliste a interrogé Bennett Kirk à propos de ces accusations lors d'une conférence de presse. Kirk a répondu : "Désolé, pourriez-vous m'expliquer cette affaire une fois de plus ?" et tout le monde a éclaté de rire. Ce fut la fin du scandale. En dehors de ça ? Il est possible qu'il ait eu des relations sexuelles avec une serveuse, à Reno, il y a vingt ans, mais la femme en question l'a toujours nié, et même si elle avait confirmé, je ne crois pas que les médias en auraient fait leurs choux gras. Les journalistes ont placé une auréole sur la tête de ce type. Au point où il en est, il faudrait prouver qu'il a abusé tous les gosses du Chœur de garçons de Harlem pour qu'on se retourne contre lui.

— Et on ne peut pas non plus l'acheter, dit Collingwood de sa petite voix. On connaît son état de santé. Il garde sa maladie secrète, mais si on la révélait, ça ne pourrait que soulever une vague de sympathie. En attendant, il a les yeux fixés sur la postérité. Il sait qu'il ne vivra pas pour se représenter, mais il va rester en fonction assez longtemps pour nous causer une montagne d'ennuis.

— C'est comme l'effet Samson, ajouta Burgess. Sa maladie ne nous aide pas. Il est en assez bonne forme pour ébranler les piliers et faire s'écrouler ce foutu temple.

— Tu dis que la connaissance est le pouvoir, dit Collingwood à Bancroft. Le problème, bien sûr, c'est que la commission Kirk sait. Je n'ai pas encore découvert comment le sénateur a obtenu des informations qu'il n'aurait pas dû connaître. C'est ce qui fait de lui une vraie menace pour toute notre entreprise.

— Et nous ne savons toujours pas d'où vient la fuite ? » demanda Bancroft avec un regard attentif mais pas anxieux.

Collingwood haussa les épaules.

« Je ne comprends toujours pas pourquoi on ne se contente pas d'éliminer le sénateur Kirk, dit Gina Tracy avec impatience. On ne ferait qu'accélérer l'inévitable, et du même coup, on retirerait l'épine de notre pied.

— Il est évident, dit Bancroft en secouant la tête d'un air grave, que tu n'as pas réfléchi à fond.

— Est-ce que tu imagines la tempête de controverses et d'attention que déclencherait sa mort ? la réprimanda Collingwood. Ça pourrait s'avérer plus dangereux que le comité lui-même.

— Enfin, on est le groupe Thêta ! insista la jeune femme aux cheveux noirs. Thêta, comme la première lettre de *thanatos*, dit-elle en regardant Burgess. C'est le mot grec pour désigner la mort, non ?

— Je le sais, Gina, mais la même procédure d'évaluation des risques s'applique ici comme ailleurs.

— Il doit bien y avoir quelque chose que nous pourrions faire ! insista Gina en suppliant Bancroft du regard.

— Sois tranquille ! Nous ne laisserons pas un péquenaud de l'Indiana mettre en péril le travail du groupe Thêta. Tu peux en être sûre. Le groupe Thêta doit continuer à être la pointe de flèche de la bienfaisance.

— Philanthropie extrême, pouffa Burgess. Comme un sport extrême.

— Je te prie de ne pas te moquer de l'œuvre de ma vie », protesta Paul Bancroft.

Un long silence fut brisé par des voix inquiètes provenant du centre de communications, un étage en dessous. Puis un homme blafard monta l'escalier en spirale et salua les directeurs, l'air sinistre. « Il y a un autre message de Génésis.

— Encore un ? » demanda Gina avec appréhension.

L'homme du centre de communications tendit une feuille de papier à Paul Bancroft. Aux autres il dit : « Les types, en bas, le prennent très au sérieux. »

Le vieux savant parcourut le message des yeux avec inquiétude. Sans un mot, il passa la feuille à Collingwood.

« Je n'aime pas ça, murmura Collingwood sans cacher son anxiété. Qu'en penses-tu, Paul ? »

Le philosophe se concentrait. Un étranger aurait pu croire qu'il réfléchissait. Les autres savaient que c'était sa manière d'affronter une crise.

« Eh bien, mes amis, il semblerait que nous ayons de plus graves inquiétudes à prendre en compte, finit par annoncer Paul Bancroft. Génésis monte le niveau de menace.

— Nous allons suivre le protocole de transfert, assura Collingwood en étudiant le message. Il faut suspendre les opérations d'ici pour le moment et passer dans un autre siège. Celui de Butler, en Pennsylvanie, par exemple. On peut le faire sans heurts, dans la nuit.

— Je déteste néanmoins l'idée de nous enfuir par peur, dit Liebman.

— On doit penser à long terme, Herman, dit Bancroft. Pour une sécurité à long terme, les petites gênes à court terme ne sont pas importantes.

— Mais pourquoi est-ce que ça se produit maintenant ? demanda Liebman.

— Avec le réseau Ansari à notre botte, expliqua Burgess au vieil analyste, rien ne pourra nous arrêter. Nous sommes seulement en pleine transition. Cela signifie que nous sommes momentanément vulnérables. Si nous dépassons ce stade, nous serons invincibles.

— Le monde sera notre terrain de jeu, dit Collingwood.

— Mais laisser Génésis... s'inquiéta Liebman.

— Inver Brass a péri la première fois pour avoir voulu trop embrasser, rappela Bancroft avec cette voix fascinante d'intensité de celui qui avait repris les commandes. Génésis reproduira la même erreur. Il nous suffit de tenir le coup les quelques jours qui viennent et Génésis sera détruit.

— Ou ce sera nous, dit Liebman d'un air abattu.

— Serais-tu devenu incrédule, comme saint Thomas dans le jardin de Gethsémani ? As-tu perdu confiance ? demanda Bancroft avec un visage indéchiffrable.

— Jamais tu ne t'es trompé pour les décisions importantes, admit un Liebman acerbe.

— Très gentil de le dire », répondit Bancroft d'un ton glacial.

Liebman eut beau hésiter à reprendre la parole, ses décennies de loyauté et d'amitié avec le grand homme le contraignirent à s'adresser à lui avec franchise. Il se racla la gorge. « Mais Paul, il y a toujours une première fois. »

*Tallinn, Estonie*

Quand l'ascenseur arriva au onzième étage, Todd en sortit avec l'air blasé du voyageur fatigué qu'il avait pris pour les caméras éventuellement installées dans la cabine. Estotek était à l'étage en dessous ; le onzième était occupé par CeMines. Comme Gennady l'avait expliqué, CeMines était une start-up pharmaceutique spécialisée en recherches de marqueurs biologiques ; le but était de développer des tests – de simples analyses de sang – qui pourraient remplacer les biopsies chirurgicales pour certains types de cancers. L'entreprise se vantait de se situer dans « une coopération stratégique entre industrie, monde universitaire et gouvernements ». De nombreux partenaires, de nombreuses poches.

C'était un des trois petits bureaux de l'étage ; Todd le choisit parce qu'on y traitait des affaires moins sensibles, du point de vue de la confidentialité, et que le niveau de sécurité y serait plus faible. Seule une porte métallique percée d'une vitre en verre armé se dressait entre lui et les bureaux de CeMines.

Après s'être assuré qu'il n'y avait pas de caméras de surveillance dans le hall, Todd inséra une lame étroite dans la serrure, la poussa aussi loin que possible pour maximiser sa sensibilité puis introduisit une pointe à côté, qu'il recula peu à peu pour qu'elle déclenche le mécanisme. Raté ! Comme il l'avait craint, c'était une serrure bilatérale. Après avoir fait jouer la gorge du haut, il recommença l'opération pour racler celle du bas. Ce n'est qu'au bout de plusieurs minutes de concentration que le pêne se rétracta et que la porte s'ouvrit.

Pas d'alarme. Comme il l'avait prévu, ces bureaux, qui hébergeaient les départements financiers et juridiques de l'entreprise, comptaient sur les mesures de sécurité générales du bâtiment. Les intrusions étaient rares dans ce genre d'environnement. Les précautions ordinaires suffisaient donc.

Todd ferma la porte derrière lui. La suite était faiblement éclairée par les veilleuses qui longeaient les cloisons, des éclairages de sécurité imposés partout dans l'immeuble. Il laissa à ses yeux le temps de s'adapter et traversa la pièce à pas lents en promenant le faisceau de sa lampe torche autour de lui. Les postes de travail étaient presque tous en open space, à part quelques bureaux clos près des fenêtres. La moquette grise s'ornait de motifs en losanges. Au bout de quelques minutes d'inspection, il choisit une zone où un ordinateur et un téléphone étaient branchés au sol. Comme dans la plupart des immeubles construits ces dix dernières années, on avait installé le réseau de câbles optiques et coaxiaux sous le plancher. D'où la présence de trappes. On pouvait en lever le couvercle pour avoir facilement accès aux branchements. Il s'agenouilla et souleva la trappe. En dessous, un grillage protégeait les fils. Mais combien d'espace y avait-il jusqu'au plafond du dessous ? Todd sortit une pince à levier de son sac et sonda la profondeur, rapide, silencieux.

Puis il fit descendre un long câble renfermant de la fibre optique avec à son extrémité un objectif branché sur une caméra digitale, qui envoyait une image sur un petit écran. Au bout du serpent noir de quatre mètres de long, l'objectif ne mesurait que six millimètres de diamètre et couvrait un angle de soixante degrés. Un convertisseur transformait en image les milliers de pixels qui provenaient des fibres optiques fines comme des cheveux. Une lampe filiforme au xénon, à côté de l'objectif, fournissait la lumière nécessaire pour explorer le dessous du plancher flottant. Todd poussa le câble de plus en plus loin, contourna les obstacles jusqu'à arriver à une surface blanche irrégulière : les plaques acoustiques du plafond de l'étage inférieur.

Il pressa alors un bouton sur la boîte de commande ; une mèche d'acier sortit sur le côté de l'objectif et se mit à tourner. C'était comme forer avec une épingle. Enfin, il orienta la caméra de façon à ce qu'elle pointe vers le trou juste foré.

Au début, l'image floue et moirée ne permit pas de comprendre le spectacle. Todd fit le point jusqu'à ce que l'étage d'Estotek soit plus net. Il vit un bureau comme tant d'autres : tables rectangulaires, chaises noires au siège et dossier ovales, la collection habituelle d'imprimantes, d'ordinateurs, de téléphones, de boîtes à courrier. Il tourna la caméra en tous sens et finit par trouver ce qu'il cherchait.

Au-dessus de la porte principale, invisible à ceux qui ne s'y intéressaient pas, il repéra des interrupteurs encastrés. C'étaient des détecteurs de mouvement à infrarouge, des petites boîtes en plastique placées dans les zones de forte concentration humaine comme les couloirs entre les bureaux, le long d'une rangée de fenêtres. Ces détecteurs devaient être activés dès le départ des employés le soir, et obligeaient Todd à relever son premier défi.

Il en reconnut le modèle. C'étaient des engins passifs conçus pour détecter les changements de température. Quand un corps émettant de la chaleur entrait dans l'espace protégé, ces engins le sentaient, le courant électrique les alimentant était coupé et déclenchait l'alarme.

Il les regarda mieux. Ils ressemblaient à des interrupteurs banals, rien qui retiendrait un regard profane. Une lentille de Fresnel concentrait des rayons infrarouges à travers un prisme spécial. Le palpeur disposait de deux éléments de réception, ce qui lui permettait de corriger les signaux causés par la lumière solaire, les vibrations ou les changements de température ambiante. Ces conditions affectaient simultanément les deux éléments pyroélectriques : un corps en mouvement activait l'un des palpeurs et l'autre très vite après.

Todd ne vit pas comment il pourrait descendre sans déclencher l'alarme. Il n'allait pas essayer.

Il s'appliqua à retirer les seize vis qui retenaient une section de la grille soutenant le plancher et finit par pouvoir soulever un L en acier de deux mètres, exposant une couche réticulée de grillage, comme un rideau en perles. Les normes de versatilité exigeaient aussi une certaine porosité. Bientôt se forma près de lui un tas de carrés de moquette, de barres en L, d'ailettes et de brides.

De quelques coups de lame dans le grillage, Todd put descendre son sac Gladstone, puis il se faufila entre les câbles et s'engagea dans le boyau d'air conditionné, à côté des tuyaux qui alimentaient le système d'arrosage anti-incendie. Dans l'espace exigu, il partit presque à tâtons avec sa seule torche comme éclairage, et s'approcha à quelques centimètres des dalles de plafond de l'étage inférieur, suspendu aux câbles électriques pour ne pas leur imposer son poids. Il se laissa descendre doucement, s'appuyant aux seuls cadres métalliques du plafond pour diffuser la pression de son corps. Le plafond était conçu pour supporter le poids d'un homme, puisque les réparateurs devaient parfois y travailler. Mais les panneaux eux-mêmes visaient à absorber le bruit, pas à résister à la pression. S'il se plaçait sur l'un d'entre eux, il passerait à travers.

Il se pencha et déboîta de son cadre un panneau d'un mètre carré – un panneau du plafond d'Estotek. La phase suivante de l'infiltration serait l'œuvre de rongeurs. Il sortit de sa serviette un sac en tissu, duquel émanèrent des petits cris suraigus dès qu'il en détacha la ficelle. Il retourna le sac : quatre rats blancs en sortirent qui se faufilèrent par l'ouverture entre le montant et le panneau déplacé avant de tomber par terre, trois mètres plus bas. Todd remit le panneau en place et surveilla la pièce à l'aide de la caméra.

Sur l'écran, il regarda les rongeurs courir partout, affolés, désorientés. Il dirigea la caméra vers le détecteur de mouvement le plus proche. La faible lueur verte en dessous du boîtier virait au rouge.

L'alarme avait été déclenchée.

Les yeux de Todd passaient de son cadran de montre à l'écran de sa caméra. Quarante-cinq secondes s'écoulèrent avant que quoi que ce soit se produise. Puis un homme en uniforme brun d'Estotek fit son entrée, pistolet dans une main, grosse lampe torche dans l'autre. Il regarda autour de lui, et un long moment passa avant que les couinements et l'éclat d'une fourrure blanche attirent son attention. Cause et effet. D'abord, le détecteur de mouvement lance l'alarme, puis apparaît un rat – et maintenant un deuxième ! Le garde émit un juron, bien que ce fût dans une langue que Belknap ne comprenait pas. Il se souvint qu'on lui avait dit que l'estonien était très riche en exclamations. Ces dernières heures, les rats avaient mangé des grains de café enrobés de chocolat, et rien d'autre. Ils étaient chargés en caféine, et plus énergiques que d'ordinaire. Comme c'étaient des spécimens de laboratoire, ils avaient perdu l'instinct de se cacher qu'auraient eu leurs cousins, et ils n'avaient pas le temps d'apprendre comment procéder.

Un autre rat fut pris dans le faisceau de la lampe. Le garde inepte bondit vers lui, semelle épaisse de sa botte en avant, pour l'écraser. Il rappela à Todd les gamins qui tentent de donner un coup de pied aux pigeons sur le trottoir – si proches, mais jamais touchés.

L'étape suivante nécessiterait une gestion rigoureuse du temps. Todd retira un dernier rat d'un autre sac en tissu, souleva un coin du panneau et passa la tête de l'animal dans la fissure. Très accommodant, il se mit à couiner comme un fou. Todd lui attacha un filament de fibre optique à une patte arrière et poussa un peu plus le corps de la créature bruyante par la petite ouverture. Elle griffait l'air en tous sens. Quand elle s'arrêta de couiner, Todd lui pinça la queue.

Le garde se retourna, vit la tête du rat sortant d'une plaque déjointée du plafond et crut comprendre. Les yeux gris dans le visage charnu de l'Estonien se concentrèrent : Ces parasites – sans doute des spécimens du laboratoire de sciences médicales de l'étage au-dessus – s'étaient échappés et passaient par le plafond !

« *Kurat ! Ema kepija ! Kuradi munn !* » – un flot d'imprécations inintelligibles sortit de sa bouche.

Ce que l'on comprenait à coup sûr dans la voix du garde, c'était sa frustration et son irritation, mais on n'y discernait ni inquiétude ni angoisse. Il s'agissait d'un problème animal, pas une faille dans la sécurité, décida-t-il. Il disparut quelques minutes puis revint. Todd connaissait bien la procédure standard, et s'il la suivait, le garde devrait arrêter le fonctionnement de toutes les alarmes et surveillances le temps de l'inspection. C'était une organisation en deux étapes, quand des gardes en chair et en os étaient associés à des détecteurs électroniques. L'alarme alertait le garde, qui avait dans les quatre minutes pour aller voir ce qui se passait. S'il considérait que c'était une fausse alerte – et c'était souvent neuf cas sur dix –, il arrêterait l'alarme, qui n'alerterait donc pas ses supérieurs. S'il ne l'arrêtait pas, le signal serait transmis plus haut. Le garde avait réagi en professionnel bien entraîné. Il avait identifié la cause de la fausse alerte, temporairement désactivé les détecteurs du secteur et il se préparait à continuer son travail. L'apparition de rats ne constituait pas un problème de sécurité. On les exterminerait au matin.

Todd savait aussi, maintenant, qu'un seul garde était posté à l'étage. S'il y en avait eu un autre, le premier l'aurait appelé, ne serait-ce que pour admirer le spectacle, distraction bienvenue pendant des nuits interminables.

Le garde s'était arrêté juste sous lui. Il avait tout de la victime habituelle de la cuisine estonienne, mais se déplaçait avec une agilité surprenante. Pendant quelques secondes, il regarda le rongeur qui se débattait au plafond. Il tenta de sauter pour l'attraper, à quelques centimètres de Todd, qui poussa le panneau et, un lourd levier à la main, se préparait à frapper. Le coup violent fut porté comme au ralenti. Il y eut une longue seconde pendant laquelle le garde, ayant sauté en l'air, vit tout le panneau se lever et un homme dans l'ombre. Le visage du garde exprima la surprise et l'horreur, puis l'inévitable tandis que la lourde barre métallique s'abattait sur son front, le fracassant dans un bruit sourd. Le garde inconscient tomba comme un chiffon sur le sol moquetté.

Todd lança son sac Gladstone en bas et descendit du plafond. Il retomba sur un bureau à un mètre de là, puis sauta par terre. Il lut le numéro de modèle du détecteur de mouvement le plus proche. S'il se souvenait bien de son réglage par défaut, il devait être suspendu pour cinq minutes. Deux de ces minutes étaient déjà écoulées.

Avec des gestes presque automatiques, il retira facilement le couvercle en plastique blanc du détecteur. S'il avait eu affaire à un ancien modèle, il aurait simplement pu bloquer le palpeur avec un bout de papier et éviter son activation quand il serait automatiquement remis en service. Mais les modèles plus récents étaient munis de détecteurs de blocage qui déclenchaient l'alarme s'ils sentaient une obstruction visuelle de ce genre. Todd se mit donc au travail avec un tout petit tournevis pour retirer les minuscules vis qui tenaient en place l'amplificateur et les unités de comparaison. Juste en dessous, il repéra quatre fils : deux étaient les fils du circuit d'alarme, le code 12vDC – douze volts courant continu – apparaissant sur la gaine; les deux autres étaient les fils qu'il devait manipuler. Il écarta la gaine isolante, les plaça en contact, referma le détecteur et passa aux deux autres dans la pièce pour leur faire rapidement subir le même traitement. Quand le contrôle serait réactivé, il détecterait une puissance normale, mais les détecteurs ne seraient plus fonctionnels.

Les archives ! Si Gennady lui avait en gros expliqué ce qu'il devrait rechercher dans les documents, il fallait d'abord qu'il trouve les dossiers adéquats. Il paria qu'ils étaient dans cette pièce.

Une petite diode s'alluma et émit des pulsations. Le système allait signaler que le bureau était de nouveau sous surveillance. Nerveux, Todd passa un bras devant les détecteurs. La lumière verte ne changea pas. Il avait réussi la désactivation.

Les dossiers qu'il cherchait étaient probablement enfermés dans le vaste espace sans fenêtres au centre du bâtiment. Il s'approcha avec précaution de la porte et la scruta. S'il avait eu le moindre doute, il fut dissipé par la batterie de discrets systèmes d'alarme qui la protégeaient, à commencer par le sol en caoutchouc, comme un double paillasson devant la porte. Au début, il crut à une protection de la moquette à cause du passage des chariots lourdement chargés. En y regardant de plus près, il constata qu'il s'agissait d'un tapis sensible à la pression. Une série de bandes métalliques, noyées dans le plastique, n'étaient séparées que par un matériau spongieux. Si on marchait sur le paillasson, les bandes métalliques entraient en contact et activaient une alarme. Todd souleva le carré de moquette au bout du paillasson et le rayon de sa torche identifia une paire de fils qui y conduisaient. Il en coupa un, rendant innofensif le paillasson tactile.

L'interrupteur encastré, similaire à celui de la porte du couloir extérieur, poserait plus de problèmes. Un aimant en haut de la porte retenait dans le cadre un interrupteur en position fermée. L'aimant libéré, l'interrupteur s'ouvrait et la boucle de protection était coupée. Todd attira une chaise et monta dessus. Il fit glisser ses doigts sur la surface laquée du cadre métallique de la porte et sentit un léger changement de texture. De son ongle, il eut la confirmation qu'une plaque plus épaisse remplaçait à cet endroit le métal creux. Il sortit un flacon d'acétone de son sac et imbiba la zone de ce solvant, puis il gratta la peinture avec un ciseau et fit apparaître une vis à tête plate qui maintenait en place l'unité sur le cadre de la porte. Elle avait été dissimulée avec art sous du mastic, de l'enduit et de la peinture. Mais elle n'était plus invisible.

Il retira la plaque métallique qui protégeait l'unité d'alerte et trouva le petit interrupteur rouge – deux ressorts métalliques enfermés dans un tube en verre – que l'aimant de la porte maintenait fermé. A l'aide de pinces, il écrasa la fiole et mit en contact les deux ressorts, qu'il enveloppa d'adhésif. Il allait s'attaquer à la serrure de la porte quand il eut une idée : il s'était arrêté au premier interrupteur qu'il avait trouvé... se pouvait-il qu'il y en ait d'autres ? Il recommença à longer le cadre métallique du bout des doigts, le tapotant de l'ongle – il y en avait bien un second !

*Merde !* Il maudit les dieux et lui-même, se félicitant néanmoins d'avoir eu cette idée subite. Comment avait-il pu se montrer si négligent ? Avec des gestes plus assurés cette fois, il mit le dispositif hors circuit puis passa à l'inspection finale de tout le cadre de la porte avant de s'attaquer à la serrure avec sa tige souple et sa pointe.

Cinq minutes plus tard, la porte s'ouvrit sur un espace confiné d'environ cinq mètres carrés dominé par une rangée de classeurs. Une autre porte sur une cloison laissait entendre qu'il y avait une pièce dans la pièce. Peut-être ne conduisait-elle qu'à un escalier.

Todd consulta sa montre. Jusque-là, son infiltration de nuit s'était déroulée sans heurts, mais cette pensée le rendit plus anxieux au lieu de le détendre. Faire preuve d'un excès de confiance s'avérerait fatal, car aucune opération sur le terrain ne se terminait jamais sans problèmes. Quand tout allait bien, il se demandait si le ciel allait lui tomber sur la tête.

Les serrures sur les classeurs métalliques étaient reliées à un crochet mécanique qui succomba vite aux attentions de Todd. Il ouvrit les tiroirs et en sortit des liasses de papiers qu'il entreprit de lire. Avant peu, la frustration monta en lui. Il n'était pas expert en la matière et ne savait que rechercher. Il aurait bien aimé qu'Andrea soit là pour l'aider à déchiffrer ces documents. Il s'attaqua aux tiroirs les uns après les autres et finit par tomber sur un dossier marqué R.S. LANHAM.

Il était vide. Un nom qui ne voulait rien dire, un dossier fantôme – on aurait dit l'absurdité incarnée qui s'appliquait à railler ses espoirs. Le Limier courait après sa queue.

Au bout de vingt minutes à fouiller dans les archives, Todd dut lutter contre des bouffées d'ennui. Oui, Andrea Bancroft aurait dû être là – les documents d'entreprise, c'était son truc. Il s'efforça de rester concentré, parcourant tout ce qui lui tombait sous la main. Ce n'est que lorsqu'il arriva à une liasse marquée COPIE qu'il commença à trouver ce qu'il recherchait. Il s'agissait de documents étrangers d'incorporations et, comme il lisait vite, il ne comprit pas tout de suite que le nom était celui d'une personne plutôt que celui d'une entreprise. Mais il était bien là : Stavros Nikakis.

Il prononça le nom tout doucement. Il le connaissait. C'était celui d'un magnat chypriote grec. Stavros Nikakis était un homme reclus dont la liste des possessions à travers le monde entier était légendaire.

Elle comprenait, comme le vit Todd, quarante-neuf pour cent d'Estotek.

Nikakis était-il Génésis ? "Lanham" était-il son pseudonyme ? Andrus Pärt avait dit qu'il était américain. Qui donc possédait l'autre moitié de l'entreprise – et que contrôlait Estotek, précisément ? Todd lut une page sur papier pelure portant le titre PARTENAIRES et tenta d'y trouver un sens. C'est alors qu'il bondit vers la porte intérieure et en tourna la poignée. Fort heureusement, elle n'était pas verrouillée. Il alluma un plafonnier et le néon clignota avant d'éclairer d'autres classeurs. Dix minutes plus tard, il commençait à percevoir la complexité de l'entreprise, l'iceberg en grande partie submergé qu'était Estotek.

Onze minutes plus tard, il entendit des pas dans le couloir.

Il jaillit de l'annexe comme un lapin de son terrier et remarqua – son cœur s'arrêtant presque – l'habituel insert d'une alarme dans le montant de la porte intérieure. La poignée avait tourné, la porte s'était ouverte, mais il n'avait pas pensé qu'elle était reliée à un système d'alarme indépendant. Silencieux. Il n'existait pas assez de jurons, même en estonien, pour exprimer la rage que Todd éprouvait contre lui-même.

Et voilà qu'il se retrouvait face à quatre gardes bien armés. Ils n'avaient rien de commun avec l'homme grassouillet du hall ni avec le gardien de nuit inepte en uniforme brun. Ceux-là étaient des professionnels, et chacun tenait un pistolet.

On lui cria des ordres en plusieurs langues. Il comprit qu'on lui indiquait de ne plus bouger et de lever les mains au-dessus de sa tête.

Le jeu était terminé.

Le garde qui parlait anglais s'approcha de lui. Il avait la peau tannée et un visage en lame de couteau. Son regard se posa sur les dossiers sortis des classeurs. Avec un sourire de triomphe, il déclara, dans un anglais presque sans accent : « On a eu un rapport nous signalant la présence de rats. On vient de surprendre le rat au moment où il s'attaquait à notre fromage. »

Il se retourna et dit quelque chose au plus jeune de ses trois collègues, un gamin d'une vingtaine d'années, les cheveux blonds en brosse et les bras aux veines saillantes caractéristiques d'un fanatique des haltères. Il s'était adressé à lui dans une langue slave. Todd ne distingua que le nom serbe courant Drakulovic – qui devait être celui de ce jeune homme.

« L'histoire des entreprises, c'est une sorte de hobby, pour moi », dit Todd d'une voix sourde.

Il remarqua que le garde qui parlait anglais tenait un pistolet russe, un Gyurza Vector SR-1, conçu pour traverser un gilet pare-balles. Il pouvait en fait percer soixante couches de Kevlar, et ses balles à âme d'acier ne ricochaient pas parce qu'elles pénétraient là où elles arrivaient. Elles voyageraient à travers son corps comme un caillou dans l'air.

« Vous comprenez, ce n'est pas ce que vous croyez », ajouta Todd.

D'un mouvement soudain, le garde le gifla de la main qui tenait le pistolet.

Le coup l'envoya au sol comme la ruade d'une mule. Todd décida d'en exagérer l'effet, ce qui ne lui coûta pas beaucoup d'effort. Il roula en arrière, agitant les bras, et remarqua le mépris sur le visage du garde. L'homme n'en avait pas terminé. Il asséna un second coup – sur la même joue, comme un vrai professionnel. Todd, les jambes molles, eut du mal à se relever. Ce n'était pas le moment de résister, lui disait son instinct. Le garde tentait de démontrer sa maîtrise, pas de l'assommer jusqu'à l'inconscience : ils avaient des questions à lui poser.

« Pas un geste ! gronda l'homme. Reste aussi immobile qu'une statue. »

Todd hocha la tête sans rien dire.

Un des autres gardes s'adressa au jeune blond et ricana. Todd encore une fois ne comprit pas grand-chose, sauf le prénom du jeune homme, Pavel, qui s'approcha de lui et le palpa pour s'assurer qu'il n'était pas armé. Il trouva un petit mètre en métal dans sa poche arrière, qu'il jeta par terre.

« Bien, qu'est-ce que tu fais ici ? » demanda l'homme qui paraissait être leur chef.

Il avait employé le ton de celui qui espère de l'insubordination afin d'avoir une excuse pour infliger une punition.

Todd resta silencieux. Il réfléchissait très vite.

Le garde au visage en lame de couteau se rapprocha suffisamment de Todd pour qu'il sente son haleine aigre et lourde. « T'es sourd ? » insista-t-il.

Raillerie du petit dur des cours de récréation, prélude à la violence qu'il recherche.

Soudain, sur une impulsion, Todd tourna la tête et capta le regard du plus jeune garde. « Pavel, dis-leur ! » dit-il d'une voix suppliante et autoritaire à la fois.

Le chef plissa le front. La confusion et les soupçons passèrent comme des ombres sur son visage. Pavel était stupéfait, sonné. Todd ne détourna pas les yeux.

« Tu m'avais promis, Pavel ! Tu m'avais promis que ça ne se passerait pas comme ça ! »

Le garde en chef posa sur le culturiste blond un regard soupçonneux. Un tic fronça l'œil gauche du jeune homme, preuve de la tension nerveuse qui l'habitait. C'était inévitable mais, pour les intéressés, c'était aussi suspect.

Pavel murmura quelque chose et Todd n'eut pas besoin de traduction pour comprendre qu'il protestait avec la phrase standard : « Je ne sais pas de quoi il parle ! »

« Oh, je t'en prie ! » s'écria Todd avec indignation.

Il se souvint du conseil de Jared Rinehart : *Le soupçon, cher Castor, est comme un fleuve ; le seul moyen d'éviter son cours, c'est de le dévier ailleurs.* Ce souvenir donna de la force à Todd. Il serra les mâchoires, redressa les épaules et eut l'air moins coupable que peiné.

« Tu connais cet homme ? demanda le chef à Todd, d'une voix menaçante – bien qu'il ne fût pas clair contre qui, précisément.

— Drakulovic ? cracha Todd. Je le croyais, mais à l'évidence, je me trompais, dit Todd en posant un regard furieux sur le jeune homme. Espèce de salaud ! Quel jeu joues-tu ? Tu crois que mon patron va encaisser ça sans broncher ? »

Todd temporisait comme un fou, brodant sur un scénario qui devait intriguer ses adversaires tout en restant mystérieux. Il avait juste besoin de temps.

Il leva les yeux au ciel quand Pavel Drakulovic partit dans un flot de négations, de protestations. Il était sincèrement scandalisé, mais il eut l'air sur la défensive, voire hypocrite. Todd remarqua que les deux autres gardes s'étaient subtilement écartés de lui pour se rapprocher du chef. Drakulovic était devenu suspect. Personne ne voulait lui être associé, du moins pas tant que l'affaire n'était pas été tirée au clair.

Il continua de protester jusqu'à ce que le chef lui adresse quelques mots brefs et durs pour le réprimander et le faire taire. A nouveau Todd comprit le message : « Plus un mot ! On réglera ça plus tard. »

Todd leva le menton. Il était temps de lâcher un autre nom pour semer plus de confusion encore. « Je peux vous dire que Lanham ne sera pas content de vous, les gars. C'est la dernière fois que je lui rends service, à lui !

— De qui as-tu parlé ? » demanda le chef d'un air soupçonneux.

Todd prit une profonde inspiration et expira lentement ; il réfléchissait aussi vite que possible.

R.S. Lanham. Un Américain, selon Andrus Pärt. Le « R » pouvait être l'initiale de Ronald, Richard, Rory, Ralph. Mais Robert était le plus probable ; c'était un des prénoms les plus couramment donnés aux États-Unis. On pouvait appeler un Robert « Rob » ou « Bert », ou fabriquer un diminutif différent ; si on devait parier, Bob serait le plus sûr.

« Croyez-moi, dit Todd. Si vous connaissiez Bob Lanham aussi bien que moi, vous sauriez que c'est la dernière personne que vous voudriez énerver. »

Le chef le regarda d'un drôle d'air. Il alluma un petit talkie-walkie et dit quelques mots dans le micro. Puis il se tourna vers Todd. « Le patron arrive. »

Le patron. Pas Stavros Nikakis. L'autre propriétaire, donc, le propriétaire principal. L'homme qui se faisait appeler Lanham.

Andrus Pärt lui avait dit : *Je n'ai jamais rencontré cet homme en personne. Je n'en ai jamais eu le désir.*

Le chef parlait d'une voix douce, rassurante à son jeune compagnon. Il jeta un coup d'œil à Todd. Il ne lui faisait pas confiance. Il prit néanmoins son arme à Drakulovic et le plaça en probation pour l'instant. C'était une prudence élémentaire tout à fait logique. Drakulovic s'assit sur un tabouret dans un coin de la salle, choqué, voulant protester encore, mais résigné : il comprenait porqoi il avait été mis sur la touche.

Todd regarda autour de lui. Les gardes le tenaient en joue. Rien d'autre dans leur regard qu'un professionnalisme indifférent. Il réfléchissait, observait tout. *Il faut que tu sortes de là*. Il devait bien y avoir quelque chose à faire !

Bruits de pas. *Le patron*. Paroles rapides en estonien mais, à moins qu'il se trompe, Todd décela un accent américain.

La porte s'ouvrit et, accompagné de deux jeunes blonds armés, l'homme qui dirigeait Estotek entra.

Ses cheveux teints en noir luisaient sous les néons. Son visage était si grêlé que chaque trou était plongé dans l'ombre. Ses yeux noirs de jais brillaient comme des pierres précieuses maléfiques. Il avait la bouche fine et aussi cruelle que la cicatrice d'une estafilade au couteau.

Todd ne pouvait détacher les yeux d'une autre cicatrice, bien réelle, de cinq centimètres qui s'incurvait sur son front comme un double de son sourcil gauche. Le sol lui parut gonfler et onduler sous ses pieds comme une vague. Il eut un vertige. Il devait souffrir d'hallucinations.

Il serra ses paupières et rouvrit les yeux. *C'était impossible !*

Pourtant, il était là. Le nabab discret opérant dans l'ombre, l'homme qui avait repris l'ancien réseau d'Ansari ne lui était pas étranger. Ils s'étaient rencontrés, des années plus tôt, dans un appartement de Berlin-Est, sur la Karl-Marx Allee.

Les images revinrent à Todd, nauséeuses. Le tapis turc au sol. Le miroir dans un cadre en ivoire, le grand bureau Biedermeier, les trous jumeaux du fusil de cet homme, ses yeux.

Richard Lugner.

Il avait été tué, ce jour-là. Todd l'avait vu mourir. Et pourtant, il se tenait devant lui.

« C'est impossible », bafouilla Todd en traduisant sa pensée en mots.

Un léger élargissement du regard de loup de l'homme confirma son identité. « Y parierais-tu ta vie ? demanda-t-il d'une voix nasale horriblement familière en brandissant un gros pistolet de sa main gauche.

— Mais je t'ai vu mourir ! »

## *Chapitre dix-neuf*

« *T*U M'AS VU MOURIR, VRAIMENT ? demanda Lugner qui passa sur ses lèvres sa langue de lézard, comme s'il cherchait une mouche. Il serait donc normal que je te voie mourir, toi aussi. Sauf qu'il n'y aura pas de coup de théâtre, cette fois. Tu vois, je suis devenu un aficionado de la réalité, en vieillissant. Plus vieux, mais plus sage. Contrairement à toi, Todd Belknap. Quand nous nous sommes rencontrés, tu étais un gringalet. Trop vieux pour te faire baiser, mais pas trop pour te faire enculer ! »

Il émit un horrible rire sec.

Todd s'efforça de respirer. Il reconnut le pistolet que tenait Lugner, noir mat, comme une plaque de métal longée d'une gorge : un Steyr SPP neuf millimètres. Un fusil d'assaut de trente centimètres de long.

« Tant d'années ont passé ! continua Lugner en s'approchant. Je crains que tu n'aies perdu la naïveté déliquescente de la jeunesse et que tu te sois endurci. Tu es plus épais et plus dur chaque année, tu t'es éloigné du pur esprit pour ne devenir que de la viande. Moins d'âme, plus de corps.

— Je ne... je ne comprends pas.

— Tu n'es pas une grande réussite de nos quatre milliards d'années d'évolution ! dit Richard Lugner avant de se tourner vers ses gardes. Messieurs, remarquez la résignation dans ses yeux. Tu es comme un animal dans un piège, Belknap. Au début, l'animal – le vison, le renard, la fouine ou l'hermine – s'agite furieusement. Il attaque la cage métallique de ses griffes, creuse le sol, se tord, crie et se débat. Une journée passe, une autre. L'animal s'affaiblit parce qu'il manque d'eau. Il se recroqueville au fond de la cage et attend la mort. Le chasseur arrive. L'animal a renoncé à tout espoir. Il ouvre les yeux. Il ne se débat pas. Il a accepté la mort. Même si le chasseur le libère, l'animal s'est lui-même condamné à mort. Il a accepté la défaite. Il ne peut revenir en arrière.

— Es-tu venu me libérer ? »

Un sourire sadique tordit le visage de Lugner. « Je suis venu libérer ton esprit. La mort est le destin de l'homme. Je suis celui qui va t'aider à accomplir ton destin en mode accéléré. Personne ne peut t'aider. Tes propres employeurs, je l'ai appris, tu vois, t'ont désavoué. Tes anciens collègues savent que tu ne vaux plus rien. Vers qui crois-tu pouvoir te tourner – un sénateur démagogue de l'Amérique profonde ? Un croque-mitaine évanescent que personne n'a jamais vu ? Dieu, peut-être. Le diable, plus probablement. Il est temps d'écarter ces idées puériles et d'affronter tes derniers instants avec dignité. Ce monsieur, dit-il au garde qui parlait anglais, sera autorisé à quitter ce bâtiment. »

Le garde leva les sourcils.

« Dans un sac à viande ! précisa Lugner en élargissant la fente de sa bouche.

— Il serait peut-être plus prudent d'en apporter plus d'un, dit Todd d'une voix étale.

— Nous nous ferons un plaisir de te mettre dans un double sac, si tu préfères. »

Todd s'efforça d'émettre un rire sonore, insouciant.

« Je suis heureux que tu apprécies mon humour.

— Si tu te crois plein d'esprit, tu n'as qu'à moitié raison, ricana Todd. Non, tes blagues se retournent contre nous tous. Je ne vous aurais pas choisis comme compagnons pour mon dernier voyage, mais j'imagine que ce n'est pas le genre de chose qu'on choisit, le plus souvent. Je ne quitterai pas ces lieux en vie. C'est vrai. Mais il y a un petit détail que tu as oublié de mentionner : personne ne sortira d'ici vivant. Oui, le triperoxyde de tricycloacétone est une merveilleuse substance. Hallucinante, conclut Todd avec un sourire si large que les choristes de Calvin Garth en auraient été jaloux.

— Tes mensonges sont tellement ennuyeux ! dit Lugner, sa bouche s'arrondissant en une moue contrariée. Quel manque d'imagination !

— Tu verras. J'ai installé des explosifs dans cet immeuble. Avec un minuteur. J'espérais être parti depuis longtemps quand ça sauterait. Mais, bien sûr, on m'a retenu. Et maintenant, le destin est sur le point de jouer sa dernière carte, dit-il en consultant sa montre. C'est assez réconfortant pour moi. Je sais que je vais être tué, mais vous aussi. Ce qui signifie que je peux mourir presque satisfait. Une vie qui détruit la tienne n'aura pas été vécue en vain.

— Ce qui m'offense, ce n'est pas que tu mentes, mais que tu mentes si mal. Fais des efforts, vieux !

— Tu aimerais penser que je mens parce que ça blesse ta fierté d'admettre que tu t'es fait prendre au piège ! dit Todd d'une voix ravie, presque folle de joie. Ha ! Est-ce que tu imagines un instant que je ne savais pas très exactement quelle alarme je déclenchais ? Pour quel genre d'amateur me prends-tu, espèce de merde perforée ?

— Tu ne trompes personne, répéta Lugner sans se laisser démonter.

— Il y a une chose que tu ne sembles pas comprendre : je m'en fiche, dit Todd avec la gaieté de l'échafaud. Je ne tente pas de te convaincre. Je te préviens, c'est tout. En souvenir du bon vieux temps. Pour que tu comprennes quel est le marché. Quand tu mourras, j'aimerais que tu saches pourquoi.

— Et si je partais maintenant ? Juste pour entrer dans ton scénario absurde. »

Belknap prit une voix lente, cassante, formant ses consonnes avec soin. « L'ascenseur a dû retourner au rez-de-chaussée, maintenant. Soixante secondes pour sortir du bureau, trente secondes au moins pour que l'ascenseur remonte – désolé ! Ça ne vous donne pas assez de temps, surtout que tu boites. Les gardes ici – eh bien, ce sont des suppléments de programme. Des cerises sur le gâteau. Parce qu'en fait, c'est entre toi et moi. Mais je ne crois pas que leur anglais soit très bon. Tu n'as donc pas à t'inquiéter qu'ils la jouent perso. S'ils sont vraiment loyaux, ils vont vouloir être vaporisés avec le patron. Comme les épouses hindoues qui se jetaient sur le bûcher funéraire de leur mari. Des sati estoniens. Sauf que cette fois, on parle de triperoxyde de tricycloacétone, le nectar du dieu du tonnerre. Est-ce que tu en sens l'odeur ? On dirait du dissolvant pour vernis à ongles. Mais tu le savais. Est-ce que tu le sens, hein ? dit Todd en se rapprochant de quelques pas de Lugner. Est-ce que tu veux que nous comptions nos dernières secondes à haute voix ? »

Pendant le disocurs de Todd, le regard de Lugner s'était fait de plus en plus perçant. Que l'un de ses gardes blonds à sa gauche avait pâli ne lui échappa pas. Todd lui adressa un petit geste d'au revoir de la main et soudain, le jeune homme partit en courant ; son collègue, affolé, voulut lui emboîter le pas. Rapide comme l'éclair, Lugner lui tira une balle dans la tête. Le bruit du Steyr fut assourdissant et pourtant sans écho dans l'espace clos. Les autres regardèrent Lugner, abasourdis.

Maintenant ! Pendant que le deuxième garde regardait le sang sur le visage de son camarade, Todd lança le bras et lui subtilisa son pistolet. Il tira deux volées rapides et le tua ainsi que le chef de la première équipe. Au moment où Lugner se tournait vers lui, Todd se jeta derrière un des lourds classeurs métalliques. Une balle traversa la plaque latérale et, ralentie par l'épaisseur de papier, ne fit qu'une bosse de l'autre côté. Il ramassa son petit mètre sur le sol. *Tu peux te mesurer pour fabriquer ton cercueil.*

*Réfléchis !* Le garde à la coupe en brosse et aux muscles de culturiste allait venir récupérer l'arme du mort. *Visualise !* Sans rien voir, Todd tendit un bras au-delà du classeur et pressa deux fois la détente. Il paraissait ne pas viser, mais il s'était guidé en fonction de ses souvenirs de l'emplacement du corps et de ce que l'autre allait faire. Un cri d'agonie lui dit qu'une balle au moins avait atteint sa cible. L'homme haletait comme un animal blessé et un sifflement lui indiqua que l'air remplissait la cavité pleurale à travers le trou percé par la balle, ce qui allait entraîner un collapsus pulmonaire.

Restait Lugner. Il serait plus rusé que tous les autres. Todd s'efforça de faire le vide dans son cerveau frénétique. *Qu'est-ce que je ferais ?* Il ne prendrait pas le risque d'une agression directe. Il adopterait une posture défensive. Accroupi ? Il voudrait se rendre difficile à atteindre. Son objectif serait de sortir de la pièce et de refermer la poste pour – si cette histoire d'explosifs était une ruse – disposer de son adversaire comme il le voudrait, quand il le voudrait.

Il se dirigerait en silence, tout près du sol, vers la porte. Il l'aurait déjà atteinte. Il tenterait peut-être de distraire son adversaire de son projet.

Les secondes défilaient aussi lentement que des heures. Todd entendit un bruit à sa gauche et, d'instinct, il eut envie de se tourner dans cette direction et de tirer. Non. Ce n'était pas le bruit que ferait un homme. Selon toute probabilité, Lugner avait trouvé une boule de papier dans une corbeille et l'avait lancée à travers la pièce dans l'espoir de le distraire pendant qu'il...

Todd se redressa comme un ressort et, sans viser, sans même regarder, il tira en direction de la porte, vers le bas, comme sur un chat en fuite. Il replongea derrière le classeur métallique et se remémora ce qu'il avait vu. Il avait eu raison : Lugner se trouvait exactement à l'endroit prévu ! L'avait-il touché ? Il n'y avait eu aucun cri de douleur, aucune respiration altérée.

Quelques secondes de silence et la voix de Lugner retentit, égale, contrôlée. « Tu as été fou de parier ainsi. Personne n'est plus fort que moi. »

C'était la voix de quelqu'un qui maîtrisait complètement la situation. Mais... pourquoi révélerait-il ainsi son état et sa position ? Lugner méritait une réputation de fieffé menteur. Todd comprit soudain. La voix de Lugner était trop contrôlée, trop maîtrisée. Il avait été blessé, mortellement peut-être. Son jeu consistait à inciter Todd à s'exposer. Il entendit Lugner faire un pas, puis un autre. Des pas lents, lourds, ceux d'un mourant. Un mourant qui pointait un pistolet.

Todd posa son bonnet noir au bout de son mètre et le souleva juste au-dessus du classeur. Ce vieux truc de mettre un chapeau ou un casque au bout d'une tige manquait rarement d'attirer le feu d'un tireur.

Lugner était trop intelligent pour se laisser prendre – et Todd comptait là-dessus. Il pointerait son pistolet à gauche, car il s'attendrait à ce que son adversaire roule au sol. Todd bondit comme un diable sortant de sa boîte, à une cinquantaine de centimètres à la droite du leurre grossier. Lugner, comme il l'avait prévu, avait baissé son arme sur la gauche. Quand Todd pressa la détente de son Vector SR-1, il vit passer sur son visage cruel et renfrogné une expression que le sadique avait souvent inspirée mais dont il avait rarement fait l'expérience : l'horreur.

« Je suis plus fort que toi, dit Todd.

— Espèce de maudit... »

La première balle atteignit Lugner à la gorge, fit exploser son larynx et l'empêcha de terminer sa phrase. Le projectile traversa facilement le cou et la porte blindée derrière Lugner et les ondes de choc détruisirent les chairs tout autour de l'impact. Une immense tache de sang artériel reproduisait l'image du corps sur la surface peinte en blanc. La seconde balle, un peu plus haute, frappa le visage, juste sous le nez, forant une troisième narine à travers la lèvre et la mâchoire et, invisible, envoya des vagues de pression dans tout le crâne, liquéfiant les tissus du cerveau. « Choc hydrostatique », c'était le terme technique, et il produisait sur le système nerveux central des effets instantanés et irréversibles.

*

Dix minutes plus tard, Todd marchait aussi vite que possible dans la nuit estonienne. Il était arrivé à Tallinn avec l'espoir de réduire les incertitudes, de sonder l'inconnu. L'inconnu était toujours aussi mystérieux et les incertitudes s'étaient au contraire multipliées.

Stavros Nikakis. Quel rôle jouait-il dans tout ça ?

Richard Lugner, alias Lanham. Était-il – avait-il été – Génésis ? Ou un de ses pions ? Que s'était-il vraiment passé, ce jour fatal de 1987, quand Todd et Rinehart avaient convergé sur l'appartement de Lugner sur la Karl-Marx Allee ?

Une seule certitude : Rien dans ses souvenirs de cette séquence à Berlin-Est ne reflétait la réalité. Avait-elle été mise en scène par Lugner seul ?

Todd avala sa salive. Jared Rinehard avait-il été trompé, comme lui ? Ou est-ce que Jared – cette pensée le brûla comme de l'acide – constituait un élément de la tromperie ? Tout avait semblé si facile, pour Jared – son apparition soudaine au moment critique... Pour sauver la vie de Todd ? Ou pour aider Lugner à s'échapper grâce à une mise en scène qui l'assurait qu'on ne le rechercherait plus ?

Todd eut l'impression que le trottoir se dérobait sous ses pieds tandis qu'un vertige le faisait chanceler.

Son meilleur ami. L'allié en qui il avait le plus confiance.

Jared Rinehart.

Todd tenta de se convaincre que c'était le vent qui lui faisait venir les larmes aux yeux. Il voulait penser à n'importe quoi d'autre que ce qui s'imposait à sa réflexion.

Y avait-il eu d'autres opérations où Jared Rinehart l'avait trompé ? Combien de fois Todd avait-il été le dindon de la farce, et pourquoi ?

A moins que tous les deux n'aient été victimes de Lugner ?

Jared Rinehart. Le Pollux de son Castor. Le roc. La seule personne sur laquelle il pouvait toujours compter. La seule personne qui ne l'avait jamais laissé tomber. Il arrivait presque à voir Jared, comme une apparition. Sa retenue, son intelligence, l'irrésistible association d'un détachement de façade et d'un engagement sans faille. Un partenaire pour le meilleur et pour le pire. Un frère d'armes. Un protecteur.

Les images revenaient à Todd comme dans un diaporama. La fusillade dans la suite de la Karl-Marx Allee, la bataille près de Calí – ce n'étaient que deux d'une douzaine d'événements de ce type, où l'apparition de Jared avait été cruciale. *Sois raisonnable!* s'ordonna Todd.

Jared était un héros, un sauveur, un ami.

Ou un menteur, un manipulateur, un conspirateur dans un projet si vaste et néfaste qu'il dépassait l'imagination.

Quel était le plus probable ? *Sois raisonnable.*

Il voulait tomber à genoux, vomir, serrer ses mains contre ses oreilles, rugir vers le ciel. Il se refusa ces luxes. En revenant vers la maison du Géorgien au bord du lac, il s'efforça d'affronter ce que lui prouvaient ses sens, de se poser les questions qui s'imposaient. Il avait l'impression d'avaler des éclats de verre.

*Qui était vraiment Jared Rinéhart ?*

# TROISIÈME PARTIE

## *Chapitre vingt*

LE TRAJET DE TALLINN À LARNACA, sur l'île de Chypre, se déroula sans encombre. Les orages avaient éclaté plus tôt dans la soirée. Quand Todd Belknap lui dit qu'il avait besoin d'utiliser l'avion, Calvin Garth ronchonna – il fallait déposer des plans de vol, tenir compte de l'organisation – mais il céda, en signe de solidarité professionnelle, sans doute. Gennady Chakvetadze proféra force grognements, mais se chargea de la paperasse. Grâce aux contacts qu'il avait conservés au ministère estonien des Transports, l'impossible fut possible.

Les nuages d'orage les plus sombres accompagnèrent sa conversation avec Andrea Bancroft.

« Je ne veux pas en parler maintenant, dit-elle quand il l'interrogea sur sa visite à Rosendale. Je procède à des vérifications. »

Il y avait quelque chose dans sa voix qui le troubla, la sensation d'un traumatisme qu'elle taisait.

Il se demanda s'il devait lui parler de Jared, de ses craintes, mais il se retint. C'était son problème ; il n'allait pas le lui faire partager. Il lui parla pourtant de Stavros Nikakis, car il savait que là, son expérience des entreprises serait utile. Elle raccrocha et le rappela dix minutes plus tard pour lui donner un résumé des possessions de cet homme et de ses activités récentes, du moins ce qui figurait dans les données publiques de son entreprise.

A nouveau, le ton crispé de la jeune femme l'inquiéta. « A propos des archives de Rosendale, tenta-t-il une fois de plus, dis-moi au moins si la fondation a des liens avec l'Estonie.

— Des programmes pour lutter contre la mortalité néonatale et pour surveiller les grossesses au début des années 90. C'est à peu près tout.

— Si peu, c'est suspect non ?

— Pas forcément, ça concorde avec les programmes en Lettonie et en Lituanie. Désolée.

— Quelque chose t'a alertée ?

— Je te l'ai dit : j'en suis encore aux recherches. »

Cette fois, sa voix avait frémi, il en était certain.

« Andrea, que s'est-il passé ?

— C'est juste que... Il faut que je te voie.

— Je serai de retour sous peu.

— Tu as dit que tu t'envolais pour Chypre, c'est ça ? Il y a des vols directs de l'aéroport Kennedy à celui de Larnaca.

— Tu ne sais pas quels risques tu vas courir.

— Je serai prudente. J'ai été prudente. J'ai utilisé ma carte de crédit pour réserver un vol de Newark à San Francisco, puisque je suppose qu'on surveille mes dépenses. J'ai ensuite demandé à un ami de réserver deux places pour Paris, avec sa carte, pour lui et moi. Mon nom figurera sur la liste des passagers, mais pas sur les paiements. Et ça me conduit au même terminal international que le vol pour Larnaca – un vol qui ne sera sûrement pas plein. Quarante minutes avant le départ de l'avion pour Larnaca, j'arriverai au comptoir avec mon passeport et de l'argent liquide pour acheter un billet. Les gens se décident souvent à la dernière minute – un décès dans la famille, une réunion d'affaires urgente, n'importe quoi. Ce que je veux dire, c'est que j'ai réfléchi et planifié tout ça. Je peux le faire. Je vais le faire.

— Mais enfin, Andrea, c'est dangereux ! dit Todd en pensant que, si ses inquiétudes à propos de Jared Rinehart s'avéraient exactes, ils ne seraient en sécurité nulle part, et à Larnaca moins qu'ailleurs. Tu vas débarquer dans un royaume où tu n'as pas ta place.

— Dis-moi où j'ai ma place. Dis-moi où je serais en sécurité. Parce que j'aimerais vraiment le savoir ! dit-elle au bord des larmes. Je prends cet avion pour te retrouver, que tu le veuilles ou non.

— Je t'en prie, Andrea, sois raisonnable ! supplia Todd, conscient qu'il utilisait là des mots qui n'avaient aucun sens pour elle ni pour lui.

— On se voit demain après-midi », déclara-t-elle d'une voix autoritaire.

La retrouver lui faisait plaisir et l'effrayait. Larnaca pouvait facilement se transformer en champ de bataille, surtout s'il devait affronter Génésis. Ce n'était pas un endroit où entraîner un amateur. L'idée qu'elle puisse en pâtir lui donna un frisson. *Si je ne savais pas la vérité, Castor, je dirais que tu portes la poisse.*

Todd inclina son dossier en arrière et laissa tourbillons et remous bouleverser son paysage mental.

Stavros Nikakis. Dans les rares interviews qu'il avait accordées, il expliquait qu'il s'était fait embaucher dans la marine marchande chypriote dès la fin du lycée, et il décrivait son père comme un pêcheur dur au travail. Il racontait avec animation les nuits sans lune où on éclairait les eaux avec une lampe de cinq cents watts pour attirer les bancs de maquereaux, sur lesquels il lançait un filet. Ce qu'il évitait de mentionner, c'était que son père possédait la plus grande flotte de bateaux de pêche à Chypre. Il ne s'étendait pas non plus sur le fait que son entreprise, Nikakis Maritime, réalisait l'essentiel de son chiffre d'affaires en transportant du pétrole brut pour les grandes compagnies extractrices. Ce qui la distinguait de ses concurrents qui disposaient de flottes plus importantes c'était le don de son propriétaire pour anticiper quels lieux fourniraient le marché le plus intéressant. Ses pétroliers pouvaient charger à tout moment vingt-cinq millions de barils, la valeur du chargement variant en fonction des fluctuations du marché et des caprices de l'OPEP. On reconnaissait à Nikakis une remarquable capacité à prédire ces fluctuations chaotiques, et il avait construit sa fortune grâce à un flair qu'on associe en général aux courtiers les plus rusés de Wall Street. Si on ne connaissait pas son poids économique réel, on savait qu'il était loin de la pêche au lamparo. Il possédait de nombreuses compagnies dissimulées dans une batterie de groupes privés et non documentés. Tout était très suggestif – mais de quoi ?

*Si tu as tort à propos de Jared, t'es-tu aussi trompé ailleurs ?* La question le hantait. Sa vie n'avait peut-être été qu'une marche téléguidée à travers un labyrinthe de tromperies. Sa confiance en lui était compromise à jamais, lui semblait-il. La rage qu'avait déclenchée l'enlèvement de Jared avait nourri son âme. Il s'était mis en danger pour Jared, il aurait donné sa vie pour lui.

Et maintenant ?

Il se pouvait bien que Jared Rinehart soit Génésis en personne. Ne s'était-il pas toujours trouvé au bon endroit et au bon moment ? Sa ruse, sa fugacité, sa maîtrise des machinations – toutes les qualités requises pour jouer ce rôle. Il avait décliné des promotions qui l'auraient sorti du terrain, parce qu'elles auraient réduit sa mobilité, compromis sa possibilité de voyager en toute liberté. Et pendant ce temps, il construisait un sombre royaume de terreur.

*Une ombre qui englobait la planète.* Pourtant, son créateur restait anonyme. On ne l'avait jamais vu. On ne pouvait le reconnaître. *Comme la face cachée de la lune.*

Jared était-il capable de telles énormités ? Du tréfonds de son âme, Todd refusait que ce fût possible. Mais il ne pouvait l'exclure.

Allongé dans cet état semi-conscient, il laissa les images, les informations et les incertitudes tourbillonner dans sa tête comme une tempête de données jusqu'à ce qu'il entende le gémissement hydraulique du train d'atterrissage de l'avion. Il était arrivé.

La république de Chypre, grande comme la moitié de la Corse, continuait de fasciner les deux puissances qui avaient divisé l'île en 1974. Alors que végétait le Nord sous domination turque, au Sud, les Chypriotes grecs avaient créé un havre plutôt prospère grâce au tourisme, aux services financiers et au commerce maritime. Leur partie de l'île comptait six excellents ports et une marine marchande de presque mille navires, sans parler de mille autres qui naviguaient sous pavillon de nations étrangères, souvent de complaisance. Quand on savait que l'île disposait aussi de vingt aéroports, on ne s'étonnait plus qu'elle soit la plaque tournante du trafic d'héroïne entre la Turquie et l'Europe et un lieu où on lessivait assez librement l'argent sale. Elle était fréquentée par les touristes et, tout autant, par les agents secrets américains.

Larnaca tirait son nom du mot grec signifiant « sarcophage » – un nom de mort. Aucun autre endroit de l'île ne manquait autant de charme. Dans son labyrinthe de rues, seuls les résidents de longue date pouvaient se repérer – encore étaient-ils déroutés par les fréquents changements de noms. Au nord de la ville, des émigrants libanais se serreraient dans des quartiers sordides. La campagne environnante était sèche, nue, les restaurants locaux remplacés par les établissements internationaux en franchise – KFC, McDonald's, Pizza

Hut... Il en émanait tout le charme d'un quartier champignon américain implanté dans un désert, et les phlébotomes écartaient les vacanciers des plages. Mais au-delà des pins poussiéreux et des quais allongés comme des crayons, ses marinas grouillaient de yachts et de navires marchands, et plus d'un appartenait au légendaire nabab des transports maritimes Stavros Nikakis.

Après une longue attente, on approcha un escalier en aluminium et la porte de l'avion s'ouvrit. Todd sortit sous le ciel bleu du matin. Le contrôle du passeport fut rapide. Il n'avait pas osé réutiliser celui au nom de Tyler Cooper et espérait que celui que Gennady lui avait fourni était, comme l'avait assuré l'espion à la retraite, « pas du tout compromis ». Jusque-là, c'était vrai. Cela prit quinze minutes au taxi pour le conduire en ville. Il lui faudrait plus longtemps pour vérifier qu'il n'avait pas ramassé en chemin des compagnons indésirables.

Todd dut lutter pour ne pas s'étioler sous le soleil chypriote, qui rendait tout d'une luminosité surnaturelle et parvenait presque à faire oublier l'environnement navrant. Il allait passer les sept heures dont il disposait avant l'arrivée d'Andrea à rechercher la résidence de Nikakis.

Le suivait-on ? Il y avait peu de chances, décida-t-il. Mais il ne s'épargnerait aucune précaution. Pendant toute une heure, il entra dans des boutiques, en ressortit, contourna les étals du vieux quartier turc, changea deux fois de tenue, enfilant un caftan avant de mettre l'uniforme du parfait touriste occidental – chemise bayadère et pantalon kaki.

L'adresse qu'il avait, 500 avenue Lefkara, était à la fois exacte et curieusement stérile. Il finit par comprendre que Stavros Nikakis possédait presque toute la colline le long de la plage, juste à la sortie de Larnaca. La résidence, qui dominait la mer, avait tout d'une citadelle. Le mur d'enceinte s'allongeait, impossible à escalader, surmonté de barbelés et de caméras de sécurité tous les dix mètres ; même du large, une série de bouées signalaient des filets et des câbles. En dehors d'une bombe lâchée du ciel, rien ne pourrait pénétrer dans ce palais.

Depuis la colline voisine, un monticule sablonneux couvert de végétation desséchée, il réussit à voir une pelouse émeraude, produit à coup sûr d'une irrigation intensive. La maison de trois niveaux arborait le stuc blanc, les balcons et les pignons ouvragés des demeures levantines et s'étendait dans plusieurs directions, vaste étoile de mer ou origami artistement plié dont on déchiffrait les symétries à grand-peine. Un parc de seize hectares l'entourait. Près de la maison, Todd distingua un superbe jardin de fleurs, des buissons taillés, un écran de cyprès. Ses jumelles lui permirent d'identifier l'écurie, la piscine, le cours de tennis. Il repéra des sortes de huttes le long d'un accotement qu'on ne devait pas voir de la maison : les chenils des chiens de garde, sans doute. Ils devaient participer aux patrouilles de nuit, leurs mâchoires puissantes aussi mortelles qu'une balle. Des silhouettes en uniforme patrouillaient avec des fusils d'assaut.

Todd baissa ses jumelles, accablé. Il se souvint de ce que Gennady avait dit des limiers et des vautres. Opérait-il dans une catégorie qui n'était pas la sienne ? Avait-il dépassé les limites de sa compétence ? Même s'il déjouait la technologie de surveillance, il serait confronté à la véritable armée qui protégeait le magnat du transport maritime. Il se sentit soudain épuisé.

*La situation est désespérée mais pas grave* – comme aimait le dire Jared Rinehart. Au souvenir de la voix de Jared, Todd éprouva une douleur presque physique, comme régurgiter de la bile. Ça ne pouvait pas être vrai. C'était forcément vrai. Un solénoïde tournoyant de doute et de conviction – un courant alternatif d'acceptation et de déni – l'empêchait de se concentrer.

Pourquoi était-il là ? Ces neuf derniers jours, il s'était voué corps et âme à sa mission : sauver Jared Rinehart – ou le venger. Il avait été poussé par une certitude... qui s'était éteinte la veille au soir. Maintenant, le Limier pourchassait autre chose, une chose dure, inviolable, essentielle. Il pourchassait la vérité.

Voix d'Andrea : *Dis-moi où je serais en sécurité.*

Une ombre qui englobe la planète.

Il n'y avait de sécurité nulle part. Il ne pouvait y avoir de sécurité nulle part. Pas depuis que Todd avait décidé de faire la lumière. Pas avant qu'il réussisse ou qu'il soit tué pendant l'opération.

Le soleil brillait. Midi. Un ciel de cet azur méditerranéen inimitable. Pourtant, il aurait pu être d'un noir d'encre. Todd se vantait de déceler les mensonges, et voilà qu'il avait passé l'essentiel de sa vie victime d'un mensonge. Son estomac se tordit. Il était peut-être temps d'admettre combien ses efforts étaient futiles. *Et laisser Génésis agir à sa guise ?*

De la douleur naquit une nouvelle détermination. La propriété de

Nikakis était un lieu de haute sécurité. Mais il y avait sûrement au moins un point faible. La brume fit place à une clarté cristalline – et à une autre parole de Jared : *Quand il n'y a aucun moyen d'entrer, essaie la porte.*

Une demi-heure plus tard, Todd, dans une Land Rover de location, se présenta au portail. Il remit à l'homme au visage de pierre qui le gardait un message que celui-ci transmit à un autre, et un autre. On le fouilla, on fouilla son véhicule et on le laissa entrer. Il se gara où on le lui indiqua sur une allée ombragée, dont les graviers étaient ratissés comme dans un jardin japonais. A la porte de la maison, il répéta son message à un majordome en livrée, un message aussi simple que puissant : « Dites à M. Nikakis que Génésis m'envoie. »

Ces quelques mots prouvèrent à nouveau leur efficacité. Le majordome, un type guindé d'une soixantaine d'années au teint jaune et aux orbites profondes, n'offrit pas à boire à Todd et ne lui adressa pas la moindre formule de politesse. Il avait des mouvements rigides et nets, presque amidonnés – reste sans doute du passé colonial de l'île. Le toit à la française du hall était en acajou, comme le parement des murs sous la peinture corail.

« Il vous recevra dans la bibliothèque », dit le majordome avec un vague accent levantin.

Quand il se détourna, Todd aperçut la lueur bleutée d'un petit luger dans sa poche intérieure, et il sut qu'on le lui avait montré à dessein.

La bibliothèque était entourée de plus de lambris de chêne que d'étagères de livres. Du plafond pendait un superbe lustre en cristal qu'on aurait cru volé dans un palais vénitien – ce qui était sans doute le cas. Jusque-là, l'endroit était conforme à ce que Todd avait imaginé, depuis les meubles Régence jusqu'aux toiles de petits-maîtres.

En revanche, Stravros Nikakis ne l'était pas. Todd s'attendait à voir arriver un homme au fort poitrail, à la mâchoire carrée, au regard perçant, à la poigne charnue – l'idée qu'on se fait d'un gros armateur, le genre d'individu qui a appris à apprécier les belles choses sans renoncer à la grossièreté brutale des docks, si nécessaire.

L'homme qui se leva et lui tendit une main moite et flasque était au contraire un spécimen bien peu impressionnant. Le regard humide et fuyant, il était menu, avec une poitrine creuse, des poignets minces et des mollets de gamin. Ses cheveux rares et presque incolores étaient rassemblés en touffes, aplaties sur son crâne par la sueur.

« Stavros Nikakis ? » demanda Todd en scrutant son visage.

Nikakis plongea un petit doigt à l'ongle trop long dans une oreille. « Vous pouvez nous laisser, Caïus, dit-il au majordome. Nous allons avoir une conversation privée. Tout va bien. »

Le ton de sa voix contredisait ses paroles. L'homme avait peur, à l'évidence. « En quoi puis-je vous aider ? demanda-t-il à Todd avant d'émettre un petit rire sec et de se lécher nerveusement les lèvres. On dirait une vendeuse de magasin, non ? Passons aux choses sérieuses. Toute ma carrière, j'ai tenu à la coopération. »

Il serra ses mains l'une contre l'autre pour qu'elles cessent de trembler.

Todd se retourna et vit que le majordome était resté au seuil de la bibliothèque.

La porte se referma doucement. L'intérieur était capitonné de cuir dans le style jacobéen.

Todd Belknap fit un pas vers Stavros Nikakis, qui sembla se recroqueviller.

Pourtant, il l'avait laissé entrer. Pourquoi ? Parce qu'il savait qu'il n'avait pas le choix ! Il n'osait pas encourir la colère de Génésis.

« La coopération est une chose, grogna Todd. La collaboration en est une autre.

— Je vois », dit Nikakis, alors qu'il ne voyait visiblement pas.

Cet homme des plus riches tremblait de peur. Belknap n'en revenait pas.

« Je suis toujours prêt à une collaboration, ajouta Nikakis.

— Collaboration avec nos adversaires, dit l'agent secret en plissant les paupières.

— Non ! Pas ça. Jamais.

— Des décisions ont été prises, à un niveau stratégique : quelles opérations acquérir, de quelles filiales se débarrasser, à quelles associations mettre fin. »

Todd se cantonnait à des références voilées, vagues, menaçantes. Son but était à la fois de troubler son interlocuteur et d'établir un lien.

Nikakis hocha vigoureusement la tête. « J'imagine que ce sont des décisions difficiles.

— Parlons d'Estotek », dit Todd sans relever sa remarque.

Bien qu'il naviguât au radar, aucune hésitation ne trahissait son incertitude. Il allait continuer, demander ce qu'il voulait savoir, improviser si nécessaire.

« Estotek, répéta Nikakis qui avala péniblement sa salive. On dirait le nom d'une pilule contraceptive. »

Autre petit rire étranglé. Le magnat se passa de nouveau la langue sur ses lèvres gercées. De la salive s'était accumulée au coin gauche de sa bouche. Il subissait un stress énorme.

Todd fit un second pas menaçant vers l'armateur chypriote. « Vous vous trouvez drôle ? Croyez-vous que je sois ici pour prendre le thé ? »

Todd tendit le bras et saisit le magnat par sa chemise en soie blanche pour le rapprocher de lui, en un geste qui laissait deviner des réserves sans fond de fureur violente.

« Je suis désolé, bafouilla Nikakis. Quelle était votre question, déjà ?

— Aimeriez-vous vivre le reste de votre existence défiguré, paralysé, dans des souffrances intolérables ?

— Laissez-moi réfléchir, hein ? demanda Nikakis au milieu d'une quinte de toux qui le rendit tout rouge. Estotek... C'est une société-écran, n'est-ce pas ? Une façade. C'est comme ça que nous faisons des affaires, vous le savez.

— Le problème n'est pas ce que je sais. C'est votre conduite.

— Tout à fait. Je comprends. »

Nikakis se tourna vers un ensemble de bouteilles et, les mains tremblantes, se servit un whisky. « Quel manque d'hospitalité de ma part ! J'aurais dû vous offrir quelque chose. Tenez, prenez ça », dit-il en tendant le gros verre à Todd.

Todd le prit et en jeta le contenu au visage de Nikakis. L'alcool piqua les yeux du Chypriote, qui dut essuyer des larmes. C'était un comportement scandaleux, mais Todd sentait intuitivement qu'il était crucial pour lui de tester les limites de l'autre. Seule une personne soutenue par un pouvoir extraordinaire pouvait oser insulter ainsi le magnat.

« Pourquoi avez-vous fait cela ? gémit l'armateur.

— Ta gueule, bâton merdeux ! Tu deviens plus un problème qu'un atout.

— Vous êtes de...

— Je reviens de voir Lanham.

— Je ne comprends pas.

— Une alliance s'est formée. Des acquisitions ont été effectuées. Vous faites partie de nous, maintenant. »

Nikakis ouvrit la bouche sans qu'aucun son n'en sorte.

« Ne me mens pas ! Tu as mal agi. Tu as navigué trop près des récifs.

— Je vous en prie, je ne leur ai rien dit, il faut me croire !

— A qui ? demanda Todd que cette remarque intéressa.

— Ces enquêteurs n'ont rien tiré de moi. Je ne leur ai rien donné.

— Dis-m'en davantage !

— Il n'y a rien à dire.

— Que caches-tu, putain !

— Je vous le dis. Ils n'ont rien obtenu de moi, ces sales cons de Washington en costumes marron. L'avocat que Lugner m'a recommandé était avec moi. John McTaggart, c'est ça ? Vous pouvez l'interroger. Ces drones de la commission Kirk ont fait beaucoup de bruit, comme vous pouvez bien l'imaginer, mais on a tout blindé.

— Sauf que ça n'a pas été ta seule rencontre avec eux, si ?

— Mais si ! s'indigna Nikakis de plus en plus apeuré. Il faut me croire.

— Parce que, maintenant, c'est toi qui nous dis ce qu'on doit faire ?

— Non ! Je n'ai pas voulu dire ça. Vous m'avez mal compris.

— Toujours des ordres ! »

*Déstabilise-le encore !*

« Je vous en prie, je ne sais pas comment la commission Kirk a appris ce qu'elle sait, mais je sais que je n'en suis pas la source. Pourquoi voudriez-vous que j'aie lâché le morceau ? Quel sens cela aurait-il ? C'est moi qui ai le cul sur les braises. Ils ont parlé d'interdire ma flotte si je mentais au Congrès des États-Unis. Comme ça ! Je leur ai rappelé que je suis citoyen chypriote. Ils n'arrêtaient pas de revenir à un de mes commanditaires américains. Ils étaient tout à fait à côté de la plaque. Je le leur ai dit.

— Le cul sur les braises, hein ? Et c'est comme ça que ces types de Washington t'ont fait un toucher rectal. Avoue-moi tout ! Ça vaudra mieux. J'ai juste besoin de l'entendre de ta bouche.

— Vous vous trompez. J'ai serré les dents. Je suis un Chypriote, et on sait ce qu'on a à faire. Rien n'a filtré, rien n'est sorti. Je suis resté irréductible. Je vous en prie – McTaggart se portera garant pour moi. Il faut que vous... je vous en prie, croyez-moi sur ce coup-là ! »

Todd resta silencieux un long moment. « Au bout du compte, peu importe que je te fasse confiance ou non. Ce qui compte, dit-il en baissant la voix, c'est que Génésis te fasse confiance. »

A ces mots, l'armateur pâlit.

Todd avançait à l'instinct, utilisait le mécanisme de base de la paranoïa. Comme le principicule omanais rondouillard l'avait exprimé, une grande partie du pouvoir de Génésis venait du fait que personne ne savait qui il était ou qui pouvait en secret être à son service.

« Je vous en prie ! gémit le Chypriote, qui regardait désespérément autour de lui. Il faut que j'aille aux toilettes. Je reviens tout de suite », bégaya-t-il.

Il fila dans la pièce voisine et disparut par une petite porte. Qu'avait-il en tête ? Il n'appelait pas des renforts, puisqu'il aurait pu alerter son majordome armé en pressant un simple bouton. Il faisait autre chose.

Soudain, Todd comprit : *Il téléphone à son associé à Tallinn.*

Quand Nikakis revint une minute plus tard, il posa un regard étrange sur Todd. Une foule de petits doutes venaient de prendre naissance, comme des fleurs dans le désert après une averse. « Richard Lugner est...

— Mort. C'est exact. Tu vois, il a tenté de renégocier les termes de son accord avec Génésis. Que ce soit une leçon pour toi. »

Le visage blafard de Nikakis pâlit plus encore. Il se tenait là, tout raide, sa chemise en soie tachée non seulement de scotch mais de sueur sous les bras. Il frissonna quand Todd soutint son regard. « Il – il...

— A eu de la chance. Sa mort a été rapide. Elle ne le serait pas pour toi. Bien, bonne journée ! »

Todd posa sur son hôte un regard de mépris et partit, refermant la lourde porte derrière lui. Un sentiment de triomphe dominait le tourbillon d'incertitudes – et l'affirmation d'une certaine vérité : les animaux blessés sont toujours les plus dangereux.

Alors que la Land Rover descendait la colline sablonneuse et s'engageait sur la route côtière, Todd réfléchissait. La rencontre avec Nikakis avait été informative, plus que l'armateur n'aurait pu l'imaginer, mais Todd n'avait pas encore évalué à quel point. Un fait s'imposait : pour Nikakis, Génésis était un ennemi redouté – un ennemi qu'il fallait contenter et apaiser, mais un ennemi. Lugner n'était pas un agent de Génésis, mais un adversaire. Une vraie surprise. Y avait-il un moyen de jouer l'un contre l'autre ?

Il devait bien avouer qu'il était heureux de l'aide d'Andrea, de ses connaissances... il avait peut-être même besoin d'elle. Pas seulement pour son aide. Pour son... quoi ? Son intelligence. Sa façon de voir les choses. Sa capacité à envisager et à explorer des idées contradictoires. Mais il y avait autre chose, non ? En dépit de tous les efforts qu'il avait déployés, il n'était pas parvenu à la décourager de venir, et il avait été secrètement ravi qu'elle n'ait pas cédé. Il avait prévu de la retrouver à l'hôtel Livadhiotis, rue Nikolaou Rossou. Elle y arriverait dans moins d'une heure, si son avion respectait l'horaire.

Dans son rétroviseur, il remarqua qu'une autre voiture quittait l'étroite route de la colline qui ne conduisait qu'à la propriété de Nikakis. Était-ce Nikakis lui-même ? La limousine partit vers la vaste marina et, gardant une distance prudente, Todd la suivit. A travers une rangée de pins rabougris, il vit un homme – pas Nikakis – qui descendait de voiture et gagnait la grève à pas puissants et assurés. Todd s'approcha.

L'homme, grand et mince, bougeait avec la force d'un ressort, comme un puma. Il alla dire quelque chose au gardien du parking et, quand il se retourna, il fit un geste en direction de sa limousine. L'estomac de Todd se serra.

Non, c'était impossible !

Cheveux bruns courts, membres longs et élégants, les yeux cachés derrière des lunettes de soleil – mais Todd connaissait ces yeux, il connaissait leur couleur gris-vert, leur air pensif, parce qu'il connaissait cet homme.

Jared Rinehart.

Son ami. Son ennemi. Lequel était-il ? Il fallait qu'il le sache.

Todd bondit de sa voiture et se mit à courir – de toutes ses forces, comme pour battre un record – avant de se rendre compte de ce qu'il faisait.

« Jared ! appela-t-il. *Ja-red !* »

Le grand homme se retourna et le regarda, et ce que Todd vit dans ses yeux était évident et sans fard : de la peur.

Jared se mit à courir, fuyant comme s'il craignait pour sa vie.

« Je t'en prie, arrête-toi ! cria Todd. Il faut qu'on parle. »

C'était presque comique de le dire de cette façon. Mais tant d'émotions enserraient la poitrine de Todd ! Il nourrissait l'espoir, contre tout espoir, que Jared pourrait tout lui expliquer, pourrait l'aider à redonner un sens à sa vie, combler les fissures avec la clarté et la logique qui semblaient être son élément naturel. *Je t'en supplie, arrête-toi !* Jared fonçait à travers la marina comme si Todd présentait un danger mortel. Il courait sur le quai à une vitesse folle, ses pieds effleurant à peine les planches. Todd était déjà essoufflé. Il dut ralentir un peu. La jetée s'avançait dans l'eau. *Où Pollux pouvait-il aller, bon sang ?*

Une question stupide qui trouva une réponse quand Jared sauta dans un canot à moteur apponté là. La clé était sur le tableau de bord, en respect des règles de la marina et, quelques secondes plus tard, Jared filait sur les eaux vertes de la baie de Larnaca.

*Non !* Il avait passé les deux cents dernières heures à chercher cet homme ; maintenant qu'il était sous ses yeux, il n'allait pas renoncer.

Sans réfléchir, il sauta dans un plus petit canot, un Riva Aquarama, élégant comme une voiture de sport, avec l'avant en bois poli et chrome et une coque en fibre de verre. Todd libéra le bateau de ses amarres et poussa sur la jetée pour l'éloigner, puis il tourna la clé. Le moteur lancé, il ronronna.

Le tableau de bord, lui aussi, ressemblait à celui d'une voiture de collection : gros cadrans ronds, lettres bleu clair sur noir insérées dans un bois sombre verni, volant en cuir blanc et gris-bleu à rayons chromés. Il accéléra. Le moteur rugit aussi fort que l'eau agitée par les hélices. L'aiguille orange indiquant la pression monta par à-coups ; l'ampèremètre bondit au maximum. Le bateau se dressa au-dessus des vagues. Mais où était Jared ?

Il tenta de voir malgré la brume d'eau qu'il projetait et l'éclat du soleil sur la mer ; c'était comme regarder à travers un détecteur de chaleur quelqu'un qui allumait une cigarette. Trop violent. La mer, qui semblait calme de la rive, était agitée de petites vagues vicieuses qui, plus au large, se soulevaient comme une baleine cherchant à respirer. Devant lui, sur sa droite, au-dessus d'une barre d'eau, il aperçut Pollux et sa silhouette longiligne qui dépassait de la coque. L'angle de l'eau révéla à Todd qu'il tournait, qu'il exécutait une manœuvre. Todd resta à pleine vitesse. C'était une question de calcul. Jared était sur un plus gros canot, un Galia, avec d'énormes hélices qui laissaient une large traîne mousseuse. C'était un plus grand bateau, et plus puissant aussi, mais pas plus rapide. Il y avait la même différence qu'entre une limousine et un camion à dix-huit roues. Une autre vague vint bloquer la vue de Todd. Il devait être à plus d'un mille de la rive et Jared faisait décrire à son Galia un arc de cercle qui aidait Todd à le rattraper.

Il serra les mains sur le volant, son cœur tambourinait dans sa poitrine. Il était de plus en plus près. Il voyait maintenant Jared de profil, ses pommettes hautes, l'ombre en dessous.

*Ne me fuis pas !*

« Jared ! »

L'autre ne répondit pas et se détourna. Avait-il entendu l'appel par-dessus le bruit du moteur et de l'eau ?

« *Jared, je t'en prie !* »

Rinehart restait droit et immobile, le regard fixé vers quelque destination lointaine.

« *Pourquoi, Jared ? Pourquoi ?* »

Les mots grondèrent comme le rugissement des vagues.

Le moteur du Galia devint plus sonore puis disparut dans un son enveloppant : la sirène d'un cargo.

En même temps, Jared propulsa son bateau en avant, creusant la distance entre eux.

Le cargo arrivait par le chenal de la baie d'Akrotiri, à l'ouest. C'était un monstre à coque noire arborant le drapeau libérien, un de ces monuments difficiles à rater mais que, de loin, on rate souvent sur l'horizon, au large. Pollux faisait contourner la proue du cargo à son Galia. De la folie ! C'était suicidaire. Quand une vague bloqua la vue de Todd, il se demanda si Jared souhaitait mettre fin à ses jours. Mais, redescendu de l'autre côté de la vague, il comprit quel jeu jouait Rinehart.

Pas d'accident. Pas de naufrage. Rien du tout. Jared était parvenu à son but : se dissimuler derrière le cargo.

Todd connaissait trop bien ses piètres talents de navigateur pour tenter de se rapprocher du bateau ou de sa traîne bouillonnante. Debout, Todd tourna à droite pour se placer parallèle à lui et voir derrière.

Il obtint enfin l'angle de vision qu'il recherchait. Le monstre libérien était lourdement chargé ; il devait transporter du minerai ou du jus d'orange, des fertilisants ou du carburant. Une fois en conteneurs, toutes ces marchandises se ressemblaient. Le cargo faisait sans doute quarante mille tonnes et au moins trente-cinq mètres de long. D'où il était, Todd pouvait voir des deux côtés du monstre. Il scruta les flots scintillants, qui réfléchissaient le soleil comme le sable du désert, et se sentit glacé.

Jared Reinhart – son ami, son ennemi – avait disparu.

Tandis que Todd regagnait la marina, le grondement dans son esprit était au diapason de celui des flots. Jared avait-il vraiment été enlevé ? Est-ce que cela aussi avait été une ruse minutieusement élaborée ?

Les soupçons et l'angoisse le reprenaient. L'idée que son meilleur ami, que son âme sœur – oui, le Pollux de son Castor – soit un traître, et pas seulement envers lui, c'était un coup de couteau en plein cœur. Pour la millième fois, il chercha une autre explication. Il revit le visage crispé de Jared, le visage de quelqu'un qui considérait Todd comme une menace. Pourquoi ? Parce que Todd n'avait pas percé le subterfuge – ou y avait-il une autre raison ? Les questions surgissaient, enflaient et l'emplissaient d'une nausée comparable au mal de mer.

Parmi toutes ces turbulences, surnageait une consolation : savoir qu'Andrea était arrivée. Sa montre le lui assurait. Au fil de sa carrière, il avait rarement été accompagné, et très souvent la solitude l'avait accablé. C'était une des raisons qui avait rendu Pollux si important pour lui. Rien dans leur vie n'encourageait les agents de terrain à s'établir, et ceux qui ne s'habituaient pas à la solitude ne restaient jamais dans la course. Mais on pouvait tolérer un état de fait sans l'apprécier et, aujourd'hui plus que jamais, il aspirait à une pause, à un répit. Il consulta encore sa montre.

Elle devait être dans la chambre à l'attendre. Il ne serait plus seul.

En gagnant la rue Nikolaou Rossou et l'hôtel Livadhiotis, il dut se contraindre à faire attention à la route, au trafic, aux autres véhicules. Ce n'était pas en raison de la signalétique, mais du fait que les conducteurs locaux se fichaient des limitations de vitesse ; il allait donc très vite. Il avait choisi l'hôtel non pour son confort mais pour sa proximité avec les grands axes. Todd enregistra les divers camions qui prenaient la direction du port ou de l'aéroport. Il y avait un van jaune et rouge de DHL, dont le chauffeur avait sorti son bras poilu à la fenêtre comme s'il soutenait le toit ; un camion-citerne vert et blanc transportait du propane liquide dans sa remorque oblongue ; un cylindre tournait lentement à l'arrière d'un camion pour éviter que se fige le ciment qu'il fabriquait. Un van Sky Café sans fenêtres passa.

Il eut la chair de poule et consulta sa montre une fois de plus. Il n'aurait pas dû la laisser venir. Il aurait dû la dissuader. Il ne l'avait pas fait, parce qu'elle avait pris sa décision. Était-ce aussi, à un certain niveau, parce qu'il voulait qu'elle vienne ?

Sur la façade de l'hôtel, un auvent marron portait le nom LI-VADHIOTIS en lettres faussement gravées dans la pierre. Les drapeaux de neuf pays le surmontaient pour faire croire à la stature internationale de l'établissement. Au-dessus du rez-de-chaussée, trois étages de fenêtres cintrées éclairaient les chambres – des suites avec kitchenettes, ce qui donnait à l'établissement cette curieuse odeur de vieille éponge des immeubles bon marché dans les régions chaudes. Un homme en fauteuil roulant motorisé aboya un mot de bienvenue quand Todd entra. La couperose sur son visage rappela à Todd les feuilles de certaines plantes tropicales. Il avait les mains noueuses et puissantes. Dans son regard voilé, il lut de l'agressivité et de l'hypocrisie.

Mais Todd était trop pressé pour s'appesantir sur les lèvres tordues de l'employé infirme. Il prit sa clé – dans le style européen de l'ancien temps, attachée à un poids cerclé de caoutchouc, afin que les hôtes n'oublient pas de la rendre en quittant l'hôtel – et gagna la chambre où il s'était installé le matin, au premier étage. L'ascenseur était petit et lent ; le couloir où il le conduisit était mal éclairé. Il se souvint qu'il y avait une minuterie – une mesure d'économie parmi d'autres. Dans sa chambre, l'odeur de vieille éponge était plus forte encore. Il ferma la porte derrière lui et fut soulagé de voir le sac d'Andrea par terre, près de la commode. Elle avait plus occupé son esprit qu'il aurait pu l'expliquer par la nature de son enquête. Son parfum, ses cheveux, sa peau douce et rayonnante. Il n'avait rien oublié de cela quand il avait traversé l'Atlantique.

« Andrea ! » appela-t-il.

La porte de la salle de bains était ouverte, la chambre sombre. Où était-elle ? Elle était descendue boire un café dans un des établissements de la rue, peut-être, histoire de s'habituer au décalage horaire. Le dessus-de-lit fripé laissait entendre qu'elle s'était allongée pour une petite sieste. Soudain, son cœur s'emballa, plus rapide à comprendre la situation que sa tête. Il y avait une feuille blanche pliée sur la table de nuit.

Il la prit et la lut, vite, et fut assailli par une bouffée de terreur et de rage. Il s'efforça de la relire plus lentement. Son estomac devint dur comme la pierre.

Tout dans ce mot augmentait ses craintes. C'était une feuille du papier à lettres de l'hôtel et on avait écrit, au crayon, deux précautions pour compliquer la tâche d'une analyse scientifique. Et ce n'était pas un message rédigé comme une annonce d'enlèvement. *Nous avons pris possession du paquet*, relut-il. *Profitez bien de votre séjour.* Mais ce qui lui glaça vraiment les sangs fut la signature : GÉNÉSIS.

*Chapitre vingt et un*

SEIGNEUR ! L'apparition de Jared Rinehart avait-elle été une ruse pour le distraire, pendant qu'on orchestrait l'enlèvement ? L'horreur qu'éprouvait Todd Belknap se mua en fureur. Il était furieux contre lui, tout d'abord. Ce qu'avait subi Andrea était de sa faute. Mais son angoisse, sa culpabilité paralysante étaient un luxe qu'il ne pouvait se permettre – qu'elle ne pouvait se permettre.

*Réfléchis, bon sang !* Il fallait qu'il arrive à réfléchir.

L'enlèvement était forcément récent – ce qui signifiait que chaque instant comptait. C'était un calcul élémentaire. Plus le temps passe après un enlèvement, moins les chances sont grandes de retrouver la personne.

L'île de Chypre était maudite depuis des dizaines d'années, déchirée par la lutte entre ses frères ennemis, par la corruption et par les intrigues. Pourtant, c'était une île. Cette situation serait cruciale. La priorité des ravisseurs d'Andrea serait de lui faire quitter l'île. Larnaca n'était pas le port le plus important de Chypre, mais c'était le site du principal aéroport. *Que ferais-tu ?* Todd recourba ses doigts sur son cuir chevelu, et chercha à se mettre dans la tête des ravisseurs. La rapidité était un impératif. Une conviction s'imposa : ils allaient la mettre dans un avion. Il prit une profonde inspiration ; par-delà les miasmes de moisissures et de tabac froid, les notes de bergamote de son eau de Cologne restaient perceptibles. Elle se trouvait encore là très récemment. Elle était encore sur l'île. Il devait suivre son intuition et agir, vite.

Il serra les paupières et soudain, il sut. Le van Sky Café sans fenêtres – il n'avait rien à faire là. Les repas et les fournitures des compagnies aériennes étaient toujours acheminés tôt le matin, avant les vols de la journée. Pourtant, le van roulait en direction de l'aéroport en plein après-midi. Ça ne collait pas, pas plus que le type de FedEx, il y avait quelques jours. Il se souvint qu'il avait eu la chair de poule, son subconscient avait repéré l'anomalie. Maintenant, il était transpercé d'aiguilles d'appréhension.

*Andrea était dans ce van.*

L'aéroport international de Larnaca n'était qu'à quelques kilomètres à l'ouest. Il fallait qu'il y soit aussi vite que possible. Quelques secondes pouvaient tout changer. Il n'y avait pas un instant à perdre.

Il bondit dans l'escalier, descendit les marches quatre à quatre et traversa en trombe le hall d'entrée désert. L'homme en fauteuil roulant avait disparu, comme il s'y attendait. Il sauta dans sa Land Rover et démarra le moteur avant même de claquer la portière. Dans un crissement de pneus, il tourna pour s'engager sur la route qui menait à l'aéroport, sans se soucier de la limitation de vitesse, slalomant entre les véhicules plus lents. Larnaca comptait, pour un aéroport international, le plus fort pourcentage au monde d'avions privés par rapport aux avions de ligne. Todd sut que ce détail, dont il venait de se souvenir, allait tout déterminer. Au-delà d'une usine de désalinisation avec ses réservoirs bleus et ses tuyaux blancs d'alambic industriel, il prit la rampe de sortie et, une minute plus tard, contourna l'immeuble Queen et l'aérogare, grande structure rectangulaire en verre fumé et pierre couleur sable, LARNAKA AIRPORT écrit en grosses lettres bleues sur la façade. Trente compagnies internationales et trente compagnies charter se partageaient l'espace, mais elles n'intéressaient pas Todd. Il fallait qu'il dépasse les terminaux principaux pour gagner le quatrième. Il s'arrêta en dérapage devant le plus petit bâtiment et courut à l'intérieur. Le sol en marbre poli formait un motif beige et corail ; ses mocassins à semelle de crêpe évitèrent qu'il glisse en dépassant les boutiques hors taxe habituelles, les mots « hors » et « taxe » séparés par le sceau pyramidal de l'aéroport, des bouteilles de vin reflétant les néons d'un blanc de glace. Il tourna autour de colonnes couvertes de petits carreaux bleus. L'ensemble des portes et des guichets d'enregistrement était gardé par un employé de la sécurité, décontracté, qui lui fit des remontrances polies, car un homme qui passait comme un fou était forcément un passager en retard. Todd regarda par-delà la grande vitre qui donnait sur une salle d'attente, face aux pistes, et vit un Gulfstream G550 sur le départ. Un avion privé, à l'évidence, bien que capable d'assurer des vols lointains. Sur la queue s'affichait discrètement, mais sans erreur possible, le logo de Nikakis Maritime – des cercles qui se croisaient autour d'une étoile, turquoise sur fond jaune. Les moteurs tournaient déjà et l'appareil était prêt à gagner sa piste d'envol.

Andrea était à l'intérieur. Cette pensée s'imposa à lui avec la force de la certitude.

Il fit demi-tour, dépassa les colonnes carrelées de bleu et fonça sur un des gardes de sécurité en uniforme.

« Désolé ! » dit-il avec force gestes d'excuses.

Le garde, furieux, savait qu'il valait mieux ne pas s'aliéner le genre de VIP qui fréquentaient ce terminal ; il se réfugia dans sa langue maternelle et maudit l'Américain en grec. Il ne remarqua pas qu'on lui avait subtilisé son talkie-walkie, qui pendait à sa ceinture en nylon.

Feignant d'être à bout de souffle, Todd s'approcha d'une des cabines téléphoniques alignées face à un comptoir d'enregistrement. Il composa le numéro de l'aéroport et demanda à parler aux contrôleurs du trafic aérien. D'une voix sourde, gutturale, il dit à l'homme qui finit par répondre : « L'avion sur la piste du terminal quatre contient une bombe. Des explosifs très puissants. Réglés sur l'altimètre. Je vous en dirai davantage plus tard. » Il raccrocha.

Il passa un appel de plus, aux bureaux américains de l'Agence de contrôle des stupéfiants à Nicosie, capitale divisée de l'île. Veillant à utiliser certains mots de code et des abréviations professionnelles, il transmit un message ambigu. Le Gulfstream sur le point de décoller de Larnaca contenait un gros chargement d'héroïne turque, dont la destination finale était les États-Unis.

Todd ne pouvait savoir quel organisme réagirait le plus vite, mais l'un comme l'autre allaient immédiatement ordonner le maintien au sol de l'avion. Il consulta sa montre. Les bureaux de l'agence américaine, qui se trouvaient à Nicosie, détachaient en permanence quelques personnes à l'aéroport de Larnaca. Combien de temps cela prendrait-il de les mobiliser ? Todd sortit un mouchoir de sa poche et essuya discrètement le combiné téléphonique qu'il avait utilisé avant de le reposer.

Il regarda le Gulfstream ; le cône de chaleur des moteurs, visible seulement par les distorsions de l'air qu'il produisait à l'arrière-plan, diminuait déjà. On avait donné au pilote l'ordre de rester à terre. Deux minutes passèrent. Trois minutes. Un petit véhicule rapide transportant une échelle rétractable s'arrêta contre l'avion, bientôt rejoint par un autre. Puis ce fut un camion bâché plein d'hommes de la police militaire chypriote. D'autres – dont la tenue dit à Todd qu'ils étaient des agents américains – arrivèrent sur les lieux. Les autorités chypriotes s'étaient engagées à coopérer avec les États-Unis pour les affaires de stupéfiants et, en tant que bénéficiaire de l'aide militaire, sécuritaire et financière américaine, Chypre devait au moins paraître honorer cet accord.

Todd se précipita vers une porte qui menait au tarmac et brandit une carte en plastique devant le garde. « Agence américaine de contrôle des stupéfiants », lança-t-il.

Il indiqua du pouce les activités à l'extérieur, poussa la barre d'ouverture de la porte et s'approcha d'un pas décidé du groupe d'officiers qui entouraient le Gulfstream. C'était le dernier lieu où un agent en cavale devait se montrer, mais il savait d'expérience qu'il était facile de s'insérer dans un tel rassemblement hétéroclite, comme de s'imposer à un mariage où tout le monde croit que vous êtes un invité de l'autre famille. De plus, personne ne soupçonnait jamais la présence d'un mouton dans une meute de loups. La pléthore d'individus armés et en uniforme semblait assurer qu'aucun étranger à l'affaire n'oserait s'approcher.

Todd se tourna vers un des Américains. « Bowers, État », dit-il, ce qui signifiait : Bowers, membre du Département d'État américain. Peu importait ce qu'en penserait l'homme qui portait une chemise kaki ornée d'un écusson rond indiquant MINISTÈRE DE LA JUSTICE en arc de cercle supérieur, AGENCE DE CONTRÔLE DES STUPÉFIANTS pour fermer le cercle en bas, un aigle stylisé en vol dans le ciel bleu sur une prairie verte au centre. Il avait aussi un badge exposant sa qualité d'agent spécial.

« Tu sais que cet oiseau appartient à Stavros Nikakis ? » demanda Todd.

Il haussa les épaules et se tourna vers un autre Américain, son supérieur, selon toute vraisemblance.

« Bowers, répéta Todd. État. On nous a appelés en même temps que vous. Vingt-trois-cinq, précisa-t-il en donnant le code bureaucratique d'une injonction d'action urgente. Je viens juste en observateur.

— McGee. Les Chypriotes sont arrivés il y a une minute. »

L'Américain avait des cheveux ficelle collés au crâne, de petites oreilles décollées et des bandes rouges sur le front, les pommettes et le nez, comme les coups de soleil qu'attrapent les blonds. « Ils ont reçu un message à propos d'explosifs réglés sur l'altimètre », expliqua-t-il.

Des aboiements de chiens sortirent de la cabine dès qu'on ouvrit la porte. On mit l'échelle en place.

« Nous, on nous a dit qu'il y avait une cargaison d'héroïne », rétorqua Todd en levant les yeux au ciel d'un air revêche.

Il savait que rien ne serait plus suspicieux qu'une démonstration de camaraderie. Les officiers des affaires internes se trahissaient toujours par leur cordialité.

« Sûrement quelques kilos de merde, dit le blond d'une voix traînante. Mais on verra bien, hein ? dit-il pour tester Todd.

— Vous verrez bien, répondit Todd. Je n'ai pas l'intention de passer tout l'après-midi ici. Vous avez les infos sur l'avion ?

— On les attend.

— On les attend ? » dit Todd d'un air T'as-pas-intérêt-à-essayer-de-m'enculer !

Le blond éclata de rire. « De toute façon, c'est pas un grand mystère.

— Nikakis est confirmé, c'est tout ce que je veux savoir. Et le pilote ?

— Le pilote est un employé de Nikakis. Tiens, le voilà ! »

Encadré par deux agents chypriotes armés qui le tenaient sous les bras, le pilote descendait les marches métalliques en protestant bruyamment.

Todd sortit le talkie-walkie et fit semblant de s'adresser à son bureau pour donner le change à McGee : « Bowers. Je confirme que le pilote appartient à Nikakis. »

L'Américain conféra brièvement avec les Chypriotes redescendus de l'avion puis se tourna vers Todd. « Pas de drogue encore, mais une passagère droguée. »

Todd vit apparaître la petite silhouette d'une femme à demi consciente, escortée – ou plutôt traînée – par deux policiers chypriotes visiblement costauds.

C'était Andrea.

Dieu merci ! Elle paraissait intacte, sans aucune marque de coups, même si ses yeux se fermaient tout seuls et qu'elle avait les membres mous. Intoxication aux opiacés, selon toute vraisemblance. Un état débilitant, mais rapidement réversible.

Sur le tarmac, près du véhicule militaire, le pilote jurait son étonnement et son ignorance. Pourtant, Todd ne doutait pas qu'il eût agi sur ordre de Stavros Nikakis.

Stavros Nikakis, qui lui-même avait dû agir sur ordre de quelqu'un d'autre.

« Je me demande qui c'est, dit McGee en regardant Andrea sous l'effet de la drogue.

— Tu ne sais pas ? Moi, si. Une Américaine du Connecticut. On a priorité pour elle. On te laisse le pilote.

— Tu ne peux pas passer au-dessus de nous ! » grogna McGee du ton de celui qui est prêt à céder.

Todd rapprocha de nouveau le talkie-walkie de sa bouche. « J'emmène la fille en détention. On la rendra à l'Agence de contrôle des stupéfiants à Nicosie dans quelques heures, dit-il avant de s'interrompre comme s'il entendait une réponse dans ses écouteurs. Pas de problème, assura-t-il. On va démontrer notre efficacité à ces petits gars. Prévoyez un médecin, on arrive. »

Profitant de la confusion du moment, il alla reprendre Andrea aux policiers chypriotes. Il la saisit par les épaules d'un mouvement brusque et professionnel. Les autres Américains regardèrent McGee pour savoir s'ils devaient intervenir. Quant aux Chypriotes, on leur avait ordonné de s'en remettre aux Américains.

« Je vous appelle dès que j'ai rempli la F-83, dit Todd à McGee. Le moindre problème et l'ordinateur nous le dira. »

Il avait pris un ton ferme pour dissimuler son épuisement et le fait qu'il supportait presque tout le poids de la jeune femme. Il l'amena à l'un des chariots électriques qui avait conduit des policiers à l'avion. Le chauffeur, un Chypriote au visage de brute, semblait habitué à exécuter des ordres. Todd s'assit à l'arrière près d'Andrea et donna ses instructions en termes brefs et simples.

Le chauffeur se retourna pour voir si Todd avait l'autorité suffisante. Rassuré, il démarra.

Todd tâta le pouls de la jeune femme. Il était lent. Elle avait la respiration superficielle, mais régulière. On l'avait droguée. On ne l'avait pas empoisonnée.

Il dirigea le conducteur jusqu'à sa Land Rover noire et l'embaucha pour transférer Andrea sur le siège arrière avant de le congédier d'un signe désinvolte de la main.

Enfin seul avec elle, Todd scruta les pupilles microscopiques d'Andrea. Elle émettait des sons doux, inintelligibles, entre le murmure et le gémissement. C'était une preuve de plus d'une intoxication aux opiacés. Il démarra vite et prit une chambre dans le premier motel qu'il vit, un affreux bâtiment en rez-de-chaussée fait de parpaings couleur moutarde – dans le style des établissements qu'on trouve au bord de la route en Amérique. Il y emporta Andrea et tâta de nouveau son pouls. Aucun signe d'amélioration. Aucun signe qu'elle soit en train d'émerger de sa torpeur.

Il l'étendit sur le lit et passa les doigts sur son tee-shirt en coton. Ses soupçons furent confirmés : sous son sein gauche, on avait collé un Duragesic – un patch imprégné d'une préparation transdermique de fentanyl, un puissant analgésique morphinomimétique synthétique conçu pour les malades du cancer ou les patients souffrant de fortes douleurs chroniques. Il diffusait chaque heure dans le sang cinquante microgrammes de substance active. Étant donné son état, il devait y en avoir au moins un autre, pour assurer une telle perte de conscience. Il continua ses recherches, vaguement gêné des libertés que ses mains devaient s'autoriser en palpant le corps d'Andrea. Il trouva un deuxième patch à l'intérieur de sa cuisse et le décolla aussi. Y en avait-il d'autres ?

Il ne pouvait prendre aucun risque. Il lui retira tout ce qu'elle portait, y compris ses sous-vêtements, et inspecta son corps nu.

Sur l'extérieur d'une cuisse, il vit une petite tache sombre, un épanchement de sang ovale sous la peau. De plus près, il distingua une perforation, comme si on avait enfoncé là en urgence une grosse aiguille. Était-ce ainsi qu'elle avait été maîtrisée au départ, dans la chambre où on l'avait enlevée ? On lui aurait fait une piqûre de sédatifs ? Dans ce cas, elle avait dû se débattre : ce n'était pas un endroit normal pour une injection. *Tu ne leur as pas rendu la tâche facile, hein ?* songea Todd avec admiration.

Il reprit son inspection. On avait collé deux patchs de plus entre ses fesses. Les Duragesic, ainsi associés, devaient la maintenir inconsciente sans la tuer.

Qui lui avait fait ça ?

Des résidus de fentanyl allaient continuer à se diffuser à travers sa peau même après avoir retiré les patchs. Il fit couler un bain, dans lequel il plongea Andrea. Il savonna vigoureusement les zones encore imprégnées de produit nocif. Il exécutait des gestes à la fois intimes et cliniques. L'utilisation de ces analgésiques, qui permettaient de maintenir un prisonnier dans un état second pendant de longues périodes, n'était pas nouvelle. Mais il s'inquiéta en imaginant le sort qu'ils auraient pu lui réserver. Il se souvint de l'histoire de l'homme que Génésis avait gardé en vie deux ans, nourri par intraveineuse alors qu'il était immobilisé dans une cage épousant la forme de son corps. Ruth Robbins avait évoqué à ce propos une imagination digne d'Edgar Poe. Todd eut un frisson.

Pendant l'heure qui suivit, Andrea retrouva peu à peu ses esprits. Ses murmures devinrent intelligibles. En phrases courtes, elle indiqua qu'elle n'avait que peu de souvenirs de ce qui s'était passé après son arrivée. Todd n'en fut pas surpris. Le sédatif devait avoir entraîné une amnésie rétrograde, qui effaçait de la mémoire les événements qui avaient précédé et suivi son enlèvement. Pour l'instant, tout ce qu'elle voulait, c'était dormir. Son corps luttait pour se débarrasser de ce qui le droguait.

Todd savait que les alertes à divers niveaux des agences américaines et de leurs alliés chypriotes allaient mettre ses adversaires sur la défensive. Pour le moment, elle était en sécurité.

Mais pas Stavros Nikakis. Il laissa Andrea s'assoupir et sauta dans sa Land Rover pour retourner chez l'armateur. La route en lacet était telle que dans son souvenir, mais quand il arriva au portail, il fut étonné de le trouver ouvert.

Près de la demeure, son toit en tuiles rouges luisant au soleil couchant, il vit trois voitures de police. Le majordome, Caïus, avait le teint cireux. Todd reconnut aussi celui qui discutait avec lui : McGee, l'Américain blond de l'aéroport.

Il arrêta sa Land Rover noire et, après un simple signe de tête à l'intention de l'Américain, il entra dans la maison.

Là, dans la bibliothèque, gisait Stavros Nikakis, criblé de balles, au milieu d'une flaque de sang. Son corps avait l'air encore plus petit, ses membres plus fluets que lorsqu'il était en vie. Il avait les yeux ouverts, fixes.

Todd regarda autour de lui. Les balles avaient percé le beau lambris. Il ramassa un bout de plomb qui s'était encastré dans une chaise et le soupesa, évalua son diamètre. Ce n'étaient pas des balles militaires, mais les balles à tête creuse des Opérations spéciales partiellement chemisées de cuivre – celles que Todd utilisait. On aurait pu en conclure que quelqu'un voulait le faire accuser.

Par la fenêtre ouverte sur la façade, il entendit McGee conférer sur son portable avec ses supérieurs. Il réglait des détails sur la balistique, les lieux. Puis il dit d'une voix plus sourde : « Il est là... Non. J'ai vu la photo, et je te dis qu'il est là, en ce moment même. »

Todd retourna à sa voiture. McGee lui fit signe, un large sourire amical aux lèvres.

« Eh ! Voilà justement celui à qui je voulais parler ! » dit-il d'une voix cordiale.

Todd lança son moteur et partit à toute vitesse.

Dans son rétroviseur, il vit la confusion frapper ceux qu'il laissait derrière lui. Ils allaient demander quels étaient les ordres : devaient-ils le poursuivre ? Mais d'ici que l'autorisation arrive, il serait trop tard.

Le visage terrorisé de Nikakis, quand il l'avait affronté quelques heures plus tôt, lui revint. C'était comme si l'armateur avait su que la mort elle-même lui rendait visite.

Avait-il eu raison ?

*Chapitre vingt-deux*

*Amarillo, Texas*

« *CE TRUC ENREGISTRE TOUJOURS ?* » demanda le grand Texan avec un sourire.

Il s'était abondamment défendu, face aux critiques, et semblait content que le journaliste – était-il de *Forbes* ou de *Fortune* ? – ne l'ait pas interrompu en plein discours. Derrière lui, le mur était couvert de photos de lui à la chasse, à la pêche, aux sports d'hiver. La couverture encadrée d'un magazine de commerce le proclamait PIRATE DU BŒUF.

« Ne vous inquiétez pas, dit le petit barbu dans un fauteuil qu'on avait tiré devant le bureau en acajou du Texan. J'apporte toujours des piles de rechange.

— Parce que je peux parler longtemps quand je m'échauffe.

— Personne ne se retrouve PDG d'une des plus grosses entreprises de viande du pays sans savoir expliquer d'où il vient, à mon avis. »

Les yeux du petit homme brillaient derrière ses lunettes à grosse monture, et il souriait. Pas comme la plupart des journalistes dont le Texan avait fait l'expérience.

« C'est que la vérité est éloquente, comme disait mon grand-père. Quant à ces rumeurs à propos d'une utilisation frauduleuse des fonds de pension des employés, ce ne sont justement que des rumeurs. J'ai fait une offre aux actionnaires qu'ils ont tout intérêt à accepter. Ce que je veux dire, c'est que je sais compter. Est-ce que les actionnaires ne sont pas humains eux aussi ? Des tantes célibataires et des petites vieilles, il y en a plein. Est-ce que vous entendez jamais ces groupes de militants communautaires s'inquiéter pour les actionnaires ? »

L'homme au magnétophone acquiesça. « Et nos lecteurs seront ravis d'en savoir plus à ce sujet. Mais puisque nous avons encore une bonne lumière extérieure, je pense que notre photographe voudra prendre quelques photos de vous, si vous le permettez.

— Qu'il entre ! dit le Texan avec un sourire qui découvrait toutes ses dents. Mon profil gauche est le meilleur. »

Le petit journaliste sortit du bureau et revint accompagné d'un autre homme, de forte carrure, la tête massive et des cheveux brun clair coupés court dont on ne voyait pas tout de suite que c'était une perruque. Il portait une sacoche de photographe et ce qui ressemblait à un trépied dans une boîte.

« Avery Haskins, dit le Texan en lui tenant la main. Mais vous devez le savoir. Je disais à votre collègue Jonesy que mon profil gauche est le meilleur.

— Smith, se présenta le photographe. Je vais faire aussi vite que possible. Vous voulez bien rester assis à votre bureau ?

— C'est vous le patron, dit Haskin. Non, attendez ! C'est moi, le patron.

— Vous êtres un marrant », dit Smith.

Debout derrière le PDG de Haskell Beef, il ouvrit la boîte qui aurait dû contenir le trépied et en sortit un pistolet d'abattage pneumatique.

Quand le Texan se retourna et vit ce que tenait Smith, son sourire disparut.

« Bon sang, qu'est-ce que...

— Oh, vous le reconnaissez ? Normal, bien sûr. C'est ce que vos hommes utilisent pour tuer les bovins, n'est-ce pas ?

— Putain de Dieu...

— Ce serait une erreur de bouger, l'interrompit Smith d'une voix glaciale. Bien sûr ça peut aussi être une erreur de ne pas bouger.

— Écoutez-moi ! Vous êtes des militants de la cause animale ? Il faut que vous sachiez quelque chose : me tuer ne changera rien.

— Ça sauvera les retraites de quinze mille ouvriers, dit Jones en caressant sa barbe – des fibres de laine crêpée fixées sur une sorte de cire. Quinze mille contre un. Vous savez compter, hein ?

— Mais j'aime bien l'idée que vous nous preniez pour des fous des animaux, intervint Smith. Une supposition naturelle, quand on se débarrasse du chef d'une entreprise de production de bœuf avec l'instrument même de ses massacres professionnels. C'est ce qu'on a pensé, nous aussi. Ça mettra les enquêteurs sur la mauvaise piste.

— Tu te souviens du politicien qu'on a buté à Kalmikiya l'an dernier ? demanda Jones à Smith. Comment le gouvernement a fait venir un toxicologue d'Autriche ? Personne n'a réussi à comprendre. Ils ont fini par décider que c'était un cas tragique d'empoisonnement par des crustacés.

— Mais notre ami Avery n'est pas dans les crustacés, dit Smith. T'es donneur d'organes, Avery ?

— Quoi ? demanda le Texan dont le front se couvrait de sueur. Qu'avez-vous dit ?

— Il l'est, maintenant, lui rappela Jones. J'ai rempli les formulaires en son nom, il y a plus d'une semaine.

— Alors, on y va, dit Smith en ajustant le pistolet d'abattage. Assommé par son arme de prédilection, est-ce que ce n'est pas une drôle de façon de mourir pour un marchand de viande ?

— Vous trouvez ça drôle ? Oh ! Seigneur, mon Dieu...

— En fait, un jour on repensera à ça, et on rira, dit l'homme armé à son compagnon.

— On rira ? Vous êtes cinglés ! s'exclama Avery Haskins, dont la voix s'élevait en proportion de son incrédulité et de sa rage.

— Oh, pas vous ! » assura Smith.

Il tira dans le cerveau d'Haskins, qui perdit conscience instantanément, irrévocablement. A l'hôpital, les examens confirmeraient que le PDG était en état de mort encéphalique. On commencerait alors à prélever ses organes.

*Viande de premier choix*, se dit Smith. Un beau destin pour le pirate du bœuf.

*New York*

Toutes les grandes villes, d'après ce que Todd Belknap avait observé, étaient cernées par des zones industrielles abandonnées, et New York ne faisait pas exception. En conduisant, il voyait de part et d'autre de gros réservoirs de gaz naturel liquide et des usines en brique rouge, imposantes mais inutilisées, squelettes de mastodontes d'une ère industrielle révolue. Des entrepôts plus ou moins délabrés entourés de quartiers d'habitation désertés remplacèrent peu à peu les usines. Puis des preuves d'occupation humaine se firent plus visibles : caniveaux pleins de détritus de fast-foods, chaussées scintillantes de verre brun ou vert – les shrapnels de l'alcoolisme. *Si tu étais sans abri, tu serais déjà arrivé chez toi*, songea Todd avec aigreur. Il changea de file, tourna le volant trop fort, pour que les trépidations et les dérapages de la voiture de location le maintiennent éveillé.

Andrea Bancroft, qui somnolait près de lui, bâilla et entrouvrit les yeux.

« Comment ça va ? » lui demanda-t-il.

Elle ne répondit pas. Il posa une main sur les siennes, doucement. « Tu vas bien ?

— Encore un peu sonnée par le voyage. »

Ils étaient venus de Larnaca à l'aéroport international Kennedy, mais pas dans un avion prévu pour des passagers. Ils avaient pris un avion de DHL, un cargo sans hublots dont Todd connaissait le pilote depuis des années. Ils avaient été des paquets. Comme le DC-8 de la chorale était retourné à Tallinn et comme il ne savait pas quels noms avaient pu être ajoutés à la liste des passagers que les compagnies aériennes étaient obligées de signaler, l'avion de fret avait résolu un certain nombre de problèmes immédiats – bien qu'il ne fût pas conçu pour apporter le moindre confort. Derrière le poste de pilotage, des strapontins étaient attachés à la carlingue, pour le personnel, mais l'isolation thermique et phonique était plutôt superficielle.

« Désolé pour ce voyage, dit Todd. Ça m'a paru mieux que toutes les alternatives.

— Je ne me plains pas. J'ai au moins fini de vomir.

— Ton corps tentait de se débarrasser du fentanyl qu'il avait absorbé.

— Je suis seulement désolée que tu aies assisté à ça. Ce n'était guère romantique !

— Ces salauds auraient pu te tuer, ou pire.

— Très juste. Il ne faut pas que j'oublie de t'envoyer un mot de remerciement. Quoi qu'il en soit, maintenant, tu connais tous mes secrets. J'ai parlé sans arrêt, non ?

— Ça m'a fait passer le temps.

— Je me sens encore lessivée.

— Quatre patchs de Duragesic, ça vous file un sale coup.

— Quatre, hein...

— Je te l'ai dit. Deux sur les fesses, un sur le torse et un à l'intérieur de la cuisse, tous diffusant un puissant narcotique dans ton système sanguin. Tu as aussi un sale bleu sur la cuisse gauche, que tu devrais surveiller.

— Dis-moi, comment m'as-tu retiré tous ces patchs ?

— A ton avis ? J'avais une vieille infirmière à mon service.

— Je vois, dit-elle en rougissant.

— La détresse respiratoire n'est pas un état très sain, d'accord ? Qu'est-ce que j'étais censé faire ?

— Je ne me plains pas. Non, je te suis reconnaissante !

— Tu es gênée, et c'est idiot.

— Je sais, je sais. Mais, l'effeuillage complet, c'est aller... un peu plus loin que ce que j'accepte en général pour un premier rendez-vous. »

Todd ne quitta pas la route des yeux et ne dit rien avant un moment, quand il demanda : « Quels souvenirs as-tu de ton enlèvement ?

— Je me souviens d'être arrivée à Larnaca et de m'être présentée à l'hôtel rue Nikolaou Rossou. Ensuite, c'est le trou noir. Les drogues, je suppose. Il y a toute une période dont je ne me souviens pratiquement pas. Juste des flashes et des images. C'était peut-être une hallucination, mais je me souviens que tu m'as tenue dans tes bras pendant des heures.

— Je crois que j'avais peur.

— Pour moi ?

— C'est en cela que tu crains ! Un bon agent ne devrait pas s'attacher, dit-il d'un ton bourru qui dissimulait mal que sa gorge s'était serrée à ce souvenir. Jared le disait toujours.

— Tu crois que Nikakis savait ce qu'il avait prévu ?

— Difficile à dire. Nikakis tirait des ficelles, mais il était sous l'emprise de son propre marionnettiste, qui tirait ses ficelles. Très brutalement, cette fois.

— Je me sens menacée.

— On a été sur la corde. Le piano était censé nous tomber sur la tête.

— Et j'ai fouillé les archives de la manufacture de pianos. »

Todd jetait de fréquents coups d'œil dans le rétroviseur pour surveiller les véhicules. Son instinct lui dirait si on les suivait. Il regarda une femme voûtée sur le côté de la route ; elle poussait un chariot de supermarché plein de bouteilles. Une taupe ? Non, une vraie clocharde, avec le genre de cheveux ternes qu'on n'obtient qu'après des semaines de négligence. « Tu m'as dit ce qui s'était passé à Rosendale. Il ne faut pas que ça t'obsède.

— Faire ce que j'ai fait... Est-ce que ça change une personne ?

— Oui, si tu laisses faire.

— Quand ça s'est produit, dit Andrea en fermant les yeux, j'ai eu l'impression d'arriver en enfer. Comme si j'avais passé une frontière, si j'étais entrée dans un lieu dont je ne pourrais jamais revenir. Curieusement, après ce qui m'est arrivé à Larnaca, je ne ressens plus vraiment la même chose. Parce qu'il y a des êtres maléfiques qui n'appliquent pas les règles que je connais. Maintenant, dit-elle en ouvrant ses yeux pleins de défi, j'ai l'impression que je n'irai en enfer que si on m'y traîne. Et je vais me battre de toutes mes forces. »

Todd la regarda avec gravité. *Tu as tué deux personnes. Deux personnes qui voulaient te tuer. Bienvenue au club !* songea-t-il. « Tu as fait ce qu'il fallait. Rien de moins, rien de plus. Ils t'ont crue faible. Ils avaient tort. Dieu merci ! »

Il savait qu'ils étaient tous les deux blessés, profondément, mais de manière invisible. Il savait aussi que prendre le temps de s'occuper de leurs blessures allait les ralentir, et que ça pourrait avoir des conséquences fatales. Ils auraient tout loisir de guérir, mais ce serait pour plus tard.

« Et maintenant ? demanda Andrea d'une voix atone. Qu'est-ce qu'on a devant nous ?

— Une foutue toile d'araignée, répondit Todd. Et tu sais ce qu'on trouve quand on tombe sur une grosse toile d'araignée ? Quelque part dans le coin, il y a une grosse araignée. »

Il se tourna pour l'observer. Elle avait des cernes sous les yeux, comme deux bleus. Elle était épuisée. Mais il ne vit pas ce regard que la peur rend fixe, celui qu'affichent ceux qui ont vécu un épisode traumatisant. L'expérience avait été dévastatrice – et pourtant ne l'avait pas dévastée.

« Tu es encore furieux contre moi parce que je suis venue à Chypre ?

— Furieux et content. Je quittais la demeure de Nikakis au milieu de la journée, et le soleil brillait. Et tu n'étais pas là. Bien que la luminosité fût à son maximum, j'avais l'impression qu'il faisait nuit. Tout était plongé dans l'ombre.

— L'obscurité à midi... Ça pourrait faire un bon titre pour un roman, tu ne trouves pas ?

— Pardon ?

— Peu importe. Une blague stupide. Quels sont les plans ?

— On revient à quelque chose que tu as dit. Sur le fait qu'ils sont menacés. Parce que ce n'est pas nous, la véritable menace. Quelque chose d'autre les effraie davantage. Quelque chose ou quelqu'un. Nikakis avait peur – mais pas de moi. Il avait peur de ce qu'il croyait que je représentais : Génésis. Il craignait aussi le sénateur Bennett Kirk, de la commission Kirk. Génésis et lui étaient liés dans son esprit.

— Est-ce que Génésis pourrait agir par l'intermédiaire de la commission Kirk ? J'essaie juste de relier les points épars. Mon Dieu ! Un sénateur des États-Unis dans la poche d'un maniaque complètement fou ? Ça c'est une idée !

— Je ne crois pas que Kirk soit précisément dans la poche de quiconque. Comme tu l'as dit, peut-être que Génésis l'utilise, travaille par son intermédiaire, lui donne des renseignements...

— Ce qui voudrait dire que le sénateur est dupé ? C'est de la folie ! »

Todd changea de file et accéléra, juste pour voir si un autre véhicule l'imitait. « Ça voudrait dire que le sénateur joue un rôle critique, sans même s'en rendre compte. Parce que j'ai pensé à une chose qu'a dite Lugner : il s'agissait d'un sénateur de l'Amérique profonde qui se la jouait. Ça m'a fait me demander si Génésis utilisait la commission Kirk, s'il – ou elle, ou ça – l'avait enrôlé dans un but qui lui était propre.

— C'est pour ça, demanda Andrea en se tournant vers lui, que nous allons à Washington ?

— Content que tu sois en état de lire les panneaux routiers !

— Je commence à sentir les vibrations de Daniel dans la fosse aux lions. Tu es certain que c'est le moyen d'action le plus sûr ?

— Au contraire, je suis certain que ce n'est pas le cas. Tu veux que je fasse ce qu'il y a de plus sûr ?

— Non, voyons ! Je veux qu'on fasse ce qu'il faut. Je ne suis pas faite pour vivre dans la peur, d'accord ? Ce n'est pas dans mes gènes. Me terrer quelque part dans une grotte, ce n'est pas mon style.

— Le mien non plus. Tu sais, tu aurais fait un sacrément bon agent secret. Le salaire n'est pas bien élevé, mais on a toujours une bonne place de parking. »

Une fois de plus, Todd vérifia si on les suivait. Toujours rien dans le rétroviseur. L'I-95 est la route la plus fréquentée de tout le Nord-Est. La profusion même de gens qui y circulent constitue une protection.

« Engage-toi dans le monde et découvre l'armée, dit Andrea en s'étirant. Avons-nous un plan d'action ? Si on revoyait une fois de plus ce qu'on sait ? Est-ce qu'on croit que Paul Bancroft est Génésis ?

— Qu'en penses-tu ?

— Paul Bancroft est un homme brillant, un visionnaire, un idéaliste – je le crois sincèrement. Mais il est aussi un homme dangereux. C'est l'extrémisme de sa vision du monde qui la rend monstrueuse. Mais ce qui le motive n'est pas la vanité. Ce n'est pas le goût de l'argent ni du pouvoir personnel.

— Dans la mesure où cet homme tente d'imposer son système moral au reste du monde, je dirais que...

— Mais ne le ferions-nous pas tous, si nous le pouvions ? Souviens-toi de ce que dit Winston Smith dans le *1984* d'Orwell : "La liberté est la liberté de dire que deux plus deux font quatre. Si on vous accorde cela, tout le reste suit."

— Deux plus deux font quatre. Ça marche.

— Vraiment ? La liberté, est-ce ta liberté d'affirmer ce que je crois ? Est-ce que ta liberté est de faire ce que je crois juste ? Imagine un instant ce qui pourrait découler de ça. Il y a plein de gens qui sont tout aussi convaincus de leur code moral que du fait que deux et deux font quatre. Et s'ils avaient tort ?

— Tu ne peux pas toujours douter de toi. Parfois, Andrea, il faut que tu sois prête à te positionner, dans une discussion.

— C'est vrai, Todd, tu ne peux pas toujours douter de toi. Je te l'accorde. Mais si quelqu'un d'autre doit définir ma liberté, je préfère que ce soient des gens qui ne sont pas tout à fait convaincus d'avoir raison. L'incertitude peut être une discipline. Pas au sens où elle serait sans guide, indécise, mais au sens où elle se sait faillible, où elle reste ouverte à la possibilité que son jugement n'est pas définitif et incapable de changement.

— Tu es la nièce du grand penseur, et tu prends très bien la relève. Et si c'était toi, Génésis ?

— Très drôle !
— A condition que ce ne soit pas Jared Rinehart.
— Tu crois vraiment que ça pourrait être lui ? »

Andrea porta son regard sur la route qui se déroulait devant eux comme une interminable rivière grise.

« Peut-être.
— La manière dont tu me l'as décrit fuyant devant toi, son allure, ça me rappelle quelque chose que Paul Bancroft m'a dit : le bon sens n'est pas de voir ce qui est sous vos yeux. C'est de voir ce qui est sous les yeux de l'autre.
— Où veux-tu en venir ?
— Génésis. Tu crois que ça pourrait être Jared Rinehart. Peut-être, dit-elle en le regardant, qu'il croit que c'est toi. »

*Washington*

L'Auberge du Réconfort, près du centre de convention de la capitale américaine, sur la Treizième Rue, se repérait grâce à l'auvent vert et jaune qui se projetait sur le trottoir, devant la façade en briques rouges. Todd avait demandé une chambre à l'arrière. Deux lits. Petite et sombre, ses fenêtres donnaient sur le mur de l'immeuble voisin. C'était exactement ce qu'il cherchait. Une fois de plus, anonymes, ils seraient en sécurité. Ils mangèrent dans un fast-food et Andrea s'arrêta dans une boutique de photocopies avec connexion Internet avant qu'ils ne rentrent se coucher. Ils ne discutèrent même pas de l'éventualité de partager une chambre : c'était une évidence. Aucun d'eux ne voulait être séparé de l'autre, pas après tout ce qu'ils avaient traversé.

Todd vit qu'Andrea avait quelque chose en tête et continua à l'observer, surveillant les fissures subtiles des conséquences d'un traumatisme.

« Tu veux me parler de Rosendale ? » demanda-t-il enfin, quand ils se furent tous deux brossé les dents.

S'il voulait qu'elle sache que cette porte était ouverte, il ne voulait pas la pousser à la franchir.

« Il y a... ce qui s'est passé, dit-elle précipitamment, et il y a ce que j'ai appris.

— Oui.

— Je veux te parler de ce que j'ai appris.

— J'aimerais l'entendre. »

Elle hocha la tête. Il était conscient des efforts qu'elle faisait pour ne pas craquer. « Il faut que tu comprennes que dans le monde des recherches sur les entreprises, il y a ce que nous appelons l'étape des données brutes. C'est mon domaine. »

Même à la lueur de la mauvaise lampe, elle était magnifique.

« Est-ce que je dois m'attendre à la page de garde sous plastique brillant et au dossier relié ? » plaisanta Todd.

Andrea sourit, mais son regard était intense. « Je vois des schémas de paiement. Tout autour du monde. Les dates pourraient évoquer la possibilité de manipulations électorales, dit-elle avec une confiance croissante.

— Des fraudes électorales ? Placer son candidat préféré où on veut ?

— Ce ne sont que des présomptions, mais ça en fait partie, je crois. Je suppose qu'on ne peut pas laisser le destin du Partido por la Democracia aux mains de citoyens ordinaires.

— Ralentis, Andrea, j'ai du mal à te suivre.

— J'ai commencé à m'interroger quand j'ai trouvé des traces d'une série de spéculations sur les taux de change. Les détails importent peu. Ce qui compte, c'est que la fondation Bancroft a fait passer des millions de dollars dans des banques étrangères à diverses périodes. En Grèce, aux Philippines, au Népal, même au Ghana. Il se trouve que les années et les lieux ne sont pas le résultat du hasard. Chaque fois, ça correspond à un changement majeur de gouvernement. En 1956, des millions de dollars sont convertis en marks finlandais, et voilà que la Finlande a un nouveau président. Et de justesse, en plus. Le type ne bat son adversaire que de deux votes de grands électeurs, mais il reste au pouvoir pendant le quart de siècle qui suit. D'après la courbe des conversions en yens, on dirait que le Parti libéral démocratique du Japon a pu bénéficier de la fondation. Il y a toutes sortes d'élections locales qui ont conduit à des consolidations au niveau parlementaire, et en fonction des dates, toujours sponsorisées par l'argent Bancroft. Au Chili, en 1964, l'élection d'Eduardo Frei Montalvo ? Présence massive de Bancroft dans le peso chilien.

— Et comment tu sais ça ?

— En gros, il y a plein de traces d'optimisation du taux de change, probablement parce qu'ils changeaient des dizaines de millions de dollars dans la monnaie locale et que la fondation n'était pas aussi riche qu'elle allait le devenir. Pareil en 1969, on voit une grosse somme changée en cédis ghanéens. J'ai regardé les rapports officiels de la fondation, et il n'y a pas eu de grande initiative au Ghana à cette époque. Mais c'est au moment où le chef du Parti du Progrès, Kofi A. Busia, est nommé Premier ministre. Je suis certaine que Paul Bancroft n'a pas pu résister à ce type.

— Qu'a-t-il fait ?

— Commençons par qui il était : titulaire d'un doctorat de l'université d'Oxford, il enseignait la sociologie à l'université de Leiden, en Hollande. Je parie que l'entourage de Bancroft était convaincu d'avoir trouvé le type qu'il fallait : un homme cosmopolite engagé pour le bien commun. On dirait qu'il a déçu ses partisans enthousiastes, parce que deux ans plus tard, il a été renversé. Il est mort deux ans après.

— Et tu crois que la fondation Bancroft...

— Peut-être parce qu'il s'agissait de l'Afrique de l'Ouest et que personne ne s'y intéressait, ils ont été un peu négligents. J'ai pu retrouver une série d'opérations de change dès le mois de mars de cette année-là. On dirait que Bancroft a acheté le Ghana à Busia pour vingt millions de dollars. Et on dirait qu'il tente la même opération en ce moment au Venezuela. Cette fondation est comme un iceberg. Une partie visible, mais l'essentiel est submergé. Il se trouve qu'elle contrôle la Fondation nationale pour la Démocratie. Pendant ce temps, ses rapports officiels reconnaissent toutes ses donations à divers groupes politiques vénézuéliens. »

Elle sortit une feuille et la tendit à Todd.

*Fundacíon Momento de la Gente*
   64 000 dollars

*Instituto de Presensa y Sociedad – Venezuela*
   44 500 dollars

*Grupo Social Centro al Servicio de la Acción Popular*
   65 000 dollars

*Acción Campesina*
  58 000 dollars

*Asociación Civil Consorcio Justicia*
  14 412 dollars

*Asociación Civil Justicia Alternativa*
  14 107 dollars

Todd l'étudia. Andrea avait dû télécharger le document et l'imprimer à la boutique de photocopie. « Argent de poche, grogna-t-il. De la petite monnaie.

— Ce ne sont que les subventions officielles. Elles vous achètent les noms des principaux acteurs, c'est tout. A partir des données de conversion des devises, je dirais que les véritables transferts sont cent fois plus importants.

— Seigneur, ils s'achètent un autre gouvernement !

— Parce que les peuples ne sont pas assez futés pour décider tout seuls. C'est comme ça qu'ils voient les choses. Et tant de ces affaires sont traitées par les réseaux informatiques ! Je connais un type, Walter Sachs, qui est un génie dans ce domaine. Il travaille dans les fonds spéculatifs, comme moi avant. Un drôle d'oiseau, d'une certaine façon, mais brillant.

— Tu veux dire qu'il y a un spécialiste des technologies de pointe qui travaille dans les fonds spéculatifs ?

— Étrange, je sais. Il est sorti premier de sa promotion du MIT et il travaille dans les fonds spéculatifs pour ne pas travailler, justement. C'est un jeu pour lui. Ça lui permet de passer presque toute la journée à glander. C'est un cerveau présentant un grand déficit d'ambition.

— Andrea, tu dois choisir avec mille précautions à qui tu parles, à qui tu fais confiance. Pour leur bien autant que pour le tien.

— Je sais. C'est tellement frustrant ! Toutes ces informations et si peu de certitudes. Thêta. Génésis. Paul Bancroft. Jared Rinehart. Rome, Tallinn. Trafic d'armes. Manipulations politiques. C'est comme si on regardait tous ces tentacules sans savoir qui est la pieuvre. »

Ils reparlèrent de ce qu'ils savaient quelques minutes encore sans guère progresser. L'épuisement, l'affaiblissement profond qu'ils éprouvaient tous deux, brouillaient leur esprit et les empêchaient de se concentrer. Ils furent d'accord pour se reposer. Il choisit le lit le plus proche de la fenêtre. Une chambre partagée avec des lits séparés. L'intimité était là, et la distance aussi. Ça semblait approprié.

Le sommeil aurait dû venir facilement, mais il se fit attendre. Ensuite Todd se réveilla plusieurs fois après la vision cauchemardesque du visage haineux de Richard Lugner. A d'autres moments, c'était Jared Rinehart qui s'imposait à lui, entouré d'un halo lugubre, marchant dans les allées et les recoins de son esprit.

*Je serai toujours là pour toi*, avait dit Jared aux funérailles de l'épouse de Todd.

*N'oublie pas, mon ami, tu m'auras toujours à tes côtés.* Jared au téléphone, quelques heures après qu'il avait appris la mort de Louisa pendant une opération à Belfast.

Dans une vie où rien ne durait jamais, Jared Rinehart avait été une constante. Son intelligence calme, sa loyauté sans faille, son esprit vif et espiègle – c'était un ami, un allié, son étoile polaire. Chaque fois que Todd avait eu besoin de lui, il était apparu, soudain, comme guidé par un sixième sens.

Quelle était la vérité ? Si Todd avait eu tort de faire confiance à Jared, à qui pouvait-il accorder cette confiance ? S'il s'était à ce point trompé à son sujet, pouvait-il se fier à lui-même ? Ces questions le transperçaient comme de l'acier glacé. Il se tourna, s'agita, froissa les vilains draps autour de lui et regarda le plafond pendant ce qui lui parut des heures.

Il percevait le son lointain de la circulation, le son plus proche d'une respiration, celle d'Andrea. Au début elle respirait profondément, régulièrement. Puis son souffle se fit chaotique. Il l'entendit crier dans son sommeil, émettre des gémissements de détresse et, quand il se tourna vers elle, il vit ses bras qui battaient l'air comme pour se protéger contre des assaillants.

Il se leva, lui caressa le visage. « Andrea », murmura-t-il.

Elle fit un autre mouvement brusque, une convulsion provoquée par un cauchemar, et il l'immobilisa.

« Andrea », répéta-t-il.

Elle ouvrit les yeux et parut terrifiée. Elle respirait péniblement, comme si elle avait couru

« Tout va bien, dit Todd. Tu faisais un cauchemar.

— Un cauchemar, répéta-t-elle d'une voix lourde de sommeil.

— Tu es réveillée, maintenant. Tu es ici avec moi. Tout va bien. »

La faible lumière qui leur parvenait des réverbères, dehors, et qui passait par les volets, modelait ses pommettes, illuminait sa peau, ses lèvres.

Elle le vit. Elle enregistra le mensonge réconfortant. « S'il te plaît, serre-moi dans tes bras ! » murmura-t-elle.

Il repoussa une mèche humide sur son front et enlaça son corps mince et ferme. Sa chaleur le réchauffa.

« Andrea... » dit-il.

Il prit une profonde inspiration, étourdi par son odeur, sa chaleur, sa présence, son visage qui rayonnait comme de la porcelaine.

« Il n'est pas terminé, ce cauchemar ? » demanda-t-elle.

Il la serra plus fort et elle s'accrocha à lui, d'abord par peur puis mue par autre chose, une sorte de tendresse.

Il rapprocha sa tête de la sienne. « Andrea », murmura-t-il.

Elle pressa ses lèvres contre les siennes, l'enlaça à son tour et bientôt leurs corps ne firent plus qu'un, ondulants, frissonnants, brûlants. C'était une manière de nier la violence et la mort qu'ils avaient vues, une affirmation face à la négation.

## *Chapitre vingt-trois*

PERSONNE N'ÉTAIT PLUS AVIDE de publicité qu'un sénateur sans ancienneté. Le sénateur Kenneth Cahill, nouvellement arrivé du Nebraska, correspondait en tout point à cette image. Pendant la campagne, il avait bien sûr bénéficié d'une large couverture dans la presse locale ; une fois élu, son équipe et lui avaient été écrasés par un dôme de silence qui s'était abattu sur eux. Et les gens qui se font élire aiment rarement le silence.

Le stratagème s'était mis en place sans problème. Quand « John Miles » d'Associated Press avait appelé son bureau pour demander à l'interviewer sur une « provision clé » que Cahill avait soutenue dans le cadre d'un décret sur l'attribution de crédits budgétaires – un demi-million de dollars pour mettre aux normes l'usine de traitement des eaux usées de Littleton, et des améliorations du système de collecte des eaux de pluie dans le comté de Jefferson –, le sénateur avait réagi comme Todd Belknap l'avait prédit. Les assistants de Cahill étaient presque allés jusqu'à lui proposer de lui envoyer une voiture !

Todd n'avait pas non plus choisi son agence de presse au hasard. Il savait que les reporters d'Associated Press étaient en général anonymes et, précaution supplémentaire, il avait exposé clairement qu'il n'était pas basé à Washington – aucun des membres du bureau de la capitale n'était donc censé le connaître. AP avait près de quatre mille employés dans deux cent cinquante bureaux. Dire que vous étiez journaliste d'AP, cela revenait à dire que vous étiez de New York.

Même un collègue avait peu de chances de vous reconnaître. Il ne craignait pourtant pas que quelqu'un, chez Cahill, regarde ses références de près. Pour un jeune sénateur, la publicité, c'était de l'oxygène, et Cahill, avant-dernier en âge dans l'auguste corps auquel il venait juste d'accéder, était avide de publicité. « Miles » prit rendez-vous à quinze heures.

Todd arriva dans le hall de l'immeuble Hart cinq minutes avant l'heure. Il portait autour du cou une lanière jaune avec en pendentif un badge volumineux à bande magnétique. Le mot « presse » était tamponné en grosses lettres sur le nom John Miles, le code de vérification de mission, son employeur et sa nationalité, ainsi qu'une photo d'identité. C'était du bon boulot. Le garde – les traits rabougris, de lourdes paupières –, en dépit d'un regard soupçonneux, n'était sûrement pas plus féroce qu'un chiot qui venait de naître, d'après l'évaluation rapide à laquelle se livra Todd. Il lui fit signer un registre et le laissa entrer. Todd portait des lunettes à monture en écaille, une veste et une cravate, et tenait une serviette qu'on fit passer devant un détecteur de métaux sans l'ouvrir.

Autour de lui il ne vit que le genre de personnes qu'on s'attend à rencontrer dans le bâtiment Hart : des lobbyistes, des assistants et des huissiers du sénat, des journalistes et des coursiers. Il prit l'ascenseur jusqu'au septième étage.

Dès qu'il en sortit, il passa un appel rapide à l'attaché de presse du Nébraskan. Il avait été retardé – une autre interview avait pris plus de temps que prévu, car l'affaire était plus complexe qu'il ne l'aurait cru ; il arriverait dès que possible.

Puis il tourna à gauche dans un long couloir éclairé par des fenêtres et entra dans l'antichambre d'une impressionnante suite en duplex appartenant au sénateur Kirk, un homme qui jouissait de toute l'ancienneté qui manquait au Nébraskan, et qui en usait avec ostentation. Todd savait que Kirk serait là, dans ses appartements : il avait assisté à une réunion une heure plus tôt et en avait une autre dans quarante-cinq minutes.

« Je suis venu voir le sénateur Kirk », dit-il à la femme d'âge mûr assise derrière un bureau.

Guindée dans sa veste vert sombre et son chemisier à col fermé, ses cheveux décolorés en blond, elle avait moins l'air d'un membre de la garde prétorienne que d'une directrice d'école primaire. Rien de spectaculaire, rien de glacial – mais intimidante, pourtant. « Je crains bien de n'avoir noté personne sur l'emploi du temps du sénateur. Comment avez-vous dit que vous vous appeliez ? »

Todd marqua une pause. Pourquoi était-ce si difficile ? *Suis le plan*, s'exhorta-t-il. *Lance les dés si tu veux entrer dans le jeu !* Il avala sa salive.

« Je m'appelle Todd Belknap.

— Todd Belknap, répéta-t-elle en se rendant compte que ce nom ne lui disait rien. Je crains que le sénateur ne soit très occupé, mais si vous voulez prendre rendez-vous, je vous suggère...

— Je vous demande de lui transmettre un message. Dites-lui mon nom. Dites-lui – je suppose que je peux compter sur votre discrétion – que je suis officier supérieur aux Opérations consulaires. Et dites-lui que je viens lui parler de Génésis. »

La femme eut l'air troublé. Cet homme était-il un intégriste religieux ou un employé des services secrets ? « Je peux certainement lui transmettre ce message », dit-elle avec une hésitation.

Elle montra à Todd une rangée de fauteuils en cuir brun le long d'un mur et attendit qu'il s'asseye avant de décrocher son téléphone et de parler à voix basse. Elle ne s'adressait pas au sénateur, il l'aurait juré, mais à un assistant. Todd l'avait prévu. Puis elle regarda derrière elle la porte fermée qui séparait l'accueil des pièces où le sénateur et son équipe travaillaient.

En moins d'une minute, un homme trapu, chauve, les ongles rongés jusqu'au sang, passa la porte en trombe. Son visage blanc comme un ventre de poisson arborait un sourire indifférent ; seul un petit tic facial trahissait la tension qu'il dissimulait de son mieux. « Je suis Philip Sutton, chef de cabinet du sénateur. Que puis-je pour vous ? demanda-t-il à voix basse.

— Vous savez qui je suis ?

— Todd Beller, non ? Ou Bellhorn – est-ce ce que vous avez dit à Jane ?

— Je vais nous faire gagner du temps à tous les deux, dit l'agent secret d'une voix désabusée mais sans reproches. Vous venez de vérifier ma légitimité sur votre ordinateur, sinon vous ne seriez pas venu me parler. Je parie que vous avez eu accès aux données du Département d'État. Qu'avez-vous trouvé ? »

Un autre petit tic fripa la joue de Sutton. Il ne répondit pas tout de suite. « Vous avez conscience, n'est-ce pas, que le sénateur est sous la protection du Secret Service ?

— J'en suis heureux.

— A cause de la nature de la commission qu'il dirige, il a reçu diverses menaces.

— Je suis passé par les détecteurs de métaux en entrant. Vous pouvez me fouiller si vous le souhaitez. »

Sutton ne souriait plus et ses yeux furent traversés d'un éclair. « Mais il n'y a pas trace de votre entrée dans le bâtiment, dit-il farouchement.

— Vous préféreriez qu'il y en eût une ?

— Je n'en suis pas sûr, répondit Sutton après l'avoir longuement regardé.

— Le sénateur va-t-il me recevoir ?

— Je ne saurais vous le dire.

— Vous n'avez pas encore pris votre décision.

— Oui, c'est tout à fait ça.

— Si vous êtes convaincu que nous n'avons rien à nous dire, dites-le, et vous ne me reverrez jamais. Mais vous feriez une belle erreur. »

Un long moment s'écoula. « Écoutez, pourquoi ne me suivez-vous pas ? Nous allons parler dans mon bureau. En fait, continua-t-il d'une voix plus forte, beaucoup de gens ne comprennent pas les opinions du sénateur au sujet des subventions pour soutenir les prix agricoles. Je suis ravi de cette occasion de clarifier les choses. »

*

Sans bruit ni notification officielle, on avait installé un système de reconnaissance faciale dans l'immeuble Hart du Sénat. Il était encore expérimental, même si des essais avaient prouvé jusque-là son efficacité à quatre-vingt-dix pour cent. Les caméras de sécurité étaient reliées à la fois à une base de données locale et à un ordinateur lointain pour que les informations passent par des algorithmes multiples. Chaque caméra pouvait identifier rapidement, en mode faible définition, l'aspect d'un objet avec une tête ; la caméra passait alors en mode haute définition. Tant que le visage faisait un angle d'au moins 35 degrés avec l'objectif, l'image pouvait être manipulée automatiquement – tournée et décomposée pour qu'on puisse la confronter à des images de référence. L'image vidéo transposée était alors saisie – un visage numérique à partir de seize points faciaux remarquables – et comparée à des centaines de milliers de fichiers stockés dans la machine. Le système était capable de comparer dix millions de visages toutes les dix secondes, une valeur numérique étant attribuée à chaque comparaison. Si la valeur était assez élevée, on s'arrêtait à cette association provisoire et la caméra passait en mode très haute définition. Si l'identification était confirmée, les opérateurs en étaient informés. Alors seulement un être humain regardait les deux images, remplaçant le calcul mathématique de l'analyse des traits par le bon vieux jugement humain.

C'était ce qu'on menait à bien à ce moment précis : des analystes visionnaient les images vidéo et les comparaient aux images de référence. Il n'y avait guère de doutes. L'ordinateur ne pouvait être floué par des lunettes ou des modifications dans la coiffure ou la barbe ; les indices qu'il analysait étaient presque impossibles à modifier : mesure du crâne, de l'arête nasale, des orbites, de l'angle du menton, de la distance entre les yeux – on ne pouvait changer ça avec une perruque ou du coton dans les joues.

« On l'a ! » dit l'informaticien au gros ventre.

Vêtu d'une chemise hawaïenne sur un pantalon large, il passait presque toutes ses journées dans une pièce sombre à grignoter des chips avec un mouvement régulier du paquet à sa bouche qui pouvait durer des heures.

« Il suffit de cliquer sur cette case rouge, et voilà !
— Et tout le monde est alerté ?
— Et tous ceux qui ont besoin d'être alertés sont alertés. Ça dépend de qui il s'agit. Parfois, c'est l'affaire des gardes dans le hall ou des flics du quartier. D'autres fois, c'est quelqu'un que la CIA ou le FBI suivent, comme un étranger qui ne doit pas savoir qu'il est surveillé. Ils jouent le jeu comme ils veulent. Ce n'est plus entre nos mains.
— Clique sur la case rouge ! »

Il replongea deux doigts dans le paquet de chips et regarda l'écran. « Tu cliques sur la case rouge. Ça fait du bien, hein ? Un clic et ils s'occupent de tout. »

*

L'homme dans le coupé Stratus prit une dernière gorgée de café et plia le gobelet entre ses doigts. C'était un gobelet Anthora, les lettres bleues imitant des caractères grecs et proclamant C'EST UN PLAISIR DE VOUS SERVIR. Il le froissa et coinça la boule informe entre son coussin et celui du passager. Il rapportait toujours les voitures qu'il louait aussi sales que possible, allant jusqu'à vider le cendrier sur les sièges. Comme ça, le loueur la nettoyait soigneusement et ça laissait moins de traces de lui.

Il regarda la femme sortir du motel et apprécia le spectacle incongru : une oiselle de prix quittant un nid minable. La femme n'était pas maquillée et semblait avoir choisi des vêtements qui dissimulaient sa silhouette plutôt que de la flatter, mais on voyait bien qu'elle était jolie. Justin Colbert sourit. Ce n'était pas une bonne idée ! On ne mélangeait pas les affaires et le plaisir. Le moins souvent possible.

L'affaire était différente avec cette femme, de toute façon. D'une très grande difficulté. On ne pouvait envisager un autre ratage. Pas cette fois.

C'était pourquoi on avait fait appel au meilleur, c'est-à-dire à Justin Colbert.

Il fit descendre la vitre côté passager et déplia une carte routière. « Madame, appela-t-il à l'intention de la jeune femme, je suis désolé de vous ennuyer. J'essaie de retourner sur la Route 495 et... » Il haussa les épaules d'impuissance.

La femme regarda prudemment autour d'elle, mais elle fut incapable de résister à l'air perdu de Justin. Elle s'approcha de la voiture. « Prenez la 66, dit-elle, à deux rues au nord.

— Et de quel côté est le nord ? »

Il avait bien choisi son moment. Personne ne les observait. Il frotta son poignet contre l'avant-bras de la femme.

« Aïe ! dit-elle.

— Mon bracelet de montre – désolé ! »

Elle le regarda curieusement – une seconde d'étonnement, une autre exprimant la suspicion, et enfin la stupeur et l'incompréhension avant la perte de conscience.

C'EST UN PLAISIR DE VOUS SERVIR, songea-t-il avec un petit rire.

Colbert descendit de voiture avant même qu'elle s'effondre. Il la saisit par les épaules. Quatre secondes plus tard, il l'avait déposée dans le coffre de sa voiture, qu'il referma doucement. La bâche en plastique éviterait qu'un fluide corporel vienne souiller la moquette. Cinq minutes plus tard, il s'engageait sur l'autoroute Baltimore-Washington. Il irait vérifier comment elle se portait dans une heure, mais il y avait assez d'oxygène pour la garder en vie pendant tout le voyage.

Andrea Bancroft était plus précieuse vivante que morte. Du moins pour le moment.

*Chapitre vingt-quatre*

AU SEPTIÈME ÉTAGE de l'immeuble Hart, les deux hommes s'assirent à un bureau face à face et tentèrent de se jauger. Il n'y avait pas d'alternative. Le chef de cabinet du sénateur Kirk voulait savoir s'il pouvait faire confiance à Todd Belknap. Ce qu'il ne savait pas, c'était combien Todd avait été torturé par la question de savoir s'il pouvait faire confiance à Kirk ! L'agent secret avait consulté Nexis en ligne, lu tout ce qu'il avait pu à propos de l'homme afin de se faire une idée sur lui. Sans accès aux fichiers des Opérations consulaires, il était handicapé. Les faits ne lui disaient pas tout. Kirk était né à South Bend, dans une famille de fermiers prospères. Il avait fréquenté l'école publique, on l'avait nommé président du conseil des élèves, il jouait au hockey, au football américain. Il avait étudié à l'université Purdue et obtenu son diplôme de droit à l'université de Chicago. Un juge fédéral l'avait engagé, puis il était reparti en Indiana pour enseigner le droit à South Bend. Quatre ans plus tard, il était élu secrétaire d'Etat de l'Indiana, puis lieutenant-gouverneur, avant de se présenter au Sénat. Pour Kirk, cette première fois fut magique. Il s'impliqua dans les comités des finances, du service militaire, du logement et de l'urbanisme, et dans le sous-comité au commerce et aux finances internationales. Depuis le début de sa réélection, il était devenu membre du comité très fermé sur l'Intelligence.

Y avait-il quoi que ce soit dans sa carrière qui laissât présager le cours explosif dans lequel il s'était engagé avec cette enquête sénatoriale ? Todd avait recherché des schémas ; en vain. Comme la plupart des sénateurs du Midwest, il soutenait les décrets qui incitaient à utiliser de l'éthanol comme substitut à l'essence, puisque l'éthanol était un dérivé des céréales et que sa région était essentiellement agricole. Il n'avait rien fait contre les intérêts de ConAgra et Cargill. En dehors des services habituels rendus à l'État d'origine et des remerciements en nature aux principaux donateurs, il avait un passé modéré, pragmatique. Un peu magouilleur sans doute, un peu trop prompt à faire des concessions pour obtenir que les incitations à l'utilisation d'éthanol soient inscrites dans la loi, mais dans un corps législatif de plus en plus polarisé, il avait la carrure d'un homme d'État. Il n'y avait pas non plus de traces d'une richesse inexpliquée. Todd décida de suivre ce que lui disait son instinct. Cet homme n'était ni un filou ni un escroc. Il était ce qu'il paraissait être. Prendre ce parti, c'était faire un pari, mais il était prêt à courir le risque. De surcroît, s'il existait une solution violente – une approche détournée de la commission Kirk –, quelqu'un l'aurait déjà trouvée.

C'était pourquoi Todd avait décidé de faire la seule chose possible : dire la vérité. Une fois de plus, il allait entrer par la porte.

Philip Sutton se pencha sur son bureau encombré. « Tout ce que vous m'avez exposé jusque-là est réglo. Vous avez dit qu'on essayait de vous baiser. Les archives disent que vous êtes en congé sans solde. Recrutement, durée de service – tout est vrai.

— Il y a une raison. C'est une sorte de manipulation, si vous voulez. Je me suis dit que si je vous disais la vérité, une vérité honnête, vérifiable, vous me feriez un peu confiance. »

Un petit sourire flotta sur la bouche flasque de Sutton. « Honnête ? Je vis dans le monde politique. C'est une entourloupe très sale à laquelle on a rarement recours.

— A cas désespérés, mesures désespérées. Est-ce que vos recherches vous ont fait tomber sur une référence à une "extraction administrative" ? »

L'expression de Sutton était éloquente.

« Vous savez ce que ça veut dire, n'est-ce pas ?

— Je peux deviner. Ça fait partie de votre stratégie de franchise totale ?

— C'est ça. Y compris avouer ma stratégie. »

Sutton renonça à sa bonhomie professionnelle. Il regarda Todd dans les yeux. « Parlez-moi de Génésis.

— J'en serais ravi, avec l'autorisation du sénateur. »

Sutton se leva et partit dans le couloir d'une démarche légère malgré son tour de taille. Il revint presque aussitôt et fit signe à Todd de le suivre. « Le sénateur va vous recevoir. »

Au bout du couloir bordé de petits bureaux, celui de Kirk Bennett était vaste, décoré des meubles en bois sombre qui erraient sans doute dans le Sénat depuis l'âge de pierre ; contrairement aux pièces occupées par des assistants administratifs, il faisait deux étages en hauteur. Les rayons du soleil filtraient doucement à travers les voilages.

Le sénateur Kirk Bennett – grand, dégingandé, couronné de sa célèbre crinière de cheveux argentés – attendait Todd debout. Le vieux politicien le toisa en expert. Todd sentit ses yeux gris scruter son visage, le sonder, l'évaluer. Il y eut une lueur d'abandon – peut-être même d'approbation. Il avait une poignée de main ferme mais pas autoritaire.

« Je suis heureux que vous ayez pu me recevoir, sénateur. »

De près, Todd crut voir quelque chose de presque hagard dans l'allure distinguée du vieil homme – non pas une fatigue, mais un effort pour dissimuler la fatigue.

« Qu'avez-vous à me dire, monsieur Belknap ? Je suis tout ouïe. Enfin, façon de parler ! »

Todd sourit, charmé en dépit de ses réticences et du sérieux de sa démarche, par le style pragmatique de cet homme. « Inutile que nous essayions de nous berner. Génésis a été mon sésame. C'est le mot qui m'a permis de passer votre porte.

— Je crains de ne pas avoir la moindre idée de ce dont vous parlez.

— Nous n'avons pas le temps pour ce genre d'échange. Je ne suis pas ici pour jouer aux cartes.

— Alors, abattez votre jeu, dit Kirk avec une certaine méfiance.

— Très bien. J'ai des raisons de croire que quelqu'un portant le nom de code Génésis est une puissance dangereuse dans ce monde. Génésis – quoi ou qui se cache derrière ce nom – vous menace directement. Et en menace d'autres. Il faut que vous preniez garde à ne pas être utilisé par Génésis. »

Le sénateur et son assistant échangèrent un regard. Il y avait quelque chose du genre *Je te l'avais bien dit* dans cet échange, mais Todd n'aurait su affirmer qui avait dit quoi. « Continuez, dit le politicien d'une voix sourde. Que savez-vous de lui ? »

Todd se redressa dans son siège et lui raconta ce qu'il avait entendu.

Au bout de quelques minutes, le sénateur Kirk l'interrompit. « Ça fait un peu carnaval, non ?

— Si vous le pensiez, vous ne m'auriez pas laissé entrer.

— En vérité, j'ai entendu ces histoires, moi aussi – certaines, en tout cas. Les sources sont rares.

— Je vous l'accorde.

— Mais vous dites que vous avez été directement menacé par Génésis. De quelle manière ? »

On lui donne un doigt et il prend le bras... Todd soupira et lui raconta brièvement ce qui venait de se produire à Chypre. « Je compte sur le fait que notre conversation reste entre nous, souligna l'agent secret.

— Cela va sans dire.

— C'est encore mieux en le disant.

— Je comprends, dit Kirk Bennett avec un sourire froid. Et que savez-vous précisément sur Génésis ?

— J'ai déjà beaucoup parlé, suggéra Todd. Et vous, que savez-vous de lui ?

— Qu'en penses-tu, Phil ? demanda Kirk à son assistant. Tu crois qu'il est temps d'ouvrir nos kimonos ? »

Si les mots étaient enjoués, le ton trahissait une appréhension.

Sutton haussa les épaules.

« Vous voulez son nom, son adresse et son numéro de sécu ? demanda le sénateur.

— Oui.

— Nous aussi. »

Un autre échange de regards entre le sénateur à l'allure aristocratique et son petit chef de cabinet rondouillard et débraillé. « Belknap, décida Kirk, mon instinct me dit que vous êtes un type franc. Mais votre dossier parle d'extraction administrative, ce qui signifie, en clair, que vous n'avez plus accès aux données classées.

— Vous le saviez avant le début de notre conversation.

— Vous l'avez dit vous-même : notre conversation doit rester entre nous. Mais vous vous adressez à moi en tant que chef du comité du Sénat sur l'Intelligence. Je dois m'adresser à vous en tant qu'homme, en tant qu'Américain. Est-ce possible ?

— Le secret va dans les deux sens. Franchement, sénateur, j'ai tant de secrets de ce pays dans ma tête que parler d'autorisation est une absurdité bureaucratique. Sans vouloir insister, je suis un de ces secrets. J'ai passé ma carrière au sein de programmes à accès restreint.

— Vous marquez un point, dit Sutton à Todd.

— Dans les faits, dit Kirk, Génésis a toujours communiqué avec nous par courrier électronique. Une boîte absolument intraçable, m'assure-t-on. Il n'y a pas de signature électronique. Les informations sont fragmentaires, au mieux. Mais elles n'ont jamais été plus qu'un nom pour moi. Vous me demandez si je suis utilisé. Comment répondre à ça ? Sur le plan fonctionnel, le rôle que joue Génésis est celui d'un informateur confidentiel. La seule différence avec les autres, c'est qu'il a une connaissance très pointue dans toute sorte de domaines. Il y a toujours la menace d'une désinformation, mais nous ne prenons rien pour argent comptant. L'info est vérifiable ou non. D'autres possibilités ? Des règlements de comptes ? Bien sûr. Toute enquête est nourrie par ceux qui déversent des eaux sales sur leurs ennemis dans leur propre intérêt. Ça n'a rien de nouveau. Cela ne rend pas les révélations moins précieuses pour l'intérêt général. »

C'était d'une logique pure et dure, difficile à réfuter.

« Cela ne vous ennuie pas de n'avoir aucune idée de l'identité de votre informateur en chef ?

— Bien sûr que si ! grogna Sutton. Mais ce n'est pas ce qui compte. On ne peut pas commander ce qui n'est pas au menu.

— Cela ne vous ennuie donc pas de traiter avec le diable.

— Un diable que vous ne connaissez pas ? demanda Sutton en levant un sourcil. Vous versez dans le mélodrame. Essayez d'être plus précis.

— Très bien, dit Todd avec réticence. Avez-vous jamais pensé que Génésis pourrait être le pseudonyme de Paul Bancroft ? »

Le sénateur et son chef de cabinet se regardèrent à nouveau. « Si c'est ce que vous pensez, dit Kirk, vous avez tout à fait tort.

— Vous confondez le chat et la souris, ajouta Sutton. Génésis est l'ennemi mortel de Bancroft.

— Avez-vous été informés de l'existence du groupe Thêta ? demanda Todd en désespoir de cause.

— Vous êtes aussi au courant de ça... dit le sénateur. L'image que nous en avons n'est encore qu'une esquisse. Mais Génésis collecte des informations. D'ici quelques jours, nous devrions en avoir assez pour nous en servir.

— On ne plaisante pas avec une institution aussi puissante et auguste que la fondation Bancroft, expliqua Sutton, à moins d'avoir des cartouches en bandoulière sur les deux épaules.

— Je comprends.

— Heureux que ce soit le cas pour au moins l'un d'entre nous », ironisa Kirk.

Il y eut un autre silence. Chacun tentait d'en révéler aussi peu que possible mais d'en apprendre beaucoup : c'était un équilibre délicat à tenir.

« Vous dites que ces courriels sont intraçables...

— C'est ça, répondit brutalement Sutton. Et je vous en prie, ne me parlez pas de pièges à poser pour tenter de les identifier – croyez-moi, on a déjà tout essayé. Ces messages passent par un module qui les rend anonymes, un de ces services de transmission qui effacent tous les codes identifiants, toutes les données ISP, etc. Impossible de remonter à la source. C'est un système de haute volée.

— Montrez-moi, dit simplement Todd.

— Qu'on vous montre quoi ? Un courriel de Génésis ? Quel qu'ait été votre niveau d'accession aux dossiers sensibles, les travaux de la Commission vous auraient été fermés. Ils sont scellés. Je peux vous en imprimer un exemple, mais vous n'en apprendrez rien. »

Il se leva et alla taper quelques codes sur le terminal du sénateur ; une minute plus tard, une feuille sortit de l'imprimante laser. Il la tendit à l'agent.

Todd regarda le papier presque vierge.

1222.3.01.2.33.04
105. ATM2-XR2. NYC1. ALTER. NET (146 188 177 158) 164 ms 123 ms 142 ms
à : Bennet-Kirk@ussenate.gov
de : genesis
Données financières sur l'entité en référence suivront avant la fin de la semaine
— GENESIS

« Pas vraiment bavard, notre Génésis, grogna Todd.

— Vous savez ce qu'est SMTP ? demanda Sutton. Moi, je n'en

savais rien avant que ce message arrive. Mais j'ai compris une ou deux choses.

— C'est du chinois pour moi, dit le sénateur avec un sourire en s'éloignant vers la fenêtre.

— C'est comme un service postal, expliqua l'assistant au visage blafard après s'être éclairci la gorge. Sa version électronique. En général, ça vous donne l'adresse pour répondre. Mais ici, ça a été envoyé par un service d'anonymisation dans les Caraïbes, et... fin de l'histoire. Comment est-ce arrivé à cette boîte de relais anonyme ? Personne ne le sait. Vous pouvez mettre tous ces chiffres sous un de vos foutus microscopes électroniques, ça n'y fera rien. C'est le papier le moins informatif qu'on ait jamais vu. »

Todd plia la feuille et la glissa dans sa poche. « Dans ce cas, ça ne vous ennuiera pas que je l'emporte.

— C'est une marque de confiance. Nous sommes touchés par votre franchise. Votre désespoir, disons. »

Ce n'était pas vraiment ça. Todd savait que Sutton était presque aussi impatient d'identifier leur informateur que lui. Il se tourna vers le sénateur Kirk. « Puis-je vous poser une question ? Qu'est-ce qui vous a fait démarrer ça ? Je veux dire, cette histoire de la commission Kirk ? C'est un boulot énorme, pour commencer. Qu'en tirez-vous ?

— Ce n'est pas le genre d'entreprise d'adieu dans laquelle se lance un politicien sur le retour, c'est ce que vous voulez dire ? sourit le vieux sénateur. Oui, je suis un vrai sénateur vertueux de mon modeste État. Les politiciens parlent toujours de servir leur pays. C'est leur discours : le service public. Mais nous ne mentons pas tous, du moins pas tout le temps. La plupart des élus au Congrès sont des compétiteurs nés. Ils sont là parce qu'ils aiment gagner, parce qu'ils aiment gagner en public. A peine sortis du lycée, ils doivent trouver un autre moyen pour rester en vue que la présidence du club des élèves ou leurs exploits sur les terrains de sport. Par tempérament, ils sont impatients et n'envisagent pas de faire profil bas pendant dix ou quinze ans. Il faut ça pour vraiment arriver au sommet dans la banque ou dans le système juridique. Ils s'y retrouvent donc. Mais les lieux vous changent, Belknap. Ils vous changent ou peuvent vous changer.

— En mal, dans la plupart des cas.

— Dans beaucoup de cas, c'est sûr », confirma le sénateur en changeant de position sur son siège.

Todd crut discerner une grimace qui disparut vite de son visage.

« Mais ce que nous faisons, continua Kirk, et qui nous sommes, est déterminé moins par la personnalité que par les circonstances. Je ne l'ai pas toujours pensé. Mais c'est aujourd'hui mon avis. Winston Churchill était un grand homme. Il avait été un homme au talent immense, quel qu'eût été le cours de l'histoire. Mais il a exprimé toute sa carrure grâce aux circonstances qui l'ont appelé, parce qu'elles nécessitaient les qualités qu'il possédait. Il a réussi avec l'Allemagne. Mais il a eu tout faux avec l'Inde : il n'a jamais compris que les sujets de cette colonie britannique voulaient devenir des citoyens – des citoyens de leur propre pays. Le même genre d'obsession qui avait évité qu'il temporise et cède dans un cas l'a empêché de trouver un compromis juste et de faire des concessions dans le second cas. Pardonnez-moi ! Me voilà en train de faire un discours.

— Vous les faites très bien.

— Les risques du métier, c'est ça. Écoutez, vous pouvez vous demander si mes réformes du monde des renseignements sont mon Allemagne ou mon Inde – et je ne prétends pas être même un sous-Winston. Mais vous ne pouvez prétendre qu'il n'y a pas de problème. Certains parmi ceux qui organisent les services d'intelligence se font tout petits, adoptent le mode de vie des indigènes et ne voient plus les problèmes. Ça ne m'est pas arrivé. Plus j'en apprends, plus je m'inquiète. Parce que dans les poutres, il y a des galeries de termites et beaucoup de pourriture. On aura beau repeindre la maison, si on ne soulève pas les lattes du plancher, si on ne retire pas le plâtre des murs pour vérifier la structure en bois, on est un élément du problème.

— Malgré tout, pourquoi vous ? »

Sutton lui-même regarda le sénateur, visiblement curieux de connaître sa réponse.

La bouche de Bennet Kirk se fendit d'un sourire, mais ses yeux restaient froids. « Si ce n'est pas moi, qui le fera ? »

*

Todd quitta la suite du sénateur. Il avait parcouru la moitié du couloir vers les ascenseurs quand il se rendit compte que quelque chose n'allait pas. Comment ? Il n'aurait pu le dire. Il le savait à un niveau situé plus profondément que la connaissance consciente.

L'immeuble Hart était construit autour d'un atrium central, une sorte de cour intérieure avec des batteries d'ascenseurs de chaque côté. Dès qu'il sortit de la suite du sénateur, Todd vit l'œuvre de Calder. Mais ce ne fut pas la seule chose qu'il enregistra dans le couloir. Si le bout des doigts détecte la moindre irrégularité d'une surface lisse, tous les sens d'un agent de terrain bien formé et aguerri ont le même genre d'acuité. La présence de quatre gardes nationaux en uniforme dans le hall, alors qu'il n'y en avait que deux à son arrivée. Des hommes postés à chaque étage contre la rambarde dominant l'atrium – uniquement des civils à première vue ; des agents en civil à la réflexion. La veste un peu trop large, le regard trop vigilant, la dégaine faussement décontractée – un badaud admirant le grand mobile-stabile de Calder ? Cet homme n'avait rien d'ordinaire.

Todd eut des sueurs froides. Il vit deux hommes passer la porte-tambour du hall. Ils n'avaient pas l'air d'être des habitués des lieux. Ils marchaient à l'unisson. Ni l'un ni l'autre ne s'arrêtèrent devant le garde ; ni l'un ni l'autre ne gagnèrent les ascenseurs. Ils n'étaient pas là en visite ; ils prenaient position.

On était en train de lancer un filet.

Le sénateur Kirk ou son chef de cabinet avaient-ils finalement déclenché l'alarme ? Il ne le croyait pas. les deux hommes n'avaient montré aucune excitation ou appréhension, et personne non plus dans les bureaux. Il y avait forcément une autre explication. L'agent secret pensa qu'il devait avoir fait l'objet d'une identification visuelle, bien que sa destination précise n'ait pu être connue de ceux qui voulaient l'appréhender. On l'avait donc reconnu dans le hall. Si ces hommes savaient qu'il était dans le bâtiment, ils ne savaient pas précisément où. Sa seule chance d'échapper au filet qu'ils tendaient, ce serait qu'il garde ça en mémoire et qu'il l'utilise.

Et vite ! Le temps jouait déjà contre lui et les choses se présentaient de plus en plus mal à chaque minute qui passait. Il visualisa sa position comme sur une photo aérienne. Au septième étage du Hart. Un vaste parking en face, au nord, sur la rue C. Un bloc d'immeubles en coin délimité par l'avenue Maryland au sud. A l'ouest, des parcs et les gros bâtiments officiels ; à l'est, des immeubles de plus en plus petits, de moins en moins imposants, bientôt occupés par des appartements et des boutiques. *Si seulement tu pouvais te transformer en une fusée et t'envoler...*

Il envisagea d'autres options : pouvait-il provoquer l'évacuation de l'immeuble en déclenchant l'alarme à incendie, en téléphonant pour dire qu'il y avait une bombe ou en mettant le feu à une poubelle, et ensuite tenter de disparaître au milieu de la foule affolée ? Non, c'était exactement le genre de contre-manœuvre à laquelle ils étaient préparés. Les sorties de secours seraient gardées à l'extérieur ; un protocole de haute sécurité contrerait tous ses efforts pour activer une alerte concernant l'immeuble entier. Les agents de sécurité allaient d'abord enquêter et vérifier avant de procéder à l'évacuation.

Il s'était pourtant préparé à cette éventualité. Il fit demi-tour et se dirigea vers les toilettes. Il s'enferma dans une des cabines, ouvrit son attaché-case et enfila un uniforme qu'il avait soigneusement plié pour l'y glisser. Les lunettes et les chaussures retournèrent dans l'attaché-case. Quand il ressortit, il portait la tenue de camouflage standard des gardes nationaux, qu'on voyait partout dans ce genre d'immeuble fédéral. La chemise, le gilet et le pantalon, avec leurs formes aléatoires vertes, grises et beiges étaient authentiques, et il faudrait y regarder de près pour se rendre compte que ses chaussures hautes lacées n'étaient pas les bottes de combat distribuées par l'armée mais des chaussures moins lourdes, plus souples. Il avait les cheveux un peu trop longs pour le rôle mais, à nouveau, c'était une entorse à la règle que peu remarqueraient.

Restait à régler le problème de l'attaché-case. Quand il voulait passer pour un homme d'affaires, il complétait son déguisement. Dans sa nouvelle identité, il serait tout à fait incongru. Il sortit de sa cabine, veilla à ne pas se tourner face à la rangée de miroirs au-dessus des lavabos et trouva une grosse poubelle circulaire près de la porte donnant sur le couloir. Après s'être assuré que personne ne le regardait, il laissa tomber l'attaché-case dedans et le couvrit de quelques serviettes en papier froissées. On ne le retrouverait pas de sitôt.

Il partit dans le couloir en roulant des mécaniques, du pas d'un homme qui va accomplir son devoir et qui veut qu'on voie qu'il maîtrise la situation, sans se précipiter. Il prit l'escalier ouest, le plus proche de l'autre immeuble du bureau du Sénat, Dirksen. La cage de cet escalier n'avait rien de la majesté modernistes des escaliers semi-circulaires de l'atrium, mais elle était large, comme l'exigeaient les règles de protection contre les incendies. Sur le palier du quatrième étage, il vit un autre garde posté là : un Noir à la peau assez claire et au crâne rasé, ce qui ne dissimulait pas une calvitie assez avancée. L'homme portait à la ceinture un gros pistolet de combat et à l'épaule un fusil semi-automatique, un M16A2 à crosse en plastique. Todd remarqua qu'il avait activé la séquence de tir : trois balles par pression sur la détente. De si près, trois balles suffiraient amplement.

Todd salua le garde d'un hochement de tête assez brusque et veilla à le regarder droit dans les yeux sans pourtant l'inviter à discuter, ce qui eût été désastreux. Il eut l'impulsion soudaine de sortir un talkie-walkie en plastique qui ressemblait au modèle militaire standard et de feindre de parler à quelqu'un.

« J'ai vérifié rapidement au sixième. Pas trace de notre gars, dit Todd d'une voix lasse mais professionnelle. Est-ce qu'on est coordonnés avec les 171-Bs ? dit-il après avoir lu le numéro de l'unité du garde sur sa chemise. J'ai l'impression qu'on se disperse sur trop d'unités, ici. Une armée contre une mouche ! »

Tire de ça ce que tu voudras ! songea Todd en descendant plus bas. La dernière volée de marches, celle qui conduisait au rez-de-chaussée, était facilement accessible derrière une large porte qu'on ouvrait en poussant une barre métallique. Une porte anti-incendie, en fait. Déverrouillée. Mais blindée. Une plaque rouge et blanc prévenait : PORTE COUPE-FEU. À LAISSER FERMÉE. NE PAS BLOQUER L'ACCÈS. Une autre plaque insistait : SORTIE DE SECOURS UNIQUEMENT. SON OUVERTURE DÉCLENCHERA UNE ALARME.

*Merde !* De frustration, il sentit sa poitrine se serrer. Il fit demi-tour et regagna le couloir. En le parcourant, il nota la présence de trois, peut-être quatre agents en civil. Aucun ne le regarda vraiment ; on le voyait, sans le remarquer ; sa tenue de camouflage remplissait son rôle à merveille : il était là, mais sa présence semblait légitime.

Une poignée de personnes montaient dans l'ascenseur pour gagner le rez-de-chaussée. C'était sa chance. A nouveau sans y réfléchir à deux fois, Todd les rejoignit une seconde avant que la porte se referme.

Près de lui, une jeune femme parlait doucement à une autre. « Alors, je lui ai dit : "Si c'est ce que tu ressens, pourquoi est-ce qu'on en discute encore ?"

— T'as pas fait ça ! » répondit son amie.

Un homme plus âgé s'entretenait avec un jeune associé, tous deux avocats apparemment, à propos d'une affaire qu'il fallait « arrêter avant toute réconciliation ».

Todd sentit le regard de certains se poser sur lui. Il sentit aussi qu'au moins une personne dans cet ascenseur n'était pas un civil. C'était un homme à forte carrure dont les bras pendaient le long du corps, signe d'une musculature gonflée par des entraînements intensifs. Il avait des cheveux roux courts et un teint rougeaud presque de la même couleur, à tel point que, de loin, on l'aurait cru chauve. Il était évident qu'il portait rarement une chemise : le col serrait trop son cou épais, et s'il avait noué sa cravate, il avait dû laisser le bouton du haut ouvert. Ce collègue – à l'évidence – regardait fixement droit devant lui. Ses mâchoires bougeaient lentement : il mâchait du chewing-gum. Todd, derrière lui, voyait son reflet sur la porte en inox. Il ne leva pas les yeux. Il savait que les ascenseurs étaient reliés au système de vidéosurveillance du bâtiment, que chacun d'eux avait un objectif à grand angle au centre du plafond. Il était important de ne pas orienter son visage vers lui.

Il revint mentalement dans le hall pour tenter de visualiser sa géométrie. A quelle distance serait l'entrée principale de l'ascenseur ? Trente pas, en gros. Il pourrait y arriver.

Todd écouta les conversations discrètes en comptant les secondes et s'imposa de rester calme. Un *bing* électronique, qui indiquait que la cabine allait remonter.

Les portes s'ouvrirent et tout le monde sortit sur le sol brillant du hall de l'immeuble Hart. La descente avait pris dans les quinze secondes. Todd avait connu des journées qui s'étaient écoulées plus vite que ça.

Il resta un peu en arrière. Il valait mieux que l'agent musclé ne le regarde pas une seconde fois, car il suffirait qu'il ait un moment de doute – les cheveux, les chaussures, l'uniforme subtilement hors norme, sa présence dans cet ascenseur – et tout serait terminé. Mais le rouquin alla se poster près d'une cabine téléphonique au bout du couloir et Todd n'eût d'autre choix que de passer devant lui.

Il continua sa route, ses lourdes bottines faisant résonner le marbre, regardant droit devant lui comme s'il avait l'intention de se rendre dans l'aile adjacente de l'immeuble. On scruterait tous ceux qui quitteraient le bâtiment. Il ne pourrait trahir son but qu'au tout dernier moment.

Il fit quinze pas. Dix-huit pas. Il avait dépassé d'autres agents en civil, protégé par l'effronterie de son uniforme, quand un homme en costume brun s'écria soudain :

« C'est lui ! »

Il montra Todd du doigt, les yeux plissés, avec certitude.

« Où ? demanda un autre.

— Lequel ? » cria un garde en pointant son arme.

Todd se joignit au chœur : « Où ? cria-t-il en tournant la tête comme si l'homme en costume brun avait montré quelqu'un dans sa direction, mais plus loin. Où ? » répéta-t-il.

Une ruse aussi simple, sans la moindre subtilité, ne lui ferait gagner que quelques secondes, et s'il ne pouvait rien avoir d'autre que ces secondes, c'était toujours ça. Le poste de garde du hall n'était qu'à quelques mètres. L'arrogance des agences de renseignements assurait à Todd que le garde de service n'avait pas été mis au courant de l'opération. Il pouvait exploiter ce fait. Il s'approcha de l'homme aux traits brouillés et aux lourdes paupières qui était toujours assis près de son registre, de ses listes et de ses petits écrans vidéo.

« C'est une situation d'urgence, lui dit Todd en montrant l'homme en costume brun. Comment cet homme est-il entré ici ? »

Le garde prit un air grave de celui qui contrôlait la situation. Sept secondes s'étaient écoulées depuis que Todd avait été grillé. Il n'était pas armé parce qu'il n'aurait pu passer, à l'entrée, le détecteur de métaux. Sa seule solution était donc de semer autant de confusion que possible. Les techniques, dans ce cas, entraient dans la rubrique « astuces sociales » des manuels de formation. La difficulté, c'était que nombre de ses adversaires du jour avaient suivi la même formation. L'homme en costume brun était rapide et agile. Todd ne l'avait pas grugé le moins du monde. Quand il lui jeta un coup d'œil, il vit qu'il avait dégainé un pistolet, celui qu'il portait sous sa veste, sans doute. Un jeu subtil s'engageait : si Todd montrait qu'il avait vu l'arme et refusait d'obéir aux ordres, l'homme serait autorisé à tirer. Mais pas si Todd ignorait qu'il le visait. Il détourna la tête et ne quitta pas des yeux le garde qui se dirigeait vers l'homme en costume brun – celui qui le visait de son arme. Pour l'instant, l'arme principale de Todd, c'était justement qu'il n'avait pas d'arme, et qu'une démonstration de force injustifiée devant des témoins vaudrait à cet homme des complications dans sa carrière, même s'il faisait partie des services « spéciaux ».

Todd se tourna vers l'agent en costume. « C'est quoi ton problème ? protesta-t-il.

— Mets tes mains où je peux les voir ! » ordonna l'autre.

Il fit signe à quelqu'un qui se trouvait derrière Todd. Quand Todd se retourna, il vit le rouquin de l'ascenseur. Il se rapprochait à grands pas. Trois gardes en uniforme avaient braqué leur arme sur lui, mais il lut la confusion sur leur visage. Tout allait trop vite et de manière si chaotique qu'ils ne savaient pas avec certitude qui était leur cible. Lever les mains remettrait instantanément les choses en place ; Todd décida de ne pas le faire.

Il visionna la géométrie des lieux. Deux agents. Trois gardes. Un gardien du hall non armé. Une douzaine de personnes, dont beaucoup de visiteurs qui, pour la plupart, avaient compris qu'il se passait quelque chose sans pourtant en savoir beaucoup plus.

Todd redressa les épaules et mit ses mains sur ses hanches. C'était une posture belliqueuse sans être menaçante : il avait les mains vides, ouvertes, et il n'était pas armé. Ses pieds écartés de la largeur des épaules disaient : c'est moi le patron. C'était une position qu'utilisaient les policiers pour affirmer leur autorité.

Ce n'était bien sûr que mensonge. Todd ne contrôlait rien. Les autres furent plus stupéfaits qu'agressés. Les observateurs – y compris les trois gardes – ne voyaient pas un fugitif qu'on allait conduire en prison. Ils voyaient un homme en uniforme prétendant être le supérieur de l'agent en costume marron. L'illogisme même du tableau allait entraver leur capacité à réagir avec confiance à une situation qui évoluait rapidement – et c'était précisément ce dont Todd avait besoin.

Il se rapprocha encore de l'homme en costume. Il le regardait dans les yeux, ignorant l'arme. Il entendait les pas de l'agent musclé, qui fonçait droit sur lui. Une erreur, se dit Todd. Cela signifierait que tous trois seraient alignés, c'est-à-dire que le pistolet .357 du rouquin – déjà dégainé, sans aucun doute – serait inutilisable, du moins pour un moment : son calibre ferait que le coup visant Todd le traverserait et irait frapper l'agent en costume marron. Pendant quelques secondes au moins, Todd savait qu'il n'avait rien à craindre du rouquin. Il fit un pas de plus vers l'homme en costume qui, comme il s'y attendait, ne bougea pas : il ne voulait pas paraître faible et battre en retraite. Il n'était plus qu'à une soixantaine de centimètres de lui, maintenant, peut-être moins. « J'ai dit : c'est quoi ton problème ? » répéta-t-il.

Ce sarcasme absurde lancé, il se redressa et avança un peu les hanches pour mimer l'indignation hautaine. Le pistolet de combat de l'autre – un Beretta Cougar – touchait son estomac. Il avait huit balles dans le chargeur ; Todd le savait, parce qu'il ressortait d'un centimètre sous la poignée. L'homme en costume pouvait tirer quand il voudrait, mais Todd ne lui avait donné aucune raison de le faire – et la balle de neuf millimètres le visant au ventre frapperait aussi probablement son camarade aux cheveux roux.

Une fenêtre de sécurité relative se refermait rapidement. C'était le moment ! Todd verrouilla ses hanches et projeta son front contre le visage de l'autre, lui fracassant le nez. Seule une fine croûte spongieuse d'os crânien séparait le cerveau des cavités nasales, Todd le savait, et le coup avait dû être communiqué à la dure-mère par l'os ethmoïde.

« Oh non, tu ne vas pas t'en sortir comme ça ! » rugit le rouquin quand l'homme en costume s'effondra par terre.

Todd entendit la balle qu'on engageait dans la chambre.

Les trois ou quatre secondes suivantes allaient être aussi cruciales que celles qui avaient précédé. Todd vit un liquide clair sur la lèvre supérieure de l'homme au sol et se rendit compte que c'était du fluide cérébrospinal. Personne ne pourrait plus penser, dès lors, qu'il était inoffensif ; ce n'était plus une arme que d'être désarmé. Il se jeta en avant, et s'étendit sur les pieds de l'homme, comme projeté par un coup invisible, pour s'emparer du Beretta qui pendait au bout des doigts de sa victime. En se relevant, il sortit le chargeur et le cacha dans sa poche. Quand il leva les yeux vers le culturiste roux, ce fut Beretta au poing.

Une impasse ; deux hommes munis de pistolets. Todd se redressa lentement sur ses pieds. « Jeu égal ! »

Un silence terrifié s'abattit sur les civils dans le hall ; les six dernières secondes avaient montré que ce n'était plus une simple perturbation. Hommes et femmes se mirent à couvert ou se figèrent sur place, obéissant à quelque obscur instinct animal.

« Fais les comptes et réfléchis ! » dit l'agent avec hargne.

*Douze secondes, treize secondes, quatorze secondes.*

Todd vit un garde en face de lui. « Arrêtez cet homme ! » cria-t-il.

Les agents étaient là pour identifier la cible ; le travail des gardes, c'était de procéder à l'arrestation. Mais qui arrêter ? Tant qu'ils n'en étaient pas certains, leurs armes automatiques étaient inutiles.

« Tu as raison, dit Todd à l'agent. Tu as des réflexes rapides ? Tiens, attrape ! »

Il lança le Cougar à l'agent bodybuildé – qui réagit, par réflexe, exactement comme Todd l'avait prévu : il baissa son arme pour s'emparer de l'autre. Une nouvelle fenêtre d'une seconde et demie. Comme un cobra qui frappe, il saisit le long canon du Glock .357 des mains du rouquin et le lui arracha. Dès qu'il l'eut attrapé, en un clin d'œil, il glissa l'arme dans son gilet de combat pour pouvoir viser sans qu'on le voie.

Le rouquin cilla, décontenancé. Il leva le Cougar et visa Todd, qui lui avait donné son arme et lui avait pris la sienne : ça n'avait aucun sens ! L'homme était assez intelligent pour s'en inquiéter.

Todd s'adressa à lui d'une voix sourde, comme en confidence.

« Écoute-moi très, très attentivement ! Suis mes instructions à la lettre et il ne t'arrivera rien.

— Tu as besoin de lunettes ? demanda l'autre en agitant son arme. Tu as un dernier souhait avant de mourir, sale con ?

— Ce Cougar ne te paraît-il pas un peu léger ? » demanda Todd avec un sourire comme un éclair.

Le visage fleuri de l'agent pâlit un peu.

« T'as compris ou bien tu attends une notice explicative ? Je presse la détente et un morceau de plomb te traverse le torse. Tu peux voir le canon qui déforme le tissu, tu peux voir ce qu'il vise. Je suppose que tu as passé de très nombreuses heures à travailler les formes de ce corps. Il suffira d'une fraction de seconde de déception de ma part et tu te retrouveras en rééducation pendant deux, trois ans. Avec quoi as-tu chargé ce pistolet ce matin ? Des Hydra-Shoks fédéraux – ces méchantes têtes creuses qui s'épanouissent dans la cible ? Quoi que ce soit, il faut que tu imagines le trajet de la balle dans ton corps, les organes percés, les nerfs réduits en bouillie. Je crois que tu as à cœur de protéger ton physique, dit-il d'une voix douce, presque rassurante. Et tu le peux. Imagine la scène, continua Todd en affirmant sa maîtrise de la situation par son regard, pour tous ceux qui nous regardent, tu me vises à la tête, et ils vont croire que tu m'as menotté sous ma chemise, dans le style prisonnier de guerre. Maintenant, tu vas annoncer clairement, d'une voix forte, pour que tout le monde t'entende, que tu m'as eu, que tu prends le prisonnier en charge. Tu m'escorteras hors du bâtiment, on marchera côte à côte.

— T'es cinglé ! » ironisa l'agent.

Mais, curieusement, il n'avait pas élevé la voix.

« Mon conseil ? Si ce Glock contient des balles réglementaires, prends le risque ! Tu auras une belle pension et, avec un peu de chance, ta colonne vertébrale ni aucun autre centre nerveux vital ne sera touché. Mais si tu as chargé ce pistolet de balles dum-dum, celles qui ont un fort pouvoir d'arrêt, alors tu vas passer le reste de ta vie à te demander pourquoi tu n'as pas été raisonnable. Décide tout de suite. Ou je décide pour toi. »

Todd savait que l'arme était chargée de balles semi-chemisées à tête creuse. Il ne fut donc pas surpris que l'homme prenne une profonde inspiration saccadée et crie aux gardes : « Je l'ai eu ! Le prisonnier est sous ma responsabilité. Laissez-nous passer. »

Autre profonde respiration. De loin, la peur et la nausée qui marquaient le visage de l'homme pourraient être interprétées comme de l'impatience. « Putain ! J'ai dit : Laissez-nous passer ! »

Le rôle de Todd, par contre, exigeait qu'il ait l'air défait, découragé. Il s'y glissa avec une aisance surprenante.

Le perron devant l'immeuble bruissait d'ordres lancés en tous sens. Todd garda la tête baissée tout en jetant de temps à autre un coup d'œil aux barrières qu'on avait mises en place et aux gardes, le visage fermé, qui pointaient leurs armes sur lui.

Le rouquin joua parfaitement son rôle, parce qu'il n'avait qu'à paraître le professionnel qu'il était. Que ce fût terminé en très peu de temps fut le principal atout de Todd. Moins de soixante secondes en tout. Quand l'agent roux – quelqu'un l'avait appelé Diller – le fit monter en voiture, le plus dur était passé.

Suivant l'ordre que Todd lui avait aboyé depuis le siège arrière, Diller lança le moteur et démarra avant que d'autres hommes armés puissent se joindre à eux. Près de l'avenue Maryland, quand le véhicule s'arrêta à un feu, Todd tendit le bras et fracassa la tempe de son chauffeur d'un coup de poignée de son pistolet, le plongeant dans l'inconscience. Puis il descendit dans la bouche de métro à une trentaine de mètres de là. Bientôt, d'autres arriveraient pour le poursuivre, mais son avance devrait suffire. Il savait comment disparaître.

Dès qu'il fut dans le métro, il passa dans le soufflet entre deux voitures. Secoué par les mouvements du train en marche, veillant à ne pas perdre l'équilibre, il retira sa chemise et la jeta au-dehors. A l'aide d'un couteau de poche bien affûté, il découpa son pantalon de camouflage en évitant d'attaquer le tissu en dessous et de percer les poches.

L'homme qui était monté dans le métro ressemblait à n'importe quel garde national comme on en voyait beaucoup dans les transports en commun. L'homme qui passa dans l'autre wagon portait un tee-shirt vert et un pantalon en jersey, comme un jogger – plus commun encore en ces lieux.

Tandis que le métro cahotait sous terre, Todd sentit la feuille de papier qu'il avait glissée dans sa poche droite.

*Génesis. Tu peux courir*, songea-t-il. *Voyons si tu peux te cacher.*

## *Chapitre vingt-cinq*

Réponds ! implorait silencieusement Todd Belknap alors qu'il avait appelé plusieurs fois. *Je t'en prie, décroche !* Le fil qui les reliait était fragile. Andrea avait son numéro de portable ; il avait le sien. Mais il était déjà à mi-chemin de Philadelphie. Ils devaient choisir un lieu sûr pour se retrouver. Les Opérations consulaires n'auraient de cesse qu'il soit appréhendé.

*Réponds au téléphone !*

Il avait tant de choses à lui dire ! En progressant sur la Route 95, son esprit ne cessait de revenir à son évasion si difficile de l'immeuble Hart du Sénat. Il ne fut pas surpris d'entendre aux nouvelles locales un communiqué sur des « exercices de sécurité » menés par le gouvernement dans des immeubles fédéraux afin d'analyser leur vulnérabilité. « Des touristes et des visiteurs des bureaux du Sénat ont été surpris quand ils se sont retrouvés au milieu d'un exercice mené conjointement par la Garde nationale et le Secret Service », annonçait le journaliste, avant d'ajouter avec un petit rire : « On peut dire qu'ils n'étaient pas "sur leurs gardes" ! » *Encore un mensonge officiel parmi des milliers d'autres*, songea Todd, *accepté avec bonne humeur et régurgité par un Quatrième Pouvoir de plus en plus à la botte des autorités.*

Il arrêta la voiture sur une aire de repos et appela une nouvelle fois. Le ronronnement électronique rythmé cessa enfin ; il y eut un clic, et il entendit qu'on avait décroché. « Andrea ! J'étais tellement inquiet !

— Inutile de vous inquiéter, répondit une voix d'homme.
— Qui êtes-vous ? demanda Todd, qui avait l'impression d'avaler de la glace pilée.
— Nous sommes ceux qui prennent soin d'Andrea. »
La voix avait un accent indéterminé, ni américain ni anglais, d'une nationalité inidentifiable.
« Qu'est-ce que vous lui avez fait, bon sang ?
— Rien. Pour l'instant. »
*Non, ça ne peut pas recommencer !*
Comment l'avaient-ils trouvée ? Personne ne les avait suivis, il en était certain. Personne n'avait même essayé...
*Parce qu'ils n'en avaient pas besoin.*
Il se rappela l'étrange bleu sur la cuisse d'Andrea, l'hématome rouge et dur, la trace de piqûre, et il se maudit pour ne pas y avoir mieux réfléchi. Ses ravisseurs étaient trop habiles pour l'avoir piquée à cet endroit, même si elle se débattait ; et ils n'auraient pas non plus eu besoin d'une grosse aiguille pour injecter un liquide.
L'explication aurait dû s'imposer : ils avaient implanté quelque chose dans sa cuisse. Un transpondeur, de la taille d'un grain de riz, probablement. Un engin miniaturisé capable de transmettre sa position.
« Parlez-moi ! implora Todd. Pourquoi faites-vous ça ?
— Vous vous êtes montré négligent. Génésis a décidé qu'il était temps de la prendre en charge. Vous vous êtes mis en travers de notre route. Comme elle.
— Dites-moi qu'elle est en vie !
— Elle est en vie. Bientôt, elle va souhaiter ne plus l'être. Il nous faut quelques jours pour nous assurer que nous avons appris tout ce qu'elle peut savoir. »
Une voix lointaine : « *Todd ! Todd !* »
Une voix de femme rendue suraiguë par la terreur.
Andrea.
Soudain, ses cris furent interrompus.
« Si vous la touchez, Dieu m'est témoin, gronda Todd, je vais...
— Arrêtez vos menaces sans fondement. Jamais vous ne trouverez Génésis. Vous ne la trouverez donc jamais. Je suggère que vous vous rendiez dans un lieu tranquille pour méditer sur votre arrogance. Un cimetière sur les rives de l'Anacostia, peut-être. Je comprends que

vous vous sentiez malheureux en amour. Mais souvenez-vous, monsieur Belknap, chacun forge son propre sort.

— Mais qui êtes-vous ? demanda Todd, qui luttait pour respirer avec l'impression qu'on avait gonflé un ballon dans sa poitrine. Que voulez-vous ?

— On veut apprendre au Limier à s'immobiliser au pied.

— Quoi ?

— Il est possible qu'on vous rappelle pour vous donner d'autres instructions.

— Écoutez-moi ! Je suivrai votre trace. Je vous trouverai. Vous devrez répondre de tout ce que vous faites. Je le sais !

— Encore les menaces en l'air d'un corniaud à trois pattes ! Vous ne comprenez toujours pas. C'est le monde de Génésis. Vous vivez dedans... Pour le moment, en tout cas. »

Le ravisseur d'Andrea raccrocha.

*Quelque part dans l'est des États-Unis*

Andrea ouvrit les yeux et regarda la blancheur. Sa tête n'était plus que pulsations. Elle avait la bouche sèche, les paupières collantes.

Où se trouvait-elle ?

Elle ne pouvait voir que du blanc. Au bout d'un long moment, la blancheur parut moins éthérée, moins nuageuse, plus comme la surface de quelque chose de réel, de dur, de rigide. Où était-elle ?

Elle était à Washington, elle se dirigeait vers la cafétéria quand... et maintenant ? Elle tenta de faire l'inventaire de ce qui l'entourait.

Un plafond blanc hérissé de lumières fluorescentes qui donnaient à la pénombre une lueur froide. Le sol : plus d'un mètre sous le lit – un lit d'hôpital, apparemment – où elle avait dormi sous l'effet d'une drogue. Elle voulait sortir du lit, mais comment ? Elle passa en revue puis accomplit la série complexe de mouvements que nécessitait la manœuvre : se décaler, pivoter, étendre les jambes. Des automatismes qui s'étaient transformés en une opération délicate et exigeante. Elle se souvint de ses leçons d'équitation, quand elle était petite ; on lui avait appris à descendre de cheval, à exécuter aisément et avec fluidité ce mouvement qui répondait à une demi-douzaine d'ordres. Une atteinte au cerveau ? Plus probablement le sédatif qui n'avait pas fini de se dissiper de son organisme. Elle était épuisée. Elle avait envie de laisser tomber.

Non, elle n'allait pas laisser tomber.

Quand elle fut sortie du lit, elle s'accroupit pour inspecter le sol. Elle portait une chemise d'hôpital et, pieds nus, elle sentait le parquet sous ses orteils. C'étaient des planches très épaisses, comme sur le pont d'un bateau, couvertes d'une couche plastifiée blanche et dure. En frappant le sol de son talon, elle ne produisit presque aucun bruit. Sous les planches, ce devait être du béton. Les murs, quand elle les examina, lui parurent construits de la même manière et couverts de la même substance blanche. On aurait dit la peinture époxy utilisée sur les navires et sur le sol des usines pour obtenir une surface dense et inattaquable. Elle aurait eu du mal à la percer avec un tournevis – et elle n'avait que ses ongles.

Ressaisis-toi, Andrea ! Il y avait une porte, verrouillée, les charnières à l'extérieur, avec une petite fenêtre bouchée au sommet. A côté, une lampe encastrée dans le plafond, simple cercle fluorescent qui assurait que toute la pièce soit baignée de lumière. Mesure de sécurité ou méthode d'intimidation psychologique ?

Où l'avait-on conduite ?

La pièce mesurait environ six mètres sur six, avec une alcôve où elle distingua une baignoire à l'ancienne en fonte émaillée et des toilettes en inox comme elle en avait vu au cinéma dans les cellules de prison. Elle s'intéressa au lit : cadre tout simple en tubes d'acier. Roulettes munies de freins. Des trous à l'évidence conçus pour des pieds à sérum. C'était bien un lit d'hôpital.

Elle entendit un bruit à la porte : on faisait glisser le volet de la petite fenêtre. Les yeux d'un homme apparurent dans la fente. Elle regarda le battant s'ouvrir, vit comment le garde tenait la clé tournée dans la serrure en relevant la poignée en acier, vit le mur en brique rouge du couloir hors de sa cellule. Chaque détail pouvait être précieux, se dit-elle.

Quand il fut entré et qu'il eut lâché la clé, la poignée se remit à l'horizontale, entraînée par un ressort. Elle ne savait pas grand-chose sur les serrures, mais elle comprit qu'il s'agissait d'une fermeture de haute sécurité. Même si le prisonnier avait pu introduire en cachette de quoi crocheter une serrure normale, cette porte ne s'ouvrirait pas sans la pression simultanée sur la poignée. Il <u>fallait</u> que les deux pênes soient écartés de leur position par défaut par une pression active contre ce qui entraînait les ressorts.

Le garde avait la peau pâle, un nez retroussé, un menton mou à fossette et des yeux vert clair ; comme ils semblaient ne jamais ciller, ils évoquèrent à Andrea ceux d'un brochet. Il était vêtu d'un uniforme kaki avec une grosse ceinture.

« Debout contre le mur du fond ! » ordonna-t-il.

Une main sur un engin en plastique noir, une sorte de pistolet hypodermique, il avait l'air d'un type du Sud qui avait passé presque toute sa vie dans le Nord.

Andrea obéit et se colla au mur face à la porte. Le garde jeta un coup d'œil sous le lit puis entra dans la salle de bains et l'inspecta attentivement.

« Bon, dit-il. Il n'y a pas la moindre chance pour que vous puissiez vous échapper d'ici, alors simplifiez-nous la vie à tous les deux, et ne mettez pas cet endroit à sac.

— Où suis-je ? Qui êtes-vous ? »

Andrea parlait pour la première fois. Sa voix sonna plus forte, plus ferme qu'elle l'aurait cru.

Le garde secoua la tête, avec mépris et amusement.

« Est-ce que je peux avoir d'autres vêtements ?

— Ça devrait être possible. »

Il fut dès lors clair qu'il ne commandait pas l'opération. Il exécutait des ordres. « Mais je ne vois vraiment pas à quoi ça vous servirait, dit-il.

— Parce que vous allez me laisser sortir dans un jour ou deux, tenta Andrea en essayant de lire l'heure sur sa montre-bracelet.

— Bien sûr. D'une façon ou d'une autre, dit le garde. Je vous suggère quand même de vous mettre en paix avec votre dieu, m'dame.

— S'il vous plaît, dites-moi votre nom ! »

Si elle établissait un semblant de contact humain avec ce garde, elle pourrait en apprendre plus, l'inciter à la considérer comme autre chose qu'un simple paquet.

« M'dame, on n'est pas à un cocktail, dit l'homme en la fixant de ses yeux de brochet. Je vous en informe gratis. »

Andrea s'assit sur le lit et serra la couverture dans sa main.

« Désolé pour la qualité du linge. Du nylon bordé d'une ganse solide. On dit que ce sont les couvertures du suicide. On n'avait rien d'autre.

— D'où venez-vous ? A l'origine, je veux dire ? tenta Andrea, qui ne voulait pas se laisser décourager.

— Je sais ce que vous tentez de faire, dit le garde avec un sourire lent à venir. Je suis peut-être un gars du Sud, mais ça veut pas dire que je suis stupide. L'un d'entre nous reviendra avec la bouffe dans deux heures.

— S'il vous plaît...

— Fermez-la ! M'dame, dit-il avec un sourire poli en retirant sa casquette, ce n'est que mon professionnalisme irréprochable qui m'empêche de vous violer à deux doigts de la fin de votre vie, ou à deux doigts de l'au-delà. Bonne journée, m'dame, dit-il en remettant sa casquette.

— Quelle heure avez-vous ? demanda Andrea avant qu'il soit sorti.

— Vous voulez vraiment savoir combien d'heures il vous reste, c'est ça ? Pas beaucoup. »

*Connecticut*

Todd Belknap fit de gros efforts pour prendre un ton léger quand il appela Walter Sachs, l'ami d'Andrea, à son travail. Il était crucial de ne pas l'effrayer. Andrea lui accordait confiance. Il faudrait que Todd en fasse autant.

Todd accepta de le retrouver à l'endroit qu'il avait suggéré, et il découvrit que c'était une sorte de restaurant macrobiotique à Greenwich, dans le Connecticut. A en juger par le petit nombre de clients, son menu laissait à désirer. Todd choisit une table au fond de la salle et surveilla la porte par laquelle allait entrer un homme en veste verte.

Il le vit enfin, grand, un visage tout en longueur, ses cheveux bruns grisonnants presque rasés sur les tempes, un menton fort et un torse un peu court pour le reste de son corps. Todd lui adressa un signe discret et il vint s'asseoir en face de lui. Il avait les yeux un peu rouges et fatigués, comme s'il avait fumé du hash, mais il n'en dégageait pas l'odeur.

« Je suis Walter.

— Todd.

— Alors ? Des tas de secrets. Des rencontres soudaines avec des étrangers. Qu'est-ce qu'elle a, Andrea ?

— Elle va bien. Nous nous rencontrons parce que je sais qu'elle t'a confié certaines choses.

— Cadeau de la maison, dit une serveuse en arrivant près d'eux. Notre spécialité : des biscuits à la caroube.

— Qu'est-ce que c'est, la caroube ? » demanda Walter à Todd.

Peut-être tentait-il de briser la glace.

« Je ne saurais le dire, répondit Todd en bridant son impatience.

— Vous savez, dit Walter à la serveuse, il y a une chose que je me demande depuis longtemps : Qu'est-ce que c'est, la caroube, exactement ? »

La serveuse, vêtue d'un tee-shirt en coton naturel et d'un pantalon large en lin, lui adressa un grand sourire : « La caroube est tirée du fruit du caroubier. C'est sans graisse, riche en fibres et en protéines, antiallergique et sans acide oxalique. Et ça a le même goût que le chocolat.

— C'est pas vrai ! s'étonna Walter.

— C'est très proche. Beaucoup de gens la préfèrent au chocolat.

— Citez-moi un nom !

— On dit que c'est l'invention la plus saine de la nature.

— Qui, "on" ?

— C'est ce qu'on dit, d'accord ? »

Le sourire de la serveuse resta figé.

Walter tapota du doigt un des slogans, imprimé en fausse écriture cursive sur le menu. « Il est écrit ici : "Poser des questions, c'est grandir."

— Donnez-lui une tasse de kava-kava pour le calmer », dit Todd.

Il sentait monter en lui une vague de désespoir et de panique, mais il ne pouvait se permettre d'effrayer cet homme et moins encore de le rendre soupçonneux. Il devait paraître calme et en pleine possession de ses moyens.

« En fait, je vais prendre la Tisane de Tranquillité, dit Walter en tripotant un lobe d'oreille qui avait dû porter un bijou et qui ne portait plus que la cicatrice d'un point de perçage.

— Moi aussi, dit Todd.

— Donc : où est Andrea ? insista Walter. Je parie que je ne suis pas là parce que ton disque dur a rendu l'âme.

— As-tu dit à quelqu'un où nous devions nous retrouver, que tu allais me voir ?

— Tes instructions étaient très claires sur ce point, vieux.

— Ça veut dire non ?

— Ça veut dire non. Porte logique : ouverte. »

Todd sortit de sa poche la page que lui avait donnée le sénateur Kirk et la tendit à Walter sans un mot.

L'informaticien l'ouvrit en la secouant. « Moite ! dit-il. Tu l'as sortie de ton cul, c'est ça ?

— On perd un temps précieux, dit Todd en posant sur lui un regard assassin. Désolé ! ajouta-t-il. C'est que... je suis un peu sous pression. »

L'informaticien regarda la page. « Prends un biscuit à la caroube, dit-il solennellement.

— Le code de la source de ce courrier, il te dit quelque chose ?

— Ma théorie, c'est que personne n'aime les biscuits à la caroube. Je suis peut-être un peu catégorique, qui sait ce qu'en penseront les générations futures ?

— Je t'en prie, Walter, concentre-toi. C'est une impasse ou non ?

— Comment puis-je exprimer ça ? pouffa le technicien. C'est comme une ruelle terminée par un mur le long d'une impasse dans un cul-de-sac qui donne sur une autre impasse, dit-il en sortant un crayon pour entourer une série de chiffres. On ne peut trouver plus bouché. Tu sais ce qu'est un relais anonyme ?

— En gros. Les grandes lignes. Peut-être pourrais-tu m'en dire davantage.

— Le courriel, dit Walt après avoir regardé Todd un moment, c'est assez proche du courrier normal. Il va d'un bureau de poste à un autre ; en chemin il s'arrête dans un vaste centre de triage, puis il part pour ton bureau de quartier. Un courriel normal marque quinze à vingt arrêts. A chacun, il laisse une trace de son passage, comme une miette, et il récolte un code, comme le tampon d'un visa, qui reste où on l'a appliqué. Disons que tu es à Copenhague et que tu utilises ton compte pour envoyer un message à Stockholm. Ce courriel va progresser par bonds successifs et, à un moment, il va probablement passer par Schaumburg, dans l'Illinois, avant de progresser à travers tout un tas d'autres réseaux pour arriver sur l'ordinateur de ton copain en Suède. Et cela ne prend que quelques secondes.

— Ça m'a l'air compliqué.

— Et j'ai beaucoup simplifié, crois-moi ! Parce qu'un courriel n'est pas envoyé en un morceau. Le système le démonte en un tas de petits paquets car pour assurer une circulation fluide, tout doit être à la bonne taille pour les tuyaux – le système du routeur. N'oublie pas que le système doit transporter des milliards de courriels chaque jour. Tous les petits paquets se trouvent affublés d'un numéro spécial d'identification pour qu'on puisse les rassembler à l'autre bout. Ça n'intéresse pas grand monde de voir ces infos sur l'en-tête ; c'est pour cette raison que les programmes de courrier électronique ne les affichent que rarement. Mais elles arrivent avec le courriel. Il faut aller dans la fenêtre des codes pour les voir. Ensuite, tu peux utiliser un programme simple pour retracer sa route, et c'est comme recevoir l'itinéraire de ce message.

— Ce système est-il sécurisé ?

— Avec un fournisseur de service Internet standard ? Les pirates informatiques disent qu'ISP veut dire "Internet Surveillance Project". C'est la forme de communication la moins privée possible : sans cryptage, tout courriel est une carte postale. Tu me suis ? »

Il cassa un biscuit à la caroube en morceaux, puis transforma les morceaux en miettes. « On a aussi le fait que chaque ordinateur a une signature numérique unique, un numéro d'identification BIOS unique, comme les voitures ont un numéro d'identification qui leur est propre. Retracer l'adresse IP n'est que le début. Les programmes qui scannent automatiquement le trafic des courriels à la recherche de certaines constantes, ça ne manque pas. Beaucoup de techniques de traques et de pièges que le gouvernement ne rend pas publiques, et des versions du secteur privé qui sont plus fortes encore. Imagine que tu sois un champion de l'encodage. Pour qui tu vas travailler – pour l'Agence de Sécurité nationale, avec un salaire de cadre supérieur ? Pas si les recruteurs de Cisco, Oracle ou Microsoft arrivent dans leur Porsche en agitant de gros chèques, des stock-options et le cappuccino gratos !

— Mais ce que tu dis à propos du système de sécurité...

— Ils savent renifler, oui. Tu vois, sous le capot, les systèmes de courriel fonctionnent tous de la même manière. SMTP est l'algorithme de messagerie et POP – post-office protocol – c'est ce qui fait fonctionner les serveurs. Mais chez les meilleurs re-routeurs anonymes, c'est comme dresser un bouclier qui rend tout invisible.

— Un écran opaque... Mais tu parles d'une entreprise qui retire automatiquement les données de routage de messages et les renvoie, c'est ça ?

— Non, ce n'est qu'une partie de son travail. Une simple immersion avec coupure ne suffit pas à régler le problème. Parce qu'alors Big Brother pourrait se contenter de contrôler ce que tu reçois. S'il ne s'agit que d'un jeu de cryptage, c'est une des rares choses que la NSA sait assez bien faire, non ? Un re-routeur efficace doit avoir tout un réseau en place. Si tu es un utilisateur, tu envoies par un programme local comme Mixmaster quelque chose qui va brouiller ton message si bien qu'il arrive après une série de délais. C'est comme si tu envoyais tes voyelles sept secondes après avoir envoyé tes consonnes, et qu'elles arrivent dans des cases distinctes. Puis un autre message va réassembler les instructions. De cette manière, tu peux retrouver ce qui arrive. Ensuite, comment est-ce que tu permets qu'il y ait une fonction "réponse" ? N'importe qui peut retirer l'en-tête d'un message – ça revient à noircir l'adresse de retour. Permettre une réponse tout en gardant intraçable l'adresse de départ du message, c'est tout un art.

— Les re-routeurs peuvent le faire ?

— Celui-là, oui. »

L'admiration du professionnel se sentait dans sa voix. Il montra les derniers chiffres. « Ça a été renvoyé par Privex, un des meilleurs sur le marché. Un informaticien russe l'a mis en place il y a quelques années, à la Dominique. C'est dans les Caraïbes.

— Je sais où est la Dominique. C'est un paradis fiscal.

— Alimenté par un gros câble sous-marin en fibres optiques. Cet endroit est câblé. Pas comme ici. On ne trouve presque aucun re-routeur aux États-Unis. Personne ne veut s'embêter avec les règlements américains de cryptographie.

— Comment est-ce qu'on peut retrouver l'envoyeur ?

— Je viens de te l'expliquer : on ne peut pas. C'est impossible. Il y a un barrage routier géant qui s'appelle Privex. Privex te masque ton adresse IP et son adresse IP. Au-delà, on ne voit rien. Il n'y a aucun moyen.

— Voyons ! Andrea m'a parlé de ce que tu peux faire. Je suis certain que tu pourrais y arriver.

— Tu ne m'as pas dit où elle est. »

Todd sentit une certaine gêne dans la voix de Walter. Il se pencha. « Tu allais m'expliquer comment vaincre le système Privex.

— Tu veux me faire dire que la petite souris vient vraiment prendre les dents de lait et que le Père Noël se glisse dans ta cheminée la nuit pour déposer les cadeaux ? J'en serais ravi. Il se pourrait juste que ce ne soit pas vrai. Je veux dire que j'en doute beaucoup, mais que je ne suis pas absolument, totalement, galactiquement certain d'avoir raison. C'est le cas ici. Privex gère des millions et des millions de communications. Personne n'a jamais réussi à percer sa sécurité. Jamais. Pas une fois. On le saurait, sinon. Et beaucoup ont essayé. On a utilisé des techniques statistiques sophistiquées pour suivre le trafic, des algorithmes vraiment pointus. Laisse tomber ! Privex s'assure que ton message est découpé et mélangé de telle façon qu'il est statistiquement indiscernable de tous les autres. Ils ont une rotation d'IP programmée, un service de transports, des serveurs dédiés de haute volée. Des gouvernements utilisent ses services, bon sang ! Rien à voir avec des amateurs. »

Todd resta silencieux un long moment. Il n'était pas en mesure de suivre le détail des explications de Walter. Pourtant, quelque part, une petite idée scintillait, comme un poisson luminescent dans une grotte sous-marine. « Tu as dit que Privex était en Dominique.

— Leurs serveurs, oui.

— Et on ne peut pas les pirater.

— Non.

— Bien... On va donc entrer en force.

— Tu ne m'as pas écouté : je viens de t'expliquer qu'il n'y a aucun moyen de pirater, de casser les codes. C'est une impasse. Personne n'a jamais réussi à entrer dans Privex. C'est une forteresse virtuelle.

— C'est pourquoi il faut qu'on s'y introduise.

— Je t'ai dit...

— Je parle du lieu physique, des bureaux.

— Les lieux... Je ne te suis pas. »

Todd n'en était pas surpris. Walter et lui vivaient dans deux mondes radicalement différents. Todd évoluait dans un monde fait de choses réelles, de gens réels, d'objets réels ; Walter errait dans un vortex de flux électroniques, de 0 et de 1 en cascade, un monde d'agents virtuels, d'objets virtuels. Pour trouver Andrea Bancroft, il faudrait qu'ils joignent leurs forces.

« Privex est peut-être une forteresse virtuelle, dit l'agent secret. Et la caroube est un chocolat virtuel. Mais quelque part en Dominique, il y a un bunker avec tout un tas de disques magnétiques qui tournent, non ?

— Oui, bien sûr.

— Très bien.

— Mais il ne faut pas croire qu'ils vont t'ouvrir la porte, tu sais, et t'y laisser entrer comme au bal.

— Tu n'as jamais entendu parler d'entrer par effraction ?

— Oui, bien sûr. C'est ce que font les pirates informatiques. Ils renversent les pare-feu et crochettent les serrures virtuelles, ils siphonnent les mots de passe et installent des systèmes de surveillance électroniques. Ça se fait dans tous les cybercafés.

— Ne fais pas l'imbécile ! »

Ce fut tout ce que Todd put dire pour s'empêcher de donner un coup de poing sur la méchante petite table en Formica.

« Étant donné que j'ai eu mon diplôme avec mention très bien du Massachusetts Institute of Technology et que je travaille toujours comme technicien pour un fonds spéculatif de Coventry, beaucoup de gens seraient d'accord pour dire que je suis tout sauf un imbécile !

— Imagine que quelqu'un te transporte sur cette île paumée et te fasse entrer dans l'immeuble de Privex. Y aurait-il une copie de ce courriel, avec tous ses codes intacts, quelque part dans les archives des serveurs ?

— Tout dépend quand il a été envoyé. Les documents vieux de plus de soixante-douze heures sont automatiquement effacés. C'est la fenêtre "réponse". Pendant cet intervalle de temps, on garde une copie de l'original afin d'acheminer les réponses. Ils ont probablement un système de stockage.

— Tu sais quoi, Walter, lança Todd, tu n'as pas très bonne mine. Un moment au soleil te ferait le plus grand bien. Tu dois passer trop de temps à jouer aux jeux vidéo. Le genre où tu gagnes des vies pour chaque ennemi que tu abats.

— On ne s'améliore pas si on ne s'entraîne pas, admit Walter.

— Le soleil des Caraïbes t'appelle !

— T'es cinglé si tu crois une minute que je vais te laisser m'entraîner dans un truc pareil ! Combien de lois nationales et internationales est-ce qu'on violerait, à ton avis ? Tu sais compter d'aussi grands nombres, GI Joe ?

— Tu ne veux pas avoir quelque chose de formidable à raconter à tes petits-enfants ? demanda Todd avec un regard narquois, car il savait que les protestations d'hommes comme Walter Sachs s'adressaient en partie à eux-mêmes. Je parie qu'il y a des tableurs avec des secteurs corrompus qui te réclament au bureau. Fais profil bas, Walter, et bientôt tu auras une augmentation. Pourquoi sauver le monde quand on peut espérer une augmentation ?

— Je parie qu'il n'y a même pas de vols directs pour la Dominique. Pourquoi est-ce que j'envisagerais ça ne serait-ce qu'une seconde ? C'est dingue ! Je n'ai pas besoin de ça dans ma vie. »

Il regardait le dernier biscuit brun dans l'assiette pas très nette. Il plongea un doigt dans les restes sableux des autres. « Est-ce que ce serait... dangereux ?

— Sois honnête avec moi, Walter, est-ce que tu espères que je dise oui, ou est-ce que tu espères que je dise non ?

— Peu importe ce que tu diras, parce que je n'irai pas. Je ne l'envisage même pas.

— J'aimerais que tu le fasses, pourtant, parce que j'ai besoin de trouver la personne qui a envoyé ce courriel.

— Et pourquoi ça ?

— Pour de nombreuses raisons, affirma Todd en regardant l'informaticien droit dans les yeux. La première, décida-t-il d'avouer en s'efforçant de garder une voix égale, c'est que je t'ai menti quand je t'ai assuré qu'Andrea allait bien.

— Qu'est-ce que tu veux dire ?

— Elle ne va pas bien. Elle a été enlevée. Et ce courriel est probablement le seul indice qui pourrait la faire libérer. »

L'information allait soit effrayer Walter pour de bon, soit assurer sa coopération. *Lance les dés si tu veux entrer dans le jeu.*

Une inquiétude sincère se mêla à la peur et à l'instinct de suivie sur le visage de Walter. « Oh, Seigneur ! C'est vraiment vrai ?

— Walter, tu dois faire un choix. Tout ce que je peux te dire, c'est qu'elle a besoin de toi.

— Alors, c'est quoi le plan ? Tu découvres d'où vient ce courriel, tu libères Andrea et tout est bien qui finit bien ? »

Il prit le biscuit à la caroube entre ses doigts tremblants, puis le remit dans l'assiette.

« Tout dépend. Tu es dans le coup ou non ? »

*Manhattan, New York*

L'appartement de Roland McGruder, au cinquième étage d'un immeuble sans ascenseur sur la 44ᵉ Rue Ouest, à New York – un quartier qu'on appelait « La Cuisine de l'Enfer » avant que les agents immobiliers décident que « Clinton » sonnait mieux pour vendre –, était un vrai bric-à-brac en fouillis, comme en hommage aux loges où il exerçait ses talents de maquilleur. Il s'en excusait souvent auprès de ses amis en leur rappelant qu'il n'était pas décorateur de plateau.

A la place d'honneur, sa médaille des Tony Awards pour le Meilleur Maquillage dans une production théâtrale. A côté, la photo dédicacée de Nora Norwood, la plus grande chanteuse, à son avis, depuis Ethel Merman. *A mon Roland chéri*, avait-elle marqué de son écriture ronde et bouclée, *qui me rend le visage que je crois encore avoir, mon éternelle gratitude!* Il y en avait une autre d'Elaine Strich, avec un message tout aussi sentimental. C'était un diktat que les vieux de la vieille entretenaient jalousement : toujours être ami avec le maquilleur, et il vous embellira. Beaucoup des plus jeunes divas pouvaient se montrer impossibles – impérieuses, froides, parfois grossières, traitant Roland comme un type qui manie le balai. Ce genre d'attitude l'avait poussé à ne plus travailler dans le cinéma.

Personne ne ressemble à la faune du spectacle, comme le dit la chanson. Mais Roland avait travaillé avec d'autres gens, qui n'avaient rien à voir avec le monde du spectacle. Ils ne lui laissaient pas de photo dédicacée. En fait, ils lui faisaient signer, à lui, toutes sortes de contrats de confidentialité assez effrayants. Ils montraient leur gratitude par d'autres moyens, et en particulier des paiements plus que lucratifs pour le peu de temps qu'ils exigeaient de lui. Ça avait commencé des années plus tôt, quand on lui avait demandé de former quelques fonctionnaires des renseignements aux techniques de base du déguisement. Si Roland était discret, son nom avait vite circulé dans le monde des agents secrets. De temps à autre, un visiteur impromptu arrivait avec une demande particulière et une enveloppe pleine de billets. Quelques clients étaient devenus des habitués.

Comme le type qu'il aidait en ce moment. Un mètre quatre-vingt-trois, traits réguliers, yeux gris. Presque une toile blanche en ce qui concernait Roland.

« Je peux fabriquer une sorte de dentier en cire qui recouvrira la gencive supérieure, expliqua Roland. Pour un beau gars comme toi, c'est dommage. Mais ça changera radicalement les contours de ton visage. Que dirais-tu d'avoir les yeux bleus ? »

L'homme lui montra un passeport : il était au nom de HENRI GILES et précisait qu'il avait les yeux marron. « Conforme-toi au scénario, demanda-t-il.

— Va pour les yeux marron, pas de problème ! J'ai un liquide au latex qui, appliqué autour des yeux, peut les rider un peu. C'est très naturel, et ça vieillit pas mal. On pourrait aussi en mettre aux coins de ta bouche. Si tu veux, je peux agrandir un peu le nez. Mais il faut garder l'équilibre, être subtil. Tu ne voudrais pas que les gens admirent le maquilleur, n'est-ce pas ?

— Je ne veux pas que les gens me remarquent.

— Ce sera plus sûr si tu ne restes pas sous la lumière directe du soleil. C'est difficile d'obtenir des applications dermiques qui marchent aussi bien quel que soit l'éclairage. Je vais te mettre une prothèse pour les dents du bas aussi, dit Roland après avoir étudié le visage un peu plus longtemps. La cire orthodontique est facile à modeler, mais n'espère pas en faire un usage prolongé. Fais attention quand tu parles.

— Je fais toujours attention quand je parle.

— Dans ton boulot, je suppose que ça vaut mieux.

— T'es un type bien, McGruder, dit le visiteur avec un clin d'œil. Je te suis reconnaissant, et ce n'est pas la première fois.

— T'es gentil, mais, tu sais, je fais ce pour quoi on me paye, chantonna-t-il avec un sourire joyeux. Est-ce qu'on ne dit pas que le bonheur, c'est de faire ce qu'on veut ? Ou bien est-ce de vouloir faire ce qu'on doit faire ? Je n'arrive jamais à m'en souvenir. A moins que ce ne soit tout autre chose, réfléchit-il en déposant deux blocs de cire orthodontique dans le micro-ondes. Tu vas pouvoir partir d'ici dans un rien de temps.

— J'apprécie beaucoup.
— Comme je l'ai dit, je fais ce pour quoi on me paye. »

Une heure plus tard, après le départ du visiteur, McGruder se servit un verre de vodka aromatisée à la canneberge et fit une autre chose pour laquelle on l'avait payé : il composa un numéro de téléphone qui sonna quelque part à Washington. Il reconnut la voix de celui qui décrocha.

« Tu m'as dit de te faire savoir si ton homme se pointait, hein ? Devine un peu ? Je viens de m'occuper de lui. Qu'est-ce que t'as besoin de savoir ? »

## Chapitre vingt-six

*Quelque part dans l'est des États-Unis*

UN FROTTEMENT. Le même garde que la première fois, une main sur la poignée, l'autre pour tourner la clé, ouvrit la porte. Andrea Bancroft se plaqua contre le mur du fond avant même qu'il le lui ordonne. Mais le garde n'était pas seul, cette fois. Un autre – plus grand, plus mince, plus âgé – entra après lui. Ils murmurèrent quelques phrase et le garde sortit, apparemment pour se poster derrière la porte refermée.

L'homme s'arrêta à quelques pas d'Andrea et la toisa. En dépit de sa grande taille, il y avait quelque chose de félin dans ses mouvements. Il était élégant, presque trop élégant, et ses yeux gris vert se posaient sur elle avec une force pénétrante.

« Deux hommes ont été tués aux archives de Rosendale, aboya-t-il. Vous y étiez. Que s'est-il passé ?

— Je crois que vous le savez.

— Que leur avez-vous fait ? demanda-t-il d'une voix forte mais atone, sans plus la regarder. Il nous faut des réponses.

— Dites-moi où je suis ! exigea Andrea. Bon sang... »

Les yeux de l'homme passèrent sur les murs de la cellule comme s'il cherchait quelque chose. « Pourquoi êtes-vous allée à Chypre ? demanda-t-il comme si la question ne s'adressait pas à elle. Il est inutile de continuer à faire des secrets. »

Soudain, il retourna la couverture en nylon du lit, ses doigts longeant l'ourlet en tissu.

« Mais qu'est-ce que vous... »

L'homme se tourna vers elle, l'air inquiet, et posa un doigt sur ses lèvres en un bref signal nerveux. « Si vous ne coopérez pas avec eux, dit-il sans croiser son regard, ils n'auront aucune raison de vous garder en vie. Ils ne sont pas du genre à donner une seconde chance. Je suggère que vous vous mettiez à table, si vous savez ce qui est bon pour vous. »

Il ne lui parlait pas du tout à elle. Il parlait à l'intention d'auditeurs invisibles.

Ses longs doigts tirèrent soudain sur un fil qu'on avait astucieusement dissimulé dans la bordure de la couverture. En plusieurs secousses, il sortit presque un mètre d'un fil argenté. A son extrémité, un tout petit engin rond et noir avait été placé dans un coin de la couverture du suicide.

« Bien, tonna-t-il. Asseyez-vous et mettez-vous à table. Je saurai si vous me mentez. Il faut que vous compreniez qu'il y a bien peu de choses que je ne sais pas. »

Puis il s'acharna sur l'extrémité noire du fil jusqu'à ce qu'on entendît un bruit d'écrasement.

Il se tourna alors vers Andrea et lui dit doucement, très vite : « Nous avons peu de temps. Quand l'enregistrement s'arrêtera, ils se diront qu'il y a une panne. Mais il y a une chance pour que quelqu'un vienne voir ce qui se passe, tôt ou tard.

— Qui êtes-vous ? »

L'homme la regarda, son visage marqué par la douleur. « Un prisonnier, comme vous.

— Je ne comprends pas.

— Je leur ai dit que je saurais vous convaincre. Que je saurais comment vous interroger, que je connaissais vos faiblesses. C'est l'unique raison pour laquelle ils nous laissent seuls.

— Mais pourquoi...

— Probablement parce que vous êtes qui vous êtes et que je suis qui je suis. Nous avons quelque chose en commun, voyez-vous, dit-il avec un visage torturé : je suis un ami de Todd.

— Mon Dieu ! s'exclama Andrea en ouvrant de grands yeux. Vous êtes Jared Rinehart. »

*Washington*

Dans son bureau, Will Garrison réfléchit un moment en silence. L'alerte était apparue sur son écran, un message interagence immédiatement relayé par l'intranet des Opérations consulaires. La confirmation fut rapidement sécurisée. Le nom fourni par l'informateur de New York avait été ajouté à la liste de surveillance de l'Administration de l'Aviation fédérale et il venait d'être signalé. Un « Henry Giles » était en mouvement. *Je parie que tu ne pensais pas qu'on le connaîtrait ce nom-là, mon vieux Todd.*

Pourtant, Gareth Drucker se montra d'une indécision frustrante quand Garrison arriva avec la nouvelle. Derrière ses verres de lunettes rectangulaires sans monture, ses yeux parurent voilés, fuyants. Il resta debout devant les stores vénitiens, la lumière du dehors auréolant sa mince silhouette, et il évita de croiser le regard de Garrison.

« Une tempête de merde arrive, Will, dit Drucker avec un soupir bruyant, et je ne sais même pas qui va la chier.

— Mais bon sang, on ne peut pas se permettre de faire une connerie à un moment pareil ! explosa Garrison. Il faut frapper, tout de suite !

— C'est à cause de cette putain de commission Kirk, dit Drucker. Je me fais déjà taper sur les doigts à cause de la débâcle dans l'immeuble Hart. Il y a un temps pour monter la pression, et un temps pour faire profil bas et se mettre à couvert. Mon instinct politique me dit que si on foire une seule opération de plus, on pourrait tous se retrouver interrogés sans relâche pendant les douze prochains mois.

— On n'envoie pas une autre équipe de récupération ?

— Il faut que j'y réfléchisse. Oakeshott me dit que les gars de Kirk se sont découvert des sentiments protecteurs vis-à-vis de notre électron libre. C'est ce qu'il a entendu, et Oakeshott est très proche des types au Congrès. Va lui parler.

— Qu'il aille se faire foutre ! fulmina Garrison. Qu'est-ce qui se passe avec Kirk ? Castor a mis un contrat sur lui ou il s'est fait passer pour une Cassandre ?

— On n'en sait rien, répondit le directeur des Opérations en faisant la moue. Mais imaginons qu'il ait convaincu ces putains d'enquêteurs qu'il sait prédire l'avenir et qu'on lui tombe dessus, quel effet ça fera ?

— Quel effet ça fera ? Et quel effet ça fera si tu laisses un putain de chien fou déclencher à nouveau une catastrophe ? Ce type est une menace et tu le sais aussi bien que moi. Lis le rapport interne sur Larnaca. Ce salaud a assassiné un homme d'affaires en vue, un type qu'on a plus d'une fois utilisé comme informateur confidentiel. Belknap est incontrôlable ; il est poussé par la rage et la paranoïa ; c'est une menace pour tous ceux qu'il rencontre. Est-ce que tu oublies que Ruthie Robbins a été tuée, il y a quatre jours ?

— Des enquêteurs me disent que ce n'est pas Castor qui l'a tuée. Elle a été abattue de loin. Lui n'est pas un sniper. Larnaca paraît plus compliqué qu'on le croyait. Pendant ce temps, j'ai plein de gens qui s'interrogent sur Pollux. On pourrait avoir des surprises de ce côté-là. Il y a des trous noirs dans son parcours, et on ne sait pas ce qu'ils contiennent. Mais je parie qu'on y trouverait plus que quelques balles de golf.

— Merde ! Les gamins font tout pour nous détourner de notre objectif. Ils fouillent dans le crottin de leur cheval à bascule. J'en ai plus que marre de ce putain de culte de Castor. Ces gosses au cerveau merdeux refusent de voir ce qu'ils ont sous les yeux ; ils tentent toujours de trouver une autre explication. Comme ce Gomez. On devrait le foutre à la porte ou l'envoyer en Moldavie.

— Tu veux parler de l'analyste Gomes ? Il a posé des questions, c'est vrai. Mais il n'est pas le seul. Crois-moi, quelque chose ne colle pas, d'accord ? Il y a quelque chose qui cloche.

— Je ne te contredirai pas. Il y a quelque chose qui cloche. » *Et ça continuera jusqu'à ce que j'y mette de l'ordre.*

Garrison s'était calmé quand il repartit. Il passa la tête dans le bureau d'un des subalternes du directorat des Opérations.

O'Brien, un homme massif, brun, les traits grossiers dans un visage bouffi, se retourna. Il était le protégé de Garrison depuis son arrivée. Sur son bureau encombré de photos de sa famille, un ordinateur de poche non réglementaire. Il n'était pas dans la norme, il n'était pas ordonné, mais Garrison savait qu'il ferait carrière. « Quoi de neuf, Will ? demanda-t-il.

— Comment vont les gosses, Danny ? Beth, Lane ? ajouta-t-il quand il parvint à se souvenir de leurs noms. Ils vont bien ?

— Très bien, Will. Qu'est-ce qu'il y a ?
— J'ai besoin d'un avion.
— Demandes-en un.
— J'ai besoin que tu le fasses. Je dois garder ça secret.
— Tu ne veux pas que ta signature figure sur l'autorisation ?
— T'as tout compris.
— Ça risque de me causer des ennuis ?
— Tu t'inquiètes trop.
— Comme dirait un avocat, ce n'est pas une réponse...
— On n'a pas le temps de jouer aux devinettes. L'opération est déjà en route.
— C'est à propos de Castor ? »
O'Brien était lent mais pas stupide.
« Danny, on a déjà fait équipe non ? Cette fois, on va opérer différemment. Un seul agent d'élite, comme une seule flèche qui va dans le mille.
— Qui ? Qui est le passager ?
— Moi », dit Garrison dont les joues grêlées se plissèrent d'un petit sourire.

Il ne faisait pas seulement contre mauvaise fortune bon cœur. A la réflexion, Garrison s'était rendu compte qu'il avait plus de chance d'attraper Belknap tout seul. Une équipe nombreuse était trop facile à repérer par un agent entraîné et elle risquait d'être ralentie par des problèmes de coordination. En fait, Garrison se souvint de l'époque où Belknap avait appréhendé un criminel tout seul parce qu'il savait que l'arrivée d'une équipe allait, comme il avait dit, « faire fuir le lièvre ». Il allait tirer partie des réticences de Drucker.

« Toi ? s'étonna O'Brien. Je peux te demander quelque chose, Will ? Tu étais un agent de terrain légendaire à ton époque, tout le monde le sait, mais tu as réussi à grimper jusqu'au sommet de l'arbre, ou presque. Quoi qu'il faille faire, est-ce que tu ne peux pas envoyer quelqu'un d'autre s'en charger ? Je veux dire que l'avantage de ton poste actuel, c'est que tu es en sécurité dans ton bureau.

— Tu sais ce qu'on dit, pouffa Garrison : on n'est jamais mieux servi que par soi-même.

— On n'en fait plus, des comme toi ! En fait, c'est peut-être pour le mieux. Tu y vas donc... équipé ? »

Garrison hocha la tête.

« Tu as besoin d'une réquisition pour ça aussi, ou tu te charges de cette partie-là ?

— Un soldat fait toujours son propre paquetage.

— On dirait que tu pars en guerre.

— Je pars remporter la victoire, Danny. »

Ils avaient été si près, si près de réussir, à Washington, l'autre jour ! Si Garrison s'était trouvé sur place, ça n'aurait pas raté. Castor était un fils de pute très rusé, mais il n'avait jamais pu supplanter Garrison, dans le coup depuis assez longtemps pour avoir appris tous les trucs, toutes les combines, tous les subterfuges qu'on avait inventés. On ne récupérait pas quelqu'un comme Todd Belknap. C'était chercher les ennuis. Avec un tel client, le seul moyen de s'assurer qu'il ne pourrait plus nuire, c'était de lui loger une balle dans le cerveau – d'écrire FIN, pas À SUIVRE. Quand c'était fini, c'était fini. Pas de séquelles. Pas de bavardages. La guerre.

« Où tu vas ?

— En Dominique. Quelque part au sud de la Guadeloupe. Il faut que tu me mettes dans un zinc d'ici une heure. Active-toi !

— Qu'est-ce qu'il y a en Dominique ? demanda O'Brien en décrochant son téléphone.

— J'en sais rien. Mais je peux deviner. »

*Quelque part dans l'est des États-Unis*

Jared Rinehart s'assit près d'Andrea. « Il y a tant de choses que j'aimerais vous expliquer !

— Où sommes-nous ?

— Mon estimation ? Quelque part dans le nord de l'État de New York. En pleine campagne, loin de tout. Mais aussi à proximité de New York et de Montréal.

— Je me dis que tout ça n'est qu'un cauchemar et que je vais me réveiller.

— Vous avez à moitié raison. C'est bien un cauchemar. Écoutez, on a peu de temps. Il faut qu'on parle de Génésis. Todd était sur sa piste, n'est-ce pas ? »

Andrea hocha la tête.

« J'ai besoin de savoir exactement ce qu'il a découvert. Où croit-il que Génésis pourrait se trouver ?

— Aux dernières nouvelles, il devait rencontrer le sénateur Kirk, articula péniblement Andrea.

— Oui, nous le savons. Mais il devait avoir des idées, des soupçons, des intuitions. Je vous en prie, Andrea, c'est vital ! Il doit vous avoir dit quelque chose.

— Il retournait des pierres. Il dressait la liste des possibilités. Il s'est même demandé si vous étiez Génésis. »

Jared eut l'air stupéfait, voire blessé.

« Ou Paul Bancroft, ou... mais je crois qu'il savait que ce n'était aucun de ceux que nous avions envisagés. Je crois qu'il savait que c'était quelqu'un de tout à fait différent.

— Ce n'est pas très utile. Vous devez vous creuser la cervelle. Il vous faisait confiance, n'est-ce pas ?

— On se faisait confiance.

— Quelque chose a donc pu lui échapper.

— Vous voulez dire qu'il aurait su et qu'il aurait tenté de me le cacher ? Je ne crois pas, dit Andrea en posant sur Jared un regard dur tandis qu'elle sentait un mouvement au creux de son estomac. Sinon, il ne serait pas allé voir le sénateur. »

*Oui, nous le savons.*

Qui était ce « nous » et comment savaient-ils ? « Jared, pardonnez mon esprit confus, mais il y a quelque chose que je ne comprends pas.

— Ils vont venir d'un moment à l'autre. Je vous en prie, concentrez-vous !

— Avons-nous été pris en otage par Génésis ?

— Pourquoi posez-vous cette question ? »

Elle avait compris. « Ce sont les autres qui veulent savoir pour Génésis, n'est-ce pas ? Et vous les aidez.

— Vous êtes folle ! »

*Oui, nous le savons.*

« Ou bien tentez-vous de découvrir qui est sur vos talons ? "Définir la menace" – n'est-ce pas ainsi que vous appelez ça ? »

Soudain elle se jeta sur lui, mais Jared lui saisit les bras dans une poigne de fer et la jeta par terre. Elle chuta durement et se remettre sur ses pieds lui prit du temps.

Il s'était levé face à elle et la contemplait d'un air menaçant. La peur feinte avait brusquement disparu, remplacée par du mépris.

« Vous êtes une belle femme. Je m'excuse pour cet éclairage peu flatteur.

— Je soupçonne que c'est le moindre de mes soucis. »

Un sourire de lynx. « Très juste. »

Il lui rappela un personnage de Pontormo, ou d'un autre peintre florentin du XVIe siècle : silhouette filiforme, mais qui irradiait une force concentrée.

« Nous avons tous un rôle à jouer, continua-t-il, et le vôtre est crucial. »

Elle eut l'impression qu'il aspirait son âme par son regard magnétique.

« Je vous en prie, rasseyez-vous, dit-il en lui montrant le lit et en sortant un petit stylet. Et pour éviter toute initiative inconsidérée, n'oubliez pas une seconde que je suis un professionnel. Si je le voulais, je pourrais insérer ça dans votre nuque, entre la deuxième et la troisième vertèbre cervicale et en un clin d'œil, en un claquement de doigts... Ne vous laissez pas tromper par le peu de matériel à ma ceinture. Je n'ai pas besoin de plus. Je pourrais même me passer de ça. »

Pendant un moment, ses yeux furent deux rayons de méchanceté absolue. Puis il cilla et, à nouveau, prit un air de fausse politesse.

« Je dois admettre que vous avez failli m'avoir.

— J'ai presque réussi. Il est clair que Todd vous a prise comme assistante, dit-il avec un sourire félin tout en dents et sans chaleur. Il a toujours eu un faible pour les femmes intelligentes. Mais il est clair que vous ne détenez aucun renseignement utile pour nous. Ça ne me surprend guère.

— Todd représente-t-il une telle menace pour vous ? Et moi ?

— En gros, je dirais que nous ne réagissons pas aux menaces. Nous les proférons. Et nous les exécutons. Plus que jamais. Le réseau Ansari comptait parmi les plus importants du monde et, maintenant, il est à nous. Stavros Nikakis nous a apporté une aide formidable dans le transport des armes, et nous contrôlons aussi Nikakis Maritime. Comme une douzaine d'autres grossistes en armement et en munitions. Je suis conscient que vous avez une idée de ces affaires. Dans le monde des entreprises, on appelle ça des fusions-acquisitions.

— Comme acquérir stratégiquement plusieurs petites entreprises dans la même catégorie de produits afin de créer un acteur dominant sur le marché. Je connais, en effet. Coventry Equity en a géré.

— Personne n'imagine que ça peut se faire dans l'économie parallèle, ce qu'on appelle le marché noir. Je crois que j'ai prouvé le contraire. Ce qui signifie, bien sûr, que nous sommes sur le point de devenir plus puissants que jamais auparavant.

— Qui est ce "nous", monsieur l'entremetteur ?

— Je crois que vous le savez.

— Thêta.

— Vous venez de citer le cristal source, dit-il avec un autre sourire impitoyable. Est-ce que vous comprenez ce que nous sommes sur le point de devenir ?

— Je comprends que vous avez manipulé des élections dans le monde entier.

— Ce n'est qu'une activité annexe. Si peu de pays tiennent des élections qui comptent de toute façon. Dans la plus grande partie du monde, les armes valent plus que les bulletins de vote. C'est pourquoi nous avons procédé de cette manière. Nous contrôlons dorénavant le potentiel de violence révolutionnaire. Pour des forces non étatiques, le seul moyen d'obtenir des armes, c'est de passer par nous. Nous pouvons assurer la stabilité de régimes qui sinon seraient renversés. Nous pouvons déstabiliser des régimes qui sinon se seraient accrochés au pouvoir. Ce qui signifie que nous passons à une toute nouvelle phase des opérations, vous comprenez. Nous opérons au-delà du niveau des États-nations. Bientôt, il sera clair que nous avons construit notre propre ligue des nations.

— Pourquoi ? demanda Andrea en regardant l'homme de haute taille dans ses yeux clairs résolus. Quel est votre but ?

— Ne feignez pas l'ignorance, Andrea. Je crois que vous le comprenez parfaitement bien.

— Je comprends que vous êtes Génésis. Ça, je le comprends. C'est pourquoi vous voulez savoir si Todd va être en mesure de vous retrouver.

— Vous croyez vraiment que je suis Génésis ? s'étonna Jared Rinehart en ouvrant grand ses yeux gris-vert. Pas du tout. Pas du tout, Andrea, dit-il en s'agitant. Génésis est une force purement négative dans ce monde. Génésis est un agent de destruction. »

Elle réfléchit pour absorber cette réponse. *Génésis. Ton ennemi.* Après un long moment, elle dit doucement, presque comme une remarque intime : « Vous avez peur de lui.

— J'ai peur du chaos et de la destruction. Quel homme sensé n'en aurait pas peur ? Génésis a des soldats à sa solde partout, il n'arrête pas de recruter des mercenaires et des associés...

— Vous avez peur de lui.

— Je vous assure que c'est Génésis le peureux. C'est pourquoi personne n'a jamais été autorisé à le voir.

— Comment recrute-t-il donc ? Comment peut-il fonctionner ?

— A l'ère de l'informatique, c'est un jeu d'enfant. Génésis sévit dans des chats sécurisés sur Internet, il identifie les soldats de fortune qui communiquent via ces systèmes de discussion relayés par la toile. Génésis est capable de transférer des fonds où que ce soit, même alors qu'il engage d'autres informateurs pour obtenir des rapports sur ses recrues, toujours grâce aux communications électroniques. Et comme personne ne sait qui travaille ou non pour Génésis, une paranoïa généralisée s'installe. C'est un travail d'expert, admit Jared avec autant de ressentiment que d'admiration. Génésis est une araignée au centre de sa toile. A l'occasion, un filament reflète un rayon de soleil et nous le voyons. Il garde caché son propre visage. Il n'a aucun programme positif pour le monde. Il – elle, ça – se consacre uniquement à notre destruction.

— Parce que Génésis veut vous remplacer ?

— Peut-être. Nous en saurons plus bientôt. Parce que nous avons mis les meilleurs sur l'affaire, dit-il avec un petit sourire. Quand tout sera terminé, Génésis ne sera plus qu'un nid-de-poule sur la route.

— Qu'est-ce que vous voulez au juste ?

— Comme si vous ne le saviez pas ! Votre cousin a dit que vous étiez une élève brillante. Il avait même imaginé que vous pourriez jouer un rôle important dans l'organisation.

— Paul Bancroft.

— Bien sûr ! C'est lui, au départ, qui a conçu le groupe Thêta.

— Et maintenant, dit Andrea en sentant son ventre se serrer, vous êtes sur le point de lui fournir sa propre armée. Est-ce que vous vous rendez compte à quel point ça paraît monstrueux ?

— Monstrueux ? Ça me stupéfie que vous ayez appris si peu de votre propre cousin. Tout ce que nous faisons est calculé pour servir le bien général de l'humanité. Dans un monde corrompu, le groupe Thêta est une force d'idéalisme vrai. »

La phrase que Paul Bancroft avait citée de Manilius lui revint en mémoire, et elle en frissonna : *Dépasser ce que l'on comprend et devenir le maître de l'univers.* « Ce que je ne vois vraiment pas, dit-elle, c'est pourquoi nous avons cette conversation. Pourquoi êtes-vous encore là ?

— Disons que je suis un fou sentimental. Mais je veux vous connaître avant... Il est évident, dit-il après avoir détourné le regard, que Todd Belknap vous adore. Je suis curieux d'apprendre quel genre de personne vous êtes. Comme je parle librement et franchement avec vous, vous devez savoir que vous pouvez me parler librement et franchement. Vous ne me croyez pas, mais Todd m'est très cher, à ma façon. Je l'aime comme un frère.

— Vous avez raison, je ne vous crois pas.

— Comme un frère... Ce qui, je vous l'accorde, est un sentiment complexe, en ce qui me concerne, étant donné que j'ai tué mon propre frère. Mon jumeau, rien que ça ! Le plus bizarre, c'est que je ne me souviens même pas pourquoi. Bien sûr, je n'étais qu'un enfant, à l'époque. Mais je m'égare.

— Vous êtes un grand malade, dit Andrea d'une voix tremblante.

— Je me porte comme un charme. Mais je sais ce que vous voulez dire. Je suis... différent de la plupart des gens.

— Si Todd avait su qui vous êtes vraiment...

— Il a connu une version de moi. Les gens sont complexes, Andrea. J'ai travaillé très, très dur pour créer et entretenir mon amitié avec Todd, et si cela signifiait qu'il fallait éliminer les distractions, j'y veillais. »

*Éliminer les distractions.*

« Vous l'avez volontairement isolé, murmura Andrea. Vous l'avez déstabilisé. Et quand quelqu'un s'approchait trop de lui, quand il forgeait une véritable relation avec une personne, vous... l'éliminiez. Et quand il pleurait cette perte, vous étiez toujours là pour le réconforter, c'est ça ? dit-elle d'une voix plus forte. Il vous prenait pour son seul véritable ami. Et pendant tout ce temps, vous le manipuliez, vous assassiniez ceux qu'il aimait, vous le déstabilisiez. Toutes ces fois où vous l'avez sauvé n'ont été que des mises en scène, n'est-ce pas ? Cet homme aurait fait n'importe quoi pour vous, et vous n'avez cessé de le trahir.

— Et pourtant je l'aimais, Andrea, répondit doucement Jared. Je l'admirais, à coup sûr. Il avait – il a – des talents extraordinaires. Personne ne peut lui échapper s'il a décidé de le trouver.

— Et c'est pourquoi vous vous êtes fixé sur lui au départ, n'est-ce pas ? Il m'a parlé de Berlin-Est, il y a des années. De quoi s'agissait-il – de faire d'une pierre deux coups ?

— Vous êtes aussi maligne que je le pensais. Il se trouve que je venais de recruter Lugner. Je savais que je serais en mesure de l'utiliser, et j'avais raison. En même temps, il était de plus en plus évident que le jeune M. Belknap était meilleur à trouver les gens que Lugner à disparaître. La seule chance de Lugner était de faire croire au Limier qu'il avait éliminé sa proie. Il avait besoin qu'une personne autorisée confirme sa mort, et après notre mise en scène complexe, c'est ce qui s'est passé.

— Mais vous avez eu mieux encore : la loyauté et la dévotion du Limier. Des forces de caractère que vous avez entrepris de transformer en faiblesses.

— Je suis un homme rationnel, approuva-t-il avec un petit sourire. Je voulais mettre de mon côté un talent aussi rare que celui de Todd.

— Et vous vous êtes assuré de ça quand il n'en était qu'au début de sa carrière. Vous avez reconnu en lui des talents que vous lui enviiez. Des talents que vous vouliez exploiter.

— Ma chère, vous lisez en moi comme dans un livre.

— Oui, assassin ! dit Andrea, dont le dégoût qu'il lui inspirait la brûlait comme un acide. Comment pouvez-vous vous regarder dans une glace ?

— Ne me jugez pas... C'est curieux, dit Jared après un long silence, j'ai avec vous la conversation que j'ai toujours souhaité avoir un jour avec Todd. Je ne crois pas qu'il serait capable de me comprendre mieux que vous, mais essayez, Andrea. Essayez ! Toute différence n'est pas une infirmité. Il y a des années, j'ai recouru aux services d'un psy. Très respecté. Je me suis contenté d'un après-midi avec lui.

— Ça ne doit pas être votre tasse de thé.

— J'étais jeune, alors. Comme on dit : je me cherchais encore. Je me suis donc retrouvé dans un beau bureau de West End Avenue, à Manhattan, à vider mon sac. J'ai parlé de tout. Il y avait un aspect de ma nature qui me troublait – ou plutôt, ce qui me troublait, c'était précisément que ça ne me troublait pas, et je savais que ça aurait dû.

Je crois que je peux l'exprimer ainsi : j'étais né sans norme morale. J'en ai été conscient dès l'enfance. Pas tout de suite, bien sûr. J'ai découvert ce manque comme on découvre qu'on est daltonien. On se rend compte un jour que les autres voient des couleurs différentes qui ne vous sont pas perceptibles.

— Vous êtes un monstre.

— Je me souviens, continua-t-il sans se préoccuper de cette réflexion, que lorsque notre Labrador a eu des chiots, trop nombreux pour qu'elle les nourrisse, à mon avis, j'en ai pris un pour faire des expériences. J'ai été fasciné par ce que j'ai découvert, en lui ouvrant le ventre avec mon couteau de poche. Je me rappelle être allé chercher mon frère pour lui montrer ma trouvaille, comment les petits intestins avaient l'air de vers, le foie qui ressemblait à celui des poulets. Je n'en ai éprouvé aucune excitation sadique – c'était juste une question de curiosité désintéressée. Quand mon frère a vu ce que j'avais fait, il m'a regardé comme si j'étais un monstre. Il y avait tant de peur et de dégoût dans ses yeux ! Je n'ai pas compris. Je n'ai compris qu'en grandissant. Mais jamais je n'ai éprouvé ces sentiments. Les autres disposaient d'un ensemble d'intuitions morales qui les guidaient sans qu'ils aient à y penser. Je n'ai jamais eu ça à ma disposition. Il a fallu que j'apprenne les règles comme on apprend à bien se tenir à table, et à dissimuler les fois où je les violais. Ce fut le cas quand je fis passer la mort de mon frère pour un accident dû à un chauffard qui aurait pris la fuite. Je suppose que c'est parce que j'ai appris à dissimuler cet aspect de ma personnalité que je me suis retrouvé dans les services secrets : la dissimulation et les subterfuges sont devenus une seconde nature, chez moi.

— Et vous avez tout raconté à un psy ? demanda Andrea qui sentait la nausée monter en elle.

— Oui. Il était assez perspicace. Finalement, il a dit : "Bien, je crois que votre temps est écoulé." Sur ce, simple mesure de précaution, je l'ai étranglé à son bureau avec ma cravate. Aujourd'hui, je me demande si je savais que j'allais le tuer quand on a commencé la séance. Je le crois parce que j'avais veillé à ne laisser aucune empreinte dans le cabinet, j'avais également pris rendez-vous sous un pseudonyme. Savoir cela, même à un niveau inconscient, c'est sûrement ce qui m'a permis de lui parler en toute franchise.

— Comme à moi.

— Je crois que nous nous comprenons, dit Jared presque gentiment.

— Et pourtant, vous me dites que vous êtes une force du bien. Que le groupe Thêta est une force du bien. Pensez-vous vraiment que quiconque puisse prendre pour argent comptant le jugement d'un sociopathe ?

— Est-ce un tel paradoxe ? demanda Jared en s'adossant au mur face au lit, l'air à la fois attentif et lointain. Vous voyez, c'est comme ça que le Dr Bancroft a changé ma vie. Intellectuellement, j'avais très envie de consacrer ma vie au bien. Je voulais faire ce qui était juste. Pourtant, j'avais du mal à voir ce que c'était, et les gens ordinaires me semblaient évoluer dans un univers touffu et compliqué de considérations que je trouvais parfois impossibles à relier aux idées qu'ils défendaient. J'avais besoin d'un guide pour agir comme il faut. Et c'est alors que je suis tombé sur le travail de Paul Bancroft. »

Andrea ne le quittait pas des yeux.

« Voilà un homme qui exposait un algorithme d'une simplicité lumineuse, une mesure claire, propre, un système métrique objectif. Il montrait que la morale n'était pas une faculté subjective de la perception, qu'il s'agissait de maximiser les moyens, que les intuitions des gens avaient des chances de les fourvoyer, dit Jared avec animation. Je ne saurais vous dire à quel point j'ai été captivé par ses théories, et plus encore après l'avoir rencontré en personne. Je me souviendrai toujours d'une chose qu'il m'a dite : "Comparez-vous à celui qui évite d'écorcher vifs des étrangers au hasard parce que l'idée même de le faire lui répugne. Il applique une morale du dégoût. Si vous, vous l'évitez, au contraire, c'est parce que vous avez réfléchi aux axiomes et aux principes engagés. Sur le plan éthique, qui a le mieux agi ?" Ce fut un vrai cadeau. Mais le plus grand cadeau qu'il me fit fut le système moral rigoureux qu'il établit : le calcul de la félicité.

— Vous m'en direz tant !

— Le tram dont les freins ont lâché. Vous le connaissez, n'est-ce pas ? Si le mécanicien active l'aiguillage, il ne tue qu'une personne au lieu de cinq.

— Je m'en souviens.

— Et c'est ce qu'il faut faire, à l'évidence. Mais le Dr Bancroft m'a demandé d'imaginer que je suis un chirurgien spécialiste des transplantations. En prenant la vie d'un étranger et en utilisant ses organes, je peux sauver cinq vies. Quelle est la différence entre ces deux situations, sur le plan purement logique ? Aucune. Il n'y a pas la moindre différence, Andrea.

— Aucune différence que vous puissiez voir, en tout cas.

— Cette logique a la pureté du diamant. Une fois que vous l'intégrez, ça change tout. Les vieux préjugés s'effondrent. Le Dr Bancroft est le plus grand, le plus noble savant que j'ai jamais rencontré. Sa philosophie m'a permis de consacrer ma vie au bien. Il m'a donné un algorithme qui pouvait remplacer ce qui me manquait – et qui était meilleur que ce qu'il remplaçait, comme une sorte d'œil bionique. Il m'a montré que les choix éthiques devaient être faits par l'intellect, non par les émotions. Faire ce qui est juste, m'a-t-il dit, n'est pas toujours facile – pour personne. Ça demande du travail. Et Todd aurait dû vous dire que je suis un mordu de travail.

— Paul m'a dit... Il m'a dit que chaque vie compte. Qu'en est-il de la mienne ? Qu'en est-il de la mienne, bon sang !

— Oh, Andrea, à l'évidence, étant donné tout ce que vous savez sur nos opérations, des mesures doivent être prises en conséquence. Votre vie compte de bien des façons, comme comptera votre mort, dit Jared d'une voix presque tendre.

— Ma mort, reprit Andrea en écho.

— Toute personne sur cette terre est condamnée à mort. Vous le savez. Les gens parlent de tuer comme si c'était une abomination mystique, alors que ce n'est qu'une affaire de calendrier.

— Une affaire de calendrier.

— A ce propos, votre groupe sanguin c'est O, n'est-ce pas ? »

Elle hocha la tête sans chercher à comprendre.

« Excellent. Donneur universel. Avez-vous été exposée à l'hépatite, au VIH, à la syphilis, la malaria, le papillomavirus ou d'autres maladies transmises par le sang ? demanda-t-il en pointant sur elle ses yeux comme des forets.

— Non.

— J'espère que vous vous êtes bien nourrie. Il est important de garder vos organes en bonne santé, d'entretenir votre niveau de fer, tout ça. Je crois que vous savez pourquoi on ne vous donne pas de calmants : on ne veut pas que vos organes soient gavés de drogues agissant sur le système nerveux central. Ce ne serait pas bon pour les receveurs. Je tiens à ce que nous ayons une jeune femme en parfait état de santé. Vous détenez des ressources qui pourraient sauver une demi-douzaine de vies. En plus du sang, je parle du foie, du cœur, des deux reins, des deux cornées, du pancréas, des deux beaux poumons et sans aucun doute de tout un ensemble de formidables vaisseaux à greffer. Je suis tellement content que vous ne fumiez pas ! »

Andrea dut faire un effort pour ne pas se pencher et vomir.

« Prenez soin de vous, dit Jared en gagnant la porte.

— Prenez soin de vous, espèce de salaud tordu, croassa Andrea que seule la rage empêchait de s'effondrer. Est-ce que vous n'avez pas dit que Todd Belknap pouvait retrouver n'importe qui, quand il le décidait ?

— Oui, c'est tout à fait vrai, dit Jared avec un sourire en tapotant des ongles la porte métallique. Et c'est bien sur ça que je compte. »

*Chapitre vingt-sept*

*Île de la Dominique*

La Dominique, morceau de terre ovale fripé situé entre la Martinique et la Guadeloupe, était une ancienne colonie britannique, et sa gastronomie en souffrait. Mais les compensations ne manquaient pas. Parmi les nouveaux venus dans l'industrie des paradis fiscaux – on n'y vota l'International Business Companies Act N° 10 qu'en 1996 –, la jeune République avait rapidement conquis une réputation d'efficacité et de discrétion. En tant que nation souveraine, elle n'était pas affectée par les règlements américains ou européens, et l'Act considérait comme un crime toute révélation d'informations personnelles, y compris sur le casier judiciaire. Il n'y avait pas de contrôle des changes sur les mouvements de fonds, pas de surveillance officielle des entreprises opérant dans sa juridiction. Longue de cinquante kilomètres et moitié moins large, l'île était couverte de forêts denses avec des vallées, des chutes d'eau et des côtes découpées. Elle avait beau ne compter que soixante-dix mille habitants, dont beaucoup vivaient dans la capitale, Roseau, ses infrastructures électriques et de communications n'étaient pas en reste. Les écologistes se plaignaient régulièrement des diverses antennes placées au sommet des montagnes dans les grandes réserves forestières. Ailleurs, des lumières agaçaient les plongeurs. Pour eux, ces signes de modernité violaient l'illusion chérie de leur isolement idyllique.

Todd Belknap ne nourrissait pas de telles illusions. Il n'était pas non plus d'humeur à admirer la luxuriance tropicale des lieux. Dès son arrivée, Walter Sachs et lui se dirigèrent vers un bâtiment miteux à environ trois cents mètres de Melville Hall, le principal aéroport. Un gros logo jaune identifiait la cahute comme celle du loueur de voitures de l'île. « Je m'appelle Henry Giles, dit-il. J'ai réservé un 4 × 4. »

Il avait retiré ses prothèses buccales, mais ses gencives le faisaient encore souffrir.

« Le 4 × 4 a eu un accident, m'sieur, dit avec un accent mélodieux l'homme derrière le comptoir. C'était au carnaval, en janvier dernier. Il marche plus très bien depuis.

— Est-ce qu'il vous arrive souvent de réserver des voitures qui ne roulent pas ? demanda Walter, que le long trajet n'avait pas mis de bonne humeur.

— Y a dû y avoir une erreur. Parfois, c'est ma femme qui répond au téléphone, vous savez. Et elle est plus elle-même depuis l'ouragan de 1976. »

Todd regarda l'homme de plus près et se rendit compte qu'il était bien plus âgé qu'il l'avait cru au premier abord. Sa tête rasée luisait dans la chaleur tropicale et sa peau était si noire qu'elle semblait presque maléfique. « Que pouvez-vous me donner, mon ami ?

— J'ai une Mazda. Deux roues motrices, à ce qu'on dit, bien que je ne sois pas certain que ce soit toujours autant.

— Que conduisez-vous ?

— Moi, m'sieur ? Je conduis cette vieille Jeep, là.

— Vous me la louez pour combien ? »

L'homme émit un sifflement de réprobation en aspirant l'air entre ses dents. « Mais c'est ma caisse !

— Combien pour qu'elle devienne la mienne ? »

Le loueur céda la Jeep pour deux cents dollars américains et donna les clés à Todd.

« Et où vous allez, comme ça ? demanda l'homme en empochant les billets. Pourquoi vous êtes venu sur cette île paradisiaque ?

— J'ai toujours voulu voir le lac Bouillant. »

Ce lac – curiosité géothermique due à l'inondation d'un cratère volcanique – constituait une des attractions les mieux connues de l'île.

« Vous avez de la chance. Il bouille pas toujours. Il a juste fumé presque toute l'année dernière. Mais cette année, il est bien chaud. Vous feriez mieux de prendre des précautions.

— Merci du conseil. »

Une fois sur la route, vers le sud, en direction de Roseau, l'humeur de Walter empira encore. « Tu vas me tuer dans cette foutue histoire de petit soldat ! gémit-il. Toi, au moins, tu peux te défendre. »

Todd le regarda mais ne répondit pas.

Les branches d'arbres fruitiers – les limes, bananes et goyaves alternaient avec les feuilles vernissées – caressaient la voiture, la suspension de la Jeep amplifiant chaque irrégularité de la route. Jamais Todd n'aurait cru possible qu'un paysage pût être aussi vert.

« Tu sais quoi ? bougonna Walter, je commence à me dire que ton ROM de démarrage a un mauvais checksum.

— Je suppose que, d'où tu viens, ce sont des mots...

— Et où on va, exactement ?

— Dans la vallée de la désolation.

— C'est une blague !

— Prends la carte.

— C'est pas une blague », soupira Walter.

Les dix heures de voyage – ils avaient dû faire escale à San Juan pour prendre un avion à hélices – les avait laissés tous deux sales et fatigués.

« Privex est à Roseau, dit Walter.

— Faux. Ce n'est que leur boîte à lettres. Les vrais locaux sont juste au-dessus du village de Morne Prosper.

— Comment tu sais ça ?

— Walter, mon ami, c'est mon boulot. Je suis un "trouveur". Privex est sur le flanc sous le vent de cette montagne, parce qu'il n'est pas seulement dépendant du généreux apport en fibres optiques de l'île. Il a aussi tout un ensemble d'antennes satellites qui transmettent sur Internet via le ciel.

— Mais comment... ?

— On doit y faire des livraisons. Ces routeurs et ces serveurs, ces plates-formes et ces interrupteurs – tous les bidules de l'architecture informatique – ont besoin d'être remplacés de temps à autre. Ils ne durent pas éternellement.

— J'ai compris. Donc, quand ils commandent des pièces détachées pour le Connectrix, quelqu'un doit les leur livrer ici. Ce que les gars des Télécoms appellent le problème du dernier kilomètre.

— Cisco, en fait. Ils utilisent un truc appelé le Catalyst 6500 Series Supervisor Engine.

— Mais comment...

— Comment j'ai su qu'ils en avaient commandé un ? Je ne l'ai pas su. J'en ai donc commandé un pour eux. J'ai téléphoné aux principales entreprises qui fournissent du matériel informatique, j'ai dit que j'appelais de la Dominique, je leur ai donné l'adresse et j'ai tenté de passer une commande pour un demi-million de dollars en serveurs, etc. J'ai réussi chez Cisco. Bref, en résumé, j'ai découvert qu'ils avaient engagé une compagnie d'hélicoptères pour les livraisons en Dominique. J'ai donc appelé la compagnie d'hélicos.

— Et c'est comme ça que tu as su où était l'entreprise.

— En bref.

— Incroyable.

— Comme je te l'ai dit, c'est mon boulot.

— Où est donc ce bâtiment, déjà ?

— Perché au-dessus de la vallée de Roseau.

— D'où la Jeep. Pour gravir la montagne.

— On ira à pied, ce sera plus sûr. Une Jeep dans le village risque de trop attirer l'attention. Ça nous gênerait pour arriver sans qu'on nous remarque.

— Je suppose que ça veut dire qu'y aller en hélicoptère est hors de question. Nom d'un chien, ce voyage ne correspond pas du tout au catalogue !

— Ce n'est pas non plus une croisière. Désolé. Tu pourras exiger le remboursement au retour.

— Oh, merde ! Écoute, je serai de meilleure humeur quand on aura mangé et qu'on se sera douchés.

— Pas au programme. Pas le temps de s'arrêter.

— C'est une blague ! dit Walter en passant la main dans ses cheveux bruns grisonnants, les yeux encore plus furieux que d'ordinaire. Non, bien sûr... tu ne blagues jamais. »

Vingt minutes plus tard, Todd cacha la Jeep dans un bosquet de corossolier, leur dense feuillage camouflant à merveille le véhicule. « On va continuer à pied », dit-il.

Ils se retrouvèrent sur un sol spongieux et la chaleur humide les enveloppa comme l'eau d'un bain.

Todd consulta sa montre. Le temps passait trop vite. La vie d'Andrea était en jeu. Génésis pouvait la tuer n'importe quand.

A condition qu'elle n'ait pas déjà été tuée.

Todd sentit son ventre se serrer. Il ne pouvait se permettre d'envisager cette possibilité. Il devait tenir le coup.

Pourquoi Génésis s'était-il emparé d'elle ? Peut-être savait-elle quelque chose, un détail dont elle n'avait pas compris l'importance. Ou peut-être – pensée plus optimiste – était-ce une preuve de désespoir de la part de cet adversaire invisible. Où était-elle ? Qu'est-ce que Génésis voulait faire d'elle ? Il refusa de penser aux scénarios cauchemardesques qui avaient fait la gloire du criminel. Il devait s'efforcer de rester dans le présent. Survivre aux quelques heures qui venaient allait être suffisamment difficile !

Un pied devant l'autre.

Le sol était bourbeux par endroits, glissant et poisseux, et la montée de plus en plus raide. Une odeur de soufre filtrait des fissures volcaniques. Des lianes comme des cordes barraient les sentiers. Des gommiers de trente mètres de haut entrelaçaient leurs branches et formaient une canopée qui bloquait presque toute la lumière du soleil. Ils marchaient tous deux tête baissée. A un moment, Walter poussa un petit cri. Todd se retourna et vit un crapaud gigantesque perché sur une souche couverte de mousse d'un vert fluorescent.

« On les appelle les "poulets des montagnes", expliqua Todd. C'est un mets de choix.

— Si j'en vois dans mon assiette, je fais un procès au chef cuisinier ! »

Ils n'avaient parcouru qu'un tiers du chemin et Walter était déjà à bout de souffle. « Je ne vois toujours pas pourquoi on n'est pas montés en voiture, grogna-t-il.

— Tu veux qu'un héraut claironne notre arrivée ? Je te l'ai expliqué : l'idée, c'est d'entrer sans qu'on nous remarque. Si on montait par la route en Jeep, une douzaine de capteurs électroniques repéreraient notre progression. »

Dix minutes plus tard, Walter supplia qu'on le laisse se reposer. Todd accepta une pause de trois minutes, mais pour un besoin tout personnel. Depuis quelques centaines de mètres, il avait l'impression désagréable qu'on les suivait. Selon toutes probabilités, ce n'était que le bruit de la faune, troublée par leur présence dans la forêt. Si c'était pourtant des pas humains au loin, il pourrait mieux les entendre en restant immobile quelques minutes.

Il ne perçut rien, mais ça ne le rassura pas vraiment. Si un pisteur expérimenté les suivait, il accorderait ses pas aux leurs et resterait immobile quand ils ne bougeaient pas. *Non, bon sang, tu imagines tout ça !*

« Attention aux serpents ! prévint Todd quand ils reprirent leur marche.

— Je ne vois que des lézards et des éphémères.

— Beaucoup de lézards et d'éphémères, en effet.

— Il n'y a que les gens qui s'en sortent mal, ici, gémit l'informaticien avant d'ajouter au bout d'un moment : J'ai réfléchi à ce que tu m'as dit sur Génésis.

— J'espère bien.

— Non, je veux dire que, comme personne n'a jamais vu ce type, la manière dont il-elle-ça communique électroniquement me fait penser qu'on a affaire à un avatar.

— Un avatar ? Un truc indien ?

— A l'origine, oui. Comme Krishna est l'avatar de Vishnou, une âme plus évoluée qui s'incarne physiquement pour enseigner à des âmes moins évoluées. Mais de nos jours, les gens qui jouent à des jeux sur ordinateur utilisent ce mot pour parler de leur alter ego virtuel.

— Leur quoi *?*

— Sur ces sites de jeux en réseau, certains sont incroyablement complexes. Toutes sortes de gens autour du monde peuvent se connecter et jouer avec ou contre les autres. Ils se créent donc un personnage en ligne qu'ils prennent en charge. C'est comme un moi virtuel.

— Une sorte de pseudonyme ?

— Oui, mais c'est juste un début. Parce que ces personnages peuvent être très texturés, très compliqués, avec toute une histoire et une réputation qui affecte la stratégie que d'autres joueurs vont utiliser avec eux. Tu serais surpris de voir à quel point les jeux en ligne sont sophistiqués, de nos jours.

— Je m'en souviendrai si je deviens quadriplégique. Sinon, je dois dire que je trouve le monde réel bien assez stimulant.

— La réalité est surfaite, affirma Walter qui peinait à reprendre haleine.

— Peut-être, mais elle te brûlera si tu ne fais pas attention.

— Tu essaies de me dire que le lac Bouillant est sur notre chemin ?

— Pas bien loin, mais ce n'est pas une plaisanterie. Des gens ont été gravement blessés ici, certains sont morts. La température peut vraiment monter très haut. Ce n'est pas une simple baignoire.

— Et moi qui espérais pouvoir y piquer une tête pour me rafraîchir ! »

Il était plus de minuit quand ils entendirent le tintement de carillons agités par le vent et se rendirent compte qu'ils avaient atteint le village. De loin, ils virent une chute d'eau blanche, étroite, d'environ cent mètres de haut. La brise les soulagea un peu. Ils s'assirent côte à côte sur un rocher. Luisant sous la lune, l'ensemble que formaient les grandes antennes satellites évoquait un bouquet de fleurs tout droit sorti d'une autre planète.

« Ils ont installé une contre-toile satellite, s'émerveilla Walter. Un réseau virtuel privé. C'est un équipement de pointe de Hughes Network Systems. »

Le bâtiment en lui-même était une structure basse en parpaings et béton, peint d'un vert terne qui lui permettait de se fondre dans la forêt, quand on le voyait de loin. De près, cependant, c'était une sorte de station-service perchée sur une montagne avec des aires de stationnement bordées de buissons plantés, bien grêles comparés à la végétation sauvage. Les câbles électriques et téléphoniques qui gravissaient la pente convergeaient dans une annexe qui devait héberger un transformateur. Il y avait clairement un générateur diesel en dessous.

« Quel genre de système de sécurité ont-ils installé, tu le sais ? demanda Walter d'une voix un peu tremblante.

— J'en ai une assez bonne idée, d'après mes recherches.

— Une clôture électrifiée ?

— Pas dans cette jungle. Trop de bêtes sauvages. Avec les manicous, les iguanes, les chiens sauvages et tout le reste, ce ne serait plus une barrière de sécurité mais un barbecue ! Pour la même raison, une alarme autour du périmètre ne servirait à rien : elle se déclencherait toutes les cinq minutes.

— Qu'est-ce qu'ils ont prévu ? Un garde armé à l'intérieur ?

— Non. Les types qui travaillent ici croient en la technologie. Ils doivent avoir un détecteur de mouvements ultrasensible, ce genre de chose impossible à utiliser si on a un gardien de nuit sur place. Un gardien de nuit, ça peut s'enivrer, s'endormir ou se faire acheter, problèmes qui n'affectent pas la technologie. C'est leur façon de penser.

— C'est aussi la mienne. Je brancherais une heuristique qui détecte et efface. Comment on s'en débrouille ?

— Il y a beaucoup de chaleur là-dedans. Beaucoup d'équipement sensible. Donc, il y a forcément aussi un puissant système de refroidissement. »

Todd montra un ensemble de tuyaux en aluminium sur le toit, protégé par une grille verticale coiffée d'une hotte. « Il n'y a pour ainsi dire pas de fenêtres. Regarde ! Voilà un condensateur juste à côté de la porte de service, et un ventilateur pour faire entrer l'air frais. Et voilà l'autre extrémité du système de ventilation – par où l'air chaud est poussé à l'extérieur. Des tuyaux de grand diamètre pour minimiser la résistance. On monte sur le toit, on dévisse la grille et on se glisse à l'intérieur par un tuyau.

— Et l'alarme se déclenche.

— T'as tout compris.

— Si le protocole standard de sécurité est appliqué, expliqua Walter, ça va mettre tout le système en mode auto-effacement en environ quinze secondes. Tous les dossiers seront totalement effacés. Un organisme comme Privex préférera risquer de perdre des données plutôt que de se les faire voler.

— Ce qui signifie que nous devrons travailler vite. Débrancher le cerveau avant qu'il puisse activer une procédure d'effacement. C'est la clé du succès. Les types qui dirigent cet endroit vivent en ville. Ça leur prendra une demi-heure pour arriver ici. Il faut qu'on soit plus malins que les machines.

— Et maintenant ? Parce que je ne suis pas prêt à me montrer téméraire, tu sais.

— Tout ce que tu auras à faire sera d'attendre que je t'ouvre la porte de service et d'entrer.

— Et comment est-ce que tu vas faire ça ?

— Regarde et apprends ! »

Todd sortit une échelle de corde de son sac à dos et un tube en métal de soixante centimètres, qu'il déplia pour lui faire atteindre plusieurs fois sa longueur d'origine. Il en tordit une extrémité jusqu'à ce que deux crochets apparaissent. A l'arête du bâtiment, un tuyau blanc jaillissait du toit presque plat ; il projeta le tube et ses crochets. Il s'y agrippa avec un petit bruit. L'échelle en corde de nylon pendait maintenant comme une longue écharpe noire. Il testa l'ancrage en tirant quelques coups et monta avec agilité.

Arrivé sur le toit, il s'agenouilla devant la grille de ventilation et, sortant un outil de son paquetage, en retira les vis. Dès qu'il posa la grille sur le sol, il fut assailli par une odeur de renfermé qui émanait du conduit en aluminium. Le courant d'air était assez fort pour produire une petite brise.

Tête la première, il entra dans le conduit et s'y fit glisser au-delà du coude, utilisant ses mains et ses jambes comme un lézard. Au bout de quelques mètres, il fut plongé dans un silence inquiétant et une obscurité totale. Il n'entendait que sa propre respiration, rendue sinistre par l'amplification due au tube métallique. Il continua à descendre dans ce tunnel obscur, ondula et avança en poussant sur ses mains, un pied après l'autre, négociant un autre coude à grand-peine. Il se retrouva bientôt à la verticale, tête en bas, et le sang lui monta au cerveau si brusquement qu'il glissa sur quelques mètres.

Tout à coup, le tube se rétrécit. Ses mains tâtèrent devant lui en quête d'une prise, mais elles patinèrent sur une surface lisse, presque grasse. Il comprit trop tard que les deux sections raccordées avaient des diamètres différents. Il prit une goulée d'air et découvrit que le nouveau conduit ne lui permettait pas de gonfler sa poitrine. Il devrait se contenter de petites inspirations. Un instinct primal de claustrophobie commença à l'envahir. Il avança d'un mètre supplémentaire. Il avait cru qu'il aurait du mal à contrôler sa descente, mais les parois du tube qui l'enserraient servaient si bien de frein qu'il fallait qu'il fasse un effort pour progresser à la verticale. Son téléphone portable, dans sa poche de poitrine, s'enfonçait dans ses côtes. Dès qu'il réussit à le sortir, il lui glissa des doigts et s'écrasa sur une surface dure invisible en contrebas.

Est-ce qu'il allait déclencher l'alarme d'un détecteur de mouvement ? A l'évidence, non ; il était trop petit. Le problème personnel de Todd : il était trop grand. Il était piégé.

*Piégé.*

La seule chose qu'il ne pouvait pas se permettre, c'était de paniquer. Pourtant, des pensées parasites l'envahirent, comme le fait de ne pouvoir dire si ses yeux étaient ouverts ou non. Il se rappela qu'il ne lui restait à coup sûr que moins de quatre mètres avant d'atteindre l'extrémité du tube. Son esprit s'emballa. Walter était un civil, sans aucune expérience du monde physique. Si Todd restait coincé là, Walter n'aurait aucune idée de la manière de l'en sortir. Et qui savait quel sort serait le sien si les mercenaires de Privex le trouvaient au matin ?

C'était de sa faute. Dans cette opération folle, le désespoir ayant pris l'ascendant sur la prudence, il avait improvisé un plan d'action sans respecter les précautions d'usage, arrêté un mode opératoire sans avoir de solution de rechange. *Nom de Dieu !*

La peur le faisait transpirer, et la sueur, il le sentit, allait l'aider à progresser. Ironie du sort ! Il vida ses poumons pour réduire le diamètre de sa poitrine et s'efforça de descendre plus bas, pareil à un serpent ou à un ver, se propulsant par les petits mouvements de tous ses muscles, même ceux de ses doigts. Il reprit de l'air et, une fois de plus, le métal compressa sa cage thoracique. S'il ne pouvait aller plus loin, pourrait-il faire demi-tour ? Il avait l'impression d'être enterré vivant.

Il pensa à une centaine d'autres moyens d'entrer dans l'usine et les regrets assombrirent son esprit comme un nuage. Il avait une respiration sifflante, le souffle réduit, les alvéoles pulmonaires rétrécis sous l'effet du stress. Enfant, il avait souffert de quelques crises d'asthme, et jamais il n'avait oublié cette impression de courir un cent mètres contraint de respirer à travers une paille. Il y avait de l'air, mais pas assez, et cette insuffisance lui parut pire que pas d'air du tout. Cela faisait des dizaines d'années qu'il n'avait pas éprouvé cela.

*Putain de Dieu !*

Il ondula sur un mètre de plus, glissant grâce à la transpiration ; le sang grondait à ses oreilles, la pression montait dans sa poitrine. *Comme une sardine en boîte.* Soudain, ses mains tendues touchèrent quelque chose d'irrégulier. Une grille. A l'autre bout. Il la poussa et il sentit qu'elle bougeait un peu. Très peu, mais suffisamment pour lui redonner courage. Il l'attaqua à coups de paume... et l'entendit tomber à grand bruit par terre.

Une seconde plus tard, une alarme assourdissante retentissait.

*Oh, Seigneur !* Le détecteur de mouvement avait été déclenché alors qu'il était encore piégé dans ce tube métallique infernal, les hanches à chaque ondulation plus meurtries. L'alarme, rythmée, indifférente, incessante, sonnait de plus en plus fort à chaque bip. Bientôt, le son intermittent deviendrait un hululement continu et le système de sécurité serait activé. Environ un million de courriels effacés. Le voyage en ces lieux aurait été vain. Leur dernier fil conducteur était sur le point d'être coupé.

Il aurait crié, si seulement il avait pu faire entrer assez d'air dans ses poumons.

*Dans le nord de l'État de New York*

Andrea Bancroft frissonna au souvenir du regard de lynx de Jared Rinehart, à la manière abrupte dont il passait d'un personnage à un autre. Son talent pour duper les gens était effrayant. Pourtant, ce qu'elle avait aperçu de son être vrai l'était plus encore. Pour lui, Todd était davantage qu'un instrument. Il faisait une fixation malsaine sur l'homme qu'il avait si habilement manipulé. Il était clair aussi qu'il craignait Génésis autant que Todd et elle-même.

Quelle était la véritable raison de cette peur ? Pourquoi était-elle là ?

Andrea se mit à faire les cent pas comme un animal en cage, luttant pour garder une étincelle d'espoir en son cœur. *Pessimisme de l'intelligence, optimisme de la volonté* – c'était le mantra d'un de ses professeurs de littérature espagnole, un vieux militant qui révérait le communisme et les républicains d'avant-guerre. Elle se souvint de quelques vers du poète Rafael Garcia Adeva, dont elle avait dû traduire les œuvres :

> *El corazón es un prisionero en el pecho,*
> *encerrado en una jaula de costillas.*
> *La mente es una prisionera en el cráneo,*
> *encerrada detrás de placas de hueso...*
>
> *Le cœur est prisonnier dans la poitrine,*
> *Enfermé dans une cage de côtes.*
> *L'esprit est prisonnier du crâne*
> *Enfermé derrière des plaques d'os...*

Si ces vers lui revinrent en mémoire, ils ne lui apportèrent aucune consolation. Un vrai prisonnier savait au moins où sa prison se trouvait. Elle, n'avait aucune idée de l'endroit où elle était. Dans le nord de l'État de New York ? Possible. Elle ne savait pas s'il s'agissait d'une vraie prison. Jared avait parlé d'un « monastère », et elle le soupçonnait d'avoir dit vrai. Un monastère abandonné aurait plein de cellules comme celle-ci, qu'on pouvait facilement aménager pour rendre toute évasion impossible. Peut-être pas pour Todd. Mais elle n'était pas Todd. Pour elle, c'était impossible.

*Impossible.* Pourtant, une prison n'était pas que murs et portes. Il y avait des gens, et où il y a des gens, on peut toujours s'attendre à un imprévu. Elle se souvint du garde aux yeux de brochet : *Ce n'est que mon professionnalisme irréprochable qui m'empêche de vous violer à deux doigts de la fin de votre vie, ou à deux doigts de l'au-delà.* Elle regarda la lumière fluorescente près de la porte, sa lueur odieuse et stérile de lampe d'interrogatoire.

Un lieu d'incarcération qui n'était pas une prison. On sentait bien l'improvisation dans certains des aménagements. Si les toilettes correspondaient à celles qu'on trouve en prison, ce n'était pas le cas de la baignoire ancienne. Elle aurait également facilement pu atteindre l'applique lumineuse au plafond, près de la porte ; dans une cellule, elle aurait été protégée par une grille métallique. Elle pourrait sûrement se tuer, si elle le voulait – à nouveau, ça ne cadrait pas avec une prison standard. Le garde – un homme aux avant-bras poilus, au front lisse, une barbe noire dense, coupée court– ne lui avait pas apporté « la bouffe » sur un plateau lavable tels que ceux qu'on utilise dans les grandes institutions, mais sur un plateau en feuille d'alu, comme les repas congelés des supermarchés. Elle l'avait lavé pour se donner quelque chose à faire ; ils le reprendraient, sans doute, quand viendrait son prochain visiteur.

Elle décida de remplir la baignoire. Elle boucha l'évacuation avec la bonde et ouvrit les deux robinets à fond. L'eau qui s'écoula était teintée de rouille, preuve qu'elle n'avait pas circulé dans ces tuyaux depuis longtemps. Tandis que la baignoire se remplissait, elle s'assit sur son lit et, machinalement, se mit à tordre et déchirer le bord du plateau en alu de son dîner. Ses yeux se levèrent à nouveau vers l'ampoule fluorescente au-dessus de la porte.

Elle s'en approcha. L'ampoule était un tube circulaire alimenté en courant alternatif. Toute cette électricité partout qui n'allait nulle part... *Elle est piégée ici, elle aussi !* fut la première pensée d'Andrea.

Puis elle baissa le regard vers la bande d'aluminium dans sa main et elle eut une autre idée.

*Île de la Dominique*

Soixante-trois putain d'années, songea Will Garrison, et son instinct du terrain n'avait jamais été plus affûté. Il gara sa Toyota Land Cruiser au village, derrière un marchand d'alcool à la vitrine en Plexiglas brûlée par le soleil. Il avait cessé de boire dix ans plus tôt et, sans doute pour cette raison, il était en meilleure forme aujourd'hui qu'à l'époque. Il commença l'ascension.

En avion, il avait étudié les photos satellites de l'île de la Dominique prises par la NSA, agrandies au point qu'on voyait chaque feuille des palmiers et les diodes témoins allumées sur les antennes d'AT&T. D'en haut, il était facile de repérer les locaux de Privex. De gros câbles noirs convergeaient vers une petite structure qui avait tout d'un bunker, sur laquelle s'agglutinaient des paraboles argentées.

Castor avait vraiment des couilles ! Garrison dut au moins le reconnaître en le regardant grimper sur le toit du bâtiment pour aller ouvrir un œuf Fabergé avec une pince à levier. Fascinant ! *Pourquoi est-ce qu'on n'y a pas pensé ?*

Garrison se cacha derrière une profusion de xanthosomas en forme d'oreilles d'éléphant qui luisaient de gouttes de rosée comme des bijoux. Il ne restait plus qu'à attendre. Il avait pris du Motrin, pour être sûr de lui, mais jusque-là ses genoux ne le faisaient pas souffrir. Todd était dans cet immeuble. Avant peu, il allait le quitter. Il n'irait pas loin. Dès que Todd Belknap penserait avoir réussi et se trouver en sécurité, certain que personne ne soupçonnait sa présence, il baisserait sa garde... c'est alors que le Limier serait abattu.

Il se redressa, la crosse du Barrett M98 contre la joue. Ce fusil de sniper, couvert de peinture verte et noire de camouflage, avait été équipé d'un silencieux intégral et chargé de munitions subsoniques – une combinaison de facteurs signifiant qu'un tir serait inaudible à plus de cent mètres. Quand il n'était qu'un bleu, Garrison avait remporté des compétitions de tir. Mais la véritable adresse, c'était de trouver une position qui ne requérait aucune adresse, et c'est ce qu'il avait fait. Un gamin de dix ans réussirait ce tir.

Dès qu'il se serait occupé de Todd, Garrison pourrait même prendre une journée pour profiter de l'île. On disait qu'il fallait voir le lac Bouillant.

Il consulta sa montre, regarda dans le viseur et s'installa, les sens en éveil.

Ça ne serait plus long.

*

Luttant contre la panique, Todd expulsa le dernier atome de souffle de son corps, replia ses doigts au rebord d'où il avait décroché la grille et se sortit du tube. Sa tête, puis son torse glissèrent, et il s'effondra sur le sol dur, où il put enfin respirer.

Il était dans les lieux.

Tandis que l'infernal *bip bip bip* continuait d'augmenter en puissance, il se remit sur ses pieds et regarda autour de lui l'espace éclairé seulement par les centaines de petites diodes des machines. *Quinze secondes avant que ça s'autodétruise.* Il courut vers une grande armoire métallique qui ressemblait à un congélateur géant – l'alarme en provenait – et avisa un gros câble, aussi épais qu'un serpent. Il dut y appliquer une force surprenante pour l'arracher de la prise.

Après un bref temps d'arrêt, l'alarme retentit à nouveau.

*Oh, Seigneur !* Une batterie de secours, sans aucun doute, avec assez de puissance pour exécuter le programme d'autodestruction.

Combien de secondes restait-il ? Six ? Cinq ?

Il suivit le câble jusqu'à une boîte plate de la taille d'un lingot, à la base de l'énorme serveur. L'alarme devenait assourdissante. Il saisit le câble, tira de toutes ses forces et débrancha une autre prise, celle qui reliait la batterie au système.

L'alarme se tut.

Silence béni. Todd sentit ses jambes trembler un moment en gagnant la porte. Il rétracta la serrure quatre points qui solidarisait le battant métallique au cadre en parpaings, l'ouvrit et siffla doucement.

Walter fonça à l'intérieur. « Sainte mère de Dieu ! Ils ont assez de puissance pour faire marcher tout le réseau de la Défense américaine. J'adorerais m'amuser un moment avec tout ça.

— On n'est pas là pour s'amuser, Walter. On cherche une putain d'aiguille électronique dans une meule électronique. Sors ta loupe ! Il me faut une empreinte, même partielle. Je ne rentrerai pas les mains vides. »

Walter alla observer les rangées de serveurs, de routeurs, de boîtes qui avaient l'air de lecteurs de DVD mais dont sortaient des centaines de petits fils multicolores.

Il finit par s'arrêter net devant une sorte de gros refroidisseur noir. « Changement de plan, dit le fondu d'informatique.

— Parle !

— Combien de place as-tu dans ton sac ?

— Tu improvises, Walter ?

— C'est un problème ?

— Non. C'est le premier signe d'espoir. »

Walter passa la main sur sa tempe aux cheveux presque rasés. « Je suis en train de contempler un système de stockage. Laisse-moi une minute et je te donne la mémoire de tout ce putain d'engin.

— Walter, tu es un génie !

— Dis-moi quelque chose que je ne sais pas ! »

*

Will Garrison chassa un moustique. Il avait avalé un comprimé de Malarone en chemin, mais il ne se souvenait pas combien de temps il fallait à cet antipaludique pour faire effet. Il regarda dans le viseur de son fusil et le fixa sur son bipode de manière à ce que le cercle rouge soit précisément centré sur la porte par laquelle Todd Belknap sortirait bientôt.

*Si tu veux que le boulot soit bien fait*, se dit-il à nouveau, *tu dois t'en charger en personne*. C'était vrai.

*Fais de beaux rêves, « Henry Giles » ! Adieu, Castor, au revoir, Belknap !* Il crut entendre un bruit de branches brisées, comme si on avait marché dessus. Ça n'avait aucun sens !

Ça ne pouvait être Belknap – il était encore à l'intérieur, tout comme l'amateur qu'il avait entraîné avec lui. Qui d'autre savait qu'il était là ? Todd n'avait pas d'équipe ou d'agent en renfort.

Il jeta un coup d'œil derrière lui. Rien. Il n'y avait rien du tout.

Il arrondissait son doigt sur la détente quand il entendit un autre bruit et tourna de nouveau la tête.

Soudain, il sentit une horrible pression autour de son cou – un cercle brûlant qui lui entrait dans les chairs, puis l'impression que sa tête allait exploser à cause de tout le sang qui s'y était précipité.

Il réussit à apercevoir son assaillant. « Toi ! » gronda-t-il – mais le mot mourut dans sa bouche. L'obscurité de la nuit fut remplacée par une noirceur plus profonde, plus vraie : l'extinction de la conscience.

\*

« Crétin de lapin ! » murmura Jared Rinehart en enroulant le catgut dont il avait fait un garrot autour de ses poignées en bois. Un vieux dispositif, un des rares que la technologie moderne n'avait pas amélioré.

Le fil n'était même pas humide de sang. Les amateurs choisissent souvent des fils de fer très fins. Un garrot correct ne doit pas entamer les chairs, juste comprimer les carotides et les jugulaires internes et externes, empêchant le sang d'entrer dans le cerveau comme d'en sortir. Utilisé correctement, il assurait un crime de sang qui évitait de faire couler le sang. Dans le cas présent, le seul fluide qui s'échappa fut l'urine qui tacha le pantalon du vieux maître-espion.

Jared traîna le corps en aval, le bruit qu'il faisait restait inaudible au milieu du tintamarre des millions d'insectes et de crapauds, jusqu'à ce qu'il atteigne une piste de terre volcanique rouge. Il déshabilla Garrison, plia ses vêtements et les plaça dans un sac en plastique avant de les glisser dans son sac à dos. Il aurait pu se contenter de cacher le corps dans les buissons, mais il y avait une meilleure solution.

Son nez fut bientôt agressé par des miasmes sulfureux. La végétation se fit plus rare, cédant peu à peu la place à des tapis glissants de lichens, de mousses et d'herbes. Çà et là, des fissures et des plaques de boue laissaient échapper des fumeroles argentées par les rayons de lune.

Dix minutes plus tard, à la lumière intermittente d'un ciel parfois traversé de nuages, Jared, au-delà d'un rocher, vit un cercle laiteux et fumant. C'était le lac. Il souleva le corps – qui, même dans la pénombre, n'avait rien de ragoûtant, avec ses tétons fripés, ses varicosités, sa toison dorsale de poils gris et rêches – au-delà d'une pierre ponce qui se délitait. Garrison rebondit dans la pente abrupte et plongea dans les eaux chuintantes et bouillonnantes.

Au bout de quelques heures de mijotage dans les eaux sulfurées, la chair se détacherait du squelette, dents et os tomberaient au fond du lac, soixante-dix mètres plus bas, où on ne pouvait envoyer des plongeurs à cause de la température, même si les autorités avaient l'idée de chercher là, ce dont Jared doutait beaucoup. Il était content de lui. C'était une manière très créative de poser une énigme aux gars des Opérations consulaires.

Il ouvrit son téléphone portable et appela un numéro aux États-Unis. La réception fut limpide.

« Tout se passe selon les plans, dit-il avant d'écouter une réponse. Will Garrison ? Pas d'inquiétude. Disons qu'il s'est retrouvé dans une situation sulfureuse. »

## Chapitre vingt-huit

*Dans le nord de l'État de New York*

UNE FLAQUE D'EAU S'ÉTAIT FORMÉE devant la cellule de la prisonnière. Le garde, furieux, le remarqua et se dépêcha d'ouvrir la porte : il inséra la clé, abaissa la poignée et entra. *La salope a laissé déborder la baignoire.* Ce ne fut pas la dernière pensée du garde, mais une de ses dernières pensées. Il eut aussi le temps de s'étonner de sa main qui ne tenait plus la poignée, mais y était attachée, agitée de spasmes. Il s'interrogea sur ce qui ressemblait à un morceau de métal tordu reliant la poignée intérieure à quelque chose, en haut, qu'il ne pouvait voir. Il sut que la flaque d'eau à ses pieds provenait bien de la baignoire, et il remarqua même le logo bleu du sachet de sel flottant sur la flaque dans laquelle il s'était figé. Ces perceptions lui arrivèrent en bloc, telle une foule affolée se précipitant vers la sortie de secours ; il n'aurait su dire celle qui lui vint en premier ou en dernier.

Par contre, de nombreuses autres pensées restèrent dans le néant de sa conscience. Il ne réfléchit pas au fait qu'un dixième d'ampère de courant suffit pour que le cœur se mette à fibriller. Il ne remarqua pas qu'il faisait plus sombre qu'avant dans la pièce, parce qu'on avait brisé l'ampoule au-dessus de la porte. La douleur des vibrations qui parcouraient son corps, à travers son bras, sa poitrine, ses jambes, ne tarda pas à l'anéantir. Il ne put donc voir que son corps empêchait la porte de se refermer, il ne sentit pas la femme qui sautait par-dessus lui, il n'entendit pas ses pieds légers qui couraient dans le couloir du monastère.

*

Andrea progressait à grands pas, comme un fantôme, sur le sol carrelé. Si l'élément de surprise jouait en sa faveur, cela ne durerait pas. Elle s'autorisa à peine à constater les bizarreries de ce qui l'entourait, les colonnes rondes, les arcs au plafond comme ceux d'une chapelle. Pierre, lourdes poutres, carrelage. Une gravure dorée presque effacée sur un mur et les lettres cyrilliques sous l'icône d'un barbu. Elle se trouvait donc dans un monastère orthodoxe, mais les gardes étaient américains. Qu'est-ce que cela lui disait ?

Un homme en uniforme kaki au bout du long couloir. Il leva les yeux, comprit la situation et tendit la main vers quelque chose accroché à sa ceinture de combat, vers une arme. Andrea fila dans une des niches latérales – une sacristie sans doute. Une impasse.

A moins que... Quand elle referma la porte derrière elle, la pièce ne s'assombrit guère. Il y avait un amoncellement de lourdes chaises en bois. Elle grimpa dessus et se glissa dans un espace qui conduisait à une autre zone carrelée. Elle bondit, sentit ses pieds quitter les chaises au moment où ses mains s'accrochaient au rebord en pierre et se hissa dans l'espace étroit jusqu'à une sorte de passage couvert.

Environ sept mètres au-dessus d'elle, un plafond à pendentifs, à sa droite un mur en brique à mi-hauteur, mais trop haut pour sauter par-dessus. Pourtant, elle sentait l'air frais caresser son visage, elle entendait l'appel d'oiseaux au loin, le bruissement de feuilles dans des arbres. Elle fila vers la lumière extérieure la plus vive et, en tournant à un coin, ses poumons s'emplirent d'air, son corps s'allégea, dopé par l'adrénaline et l'espoir.

Soudain quelqu'un apparut et, sans stopper sa course rapide, s'écrasa contre elle. Elle fut projetée au sol.

L'homme en eut le souffle coupé mais resta debout, au-dessus d'elle. « Telle mère, telle fille ! » dit-il entre deux respirations pénibles.

Elle le reconnut immédiatement. Le conducteur qui l'avait interrogée sur la route à prendre, à Washington. L'homme qui l'avait enlevée. Des boucles brillantinées de cheveux grisonnants, des yeux qui luisaient comme ceux d'un ours en peluche, une petite bouche et un menton mou à fossette.

« Ne me touchez pas ! ordonna Andrea en toussant.

— Tu vois, ta maman n'a jamais adhéré au programme, elle non plus. Elle ne voulait pas mourir, elle se moquait que ce soit pour une bonne cause. A la fin, on a dû lui injecter de l'éthanol dans l'artère inguinale. Une minuscule piqûre.

— Vous avez tué ma mère.

— Tu dis ça comme si c'était une mauvaise chose ! »

Sans crier gare, Andrea lança sa jambe gauche pour se relever. L'homme réagit vite et l'immobilisa, un pied sur son dos. Elle s'effondra à nouveau, le souffle coupé, comme clouée sur place par le poids de l'homme sur sa nuque.

Il enfonça son genou gauche dans ses reins et entoura ses chevilles de sa jambe droite. « Un geste et ta colonne vertébrale casse. Une mort très douloureuse. »

Elle sentit les veines de son cou se distendre au point d'éclater. « Je vous en prie, murmura-t-elle. Je suis désolée. Je ferai ce que vous voulez. »

Il la releva et la fit pivoter face à lui. Il avait une arme à la main. Andrea y jeta un coup d'œil. Une arme noire. Son canon plus noir encore.

« Navasky, aboya l'homme dans un talkie-walkie miniature, sur le pont ! »

Avec une brutalité contenue, il entraîna Andrea dans le passage. Le garde à la peau cireuse et aux yeux pâles de brochet – qui devait donc s'appeler Navasky – arrivait.

« Fils de pute ! gronda-t-il en saisissant son pistolet d'abattage.

— Fille de pute, je dirais, le corrigea le premier homme.

— M. J. ne sera pas content.

— Il n'a pas besoin de le savoir. On peut prendre de l'avance sur l'emploi du temps et la plonger dans un coma permanent dès maintenant. Il n'y a aucune chance pour qu'elle parle, de toute façon. »

Ils la prirent chacun sous un bras. Elle se débattit farouchement, mais sans réussir à desserrer leur poigne de fer.

« Elle a de la personnalité, dit Navasky en exhalant une haleine puante. Dis donc, Justin, toi qui es un expert, elle pourra encore mouiller quand elle sera un légume ?

— Le sexe, ça doit beaucoup au cerveau primitif. Pas besoin du cortex cérébral pour ça. La réponse est donc oui, si on fait bien notre boulot. »

Andrea se débattit à nouveau de toutes ses forces. Rien. Ça ne servait à rien.

« Qu'est-ce que tu fais là ? demanda celui qui s'appelait Justin à un autre homme, qui venait d'apparaître au bout du couloir. Je croyais que tu étais un gars de la fondation.

— J'ai reçu ton signal de détresse, répondit l'homme en montrant un talkie-walkie miniature semblable aux leurs qu'il remit dans sa poche de pantalon. Nouveau protocole.

— Juste à temps », dit Navasky avec soulagement.

Andrea regarda avec horreur l'homme puissant en costume gris bien taillé à vingt mètres d'elle. C'était l'homme sans nom qui était venu la voir à Carlyle, celui qui semblait la suivre pas à pas depuis. La brute qui l'avait prévenue, par des menaces à peine dissimulées, de son devoir de discrétion.

Elle sentit la poigne des deux autres se détendre un peu en présence d'un troisième homme armé. Sur une impulsion soudaine, elle plongea en avant une fois de plus, s'arracha à leur emprise, et courut tout droit, la seule direction possible. Comme au ralenti, elle vit l'homme en costume gris tirer un lourd revolver de sous sa veste et le tenir parfaitement horizontal. *Mieux vaut une mort instantanée*, se dit-elle.

Elle regarda l'extrémité du canon, à cinq mètres d'elle, comme un lapin fasciné par un cobra, et vit l'éclair bleu du tir quand l'homme pressa la détente, deux fois, en succession rapide.

Au même instant, elle lut dans ses yeux la confiance sereine de celui qui atteint toujours sa cible.

*New Haven, Connecticut*

Yale University était la troisième université fondée aux États-Unis, en 1701. La plupart de ses bâtiments – dont les immeubles gothiques du collège invariablement associés à l'institution dans l'esprit du public – avaient pourtant moins de cent ans. Les plus récents, construits à l'écart du « Vieux Campus », comme les banlieues des villes européennes, accueillaient bien sûr les départements des sciences et leurs laboratoires de recherche. D'où la fierté des informaticiens d'être hébergés dans un immeuble datant du XIX$^e$ siècle, même si on avait entièrement rénové l'intérieur. L'Arthur K. Watson Hall, en brique rouge avec des arcades sur la façade, honorait les ambitions et le sentiment de grandeur de l'époque victorienne. Il faisait face au cimetière de Grove Street, et certains prétendaient qu'il était lui-même un peu sépulcral.

Todd fut impressionné quand Walter Sachs et lui s'arrêtèrent sur le trottoir d'en face. Une fois de plus, il eut vaguement l'impression qu'on l'observait. Mais qui cela pouvait-il bien être ? Son instinct et son expertise du terrain se télescopaient. S'il était effectivement suivi, ses manœuvres auraient dû le confirmer. Sa prudence professionnelle versait à coup sûr dans la paranoïa. « Redis-moi le nom de ton ami, demanda-t-il avec nervosité.

— Stuart Purvis, soupira Walter.

— Et rappelle-moi comment tu l'as connu.

— On a étudié ensemble et maintenant il est assistant-professeur pour le département informatique de l'université.

— Tu fais vraiment confiance à ce type ? Il a quinze minutes de retard. Tu es certain qu'il n'a pas appelé la police du campus ?

— Il m'a chipé ma petite amie en première année. Je lui ai chipé la sienne en deuxième année. On a décidé qu'on était quittes. C'est un type bien. Sa mère était un grand nom du monde artistique dans les années 60. Elle faisait des trucs avec des poutres et des madriers, mais elle en tirait des courbes et des formes de coquillages. Des machins incroyables. Comme si Georgia O'Keeffe refaisait le *Tilted Arc* de Serra.

— Tu ne sais pas de quoi tu parles.

— Mon vieux, dit Walter en serrant son sac en nylon dans ses bras, ce qui compte, c'est que nous avons ici une mémoire gargantuesque, un océan de données, d'accord ? Ton misérable ordinateur portable Dell ne nous aidera pas. Stuart, par contre, a contribué à monter l'ensemble Beowulf de Yale. C'est comme deux cent soixante processeurs reliés harmonieusement dans une architecture parallèle massive. C'est ça, la puissance dont nous avons besoin. Ah, le voilà ! dit-il en agitant la main. Hé, Stuart ! »

Un homme de près de quarante ans approchait, en chemise blanche cubaine *guayabera*, pantalon noir et sandales en cuir. Il fit un signe en retour. L'épaisse monture noire de ses lunettes pouvait être soit à la mode, soit paraître complètement ringarde, tout dépendait du degré d'ironie de celui qui les portait. Il sourit à son vieil ami, découvrant un morceau de laitue entre deux incisives – et ça n'avait rien de glamour.

Stuart Purvis leur fit contourner le Watson Hall pour gagner une entrée privée laquée en vert à l'arrière du bâtiment. Elle menait directement au sous-sol, où se trouvaient les principaux laboratoires d'informatique. Todd remarqua le cou du jeune professeur, constellé de poils incarnés qui avaient provoqué des granulations rouges. Il était rasé de près, mais l'ombre grise sur sa peau montrait qu'il aurait pu avoir une barbe noire très fournie.

« Quand tu m'as appelé pour me demander une faveur, vieux frère, dit-il à Walter, j'ai cru que tu voulais une lettre de recommandation pour changer de boulot. Mais je suppose que tu veux faire un tour sur la Grosse Bertha. C'est interdit, tu sais. Si le superviseur le découvrait – attends un peu... c'est moi, le superviseur ! On est dans un cercle vicieux. A moins que ce ne soit juste une opération interne, comme une fonction d'autorégression distribuée. Eh, t'as entendu la blague sur Bill Gates et l'économiseur d'écran ?

— Oui, je la connais, dit Walter en levant les yeux au ciel. Et tu viens de donner le mot de la fin, idiot !

— Merde ! »

Stuart partit dans le couloir d'un pas curieusement hoquetant, et c'est à cet instant seulement que Todd comprit qu'il avait une jambe artificielle.

« Bien, Sachs le Sorcier, de combien de bits tu parles ? demanda Stuart avant de se tourner vers Todd : On l'appelait Sachs le Sorcier à la fac.

— Parce que j'étais le meilleur pour séduire les filles.

— Les filles ? Je t'en prie ! Tu avais de la chance quand tu séduisais une femme virtuelle ! Et tout ce que tu en tirais, c'était son numéro de série. »

Le sous-sol de l'immeuble Watson était vaste, caverneux, éclairé uniformément par des ampoules fluorescentes disposées de façon à minimiser les reflets sur les écrans. On pourrait se trouver dans une morgue, songea Todd, avec ces rangées de tiroirs en acier inoxydable. Des milliers de petits ventilateurs refroidissaient des puces puissantes, créant un fond sonore blanc.

Stuart Purvis savait exactement où il allait : au milieu de l'allée centrale, à droite. « J'imagine que c'est un support digital linéaire quatre millimètres, dit-il à Walter sur un ton soudain professionnel.

— SDLT, en fait.

— On peut traiter le superdigital. On préfère Ultrium 960, mais le Quantum SDLT est tout à fait fiable. »

Walter sortit les lourdes bobines de son sac et Stuart les monta sur un chargeur qui ressemblait à un vieux magnétoscope. Il pressa un bouton et l'engin se mit à tourner avec un sifflement aigu.

« Première étape, dit Stuart à l'intention de Todd, la reconstruction. On copie les données sur un format de mémoire à accès rapide. Un disque dur, en fait. On utilise l'algorithme de correction de données que j'ai conçu.

— Ce qui signifie qu'il a probablement plus de bogues que de particularités, plaisanta Walter.

— Tu ne comprends toujours pas, vieux : ces bogues sont des particularités... Ouah ! Mais qu'est-ce qu'on a ici ? Toutes les données du dernier recensement américain ? Je crois comprendre pourquoi tu as dû utiliser le SDLT !

— Les contenus ont pu se tasser pendant l'envoi, dit Walter. En d'autres termes, attends-toi à des expansions de données à cause du cryptage.

— Ça ne se simplifie pas, hein, Walter ? »

Stuart sortit un clavier d'un tiroir rétractable et se mit à taper. L'écran se remplit de chiffres, qui cédèrent la place au genre de graphique saccadé d'un oscilloscope. « Nom d'un chien ! Vous voyez, on réalise une exploration statistique qui classe le code en fonction de certaines fréquences caractéristiques de différents systèmes de cryptage. C'est juste une analyse statistique, Todd, ça ne peut pas lire, mais ça peut nous dire à quel langage on a affaire. Viens voir papa ! murmura-t-il. Bien. Je te sens maintenant. Walter, la mémoire commence avec la clé soixante-quatre bits. Les données sont là, sous le bloc de cryptage. C'est juste un algorithme paramétré. Tu mets ton pied droit dedans et ton pied gauche dehors, tu oscilles et tu tournes. Plus précisément, tu fais un peu de fonction exclusive XOR et une rotation variable. Et tu gagnes le gros lot. Enfin, disons plutôt que c'est le cousin par alliance de l'oncle de ta femme du côté de sa mère qui le gagne. Mais c'est là que l'ensemble Beowulf intervient. Je dois dire que je suis impressionné par ce que je vois. C'est de la haute sécurité. Phénoménal ! Enfin, tant que personne ne vous vole votre mémoire de sauvegarde...

— Est-ce que je peux entrer les paramètres de recherche ? demanda Walter.

— On écrit en Prolog, mais on peut passer à Python, si tu préfères. Tu es toujours un partisan de Python ?

— Tu le sais bien.

— A toi de jouer ! » dit Stuart en se levant.

Walter s'assit devant le clavier et se mit à taper.

« Vous voyez, c'est comme pêcher dans un trou de glace, expliqua Stuart à Belknap d'un ton professoral. On ne voit pas vraiment ce qu'on fait, pas plus que dans un trou d'eau, mais on casse la glace et on lance l'appât, et alors, c'est comme si le poisson venait à vous.

— Tout le monde se fout de tes analogies bancales, Stuart, grogna Walter. Tout ce qu'on veut, c'est les réponses.

— C'est la vie, non ? On arrive tous sur terre en quête de réponses. Et on doit se contenter d'analogies idiotes. Et... dit-il en se penchant sur l'épaule de Walter, ça mord ! Les poissons se précipitent sur l'écran.

— Un moyen d'accélérer le processus ? demanda Todd.

— Vous plaisantez ? Ce système est comme une panthère sous amphétamines ! Vous ne sentez pas l'accélération ?

— Est-ce qu'on peut faire un tirage ? demanda Walter.

— Tu veux parler de papier ? pouffa Stuart. Tu es vraiment de la vieille école, Walter ! Tu n'as jamais entendu parler des bureaux sans papier ?

— Je crois que j'ai jeté cette note de service dans la corbeille avant de la lire.

— Très bien, monsieur le gratte-papier. Je suis sûr que nous avons des moines dans le scriptorium.

— Je suppose que tu te torches avec du papier virtuel, grogna Walter.

— D'accord, d'accord. On va passer ça dans l'imprimante laser, fondu de Gutenberg ! »

Stuart frotta son cou irrité et passa sur une autre console pour y taper quelques instructions. Dans l'alcôve adjacente, un copieur professionnel se mit à ronronner et éjecta une seule page.

« C'est tout ? » s'étonna Todd.

Elle était identique à celle que lui avait donnée le chef de cabinet du sénateur Kirk, sauf que l'en-tête était plus long.

« On dirait que c'est développé, dit Stuart.

— On va retracer la route grâce à ça, dit Walter, et on l'imprimera aussi.

— C'est un peu comme un aller-retour électronique, dit Stuart à Todd. Vous savez, comme dans les vieux films avec un sous-marin. Ou comme envoyer un pigeon voyageur dans un tunnel. Il vole jusqu'au bout et revient vous raconter ce qu'il a vu en chemin, parce qu'en fait, ce n'est pas un pigeon voyageur mais un perroquet.

— Stuart ! grogna Walter. Mon ami n'est pas venu rédiger une évaluation de tes talents de prof. On a juste besoin des chiffres. »

Bientôt, l'imprimante laser expulsa trois pages supplémentaires.

« Oh, s'exclama Stuart en regardant la page du dessus. On a un voyage en trente-huit escales, et à chacune, on fait trente excursions. Eh bien, vous allez en voir, du pays ! On va au Perth Academic Regional Netword, à AS7571. On passe à Canberra RNO et dans le Queensland, on s'arrête au Rede Rio de Computadores au Brésil, à Multicom en Bulgarie, EntreNet au Canada, Universidad Tecnica Federico Santa Maria au Chili, Ropácek et SilesNet en République tchèque, Azero au Dannemark, Transpac en France, SHE Informationstechnologie AG en Allemagne, Snerpa ISP en Islande – j'en ai le tournis ! Quelqu'un joue à chat et à cache-cache en même temps.

— Plus il y a d'escales, plus il y a d'intermédiaires, plus c'est difficile à suivre, dit Walter.

— Je reconnais celui-ci, dit Stuart en tapant un numéro de plus. Ah, voilà : MugotogoNet au Japon ! ElCat au Kirghizistan. C'est un miracle que ce message n'ait pas chopé la tourista ! »

Walter passa à la dernière page, les yeux brillants. Pour Todd, ce n'était qu'une liste toujours plus complexe de signes alphanumériques :

```
> huroute (8.0.4.7) 2 ms * *
> mersey (8.0.2.10) 3 ms 2 ms
> efw (184196110.1) 11 ms 4 ms 4 ms
> ign-gw (15212.4225) 6 ms 5 ms 6 ms
> port1brl-8-5-1.pt.uk.ibm.net (152158.3250) 34 ms 62 ms
> port1br3-80-1-0.pt.uk.ibm.net (152158.3.27) 267 ms 171
> nyortsr2-10-8-0.ny.us.ibm.net (165.7.8117) 144 ms 117
> nyortart-8-7.ny.us.ibm.net (165.7140.6) 146 ms 124 ms
> nyc-uunet.ny.us.ibm.net (165.7220.13) 161 ms 134 ms 143
> 10105.ATM2-0.XR2.NYC1.ALTER.NET (126188177158) 164 ms
```

« Bon, qu'est-ce que ça nous dit, Walter ? demanda Belknap d'une voix dure, impatiente. Où est donc Génésis ?

— Le point d'origine devrait être là... dit Walter après avoir cillé plusieurs fois. Je peux te dire que c'est dans l'État de New York. Stuart ? Vérifie le code ISP terminal !

— On dit qu'il vaut mieux voyager avec espoir qu'arriver à destination, dit Stuart. Tu te souviens de cette ex-petite amie à moi qui lisait en premier la dernière page des romans pour savoir comment ça finissait ? Elle trouvait ça rassurant.

— Stuart, bon sang !

— Ah ! dit Stuart tandis que la machine UNIX donnait une réponse. C'est juste à quelques heures d'ici. Comté de Bedford.

— C'est le comté de Katonah, murmura Todd. Ça n'a aucun sens ! »

Pourtant, il se souvint d'une chose qu'on avait dite dans le bureau du sénateur Kirk, à propos de Génésis qui lancerait des tentacules vers la fondation Bancroft. Génésis avait-il réussi à s'infiltrer au sein de la fondation ?

« Ça colle pas ? demanda Stuart. Oh, merde, on a aussi un numéro de série BIOS ! Comme la plaque d'immatriculation de la machine. Je ne peux pas faire mieux.

— Il a raison, Todd, dit Walter. On ne peut pas retracer plus loin.

— Est-ce que je peux remettre le Beowulf au travail ? demanda Stuart ? Ils vont finir par s'énerver, au Centre médical Yale-New Haven. Ils essaient de lui faire lire des IRM, vous savez.

— Katonah... » dit Todd.

Il éprouvait un mélange d'espoir, de désespoir et d'urgence. « Est-ce qu'on peut tirer autre chose de cette plaque d'immatriculation ? J'ai besoin de la localisation physique de cette unité.

— Écoute, dit Walter. Je vais rester ici et tenter de décrypter les données commerciales, pour voir s'il y a une ouverture de ce côté-là. Pendant ce temps, tu ferais mieux d'aller là-bas. Donne-lui un ordinateur portable, Stuart, compatible oméga.

— On n'est pas l'Armée du Salut, Walter !

— Donne-le-lui. Il te le rendra. »

Stuart soupira, résigné, et débrancha un appareil du poste de travail le plus proche. « N'allez pas sur les sites pornos avec, Todd, on le saura.

— J'espère qu'on se reverra, dit Walter à Todd. Je t'appelle dès que j'ai quelque chose d'utile à te transmettre.

— T'es un type bien, Walter Sachs, dit l'agent avec une chaleur sincère. Oh ! s'exclama-t-il au souvenir de sa maladresse. J'ai failli oublier : mon téléphone portable a été détruit sur l'île.

— Prends le mien, dit Walter en lui tendant un petit Nokia. Et fais gaffe ! On ne gagne pas des vies en plus dans le jeu auquel tu joues.

— Peut-être parce que ce n'est pas un jeu », dit Todd d'un air sombre.

*Dans le nord de l'État de New York*

Andrea regarda fixement la flamme bleue qui sortait du canon de l'arme et hurla de terreur. Les tirs furent sonores, assourdissants, et rebondirent en écho sur les pierres du passage. Impassible, l'homme remit son revolver dans son étui. En dépit de sa taille, l'arme disparut sous la veste parfaitement coupée.

Andrea Bancroft était stupéfaite. Elle était vivante. Saine et sauve. Ça n'avait aucun sens. Elle se retourna, vit les corps affaissés et sans vie des deux hommes qui l'avaient retenue prisonnière, un petit trou noir comme un troisième œil sur le front. « Je ne comprends pas, dit-elle dans un souffle.

— Ce n'est pas mon problème, dit l'homme d'un air guindé. Mes instructions sont de vous emmener loin d'ici.

— Où ?

— Où vous voulez aller », dit-il en haussant les épaules.

Il s'était déjà détourné et il s'éloignait. Elle le suivit jusqu'à une porte battante et ils descendirent une série de marches en brique. A quelques centaines de mètres, elle vit un héliport sur ce qui avait pu être un terrain de sport. Quatre appareils – de vieux modèles militaires, apparemment – y étaient stationnés.

Andrea avait du mal à marcher aussi vite que l'homme sans nom. « Où sommes-nous ?

— A environ quinze kilomètres de Richfield Springs. Sept kilomètres au sud de Mohawk, sans doute.

— Où ?

— Dans le nord de l'État de New York. Le hameau s'appelle Jericho. Thêta l'a acheté à l'Église orthodoxe orientale il y a une dizaine d'années. Trop peu de moines pour un tel endroit. L'histoire habituelle. »

Il l'aida à monter dans un petit hélicoptère et lui attacha sa ceinture avant de lui tendre un casque qui protégerait ses oreilles. En blanc et bleu roi, peint sur l'appareil, le logo ROBINSON et le numéro du modèle : R44 – des détails sans importance qui passèrent furtivement dans son esprit. Tout son corps se mit à trembler.

« Écoutez, je suis un peu perdue. Ma mère...

— Était une personne exceptionnelle, dit l'homme en posant la main sur son bras. Je lui ai promis un jour de veiller sur vous. Sur vous deux. Sauf que je l'ai laissée tomber. Je n'étais pas là quand elle a eu besoin de moi. Je ne permettrais pas que ça se produise une seconde fois. »

La voix de l'homme s'était un peu cassée. Andrea ouvrit de grands yeux. Elle tentait de comprendre la signification ces paroles. « Vous avez dit que vous aviez des instructions, demanda-t-elle brusquement. De qui ? Qui vous a donné ces instructions.

— Génésis, dit-il en la regardant dans les yeux. Qui d'autre ?

— Mais à la fondation Bancroft...

— Disons que j'ai reçu une meilleure offre.

— Je ne comprends pas.

— Accrochez-vous à cette pensée, grogna-t-il en démarrant le moteur. Et maintenant, où va-t-on ? » demanda-t-il alors que les rotors commençaient à brasser l'air.

Elle n'avait qu'une alternative : tenter de se cacher de Paul Bancroft ou aller l'affronter. Elle pouvait aller à Katonah ou fuir aussi loin que possible de Katonah. Elle ne savait pas ce qui était le plus prudent. Elle savait pourtant qu'elle en avait assez de courir, assez d'être pourchassée. Elle prit sa décision. « Vous avez assez de carburant pour atteindre le comté de Bedford ? demanda-t-elle.

— Et assez pour le retour, assura l'homme.

— Je ne reviendrai pas, affirma Andrea.

— Accrochez-vous à ça aussi », dit-il avec un petit sourire qui brisa la glace de son expression solennelle.

*Sur la route*

Une autre voiture de location. Une autre route. Encadrée par le pare-brise, elle formait un flot interminable de béton orné de serpents de goudron pour boucher les fissures et bordé de rails tachés de rouille. De chaque côté, des pentes argileuses découpées à l'explosif s'élevaient comme les rives d'un fleuve. La route l'emmenait où il devait aller. La route devant lui matérialisait la distance qu'il lui restait à parcourir. C'était une ennemie et c'était une amie. Comme Génésis ?

Il avait dépassé la sortie de Norwalk, dans le Connecticut, quand son téléphone sonna. Walter Sachs avait du nouveau.

« J'ai fait ce que tu as dit, annonça l'informaticien avec enthousiasme. Je viens de raccrocher avec le service client de Hewlett-Packard. J'ai prétendu être un réparateur. J'ai donné le numéro BIOS, ils l'ont passé dans leurs archives des ventes. L'acheteur est la fondation Bancroft. Mais ce n'est pas une surprise, hein ?

— Pas vraiment », dit Todd en sentant une remontée acide lui brûler la gorge.

Pourtant, qu'est-ce que cela signifiait ? Que Paul Bancroft était Génésis ? Ou simplement que Génésis avait infiltré la fondation ? « Bon boulot, Walt. Dis-moi, tu as l'adresse e-mail privée du sénateur Kirk ?

— C'est le point de destination du courriel, oui.

— Pour commencer, je veux que le sénateur Kirk envoie un message depuis son adresse privée.

— Tu veux dire que tu m'ordonnes d'envoyer un message à la place du sénateur Kirk ?

— C'est ça. Dis que tu vas utiliser un système de masquage pour garantir la confidentialité de ton côté.

— Je peux utiliser un système VPM.

— Parfait. Dis qu'il est urgent qu'ils mettent en place une discussion en direct dans quatre-vingt-dix minutes. Demande pourquoi un certain Todd Belknap est venu poser des questions sur Génésis.

— Compris. Tu essaies de garder Génésis sur le coup. Tu veux qu'il réponde en personne, c'est ça ? En espace viande

— Espace viande ?

— Oui, c est ce qu'on dit pour parler du monde réel. Tu crois que ça va marcher ?

— J'en sais rien. Tout ce que je sais, c'est qu'il faut que ça marche, nous n'avons pas le choix.

— Tu sais ce qu'on dit, vieux : l'espoir n'est pas un plan.

— C'est vrai, répondit Todd d'une voix creuse, mais c'est le seul plan qu'on a. »

*Manhattan, New York*

M. Smith était troublé, irrité même, alors qu'il feignait de garder son calme. Les instructions étaient arrivées sur son assistant personnel d'une manière succincte inhabituelle. Normalement, on lui brossait un profil complet de la cible. Cette fois, la directive ne donnait que le lieu et quelques repères visuels.

Est-ce qu'on ne lui faisait plus confiance pour juger de ses missions ? Son contrôleur avait-il changé en conséquence de quelques bouleversements de personnel dont il n'aurait pas encore entendu parler ? Serait-ce une refonte permanente des procédures ?

Peu importait. Installé au café en plein air de Bryant Park, il prit une gorgée de son cappuccino. Il allait d'abord s'acquitter de sa mission et faire état de ses reproches plus tard. N'était-il pas un professionnel ?

*Choisis la table la plus proche du coin de la Sixième Avenue et de la 42ᵉ Rue*, lui avait-on demandé. La cible arriverait par la terrasse en pierre qui sépare le parc public du jardin à l'arrière de la bibliothèque centrale de New York. Il devait utiliser le stylo.

L'homme apparut à l'heure prévue, un mètre quatre-vingt-trois, mince, cheveux blond-roux – tel qu'on le lui avait décrit.

M. Smith décida de l'observer de plus près et se dirigea vers la terrasse, l'air faussement distrait. Leurs regards se croisèrent.

M. Smith écarquilla les yeux. Ce n'était pas un étranger.

Bien au contraire.

« M. Jones ! s'exclama-t-il. C'est drôle de te rencontrer ici.

— Mon cher M. Smith, dit son collègue, cela veut-il dire que nous avons des missions croisées ? »

M. Smith hésita un instant. « C'est incroyable ! En vérité, c'est toi, ma mission.

— Moi ? s'étonna M. Jones sans pourtant en être vraiment surpris.

— Selon toute vraisemblance. On ne m'a pas donné de nom, mais oui, tu corresponds à tous les indices. »

Il savait que l'identité de sa cible avait été révélée à la commission Kirk. Comment s'était produite cette fuite ? Ce n'était pas clair. Une erreur de la part de M. Jones ? Quoi qu'il en soit, la sécurité dictait l'élimination d'un homme à eux qui avait été « grillé ».

« Tu sais ce qui est tout aussi étrange ? dit M. Jones. Tu corresponds en tous points à ma cible à moi. Juste une affaire d'identité compromise, à ce qu'on m'a dit, mais tu connais le protocole de sécurité.

— C'est sûrement une erreur, tu ne crois pas ?

— Un employé de bureau a dû taper accidentellement le nom de l'agent à la place du nom de la cible. C'est tout. Ça ne peut pas être plus qu'une erreur de saisie. »

M. Smith devait admettre cette possibilité. Mais étant donné le haut niveau de sécurité opérationnelle et de contrôle, ça ne pouvait être considéré comme une probabilité. Et il était un professionnel. « Bien, mon ami, dit-il. Nous allons creuser l'affaire ensemble. Je vais te montrer le message que j'ai reçu. »

Il glissa la main sous sa veste, et en sortit un objet qui ressemblait à un stylo métallique. Il cliqua sur une extrémité et une petite flèche en jaillit.

M. Jones baissa les yeux. « J'aurais préféré que tu ne fasses pas ça, dit-il en retirant la fléchette de sa poitrine pour la rendre à M. Smith. C'est du venin de chironex, je suppose.

— Je le crains. Je suis vraiment désolé. Tu ne devrais pas ressentir de symptômes avant quelques minutes. Mais comme tu le sais, c'est irréversible. Il n'y a rien à faire dès que c'est dans ton sang.

— Zut ! dit M. Jones du ton d'agacement qu'on prend généralement quand on a un ongle qui accroche.

— Tu es merveilleusement digne face à la situation, murmura

M. Smith d'une voix presque sentimentale. Je ne saurais te dire à quel point je suis désolé. Je te supplie de me croire !

— Je te crois, dit M. Jones, parce que je suis désolé, moi aussi.

— Tu es... désolé ? »

M. Smith se rendit soudain compte qu'il transpirait à profusion depuis quelques minutes, ce qui ne lui arrivait que très rarement. La lumière du jour commençait à lui blesser les yeux comme si ses pupilles étaient dilatées. Il eut un vertige. Tous ces symptômes étaient typiques d'une réaction anticholinergique, caractéristique de l'administration de nombreux poisons. « Le cappuccino ? demanda-t-il d'une voix étranglée.

— Oui. Me prends-tu pour un esclave des règles ? Je suis sincèrement désolé.

— Je suppose...

— Pas d'antidote non plus. C'est un dérivé méthylé de la toxine de la ciguatera.

— Celle qu'on a utilisée à Kalmykiya l'an dernier ?

— Celle-là même.

— Oh, mon Dieu !

— Crois-moi, si ça te gardait en vie, tu souhaiterais mourir. Ça ravage le système nerveux de manière irréversible. Tu serais un crétin agité de spasmes sous respiration artificielle. Ce n'est pas une vie !

— Eh bien... »

M. Smith ressentait des bouffées de chaleur et des sueurs froides, une alternance de feu et de vent glacé. Il remarqua que le visage de M. Jones virait au gris, premiers signes d'une nécrose diffuse accélérée.

« C'est étrangement intime, n'est-ce pas ? dit M. Jones en tendant la main vers la rambarde pour se stabiliser.

— D'être le meurtrier l'un de l'autre ?

— Oui. Ce n'est pas le mot que j'aurais choisi, bien sûr.

— On aurait besoin d'un thésaurus... ou d'un dictionnaire de synonymes.

— Peut-être sommes-nous tous deux victimes d'une blague, mais je ne vois pas ce qu'elle a de drôle. En vérité... je ne me sens pas très bien. »

M. Jones glissa au sol. Ses paupières se mirent à papillonner et à se tordre, incontrôlables. Ses bras et ses jambes commencèrent à sursauter en une cascade de convulsions.

M. Smith le rejoignit sur le pavé. « On est deux », dit-il d'une voix sifflante.

La lumière ne le gênait plus. Pendant un moment il se demanda s'il se remettait de l'agression. Mais ce n'était pas ça. La lumière ne le gênait plus parce qu'il était plongé dans l'obscurité. Il ne sentait plus les odeurs, il n'entendait plus rien. Tous ses sens étaient paralysés.

Restait une impression d'absence. Puis plus la moindre sensation, quelle qu'elle soit.

## Chapitre vingt-neuf

*Katonah, New York*

TODD BELKNAP ARRÊTA LA VOITURE à quelque distance de l'allée qui menait à la fondation Bancroft, sauta par-dessus le mur d'enceinte en pierre et se dirigea vers le quartier général dans la faible lumière crépusculaire. Ce fut comme tomber sur un avion de ligne géant camouflé dans la forêt : au début, il ne distingua rien, puis il vit quelque chose de si énorme qu'il se demanda comment il avait pu le rater. Un dimanche, à cette heure, plus personne ne travaillait officiellement en ces lieux. Mais il ne pouvait considérer qu'ils étaient vides. Et où trouver Andrea ? Était-elle retenue captive sur ce domaine ?

Sur le côté de l'allée, près d'un vieux tilleul, à une trentaine de mètres du bâtiment, Todd s'accroupit, consulta sa montre et ouvrit l'ordinateur de poche que l'informaticien lui avait prêté. Suivant les instructions de Walter, il entra dans la salle de discussion, espace virtuel pour des échanges en temps réel. Walter avait fait ce qu'il lui avait demandé, et Génésis, intrigué par cette demande sénatoriale, avait accepté de communiquer à travers un système rendant la salle de discussion opaque. L'heure du rendez-vous avait sonné. Le petit ordinateur était un peu lent, mais il faisait son boulot.

« On a posé des questions sur votre relation avec Bancroft », tapa Todd.

Une sonnerie discrète et des mots apparurent dans la fenêtre.

Votre boulot, sénateur, selon vos propres dires, est « d'identifier la racine et de l'arracher ». Je ne peux que vous montrer la bonne direction à prendre.

« Je dois savoir si votre information est affectée par la méthode qui vous a permis de l'obtenir », tapa Todd.

Quelques secondes plus tard, il lut :

Le « fruit de l'arbre vénéneux » est une doctrine légale. Les preuves que je vous ai fournies doivent vous servir à orienter votre enquête. Vous devez préparer vous-même les preuves à exposer.

« Quel est votre intérêt dans cette affaire ? » tapa Todd avant d'avancer un peu plus loin sur l'allée.

Mon intérêt est de mettre fin à une conspiration monstrueuse. Vous seul aviez la capacité d'arrêter ça.

Quelques dizaines de mètres plus loin, Todd écrivit : « Pourtant, votre nom inspire la terreur dans le monde entier. »

Mon nom, oui. Mais ma renommée vient du fait que je n'existe pas.

Le cœur de Todd battit plus fort en accédant à la porte principale du quartier général de la fondation, son ordinateur de poche toujours à la main. Il regarda à travers la vitre blindée. La porte n'était pas verrouillée et, alors qu'il pénétrait dans le hall sombre et vide, il sentit la cire à l'huile essentielle de citron dont on avait poli le bois. Il prit aussi conscience d'une musique très douce. Des instruments à cordes, un orgue, des voix – un morceau baroque. Il tapa une autre question et s'enfonça discrètement en direction de la musique. Le plancher de luxe ne grinçait ni ne grognait sous le tapis persan. La porte du petit bureau d'où émanait la musique était entrouverte. Todd vit le dossier d'un fauteuil auréolé de la lueur d'un grand écran d'ordinateur.

Il craignit que les battements de son cœur soient audibles dans toute la demeure.

Quelques frappes sur un clavier et, sur celui de Todd, quelques secondes plus tard, une autre ligne apparut :

Le bien public ne peut être servi que tour à tour. Car chacun est aussi précieux que l'ensemble.

Todd eut la chair de poule. *Il se trouvait dans la même pièce que Génésis !*

L'esprit supérieur – le maître des marionnettes – était assis à sept mètres de lui.

D'un lecteur de CD sur une étagère, sortit la voix riche d'une mezzo-soprano chantant une musique liturgique triste. Bach, décida Todd. Une mélodie religieuse ? Il l'associa vaguement à un service pascal auquel il avait assisté, et ça lui revint soudain : *La Passion selon saint Matthieu.* Il posa son ordinateur et tira sans bruit son pistolet de sa veste. « On raconte, dit-il en pointant l'arme vers le fauteuil, que tous ceux qui vous voient meurent. J'aimerais vérifier cette hypothèse.

— Des enfantillages, répondit Génésis d'une voix qui n'était pas celle d'un homme. Des contes de fées. Vous êtes trop vieux pour ça. »

La voix fit lentement tourner le fauteuil pour se placer face à Todd.

C'était un gamin ! Cheveux blonds bouclés, joues comme des pommes, mince, en tee-shirt et short, les bras et les jambes presque sans poils...

Un gamin. Douze, treize ans ?

« Tu es Génésis ? dit Todd, à qui l'étonnement donnait une voix éraillée.

— Le dis pas à mon père ! Je suis sérieux.

— Tu es Génésis », affirma Todd.

Il eut l'impression que la pièce se mettait à tourner comme un manège.

« Génésis est bien mon avatar, dit l'enfant d'une voix qui n'était plus celle d'un soprano mais pas celle d'un baryton adulte non plus. Je suppose que tu es Todd Belknap. »

Todd ne put qu'acquiescer. Il prit conscience de sa bouche bêtement ouverte et dut s'efforcer de respirer.

« Appelle-moi Brandon. »

*Brandon Bancroft. Pas le père. Le fils.*

« Tu veux un soda ? Non ? Je vais en prendre un. »

## Chapitre trente

*En vol*

« OÙ VOULEZ-VOUS QUE JE ME POSE ? entendit Andrea dans son casque, les bruits de l'hélicoptère rendant impossible toute communication directe. Vous pouvez choisir plusieurs pistes. Maison ? Bureau ?
— Maison. »

Elle allait affronter son cousin face à face, et sur son terrain.

L'air brassé par l'hélicoptère aplatit l'herbe et secoua les branches feuillues qui délimitaient la piste d'atterrissage. Dès qu'elle sentit les patins métalliques heurter le sol, Andrea descendit de l'appareil et l'homme sans nom repartit. Elle courut à travers les bosquets, sauta un muret comme un cheval d'arçon, fonça entre les arbres et grimpa les marches du perron. La porte était ouverte. Andrea monta à l'étage quatre à quatre. Le bureau était vide. Dans la chambre, le lit était défait, comme s'il s'était couché et qu'on l'avait appelé. Il n'était pas chez lui.

*Katonah, New York*

« Où est Andrea ? demanda Todd Belknap, qui s'efforçait de se concentrer sur l'essentiel.

— Je croyais que tu étais Andrea quand tu es arrivé. Elle devrait être là dans un moment. Elle est géniale, hein ?

— Oui, dit simplement Todd en sentant à nouveau la pièce tournoyer.

— Tu es un peu pâle. Tu es sûr que tu ne veux pas boire quelque chose ?

— Ça va.

— Ils allaient faire des choses terribles à Andrea. Mais un de mes gars infiltrés a découvert où elle était. Il l'a fait monter dans un hélico. Elle a demandé à venir ici. »

Andrea – saine et sauve ? Pouvait-il croire ce message ou... le messager ? Il ressentait un mélange d'appréhension et de joie.

« Tu aimes Bach ? demanda l'enfant.

— J'aime ce que j'entends.

— J'aime toutes sortes de musique, mais celle-ci s'empare toujours de moi. »

Brandon revint au clavier et tapa une série d'instructions. Todd vit les omoplates de l'enfant bouger sous le fin coton de son tee-shirt. « Chapitres vingt-six et vingt-sept de l'*Évangile selon saint Matthieu*, dit Brandon en baissant à distance le son de la musique pour réciter : "Et à la neuvième heure, Jésus cria d'une voix forte, disant, *Eli, Eli, lama sabactani ?* Mon Dieu, mon Dieu, pourquoi m'as-tu abandonné ?" »

Todd posa sur lui un regard perplexe.

« Ne t'en fais pas, je n'ai pas le complexe du messie, le rassura Brandon. Quand Jésus a grandi, il a appris que son père était Dieu. J'ai appris que mon père joue à être Dieu. Ça fait une différence, non ?

— Dieu ou le diable, difficile à dire.

— Vraiment ? On raconte que ce que le diable a fait de plus diabolique, c'est de convaincre les gens qu'il n'existe pas. Si tu affrontes le diable, tu vas retourner ce principe.

— Convaincre les gens qu'une création fictive est réelle, comprit Todd. Et ces histoires... Elles étaient juste une manière d'augmenter ton autorité en tant que Génésis, c'est ça ?

— Bien sûr. As-tu jamais joué à des jeux virtuels en réseau ? Tu peux créer un avatar, un alter ego fictif, lui donner une mission en ce monde. Tu en sais quelque chose, maintenant, non ? Je veux dire :

c'est toi qui t'es fait passer pour le sénateur Kirk, hein ? C'est bien ce que j'ai pensé. »

Génésis était donc une légende électronique, rien de plus, rien de moins. Maintenant qu'il commençait à comprendre, Todd ne put s'empêcher d'être admiratif. Une légende nourrie d'histoires, de rumeurs, de contes qui envahissent Internet puis passent d'une personne à l'autre. « Mais ce n'est pas tout, si ? dit Todd comme s'il réfléchissait à haute voix. En tant que Génésis, tu pouvais transférer de l'argent d'un compte à un autre. Tu engageais des gens que tu n'avais jamais vus, tu envoyais des instructions, tu contrôlais, tu récompensais. Tu pouvais faire beaucoup de choses. Mais à quelle fin ? »

Brandon resta un moment silencieux. « J'aime mon père. C'est mon père, non ?

— Mais il n'est pas seulement ton père.

— C'est ça, gémit Brandon. Il a créé quelque chose de plus grand que lui. Quelque chose de... maléfique, murmura-t-il.

— Ton père pense que le bien supérieur pour le plus grand nombre justifie l'utilisation de tous les moyens.

— Oui.

— Et quel est ton avis ?

— Que toute vie est sacrée. Ce n'est pas que je sois un pacifiste ou je ne sais quoi. C'est une chose de tuer pour se défendre, une autre de prendre des vies au hasard. On ne justifie pas un meurtre avec une machine à calculer.

— Tu passes donc des mois à orchestrer des événements par l'intermédiaire de gens qui n'ont jamais vu ton visage, tu transfères des fonds, tu envoies des ordres, tu contrôles les résultats – le tout à distance, par voie électronique, sans trace. Tout ça dans le but de démanteler le groupe Thêta ?

— Une opération de plusieurs milliards de dollars.

— Inver Brass... je comprends : tu savais que le nom "Génésis" allait faire peur à ton vieux. Et la commission Kirk fut ta chance. Elle allait t'aider à enrôler les autorités du gouvernement des États-Unis pour renverser Thêta. Tu as rassemblé des données sur ses opérations et tu les as envoyées aux enquêteurs du Sénat.

— C'est le seul moyen que j'ai trouvé, dit l'enfant avec un curieux mélange d'assurance et de fragilité. Oh, ne prends pas ça pour une critique personnelle, mais... Est-ce que tu pourrais ranger cette arme ? J'aime pas trop qu'on pointe ce genre de truc sur moi. Idiot, hein ?

— Désolé ! dit Todd, qui avait oublié qu'il l'avait à la main. Je suis très mal élevé. »

Il posa l'arme sur la table en demi-lune à l'entrée du bureau et avança de quelques pas dans la pièce. « Est-ce que ton père connaît tes sentiments à propos de Thêta ?

— Il n'aime pas que je lise Kant, et moins encore la Bible. Il sait que nous ne sommes pas d'accord, mais il n'aime pas les discussions animées. C'est difficile à expliquer. Je te l'ai dit : j'aime mon père, mais...

— Tu as compris que tu devais l'arrêter, dit Todd d'une voix douce en voyant l'enfant au bord des larmes. Personne d'autre ne pouvait le faire. C'est comme si tu avais joué aux échecs en ligne avec ton père.

— Sauf que ce n'est pas un jeu quand les pions sont des vies humaines.

— Non, en effet.

— Tu vois, au début, j'ai cru que les menaces suffiraient.

— Menacer de tout dire sur le groupe Thêta à la commission Kirk ?

— Oui. Mais ça n'a pas suffi. J'ai donc entrepris de compiler des données détaillées. J'ai élaboré un dossier électronique sur les opérations du groupe. Ça n'a pas été facile. Mais je l'ai achevé. Ce dossier expose la moindre racine et le moindre rameau.

— Le dossier est complet, d'après toi ?

— Oui.

— Ce qui veut dire que de quelques frappes sur un clavier, tu peux l'envoyer à tous les membres de la commission Kirk... et un monde des ténèbres arrivera en pleine lumière.

— Il est temps de le faire, n'est-ce pas ? »

*Génésis : un gamin de treize ans.* Todd s'efforça de réfléchir, de se concentrer. « Jared Rinehart travaillait donc pour ton père. Il n'a jamais rien eu à voir avec Génésis.

— Rinehart ? Que non ! D'après ce que je sais de lui, c'est un type effrayant. Je suis heureux qu'on ne se soit jamais rencontrés.

— Jusqu'à maintenant », déclara une voix à la porte, suave, froide, autoritaire.

*Chapitre trente et un*

TODD BELKNAP SE RETOURNA D'UN BLOC et vit la longue silhouette de l'homme qui avait été son meilleur ami. Le Pollux de Castor. Découpés dans l'embrasure de la porte, ses membres paraissaient particulièrement minces et le pistolet dans sa main particulièrement énorme.

« Un jour comme celui-ci, je regrette de ne pas porter de chapeau, dit-il à Todd, pour pouvoir te le tirer.

— Jared...

— Tu t'es vraiment surpassé. Tu as été stupéfiant, ahurissant. Je le savais. Tes épreuves sont terminées. Je reprends le flambeau. Ton père, Brandon, sera là d'une minute à l'autre, dit Jared avec un sourire glacial.

— Qu'ai-je fait ? murmura Todd. Seigneur tout-puissant, qu'ai-je fait ?

— Ce que personne d'autre n'aurait pu faire. Bravo ! Je te le dis en toute sincérité, Todd. C'est toi qui as fait le plus dur. Quant à moi, eh bien, je suis juste le vieux gentleman en jodhpurs. C'est ce qu'apprennent tous les chasseurs. Pour attraper le renard, il faut suivre le limier. Je dois dire que je n'aurais jamais deviné où se cachait le renard. Pas en mille ans. Mais ça explique tout.

— Tu m'as utilisé. Tout ce temps, tu...

— J'ai compris que jamais tu ne me laisserais tomber, mon vieil ami. J'ai toujours su détecter les talents. Dès le premier jour, j'ai su que tu avais quelque chose d'extraordinaire en toi. Les bureaucrates de Foggy Bottom étaient jaloux de toi. Nombre d'entre eux ne savaient que faire de toi. Moi, si. Je t'ai toujours admiré. »

*Dès le premier jour. Berlin-Est. 1987.*

A nouveau, Todd tenta de parler malgré sa gorge serrée. « Pendant tout ce temps, tu...

— Je savais que tu avais l'étoffe pour. Je savais de quoi tu étais capable. Mieux que n'importe qui d'autre. Ensemble, nous avons toujours été invincibles. Rien ne nous était impossible quand je décidais d'y parvenir. J'aimerais considérer cette dernière mission comme notre plus grand triomphe, pas seulement comme le dernier.

— Tu m'as lâché. Tu as tendu l'appât et tu m'as envoyé y mordre, dit Todd avec une nausée qui tournoyait dans son âme. Tu t'es servi de moi pour pourchasser Génésis parce que c'était ton seul moyen de le trouver. »

*L'appât.* L'air devenait empoisonné, étouffant, chaque évidence pulvérisait l'identité même de Todd. La jeune Italienne. Le principicule omanais. Combien d'autres ? Chacun, sans le savoir, avait été enrôlé au service des manœuvres de Jared Rinehart. L'illusion ne pouvait être entretenue que si la réalité la confirmait – les participants devaient être inconscients de la stratégie que le maître du jeu mettait en œuvre à travers eux. Comme Castor lui-même.

Comprendre cela libéra Todd. Quand, à Tallinn, il avait découvert la vérité sur Lugner, traître devenu trafiquant d'armes, la fable mise en place par Pollux avait été compromise. Il avait fallu un ajustement pour garder le Limier sur la piste de Génésis. L'appât, c'était dès lors Andrea. *Oh, Seigneur !*

Jared avait utilisé tout ce qui faisait que Todd demeurait un être humain : son affection, sa loyauté, sa dévotion.

*Et si ton œil est pour toi une occasion de péché, arrache-le.*

La rage et la haine envahirent Todd au point que la trahison de Jared lui donna envie d'anéantir sa propre capacité à éprouver des sentiments. Hors de question ! Il n'allait pas devenir un monstre. Ressembler à Rinehart serait concéder une victoire à son mauvais génie. « Quand je te regarde aujourd'hui, dit Todd avec calme, c'est comme si je te voyais pour la première fois.

— Et avec tant de réprobation dans les yeux ! Es-tu furieux contre moi ? demanda Jared d'un ton presque blessé, alors que le lourd pistolet luisait dans sa main. Ne vois-tu pas que le groupe Thêta n'a pas eu le choix en la matière ? Son existence même était en danger et, inutile de le dire, nos propres efforts pour découvrir l'identité de cette menace s'étaient avérés vains.

— Tu étais le pion central à l'intérieur de Thêta, dit Todd en entendant presque la chute en cascade d'un alignement de dominos. Un agent d'intelligence américain disposant d'un accès illimité aux dossiers les plus secrets du gouvernement des États-Unis. Quand Thêta avait besoin de trouver quelqu'un, tu – quoi ? Tu fabriquais une raison plausible pour en faire une mission des Opérations consulaires ? Pendant tout ce temps, je croyais que tu couvrais mes arrières, dit-il avec une fureur qui faisait trmbler sa voix. En fait, tu tenais un couteau dans mon dos. Tu es passé à l'ennemi, espèce de traître !

— Il est bien naïf de parler de camps. J'espérais en réalité faire fusionner les deux instances. Les fondre en une seule. Pourquoi tirer chacun dans un sens ? Thêta, les Opérations consulaires – Paul et moi étions d'avis que, dans un monde rationnel, ils devraient travailler ensemble comme les deux bras d'un même corps. A ce propos, dit-il en regardant Brandon, je ne te mentirai pas : je suis plus que choqué d'apprendre la véritable identité de Génésis. Tu n'es pas seulement un enfant prodige, tu es un fils prodigue. Le traître à la table familiale. L'étranger proche de toi. Qui aurait pu l'imaginer ? »

*L'étranger proche de toi.* Todd regarda fixement Jared. Le maître ès-duperie. Le virtuose des manipulations. Toute sa vie avait-elle été orchestrée par Jared ? Il ne pouvait se permettre de se laisser distraire par ses drames personnels. L'enjeu était trop immense. Il jeta un coup d'œil vers son pistolet et se maudit de l'avoir abandonné sur la table en demi-lune. Il était hors d'atteinte, plus près de Jared que de lui. S'en approcher éveillerait ses soupçons.

« Par ici ! » cria Jared à une personne encore invisible dans le couloir.

Paul Bancroft apparut. On aurait dit qu'on l'avait sorti du lit – la vérité, sans doute. Il avait en vitesse enfilé un sweat-shirt et un pantalon de jogging. Il tenait un petit pistolet dans sa main droite, les articulations blanchies.

« Je vous présente votre rival, dit Jared, et les nôtres. »

Le vieux philosophe se figea, bouche bée. « Mon fils !

— Je suis désolé, dit Todd presque tendrement. Les Écritures commencent par la Genèse, mais se terminent par les Révélations. Voici la nôtre. »

Abasourdi, le vieil homme se tourna vers Jared. « Il doit y avoir une erreur. C'est impossible !

— Et pourtant, insista Jared, ça explique tout, ne le voyez-vous pas ? Ça explique comment il a eu accès à tant de vos dossiers. Ça explique pourquoi...

— Est-ce vrai, Brandon ? explosa Bancroft. Brandon, parle-moi, est-ce vrai ? »

L'enfant hocha la tête.

« Comment as-tu pu me faire ça ? demanda le père outragé. Comment as-tu pu tenter de détruire l'œuvre de ma vie ? Après tous les efforts que j'ai déployés pour que ce monde soit meilleur – l'organisation, la planification, les soins... Tu as pu venir t'asseoir ici et tout défaire ? Ramener le monde à son état primitif ? Comment peux-tu autant haïr l'humanité ? Est-ce que tu me hais à ce point ?

— Papa, je t'aime, murmura Brandon. Ce n'est pas ce qui s'est passé.

— L'heure n'est pas aux sentiments, déclara Jared Rinehart. Ce qu'on doit faire est très clair.

— S'il vous plaît, Jared ! explosa le savant aux cheveux argentés. Laissez-nous un moment.

— Non ! répondit l'agent implacable. De quelques frappes sur son clavier, votre fils pourrait envoyer assez d'informations à la commission Kirk pour nous détruire, de façon permanente et irrévocable. Et détruire l'œuvre de toute une vie. Vos propres préceptes doivent guider vos actions, maintenant.

— Mais...

— Si vos propres préceptes ne vous guident pas aujourd'hui, insista Jared d'une voix glaciale, toute votre vie aura été une tromperie. Le plus grand bien pour le plus grand nombre – tel est un objectif qui ne souffre aucun compromis, vous le dites depuis toujours. Souvenez-vous de ce que vous nous avez appris ! Quelle est la magie dans ce pronom "mon" ? Génésis est votre fils, oui, mais ce n'est qu'une vie. Pour le bien de ce projet – pour le bien du monde entier –, vous devez sacrifier cette vie. »

Le petit revolver tremblait dans la main de Paul Bancroft.

« Si vous préférez, je m'en charge », dit Jared.

Toujours assis, Brandon se tourna pour regarder son père. Il y avait de l'amour dans ses yeux, de la résolution et de la déception aussi.

« Ta voie, pas la mienne, Oh Seigneur, si sombre soit-elle », entonna l'enfant d'une voix d'alto tremblante.

Une larme roula sur sa joue.

Todd comprit qu'il pleurait pour son père, pas pour lui. « Il veut dire que personne n'a le droit de se prendre pour Dieu », déclara Todd.

Il observa le philosophe. L'arrogance et l'amour-propre avaient perverti son idéalisme et l'avaient rendu monstrueux. En fin de compte, il n'était pas un dieu mais un homme, un homme qui, à l'évidence, aimait son fils plus que tout au monde.

A la torture, anéanti, presque paralysé de douleur, Paul Bancroft se tourna vers Rinehart. « Écoutez, il va revenir à la raison. Il va forcément finir par comprendre ! Mon enfant, dit-il à son fils avec une ardeur et une éloquence dictées par la panique, tu dis que toute vie est sacrée. Mais c'est la langue de la religion, pas de la raison. A la place, on peut dire que chaque vie a une valeur. Chaque vie compte. Et pour donner du sens à cela, on ne doit pas avoir peur de compter. Compter les vies qu'on peut sauver. Les conséquences positives d'actions douloureuses. Tu peux le comprendre, n'est-ce pas ? »

Il parlait sans reprendre sa respiration, frénétiquement, défendant une vision du monde contre le scepticisme puissant qui se lisait dans le regard clair de l'enfant. « J'ai consacré ma vie au service de l'humanité. Pour que le monde devienne un lieu meilleur. Pour que ton monde soit meilleur. Parce que toi, mon fils, tu es l'avenir. »

Brandon se contenta de secouer lentement la tête.

« Des gens disent qu'ils ne veulent pas faire naître un enfant dans un monde si violent. Au cours de ma propre vie, j'ai connu une guerre mondiale, des génocides, le goulag, des famines imputables aux hommes, des massacres, le terrorisme – la destruction de dizaines de millions de vies à cause de l'irrationalité humaine. Le XX$^e$ siècle aurait dû être le plus extraordinaire de tous, et pourtant ce fut celui des pires atrocités de notre histoire. Ce n'est pas le monde que je veux te léguer, mon cher, cher enfant. Ai-je tort ?

— Je t'en prie, papa ! tenta Brandon.

— Tu peux sûrement comprendre ça ! continua Paul Bancroft, dont les yeux commençaient à s'embuer. Mon fils, mon merveilleux fils, tout ce que nous avons fait était logiquement, moralement justifié ! Notre but n'a jamais été le pouvoir ou l'expansion. Nous avons toujours visé un bénéfice maximum pour tout le monde. N'isole pas les actes du groupe Thêta pour les juger. Considère qu'ils font partie d'un programme plus vaste. Dès que tu y parviendras, tu comprendras l'altruisme qui le nourrit. Le groupe Thêta, c'est l'altruisme en action. Oui, il arrive qu'on doive faire couler le sang, qu'on inflige de la douleur. Comme sur la table d'opération. Interdirais-tu aux chirurgiens de pratiquer leur art simplement pour ne pas risquer les conséquences désagréables à court terme qu'ils ne peuvent éviter ? Alors pourquoi...

— Vous perdez votre temps, le coupa Jared. Avec tout le respect que je vous dois, nous ne donnons pas un séminaire ici, ce soir.

— Papa, dit doucement Brandon, peux-tu vraiment justifier la douleur d'une personne par le plaisir d'une autre ?

— Écoute-moi...

— La vérité compte. Tu manipules les gens et tu leur mens parce que tu décides que c'est dans leur intérêt. Mais ça ne devrait pas être à toi d'en décider. Quand tu mens aux gens, tu leur prends quelque chose. Tu les traites comme un moyen qui sert la fin de quelqu'un d'autre. Personne ne t'a donné ce droit, papa. A moins d'être Dieu, il faut que tu envisages la possibilité que tu te trompes. Que tes théories puissent être erronées. "Non pas ce que je veux, mais ce que tu veux." »

Les paroles du Christ au jardin de Gethsemani. Jared se racla la gorge.

« Chaque vie est sacrée, répéta Brandon.

— Je t'en prie, mon enfant...

— Je t'aime, papa, dit l'enfant dont les joues rouges et les yeux brillants irradiaient une curieuse sérénité. Mais il y a des choix qu'aucun être humain n'a le droit de faire. Des actions qu'aucun être humain n'a le droit de mener.

— Brandon, dit le vieux philosophe avec précipitation, tu ne m'écoutes pas...

— Tout ce que je veux dire, c'est : Et si tu avais tort ?

— Brandon, je t'en supplie ! plaida Paul Bancroft, les yeux embués de larmes.

— Et si tu avais toujours eu tort ? dit la voix claire et calme de l'enfant.

— Mon fils chéri, s'il te plaît...
— Allez-y ! » ordonna Jared.

Il posa un regard d'acier sur Paul Bancroft et agita son arme. Il avait les yeux secs, il était décidé, pragmatique. Sa propre survie dépendait de l'éradication de Génésis. « C'est ce que commande votre propre logique, Paul. Abattez l'enfant ! Sinon, je le ferai. Vous m'entendez ?

— Je vous entends », répondit le Dr Bancroft d'une petite voix éraillée.

Il chassa ses larmes, leva son revolver, tourna de vingt degrés sur sa droite et tira.

Une tache rouge s'épanouit sur la chemise de Jared, quelques centimètres sous son sternum.

Jared écarquilla les yeux et, d'un mouvement fluide, leva son propre pistolet et répliqua. En bon professionnel, il logea la balle dans le front de Paul Bancroft, le tuant sur le coup. Le vieux sage s'effondra sur le tapis.

L'enfant poussa un cri étranglé. Il était blanc comme un linge, les traits tirés par l'angoisse. Jared se tourna vers lui. Le canon de son .45 fumait encore.

« Je déteste faire ça, dit-il, et je n'éprouve pas souvent cette impression. »

Il y avait quelque chose dans sa voix, une sorte de gargouillis. Todd se rendit compte que les poumons de Jared s'emplissaient peu à peu de sang. Il lui restait sans doute quinze ou vingt secondes avant l'asphyxie.

« Je lui ai pris la vie en l'honneur de sa pensée, dit Jared. Il aurait compris. Et maintenant je dois prendre celle qu'il a voulu préserver. »

Jared n'avait pas fini de parler que Todd bondissait vers Brandon pour le protéger de son corps. « C'est terminé, bon sang ! » cria-t-il.

Il entendit des pas dans le couloir.

Jared secoua la tête. « Tu crois que je ne te tuerai pas, Todd ? Tu dois lancer les dés si tu veux entrer dans le jeu. »

Ses yeux devenaient vitreux, ses mouvements raides, comme ceux d'un automate. Il tira en direction de Todd, qui reçut un choc juste sous sa clavicule. Si le gilet en Kevlar qu'il portait sous sa chemise évita que la balle atteigne sa peau, le coup n'en fut pas moins violent.

Quelques centimètres plus haut, et la balle aurait pu être fatale. Son instinct intimait à Todd l'ordre de se mettre à couvert ou de s'enfuir, mais il ne pouvait le faire sans exposer Brandon au danger

« Très bien Todd, prépare-toi, mon boy-scout ! »

Todd mit les mains derrière lui pour que l'enfant reste en place et qu'il continue à le protéger. « Tu es en train de mourir, Jared. Tu le sais. Tout est fini. »

Il regardait son ancien ami droit dans les yeux, au désespoir d'établir un contact entre eux, entre leurs esprits, son regard fixe comme un grappin.

« On raconte que tous ceux qui voient le visage de Génésis meurent, dit Jared en gardant son arme toujours pointée sur Todd. On peut dire que j'avais été prévenu. Toi aussi.

— Tu es mort, Jared.

— Ah oui ? Eh bien, comme je dis toujours, laisse-les se poser la question ! »

Todd sentit que Brandon essayait de filer quelque part, et comprit que Jared devait décider quelle cible éliminer en premier.

Une voix rauque de femme. Celle d'Andrea. « Jared Rinehart ! » cria-t-elle.

Elle apparut à la porte, s'empara du pistolet de Todd sur la table et visa l'agent longiligne. Le cran de sûreté était retiré. Il lui suffisait de presser la détente.

Jared tourna la tête. « *Toi !* » dit-il comme un gémissement, un son rappelant un clou qu'on extirpe d'une planche.

« Quel est ton groupe sanguin, Rinehart ? »

La question fut ponctuée par le coup de feu qu'elle tira. La balle frappa Jared en haut de la poitrine, d'où le sang ne tarda pas à jaillir.

Todd regarda autour de lui comme un fou. *Est-ce que tu pourrais mourir ?* implora-t-il Jared sans qu'aucun son ne sorte de sa bouche. *Est-ce que tu pourrais, s'il te plaît, te contenter de mourir ?*

Il remarqua que Brandon s'était recroquevillé dans un coin de la pièce où, assis par terre, les bras autour des genoux, il baissait la tête, caché dans l'ombre. Seules les secousses de ses épaules révélaient qu'il sanglotait en silence.

C'était difficile à croire, mais Jared tenait toujours debout. « Tu tires comme une fille, ironisa-t-il avant de revenir à Todd. Elle n'est pas faite pour toi. Comme aucune des autres. »

Il le lui dit en confidence, son souffle se frayant un chemin entre les flots de sang – mi-grognement, mi-gargouillis.

Andrea pressa de nouveau la détente, et encore une fois. Sang et viscères éclaboussèrent l'écran de l'ordinateur.

Jared, les yeux fixés sur Todd, leva à nouveau son arme, mais elle lui glissa des mains. Un filet rouge s'écoula du coin de sa bouche. Il toussa deux fois, tenta d'inspirer un peu d'air, oscilla sur ses jambes et perdit progressivement le contrôle de ses muscles. Todd sut ce qui se passait : il se noyait lentement dans son propre sang.

« Castor », chuchota Jared.

Un instant avant qu'il s'effondre, il réussit à tendre les mains et à avancer d'un pas, comme pour étrangler Todd, ou l'embrasser.

# ÉPILOGUE

UN AN PLUS TARD, Andrea devait admettre que beaucoup de choses avaient changé. Le monde n'était peut-être pas différent, mais son monde à elle, oui, à coup sûr. Elle prenait des décisions qui la surprenaient – qui les surprenaient tous les deux. Rétrospectivement, elles semblaient à la fois justes et inévitables. Non qu'elle eût beaucoup le loisir d'y réfléchir, comme elle l'aurait préféré. La directrice de la fondation Bancroft, avait-elle découvert, n'occupait pas un poste qu'on pouvait tenir à temps partiel, mais gérait une entreprise qui vous consumait tout entière, du moins si vous vouliez la mener comme il fallait.

Les dégâts commis par le groupe Thêta ne pourraient jamais être réparés. Pourtant, son mari et elle étaient d'accord, la fondation en elle-même avait joué un rôle précieux sur cette terre et, une fois les brebis galeuses éliminées, elle pouvait rendre des services plus grands encore. Une autre décision avait été prise après une série de rencontres que Todd et elle avaient organisées avec le sénateur Kirk avant sa mort : celle de garder secrète l'existence de cette terrible aberration. La révéler aurait souillé toutes les ONG et les institutions philanthropiques du monde. En termes géopolitiques, cela aurait entraîné une déstabilisation aux répercussions imprévisibles. Il aurait pu en résulter des années, voire des décennies d'amertume, d'inimitiés et de récrimination. Les principaux acteurs de Thêta qui avaient survécu – ceux qui n'avaient pas réussi à disparaître – avaient été discrètement traduits devant un tribunal par le bureau de la politique et du contrôle des procédures d'intelligence au sein du ministère de la Justice, dont les débats et les sentences étaient classés secrets pour des raisons de sécurité nationale.

Elle contempla les photos sur son bureau. Les deux hommes de sa vie. Elle les avait vus ce matin, quand elle était partie au travail. Ils jouaient au basket-ball. Brandon grandissait vite – tout en angles, mince, dégingandé. Un gamin de quatorze ans.

« Surtout, ne ratez pas ça ! avait dit le gamin de la voix d'un commentateur sportif en galopant vers le panier, avec son short noir trop grand qui lui descendait sur les mollets. Vous n'oublierez jamais les gestes inimitables de Brandon Bancroft ! Il tire ! Il marque ! »

Le ballon cogna le panneau et rebondit. « Et il parle trop vite ! »

Son tee-shirt était un peu taché de sueur. Celui de Todd beaucoup plus.

« Si seulement je n'avais pas les tibias éclissés ! » dit Todd en boitant légèrement pour aller récupérer le ballon. Il dribbla deux fois, se redressa et envoya le ballon dans le filet. Brandon appelait le doux frottement de la résille en nylon contre le cuir la « musique des sphères ».

Andrea, contre la haie de troènes, secoua la tête. « Tu es censé garder tes excuses pour quand tu rates, Todd ! »

Elle sentait la caresse du soleil matinal sur son visage et pendant un instant, elle crut que c'était lui qui la réchauffait tandis qu'elle les regardait jouer tous les deux.

« Eh, ne te gêne pas pour nous montrer ce que tu sais faire, dit Brandon. Juste une ou deux minutes, d'accord ?

— Mais pas de talons aiguilles sur le terrain, madame ! dit Todd d'un air à la fois tendre et espiègle.

— Mets des chaussures de sport et tu pourras déclencher une belle petite guerre entre l'équipe Brandon et l'équipe Todd. »

La voix de Brandon était plus profonde, elle avait pris du poids. Jusqu'à ses sourcils qui étaient plus fournis, un peu plus foncés qu'un an auparavant. Il sourit, et ce sourire, en tout cas, n'avait pas du tout changé. Pour Andrea, c'était une des merveilles de la nature.

*Ne laisse jamais personne t'enlever* ça, pria-t-elle en silence. En les observant tous les deux, elle se dit que ça avait une bonne chance de se réaliser. « C'est toujours agréable qu'on se batte pour vous recruter, mais je dois passer mon tour ! dit-elle, presque gênée de son bonheur. Des gens m'attendent au bureau. Vous vous en sortirez tout seuls ? »

Son mari posa un bras sur les épaules étroites de Brandon. « Ne t'inquiète pas pour nous. Va prendre soin du monde !
— Très juste, confirma Brandon, on prendra soin l'un de l'autre. »

*

C'était le début de l'après-midi et Andrea avait déjà assisté à trois réunions stratégiques et deux audioconférences avec des administrateurs régionaux. Le directeur des programmes d'Amérique latine était en train de lui donner les dernières nouvelles des campagnes de santé de la fondation dans les pays dont il s'occupait et, assise à son bureau, elle l'encourageait de quelques hochements de tête à continuer son résumé sur les progrès accomplis.

Ses yeux errèrent de nouveau vers les photos, puis elle se vit, reflétée dans un cadre en métal poli. Elle était bien différente elle aussi. Inutile de se regarder dans un miroir pour le reconnaître. Elle le sentait à la façon dont les gens réagissaient en sa présence. Elle avait l'autorité et l'assurance de ceux qui ont vraiment trouvé leur voie. Comme il était gratifiant de pouvoir utiliser les ressources de la fondation pour rendre le monde meilleur – et de le faire de la bonne manière ! La seule manière, à son avis. Elle était fière de la transparence des opérations de la fondation. Elle ne cachait rien, parce qu'il n'y avait rien à cacher.

« En Uruguay, le projet a été exemplaire, disait le directeur régional des programmes. Nous pensons que nombre d'ONG et de fondations vont étudier ce que nous avons fait et qu'elles suivront ce modèle. »

L'homme – cheveux gris, un peu voûté, des lunettes sur son visage rond – avait l'expression préoccupée de ceux qui ont vu bien des souffrances et beaucoup de misère en vingt ans de services pour la fondation. Pourtant, il avait aussi vu comment on pouvait soulager ces souffrances et ces misère.

« J'espère qu'elles le feront, dit Andrea. Dans ce genre de travail, on souhaite être copié, car c'est un moyen de démultiplier notre efficacité. Il est crucial que ces régions ne soient pas oubliées. Elles peuvent changer – pour le mieux. »

Oui, elle-même avait changé, et son mari et leur fils adoptif aussi. Si différents que fussent Todd et Brandon, ils avaient construit une relation qu'elle n'aurait osé espérer. Brandon avait en un sens perdu son enfance et Todd sa vie d'adulte, ce qui les avait unis dans une forme de deuil, pendant un temps. C'était plus encore. Personne ne pouvait suivre Brandon sur le plan intellectuel, bien sûr ; sa maturité émotionnelle – sa bonté fondamentale, son intuition – était remarquable aussi. Elle lui permit de reconnaître en Todd des choses qu'il cachait à la plupart des gens : sa vulnérabilité et son désir ardent de prendre soin des autres. Il y avait répondu avec sa propre vulnérabilité et son désir ardent d'être protégé. Un enfant avait trouvé un père ; un homme avait trouvé un fils.

Et Andrea avait trouvé une famille.

« Les nouvelles du Guyana ne sont pas aussi encourageantes », annonça le directeur avec précaution.

Il faisait référence à un grand projet de vaccinations qu'ils tentaient de mettre en application dans les régions rurales. Andrea s'y intéressait tout particulièrement. Elle s'était rendue dans la campagne guyanaise le mois précédent. Les images des villages amérindiens près du Moruca étaient encore fraîches dans son esprit, les vies et les peines des habitants s'étaient transformés en souvenirs déchirants. Voir un hameau presque rayé de la carte par une épidémie qu'on aurait pu éviter à notre époque l'emplissait de tristesse et de colère.

« Je ne comprends pas, dit Andrea. Tous les détails ont été élaborés à grand-peine. »

Ce programme devait être un exemple parfait de la manière d'élever le niveau de la santé publique dans des régions n'offrant que de piètres infrastructures.

« Le potentiel de campagne est extraordinaire, Andrea. Votre visite a donné de l'espoir à tout le monde.

— Ce que j'ai vu lors de ma visite, je ne l'oublierai jamais, dit-elle avec une intensité sincère.

— Malheureusement, le ministre de l'Intérieur vient de retirer son autorisation de continuer notre campagne. Il dit qu'il va déplacer tous les auxiliaires de santé que nous avons engagés. Il est allé jusqu'à interdire les vaccinations.

— C'est une plaisanterie ! Rien ne peut justifier...

— Vous avez raison, dit l'homme aux cheveux gris. Aucune justification. Juste une explication. Vous voyez, les Amérindiens dont nous allions sauver la vie soutiennent le parti politique rival.

— Vous êtes certain que c'est ce qui se passe ? demanda Andrea avec dégoût.

— On l'a appris directement de nos alliés dans l'administration, dit l'homme avec des yeux pleins de tristesse. C'est effroyable. Des milliers de personnes vont mourir parce que cet homme craint la démocratie. Et il est corrompu jusqu'à la moelle. Ce n'est pas qu'une rumeur. Des gens à nous ont obtenu ses relevés de comptes bancaires et on sait combien de pots-de-vin lui sont parvenus dans des banques étrangères.

— Vraiment ?

— Puis-je suggérer que nous puissions au moins envisager de... eh bien, de nous débarrasser de ce salaud ? De lui faire savoir ce que nous pourrions prouver – parce que ça pourrait lui causer bien des ennuis sur le plan politique. Bien sûr, nous ne ferions jamais cela sans votre permission. Andrea ? » insista le directeur après un moment de vide.

Andrea resta silencieuse, avec à l'esprit une image marquante de son voyage : une mère arawak – de longs cheveux noirs luisants, des yeux lumineux mais hagards – berçant son bébé dans ses bras. L'infirmière qui avait accompagné Andrea pour sa visite de la clinique de Santa Rosa l'avait informée discrètement que le bébé était mort de la diphtérie quelques minutes plus tôt ; on n'avait pas encore eu le courage de le dire à la mère.

Les yeux d'Andrea s'étaient emplis de larmes. Quand la mère l'avait regardée et qu'elle avait vu son expression, elle avait compris ce qu'avait appris la jeune Américaine. Son bébé n'était plus. Un doux gémissement était alors sorti de la gorge de cette mère, un son de pure douleur.

« C'est une honte, continua le directeur d'une voix douce et sombre. Je connais vos sentiments à propos de ce genre de chose. Je les partage. Mais, mon Dieu, ça ferait une telle différence dans toute la région...

— Il n'y a pas d'autre moyen ?

— C'est le seul, dit-il en voyant sur le visage d'Andrea une sorte d'encouragement. Vous savez ce que c'est. Faire ce qui est juste n'est pas toujours facile. »

Il posa sur Andrea un regard plein d'espoir. Elle luttait contre elle-même. « C'est vrai, finit-elle par dire d'une voix tranquille. D'accord. Allez-y. Juste pour cette fois, mais... faites-le. »

# Dans la collection Grand Format

| | |
|---|---|
| **Cobb** (James), **Ludlum** (Robert) | Le Danger arctique |
| **Cussler** (Clive) | Atlantide ■ Odyssée ■ L'Or des Incas ■ Raz de marée ■ Vent mortel ■ Walhalla |
| **Cussler** (Clive), **Cussler** (Dirk) | Le Trésor du Khan |
| **Cussler** (Clive), **Dirgo** (Craig) | Bouddha ■ Pierre sacrée |
| **Cussler** (Clive), **Du Brul** (Jack) | Quart mortel |
| **Cussler** (Clive), **Kemprecos** (Paul) | A la recherche de la cité perdue ■ Glace de feu ■ Mort blanche ■ L'Or bleu ■ Serpent ■ Tempête polaire |
| **Cuthbert** (Margaret) | Extrêmes urgences |
| **Davies** (Linda) | Dans la fournaise ■ En ultime recours ■ Sauvage |
| **Dekker** (Ted) | Adam |
| **Evanovich** (Janet) | Deux fois n'est pas coutume |
| **Farrow** (John) | La Dague de Cartier ■ Le Lac de glace ■ La Ville de glace |
| **Genna** (Giuseppe) | La Peau du dragon |
| **Hartzmark** (Gini) | A l'article de la mort ■ Mauvaise passe |
| **Kemprecos** (Paul) | Blues à Cape Cod ■ Le Meurtre du Mayflower |
| **Larkin** (Patrick), **Ludlum** (Robert) | Le Vecteur Moscou ■ La Vendetta Lazare |
| **Ludlum** (Robert) | L'Alerte Ambler ■ Le Code Altman ■ La Directive Janson ■ Le Pacte Cassandre ■ Le Protocole Sigma ■ La Trahison Prométhée ■ La Trahison Tristan |
| **Ludlum** (Robert), **Lynds** (Gayle) | Objectif Paris ■ Opération Hadès |
| **Lustbader** (Eric Van) | Le Gardien du Testament ■ La Peur dans la peau |
| **Lynds** (Gayle) | Le Dernier maître-espion ■ Mascarade ■ La Spirale |
| **Martini** (Steve) | L'Accusation ■ L'Avocat ■ Irréfutable ■ Le Jury ■ La Liste ■ Pas de pitié pour le juge ■ Réaction en chaîne ■ Trouble influence |
| **McCarry** (Charles) | Old Boys |
| **Moore Smith** (Peter) | Les Écorchés ■ Los Angeles |
| **Morrell** (David) | Accès interdit ■ Le Contrat Sienna ■ Disparition fatale ■ Double image ■ Le Protecteur ■ Le Sépulcre des Désirs terrestres |
| **O'Shaughnessy** (Perri) | Entrave à la justice ■ Intentions de nuire ■ Intimes convictions ■ Le Prix de la rupture |
| **Palmer** (Michael) | Le Dernier échantillon ■ Fatal ■ Le Patient ■ Situation critique ■ Le Système ■ Traitement spécial ■ Un remède miracle |
| **Ramsay Miller** (John) | La Dernière famille |

| | |
|---|---|
| **Scottoline** (Lisa) | *La Bluffeuse* ■ *Dans l'ombre de Mary* ■ *Dernier recours* ■ *Erreur sur la personne* ■ *Justice expéditive* |
| **Sheldon** (Sidney) | *Avez-vous peur du noir ?* ■ *Crimes en direct* ■ *Racontez-moi vos rêves* |
| **Sinnett** (Mark) | *La Frontière* |
| **Slaughter** (Karin) | *A froid* ■ *Au fil du rasoir* ■ *Indélébile* ■ *Mort aveugle* ■ *Sans foi ni loi* ■ *Triptyque* |

*Cet ouvrage a été imprimé par*

*Mesnil-sur-l'Estrée*

*pour le compte des Éditions Grasset
en octobre 2009*

*Imprimé en France*
Dépôt légal : octobre 2009
N° d'édition : 15914 – N° d'impression : 96916